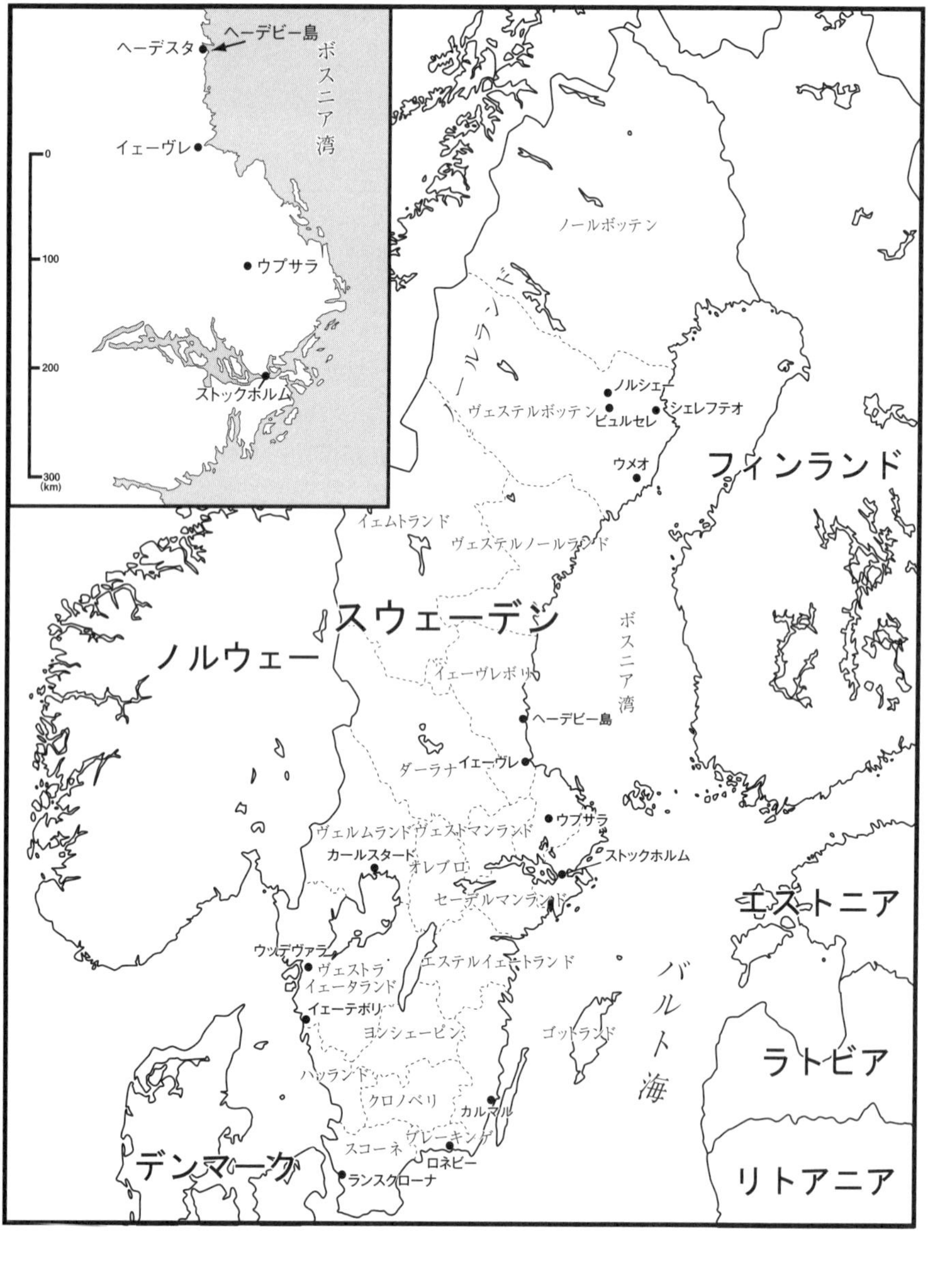
ヘーデビー島
ヘーデスタ
ボスニア湾
イェーヴレ
0
100
200
300
(km)
ウプサラ
ストックホルム
ノールボッテン
ノールランド
ノルシェー
ヴェステルボッテン
ピュルセレ
シェレフテオ
ウメオ
フィンランド
イェムトランド
ヴェステルノールランド
スウェーデン
ノルウェー
ボスニア湾
イェーヴレボリ
ヘーデビー島
ダーラナ
イェーヴレ
ウプサラ
ヴェルムランド
ヴェストマンランド
カールスタード
オレブロ
ストックホルム
セーデルマンランド
エストニア
ウッデヴァラ
ヴェストラ
イェータランド
エステルイェートランド
バルト海
イェーテボリ
ヨシシェーピン
ゴットランド
ラトビア
ハッランド
クロノベリ
カルマル
スコーネ
ブレーキング
ロネビー
デンマーク
ランスクローナ
リトアニア

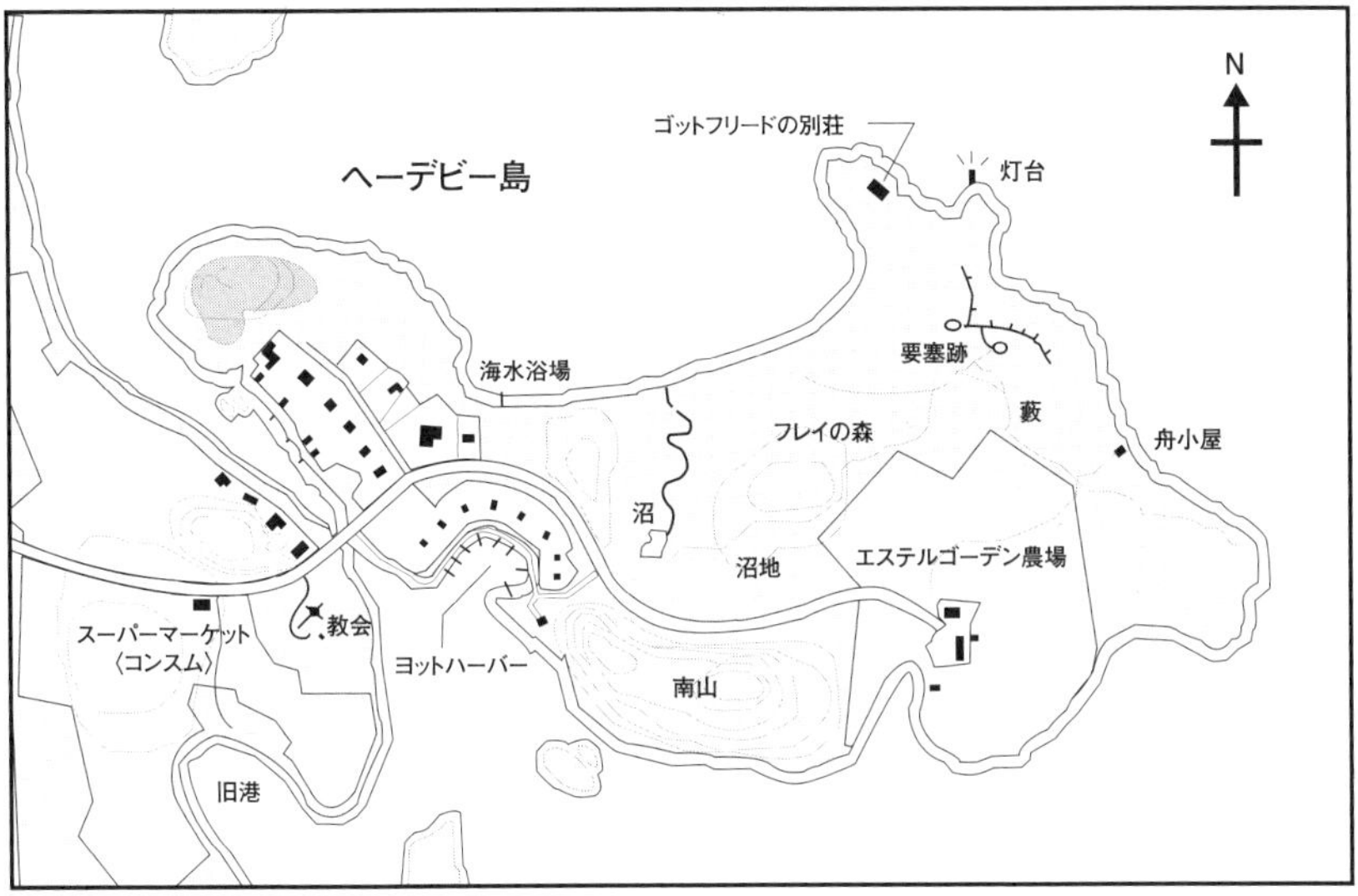
N
ヘーデビー島
ゴットフリードの別荘
灯台
要塞跡
海水浴場
藪
フレイの森
舟小屋
沼
沼地
エステルゴーデン農場
教会
スーパーマーケット
〈コンスム〉
ヨットハーバー
南山
旧港

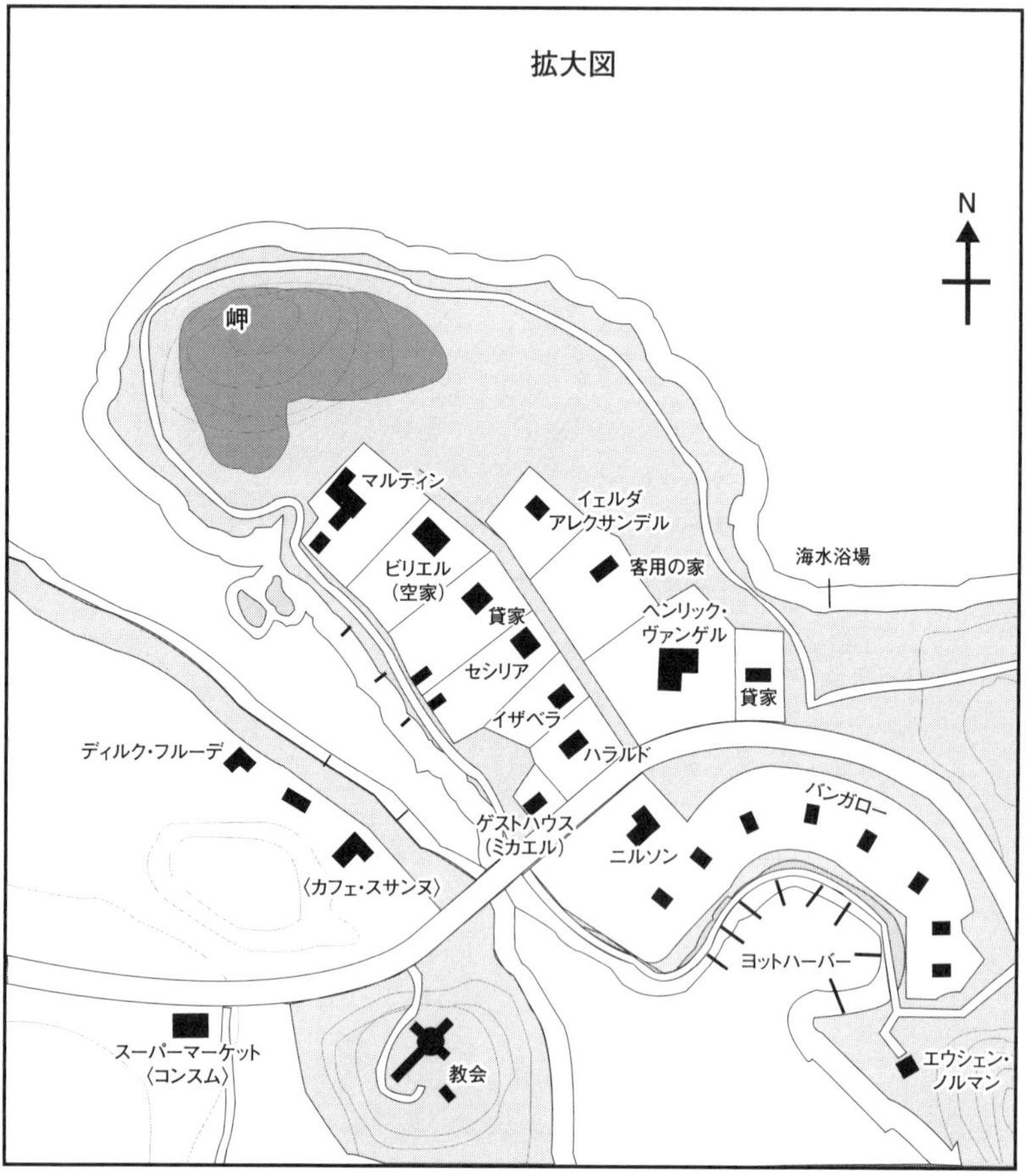
拡大図
N
岬
マルティン
イェルダ
アレクサンデル
ビリエル
（空家）
客用の家
海水浴場
貸家
ヘンリック・
ヴァンゲル
セシリア
貸家
イザベラ
ハラルド
ディルク・フルーデ
ゲストハウス
（ミカエル）
バンガロー
ニルソン
〈カフェ・スサンヌ〉
ヨットハーバー
スーパーマーケット
〈コンスム〉
教会
エウシェン・
ノルマン

ヴァンゲル家家系図

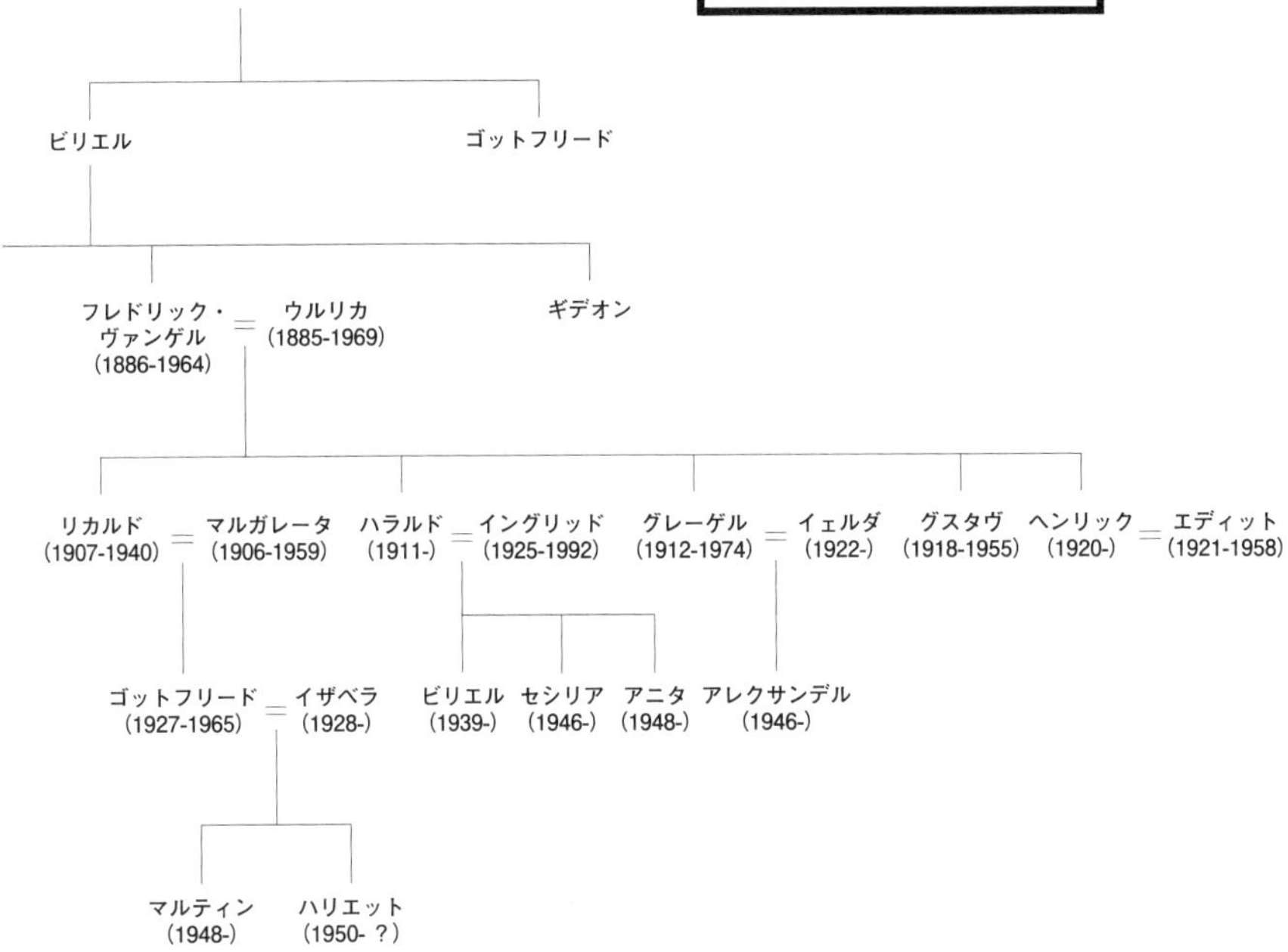
ビリエル
ゴットフリード
フレドリック・ヴァンゲル (1886-1964)
ウルリカ (1885-1969)
ギデオン
リカルド (1907-1940)
マルガレータ (1906-1959)
ハラルド (1911-)
イングリッド (1925-1992)
グレーゲル (1912-1974)
イェルダ (1922-)
グスタヴ (1918-1955)
ヘンリック (1920-)
エディット (1921-1958)
ゴットフリード (1927-1965)
イザベラ (1928-)
ビリエル (1939-)
セシリア (1946-)
アニタ (1948-)
アレクサンデル (1946-)
マルティン (1948-)
ハリエット (1950- ？)

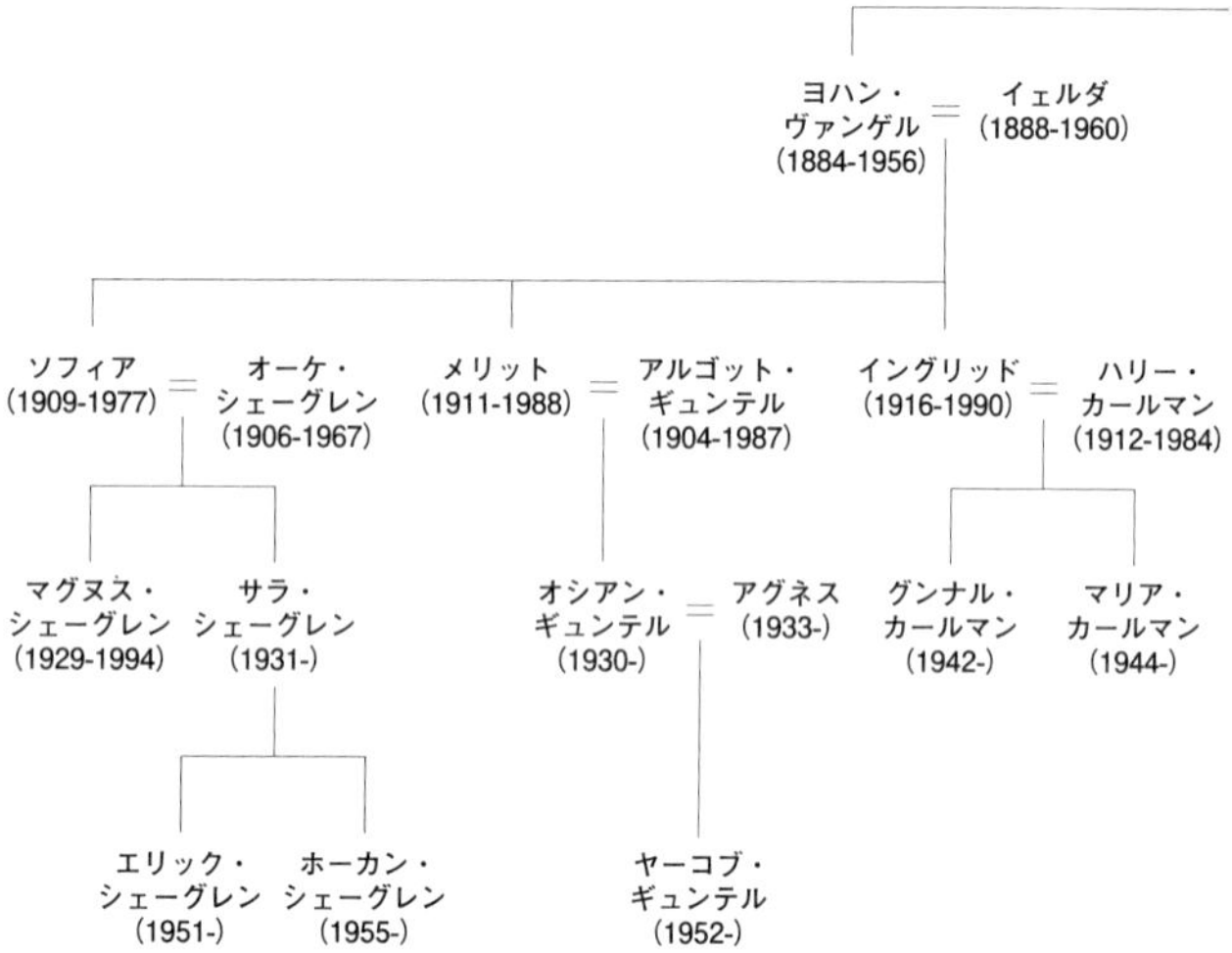
ヨハン・ヴァンゲル (1884-1956)
イェルダ (1888-1960)
ソフィア (1909-1977)
オーケ・シェーグレン (1906-1967)
メリット (1911-1988)
アルゴット・ギュンテル (1904-1987)
イングリッド (1916-1990)
ハリー・カールマン (1912-1984)
マグヌス・シェーグレン (1929-1994)
サラ・シェーグレン (1931-)
オシアン・ギュンテル (1930-)
アグネス (1933-)
グンナル・カールマン (1942-)
マリア・カールマン (1944-)
エリック・シェーグレン (1951-)
ホーカン・シェーグレン (1955-)
ヤーコブ・ギュンテル (1952-)

登場人物

ミカエル・ブルムクヴィスト……………『ミレニアム』の発行責任者・共同経営者・記者
エリカ・ベルジェ……………………同編集長・共同経営者
クリステル・マルム…………………同アートディレクター・共同経営者
ヤンネ・ダールマン…………………同編集補佐
モニカ……………………………ミカエルの別れた妻
ペニラ……………………………ミカエルとモニカの娘
アニカ・ジャンニーニ………………ミカエルの妹
グレーゲル・ベックマン……………エリカの夫

ハンス＝エリック・ヴェンネルストレム……大物実業家
ロベルト・リンドベリ………………ミカエルの旧友
ヴィリアム・ボリィ…………………企業コンサルタント。元経済記者

リスベット・サランデル……………フリーの調査員
ドラガン・アルマンスキー…………警備会社ミルトン・セキュリティーの社長
ホルゲル・パルムグレン……………リスベットの後見人。弁護士

ニルス・エリック・ビュルマン……………………ホルゲルの後任。弁護士
プレイグ………………………………………………リスベットの友人。ハッカー

ヘンリック・ヴァンゲル………………………ヴァンゲル・グループの前会長
エディット・ヴァンゲル………………………ヘンリックの妻
リカルド・ヴァンゲル…………………………ヘンリックの長兄
ゴットフリード・ヴァンゲル…………………リカルドの息子
イザベラ・ヴァンゲル…………………………ゴットフリードの妻
マルティン・ヴァンゲル………………………ゴットフリードの息子。ヴァンゲル・グループの会長
ハリエット・ヴァンゲル………………………ゴットフリードの娘。マルティンの妹。一九六六年に失踪
ハラルド・ヴァンゲル…………………………ヘンリックの次兄
イングリッド・ヴァンゲル……………………ハラルドの妻
ビリエル・ヴァンゲル…………………………ハラルドの長男。市会議員
セシリア………………………………………………ハラルドの長女。ビリエルの妹。ヘーデスタ高校の校長
アニタ…………………………………………………ハラルドの次女。セシリアの妹
グレーゲル・ヴァンゲル………………………ヘンリックの兄。ハラルドの弟
イェルダ・ヴァンゲル…………………………グレーゲルの妻
アレクサンデル・ヴァンゲル…………………グレーゲルの息子
グスタヴ・ヴァンゲル…………………………ヘンリックの兄。グレーゲルの弟

グンナル・カールマン……………………………『ヘーデスタ通信』の編集長

ディルク・フルーデ………………………………ヘンリックの弁護士

アンナ・ニーグレン………………………………ヘンリックの家政婦

グンナル・ニルソン………………………………ヘンリックの雑用係

ヘレン・ニルソン…………………………………グンナルの妻

マグヌス・ニルソン………………………………グンナルの父

スサンヌ……………………………………………〈カフェ・スサンヌ〉の店主

オットー・ファルク………………………………牧師

エウシェン・ノルマン……………………………画家

グスタフ・モレル…………………………………ハリエット失踪事件を捜査した警部補

目次

プロローグ

十一月一日　金曜日

いまやそれは毎年恒例となっていた。花の受取人はこの日、八十二歳の誕生日を迎えた。包みを開け、プレゼント用の包装を解く。それから受話器を手にとると、引退してダーラナ地方のシリヤン湖近くに住んでいる元警部の番号にかけた。ふたりは年齢ばかりでなく誕生日も同じであり、このことは状況に鑑《かんが》みると皮肉な感があった。元警部は、郵便が配達される午前十一時ごろには電話が来るだろうと考え、コーヒーを飲みながら待っていた。今年、電話は十時三十分に鳴った。警部は受話器をとると、名乗りもせずに、おはよう、とだけ言った。

「例のものが届いたよ」

「今年は何の花だ?」

「見当もつかん。調べさせるよ。白い花だ」

「やはり手紙はなしか？」

「うむ。花のほかは何もない。額は去年と同じ。安物の、自分で組み立てるたぐいの額だ」

「消印は？」

「ストックホルム」

「筆跡は？」

「いつもどおり、全部大文字で書いてある。傾きのないていねいな字だ」

こうしてひととおり論じてしまうと、ふたりは受話器に耳を当てたまましばらく黙っていた。元警部はキッチンの椅子の背もたれに体をあずけ、パイプをくわえた。この事件に新たな光を当てるきっかけとなる質問、あるいは鋭い洞察に満ちた質問をすることなど、もう期待されていないとわかっている。そんな時代はとうの昔に過ぎ去ったのだ。年老いた男ふたりは、自分たち以外誰ひとりとして解決に関心を寄せていない謎を、しきたりのように語り合うだけになっていた。


その植物のラテン名はレプトスペルムム・ルビネッテという。さほど目立たない、高さ十二センチほどの植物で、葉はヒースのように小さく、直径二センチで花弁が五枚の白い花をつける。原産はオーストラリア奥地の山岳地帯で、繁茂して大きい群落をなす。オーストラリアでは〝デザート・スノウ（砂漠の雪）〟と呼ばれる。のちに、ウプサラの植物園に勤める植物学者の女性が、スウェーデンではほとんど栽培されていない希少種であることを突きとめた。その報告書によると、この植物はフトモモ科に属し、ニュージーランドなどにおいてふんだんに生育する同系統のレプトスペ

ルムム・スコパリアム（マヌカ、ティーツリーとも呼ばれる）としばしば混同される。だが〝デザート・スノウ〟のほうは花弁の先端に微細なピンク色の斑点《はんてん》が少数あるため、少しだけ赤みのさした色をしているという。

あらゆる面から見て、〝デザート・スノウ〟は素朴そのものである。商品としての価値も、知られている薬効もなく、幻覚剤になるわけでもない。そのまま食べられないのはもちろん、調味料にも適さず、染色にも使えない。その一方で、エアーズロック周辺の土地や植物を古くから神聖視しているオーストラリア先住民にとっては、かなり大切な花であるらしい。つまるところ、この花の唯一の存在価値は、そのはかなげな美しさで周囲の人々を楽しませることのようだ。

ウプサラの植物学者の報告書には、〝デザート・スノウ〟はオーストラリアでも珍しい花であり、スカンジナヴィアではきわめて稀《まれ》である、とあった。彼女自身、それまで一度も目にしたことがなかったという。が、その同僚からの情報で、イェーテボリの植物園が栽培を試みたことがわかっており、そのほかにも愛好家やアマチュア植物学者が自家用の小さな温室で育てているという可能性は否定できなかった。とはいえ、スウェーデンでの栽培は困難だ。暖かく乾燥した気候を好むため、冬のあいだは屋内で育てなければならない。そのうえ石灰質の土壌は不向きであり、下から水を補給して根から直接水分を吸収させる必要がある。栽培に関する知識と技量を要する植物だ。

理屈の上では、この植物がスウェーデンでめったに見られないという事実は、送り主の特定に役立つはずだが、現実にはそれは不可能だった。名簿があるわけでもなければ、輸入するのに免許が要る

わけでもない。しろうとの園芸家がこの栽培困難な植物を輸入する気になったとして、実際にそれを何人が実行したか、調べる術《すべ》はまったくない。種子や苗木を入手した愛好家の数は、五、六人かもしれないし、数百人にのぼるかもしれないのだ。入手経路にしても、ヨーロッパ各地の愛好家や植木屋、植物園から個人的に譲ってもらったかもしれないし、通信販売で手に入れたかもしれない。オーストラリア旅行のみやげとしてスウェーデンに持ちこまれた可能性もある。つまり、小さな温室を持っている、あるいは窓辺に植木鉢を置いている数百万人のスウェーデン人の中から、〝デザート・スノウ〟の栽培者を探しだすのは、どう考えても無理というほかはなかった。

しかも、謎の花はこれだけではなかった。毎年十一月一日になると、大きなクッション封筒で謎めいた花が届いた。年によって種類は違ったが、どれも美しく、たいていは珍しい花だった。そして毎年必ず、押し花にしたものがていねいに画用紙に留められ、二十九×十六センチの簡素な額に入れられていた。

こうした花々の謎がマスコミで報道されたことはなく、知っている人間はごく限られている。三十年前には、国立科学捜査研究所、指紋鑑定や筆跡鑑定の専門家、刑事たち、受取人の近親者や友人たちが、謎の花と封筒の分析にあたっていた。ところが現在、事件にかかわっているのは、誕生日を迎える受取人の老人と元警部、そしていうまでもなく正体不明の差出人、この三人だけだ。しかもこのうち少なくとも最初のふたりはかなりの年齢であり、避けられない運命を前に心構えをする時期に達しているため、事件を知る者の数は早晩さらに減ることとなる。

元警部は数々の修羅場《しゅらば》をくぐり抜けてきたベテランだ。初めて出動したときのことを、彼はけっして忘れない。酔っ払って暴れ、自身や他人に危害を加えかねなかった鉄道信号員を逮捕したのだった。それ以来、彼は現役のあいだに、密猟者、妻に暴力をふるう男、詐欺師、自動車泥棒、飲酒運転者などを刑務所送りにした。押込み強盗、窃盗犯、麻薬密売人、強姦魔などと対峙してきたし、少々錯乱した爆弾魔と対決したこともある。殺人事件に関しては、九件の捜査に参加した。そのうち五件は、犯人が自ら警察を呼び、後悔の念にかられて、妻を、弟を、身内を、友人を殺した、とあっさり白状したケースだった。三件では、本格的な捜査を行なった。そのうち二件は数日後に解決し、一件は国家警察の援助を得て二年後に決着をみた。

残りの一件は、警察としては解決済みだった。つまり、刑事たちは犯人が誰かを確信していたものの、証拠が乏しく、検事が起訴保留を決めたのだった。やがて時効が成立し、警部は地団駄《じだんだ》を踏んだ。しかし全体として見れば、彼の功績は堂々たるものであり、自分のなしとげた仕事に満足してしかるべきだった。

だが彼は、決して満足できずにいた。

この〝押し花事件〟は彼にとって、刺さったまま取れない棘《とげ》だった。生涯で最も多くの時間を注いだ捜査が、いまだに解決に結びつかないのだから。

それだけではない。さらに常軌を逸したことに、現役時代も引退後も、途方もない時間を検討に費やしているというのに、いまだ犯罪が行なわれたという確信にすらたどり着けないのだ。

ふたりにはわかっている。差出人は手袋を着用して押し花を貼りつけているから、額からもガラス

からも指紋は見つからないということも、使われている額が世界中の写真店や文房具店で販売されていることも、したがって差出人を突きとめることはおそらく不可能だということも、わかっている。どこをどう探しても、たどるべき手がかりはひとつもないのだ。封筒の消印もいろいろだった。たいていはストックホルムだが、ロンドンが三度、パリが二度、コペンハーゲンが二度、マドリードが一度、ボンが一度あり、さらに、これが最も謎めいているのだが、アメリカのペンサコラが一度あった。ほかの都市がすべて有名な首都であるのに対し、ペンサコラだけはまったく覚えのない名前だったので、このとき警部は地図帳の助けを借りた。

電話を切ると、この日八十二歳になった男はしばらくじっとしたまま、まだ名前のわからない、美しいがどこかぱっとしないオーストラリアの花を見つめた。それから顔を上げ、机の上の壁に目をやった。押し花の額が四十三面並んでいる。横に十面並んだ列が四列と、まだ四面しかない列が一列。いちばん上の列は、額が一面欠けている。九番目の場所が空いているのだ。〝デザート・スノウ〟は四十四番目を占めることになった。

ここで初めて、毎年の習慣となった行動を破る出来事が起こった。突然、何の前触れもなく、涙がこみあげてきたのだ。四十年近く経ったいま、不意にあふれだしてきたこの感情に、彼自身驚くほかなかった。

第一部　誘　因

十二月二十日――一月三日

スウェーデンでは女性の十八パーセントが男に脅迫された経験を持つ。

第一章

十二月二十日　金曜日

裁判は厳然と終了し、語られるべきことはすべて語られた。彼は自分が有罪となることを一瞬も疑わなかった。判決全文は午前十時にもう発表されている。残るは通路で待ちかまえている記者たちとの総決算だけだ。

ミカエル・ブルムクヴィストは戸口の向こうの彼らを目にして、一瞬ためらった。たったいまコピーを受け取った判決全文について、議論する気にはまったくなれないが、質問を避けて通ることもできない。そのうえ彼は誰にもまして、質疑応答が必要だとわかっている。〝罪人になるとはこういうことか〟と彼は思った。〝マイクを向けられる側にまわるのだ〟。困惑しつつも背筋を伸ばし、とにかく笑顔を装う。記者たちも笑顔を返し、感じよく、しかし気まずそうにうなずいた。

「これはこれは……『アフトンブラーデット』に『エクスプレッセン』、スウェーデン通信、TV4

……それからあなたは……ああ、『ダーゲンス・インドゥストリ』ですか。どうやらぼくも有名人のようですね」と、ミカエル・ブルムクヴィストは言った。

「コメントをお願いします、名探偵カッレさん！」タブロイド紙の記者が呼びかける。

フルネームをカール・ミカエル・ブルムクヴィストというミカエルは、名探偵カッレというあだ名（スウェーデンの児童文学作家アストリッド・リンドグレーンの作品『名探偵カッレくん』の主人公、カッレ・ブルムクヴィストにちなんでいる。カッレはカールの愛称）を聞かされるたびに天を仰ぐ癖を、ぐっとこらえた。二十年前のある日、二十三歳で、夏期休暇中の記者の代理としてジャーナリストの仕事を始めたばかりだったミカエルは、当時世間を騒がせていた銀行強盗グループの正体を、ひょんなことから暴いてしまったのだ。このグループは、二年のうちに五件の強奪事件を起こしていた。同一犯であることは明らかだった。小さな町に車で乗りつけ、軍事作戦のような正確さで銀行をひとつふたつ襲撃する、という手口だ。犯人たちはディズニーのキャラクターのゴム製マスクで顔を隠していたので、警察は彼らをドナルドダック一味と名付けたが、マスコミはビーグルボーイズ（ドナルドダックのアニメに登場するギャング家）と命名した。彼らが二度にわたって、公衆の安全を無視して平然と威嚇射撃をし、通行人や野次馬を恐怖に陥れたことを考慮に入れた、もう少しまじめなあだ名だった。

六度目の犯行は、夏の盛りにエステルイェートランド地方で行なわれた。たまたま地方ラジオ局の記者が銀行に居合わせ、ジャーナリストとしてのマニュアルにのっとった行動をとった。強盗が去ったのを見届けてから電話ボックスに駆けこみ、ニュース担当者を呼んで、自分の現場リポートを生中継で電波にのせたのだ。

そのころミカエル・ブルムクヴィストは、カトリーネホルムにほど近い女友だちの両親の別荘で、

彼女と数日を過ごしていた。なぜ彼らを連想したのか、警察に聞かれてもさっぱり答えられなかったが、とにかくニュースを聞いた瞬間、数百メートル離れたほかの別荘に滞在している四人の若者を思い出した。二日前、アイスクリーム屋をめざしてその女友だちと歩いていたときに、彼らが庭でバドミントンをしているところを見かけたのだ。

最初は、上半身裸で短パンの、鍛え抜かれた体をした金髪の若者が四人いる、と思っただけだった。だが、ボディビルで体を鍛えたらしい彼らのバドミントンのしかたには、あらためて視線を向けさせる何かがあった——おそらくそれは、彼らが激しく照りつける太陽の下、異様なほどエネルギッシュにプレーしていたせいであった。単なる遊びには見えなかった。そのことがミカエルの注意を引いた。

この男たちを銀行強盗とみなす合理的な理由は何もなかったが、ミカエルはそれでも散歩がてら見に行ってみようと考え、問題の別荘を見下ろせる丘にのぼった。どうやら、中には誰もいないようだった。四十分ほど経ったところで、若者たちの乗ったボルボが庭に入ってきた。四人は急いでいる様子で、それぞれスポーツバッグを提げており、一見したところどこかへ海水浴に行ってきたのと変わりなかった。だが、やがてそのうちのひとりが車に戻ってきて、中からある物を取り出すと、それをさっと自分のスポーツジャケットで覆った。ミカエルはかなり遠くにいたにもかかわらず、それが旧式の自動小銃AK4だとすぐにわかった。兵役に就いていた一年間ずっと持たされていたのと同じ型の銃だったのだ。そこで彼は警察に通報し、観察した一部始終を伝えた。かくして問題の別荘は、マスコミが注視する中、三日間にわたって包囲されることとなった。ミカエルは某タブロイド紙からかなりの額のフリーランス報酬を得て、最前線に陣取った。警察はミカエルが滞在する別荘の敷地にト

レーラーを乗り入れて司令部とした。
ビーグルボーイズ事件によって、駆けだしの新米ジャーナリストにすぎなかったミカエルは、花形記者としての地位をものにすることができた。だが、名声には代価があった。別のタブロイド紙が〝名探偵カッレくん、ビーグルボーイズ事件を解決〟という見出しを掲げたのだ。年配の女性コラムニストの筆になるこの冷やかし半分の記事は、アストリッド・リンドグレーンの生みだした少年探偵を十カ所以上にわたって引きあいに出していた。そのうえ、ミカエルが人さし指で何かを指して口を開き、制服警官に何やら指示しているように見えるピンボケ写真まで載せてあった。このとき彼は、便所なら庭の突き当たりですよ、と言っていたのだが。

この日から、ミカエル・ブルムクヴィストはジャーナリストたちのあいだで、名探偵カッレとして知られることとなった。カールというもうひとつのファーストネームを自らすすんで名乗ったこともなければ、自分の記事にカール・ブルムクヴィストと署名したこともないというのに、それでもなおこのありさまなのだからやりきれなかった。冷やかしからかうような口調で発音されるこのあだ名に悪意はなかったが、では好意があるのかといえばそうでもない。アストリッド・リンドグレーンも名探偵カッレも嫌いではないが、このあだ名には我慢がならなかった。それから長い時間をかけ、ジャーナリストとして、ビーグルボーイズ事件での手柄よりもはるかに内実のある実績を積み重ねてきたことで、名探偵カッレというあだ名もようやく影が薄くなってきたが、それでもいまだにこのあだ名を使われると、ミカエルはそのたびにギクリとするのだった。

ミカエルは穏やかな微笑をうかべ、タブロイド紙記者の目をまっすぐに見据えた。

「ぼくのコメントなんて、適当にでっち上げたらどうですか。いつもそうしてるでしょう」

その口調に毒はなかった。ここにいるジャーナリストたちはみな、多かれ少なかれ旧知の仲であり、ミカエルにきわめて批判的な連中はこの場に来ていない。いっしょに仕事をしたことのある記者もひとりいるし、数年前とあるパーティーで口説き落とす寸前までいった相手すらいる――TV4の女性記者だ。

「完敗ですね」と、ひと目で新米とわかる『ダーゲンス・インドゥストリ』紙の若い記者が言った。

「まあ、そうですね」とミカエルは答えた。認めるよりほかない。

「いまのお気持ちは？」

この質問には、ミカエルもほかのベテラン記者たちも、深刻な状況にもかかわらずニヤリと笑わずにはいられなかった。ミカエルは例のTV4の女性記者と視線を交わした。〝いまのお気持ちは？〟まともなジャーナリストのあいだではいつの時代にも、頭の弱いスポーツ記者がゴール直後で息を切らしている選手を前にして思いつく唯一の質問、と評されてきたフレーズだ。だが、やがてミカエルは真剣な態度に戻った。

「もちろん、司法が別の結論を出さなかったのは残念というほかありません」と、いくぶん形式的に答える。

「禁錮《きんこ》三カ月、損害賠償額十五万クローネです。痛手ですね」TV4の女性記者が言った。

「乗り越えますよ」

「ヴェンネルストレム氏に謝罪するおつもりですか。和解もありえますか？」

「いや、それはありません。ヴェンネルストレム氏の職業倫理に関する私の見方は、ほとんど変わっていないので」

「ということは、依然としてヴェンネルストレム氏は詐欺師だと主張なさるのですね？」『ダーゲンス・インドゥストリ』紙が勢いこんで言った。

これは致命的な見出しで報じられかねないコメントを誘う質問だった。若い記者がこんなにも躍起《やっき》になってマイクを向けてきたりしなければ、ミカエルも危険に気づかず、まんまと罠にはまっていたかもしれない。彼は数秒ほど答えを考えた。

裁判所はたったいま、ミカエル・ブルムクヴィストが大物実業家ハンス＝エリック・ヴェンネルストレムの名誉を傷つけたことを論証してみせた。ミカエルに、名誉毀損《きそん》の有罪判決が下ったのだ。裁判は終わった。控訴するつもりもない。だが、法廷を出てすぐ、不用意に自身の主張を繰り返したら、いったいどんなことになるだろう？　ここで実験してみる必要はない、とミカエルは考えた。

「私は、自分が得た情報を記事として公開する正当な理由があると考え、それを実行しました。ですが裁判所は別の判断を下したわけで、私は当然、司法の結論を受け入れざるを得ません。今日の判決については、編集部でじっくり話し合ったうえで、今後の対応を決めたいと思います。それ以上のことは何も言えません」

「ジャーナリストである以上、しっかりと裏付けを取ったうえで報道しなければいけない、ということをお忘れだったようですね」と、TV4の女性記者がかすかに険しさを含んだ声で言った。まさに

彼女の言うとおりだった。ふたりはかつて友人同士だった。彼女は中立的な表情をしていたが、ミカエルはその目に、彼女が失望し、距離を置こうとしていることがありありと表われているような気がした。

なお数分間、ミカエルは質問に耐えた。だがひとつだけ、その場に漂っているにもかかわらず、誰ひとり――おそらく誰もが理解に苦しみ当惑していたせいだろう――投げかけようとしない質問があった。それは、ミカエルがどういうわけで、あれほど裏付けに欠けた記事を書いたのか、ということだった。集まった記者たちは、『ダーゲンス・インドゥストリ』紙の新米記者を除けば、全員が経験豊富なベテランだ。そんな彼らには、この問いにいったいどんな答えがありうるのか、まったく想像がつかなかった。

TV4の女性記者が、裁判所の正面扉の前に立つようミカエルに求め、カメラの前で独自にインタビューを始めた。彼女はいまのミカエルにはもったいないほど温かな態度で接してくれ、インタビューはほかの記者たちの質問にも充分答える内容となった。この事件が大見出しで報じられることは避けられない。が、べつにこれが今年最大のニュースになるわけではない、とミカエルは自分に言い聞かせた。記者たちは気が済むまで取材をしてから、それぞれの編集部に引き上げていった。

歩いて帰るつもりだったが、風が強く、しかもいまは十二月とあって、インタビューで体が冷えきってしまった。裁判所出口の階段にひとりたたずんで目を上げると、ヴィリアム・ボリィが車から出てくるのが見えた。インタビューのあいだじゅう車の中で待っていたらしい。目が合い、ボリィは笑

みをうかべた。

「きみがその書類を手にしてるのを見られただけでも、ここまで来た甲斐《かい》があったよ」

ミカエルは答えなかった。ヴィリアム・ボリィとミカエル・ブルムクヴィストが知り合って、かれこれ十五年になる。同じ新聞社で臨時雇いの経済記者としてともに働いていたこともある。だがどうも反《そ》りが合わないというか、とにかくこの時期にふたりの不仲が始まり、現在に至っている。ミカエルから見たボリィは最低のジャーナリストであり、偏狭で執念深い、癇《かん》に障る人物だった。くだらない冗談で周囲をうんざりさせ、年上の、したがって自分よりも経験豊かなジャーナリストに対し、つねに軽蔑的な態度をとる。とりわけ年上の女性ジャーナリストが気に入らないらしかった。職場で初めて口論をしてからというもの、その後もたびたび言い争い、対立はしまいに個人攻撃の様相を帯びた。

その後もミカエルとボリィは定期的に顔を合わせては火花を散らしてきたが、不仲が決定的となったのは一九九〇年代末、ミカエルが経済ジャーナリズムについての本を書き、ボリィの筆になる非常識な記事をいくつも引用したときのことだった。著書の中でミカエルは、ボリィは尊大なだけの馬鹿者であって、ほとんどの情報をまちがって解釈し、いずれ倒産するようなITベンチャー企業を持ち上げる記事ばかり書いている、と述べた。当然ながらボリィはミカエルの見解に不服で、ある日セーデルマルム地区のバーで遭遇したふたりは、危うく殴り合いを始めるところだった。この頃ボリィはジャーナリズムを去り、現在はある企業のコンサルタントとして、以前とは比較にならないほど高い給料を得ているのだが、その企業たるや、実業家ハンス＝エリック・ヴェンネルストレムの出資先の

ひとつだった。

ふたりはしばらく見つめあっていたが、やがてミカエルはくるりと向きを変えて立ち去った。相手の悲運を笑うためにわざわざ裁判所まで足を運ぶというのは、いかにもボリィらしかった。

歩きはじめたとき、ちょうど四〇系統のバスがやってきたので、何よりもそこを離れるために乗り込んだ。フリードヘムスプラン広場で降り、判決文を手に持ったまま、しばらくバス停で思案した。結局、警察署の駐車場入口の隣にある〈カフェ・アンナ〉まで歩くことにした。

カフェラテとサンドイッチを注文してまもなく、ラジオで正午のニュースが始まった。エルサレムで自爆テロが起きたというニュース、建設業界の新たな談合の疑いに対し政府が調査委員会を発足させたというニュースに続いて、それは流れた。


今日午前、雑誌『ミレニアム』のジャーナリストであるミカエル・ブルムクヴィスト被告が、実業家ハンス＝エリック・ヴェンネルストレム氏の名誉を不当に傷つけたとして、禁錮三カ月の判決を言い渡されました。数カ月前、世に衝撃を与えたいわゆるミノス事件の記事の中で、ブルムクヴィスト被告は、ポーランドの産業振興を目的とした国からの補助金を、ヴェンネルストレム氏が武器の密売に流用した、と報じました。判決により、ブルムクヴィスト被告は禁錮刑に加え、十五万クローネの損害賠償支払いをも命じられました。ヴェンネルストレム氏の弁護士であるベッティル・カムネルマーケル弁護士は、氏が判決に満足していると述べ、今回の事件はきわめて重大な名誉毀損であるとしています。

判決文は二十六ページに及んでいた。そこには、実業家ハンス＝エリック・ヴェンネルストレムに対する十五項目の名誉毀損について、ミカエルを有罪と判断する理由が書かれていた。一項目につき千クローネおよび六日間の禁錮という計算になる。訴訟費用および彼自身が弁護士に払う報酬はまた別だ。支払い金額の合計を考えてみる気力もなかったが、同時に、これよりひどい結果もありえたのだ、と思った。裁判所は七項目について彼を無罪としていた。

判決文を読み進むにつれて、みぞおちのあたりがだんだんと重苦しく、落ち着かなくなってきた。彼はそのことに驚いた。裁判が始まったときから、奇跡でも起こらないかぎり敗訴するとわかっていた。その確信はずっと揺るがなかったし、そう考えることに慣れていた。裁判が行なわれた二日間、彼は平静を保っていたし、その後十一日間、審議が行なわれ、いま手にしている判決文が作成されるのを待っているあいだも、とくに何も感じることがなかった。それなのに、裁判が終わったいまになって、全身に不快感が広がるとは。

サンドイッチを食べはじめたが、口の中でパンが大きく膨らむような気がした。呑み込むことができず、彼はサンドイッチをわきへ押しやった。

ミカエル・ブルムクヴィストに前科がつくのは、これが初めてだった。ともかく嫌疑をかけられたのも初めてならば、起訴されたのも初めてだ。もちろん、たいした判決ではない。軽微な犯罪だ。強盗や殺人、強姦とは違う。むしろこれは、経済的な意味で深刻な判決だった。『ミレニアム』は有力誌と呼べるほどの雑誌ではなく、限られた資金でなんとかやりくりしている状況だ。とはいえ、この

判決のせいで破産が決まったわけではない。問題は、ミカエルが『ミレニアム』の共同経営者のひとりであると同時に、愚かにも記者と発行責任者を兼ねている、という点にあった。賠償額の十五万クローネは自腹を切ってまかなうつもりだが、これで貯金はほぼゼロになる。訴訟費用は社が負担することになるだろう。うまくやりくりすれば乗りきれるはずだ。

アパートを売ろうかとも考えたが、その決心はつかなかった。好景気だった一九八〇年代末、比較的給料のいい定職にめぐまれた彼は、持ち家を手に入れようと考えたのだった。物件をいくつも見に出かけたものの、なかなか満足できずにいたが、やがてベルマン通りのとっつきにある、最上階、広さ六十五平方メートルのアパートを見つけた。元の所有者は、自分が住むつもりでリフォームを始めたのだが、外国のITベンチャー企業への就職が急に決まったのだという。こうしてミカエルは、リフォームの済んでいないアパートを安く譲り受けることとなった。

残りのリフォーム工事をインテリアデザイナーに任せることはせず、自分で終わらせることにした。バスルームとキッチンにだけ金を使って、あとはそのままにした。床をフローリングにすることも、二部屋にするため仕切りの壁を立てることもやめて、ただ床板を磨き、壁にじかに漆喰《しっくい》を塗り、むらの目立つところはエマニュエル・ベルンストーンの水彩画で隠した。その結果、寝るためのスペースを本棚で隠し、カウンターキッチンのそばにダイニングと居間を配置した、広々としたアパートが完成した。傾斜した天井に窓がふたつ開いているほか、妻壁《つまかべ》にも窓がひとつ開いており、その窓からはメーラレン湖や旧市街を望むことができる。スルッセンと旧市街を隔てる湖も見えるし、市庁舎も視界に入る。相場を考えると、いまから同じような物件を購入するのはとても無理なので、このアパー

トは手放したくなかった。

とはいえ、アパートを失う危険など、仕事の上でこうむる途方もない打撃にくらべれば無に等しかった。この損害を埋め合わせるには、かなりの時間がかかるにちがいない。そもそも、埋め合わせが可能かどうかさえ心もとない。

鍵となるのは信頼の回復だ。しばらくのあいだは、多くの編集者がミカエルの署名記事の掲載を渋るだろう。幸い、これは一時的な不運にすぎず、ミカエルはその犠牲者なのだということをわかってくれそうな友人が、この業界にはまだたくさんいる。それでも、今後はどんな小さなミスも命取りになる。

だが、何よりもこたえるのは、この屈辱感だ。

切り札はすべて手の内に揃っていたにもかかわらず、負けてしまった。アルマーニに身を包んだ悪党に。汚れた相場師に。売れっ子弁護士を味方につけて、裁判のあいだじゅう不敵な笑みをうかべていた、エリート野郎に。

いったいなぜ、すべてがここまで悪い方向へと進んでしまったのだろう？

一年半前の夏至祭《げしさい》の晩、メーラル30という船種の黄色いヨットのコックピットでヴェンネルストレム事件が幕を開けたとき、前途は洋々たるものと思われた。それは偶然の幕開けだった。そもそものきっかけは、かつてのジャーナリスト仲間でいまは県庁の広報係をしている男が、新しいガールフレンドにいいところを見せようと、よく考えもせずにスカンピを一艇レンタルして、数日間にわたる無

計画ながらもロマンティックなストックホルム群島周遊を決行したことにある。進学のためハルスタハンマルからストックホルムに出てきたばかりのガールフレンドはしばらく渋っていたが、姉とそのボーイフレンドも呼んでかまわないなら、という条件つきで誘いに応じた。ハルスタハンマル組はそれまで一度もヨットに乗ったことがなかった。問題は、誘った当人もヨットが好きというだけで操縦経験豊かではない、という点だった。出発の三日前、彼は藁《わら》にもすがる思いでミカエルに電話をよこし、ヨットの扱いを心得た五人目の乗組員としてクルージングに加わってほしい、と頼んできた。

ミカエルは初め断わったが、おいしい食事に気のいい仲間、島々をめぐりながら数日のんびりくつろげることはまちがいない、と広報係が請け合うので、ついに承諾した。ところが現実は大違いで、クルージングは想像をはるかに超えた惨憺《さんたん》たる悪夢となった。ブッランドーからフルスンド水道を北へと進んでいったが、きれいではあっても目を見張るような景色が見られるわけではなく、十ノット弱で進んでいたにもかかわらず、広報係のガールフレンドは早々と船酔いに襲われた。彼女の姉はボーイフレンドと喧嘩を始め、どちらもヨットの操縦に興味を示すことはなかった。やがて操縦はミカエルひとりに押しつけられる形となり、ほかのメンバーは善意とはいえ役に立たない助言をするばかりだった。エングソーの入江に停泊して一日目の夜を明かしたあと、ミカエルはフルスンドの町に着いたらヨットをそこに停泊させたまま自分だけバスに乗って帰ろうと考えたが、広報係の必死の懇願に負けて思いとどまった。

翌日の正午ごろ、まだ係留場所が混み合わないうちに、彼らはアーホルマのプレジャーボート用桟橋にヨットを係留した。簡単な昼食を作り、ちょうど食べ終えたとき、ミカエルは船体が合成樹脂製

の黄色いメーラル30が主帆だけを張って入江に入ってくるのを認めた。操舵手はヨットを静かに進めつつ、桟橋の空いた場所を探している。ミカエルはざっとあたりを見まわすと、唯一空いているのが自分たちのスカンピとその右舷側に停泊しているヨットとのあいだのスペースであり、メーラル30のコンパクトな船体ならかろうじて入れるだろう、と見てとった。そこで艇尾に立ち、空いているスペースを指さしてみせた。メーラル30の操舵手は礼のしるしに片手を挙げ、針路を変えて近づいてきた。ひとりでヨットを操り、接岸するにもエンジンを使おうとしないとは、とミカエルは感心した。錨の鎖ががちゃがちゃと鳴るのが聞こえ、それから数秒後には主帆が下ろされた。その間にも操舵手はせわしなく動きまわり、ヨットをすきまに滑り込ませるべく舵を動かしつつ、係留索で艇首をつなぐ用意をした。

ミカエルは船べりに上り、係留索を投げてよこすよう合図した。操舵手が最後の軌道修正をし、ヨットはスカンピの右舷側にゆっくりと完璧に滑り込んだ。操舵手がミカエルにロープを投げたとき、ふたりは相手が知り合いであることに初めて気づき、どちらも満面に笑みをうかべた。

「やあ、ロッバン。どうしてエンジンを使わないんだ？　そうすれば、ヨットハーバーじゅうの船という船に傷をつけなくて済むだろうに」

「やあ、ミッケ。どこかで見た顔だとは思っていたんだ。エンジンがうまくかかってくれれば、素直に使ったんだけどね。このがらくたときたら、一昨日ロードローガのあたりでいかれちまって」

ふたりは船べり越しに握手を交わした。

はるか昔、一九七〇年代にクングスホルメン高校にいたころ、ミカエル・ブルムクヴィストとロベ

ルト・リンドベリは知り合いというにとどまらず、親友と言ってもいいほどの仲だった。だが、学生時代の友人の例にもれず、高校を卒業するとつきあいは途絶えた。それぞれ別の道を進み、この二十年で会ったのはせいぜい五、六回。こうしてアーホルマの桟橋で思いがけず顔を合わせたのも、七、八年ぶりの再会だった。ふたりは相手をまじまじと見つめた。ロベルトは日に焼けていて、髪はぼさぼさ、顎には二週間分の無精ひげが伸びていた。

ミカエルは急に見違えるほど上機嫌になった。広報係とその馬鹿な連れたちがヨットから降り、島の反対側にある食料品店前で行なわれるという夏至柱を囲んでのダンスに出かけても、ミカエルはメーラル30のコックピットに残り、ニシンを肴《さかな》にアクアビット（北欧産の蒸留酒）を開け、旧友と語らっていた。

その晩、グラスを何杯も重ね、アーホルマの手ごわい蚊をたたききれなくなって船室に避難した後、会話は経済界の道徳と倫理をめぐる腹を割った議論に変わっていった。ふたりとも、職種は違うにせよ、国の経済活動に深くかかわる仕事を選んでいた。ロベルト・リンドベリは高校からストックホルム商科大学に進み、銀行業界に入った。ミカエル・ブルムクヴィストはジャーナリスト養成学校に入り、その職業生活の大半を銀行や商取引の世界における不正の告発にささげていた。やがて話題は一九九〇年代に一部の企業経営陣に支払われた巨額の退職金の道徳的正当性に及んだ。中でもとくに注目を集めたいくつかの例をリンドベリは果敢に擁護していたが、やがてグラスを置くと、経済界にも一部、金に目のくらんだ不届き者がいることはまちがいない、としぶしぶながらも認めた。そして急に真剣なまなざしでミカエルを見つめて言った。

「きみは調査報道に携わるジャーナリストで、経済犯罪をテーマに書いているというのに、どうしてハンス＝エリック・ヴェンネルストレムについては何も書かないんだ？」

「彼について書くことなんてあるのかい」

「調べろよ。調べるのがきみの仕事だろう。ＳＩＢ計画についてはどのくらい知ってる？」

「ええと、東欧諸国の工業を軌道に乗せるために、一九九〇年代に行なわれていた支援計画のことだろう。数年前に廃止されてる。ぼくは一度も記事にしたことはない」

「ああ。ＳＩＢは工業支援委員会（Styrelsen för Industriellt Bistånd）の略で、政府の後押しを受け、スウェーデンの大企業およそ十社の代表者によって運営されていたプロジェクトだ。ＳＩＢは国から保証された形で、ポーランドとバルト三国政府との合意のもとに、一連の計画を決定していた。旧共産圏の労働運動がスウェーデンを範として強化されるよう、労働組合連盟もプロジェクトに参加していた。表向きには、自立を促すという考え方に基づいて、東欧諸国に経済健全化のチャンスを与える、ということになっていた。だが実際には、スウェーデン企業が国の助成を受けて東欧の産業に入りこみ、当地の企業の共同所有者となる、というプロジェクトだったんだ。きみも覚えているだろうが、当時の右派連立政権でキリスト教民主党から入閣したあのろくでなしの大臣は、ＳＩＢにたいそう入れこんでいたよ。クラクフに製紙工場を建設するとか、リガの金属工業を強化するとか、タリンにセメント工場を建てるとか、いろんな計画が景気よく口にされたものだ。ＳＩＢの理事会は金融界、産業界の重鎮ばかりで構成され、そこが金の配分にあたっていた」

「つまり納税者の金ということか」

「約半分が国の助成金で、残りは銀行と産業界が負担していた。だが、欲得を離れた活動とは言いがたい。銀行も企業も大もうけを当てこんでいたからね。そうでなけりゃ彼らは手を出さなかっただろう」

「どのくらいの額が動いたんだ？」

「待てよ、まずは聞いてくれ。ＳＩＢはおもに、東への市場参入を狙うスウェーデンの一流企業で成り立っていた。ＡＢＢとか、スカンスカとか、そういったしっかりした実体のある大企業だ。別の言い方をすれば、投機で儲《もう》けてるだけの企業ではなかった」

「おいおい、スカンスカが投機をしてないって言うのかい？　投機で手っ取り早くもうけようとした社員が五億クローネの損失を出して、それを黙認していた社長がクビになった、あれはスカンスカじゃなかったっけ？　それにロンドンとオスロで熱に浮かされたみたいにやってる不動産取引、あれは何だというんだ？」

「ああ、確かに。どんな世界的企業にも大馬鹿者はいる。でもぼくの言いたいことはわかるだろう。とにかくなにかしら生産しているもののある企業だ。スウェーデン工業を支える屋台骨といったところさ」

「それで、ヴェンネルストレムはどう噛んでくるんだ？」

「そんなＳＩＢにあって、ヴェンネルストレムは完全に場違いな人物だ。どこからともなく現われた男、重工業業界に身を置いた前歴はなく、この状況では本来何の関係もないはずの男。だが、彼は株取引で巨万の富を築き上げ、安定した企業に投資してきた。言ってみれば、玄関ではなく勝手口から

入ってきたというわけだ」

　ミカエルは自分のグラスにレイマースホルムスのアクアビットを注ぎ、船室の天井を仰いで、ヴェンネルストレムについて自分が何を知っているか考えてみた。知識は乏しかった。北部ノールランド地方のどこかで生まれ、そこで一九七〇年代に投資会社を始めた彼は、ちょっとした財産を築いてストックホルムに居を移し、バブル期の一九八〇年代にめざましい出世をとげた。彼の創立したヴェンネルストレム社は、ロンドンとニューヨークへの進出を機に、ウムラウト記号のついたoをoeに変更したうえでヴェンネルストレム・グループと改称し、マスコミでの扱いも有名投資会社であるベイエル社と同格となった。

　株取引、オプション取引、そのほか手っ取り早い投資を重ね、やがてストランド通りにペントハウスを、ヴェルムドーに立派な別荘を入手し、破産したテニスの元スター選手から全長二十三メートルのモータークルーザーを買い取って、スウェーデンの新たな大富豪のひとりとしてゴシップ誌にまで載るようになった。

　いわゆる投機屋だが、結局のところ一九八〇年代とは投機屋と不動産相場師の時代だったのであり、ヴェンネルストレムだけが際立っていたわけではない。むしろ彼は大物投資家のかたわらにあって目立たない存在だった。彼にはたとえばメディア界の大物実業家であるヤン・ステーンベック（一九四二〜二〇〇二）のような派手さはなかったし、これまた大実業家のパーシー・バーネヴィーク（一九四一〜）のようにマスコミ受けするわけでもなかった。不動産投資には興味を示さなかったが、その代わり旧共産圏で巨額の投資を行なった。一九九〇年代に入ってバブルがはじけ、ほかの企業の社長が次々と巨額の退

職金を受け取って退任したときも、ヴェンネルストレムの系列企業は思いのほかうまく難局を切り抜けた。スキャンダルの影もなかった。かの『フィナンシャル・タイムズ』紙はこれを端的に〝スウェーデンのサクセスストーリー〟と報道した。

「一九九二年のことだ。ヴェンネルストレムは突然SIBに連絡を取り、資金が欲しい、と告げた。彼が提示した計画は、投資先であるポーランドの当事者にとっても申し分なさそうなものだった。食品産業向けの梱包材製造業を始める計画だ」

「缶詰工場ということか」

「ちょっと違うけど、まあそんなようなものさ。ヴェンネルストレムがSIBの誰と知り合いだったのかは見当もつかないが、とにかく彼はSIBから六千万クローネを難なく手に入れた」

「だいぶ面白くなってきたね。で、その金の行方がわからない、というわけか」

「違うよ」ロベルト・リンドベリはそう答えると、事情通ぶった笑みをうかべ、エネルギーを補給するようにアクアビットをひと口飲んだ。

「その後の成り行きは、投資の顛末《てんまつ》としてよくある話にすぎない。ヴェンネルストレムは実際に、ポーランド、正確にいえばウッチに梱包材の工場を建設した。社名はミノス。SIBは一九九三年、熱心で前向きな報告書をいくつか受け取った。だがその後、ぷつりと音沙汰がなくなった。一九九四年、ミノスは突然倒産したんだ」

ロベルト・リンドベリは、ミノスの突然の崩壊を表わすかのごとく、空《から》になったグラスをテーブル

にドンと置いてみせた。

「ＳＩＢの問題点は、プロジェクトの進捗状況をどう報告すべきかがはっきり定まっていなかったことだ。あのころの雰囲気を覚えているだろう。ベルリンの壁が崩れたとき、誰もがおめでたいまでに未来を楽観視した。東欧に民主主義が導入され、核戦争の脅威はなくなり、ボリシェヴィキは一夜にして正真正銘の資本主義者に早変わりした。スウェーデン政府は、東欧諸国に民主主義を根づかせたいと考えた。資本家はみなその流れに乗り、新しいヨーロッパの建設に一役買いたいと考えていた」

「資本家が慈善行為をしたがるものだとは知らなかったよ」

「いや本当だよ、それはあらゆる資本家の熱い夢だったんだ。ロシアと東欧諸国は、中国に次ぐ世界第二の未開拓市場だろう。企業家たちも政府に協力することにやぶさかでなかった。わずかな費用しか負担せずに済むのならなおさらだ。ＳＩＢが食いつぶした国民の税金は三百億クローネ強にのぼる。その金はいずれ利益として回収される予定だった。ＳＩＢは政府主導による取り組みという建前になっていたが、産業界の影響力は大きく、ＳＩＢ理事会は事実上、完全な行動の自由を手にしていた」

「なるほど。それで、記事になりそうな材料はあるのかい？」

「まあ待て。計画がスタートしたとき、資金面では何の問題もなかった。スウェーデンはまだ欧州通貨危機の打撃をこうむっていなかったからね。政府も気を良くしていた。ＳＩＢの活動を通じて、東欧諸国の民主化に大きく貢献している、と主張できたからだ」

「しかも当時は右派連立政権下だった」

「政治は関係ないよ。これはもっぱら金の問題で、政権を握っているのが右派だろうと左派だろうと

同じことだ。とにかく、ＳＩＢのプロジェクトは破竹の勢いで前進したが、やがて欧州通貨危機が発生し、あの新民主党のおかしな連中が——新民主党（移民排斥などを掲げて一九九一年に躍進し、国会に議席を得た小政党。現在は消滅状態）は覚えてるよな？——ＳＩＢの活動内容が不透明だと文句をつけはじめた。連中のひとりはＳＩＢをＳＩＤＡ——スウェーデン国際開発協力庁——と取り違え、タンザニア救援の慈善事業と似たようなものだと思い込んでいた。一九九四年春、ＳＩＢを監査する調査委員会が任命された。このころにはすでにいくつもの計画が批判の対象になっていたが、最初に監査を受けた事業のひとつがミノスだった」

「それでヴェンネルストレムは、資金をどう使ったか説明できなかったってわけか」

「その反対なんだ。ヴェンネルストレムは立派な収支報告書を出してきた。それによると、五千四百万クローネ強がミノスに投資されたが、後進国ポーランドにおいて近代的な梱包材工場を成功させるには構造的な問題が大きすぎ、しかも同種のプロジェクトを進めるドイツとの競争に負けた形となった、という話だった。あの当時のドイツは、東の旧共産圏を丸ごと買い取らんばかりの勢いだったからね」

「さっきの話では、ヴェンネルストレムが手に入れたのは六千万クローネだったよな」

「ああ。ＳＩＢの金は無利息ローンのようなものだった。もちろん趣旨としては、企業は何年かかけて一部を返すことになっていた。だがミノスが倒産して計画が頓挫《とんざ》したのは、ヴェンネルストレムのせいではなかった。まさしくここで政府による保証が効力を発揮して、ヴェンネルストレムの損失は補塡《ほてん》される形となった。ミノスの倒産で失われたＳＩＢの金は返さなくてもよくなった。彼自身が損をしたことも証明された」

「つまりこういうことか。政府は莫大な額の税金を企業に支給してやったうえ、相手国への扉を開く外交官までつけてやった。企業は受け取った金をジョイントベンチャーに投資し、膨大な利益にありついた。要するにいつものことだ。誰かが大もうけする一方で、誰かがその費用を払っている。どの役を誰がやってるかは一目瞭然だ」

「そこまでひねくれた見方をしなくてもいいだろう。企業が借りた金は、ちゃんと国に返すことになっていたんだから」

「でも無利息ローンみたいなものだったんだろう。つまり納税者は金を払ったにもかかわらず、配当は一文たりとも受けなかったってことだ。ヴェンネルストレムは六千万クローネを受け取り、五千四百万を投資した。残りの六百万はどうなった？」

「SIBの計画に監査のメスが入ると決まった時点で、ヴェンネルストレムは差額の六百万クローネを小切手でSIBに返した。こうしてこの件は、少なくとも法的には決着がついたんだ」

ロベルト・リンドベリはここで言葉を切り、迫るようなまなざしでミカエルを見つめた。

「ヴェンネルストレムが金を無駄遣いして、SIBに損失を与えたのはわかるよ。でも、スカンスカから消えうせた五億クローネや、世間を憤慨させたあのABB社取締役の十億クローネにのぼる退職金の話にくらべると、いまひとつネタになりそうに思えないね」とミカエルは言った。「最近の読者はもう、相場師がへまをやらかしたっていう話に飽き飽きしてる。たとえそれが納税者の金でもだ。それともまだほかに何かあるのか？」

「いま話したことはほんの序の口だよ」

「ヴェンネルストレムのポーランドでの事業について、そんなに詳しく知ってるのはどういうわけだ」

「ぼくは一九九〇年代、ハンデルス銀行に勤めていた。ハンデルス銀行からSIBに参加していた代表者に頼まれて、調査をしたのは誰だと思う?」

「なるほど。先を聞かせてくれ」

「そういうわけで……かいつまんで話そう。SIBはヴェンネルストレム側から説明を受けた。書類上の処理も終わり、残金の返済も済んだ。この六百万クローネの返金はまったく巧妙というほかない。自分の家に誰かがひょっこり現われ、金の詰まった袋を差し出してきたら、誰でもそいつを下心のない善人と思うだろう」

「そろそろ本題に入らないか」

「ご挨拶だな、これこそ本題だよ。SIBはヴェンネルストレムの報告書に納得した。投資がうまくいかなかったとはいえ、その進め方自体には非の打ちどころがなかったからだ。ぼくたちは、請求書、振替記録、あらゆる書類を調べてみた。すべて隅々《すみずみ》まで裏がとれた。疑わしいところはないとぼくは思った。ぼくの上司も、SIBもそう思った。政府にも異論はなかった」

「だとすると、どこに問題があったと言うんだ?」

「話はここからデリケートな段階に入る」とリンドベリは言い、急に驚くほど素面《しらふ》めいた表情を見せた。「ジャーナリストというきみの職業を考えると、これからぼくの言うことは〝オフレコ〟にして

もらわないといけない」

「待てよ。ここまで話しておいて、口外するなとはどういうことだ」

「ここまではいいんだよ。話したことは全部、周知の事実だ。報告書を見たければ閲覧もできる。だがこれから話すことについては、書いてくれてもいいが、ぼくの名前は伏せてほしい」

「ああ、そういうことか。だがオフレコっていう言葉はふつう、何事かを内密に教えてもらいながらも、それについて書く権利がない、という意味だよ」

「オフレコの意味なんてどうでもいい。なんでも好きに書けよ。ただしぼくはあくまで匿名の情報提供者だ。それでいいかい？」

「もちろんさ」とミカエルは答えた。

言うまでもなく、この返事が失策であったことに気づいたのは、ずっとあとのことだった。

「よし。さて、このミノスの事業は、いまから十年前、ちょうどベルリンの壁が崩壊して、ボリシェヴィキがまっとうな資本主義者になりはじめたころに進められた。ぼくはヴェンネルストレムについての調査に参加していたが、この事業が徹頭徹尾いかがわしいという印象をずっと抱いていた」

「それじゃ、どうしてその時点で何も言わなかった？」

「上司とは話し合ったよ。厄介なのは、確固たる証拠が何ひとつないことだった。書類はすべて整っていた。調査報告書の署名欄にサインをする以外、ぼくにできることはなかった。だがそのとき以来、新聞や雑誌でヴェンネルストレムの名前を見かけると、必ずミノスのことを思い出すんだ」

「へえ」

「それから数年経った一九九〇年代の中ごろ、ぼくのいる銀行がたまたまヴェンネルストレムとちょっとした取引をすることになった。いや、実際にはかなり大きな取引だった。あまりうまくいかなかったがね」

「ぺてんにかけられたのかい」

「いや、そこまで言うつもりはない。向こうもこっちも利益を上げたしね。ぺてんというよりむしろ……どう説明すればいいかなあ。自分の雇い主の話になってしまいそうだからね、それはちょっとまずいんだ。とにかくぼくの印象は——言ってみれば、永続的かつ全体的な印象は——よくなかった。マスコミが報じるヴェンネルストレム像は、経済界の権威、大御所だ。彼はこの評判を元手に生活してる。信用という名の資本なんだ」

「よくわかるよ」

「だがぼくは、あの男ははったりだけで能力がないという印象を受けた。とくに金融の才に恵まれてるわけじゃない。それどころか、分野によっては信じられないぐらい底の浅い人間だと思った。彼にアドバイスをしてる連中はみな、若いのに有能きわまりないが、ヴェンネルストレム本人には心底我慢がならなかった」

「なるほど」

「一年ほど前、ぼくはまったく別の用事でポーランドに行った。ウッチの投資家数人をまじえて夕食会を開き、ぼくは市長と同じテーブルになった。そして、ポーランド経済を軌道に乗せるのがいかに困難かとか、いろいろ話し合ううちに、ぼくはたまたまミノスの名前を出したんだ。市長は一瞬、な

んのことだかわからないという表情をした。まるでミノスという名前を一度も耳にしたことがないみたいだった。それから、何の利益ももたらさなかったいまいましいちっぽけな事業のことだ、とようやく思い出した。彼は笑ってこう一蹴したよ――これは正確な引用だ――もしあれがスウェーデンの企業家にできるすべてなら、私たちの国はあっという間に破綻しますよ、とね。どういうことかわかるかい？」

「そのコメントから、ウッチの市長が頭のいい人物だということがわかるな。だが、先を続けてくれ」

「その後もずっと、市長の言ったことが頭から離れなかった。翌日は午前中に会議があったが、あとは自由に使えた。そこでぼくは、とにかく閉鎖されたミノスの工場を見に、ウッチ近郊の小さな村まで足を運んでみようと考えた。納屋を改造した居酒屋があり、その中庭に便所がある、そんな村だった。ミノスの大工場だったはずの建物は、いまにも崩れ落ちそうなあばら屋だった。一九五〇年代にソ連軍が建てた、トタン造りの古い倉庫なんだ。敷地内にいた守衛がドイツ語を少し話す男で、彼のいとこがミノスで働いていたという。そのいとこがすぐそばに住んでいるというので、家に案内してもらったよ。守衛が通訳をしてくれてね。どんな話だったか、聞きたいか？」

「ああ、すごく聞きたいね」

「ミノスは一九九二年秋に操業を開始した。従業員はせいぜい十五人、ほとんどが年配の女性だった。月給は百五十クローネ強。スタート当初はまだ機械がなく、従業員はあばら屋の掃除をさせられた。一月初めに、ポルトガルから輸入したボール紙製造機が三台届いた。旧式の中古品で、完全に時代遅

れの代物だったらしい。このくず鉄に数千クローネ以上の価値はなかったはずだ。機械は動くことは動いたが、しじゅう故障した。もちろん交換用の部品などないから、ミノスは絶えず製造を中断せざるを得なかった。たいていの場合、従業員ができる範囲で修理にあたったという話だ」

「だんだんと書くに値する内容になってきたね」とミカエルは認めた。「実際にミノスでは何を作っていたんだ？」

「一九九二年から一九九三年の前半にかけては、洗剤用のごくふつうの箱とか、卵のケースとかを製造していた。その後は紙袋を作っていた。だが工場ではつねに原材料が不足し、フルに稼動したためしは一度もなかった」

「大がかりな投資とはとても思えないな」

「ざっと計算してみたよ。施設の賃貸料は、二年で一万五千クローネ。給与の総額は、気前よく見積もってせいぜい十五万クローネ。機械と輸送手段、つまり卵ケースを納入先に運ぶトラックのことだが、これを買うのに要した金がおそらく二十五万クローネ前後。これに加えて、事業の承認を得るための費用、交通費――担当者がひとり、何度かスウェーデンから村を訪れていたらしいからな。というわけで、全部ひっくるめても、かかった費用は百万クローネ以下というところだ。一九九三年の夏のある日、その担当者が工場にやってきて、ただちに工場を閉鎖する、と言ったそうだ。しばらくすると、ハンガリーのトラックが一台現われて、機械をすべて積み込んでいった。ミノス退場、というわけさ」

裁判のあいだ、ミカエルはしばしばこの夏至祭の晩のことを思い返した。会話はおおむね、学生時代と変わらず、高校生同士が親しげに議論を戦わせるような調子で展開した。高校時代のふたりは、その年齢の誰もが背負っている重荷を分かちあう仲だった。成人したふたりは、何から何まで異なる、互いに無縁の人間になった。あの晩も、ミカエルはなぜ高校時代の自分たちが親しかったのか思い出そうとしたが、はっきりとは思い出せなかった。記憶にあるロベルトは口数が少なくひかえめで、女の子の前ではひどく内気な少年だった。大人になった彼は、銀行業界で成功を収めた……まあはっきり言ってしまえばやり手の野心家だった。ロベルトの価値観が自分の世界観とは相容れないものであることを、ミカエルは一瞬たりとも疑わなかった。

酔わない程度に酒をたしなむのが常のミカエルも、この思いがけない出会いのおかげで期待はずれのクルージングが心地よい夕べになり、いつのまにかアクアビットのボトルを一本空けてしまっていた。会話が高校時代のうちとけた調子そのままだったせいで、初めはヴェンネルストレムに関するロベルトの話を真に受けていなかったが、ようやくジャーナリストの本能が目覚めてきた。急にロベルトの話に耳をそばだてはじめ、ごく当然の疑問が浮かんで口をはさんだ。

「ちょっといいかい。ヴェンネルストレムは投資屋のなかでもトップの存在だ。ぼくの思い違いでなければ、彼は億万長者のはずだが……」

「ヴェンネルストレム・グループの資産はおよそ二千億だ。きみは、億万長者がなぜ、小遣いにも足りない五千万のはした金をだまし取ろうとするのか、と訊きたいんだろう」

「いやむしろ、なぜすべてを危険にさらしてまで見え透いた詐取をはたらいたのか、という点だよ」

「見え透いていたかどうかは微妙だよ。ＳＩＢ理事会も、銀行関係者も、政府も、議会に監査を委託された会計検査官も、みんなそろってヴェンネルストレムの報告を受け入れたんだから」

「それでも金額はわずかだ」

「確かに。でもちょっと考えてみてくれ。ヴェンネルストレム・グループは投資専門会社で、手っ取り早く利益を得られるものなら、証券、オプション、外貨、どんなものでも扱っている。ヴェンネルストレムがＳＩＢに連絡をしてきた一九九二年は、ちょうど市場がどん底に落ちつつあった時期だ。一九九二年の秋を覚えてるかい？」

「忘れようにも忘れられないよ。ぼくは変動利率のローンでアパートを買ったんだが、あの年の十月にスウェーデン国立銀行の貸出金利が五百パーセントにまではね上がった。それから一年間は十九パーセントの利子を払う羽目になったよ」

「そりゃ災難だったね」とロベルトは微笑んで言った。「あの年はぼくもかなりの損害をこうむったよ。そしてハンス＝エリック・ヴェンネルストレムも、ほかの市場関係者とまったく変わらず、同じ問題のために奔走してたんだ。会社の資産が数十億とはいえ、それは書類上のことで、手元にある現金は驚くほど少なかった。突然、桁《けた》はずれの金額を新たに借りることができなくなった。ふつうこうした状況に陥ったら、手持ちの不動産を処分して傷をふさぐものだが、一九九二年にはもう誰も不動産に手を出そうとしなくなっていた」

「資金繰りの悪化というわけか」

「そのとおり。ヴェンネルストレムだけじゃない。どんな実業家も……」

「実業家はいただけないな。ヴェンネルストレムのような連中をどう呼ぼうときみの勝手だが、実業家と呼んでしまっては、まじめに働いている人たちを侮辱することになる」

「……それじゃ、どんな投資屋も、資金繰りに苦しんでいた……つまりはこういうことだ。ヴェンネルストレムは六千万クローネを手に入れた。六百万を返済したが、それは三年後のことだ。ミノス事業にかかった経費は百万そこそこだろう。六千万クローネを元本とした三年間の利息だけでも大変な額になる。やりようによっては、SIBの金を二倍にも十倍にもできただろう。そうなるともはや些細な額とは言えない。ところで、まだ乾杯してなかったね」

第二章

十二月二十日　金曜日

ドラガン・アルマンスキーは五十六歳で、クロアチア生まれ。父親はベラルーシ出身のアルメニア系ユダヤ人で、母親はギリシア人を先祖に持つボスニアのイスラム教徒だった。文化的な面で彼を教育したのはこの母親だったので、成人した彼は、さまざまな文化が入り混じっているにもかかわらずマスコミにはひとまとめにイスラム教徒と呼ばれる大集団の一員となった。妙なことに、スウェーデン移民局は彼をセルビア人として登録した。彼のパスポートにはスウェーデン国籍であることが明記され、写真には黒い顎ひげを生やし、鬢《びん》に白いものの混じった、がっしりした顎の四角い顔が写っている。〝アラブ人〟と言われることも多いが、アラブ人の血は一滴も流れていない。彼は、常軌を逸した優生学の信奉者なら躊躇《ちゅうちょ》なく劣等人種と形容するであろう、まぎれもない混血であった。

彼の顔はどことなく、アメリカのギャング映画にきまって登場する、町を仕切るギャングのボスを

思わせた。だが現実には、麻薬の密売人でもなければマフィアに雇われた殺し屋でもない。経営の優れた専門家で、一九七〇年代初めに警備会社ミルトン・セキュリティーの経理担当としてキャリアを歩みはじめ、三十年後のいま、同社の社長として事業の指揮をとっている。

警備の仕事に興味が湧いてきたのは入社後だったが、やがてすっかり夢中になった。まるで戦略ゲームのようだと思った——標的を特定し、犯罪の裏をかく戦略を練り、つねに産業スパイや恐喝者、泥棒の先を行くのだ。発端は、顧客の会社で帳簿操作による巧妙な着服が行なわれているのを、彼が見破ったことだった。十二人ほどいた関係者のうち誰が不正操作をしたのかも見事突きとめた。あれから三十年が経ったいまも、その会社がごく単純な危機管理措置を怠ったために使い込みが起きた、とわかったときの驚きは忘れられない。彼はこれを機に一介の経理係から、不正会計のエキスパートとして会社の発展を担うこととなった。五年後には首脳陣に名を連ね、それからさらに十年後——社内には異論もないではなかったが——社長に就任した。現在では、異論を唱える声はとうに鎮まっている。彼がトップの座について以来、ミルトン・セキュリティーは彼の力によって、スウェーデンでも屈指の優秀かつ顧客の多い警備会社に成長したのだから。

ミルトン・セキュリティーは正社員三百八十人と、必要に応じて仕事を依頼する信頼できるフリーランサー三百人強から成る。したがって、ファルク社やスウェーデン警備サービスとくらべれば小さい会社だ。アルマンスキーが入社したころはまだヨハン・フレドリック・ミルトン総合警備会社という名称で、顧客はもっぱら、防犯係や屈強な警備員を必要としているショッピングセンターだった。彼が社長となってからは、ミルトン・セキュリティーという国際的に通用しやすい社名に改められ、

最新の技術を導入するようになった。職員も一新された。ほかをお払い箱になった夜間警備員や、制服を着たいがために入社した連中、バイトの高校生に代えて、確かな能力のある人材を雇い入れた。具体的には、業務を指揮することのできる年配の元警察官、国際テロや身辺警護、産業スパイに精通した政治学の専門家、そしてとりわけ、通信技術者とコンピュータの専門家だ。会社の所在地も、ストックホルム郊外のソルナから、ストックホルムの中心部、スルッセンにほど近い、高級感のある建物へと移した。

一九九〇年代に入るころ、ミルトン・セキュリティーは富裕層の顧客にまったく新しい形で安全を提供することのできる設備と人材をそろえていた。おもな顧客は、きわめて高い売上高を誇る中堅企業や、裕福な個人客——若くして巨万の富を築いたロックスター、株のトレーダー、ITベンチャー企業の取締役などである。中心となる事業は、外国、とりわけ中東に進出しているスウェーデン企業を対象とした、ボディガードの派遣と安全対策の実施だ。この事業は現在、会社の収益の七十パーセント近くを占めている。アルマンスキーが社長の座について以来、年間収益は四千万クローネ強から二十億クローネ近くにまで上昇した。安全を売るというのは、このうえなく実入りの良い仕事だった。

事業は三つの分野に大別される。第一は〝安全相談〟、すなわち考え得る危険や仮想の危険を特定すること。第二は〝対抗措置〟で、その内容はたいていの場合、高価な監視カメラや、不法侵入ないし火災の警報器、電子式施錠システム、コンピュータ設備の設置などだ。第三の業務は、それが実在するにせよ想像の域を出ないにせよ、なんらかの危険にさらされている個人や企業に対する〝身辺警護〟だ。この身辺警護の需要はここ十年のうちに四十倍以上に増え、最近は新しいタイプの顧客とし

て、かなり裕福な女性からの依頼が増えている。元恋人や元夫、あるいはテレビで姿を見たのがきっかけで、そのぴったりとしたセーターや口紅の色に執着しているらしいストーカー、などといった連中から、身を守ろうとする女性たちだ。ミルトン・セキュリティーはまた、ほかのヨーロッパ諸国やアメリカで評判の良い警備会社と提携して、スウェーデンを訪れる国際的著名人の安全確保にあたってもいる。映画撮影所のあるトロルヘッタンにロケで二カ月滞在した有名なアメリカ人女優がその一例で、知名度からいってホテル周辺をときおり散歩するにもボディガードが必要だと考えた彼女のマネージャーから依頼が来たのだった。

ミルトン・セキュリティーにはさらに、社員数名しか関わっていない、かなり小規模な第四の事業がある。いわゆるPUあるいはP‐Undと呼ばれる分野で、社内では〝pundare(ジャンキー)〟とあだ名されている。つまり、身辺調査(personundersökningar)だ。

アルマンスキーはこの事業があまり気に入ってはいなかった。予算面からみて実入りがいいとはいえないうえ、通信技術の知識や防犯装置を目立たないように取りつける技術よりもむしろ、社員の判断と能力に大きく頼ることになるデリケートな分野だからだ。単に支払い能力を調査するとか、社員候補の経歴を確認するとか、あるいは会社の情報を漏洩したり犯罪に手を染めたりしているのではないかと疑われる社員について調べるとかであれば、身辺調査を行なうのも容認できる。そういったケースなら、〝ジャンキー〟も会社の主業務の一環だ。

ところが顧客は何かにつけて、業務の趣旨にそぐわない私的次元の問題を持ち込んでくる。〝娘とつきあっている不良が誰なのか知りたいのですが〟……〝どうも妻に男がいるらしくて〟……〝息子

はいい子なんですが、つきあっている仲間が悪くて〝……〟ゆすりに遭っているんです〟……たいていの場合、アルマンスキーはこの種の依頼をきっぱり断わった。娘が成人しているのならどんな不良とつきあおうと勝手だし、浮気の問題は夫婦間で解決すべきだ、と彼は考えていた。こうした依頼には、スキャンダルを引き起こしたり、会社にとって法律上の懸念を生じさせたりするかもしれない罠が、必ずひそんでいる。したがってドラガン・アルマンスキーは、そもそも会社の収益全体から見ればポケットマネー程度にしかならないこれらの仕事に対し、つねに目を光らせていた。

残念ながら今朝《けさ》の用件はまさしく身辺調査で、ドラガン・アルマンスキーはズボンの折り目を直してから、座り心地のいい事務用肘掛け椅子に背をあずけた。そして不信感に満ちた目で三十二歳年下の社員リスベット・サランデルを見つめ、名高い警備会社に彼女ほど不似合いな人間はいない、とあらためて思った。彼の不信感は理にかなっていると同時に不合理でもあった。アルマンスキーの目から見たリスベット・サランデルは、この業界で過ごした長い年月のうちに出会った中でも、抜群に有能な調査員だった。ミルトン・セキュリティーに入社してからの四年間、彼女はひとつの失敗も犯すことがなく、ひとつとして中途半端な報告書を提出したことがなかった。

それどころか、彼女の仕事ぶりは類を見ないものだった。リスベット・サランデルにたぐいまれなる才能があることを、アルマンスキーは確信していた。銀行口座の情報を得たり、支払いの滞納状況を調べたりすることは誰にでもできるが、サランデルには余人にない想像力があり、予想とは似ても似つかない情報を必ずどこかから入手してくる。彼女がどんなふうに仕事を進めているのか、彼には

まるで見当がつかず、ときには彼女の情報収集能力が魔法のように思えることさえあった。彼女は公文書の記録にきわめて詳しく、どんなに無名の人物についての情報であっても引き出すことができた。とくに調査対象である人物の秘密を暴きだす能力がずばぬけていた。少しでも疑わしいところがあれば、彼女はプログラムされた巡航ミサイルのように、そこにぴたりと照準を合わせた。

異論の余地なく、彼女には天分があった。

彼女の報告書は、そのレーダーに捕捉された人物にとって、身を滅ぼすほどの災難になることもあった。かつて、企業の買収に先立って製薬部門の研究者について調べてほしいとの依頼があり、型どおりの調査を彼女にやらせたときのことを思い出すと、アルマンスキーはいまも冷や汗が出る。一週間ほどで終わるはずの仕事なのに長引いており、何度か催促したものの音沙汰はなく、そのまま四週間が経過したあと、彼女は調査対象の人物が小児性愛者であるとする報告書をたずさえて戻ってきた。それによれば、男はエストニアのタリンで売春をしていた十三歳の少女を相手に、少なくとも二度にわたって買春行為をはたらいており、また同棲相手の娘に病的な興味を抱いているらしい兆候もあるというのだ。

サランデルの性格は、ときにアルマンスキーを絶望の淵に追い込んだ。男が小児性愛者だとわかったとき、彼女は電話をかけてアルマンスキーに知らせたわけでも、話があると言って社長室に駆け込んできたわけでもなかった。報告書が核爆弾のような情報を含むことなどひと言も口にせず、ある晩、オフィスの電気を消して家に帰るしたくをしていた彼の机の上に、ぽんと報告書を置いたのだった。彼は報告書を持ち帰り、その夜遅く、リディンゴーの自宅のリビングルームで、ようやく人心地がつ

いてテレビを前に妻とふたりでワインを飲んでいるとき、初めてページを繰りはじめた。

いつものとおり、報告書は科学的と言ってもいいほどの綿密さで書かれ、脚注があり、引用があり、情報の出所が正確に示されていた。冒頭部分は男の経歴、受けた教育、職歴、経済状況について述べていた。二十四ページ、小見出しのあとで、サランデルは男のタリン通いという爆弾を投下していたが、その書きぶりは、男がソレントゥーナに家を持ち、紺色のボルボに乗っている、と書いたときの客観的な調子そのままだった。自分の主張を裏づけるため、彼女は部厚い添付書類をつけており、十三歳の少女が問題の男といっしょにいる写真も含まれていた。タリンのホテルの廊下で撮影されたもので、男の手が少女のセーターの下にもぐっていた。しかもリスベット・サランデルはこの少女を探しあてることに成功し、彼女を説得して詳しい証言を引きだし、それをカセットに録音していた。

まさにアルマンスキーが避けたかった大混乱を、この報告書は引き起こしたのだった。彼はまず、胃潰瘍《いかいよう》の薬として主治医に処方された錠剤を二錠飲んだ。それから依頼人を呼び、短いながらも気の重い話し合いをした。そして最後に、渋る依頼人を押しきり、ただちに報告書の内容を警察に伝えた。この最後の行動は、ミルトン・セキュリティーが告訴と反訴の泥仕合に引きずりこまれるかもしれない、ということを意味する。資料の根拠が薄弱ならば、あるいは男が無罪放免になれば、会社は名誉毀損で訴えられかねない。最悪の状況だった。

しかしアルマンスキーが何よりも困惑しているのは、リスベット・サランデルがみせる感情表現の著しい欠如ではない。会社にとっては、イメージというものがきわめて重要だ。ミルトンのイメージ

は保守性と堅実性だが、リスベット・サランデルは、新型ボートの展示会に出品されたパワーショベル並みに、このイメージにそぐわない存在だった。

アルマンスキーには、いちばん腕のたつ部下が、髪を極端に短く刈り、鼻と眉にピアスをつけ、拒食症のようにやせた青白い肌の娘である、ということがいまだに不思議でならなかった。彼女は首に長さ二センチのスズメバチのタトゥーを入れ、さらに左の二の腕と足首のまわりにも帯状のタトゥーをしている。彼女がタンクトップで出社したとき、アルマンスキーはその肩甲骨《けんこうこつ》にいっそう大きなドラゴンのタトゥーがあるのを認めた。もともと赤毛の髪は、カラスのような漆黒に染められている。いつ見ても、ハードロックのミュージシャンとまる一週間、乱痴気《らんちき》騒ぎを続けた直後のような様子だった。

実際には、彼女は摂食障害に苦しんでいるわけではない——アルマンスキーはそう確信している——それどころか、あらゆるジャンクフードを食べまくっているらしい。やせているのは単に生まれつきなのだ。骨のつくりが細いため、少女のように華奢《きやしや》で弱々しく見え、手は小さく、足首は細く、胸のふくらみを服の下に識別するのは容易でない。二十四歳だが、十四歳くらいにしか見えない。

口は大きく、鼻は小さめで頬骨が高いので、どことなく東洋人のような顔立ちに見える。身のこなしは俊敏で、クモを思わせるところがあり、コンピュータに向かっているとき、その指はまるで躁状態のようにキーをたたく。モデルとして成功できる体つきではないものの、顔だけをとってみると、ふさわしいメイクを施してクローズアップで撮ればどんな広告写真にも使えそうだ。ときおり毒々しい黒い口紅を塗ったりするのだが、そんな化粧、タトゥー、鼻と眉のピアスを含めて、彼女は魅力的

だった。説明のつかない魅力ではあったが。

そもそもリスベット・サランデルがドラガン・アルマンスキーの会社で働いていること自体が驚くべきことだった。彼女はふだん彼が接するたぐいの女性ではなかったし、ましてや雇おうという気になる女性ではなかった。

彼女は初め、オフィスの下働きとして入社した。きっかけは、高齢のJ・F・ミルトンの私的な雑務を引き受けている、定年退職目前の弁護士ホルゲル・パルムグレンの評によれば、リスベット・サランデルの話をもちかけてきたことだった。パルムグレンが、〝態度に少々問題はあるが、頭の切れる女の子〟ということだった。パルムグレンがその娘に成功の機会を与えてやってほしいと言うので、アルマンスキーはしぶしぶながらも応じた。パルムグレンは断わるとかえって食い下がるタイプなので、すぐに首を縦に振るほうが楽なのだ。パルムグレンが問題児や社会に適応できない連中の世話を引き受けているのをアルマンスキーは知っていたが、この弁護士が頭の切れる娘だと言うのだからまちがいないだろうと思った。

だが、リスベット・サランデルに会った瞬間、彼は後悔した。

態度に問題があるというだけではない――彼の目から見た彼女は問題そのものだった。彼女は中学校を中退しており、高校には進学しておらず、いかなる種類の高等教育も受けていなかったのだ。

最初の数カ月、彼女はフルタイムで、いや正確に言えばほぼフルタイムで出勤し、ともかくも職場に姿を現わした。コーヒーをいれ、届いた郵便物を分類し、コピーをとった。困ったのは、彼女がオフィスの決められた労働時間や仕事の手順を意に介さないことだった。

その一方で、社員を苛立たせる能力はたっぷり持ちあわせていた。彼女は〝脳細胞二個の娘〟とあだ名されたが、それは呼吸するためにひとつ、まっすぐ立っているためにひとつという意味だった。彼女は自分の話をけっしてしなかった。話しかけてもほとんど答えが返ってこないので、同僚たちは早々と会話をあきらめた。冗談を言って笑わせようとしたところで、成功したためしはなかった——大きく見開いた無表情な目で見据えられるか、不快感をあらわにされるか、そのどちらかだった。

しかも彼女は、社員同士がふざけあって楽しむような社風にあって、からかわれたと感じるといきなりひどく不機嫌になる、という評判を得た。彼女の態度は信頼感も友情も呼び起こすことがなく、いくらもたたないうちに彼女は野良猫のようにミルトンの廊下をうろつく変人となってしまった。すべてにおいて見込みがないとみなされたのだ。

こんなうんざりする状況が一ヵ月ほど続いたあと、アルマンスキーは彼女を解雇するつもりで社長室に呼んだ。彼女は自分の落ち度が列挙されるのを、反論もせず、眉ひとつ上げず、ただ黙って聞いていた。そしてアルマンスキーがしめくくりに〝つまりは態度がよろしくないのだ〟と言い、〝きみの能力をうまく使ってもらえるような別の職場を探したほうがいいと助言しかけたところで、彼女が突然口をはさんだ。断片的でないまとまりのある表現で彼女が話したのは初めてのことだった。

「社長、小間使いが欲しいのなら、職業安定所へ探しに行ったらどうですか。わたしはあらゆる人物についてのあらゆる情報を見つけだせるのに、いつまでも郵便物の分類ばかりさせてるとしたら、あなたはどうしようもない馬鹿です」

アルマンスキーはこのとき自分があまりの憤りと驚きに絶句したことをいまも覚えている。彼女は

そんな彼の反応を一顧だにせず、話を続けた。

「あなたの会社には、顧客であるITベンチャー企業が取締役会長として引き抜くつもりの人物について、三週間を費やして、まるで価値のない報告書を書き上げた間抜けがいます。わたしは昨晩彼に頼まれて、そのあきれた報告書をコピーしました。そこにあるのがその報告書です」

アルマンスキーは目の前の机に置かれた報告書をちらりと見やり、珍しく大声を上げた。

「きみは社内秘の報告書を読む立場にはないはずだぞ」

「おっしゃるとおりですが、この会社の危機管理には少々隙がありますよ。社長命令に従うなら、彼はこういうものを自分でコピーしなくてはいけないのに、きのう彼はその報告書をわたしに放り投げて食事しに行きました。そうそう、その前の報告書も二、三週間前、社員食堂に放置されていましたよ」

「放置されていただと？」と、アルマンスキーは衝撃のあまり叫んだ。

「大丈夫です。ちゃんと彼のロッカーに入れておきましたから」

「やつはきみに自分の書類用ロッカーの暗証番号まで教えたというのか」アルマンスキーは息を荒らげつつ訊いた。

「いいえ、ちょっと違います。その番号とコンピュータのパスワードを書いたメモが、彼の机の上に置いてあったんです。でもわたしが言いたいのは、あのできそこないの探偵がやった身辺調査にはまったく価値がない、ということなんです。なにしろ、当の男がギャンブルで莫大な借金をつくっていることも、掃除機みたいにコカインを吸っていることも、恋人を殴りつけて女性保護団体に駆けこませ

たことも、ひとつ残らず見落としているんですから」
そして彼女は黙り込んだ。アルマンスキーはしばらく何も言わず、くだんの報告書をぱらぱらとめくった。報告書の記述はしっかりしており、よくわかる文章で書かれ、参照すべき資料や情報源の記載があり、男の友人・知人の述べた言葉も盛り込まれていた。やがて彼は目を上げ、ひと言だけ言った。

「証明したまえ」
「いただける時間は？」
「三日だ。金曜の午後にきみの言い分を証明できなければ、会社をやめてもらう」

三日後、彼女は何も言わずに報告書だけをぽんと提出した。初めに作成されたものと同様、情報の出所が詳しく記載されていたが、好感の持てそうな若きエリートが信用ならない下司《げす》野郎に変わっていた。アルマンスキーはその週末、彼女の報告書を何度も読んだ。それから月曜日の数時間を割《さ》き、彼女の主張のいくつかについて、あまり気乗りのしない裏づけ調査もしてみた。だが調査を始めもしないうちから、彼女の情報は正しいと直観的に思っていた。

アルマンスキーは彼女を見る目がなかった自分にとまどい苛立った。彼女を愚かだと思ったばかりか、もしかすると知的障害があるのではないかとさえ考えていたのだ。授業をさぼりすぎて中学校を卒業しそこねた娘が、このように文章として完璧なばかりでなく、数々の考察に加え、どうやって手に入れたのか想像もつかないような情報を含む報告書を書けるとは、まったく予測していなかった。

ミルトン・セキュリティーで働くほかの社員の誰も、女性保護団体に勤務する医師のカルテの抜粋を写し取ることなどできなかったにちがいない、とアルマンスキーは思った。どんなやり方をしたのか彼女に尋ねてみたが、はっきりとした答えは得られなかった。情報提供者の名を明かすことはできません、と彼女は言った。アルマンスキーはやがて、リスベット・サランデルが仕事の進め方について、彼だけでなくほかの誰にも話す意志がないことを理解した。彼はやや不安になったが、ためしに彼女を使ってみようという気持ちのほうが大きかった。

アルマンスキーは、数日ほどじっくり考えてみた。

ホルゲル・パルムグレンが彼女をここによこしたときに言ったことを思い出した。〝どんな人間にも、成功の機会が与えられるべきだ〟。子どものころに学んだイスラムの教えが記憶によみがえる。神に対する自分の義務は、疎外された人々を助けることだ。神の存在など信じておらず、モスクに足を踏み入れたのも思春期が最後だが、リスベット・サランデルがしっかりとした支援を必要としている人間だと感じた。それまでの人生で、彼はまだこの種の取り組みをしたことがなかった。

彼はリスベット・サランデルを解雇するかわりに、ふたりだけで話をするため社長室に呼び出し、この厄介な娘が本当のところはどんな人間なのかを知ろうとした。彼女の精神に深刻な問題があるという確信は強まったが、同時に、その接しにくい外見の背後に聡明な人物が隠れていることもわかった。弱々しく世話の焼ける部下だと思いつつ、それでも彼は——自分でも驚きだったが——彼女を好きになりはじめていた。

それから数カ月のあいだ、アルマンスキーはリスベット・サランデルを何かにつけて庇護《ひご》した。正直なところ、趣味に近いちょっとした社会貢献という気持ちで彼女の面倒を見ていた。単純な調査の仕事を与え、仕事の進め方を手ほどきしようとした。彼女は辛抱強く耳を傾け、自分の机に行き、頼まれた仕事を完全に独自のやり方でこなした。彼はまた、サランデルにコンピュータの基礎を指導するよう、技術部門の責任者に依頼した。彼女はその日の午後ずっと、あてがわれた席におとなしく座っていたが、やがて責任者が少々とまどった様子でやってきて、彼女のコンピュータの知識はすでにほとんどの社員を上まわっているようだと言った。

まもなくアルマンスキーは、リスベット・サランデルにはミルトンのオフィス慣行に従う意志がなく、どんなに面談を重ね、社内講習をはじめとするさまざまな説得手段を駆使したところで無駄である、と気づいた。そうして厄介なジレンマに陥った。

彼女が同僚たちにとって苛立ちの種であることに変わりはなかった。相手が別の社員なら、好きな時に来て好きな時に帰るような働き方は受け入れなかっただろうし、ふつうなら勤務態度を変えさせるべくそろそろ最後通牒《つうちょう》を突きつけるころだ。そのことはアルマンスキーも自覚していた。だが最後通牒を示そうと、解雇すると言って脅そうと、リスベット・サランデルは肩をすくめてみせるだけだろうと予想がついた。したがって、とるべき道はふたつにひとつ、彼女を追い出すか、彼女がふつうの人間とは違うことを受け入れるか、そのどちらかだった。

だが、アルマンスキーにとってこれよりも大きな問題は、この若い女性に対する自分の気持ちが自

分でもよくわからないことだった。まるでしつこい痒《かゆ》みのように、彼女は不快であると同時に気をそそるのだ。性的に魅かれているのではない——少なくとも自分ではそう思っている。彼の目を引くのはふつう、金髪でグラマーで、想像力をくすぐるふくよかな唇をした女だ。そのうえ彼はリトヴァという名のフィンランド人女性と夫婦として二十年連れ添っており、妻は五十歳を過ぎてなお、こうした彼の好みの条件を充分すぎるほど満たしてくれている。浮気は一度もしたことがない。いや、確かに妻が事情を知ったら悪く解釈しかねない出来事がなかったわけではないが、結婚生活は幸福で、サランデルと同じ年頃の娘がふたりいる。とにかく彼は、遠目に見たらやせぎすの少年と区別がつかないような、胸の平らな女には興味がない。それは彼の好みとかけ離れている。

にもかかわらず、彼はリスベット・サランデルに関する不適切な妄想にふけっている自分に気づきはじめ、彼女の存在にけっして無関心でないことを自分で認めざるを得なくなった。だが、こんなふうに魅かれるのは、サランデルが自分とはかけ離れた、得体の知れない存在だからだ、とアルマンスキーは考えた。古代ギリシアのニンフを描いた絵に夢中になるようなものだ。心を引きつけられるけれども共有することはできない、共有しようとしたところで彼女に退けられるにちがいない、そんな非現実的な生き方をサランデルは体現していた。

ある日、アルマンスキーが旧市街のストールトリエット広場にあるカフェのテラス席で休んでいると、リスベット・サランデルがぶらぶら歩きながらやってきて、テラスの反対側のテーブルについた。女三人、男一人といっしょで、みな彼女と似たような身なりをしていた。アルマンスキーは好奇心にかられて彼女を観察した。オフィスにいるときと変わらないひかえめな様子ではあったが、紫色の髪

をした娘の話になんと頬をゆるませている。

アルマンスキーは、もし自分が髪を緑に染め、すりきれたジーンズをはき、どぎつい図柄と鋲《びょう》のついた革ジャンをはおってオフィスに現われたら、サランデルはどう反応するだろうと考えてみた。自分を仲間のひとりとして認めるだろうか？　認めるかもしれない――彼女は〝気にしないわ、わたしにはかかわりのないことだもの〟という態度で、周囲のすべてを受容しているように見える。とはいえ、彼を馬鹿にする可能性のほうがはるかに高かった。

彼女はアルマンスキーに背を向けており、一度も彼のほうを見ることはなく、どうやら彼がいることに気づいていないらしかった。彼女の存在に妙な気詰まりを感じはじめたアルマンスキーが、立ち上がってこっそり店を出ようとしたその瞬間、彼女はくるりと振り返り、まっすぐに彼を見つめた。まるで初めから彼がそこにいるのを知っていて、周到に見張っていたかのようだった。あまりに突然向けられた視線に、彼は強烈なパンチをくらったような気がして、彼女が目に入らなかったふりをし、急ぎ足で店をあとにした。声こそかけてこなかったものの、彼女が自分の姿を目で追っているのがわかった。角を曲がりきるまでずっと、彼女の視線をひりひりと背中に感じた。

彼女が声を出して笑うことはめったに、いや、けっしてなかった。それでもアルマンスキーは、彼女の態度が徐々に軟化してきているような気がした。彼女には皮肉のこもったユーモアのセンスがあり、場合によってはそれが皮肉っぽい歪んだ微笑となって表われることもあった。

ときおりアルマンスキーは、情緒的な反応をまったく見せないサランデルの態度に挑発されているように感じ、彼女の肩をつかんで揺さぶり、その殻を打ち破り、友情を、それが無理ならせめて敬意

を得たい、と思うことがあった。

一度だけ、彼女が働きはじめて九ヵ月ほど経ったころ、彼は自分の気持ちを彼女と話し合おうとしてみた。十二月に開かれたミルトン・セキュリティーのクリスマスパーティーの席で、彼は珍しく度が過ぎるくらい酒を飲んだ。その場にふさわしくないことが起きたわけではない——ただ、彼女のことを気に入っている、と言おうとしただけだ。何よりも伝えたかったのは、彼女に対して父性本能のようなものを感じている、助けが要るときには安心して自分に会いに来てほしい、ということだった。彼は大胆にも彼女を、もちろん友人に対してするようにだが、抱きしめようとまでした。

彼のぎこちない抱擁から身をふりほどき、彼女はパーティー会場から立ち去った。その後オフィスに姿を見せなくなり、携帯に電話しても出なくなった。彼女の不在を、ドラガン・アルマンスキーは拷問と感じた。罰を下されているような気がした。この気持ちを話し合える相手はひとりもいなかった。そして彼はこのとき初めて、リスベット・サランデルに自分を打ちのめす力があることを、ぞっとするほどにはっきりと思い知ったのだった。


それから三週間が過ぎた一月のある晩、アルマンスキーがオフィスに残って決算報告に目を通していたとき、サランデルが戻ってきた。幽霊のように音もなく社長室に入ってきた彼女が、戸口を少し入ったところに立ち、薄暗がりから自分をじっと見つめているのに、彼は突然気づいた。どのくらい前からそこにいたのかさえ、彼にはわからなかった。

「コーヒー飲みますか」と言って、彼女はドアを半分ほど閉め、社員食堂にあるエスプレッソマシン

でいれた紙コップのコーヒーを差し出した。彼は無言のまま紙コップを受け取ったが、ほっとすると同時に不安にもなった。彼女は足でドアを閉め、来客用の椅子に座り、彼の目をまっすぐに見つめた。そして、彼が冗談まじりに追い払うことも、巧みにかわすこともできない語調で、禁断の問いかけを口にした。

「ドラガン、あなた、わたしと寝たいんですか？」

アルマンスキーは体じゅうが麻痺《まひ》したように座ったまま、必死に返事を考えた。真っ先に思いついたのは、怒ったふりをしてきっぱり否定することだった。それから彼女のまなざしを見て、彼女が自分に私的な質問をしたのはこれが初めてだと気づいた。まじめに訊いている以上、もし冗談ではぐらかしたりすれば、彼女は侮辱されたと思うにちがいない。彼女は話をしたがっている。この問いを発するためにどれほど勇気を振りしぼったのだろう。アルマンスキーはゆっくりとペンを置き、椅子の背もたれに体をあずけた。ようやく緊張が解けた。

「どういうわけでそう思うんだ？」と彼は尋ねた。

「わたしを見るときの態度、わたしを見ないようにするときの態度。わたしに触れようとして途中で手を引っ込めたことも何度かあったから」

彼はたちまち笑顔になった。

「指一本でも触れたら嚙みつかれそうな気がするからだよ」

彼女は笑わなかった。続きを待っていた。

「リスベット、私はきみの上司だ。たとえきみに心を奪われたとしても、行動は起こさないよ」

彼女はなおも待っていた。

「ここだけの話だが――確かに、きみに魅かれていると感じることも何度かあった。説明はできない。そうなのだとしか言いようがない。なぜかは自分でもわからないが、きみのことがとても好きだ。だが寝たいなどということはない」

「よかった。あなたと寝るなんてありえないから」

アルマンスキーは笑いだした。男に対する通告としてはこれ以上ないほど否定的なものであるにせよ、サランデルは初めて、心を開いて話をしてくれたのだ。彼は適切な言葉を探した。

「リスベット、きみが五十すぎの中年男に興味がないのはわかってるよ」

「五十すぎの中年男の上司に興味がないんです」と、彼女は片手を上げて言った。「あとひとこと言わせてください。あなたはときどき間が抜けてて、いらいらするほど官僚的なこともあるけど、ほんとは魅力的な男性で……わたしもそんな気持ちになるかもしれない……でも、あなたはわたしの上司で、奥さんに会ったこともあるし、この仕事を続けたいから、あなたと事を起こすのは何よりも愚かなことだと思ってます」

アルマンスキーは黙ったまま、ほとんど息もできずにいた。

「あなたがわたしのためにしてくださったことはちゃんと覚えてますし、感謝もしてます。先入観を乗り越えて、わたしにこの会社でのチャンスをくださったことは、ありがたく思ってます。でもあなたを恋人にしたくはない。それにあなたは父親でもない」

彼女は言葉を切った。しばらくして、アルマンスキーは力なくため息を洩らした。「それじゃ、い

ったいどうしたいというんだ？」

「あなたのもとで仕事を続けたい。迷惑でなければ」

彼はうなずいてから、できるかぎりありのままの気持ちを伝えるつもりで言った。「ここで働いてくれるのは大歓迎だよ。だが同時に、私に対して何らかの友情と信頼を抱いてほしいとも思っている」

彼女はうなずいた。

「きみは友だちになろうという気を人に起こさせるタイプではない」と彼はいきなり言い放った。彼女は少し表情をくもらせたが、彼はかまわず続けた。「きみが私生活に首を突っ込まれたくないと思っているのはわかったから、こちらも気をつけるつもりだよ。だが、私がこれからもきみに好意を持ちつづけることは、許してもらえるだろうか？」

サランデルは長いこと考えていた。やがて、答えのかわりに立ち上がり、テーブルの脇を通って彼に近づくと、軽く抱きついた。彼は完全に不意をつかれ、腕をほどかれてからやっと彼女の手を握った。

「友だちでいてくれるね？」と彼は言った。

彼女はこくりとうなずいた。

彼女が愛情らしきものを示したのは、いやそもそも体に触れてきたのは、あとにも先にもこのときだけだった。アルマンスキーはこのときのことを思い出すといまも胸が熱くなる。

四年の歳月が経った現在もまだ、彼女は自分の私生活や経歴について、アルマンスキーにほぼ何も

明かしていない。彼は一度、いわゆる〝ジャンキー〟の技を使って、サランデルのことを調べてみた。ホルゲル・パルムグレンとも、長時間にわたって話をした――アルマンスキーが会いにきたことに、パルムグレンは驚いていないようだった――が、そうして知るにいたった事実によって、彼女への信頼が高まったかといえば、そんなことはなかった。この事実について、彼は一度も本人と話をせず、彼女の私生活を探ったことをおくびにも出さなかった。ただ不安を押し隠しつつ、さらなる警戒の目を光らせた。

あの忘れがたい夜、サランデルとアルマンスキーはある取り決めを結んだ。今後、彼女はフリーランサーとして、アルマンスキーから仕事を受注する。仕事の有無にかかわらず、会社は彼女に月々少額の手当を保証するが、実質的な報酬は任務ごとに支払われる。仕事は彼女の好きなように進めてかまわないが、その代わり、彼が困ることや会社に迷惑がかかることはけっしてしないと約束する。

これはアルマンスキーにとって、会社、自分、サランデルの三者すべてに都合のよい現実的な解決策だった。こうして、厄介な身辺調査部門の正社員を、無難な型どおりの調査や支払い能力調査を担当する年配の社員一人に減らすことができた。それ以外の複雑で危うい仕事はすべて、サランデルや別の何人かのフリーランサーに任せる。事態が思わしくない方向に展開しても、このフリーランサーたちは実際のところ独立した自営業者であり、ミルトン・セキュリティーが責任を負う義務はない。サランデルは次々と仕事を与えられ、充分な収入に恵まれた。さらに高い収入を得ることもできたが、彼女はやる気になったときだけ仕事をし、それが気に入らないなら自分を解雇すればいい、という姿

勢だった。

アルマンスキーは彼女の態度や身なりを容認していたが、ひとつ条件があった。彼女が依頼主と顔を合わせないことだ。この条件はほぼ例外なしに守られたが、今日の仕事は残念ながら、その数少ない例外のひとつだった。


今日のリスベット・サランデルは、牙のついたETの絵と〝I am also an alien（わたしもエイリアン）〟という言葉がプリントされた黒いTシャツを着ている。これに加え、裾のほつれた黒いスカート、丈の短いすりきれた黒の皮ジャン、鋲《びょう》を打ったベルト、ドクターマーチンのブーツ、赤と緑の横《よこ》縞《じま》の入ったニーソックスに身を包んでいる。さらに、色覚異常ではないかと疑わせるような色合いの化粧をしている。つまり今日の彼女は、いつになくきちんとしたいでたちだ。

アルマンスキーはため息を洩らし、部屋にいる第三の人物、部厚いレンズの眼鏡をかけた地味な風采の客に視線を向けた。ディルク・フルーデという六十八歳の弁護士で、報告書を書いた職員の方にぜひとも直接お会いしていくつか質問をさせてほしい、と言ってきたのだった。アルマンスキーは、サランデルが風邪を引いているとか、ちょうど出張中だとか、ほかの仕事で手が離せないとか、あれこれ口実を作ってふたりの対面をなんとか避けようとした。だがフルーデはまったく気にかけない様子で、かまいません、急ぎではないし、ゆっくり待たせていただきますよ、と返事した。アルマンスキーは心中で悪態をついたが、結局、ふたりを引きあわせる以外にないと観念したのだった。そしていま、フルーデ弁護士は魅入られたようにリスベット・サランデルを観察している。サランデルも、

優しさのかけらもない顔つきで、彼をじっとにらみ返している。

アルマンスキーはふたたびため息を洩らし、サランデルが机の上に置いた、カール・ミカエル・ブルムクヴィストという題が大書された資料に目をやった。名前の下には市民番号がていねいに記されている。彼はその名前を読み上げた。フルーデ弁護士は我に返り、アルマンスキーのほうに向き直って言った。

「それで、ミカエル・ブルムクヴィストについて、どんなことをお聞かせいただけますかな」

「こちらが報告書を作成したサランデルです」そう言ってから、アルマンスキーは一瞬ためらい、フルーデを安心させようと笑顔で付けたしたが、頼りない弁解のようにしか聞こえなかった。「どうか彼女の若さに惑わされませんよう。彼女はわが社の中でもずば抜けて優秀な調査員なのです」

「そうでしょうな」とフルーデは、そう思っていないことがありありとわかるそっけない声で言った。

「彼女が突きとめた内容を聞かせていただきましょう」

フルーデ弁護士は明らかに、リスベット・サランデルにどう接していいかわからず、あたかも彼女が同席していないかのごとくアルマンスキーに質問することによって、自分の見慣れている世界に戻ろうとしたのだった。そのタイミングをとらえて、サランデルは噛んでいた風船ガムを大きくふくらませた。そしてアルマンスキーが答えようとしたまさにそのとき、まるでフルーデがその場にいないかのように、アルマンスキーに向かって言った。

「長い説明がいいか短い説明がいいか、依頼主に確かめてくれますか」

フルーデ弁護士は即座に自分の失言を悟った。気まずい静寂があってから、彼はリスベット・サラ

ンデルに向き直り、やさしい保護者のような口調になって関係の修復をはかった。

「お嬢さん、突きとめてくださったことを口頭で説明していただけると、たいへんありがたいのですが」

サランデルは、昼食にディルク・フルーデを食おうかどうか考えているサバンナの獰猛《どうもう》な野獣のように見えた。そのまなざしにこめられた憎悪の思いがけない激しさに、フルーデは背筋が寒くなった。だが一瞬の後、彼女の表情は和らいだ。さきほどのまなざしは気のせいだろうか、とフルーデは思った。話しはじめた彼女の口調は、まるで公務員のようだった。

「では最初にお断わりしておきますが、この仕事はとくに困難ではなかったものの、達成すべき任務の詳細がかなりあいまいでした。彼について〝探り出せる情報はすべて〟探ってほしい、とのご依頼でしたが、何かお知りになりたい特定の情報があるのかどうかについては、まったくご指示がありませんでした。したがってわたしたちが作成できたのは、彼の人生を広く浅く俯瞰《ふかん》したカタログのようなものです。報告書は百九十三ページありますが、そのうちの百二十ページ強は、彼が書いた記事のコピーや、彼を取材した新聞や雑誌の切り抜きです。ブルムクヴィストは秘密の少ない有名人で、たいした隠し事はありません」

「だが、秘密があることにはあるんですね？」とフルーデは尋ねた。

「秘密は誰にでもあります」と彼女は何の感情もまじえずに言った。「問題は、どんな秘密を見つけだすかです」

「先をうかがいましょう」

「ミカエル・ブルムクヴィストは一九六〇年一月十八日生まれで、まもなく四十三歳になります。ボーレンゲで生まれていますが、そこで暮らしたことはありません。彼が生まれたとき、両親のクルトとアニタは三十代半ばで、現在はふたりとも他界しています。父親は機械技師で、職業がら引っ越しを繰り返していました。母親は、わたしが調べたかぎり、ずっと専業主婦でした。やがて一家はストックホルムに移り、ミカエルはここで小学校に入学しています。三歳年下のアニカという妹があり、現在弁護士をしています。また、おじと従兄弟《いとこ》が何人かいます。コーヒーいれてくれます?」

不意に声をかけられたアルマンスキーは、会議用に持ってこさせたポットの中味をあわてて注いだ。それから身ぶりで、話を続けるようサランデルを促した。

「いま申し上げたとおり、一家は一九六六年にストックホルムに移ってきました。家はリッラ・エッシンゲン地区にありました。ブロンマ地区で初等・中等教育を受け、クングスホルメン高校に進んでいます。資料の中にコピーを入れておきましたが、高校卒業時の成績は優秀で、平均評定は五点満点の四・九です。高校時代には音楽にのめりこみ、ブートストラップというロックバンドを結成してベースを担当していました。ちなみにこのバンドはシングルを一枚出しており、一九七九年の夏にはラジオでも流されています。高校卒業後は地下鉄の警備員として働き、貯金をして外国に旅立っています。一年間の旅行で、おもにインドやタイなどアジア諸国をまわり、オーストラリアにも立ち寄ったようです。二十一歳のとき、ストックホルムのジャーナリスト養成学校に入学しましたが、一年目を終えたところで兵役のために休学し、キルナの軽歩兵部隊に配属されました。この肉体的にハードな部隊を一〇‐九‐九という高評価を受けて除隊した後、ジャーナリスト養成学校に復学し、卒業以来

ずっとジャーナリストとして働いています。どこまで詳しくお話ししましょうか？」

「重要とお考えになることはすべて話してください」

「わかりました。彼は優等生的な印象を与える人物です。今日までの彼は、成功を収めたジャーナリストでした。一九八〇年代には、まず地方紙で、その後ストックホルムで、臨時の記者としての仕事を数多くこなしています。その一覧が資料の中にあります。躍進のきっかけは、ビーグルボーイズと呼ばれる銀行強盗の検挙に貢献したことです」

「名探偵カッレくん、だね」

「彼自身はそのニックネームを嫌っています。まあ当然といえば当然ですが。もし誰かがわたしのことを『長くつ下のピッピ』と呼ぶ記事を書いたら、その人は目のまわりにあざをつくることになるでしょうから」

そう言うとサランデルはアルマンスキーに暗いまなざしを向けた。アルマンスキーはごくりと唾《つば》を飲み込んだ。彼はまさに一度ならず、頭の中でリスベット・サランデルを長くつ下のピッピになぞらえたことがあり、それを種にうっかり冗談を言わなかったのを喜んだ。彼は人さし指を小刻みに振って先を促した。

「ある情報筋によれば、それまで彼は犯罪記者をめざしており、臨時の犯罪記者としてタブロイド紙に勤務していましたが、彼が名を知られるようになったのは政治経済方面の記者としてです。おもにフリーランスで仕事をしており、唯一、一九八〇年代末に、あるタブロイド紙に常勤記者として勤務しています。そこを一九九〇年に辞《や》め、月刊誌『ミレニアム』の創刊に加わっています。『ミレニア

ム』は、後ろ盾となる大手出版社を持たない異端的な雑誌としてスタートを切りました。以来、発行部数は伸び、現在は毎月二万一千部前後が売れています。編集部の所在地はここから二、三ブロック先のヨート通りです」

「左翼系の雑誌ですね」

「それは左翼をどう定義するかによります。『ミレニアム』は一般に、社会批判をテーマとした雑誌と受け止められていますが、無政府主義者はたぶんこれを『アレーナ』や『オードフロント』と同種の我慢のならないプチブル雑誌とみなしているだろうし、保守系の学生団体から見れば『ミレニアム』編集部の連中はボリシェヴィキということになるでしょう。ブルムクヴィストが政治的活動にかかわった形跡はまったくありません。左翼運動の盛んだった時代にも、彼は高校生でしたが、とくに政治に熱心ではなかったようです。ジャーナリスト養成学校時代に同棲していた女性は、当時サンディカリズムに傾倒し、いまは左翼党の国会議員になっていますが。彼に対する左翼のレッテルはおもに、彼が経済ジャーナリストとして、産業界の腐敗や闇取引を暴露する記事を専門に書いていることからきているようです。彼の記事で破滅に追い込まれた企業トップや政治家も何人かいますし――まあ当然の報いだったのでしょうが――相当数の辞職や訴訟の火つけ役となっています。最も広く知られているのがアルボーガ市事件で、このときは右派の市会議員が辞職に追い込まれ、市の元経理担当者が公金横領で一年の禁錮《きんこ》刑を受けています。とはいえ、犯罪を暴くことが左翼的であるとは必ずしも言えないでしょう」

「おっしゃる意味はわかりますよ。ほかには何か？」

「本を二冊書いています。一冊はアルボーガ市事件を扱ったもの、もう一冊は経済ジャーナリズムを扱った『テンプル騎士団』という本で、三年前に出版されています。わたしは読んでいませんが、書評から判断するかぎり、この本には賛否両論あり、マスコミ業界内でかなりの物議をかもしたようです」

「彼の経済状態は?」

「金持ちではありませんが、金に困っているわけでもないようです。所得税の申告書も報告書に添付してあります。年金貯蓄と投資信託とを合わせると二十五万クローネ強の貯金があり、またそれとは別に、銀行口座に約十万クローネの残高があって、そこから生活費や旅費などを引き出しています。六十五平方メートルのアパートをベルマン通りに持っていますが、ローンは完済しており、借金はゼロの状態です」

ここでサランデルは指を一本立てた。

「彼が所有している不動産はもうひとつあります――サンドハムンの別荘です。三十平方メートルの小さな家を別荘に改装したもので、海沿いの、町の中でも最も恵まれた場所にあります。一般庶民にもまだこうした贅沢《ぜいたく》ができた一九四〇年代に、彼のおじが購入したようで、遺産相続の結果、ブルムクヴィストの所有物になっています。彼は妹と遺産を分け合っていて、妹は両親の住んでいたリッラ・エッシンゲンのアパートを、ミカエル・ブルムクヴィストは別荘を相続しました。現在の評価額がどのくらいかはわかりません――おそらく数百万クローネでしょう――が、彼には売るつもりはないらしく、かなり頻繁にサンドハムンに滞在しています」

「収入は？」

「さきほど触れたとおり、彼は『ミレニアム』の共同経営者ですが、自分にあてがっている月給の額は一万二千クローネにすぎません。それ以外にフリーランスの仕事の稼ぎがありますが、金額はまちまちです。三年前、さまざまなメディアから仕事の依頼が殺到したときの収入がピークで、この年は四十五万クローネ近い年収を得ています。昨年のフリーランサーとしての稼ぎは、十二万クローネにとどまっています」

「しかもこれから、十五万クローネの損害賠償に加えて、弁護士費用なども支払うことになる」とディルク・フルーデは言った。「合計すればかなりの額になるでしょう。そのうえ禁錮刑に服しているあいだ、収入は途絶えることになる」

「刑を終えるころにはほぼ無一文になっているでしょうね」とサランデルが言った。

「彼は公正な男でしょうか？」とディルク・フルーデが尋ねた。

「言ってみればそれが彼の資本です。彼のイメージは、屈することなく産業界ににらみをきかせるモラルの番人、というもので、テレビ番組にもコメンテーターとして頻繁に招かれています」

「今日の判決で、その資本も底をつきつつあるでしょうな」と、ディルク・フルーデは考え込むような表情で言った。

「ジャーナリストにどれほどの信頼性が求められるものなのか、わたしにははっきりわかりませんが、この打撃のあと、名探偵カッレくんがジャーナリズムの一線に復帰するには、相当の時間がかかるでしょうね。ものの見事に信用を失いましたから」サランデルは冷静に分析した。「ですが、私見を述

べさせていただけるなら……」

アルマンスキーは目を丸くした。リスベット・サランデルが入社してから何年も経っているが、身辺調査で私見を口にしたことなど一度もない。彼女はありのままの事実にしか価値をおかない人物だった。

「ヴェンネルストレム事件の事実関係の確認は今回の仕事に含まれていませんが、裁判記録に目を通した結果、とまどいを覚えずにいられませんでした。この事件自体がどうもおかしいですし、それにどう考えても……ここまでめちゃくちゃな説を公表するなど、まったくミカエル・ブルムクヴィストらしくありません」

サランデルはここまで言うと、顎に手をやった。フルーデは辛抱強く待っている。アルマンスキーは、これはなにかの間違いだろうか、それともサランデルは本当に言葉につかえているのだろうか、といぶかった。彼の知るサランデルは、迷ったりためらったりすることの絶対にない人物だ。しばらくして、彼女はようやく心を決めたようだった。

「これはいわば非公式の発言と思っていただきたいのですが……ヴェンネルストレム事件を本格的に調べたわけではありませんが、カッレ・ブルム……失礼、ミカエル・ブルムクヴィストは、いっぱいくわされたのではないかと思うんです。この事件には、判決内容とまったく違う何かがあるような気がしてなりません」

ディルク・フルーデは椅子の上でにわかに姿勢を正した。サランデルの顔を探るようにじっと観察している彼を見て、アルマンスキーは、サランデルが報告を始めて以来、フルーデ弁護士が単なる礼

儀正しさを越えた興味を示したのはこれが初めてだ、と気がついた。どうやらフルーデはヴェンネルストレム事件にかなりの関心を寄せているらしい。〝いや違う〟とアルマンスキーはすぐに考え直した。〝フルーデが関心を寄せているのは、ヴェンネルストレム事件そのものではない――フルーデが反応したのは、ブルムクヴィストが罠にはまったのではないか、とサランデルがほのめかしたときだ〟

「それはどういう意味ですかな？」フルーデはいかにも興味津々《しんしん》といった声で尋ねた。

「わたしの憶測にすぎませんが、何者かが彼をだましたのだと思います」

「そうお考えになる理由は？」

「ブルムクヴィストの経歴からは、彼がきわめて周到なジャーナリストであることがわかります。彼の筆になる、物議をかもすスクープ記事には、充分な文書による裏付けが必ずありました。わたしは一日だけ、今回の裁判を傍聴してみました。まったく彼らしくない態度です。彼は反論らしい反論も述べず、戦わずしてあきらめているかのような様子でした。まったく彼らしくない態度です。判決内容を鵜呑《うの》みにするなら、彼は確かな証拠もなしにヴェンネルストレムに関する作り話をでっち上げ、まるで自爆テロかなにかのようにそれを発表したことになります――とてもブルムクヴィストのやり方とは思えません」

「では、いったい何があったと思われますか」

「これから申し上げるのはあくまでも憶測です。ブルムクヴィストはヴェンネルストレムの不正行為を確信していたが、その後何かのきっかけで、その情報が偽りであることがわかった。ということは、情報源がよほど彼の信頼している人物だったか、あるいは、何者かが故意に誤った情報を与えたとい

うことになりますが――これはうがちすぎかもしれません。別の可能性として、脅迫されて降参を余儀なくされ、戦いを放棄し、無能な愚か者とみなされる道を選んだ、とも考えられます。しかし初めに申し上げたとおり、これらはまったくの憶測にすぎません」

報告を続けようとするサランデルを、ディルク・フルーデは片手を挙げてさえぎった。そしてしばらく黙ったまま、なにやら考え深げに肘掛けを指先でたたいていたが、やがて少しためらいがちにサランデルのほうへ向き直った。

「ヴェンネルストレム事件の真相解明をあなたにお願いするとしたら……何かつかめる可能性はどのくらいありますかな」

「それはお答えできません。つかむことなど何ひとつないのかもしれませんし」

「だが、試してみることだけでも引き受けていただけますか」

サランデルは肩をすくめた。「決めるのはわたしではありません。ドラガン・アルマンスキーがわたしの上司で、わたしの仕事を決めるのは彼です。また、どんな情報をお望みなのかにもよります」

「では、こう申し上げたらどうでしょう……ところで、これは内密の話であると考えてよろしいですな?」とフルーデに問われ、アルマンスキーはうなずいた。「私は、この事件についてはまったくの不案内ですが、別の件でヴェンネルストレムが公正でない振る舞いをしてきたことは知っています。この事件がミカエル・ブルムクヴィストの人生に与えた打撃はかなりのものです。私はあなたの憶測

になにがしかの真実が含まれているのかどうか知りたい」

思いがけない話の展開に、アルマンスキーは身を固くした。いま、ディルク・フルーデがミルトン・セキュリティーに求めているのは、すでに判決の下った事件を掘り返せ、ということだ。しかもミカエル・ブルムクヴィストに対し不法な脅迫がなされた可能性もある。最悪の場合、ミルトンはヴェンネルストレムの手ごわい弁護士連中を敵にまわすことになるかもしれない。そんな状況の中に、まるで制御不能のミサイルのようなリスベット・サランデルを解き放つなど、考えただけでぞっとする。

気になるのは会社の体面だけではない。サランデルはアルマンスキーに、心配性の養父のように振る舞わないでほしいとはっきり表明していたし、例の取り決めをしたあとは、彼もそんなそぶりを見せないよう気をつけていたが、内心ではつねに彼女の身の上を案じずにはいられなかった。ときおり彼は、サランデルを自分の娘たちとくらべている自分に気づいてはっとすることがあった。娘たちの私生活によけいな口出しをしない良き父親だと自負してはいるものの、娘たちがリスベット・サランデルのように振る舞ったり、彼女のような生き方をしたりするのを許すことはないだろう、という自覚もある。

クロアチア人としての——あるいはボスニア人ないしアルメニア人としての——心の底で、彼はサランデルの人生の先に悲劇が待ちかまえているような気がして、その思いから逃れることができずにいた。危害を加えようとする者の前で彼女があまりにも無防備であるように思えてならず、いつの日か、彼女が何かの事件の犠牲になったという知らせで起こされるのではないか、と恐れていた。

「そのような調査ですと、経費がかなりかさむかもしれませんよ」とアルマンスキーはそっと再考を

促し、フルーデの依頼がどの程度本気なのかを見きわめようとした。

「それでは上限を決めるようにしましょう」とフルーデは冷静に答えた。「不可能を可能にしろと言うつもりはありませんが、さきほどおっしゃったとおり、あなたの部下が優秀であることはまちがいないようですな」

「サランデルですか？」アルマンスキーは眉を上げて言った。

「ほかの方は存じませんよ」

「わかりました。この件の詳細はのちほど詰めるとして、まずは当座の仕事を片づけましょう。報告の残りを要約してくれ」

「残りは彼の私生活に関するささいな点くらいです。一九八六年にモニカ・アブラハムソンという女性と結婚し、同年ペニラという女の子が生まれています。彼女はいま十六歳です。結婚生活は長く続かず、ふたりは一九九一年に離婚しました。アブラハムソンは再婚しましたが、その後もふたりは友人関係を保っているようです。娘は母親とともに暮らしており、ブルムクヴィストとはあまり会っていません」

フルーデはコーヒーのおかわりを所望し、ふたたびサランデルのほうを向いて言った。

「さきほど、秘密は誰にでもあるとおっしゃいましたね。何か見つかったのですか」

「わたしが言いたかったのはむしろ、あからさまに言いふらさない私的な事柄は誰にでもある、ということです。ブルムクヴィストはどうやら、ずいぶんと女性にもてる男のようです。これまでに数多

くの女性と恋愛をしており、その場かぎりの情事も数えきれないほど重ねています。つまり――恵まれた性生活と言っていいと思います。しかしながら、かなり前から彼の人生に何度も登場している女性がひとりいます。彼女との関係はかなり変わったものです」

「ほう、どんな意味で？」

「彼は『ミレニアム』の編集長であるエリカ・ベルジェと肉体関係を持っています。彼女は上流階級の出身で、母親はスウェーデン人、父親はスウェーデン在住のベルギー人です。ベルジェとブルムクヴィストはジャーナリスト養成学校で出会い、それ以来、関係は断続的ながらもずっと続いています」

「べつに変わった関係ではないのでは？」とフルーデが口をはさんだ。

「確かに、それだけならべつに珍しくもなんともありません。ですがエリカ・ベルジェは一方で、グレーゲル・ベックマンという芸術家と結婚してもいるのです。ぞっとするような作品を公共の場に並べている、それなりに有名な男なのですが」

「つまり不倫をしているわけですな」

「いいえ。ベックマンは彼らの関係を知っています。どうやら、当事者全員の合意に基づく夫婦と愛人との共同生活、ということのようです。彼女は日によってブルムクヴィストの家に泊まったり、夫の家に戻ったりしています。この生活がどのように成り立っているのかはわかりませんが、ブルムクヴィストとモニカ・アブラハムソンの結婚生活が破綻したのは、おそらくこれが原因でしょう」

第三章

十二月二十日　金曜日——十二月二十一日　土曜日

夕方、すっかり冷えきった様子のミカエル・ブルムクヴィストが編集部に現われ、エリカ・ベルジェは眉を上げた。『ミレニアム』編集部のオフィスはヨート通りの小高い場所に位置し、グリーンピースの事務所の上階を占めている。『ミレニアム』の規模を考えると家賃は少々高すぎるが、エリカもミカエルもクリステルもこのオフィスを手放さないことで合意している。

エリカは腕時計に目をやった。十七時十分。ストックホルムに夜のとばりが下りてから、すでにだいぶ経っている。彼が昼ごろには戻ってくると思っていたので、昼食をともにしようと待っていたのだ。

「申しわけない」ミカエルは彼女が口を開く前に声をかけた。「座って判決を読んでいたら、誰とも話したくなくなった。それからずっと考え事をしながら外を歩いていたんだ」

「ラジオで判決を聞いたわ。ＴＶ４の女性記者が電話をよこして、私のコメントを求めてきた」

「何て言った？」

「だいたい決めておいたとおりよ。判決の内容をよく検討してから今後の対応を決める、と言っておいたわ。つまりノーコメントってこと。でもね、私の考えは変わってないわ――これはまずい戦略だと思うのよ。私たち、頼りない連中だと思われて、業界での支持も失ってしまうわ。今夜のテレビ、覚悟しておいたほうがいいわね」

ブルムクヴィストは沈んだ表情でうなずいた。

「いまどんな気分？」

ミカエル・ブルムクヴィストは肩をすくめ、エリカのオフィスの窓ぎわに置かれた気に入りの肘掛け椅子に腰を下ろした。事務机や機能的な本棚など、安物のオフィス用家具が最小限置いてあるだけの質素なオフィスだ。家具のほとんどはイケアで買ったものだが、座り心地のいい高価な肘掛け椅子二脚と小さなサイドテーブルだけは別だった――生い立ちは隠しきれないってことね、と彼女はよく冗談めかして言っていた。机を離れてひと休みしたいとき、彼女はたいていどちらかの肘掛け椅子に座り、両足も椅子の上に載せて読書をする。ミカエルは窓の外を眺めた。暗闇の中、ヨート通りを急ぐおおぜいの人影が見える。クリスマスの買い物をする人々で、街はごった返している。

「じきに落ち着くだろうけど」と彼は言った。「今はとにかく、したたか殴られたような気分だよ」

「そうでしょうね。私たちもみんなそうよ。ヤンネ・ダールマンは早退したわ」

「判決に失望したんだろうね」

「あの人、お世辞にも前向きなタイプとはいえないわよね」

ミカエルはかぶりを振った。ヤンネ・ダールマンは九カ月前から『ミレニアム』で編集補佐として働いている。ちょうどヴェンネルストレム事件が始まったころに入社したため、彼は危機にさらされた編集部に身を置くこととなった。ミカエルは、自分とエリカがなぜ彼を雇おうと決めたのか思い出そうとしてみた。ダールマンは、スウェーデン通信、タブロイド紙、ラジオ局で臨時雇いながら記者を務めた経験があり、実際に有能な人物ではある。だが逆境に強いタイプでないのは明らかだった。ダールマンの入社以来、ミカエルは口にこそ出さなかったものの、彼を雇ったことを何度も後悔した。すべてを可能なかぎり悲観的にとらえるという、癇《かん》に障る能力の持ち主だからだ。

「クリステルから何か連絡はあった？」ミカエルはヨート通りに目を向けたまま尋ねた。

『ミレニアム』のアートディレクターであり、レイアウトも担当しているクリステル・マルムは、エリカ、ミカエルとともにこの雑誌の共同経営者であるが、いまはちょうど同性の恋人と外国旅行に出ている。

「電話があったわ。よろしくって」

「クリステルには、ぼくのかわりに発行責任者になってもらわないといけないな」

「よしてよ、ミッケ。発行責任者たるもの、少々パンチをくらうのはしかたのないことよ。それを乗り越えるのが発行責任者の仕事でしょう」

「そりゃあそうさ。だが今回の場合、自分が発行責任者をしている雑誌に載せたあの記事を書いたのは、ぼく自身なんだからね。ふつうの状況とは違う。完全な判断ミスということだ」

エリカ・ベルジェは、今日一日頭を離れなかった心配が、目の前にみるみる広がっていくのを感じた。裁判に先立つこの数週間、ミカエル・ブルムクヴィストは確かに沈みがちであったとはいえ、敗北が決まった今ほど意気消沈し観念したような印象を受けたことはなかった。彼女は机を離れ、ミカエルの膝の上にまたがって座ると、その首に腕をまわした。

「ミカエル、聞いてちょうだい。私だって承知してるのよ、どうしてこんなことになったのか。私にもあなたと同じくらい責任がある。いっしょにこの嵐を乗りきらなくては」

「これはただの嵐じゃないよ。この判決で、ぼくはメディアの世界では、首に銃弾を射ち込まれて死んだも同然だ。そんな男が『ミレニアム』の発行責任者にとどまるわけにはいかない。『ミレニアム』の信用がかかってるんだ。損害は最小限に抑えなくちゃいけない。わかるだろう」

「私があなたひとりに全責任を負わせると思ってるの？　だとしたら、あなた私のこと何もわかってないわ。こんなに長いつきあいなのに」

「リッキー、きみの性格はちゃんとわかってるさ。きみは同僚に対して愚かしいまでに誠実だ。きみに選択を任せれば、きみは自分の信用も吹っ飛んでしまうまで、ヴェンネルストレムの弁護士たちと闘いつづけることだろう。もっと賢い対応が必要なんだ」

「『ミレニアム』を去るのが賢い対応だっていうの？　まるで私があなたをクビにしたみたいに？」

「それはもうさんざん話し合ったじゃないか。『ミレニアム』が今後も存続できるかどうかはきみしだいなんだよ。もちろんクリステルはすばらしいやつで、写真やレイアウトにかけては抜群の腕を持ってるけど、富豪と互角に渡りあうには人が好すぎる。そういうタイプじゃないんだ。ぼくは、発行

責任者としても記者としても役員としても、当分のあいだ『ミレニアム』から姿を消さなくちゃいけない。きみが引き継ぐんだ。ヴェンネルストレムは自分の術策がぼくにすっかり知られていると思ってるから、ぼくが『ミレニアム』から遠ざからないかぎり、雑誌をつぶそうとしてくるにちがいない。そうなったら一巻の終わりだ」

「それならなぜ真相を明かさないの？　ここまできたらのるかそるかだわ！」

「それは、確かな証拠が何もないからだし、目下のところぼくの信用は地に落ちているからさ。この勝負はヴェンネルストレムの勝ちだ。闘いは終わった。忘れるんだ」

「でも、あなたをクビにしたとしたら、代わりに何をするつもり？」

「とりあえずはひと息つこうと思ってる。最近はやりの燃え尽き症候群とでも言うのかな、このまま行ったら壁にぶち当たる気がするんだ。しばらく自分のためだけに時間を使おうと思う。それから身の振り方を決めるさ」

エリカはミカエルを抱き、その頭を自分の胸に引き寄せた。ふたりは数分ほど、そのまま黙って座っていた。

「今晩あなたのところに行っていい？」と彼女は訊いた。

ミカエルはうなずいた。

「よかった。実はもうグレーゲルに連絡してあるの。今夜はあなたのところで寝るって」

寝室を照らしているのは、出窓に反射している街灯の光だけだった。午前二時をまわったころエリ

カは眠りにつき、ミカエルは横になりつつも目を覚ましたまま、薄明かりにうかぶ彼女の横顔を見つめていた。毛布は彼女の腰から下を覆っており、彼は彼女の乳房がゆったりしたリズムで上下するのを眺めた。気持ちは和らぎ、みぞおちのあたりを圧迫していた不安の塊は消えていた。エリカにはそういう力がある。昔からそうだった。そして彼もまた、エリカに対して同じ力を持っている、そう自覚している。

かれこれ二十年か、と彼は思った。彼とエリカが肉体関係を結んで二十年になる。そして彼は、少なくともあと二十年、彼女とセックスしつづけることを望んでいる。彼らは一度として、自分たちの関係を本気で隠そうとしたことがない。そのせいで他人との関係がこじれにこじれても、彼らの姿勢は変わらなかった。周囲で噂されていることも、人がふたりの関係を不思議に思っていることも、ミカエルは承知している。だが何を聞かれてもふたりは謎めいた返事をするばかりで、人にどう思われているかなどまったく気にかけることがなかった。

ふたりは共通の友人が自宅で開いたパーティーで出会った。ともにジャーナリスト養成学校の二年生で、当時はどちらもつきあっている相手がいた。そのパーティーの席で、彼らはやたらと挑発しあった。面白半分に始めた誘惑ごっこだった——とミカエルは記憶しているのだが、定かではない——が、その夜、別れる前に電話番号を交換した。自分たちがいずれベッドをともにするという予感があった。そして実際に、それから一週間もしないうちに、互いの恋人に内緒でその予感を現実のものとしたのだった。

これは恋愛ではない、とミカエルは確信していた——少なくとも、ローンを組んで家を買い、クリ

スマスツリーを飾り、子どもを作る、そんなオーソドックスな形の恋愛ではない。配慮を要する同時進行の相手がどちらにもいなかった一九八〇年代には、いっしょに暮らそうと何度も話し合った。ミカエルはそうしたいと望んでいた。だが、いつも土壇場《どたんば》になってエリカが尻込みした。うまくいきっこない、お互いに本気になって、この関係を壊してしまいたくはない、と言うのだった。

これがセックスに基づいた関係、あるいは考えようによっては性的な狂気に基づいた関係だ、ということで、ふたりの見方は一致している。ミカエルは、エリカに対して感じる以上に激しい欲望を、誰か別の女によってかきたてられることがありうるだろうか、とよく自問した。ふたりの関係には、中毒を引き起こす麻薬のような力があった。

彼らはまるで恋人同士であるかのごとく頻繁に会うこともあれば、数週間、数カ月のあいだを置いて会うこともあった。いずれにせよ、しばらく酒を断ったアルコール中毒者が酒屋に引きつけられるように、ふたりは必ず互いのもとに戻り、ふたたび求め合うのだった。

当然、すんなりいくわけがなかった。このような関係は否応なく苦しみをもたらす。エリカもミカエルも他人の気持ちを考えることなく、約束を破り、絆をないがしろにしてきた――ミカエルの結婚生活が破綻したのも、エリカと離れることができなかったからだ。エリカとの関係について、妻のモニカに嘘をついたことは一度もないが、妻のほうは、結婚と娘の誕生によって、そのうえほぼ時期を同じくしてエリカがグレーゲル・ベックマンと結婚したことで、エリカとミカエルとの関係も当然終わりを告げるものと考えていた。ミカエルもそう思っていたし、結婚して何年かのあいだは仕事の用件でしかエリカに会わずにいた。だが、やがてふたりは『ミレニアム』を創刊し、殊勝な決意はほん

の一週間ほどであっけなく崩れた。ふたりで遅くまでオフィスに残っていたある夜、エリカの事務机の上で荒々しく抱き合ってしまったのだ。それからは、家族と暮らし、娘の成長を見守りたいと思いながらも、まるで自分の行動をコントロールできなくなったかのように、心ならずもエリカに引きつけられる、という困難な時期が訪れた。とはいえこれはもちろん、意志が弱いだけのことだった。リスベット・サランデルが推測したとおり、モニカが離婚に踏み切ったのは、絶えず繰り返される裏切りが原因だった。

不思議なことに、グレーゲル・ベックマンはふたりの関係を平然と受け入れているようだった。エリカもミカエルとの関係について隠しだてをすることはなく、よりを戻したときにもすぐさま夫に知らせていた。こんな立場に耐えるには、創造活動に没頭している、あるいは自分のことに没頭しているる、芸術家の魂が必要なのかもしれない。彼は、妻がほかの男の家に泊まっても何も言わないどころか、休暇のうちの一週間をサンドハムンにあるその男の別荘で過ごしても反対することはなかった。ミカエルはグレーゲルがあまり好きではなく、なぜエリカが彼に惚《ほ》れ込んだのかいまだに見当がつかない。が、二人の男を同時に愛するという妻の行動を彼が受け入れているのは、素直にありがたいと思う。

さらに言えば、グレーゲルはエリカと自分との関係を結婚生活のスパイスのように思っているのではないか、という気もしないでもない。だがこのことについてグレーゲルと話をしたことは一度もなかった。

ミカエルは四時ごろになっても目が冴えたままで、とうとう眠るのをあきらめた。キッチンに腰を下ろし、判決文をもう一度初めから終わりまで読んでみた。こうして帰結を手にしてみると、あのアーホルマでの出会いが運命的なものであったような気がしてくる。ロベルト・リンドベリはあのとき、単に酒の肴《さかな》のつもりでヴェンネルストレムの詐欺行為を暴露しただけなのか、それとも本当に彼の不正を白日の下にさらしたいと思っていたのか、いまだによくわからない。

なんとなく前者であるような気がしたが、たとえばロベルトは何らかの個人的ないし職業的な理由でヴェンネルストレムに傷を負わせたいと考えており、気心の知れたジャーナリストが自分のヨットに乗ってくるという願ってもない機会に飛びついた、という可能性もないわけではない。ロベルトは相当酒を飲んでいたが、それでも話が重大な局面にさしかかるとミカエルをじっと見つめ、単なるおしゃべり屋から匿名の情報提供者へと変身すべく、ミカエルから言質《げんち》をとることを忘れなかった。だからロベルトは何を話してもよかったわけだ。ミカエルはどんなことがあろうと情報提供者の名を明かせないのだから。

ひとつだけ確かなのは、かりにアーホルマでの邂逅《かいこう》がミカエルの注意を引く目的で仕組まれた陰謀だったとすれば、ロベルトの演技は完璧だったということだ。だがアーホルマでの邂逅はまったくの偶然だった。

ハンス＝エリック・ヴェンネルストレムのような人間をミカエルがどれほど軽蔑しているか、ロベルトは気づいていなかった。何年にもわたって経済界を注視してきた結果、ミカエルは、銀行の頭取や有名企業の社長はみなやくざ者だと確信していた。

ミカエルにとってリスベット・サランデルは未知の存在であり、この日の朝に彼女が行なった報告については、幸いなことに何も知らずにいた。が、もしこの報告に耳を傾けていたとしたら、彼が金の亡者に対する嫌悪をあらわにしているからといって、それが政治的な左翼急進主義の表明であるとは言えない、と彼女が断言したとき、彼は深くうなずいたことだろう。ミカエルは政治に無関心ではなかったが、あまたある政治の〝主義〟にはきわめて懐疑的だった。これまでに足を運んだ唯一の国会議員選挙――一九八二年の選挙で、彼は迷いながらも左派である社会民主党の候補者に票を投じたが、その理由は単に、ヨスタ・ボーマン財務大臣にトールビョルン・フェルディーン首相あるいはウーラ・ウルステーン首相というメンバーで右派連立政権がさらに三年続くよりはましだろうと思ったからだった。したがって、たいした熱意もなくオーロフ・パルメ率いる社会民主党に票を入れたのだが、その結果たるや、首相となったパルメが暗殺されたばかりか、ボフォース社によるインドへの武器輸出をめぐる贈賄疑惑に加え、政府が一民間人であるエッベ・カールソンという男を極秘でパルメ暗殺事件の捜査に関わらせたあげく、この男が違法な盗聴器の密輸を試みた、などというスキャンダルまで発覚する始末だった。

経済ジャーナリストに対するミカエルの軽蔑の原因は、彼の目には自明と映るモラルの欠如にあった。彼に言わせれば、このモラルに関する方程式はごく単純なものだ。うかつな投資で数億クローネの損失を出すような銀行頭取は、その職にとどまるべきではない。ダミー会社を設けて私腹を肥やそうとする企業主は、ブタ箱に送るべきだ。ワンルームのアパートを借りようとする若者に袖の下を払わせるような家主は、さらしものにしてやるべきだ。

経済ジャーナリストの使命は、庶民の貯金をばかげたITベンチャーへの投機に費やして金利危機を引き起こすような連中を監視し、その正体を暴くことであり、政治記者が閣僚や議員の失策に目を光らせるのと同じ姿勢で、企業トップの動きを容赦なく調べ上げることである。それがミカエル・ブルムクヴィストの考えだった。政治記者が、ある政党の党首をアイドル扱いすることなどありえないのに、この国を担《にな》う有力メディアの経済記者たちが、なぜ揃いも揃って金融界の若い俗物どもをまるでロックスターのように扱うのか、ミカエルにはまったく理解できなかった。

経済ジャーナリズムの世界における、こうした少々頑固な姿勢のせいで、ミカエルは一度ならず同業者と派手に争うことになり、中でもとくにヴィリアム・ボリィは彼にとって執拗な敵となった。ミカエルは反感を買うことを承知のうえで、ジャーナリストとしての使命を怠っている、これでは俗物どもの使い走りではないか、と同業者を容赦なく非難した。こうして時事評論家として認められたミカエルの地位は高まり、ずばりとものを言うコメンテーターとしてテレビ番組に招かれるようになった。たとえばある企業のトップが数十億クローネ規模の退職金を受け取って辞任したことがわかったとき、コメンテーターとして招かれたのも彼だった。だが、このことによって不倶戴天《ふぐたいてん》の敵を何人も作ったことも事実だ。

昨晩、判決の結果を祝ってシャンパンを開けた編集部もあったにちがいない。ミカエルには容易に想像できた。

エリカもジャーナリストの役割については彼と同じ考えを持っていて、ふたりはすでに学生時代か

ら、こうしたコンセプトの雑誌を創刊しようと夢をふくらませていた。

エリカはミカエルが考えうる最高の編集長だった。まとめ役を完璧にこなし、思いやりと信頼をもって部下に接する一方で、論敵との対決をけっして恐れず、必要とあれば厳しい態度を取ることもできる。そしてなによりも、次の号の内容を決めるときになると、彼女はことのほか冴えわたったひらめきをみせた。彼女とミカエルは意見が食い違うことがよくあり、激しい口論になることもあったが、互いへの信頼はけっして揺らぐことがなく、ふたりは無敵のコンビだった。彼は外を歩きまわってネタを探す役、彼女はそれをきれいに包装して売り込む役だった。

『ミレニアム』はふたりで作り上げた雑誌だが、これを実現できたのはエリカの資金調達能力があってこそだった。労働者の息子と上流階級の娘が手を結んだというわけだ。エリカには親譲りの財産がかなりあった。雑誌創刊の基盤となる資金として、彼女は自分の私財を投じ、さらに父親や知人を説得して少なからぬ額を出させもした。

エリカはなぜ『ミレニアム』という賭けに出たのだろう、とミカエルはよく自問した。もちろん、共同経営者――しかも最大の持ち分を有する共同所有者――かつ編集長として自ら雑誌を発行しているおかげで、ほかの職場ではまず得られないような出版の自由と威信を手にしていることは事実だ。だが、彼女はミカエルとは異なり、ジャーナリスト養成学校を出るとテレビ局に入社した。度胸があって、テレビ映りがよく、あまたのライバルに囲まれても自分の存在を際立たせることができた。しかも省庁に知り合いが多く、かなりの人脈があった。テレビ局の仕事をそのまま続けていれば、ずっと給料の高い管理職のポストにまで上りつめていたにちがいない。だが、彼女はそれをなげうって、

ミッドソマークランセン地区の狭く古ぼけた地下室を編集部として始動した、リスクの高い『ミレニアム』というプロジェクトに、すべてを賭けたのだった。その後『ミレニアム』はまずまずの成功を収め、一九九〇年代半ばには、市の中心に近いセーデルマルム地区のヨート通りにずっと広く快適なオフィスを構えるまでに成長した。

エリカはまた、『ミレニアム』の共同経営者としてクリステル・マルムを誘い入れた。少々露出症の気のあるゲイの有名人で、芸能人のお宅紹介などといった特集にときおり恋人の青年とともに登場したり、ゴシップ欄に名前が載ったりしている。彼がメディアに注目されるようになったのは、アーンことアーノルド・マグヌッソンと同棲を始めたときのことだ。アーンはもともと舞台俳優として王立劇場の舞台に立っていたが、あるリアリティー番組に出演したことでその名を広く知られるようになった。やがてクリステルとアーンの関係は、まるで連載マンガのように逐一マスコミに報じられることとなった。

クリステル・マルムは三十六歳、売れっ子のカメラマン兼デザイナーで、『ミレニアム』が斬新で魅力的なデザインの雑誌となったのは彼のおかげだった。自分自身でも会社を営む彼は、『ミレニアム』の編集部と同じ階にオフィスを置き、月に一週間だけ『ミレニアム』のレイアウトを引き受けている。

『ミレニアム』にはそのほか、フルタイムで働くスタッフがふたり、パートタイム職員が三人いて、見習いをつねに一人採用している。収支はつねに赤字だったが、雑誌の評価はきわめて高く、スタッフはみな仕事にやりがいを感じている。

儲《もう》けこそ少ないものの、種々の費用の支払いはしっかりと果たしており、売上げ部数も広告収入も伸びてきていた。『ミレニアム』はこうして、大胆に真実を報じる信頼性ある雑誌、というイメージを定着させていた。

だが、そんなイメージも変わってしまうことになりそうだ。ミカエルは、昨晩エリカとともに作成したマスコミ向けの短い公式発表が、たちまちスウェーデン通信によって打電され、『アフトンブラーデット』紙のウェブサイトに掲載されているのを読んだ。

有罪確定のジャーナリスト、『ミレニアム』を去る

ストックホルム〔スウェーデン通信〕――ジャーナリストのミカエル・ブルムクヴィストが、雑誌『ミレニアム』の発行責任者の職を退くことを、同誌の編集長兼筆頭所有者であるエリカ・ベルジェが明らかにした。

ミカエル・ブルムクヴィストは自らの意思で『ミレニアム』を去る。ベルジェは「ここ最近の出来事で彼は疲れきっており、しばらく休息をとる必要があります」と話す。今後はベルジェが発行責任者となる。

ミカエル・ブルムクヴィストは一九九〇年に『ミレニアム』を創刊したメンバーのひとり。エリカ・ベルジェは、いわゆるヴェンネルストレム事件が雑誌の将来に影響を及ぼすおそれはない、としている。

「来月号は予定どおり発売されます」とエリカ・ベルジェは語る。「小誌がここまで成長できた

のは、ブルムクヴィスト氏の力があってこそですが、今後私たちは新たな段階に進みます。私はヴェンネルストレム事件を不幸なめぐりあわせと受けとめており、ハンス＝エリック・ヴェンネルストレム氏に不快な思いをさせたことを申しわけなく思っております」

なお、ミカエル・ブルムクヴィスト本人からのコメントは得られなかった。

「なんてひどい記事なの」公式発表をメールで送信したとき、エリカはそう言った。「これを読んだら、あなたが能なしの役立たずで、私が待ってましたとばかりにあなたにとどめを刺す性悪女だって、ほとんどの人が思うでしょうね」

「もうさんざん噂の種になってるぼくたちだ、また新しいネタができて、みんなさぞかし喜ぶだろうね」とミカエルは笑いとばそうとしてみせた。だが、エリカはにこりともしなかった。

「代案があるわけじゃないけど、これは間違っているような気がするわ」

「これが唯一の道だよ」とミカエルは答えた。「雑誌がつぶれたら、ぼくたちの苦労はすべて水の泡になる。それでなくても収入はがた落ちしているんだ。そういえば、あのＩＴ会社は何て言ってきた？」

彼女はため息をついた。「ご想像のとおりよ。一月号への広告掲載は辞退する、と今朝《けさ》連絡があったわ」

「ヴェンネルストレムはあの会社の株を相当持っている。無理もないさ」

「そうね。でも新しい広告主を開拓すればいいのよ。ヴェンネルストレムがいくら財界の大物でも、

すべての企業を握ってるわけじゃないし、私たちにはつてがいくつもあるんだから」

ミカエルはエリカを抱きしめた。

「いつの日か、ハンス＝エリック・ヴェンネルストレムを牢屋にぶち込んで、ウォール街を震撼《しんかん》させてやろう。だけど今はその時機じゃない。『ミレニアム』はひとまず脇に退くべきなんだ。信用をゼロにまで落としてしまう危険は冒せない」

「それはわかってる。でも、私たちが仲違いしたふりをしたりすれば、私はどうしようもない性悪女みたいな印象を与えるし、あなたも情けない状況に陥るわよ」

「リッキー、ぼくたちがお互いに信頼しあっているかぎりチャンスはある。状況に合わせて行動しなくちゃ。いまは撤退すべき時だ」

そして彼女は、彼の出した気の滅入るような結論にも一理あるということを、不本意ながらも認めたのだった。

第四章

十二月二十三日　月曜日——十二月二十六日　木曜日

エリカは週末をミカエル・ブルムクヴィストのアパートで過ごした。ふたりはトイレと食事のとき以外、ほとんどベッドを離れなかったが、セックスばかりしていたわけではない。長いこと寄り添って横になったまま、将来について話し合い、どんな影響が出るかを考え、今後の可能性とその実現の見込みを検討した。月曜日の明け方、つまりクリスマスを二日後にひかえた朝、エリカはミカエルに、また今度ね、と別れのキスをして、夫の待つ家へと帰っていった。

ミカエルはまず皿洗いやアパートの掃除を済ませてから、徒歩で編集部に行き、自分のオフィスを引き払う準備を始めた。『ミレニアム』と完全に手を切るつもりは毛頭ないが、エリカもやっと納得してくれたとおり、しばらくのあいだ自分を『ミレニアム』から切り離すことが重要なのだ。当面はベルマン通りの自宅を仕事場にするつもりだ。

編集部には彼ひとりしかいなかった。クリスマス休暇のため、スタッフは誰も来ていない。本や書類をより分けて段ボール箱に詰めていると、電話が鳴った。

「ミカエル・ブルムクヴィストさんをお願いします」電話がつながったことを喜んでいるらしい、だが聞き覚えのない声がした。

「私ですが」

「クリスマス直前の時期にすみません。ディルク・フルーデと申します」ミカエルは反射的にその名前と現在時刻をメモした。「私は弁護士ですが、クライアントがぜひあなたに会って話をしたいと言っておるのです」

「はあ。それなら、私に直接電話するよう、その方に伝えてください」

「いや、つまりですね、彼はあなたに直接お目にかかることを望んでいるのです」

「なるほど、では日時を決めて、私のオフィスに来ていただきましょう。ですが、早めのほうがいいですよ。私は近々このオフィスを立ち退くので」

「これはクライアントの強い希望なのですが、彼の家までご足労願えないでしょうか。場所はヘーデスタです――列車なら三時間ほどで着きます」

書類をより分けていたミカエルの手が止まった。マスメディアには、電話をかけてきてくだらない情報をたれこもうとする、頭のおかしい連中を引き寄せる力がある。世界の新聞・雑誌編集部はひとつ残らず、UFO学者や筆跡学者、サイエントロジーの信者、偏執症患者、あらゆる類いの陰謀論者からの電話を受けているのだ。

あるときミカエルは、凶弾に倒れたオーロフ・パルメ首相の命日に勤労者教育協会の建物で行なわれた、作家カール・アルヴァル・ニルソン（一九三四〜。パルメ暗殺事件を扱った著書がある）の講演を聞きに行った。講演はまじめな内容で、会場にはレナート・ブードストレム（政治家。一九八二年から一九八五年までパルメ内閣で外務大臣を務めた）をはじめ、パルメと親交のあった人物も何人か姿を見せていた。だが、探偵気取りで独自の推理を展開している一般人もおおぜいいた。そして、そのひとりである四十代の女が、質疑応答の時間にマイクをつかみ、そっとささやくような低い声でしゃべりはじめた。すでにこの時点で面白い展開になることが予想できたので、その女が「私はオーロフ・パルメを殺した犯人を知っています」と言いだしても誰ひとり驚かなかった。演壇にいた関係者が少々皮肉をこめて、そんな重大な情報をお持ちなのだったら、速やかに捜査本部にお知らせになるのがよろしいのでは、と答えた。すると彼女はほとんど聞きとれないほどの声で、すぐさまこう答えたのだった。「とんでもない。危険すぎます！」

ミカエルは、このディルク・フルーデなる男も、とある精神病院で公安警察がマインドコントロールの実験を秘密裏に行なっている、などといった妄想にかられ、それを知らせようと躍起《やっき》になっているたぐいの人物なのではないか、といぶかった。

「あいにくですがこちらからの訪問はしていません」彼はそっけなく答えた。

「でしたら、なんとか特例を設けてくださるようお願いしたい。クライアントは八十歳を越えていまして、ストックホルムまで出るのがひと苦労なのです。もちろんどうしてもとおっしゃるなら、手はずを整えられないこともないでしょうが、率直なところ、いらしていただくのが望ましいと……」

「いったいどなたなんですか、あなたのクライアントというのは？」

「お仕事柄、おそらく名前をお聞き及びかと思います。ヘンリック・ヴァンゲルです」

ミカエルは驚いて頭をのけぞらせた。ヘンリック・ヴァンゲル——もちろん聞いたことがある。大実業家、ヴァンゲル・グループ前会長。かつては製材業、林業、鉱業、製鋼業、金属工業、繊維産業、製造業、輸出業といえばヴァンゲル・グループ、と言われたほどの会社だ。全盛期には国を代表する企業家のひとりに数えられたヘンリック・ヴァンゲルは、高潔な人物、昔気質《かたぎ》の長老で、ちょっとやそっとの嵐ではびくともしない、と評される。スウェーデンの実業界でその名を知らない者はいない、めざましい成功を収めた古い世代の実業家。かつてのＭｏＤｏ社会長マッツ・カールグレンや、かのエレクトロラックス社を大きく成長させたハンス・ヴェルテーンと、同列に位置づけられる存在。古き良き時代のスウェーデン経済を支えていた屋台骨とでも言うべき人物だ。

ヴァンゲル・グループはいまも家族経営を貫いているが、ここ二十五年ほどは企業構造の合理化や株価暴落、金利危機、アジアの台頭、輸出の低迷などの災難が重なってすっかり疲弊《ひへい》し、いつしかヴァンゲルの名は財界の片隅へと追いやられていた。現在ヴァンゲル・グループを率いているのはマルティン・ヴァンゲルで、ミカエルは髪のふさふさした小太りの彼をちらりとテレビで見たことがあったが、実際にどういう人物なのかはよく知らない。ヘンリック・ヴァンゲルが会長を退いてから、もうたっぷり二十年は経っている。ミカエルは彼が存命であることすら知らずにいた。

「なぜまたヘンリック・ヴァンゲルが私に会いたいなどと？」と、ごく自然な疑問が口をついた。

「申しわけありません。私は長年ヘンリック・ヴァンゲルの弁護士をしていますが、あなたへの用件は彼から直接お話することになっています。私がいま言えるのは、ヘンリック・ヴァンゲルがあなた

にある仕事をお願いするつもりで、その件について話し合いたいと考えている、ということだけです」

「仕事ですって？　私はヴァンゲル・グループの社員として働くつもりは毛頭ありませんよ。広報担当者でも必要なんですか？」

「その種の仕事とは少し違います。どう申し上げたらいいのやら。とにかくヘンリック・ヴァンゲルはぜひあなたにお会いして、ある個人的な件について相談したいと望んでいるのです」

「どうも要領を得ませんね」

「その点はお許しください。でもいかがでしょう、ヘーデスタにおいでいただける可能性は、少しでもありそうでしょうか？　もちろん交通費はお支払いしますし、相応のお礼もさせていただきます」

「ご連絡のタイミングが悪かったですね。いまはそれどころじゃないので……ここ最近の私に関する新聞記事はご覧になっているでしょう」

「ヴェンネルストレム事件ですか？」ディルク・フルーデは不意に電話の向こうでクスリと笑った。「ええ、なかなか楽しませてもらいましたよ。いや、実を言うと、ヘンリック・ヴァンゲルがあなたに注目したのは、まさにあの裁判の派手な報道がきっかけなんです」

「そうなんですか？　それでヴァンゲル氏はいつ私の訪問を受けるつもりなのでしょう？」とミカエルは尋ねた。

「できるだけ早くいらしていただきたいようです。明日の晩はクリスマスイブですから、おくつろぎになりたいでしょう。二十六日はいかがです？　あるいはそれ以降、年内の適当な日では？」

「ずいぶんお急ぎですね。申しわけありませんがこちらとしては、いったいどういった用件なのか、ある程度納得のいく説明をしていただかないと……」

「そこをなんとか。いいかげんな気持ちでお呼びたてしているわけではけっしてありませんから、どうぞご安心ください。ヘンリック・ヴァンゲルはあなたに相談したいと考えています。ほかの人ではだめなのです。条件が折り合えば、あなたにフリーランスのお仕事を依頼したいとのことです。私は単なる仲介役なので、どんな仕事かはヘンリックから直接説明します」

「こんな常識はずれの電話を受けたのは久しぶりだな。少し考えさせてください。そちらの連絡先は？」

電話を切ると、ミカエルは机の上に散乱したがらくたをぼんやりと見つめた。なぜヘンリック・ヴァンゲルが自分に会いたがっているのか、どう考えてもさっぱりわからない。ヘーデスタまで出かけるのはあまり気が進まないが、フルーデ弁護士にまんまと好奇心をかきたてられてしまった。

パソコンの電源を入れ、www.google.com につなぐと、〝ヴァンゲル・グループ〟と打ち込んで検索してみた。何百件ものサイトが見つかった——ほかの企業にすっかり水をあけられたとはいえ、ヴァンゲル・グループはいまでも日々メディアに登場しているのだ。ミカエルは、ヴァンゲル・グループを分析した記事を十件あまり保存しておいてから、ディルク・フルーデ、ヘンリック・ヴァンゲル、マルティン・ヴァンゲルの検索に移った。

マルティン・ヴァンゲルは現会長だけあって、かなりの数のサイトに登場していた。ディルク・フ

ルーデ氏に触れたサイトはごくわずかで、ヘーデスタ・ゴルフクラブの役員に名を連ねていることがわかったほか、ロータリークラブ関連のサイトにも名前が登場していた。ヘンリック・ヴァンゲルの名は、ヴァンゲル・グループの歴史を述べたサイトにしか見いだせなかったが、ひとつだけ例外があった。二年前、地方紙である『ヘーデスタ通信』がこの大実業家の八十歳の誕生日に注目し、ごく短い人物紹介記事を載せていたのだ。ミカエルは内容のありそうな記事を選んで印刷し、五十ページほどの資料集にまとめた。それから机の上を片づけ、段ボール箱に荷物を詰めて、編集部を出た。いつ戻るか、本当に戻ってくるか、わからないままに。

リスベット・サランデルはストックホルム郊外のウップランズ・ヴェスビーにあるアッペルヴィーケン介護ホームでクリスマスイブを過ごした。クリスマスプレゼントとして、ディオールのオードトワレと、デパートで買ったイギリス風のクリスマスプディングを持参した。彼女はコーヒーを飲みながら、不器用に指を動かしてリボンの結び目をほどこうとしている四十六歳の女を見つめた。サランデルは目に愛情をうかべつつも、目の前にいるこの他人のような女が自分の母親であるということに、いつもながら驚きを感じていた。外見も性格も、少しも似ているところは見つからなかった。

結局、母親はリボンをほどくのをあきらめ、途方に暮れた顔で包みを眺めた。今日はあまり調子が良くないようだ。テーブルの上にずっと置いてあった鋏《はさみ》をリスベット・サランデルが渡してやると、母親は急に目が覚めたように明るい表情になった。

「私のこと、馬鹿だと思ってるだろうね」

「そんなことない。お母さんは馬鹿じゃないわ。人生が不公平なだけ」

「妹には会ってる？」

「もう長いこと会ってないわ」

「ぜんぜん会いに来ないんだよ」

「知ってる。わたしにも会いに来ないわよ」

「仕事しているの？」

「うん。なんとかうまくやってる」

「どこに住んでいるの？　私ったら、おまえの住所も知らないなんて」

「わたしたちが昔住んでた、ルンダ通りのアパートよ。もう何年も住んでるわ。契約をわたしの名義にしてもらえたの」

「夏になったら、おまえのアパートに遊びに行けるかもしれない」

「もちろん歓迎よ。来年の夏ね」

母親はようやく包みを開け、香水のにおいをうれしそうに嗅《か》いで言った。「ありがとう、カミラ」

「リスベット。わたしはリスベットよ。カミラは妹」

母親はばつの悪そうな顔をした。リスベット・サランデルはいっしょにテレビルームに行こうと提案した。

クリスマスイブの午後、ミカエル・ブルムクヴィストは娘のペニラに会うため、かつての妻モニカ

とその新しい夫の住むソレントゥーナの家を訪れた。ペニラにはプレゼントを用意してある。モニカと相談した結果、マッチ箱ほどの大きさなのに娘が持っているかなりの数のＣＤをすべて収録できるデジタル音楽プレーヤー、ｉＰｏｄを買ってやることで意見が一致したのだ。ずいぶんと高価なプレゼントだった。

ミカエルは二階にあるペニラの部屋で、一時間ほど娘とふたりで過ごした。両親が離婚したとき、ペニラはまだ五歳、新しい父親を迎えたのはその二年後だった。ミカエルのほうから娘と距離を置こうとしたことはない。ペニラは月に何度か会いに来るほか、学校が休みに入るたび、サンドハムンの別荘に一週間ほど滞在している。また、ふたりが会うのをモニカが妨げるということもなかったし、ペニラも父親と会うのをいやがることはなく、むしろ逆で、ふたりはたいてい仲睦《なかむつ》まじく楽しい時を過ごした。それでもミカエルは基本的に、娘がどの程度自分に会うかを決めるのは娘自身だ、と考え、彼女自身に決断を任せてきた。とくにモニカが再婚してからはそうだった。その結果、思春期前半の数年間はほとんど接触が途絶えたが、二年ほど前からはペニラのほうから頻繁に会いたがるようになっていた。

ペニラは、自分は無実だ、それを証明できないだけだ、とお父さんが言うのだから、そうにちがいない、という揺るぎない確信をもって、ミカエルの裁判の経過を見守っていたという。

高校で隣のクラスにいる男の子と恋人になるかもしれない、とも話してくれた。また最近は地元の教会に通っており、キリスト教を信じるようになった、と打ち明けた。ミカエルは驚いたが、何も言わなかった。

夕食もいっしょにどうかと誘われたが、辞退した。妹の家族と、ステーケット水道近くの高級住宅街にある彼らの家で、イブの夜を過ごす約束をしていたからだ。

実はその日の午前、エリカとその夫からも、サルトシェーバーデンの彼らの家でクリスマスを祝おうという誘いを受けていた。だが、ミカエルは丁重に断わった。いくらグレーゲル・ベックマンがこの三角関係を許容しているからといって、どこかに必ず限界があるにちがいなく、わざわざその限界のありかを探るようなことはしたくなかった。エリカは、彼を招待しようと提案したのは夫なのだと反論し、3Pを試してみる度胸がないわけね、と言ってミカエルをからかった。ミカエルは声を上げて笑った――彼が女性にしか興味がないことをエリカは知っており、この申し出は本気でないとわかっている――が、イブを愛人の夫といっしょに過ごすのはやめておく、という決意は揺るがなかった。

そんなわけで彼は、いまは結婚してジャンニーニという姓になっている妹アニカの家のドアをノックした。イタリア系の夫、ふたりの子ども、それに夫の親戚がおおぜいいて、ちょうどクリスマス料理のメインであるハムを切り分けているところだった。夕食のあいだ、ミカエルは例の裁判についての質問に答え、善意ではあるがまったく無意味なアドバイスをいくつも受けた。

ただひとりアニカだけは、判決について何も意見を述べなかった――彼女は弁護士なのだから当然かもしれなかった。アニカは法学部を楽々と卒業したあと、まず裁判所書記官として、次いで次席検事として数年間働き、その後何人かの友人とともに法律事務所を開業し、クングスホルメン地区にオフィスを構えた。家族法を専門とする彼女は、ミカエルが気づかないうちにいつのまにか著名なフェミニストとして、また女性の権利に詳しい弁護士として、テレビの討論番組や新聞、雑誌に登場する

ようになっていた。弁護することが多いのは、夫や元恋人から脅迫されたり付きまとわれたりする女性たちだ。

ミカエルがコーヒーの用意を手伝っていたとき、アニカはその腕に手を置き、気分はどうかと尋ねた。最悪の気分だよ、とミカエルは答えた。

「この次はしっかりした弁護士を雇わないと」と彼女は言った。

「弁護士が誰だろうと結果は同じだったと思うよ」

「本当はいったい何があったの？」

「それはまた別の機会に話そう」

彼女は兄をやさしく抱きしめ、頬にキスをした。それからふたりは菓子とコーヒーを持ってキッチンを出た。

十九時ごろ、ミカエルはテーブルを離れ、キッチンにある電話を借りてディルク・フルーデの番号にかけた。受話器の向こうでがやがやと人の声がした。

「メリークリスマス」とフルーデは挨拶した。「決心はつきましたか？」

「私にはとくべつ予定もないし、あなたのお話に好奇心が湧きました。ご都合がよろしければ二十六日にうかがいます」

「それはよかった。天にも昇る心地ですよ。申しわけありませんが、いま子どもたちと孫たちが来ておりまして、お声がよく聞こえないのです。明日こちらからおかけして時間を決めるということでよろしいですか」

ミカエル・ブルムクヴィストはその夜のうちに早くも自分の決心を後悔したが、また電話をかけて約束を取り消すのも面倒なので、二十六日の朝、北へと向かう列車に乗り込んだ。運転免許は持っているが、車が要ると思ったことは一度もない。

フルーデの言ったとおり、目的地までさほど時間はかからなかった。ウプサラを過ぎると、小さな工業都市が海岸沿いに連なっている。ヘーデスタはそのなかでも規模の小さい町のひとつで、イェーヴレから北に一時間あまりのところに位置している。

前日の夜は大雪だったが、すでに空は晴れており、駅に降り立ったミカエルを迎えた空気は氷のように冷たかった。そして彼はたちまち、ノールランド地方の厳冬に臨むには自分があまりに薄着であることを悟った。幸い、彼の姿を認めたディルク・フルーデが親切にホームまで迎えにきて、すぐに暖房のきいたベンツの車内へと招き入れてくれた。ヘーデスタは雪かきの真っ最中で、フルーデは除雪車のスノープラウのあいだを縫《ぬ》うようにして慎重に運転した。ストックホルム中央駅からわずか三時間強の距離にもかかわらず、その雪景色がストックホルムとあまりに違うので、まるで別世界にいるような気がした。ミカエルはフルーデ弁護士を横目でちらりと見やった。角ばった顔で、薄くなった白髪を短く刈り、大きな鼻にレンズの厚い眼鏡をかけている。

「ヘーデスタにいらしたのは初めてですか?」とフルーデは尋ねた。

ミカエルはうなずいた。

「ここは昔から工業都市で、港町でもあります。たいした規模ではなく、人口は二万四千人にすぎま

せん。でも住みやすい町です。ヘンリックが住んでいるのは、町のすぐ南にあるヘーデビーという村です」

「あなたもここにお住まいなんですか？」とミカエルは尋ねた。

「おのずからそうなりました。生まれはスコーネですが、一九六二年に大学を卒業してすぐにヴァンゲル・グループで働きはじめました。会社法の専門知識を買われて何年も勤めさせてもらっているうちに、ヘンリックと友人同士の間柄になりましてね。もう定年退職していますので、クライアントはヘンリックだけです。彼ももう引退していますから、私の手助けを必要とすることはあまりありませんが」

「評判の悪いジャーナリストを釣るときぐらいですね」

「そう自嘲なさらずに。ハンス＝エリック・ヴェンネルストレムに挑んで敗れたのは、あなただけではないのですから」

ミカエルはその言葉の意図をはかりかね、フルーデを横目で見た。

「用件というのは、ヴェンネルストレムと何か関係があるのですか？」とミカエルは尋ねた。

「いや」とフルーデは答えた。「しかし、ヘンリック・ヴァンゲルはヴェンネルストレムと決して親しい関係にはありませんので、裁判を興味深く見守っていたことは事実です。とはいえ、来ていただいたのはまったく別の用件のためです」

「あなたがなかなかお話しになろうとしない用件ですね」

「それをお話しするのは私の役目ではありませんからね。さて今夜ですが、ヘンリック・ヴァンゲル

の自宅に泊まっていただけるよう準備してあります。それがお気に召さなければ、町のホテルに部屋をお取りすることもできますが」

「どうでしょうね。今夜の列車でストックホルムに戻るかもしれませんし」

ヘーデビーに入る道にはまだ除雪車が来ておらず、フルーデはすでに凍っている轍《わだち》へとタイヤを進めた。村の中心には、ボスニア湾沿いの工業都市に特徴的な古い木造家屋がかたまっており、それを囲むようにして、より新しくひとまわり大きい家々が建ちならんでいる。村は本土から始まって橋を越え、起伏の多い島へと続いていた。本土側の橋のすぐそばに石造りの白い教会がそびえ、その向かいの建物には〈パンとケーキ　カフェ・スサンヌ〉という昔ながらのネオンの看板がともっている。橋を渡りきると、フルーデはそのまま百メートルほど直進してから左に曲がり、きれいに雪かきされた前庭へと入っていった。石造の館だった。城というほどの大きさではないにせよ、周囲の家々よりははるかに大きく、いかにも領主の住まいといった風情だ。

「これがヴァンゲル家の館です」とディルク・フルーデが言った。「昔はにぎやかなものでしたが、いまここに住んでいるのはヘンリックと家政婦だけです。ですから来客用の寝室はいくらでもあります」

ふたりは車を降りた。フルーデは北の方角を指さした。

「ヴァンゲル・グループを率いる者はここに住むのが慣わしなのですが、マルティン・ヴァンゲルはもっと新しい住まいがいいと言って、岬のいちばん向こうに邸宅を建てました」

あたりを見まわしているうちに、ミカエルはフルーデ弁護士の招待に応じた自分の馬鹿さかげんに

あきれ、なるべく今晩のうちにストックホルムに戻ろうと心に決めた。入口へと続く石の階段をふたりが上りきる前に、玄関の扉が開いた。ヘンリック・ヴァンゲルだ、とミカエルにはすぐにわかった。インターネットで見たのはもっと若い時の写真だったが、八十二歳にしてはいまも驚くほど頑健そうだ。筋骨たくましい引き締まった体つきで、厳格そうな顔には深い皺《しわ》がきざまれている。おそらく遺伝的に禿げない体質なのだろう、豊かな銀髪を後ろになでつけている。きれいにアイロンのかかった黒っぽいズボンに、白いシャツ、着古した様子の茶色いカーディガンというでたちで、細い口髭を生やし、スチールフレームの華奢《きやしや》な眼鏡をかけている。

「私がヘンリック・ヴァンゲルだ」と彼は言った。「勝手な頼みをきいてくれてありがとう」

「はじめまして。正直なところ、お招きには驚きました」

「寒いだろう、早く入りなさい。来客用の部屋もちゃんと用意してあるからね。何か飲むかい？　夕食はもう少したってからにしよう。こちらはアンナ・ニーグレン。身のまわりの世話をしてくれている」

ミカエルは六十歳代の小柄な女性とさっと握手を交わした。彼女はコートを預かって衣装棚にかけると、足元を冷やさないようにとスリッパをすすめた。

ミカエルは彼女に礼を言うと、ヘンリック・ヴァンゲルに向かって言った。「もしかしたら夕食の前においとまするかもしれません。このゲームの成り行きによります」

ヘンリック・ヴァンゲルはディルク・フルーデと視線を交わした。ふたりのあいだにはなにやら、ミカエルにはうかがい知れない暗黙の了解があるらしかった。

「では、私はこれで失礼します」とディルク・フルーデは言った。「孫たちが家の中をめちゃくちゃにする前に、戻ってにらみをきかせなければ」

彼はミカエルに向かって付け加えた。

「私は橋を渡った先の右手に住んでいます。五分も歩けば着きます。海沿いの、パン屋から数えて三軒目の家です。ご用があればいつでもお電話ください」

ミカエルはポケットにしのばせたテープレコーダーのスイッチをそっと入れた。〝妄想に取り憑《つ》かれているのか、ぼくは？〟。ヘンリック・ヴァンゲルの意図はまるでわからないが、この一年ハンス＝エリック・ヴェンネルストレムを相手に戦ったあとでは、身近に起こるあらゆる奇妙な出来事について正確な証拠を残しておきたい。そしてこの唐突なヘーデスタへの招待は、まさしく奇妙な出来事だった。

ヘンリック・ヴァンゲルは別れの挨拶にディルク・フルーデの肩を軽くたたき、玄関の扉を閉めてから、ふたたびミカエルを見つめた。

「きみがそういうつもりなら、私も単刀直入に話そう。これはゲームでもなんでもない。きみに聞いてほしいことがあるのだが、話せば長くなる。どうか私の話を最後まで聞いて、それからどうするか決めてほしい。ジャーナリストであるきみに、ある仕事を頼みたいのだ。さあ、アンナが二階の書斎にコーヒーを用意してくれているはずだ」

ヘンリック・ヴァンゲルが先に立って歩き、ミカエルがそのあとに続いた。書斎は四十平方メート

ル近くある細長い部屋で、館の破風《はふ》に面している。長いほうの壁の一面は、幅十メートルほどの書棚で床から天井まで占領され、小説、伝記、歴史書、ビジネス書、A4判のファイルなどがずらりと並んでいた。ひと目で見てわかるような分類はされていなかったが、どの本も折りにふれて参照されている様子で、ヘンリック・ヴァンゲルの読書家ぶりがうかがえた。書棚の反対側の壁ぎわには濃い色のオーク材の机が置かれ、机に向かって座ると部屋を見渡せるようになっている。その壁を覆うように、かなりの数の押し花が額に入れられ、整然と列をなしていた。

破風に開いた窓からは、橋と教会が見渡せた。窓辺にはソファーと肘掛け椅子が置いてあり、かたわらのティーテーブルに、アンナが用意したコーヒーカップとポット、手作りの菓子が載っていた。

ヘンリック・ヴァンゲルは身ぶりで腰かけるようすすめたが、ミカエルは目に入らなかったふりをして、好奇心のままに部屋の中をひととおり見てまわった。まず書棚を観察し、次いで額入りの押し花が並ぶ壁を眺めた。机の上はきれいに片づいており、書類が少し積まれているだけだ。端のほうに写真立てが置いてあり、茶目っけのある目をした黒髪の美しい少女が写っている。〝将来は男を泣かせるだろうな〟とミカエルは思った。堅信礼のときに撮影されたらしいその写真はすっかり色褪《いろあ》せていて、ずっと昔からそこに置いてあるように見えた。不意にミカエルは、ヘンリック・ヴァンゲルがじっと自分を見ていることに気づいた。

「彼女を覚えているかい、ミカエル？」

「覚えている？　どういうことですか」ミカエルは眉を上げた。

「そう、きみは彼女に会ったことがあるんだよ。この部屋にも入ったことがある」

ミカエルはあたりを見まわし、首を振った。

「うむ、覚えていなくても無理はない。私はきみのお父さんを知っているんだよ。一九五〇年代から六〇年代にかけて、クルト・ブルムクヴィストには何度も機械の設置やメンテナンスをしてもらった。腕の確かな技師だったからね。勉強を続けて正式な資格を取ったらどうだと勧めたこともあった。きみがここにいたのは一九六三年の夏、ヘーデスタの製紙工場の機械類を取りかえたときのことだ。きみの家族に住んでもらう家がなかなか見つからなくて、結局、道の向こうにある小さい木造の家に落ち着いてもらった。その窓からも見える」

ヘンリック・ヴァンゲルは机に近寄ると、写真を手に取った。

「これはハリエット・ヴァンゲル。兄のリカルドの孫娘だ。あの夏、何度かきみのお守りをしたんだよ。きみはもうすぐ三歳になるころだった。いや、もう三歳になっていたかな——記憶がはっきりせん。彼女のほうは当時十二歳だった」

「せっかくですが、おっしゃっているようなことにはまったく覚えがありません」とミカエルは言った。そもそもヘンリック・ヴァンゲルが本当のことを話しているのかどうかさえわからない。

「そうだろうとも。だが私はきみを覚えているよ。館のあちこちを走りまわって、ハリエットがそのあとを追いかけていた。何かにつまずいては、わっと泣きだすのが聞こえたものだ。おもちゃをあげたこともあるな、私が子どものころ持っていたブリキ製の黄色いトラクターで、きみは大喜びで自分の宝物にしてくれた。きっと色が気に入ったんだろうね」

ミカエルは背筋が寒くなった。黄色いトラクターなら確かに覚えている。成長してからも、自分の

部屋の棚に飾っていた。

「覚えているかね？　あのおもちゃのことを」

「覚えてますよ。しかも喜んでいただけそうな後日談もあります。あのトラクターはいま、ストックホルムの玩具博物館に保管されてます。十年前に博物館が古いおもちゃを募集していたとき寄贈したんです」

「それは本当かね？」ヘンリック・ヴァンゲルは顔をほころばせた。「そうだ、あれを見せてあげよう……」

老人は書棚の下の段からアルバムを一冊取り出した。彼が身をかがめるのに難儀し、身を起こすときには棚板で体を支えたのを、ミカエルは目にとめた。ヘンリック・ヴァンゲルはアルバムをめくりつつ、ミカエルに向かってソファーに座るよう合図した。やがて目当ての写真が見つかり、彼はアルバムをティーテーブルの上に置くと、一枚の白黒写真を指さした。いかにも素人《しろうと》が撮った写真らしく、下のほうに撮影者の影が写り込んでいる。半ズボンをはいた金髪の幼い男の子が、少し困ったような心細げな表情でカメラを見つめている。

「一九六三年夏のきみだ。奥のデッキチェアに座っているのがご両親。きみのお母さんの後ろに半分隠れているのがハリエットだ。きみのお父さんの左に写っているのが、現在グループを率いているマルティン・ヴァンゲルで、ハリエットの兄にあたる」

自分の両親はすぐにわかった。母親は妊娠している――アニカを身ごもっていたのだ。ミカエルは複雑な心境で写真を見つめた。そのあいだにヘンリック・ヴァンゲルはコーヒーをいれ、菓子の載っ

た皿をミカエルに差し出した。

「お父さんが亡くなったのは知っている。お母さんはいまもお元気かね？」

「いいえ」とミカエルは答えた。「三年前に亡くなりました」

「とても感じのいい女性だった。よく覚えているよ」

「でも、ぼくの両親の思い出話をするために、ここへ呼んだわけじゃないでしょう」

「そのとおりだ。きみにどう話したらいいか、何日もかけて考えたんだが、いまこうして実際に来てもらってみると、話をどこから始めたものか迷ってしまう。きみはおそらくここに来る前に、私についての情報を集めただろう。だとすれば、かつて私がスウェーデンの産業と雇用に大きな影響力を持っていたことも知っているはずだ。いまは死期の近い哀れな老人だがね。そう、死について話すことこそ、この話の出発点にふさわしいかもしれん」

ミカエルはコーヒーをひと口飲みつつ——フィルターを使わずに直接煮出す、昔ながらのコーヒーだ——この話はいったいどんな方向に展開していくのだろう、と考えた。

「私は腰痛持ちで、長い散歩はもうできなくなった。きみもいつかは老い、衰えを実感する日が来るはずだ。だが私はそのことを悲観してはいないし、耄碌《もうろく》してもいない。絶えず死を意識しているわけではないが、自分の時間が残り少ないということを受け入れなければならない年齢であることは確かだ。人生の総決算として、未完成のものを整理したくなる時期にきている。わかってもらえるかね？」

ミカエルはうなずいた。ヘンリック・ヴァンゲルのしっかりした明瞭な声を聞いて、この老人は確

かに耄碌しておらず理性も失っていない、と思った。「ぼくは自分がここにいる理由を知りたいんです」と彼は繰り返した。

「きみに来てもらったのは、その総決算の手助けをしてほしいからだ。まだ片づいていない事柄がいくつかあるのでね」

「なぜぼくなんですか？　つまり……なぜぼくに手助けができるとお思いになるんですか？」

「それはだね、ちょうど誰かを雇って手助けをしてもらおうと考えはじめたときに、ヴェンネルストレム事件できみの名前がマスコミに出はじめたからだ。私はきみのことを知っていたからね。きみを雇おうと思ったのは、幼かったきみを膝の上にのせたことがあるからかもしれん」そう言ってすぐ、取り消すように手を振った。「いや、誤解しないでくれ。きみの情に訴えて手助けをしてもらおうと思っているわけではない。ただ、きみに連絡しようと思った理由を説明したまでだ」

ミカエルは素直に笑った。「ええ、わかってますよ。情に訴えられたところで、ぼくはあなたの膝にのってた記憶なんてまるっきりないんですからね。でも、どうしてそれがぼくだとわかったんです？　一九六〇年代初めの話でしょう」

「どうやらもう少し説明が要るようだね。きみたちがストックホルムに引っ越したのは、きみのお父さんがサリンデル機械工業の工場長としての職を得たからだった。サリンデル機械工業はヴァンゲル・グループ傘下の会社で、お父さんをこのポストに推薦したのは私なんだ。技師としての正式な教育は受けていないにせよ、腕は確かなのを知っていたからね。それからは用事があってサリンデル機械工業を訪れるたびに、きみのお父さんと何度も会ったよ。親友同士とまでは言えないが、顔を合わせ

れば立ち話をする仲だった。最後に会ったのはお父さんが亡くなる前の年で、そのときはきみがジャーナリスト養成学校に合格したと聞いた。お父さんはとても嬉しそうにしていたよ。それからきみは、例の銀行強盗事件で名探偵カッレくんという異名をとり、全国的に有名になった。私はきみの仕事ぶりに注目し、折にふれてきみの書いた記事を読んできた。『ミレニアム』もよく読ませてもらっている」

「なるほど、よくわかりました。で、具体的には、いったいぼくに何をしてほしいんです?」

ヘンリック・ヴァンゲルはしばらく自分の両手を見つめ、コーヒーをすすった。ようやく本題に入るが、その前に仕切り直しが必要、といった様子だった。

「ミカエル、詳しい話に入る前に、ひとつ承諾してほしい。私が頼みたいことはふたつある。ひとつは世間向けの口実。もうひとつが真の任務だ」

「承諾というと?」

「これからする話は、ふたつの部分から成っている。ひとつ目はヴァンゲル家についての話。これは口実だ。長く陰鬱な話だが、ありのままの真実だけを語るつもりでいる。そしてふたつ目は、私の真の要望に関する話だ。私の話が、ときには……常軌を逸していると感じることもあるだろう。承諾してほしいことというのは、くれぐれも私の話を、その依頼内容と報酬も含めて最後まで聞き、そのうえで引き受けるかどうか決めてほしい、ということだ」

ミカエルはため息をついた。ヘンリック・ヴァンゲルにはどうやら、ミカエルが午後の列車で帰れ

るよう、自分の要望を短く簡潔に述べてやろう、などという意思がまったくないらしい。かりにディルク・フルーデに電話して、駅まで送ってくれと頼んだとしても、この寒さでは車のエンジンがかからない、と言われるに決まっている。

ヘンリック・ヴァンゲルは彼を足止めするために、たっぷり時間をかけて策を練ったにちがいなかった。ミカエルは、この部屋に入ってから起こったことのすべてが、念入りに演出された芝居であるような気がしてならなかった。子どものころヘンリック・ヴァンゲルに会っていると知らされた驚きに始まって、アルバムに収められていた両親の写真、ミカエルの父親とヘンリック・ヴァンゲルが友人同士であったという事実の強調、これまでずっとミカエルに注目し、仕事ぶりを遠くから見守ってきた、などという甘言……どれもみな事実ではあるのだろうが、ごく初歩的な心理操作のにおいもする。つまりヘンリック・ヴァンゲルは、人を巧みに操ることのできる人物だ。重役会議という閉ざされた場で、ミカエルよりもはるかに頑固な連中を、長年にわたって操ってきた達人なのだ。彼がスウェーデン産業界の大立者となったのは、けっして偶然ではない。

ヘンリック・ヴァンゲルはきっと、自分では絶対にやりたくない何事かを彼にさせようとしているのだろう、とミカエルは結論づけた。となれば、それが何なのかを見きわめたうえで、ノーと言えばいいだけのことだ。うまくいけば午後の列車に間に合うかもしれない。

「申しわけないですが、承諾はできませんね」とミカエルは答えた。彼は時計を見た。「ここに来てもう二十分になる。きっかり三十分差し上げますから、そのあいだに残りを話してください。そのあとぼくはタクシーを呼んで、おいとまします」

一瞬、ヘンリック・ヴァンゲルはそれまでのやさしい長老としての役割を捨てた。現役の冷厳な企業主として、逆境にぶつかったときのような、あるいは頑固な役員に手を焼いたときのような表情を垣間見せた。だが、彼はすぐに口角を上げ、硬い笑顔をつくった。

「なるほど」

「簡単なことです。まわり道などしなくていいんです。ぼくに何をしてほしいか言ってください。そうすればやるかやらないか判断できます」

「つまり、私が三十分できみを説得できないのなら、三十日かけても同じだということか」

「だいたいそういうことです」

「だが、私の話は長いうえに相当込み入っている」

「話は短く、単純にしてください。ぼくたちジャーナリストのあいだではそれが常識です。あと二十九分」

ヘンリック・ヴァンゲルは片手を挙げた。「やれやれ。わかったから、その秒読みのような真似はやめてくれないか。私が必要としているのは、調査能力と批判精神があって、なおかつ誠実な人物だ。そしてお世辞でなく、きみをそういう人物だと思っている。すぐれたジャーナリストなら、こうした長所を持っているのは当然のことだ。きみが書いた『テンプル騎士団』も興味深く読ませてもらったよ。もちろん、きみのお父さんときみ自身のことを知っていたからきみを選んだ、というのも嘘ではないがね。聞き及んだところによると、ヴェンネルストレム事件のあと、きみは『ミレニアム』を解雇されたそうだね——いや、自らの意思で退社したのだったか。ということは、当面きみはどこにも

雇われていないということだ。おそらく金に不自由するだろうと、とくに頭を働かさなくても察しがつく」

「それであなたは、ぼくのそんな状況をうまく利用しようと考えたわけですか」

「そうかもしれんな。だがミカエル――ところで、ミカエルと呼んでかまわないだろうね？――私はきみに嘘をつくつもりもなければ、偽りの口実を並べるつもりもない。そんな手の込んだことをするには歳をとりすぎているからね。私の申し出が気に入らなければ、きっぱり断わってくれてかまわない。そうなったら別の人間を探して雇うだけのことだ」

「いいでしょう。で、ぼくに頼みたい仕事とは何なんです？」

「きみはヴァンゲル家についてどの程度知っているかね？」

ミカエルは肩をすくめ、両腕を広げてみせた。「月曜日にフルーデさんから電話をもらったあとに、インターネットで調べたことぐらいですかね。あなたが会長だったころ、ヴァンゲル・グループはスウェーデンを代表する大企業グループだったけれど、いまはだいぶ影が薄くなっている。現会長はマルティン・ヴァンゲル。まあそれ以外にもいろいろ知ってることはありますよ。でも結局、いったい何がおっしゃりたいんですか？」

「マルティンは……好人物だが、逆風には弱い男だ。危機にあるグループの会長としては実力がなさすぎる。近代化と専門化を進めようというのが彼の方針で、それ自体は間違っていないのだが、彼は周囲を説得して自分の考えを実現していく能力に乏しく、実現のために資金を調達する能力にはもっと乏しい。二十五年前、ヴァンゲル・グループはヴァレンベリ家（スウェーデンを代表する銀行家・投資家の一家）の圧倒的支配

に充分対抗できる勢力だった。スウェーデン国内におよそ四万人の従業員を抱えていた。全国で勤め口と収入を提供していたんだ。だが、いまではそのほとんどが韓国やブラジルに移された。現在の従業員数は一万人強だが、今後一、二年で――マルティンがグループを停滞から救うきっかけをつかめれば別だが――人員は五千人にまで落ち込むかもしれない。事業としても、もはやごく小規模の製造業にしか携わっていない。つまり――ヴァンゲル・グループは歴史の片隅に追いやられつつある」

ミカエルはうなずいた。ヘンリック・ヴァンゲルの認識は、しばらくパソコンに向かったあとに彼自身が下した結論と、ほぼ同じだった。

「ヴァンゲル・グループは、この国でいまなお完全な家族経営を続けている数少ない企業のひとつだ。ヴァンゲル家の人間が三十人強ほど、程度の差こそあれ、少数株主として会社にかかわっている。このことはグループの強みであると同時に、最大の弱点でもあるんだよ」

ヘンリック・ヴァンゲルはここで言葉を切ってから、いっそう張りのある声で続けた。「ミカエル、あとで好きなだけ質問してくれてかまわないが、これから私が言うことは何としても信じてもらいたい。私は、ヴァンゲル家のほとんどの人間を嫌っている。連中はほとんど、泥棒と守銭奴とごろつきと役立たずの寄せ集めだ。グループを率いた三十五年のあいだ、私は親戚連中とのどうしようもない争いに巻き込まれどおしだった。私の最大の敵はライバル企業でも国でもなく、彼らだった」

彼はひと呼吸おいた。

「きみにお願いしたいことがふたつあると言ったのは、こういうことだ。まず、ヴァンゲル家の歴史というか、評伝を書いてほしい。話を簡単にするために、とりあえずこれを私の自伝ということにし

よう。単調な本ではなく、憎悪、親族内での争い、際限のない金銭欲についての本となるはずだ。私の日記や、持っている資料はすべて、自由に使ってくれてかまわない。私が心の奥底に秘めている思いも、きみは好きにのぞくことができる。どんなにむなくその悪くなるようなことでも遠慮なく書いてくれてかまわない。本が完成したら、シェークスピアでさえも万人向けの軽い娯楽作品に見えてくるだろう」

「いったいなぜそんなことを？」

「ヴァンゲル家のスキャンダラスな歴史をなぜ公表しようと思うのか、ということかね？　それとも、なぜほかならぬきみにこの本の執筆を依頼するのか、ということだろうか？」

「たぶんその両方です」

「正直に言うと、この本が出版されるかどうかはさして重要ではない。だが、この家の歴史は書き残しておくべきだと思っている。たとえたった一冊印刷して王立図書館に寄贈するだけであってもね。私が死んだあとも、私の語った歴史を後世の人々が手に取れるようにしておきたい。その動機はごく単純なものだ――復讐だよ」

「いったい誰に復讐するというんですか？」

「信じてくれなくてもいいが、私は資本家、企業経営者としてさえ、誠実な人間であろうと努めてきた。私の名が、有言実行、約束はきちんと果たす、というイメージと結びつけられていることを、誇りに思っている。裏で策略を弄《ろう》したことは一度もない。組合との交渉でもめたこともない。ターゲ・エルランデル（元首相。左派・社会民主党党首として一九四六年から一九六九年にかけて長期安定政権を率い、福祉の充実に貢献した）も当時は、私に敬意を寄せてくれていた。

私にとって、これは倫理的な価値観の問題だった。何万人もの人々の生活が、私の双肩にかかっていた。私は従業員のひとりひとりを大切にしてきた。面白いことに、マルティンは私とまったく性格が違うのに、この点では同じ姿勢を保っている。彼もまた、道徳的に正しい道を進もうとしてきた。失敗がなかったとは言いきれないが、全体的に見て、恥ずかしくなるようなことはほとんどない」

ヘンリック・ヴァンゲルはなおも続けた。「残念ながら、マルティンと私はヴァンゲル家の中で例外的な存在だ。ヴァンゲル・グループが崩壊寸前のところまで来ている理由はいくつもあるが、大きな理由のひとつは、親族の多くが近視眼的な欲に取り憑《つ》かれているということだ。きみが仕事を引き受けてくれるなら、連中がどんなふうにしてグループを沈没させてきたか、詳しく聞かせてやろう」

ミカエルはしばらく考えてから言った。

「では、ぼくのほうからも正直に申し上げます。そういう本は執筆に何カ月も要します。ぼくにはその意欲も気力もありません」

「その点については、きみを説得できると思う」

「さあ、どうでしょうね。ところで、さきほどぼくにしてほしいことがふたつあるとおっしゃいましたよね。つまりいまの話は口実というわけです。本当の目的は何なんですか？」

ヘンリック・ヴァンゲルはふたたび難儀そうに立ち上がると、机の上に置いてあったハリエット・ヴァンゲルの写真を取りに行き、ミカエルの前に置いた。

「ヴァンゲル家の歴史を書いてほしいと願うのは、きみに親族のひとりひとりをジャーナリストの目

で調べてほしいからなんだ。本の執筆は、ヴァンゲル家の歴史を掘り起こす口実になる。私の真の望みは、きみにある謎を解いてもらうことだ。それがきみの仕事だよ」

「謎?」

「さきほども言ったとおり、ハリエットは私の兄リカルドの孫娘にあたる。私たちは五人兄弟で、いちばん上が一九〇七年生まれのリカルド、一九二〇年生まれの私が末弟だ。いったいどうして神はこんな兄弟をおつくりになられたのか……」

数秒ほど、ヘンリック・ヴァンゲルは話の筋を見失い、物思いに沈んでいるかのような様子をみせた。だが、やがてミカエルのほうを向くと、新たに覚悟を決めた声で言った。

「兄のリカルド・ヴァンゲルの話をしよう。きみに書いてほしい歴史の一部でもあるから」

彼は自分のカップにコーヒーを注ぎ、ミカエルにも二杯目をすすめた。

「一九二四年、十七歳にして、リカルドはすでに熱狂的な国粋主義者かつ反ユダヤ主義者で、スウェーデンに早くからできた親ナチ組織のひとつ、スウェーデン国家社会主義自由同盟に入会した。まったく、ナチスの連中がそのプロパガンダにいつも〝自由〟という語を巧みに入れてくるさまといったら、実に見事というほかない」

ヘンリック・ヴァンゲルはもう一冊アルバムを取り出すと、ぱらぱらとめくり、目当ての写真があるページを開いた。

「これはリカルドがビリエル・フルゴード（一八八七〜一九六一）といっしょにいるところだ。フルゴードは獣医をしていたが、この後一九三〇年代初頭の大規模な親ナチ運動、いわゆるフルゴード運動を率いる

ようになる男だ。だが、リカルドはやがて彼とたもとを分かち、スウェーデン・ファシスト闘争連合、略称SFKOの一員となった。そこでペール・エングダール（親ナチ党党首。一九〇九～一九九四）をはじめ、のちにスウェーデンの政治的な恥となる人物たちと近づきになった」

彼はページをめくった。制服姿のリカルド・ヴァンゲルが現われた。

「一九二七年、彼は父の反対を押し切って軍に志願し、一九三〇年代にはスウェーデンのいくつもの親ナチ組織とかかわりを持っていた。この時期、よからぬ陰謀をめぐらすグループがあれば、その名簿には必ずリカルドの名前があったと思ってまちがいない。一九三三年、リンドホルム（スヴェン・オーロフ・リンドホルム。親ナチ運動指導者。一九〇三～一九九八）率いる国家社会主義労働者党が設立された。スウェーデンのナチズムの歴史はある程度知っているかね？」

「ぼくは歴史家ではありませんが、本は何冊か読んでいます」

「周知のように、一九三九年に第二次大戦が勃発し、まもなくソ連がフィンランドに侵攻した。リンドホルムの組織で活動していた多くの者が、フィンランドのために志願兵として戦地に赴いた。リカルドはそのひとりで、当時彼はスウェーデン軍の大尉だった。そして、ソ連との講和が実現する直前、一九四〇年二月に戦死した。親ナチ組織は彼を殉教者扱いし、彼の名を冠した闘争団体も生まれたほどだった。いまでもリカルド・ヴァンゲルの命日には、頭のおかしい連中がおおぜいストックホルムの墓地に集まって、彼を追悼している」

「なるほど」

「一九二六年、十九歳のリカルドは、ファールンの教師の娘であったマルガレータという女性とつき

あいはじめた。政治活動を通じて知り合ったふたりは、一九二七年にゴットフリードという息子をもうけ、これを機会に正式に結婚した。一九三〇年代前半、兄は妻子をここヘーデスタに住まわせ、自分はイェーヴレの連隊駐屯地にいた。休暇になると国じゅうをまわってナチズムの宣伝活動に励んだ。一九三六年、リカルドは父と激しく衝突し、父からの経済的支援をすべて断たれてしまった。以後、彼は完全な自立を強いられた。家族とともにストックホルムに移ったが、そこでの生活は厳しいものだった」

「自分の財産はなかったんですか？」

「彼がヴァンゲル家の一員として持っていた株式は凍結されていたんだ。ヴァンゲル家以外の人物に売ることはできなかった。というのも、家庭内でのリカルドは救いようのない乱暴者だった。妻を殴り、息子に暴力をふるった。ゴットフリードはいつもおびえて小さくなっていた。リカルドが戦死したとき彼は十三歳だったが、この日はそれまでの彼の人生の中でも最も幸せな日だったろうと思う。父はリカルドの妻子に同情してヘーデスタに呼び寄せ、アパートを見つけてやって、マルガレータがまずまずの生活を送れるようにはからった。

リカルドがヴァンゲル家の陰鬱で狂信的な面を代表していたとすれば、ゴットフリードが体現していたのは怠惰な面だった。ゴットフリードが十八歳のとき、私は彼の世話を引き受けた。なんといっても甥《おい》だからね。年齢だけでいえば、私のほうが七つ年上であるにすぎなかった。が、当時私はすでにグループの経営陣に加わっており、父の後を継ぐことも決まっていた。一方ゴットフリードは、ヴァンゲル家にあってほとんどはみ出し者扱いだった」

ヘンリックは少し考えてから、話を続けた。

「父は孫息子に対してどう振る舞っていいかわからないようだったので、どうにかしてゴットフリードを助けてやらなければ、と主張したのは私だった。私は彼にグループでの仕事をあてがった。大戦後のことだ。彼としてはそれなりにきちんと務めを果たそうとしたのだろうが、どうも物事に集中するのが苦手らしかった。なにごとについても投げやりで、やさ男で遊び人であるせいか女に好かれ、一時期は酒に溺《おぼ》れていた。彼に対する気持ちは、どう表わせばいいかな……役立たずではないのだが、とても信用は置けず、深く失望させられたこともたびたびあった。彼は年を追うごとに酒びたりになり、一九六五年、海に転落して溺れ死んでしまった。事故はこの島の反対側で起きたんだ。彼はそこに小さな別荘を建て、引きこもっては酒を飲んでいた」

「そのゴットフリードが、マルティンとハリエットの父親というわけですね？」ミカエルはティーテーブルに置かれた写真を指して尋ねた。老人の話にわれ知らず興味を抱きはじめていた。

「そのとおり。一九四〇年代末、ゴットフリードは、戦後スウェーデンに渡ってきた若いドイツ人女性、イザベラ・ケーニッヒと出会った。イザベラは、グレタ・ガルボやイングリッド・バーグマンのような、正真正銘の美人だった。ハリエットはおそらく、ゴットフリードよりもイザベラのほうの遺伝子を多く受け継いだのだろう。写真でわかるように、彼女は十四歳ですでにとても美しかった」

ミカエルとヘンリック・ヴァンゲルはともに写真をじっと見つめた。

「だが、先を話そう。イザベラは一九二八年生まれで、まだ存命だ。彼女が十一歳のときに戦争が始まった。絶えず空爆にさらされるベルリンでの少女時代がどんなものだったか、きみにも想像がつく

だろう。スウェーデンの土を踏んだとき、彼女は地上の楽園にたどり着いた気がしただろうね。残念ながら彼女はゴットフリードと同じ多くの欠点を抱えていた。浪費家で、四六時中どんちゃん騒ぎをしている彼女を見ていると、ときどきふたりが夫婦というより飲み友だちのように思えたよ。彼女は国の内外を問わずひっきりなしに旅行し、おおよそ責任感というものに欠けていた。当然、子どもたちはその影響をこうむった。マルティンは一九四八年に、ハリエットは一九五〇年に生まれたが、育児を放棄した母親と酒に溺れる父親のせいで、ふたりの子ども時代は暗澹《あんたん》たるものだった。

そこで私は一九五八年に行動を起こした。当時ゴットフリードとイザベラはヘーデスタに住んでいたが、この島に引っ越させたんだ。これ以上放っておくのはよくない、悪循環を断たなければ、と考えた。そのころマルティンとハリエットはほとんど放ったらかしにされていた」

ヘンリック・ヴァンゲルは時計を見た。

「与えられた三十分の期限はもうすぐ切れるが、話は終わりに近づいている。猶予をもらえるかね?」

ミカエルはうなずいた。「先をどうぞ」

「では手短に話そう。私には子どもがなかった——ほかの兄弟や親戚とは正反対だ。皆、とにかくヴァンゲル家の血筋を絶やすまいという考えに、愚かなまでに取り憑《つ》かれているようだからね。ゴットフリードとイザベラはこの島で暮らしはじめたが、彼らの結婚生活は雲行きが怪しくなっていた。一年後、ゴットフリードは自分の別荘に引っ越してしまった。そこに引きこもって一年の大半を過ごし、寒さに耐えられなくなるとイザベラのところに戻ってきた。私はマルティンとハリエットの世話を引

き受けたが、それはいろいろな意味で、子どものない私に突然子どもができたようなものだった。

マルティンは……実を言うと、彼が十代だったころには、父親と同じ運命をたどるのではないかと心配した時期もあった。軟弱で内向的で気難しいが、独特の魅力をそなえ、夢中になりやすいところのある子だったからね。思春期の何年間かは不安定だったが、大学に入ると落ち着いたよ。マルティンは……何はともあれ、今日まで存続しているヴァンゲル・グループの会長なのだから、まずまず成功したほうだと言えるだろう」

「ハリエットのほうは？」とミカエルは尋ねた。

「ハリエットは私にとってかけがえのない存在だった。私は彼女が安心して暮らせるよう、また自信を持って生きていけるよう気を配り、私たちは互いに強い信頼で結ばれていた。私はハリエットを自分の娘のように思い、彼女も両親以上に私を頼るようになった。しつこいようだが、ハリエットは特別な子だった。兄に似て内向的なところがあり、思春期にはキリスト教に強い関心を寄せていて、ヴァンゲル家の中では少々異質な存在だった。だが素晴らしい天分に恵まれており、実に賢く、しかもしっかりとした倫理観と強い意志をそなえていた。ハリエットが十四、五歳になったとき、私は、マルティンやほかの凡庸な親族ではなくハリエットこそ、いつの日かヴァンゲル・グループを率いるために、あるいは少なくとも中心的な役割を果たすために生まれてきた人間だ、と確信するにいたった」

「ということは、何かあったんですね？」

「きみに助力を乞う真の理由にやっとたどり着いたよ。私は、ヴァンゲル家の誰がハリエットを殺し、

その後四十年もの長きにわたって私の頭をおかしくさせようとしているのかを、きみに突きとめてほしいのだ」

第五章

十二月二十六日　木曜日

独白を続けていたヘンリック・ヴァンゲルは、いま初めてミカエルを驚かせることに成功した。ミカエルは、聞き間違いでないことを確かめるため、たったいま言ったことを繰り返してほしい、と言わずにはいられなかった。彼が読んだ記事の中に、ヴァンゲル家のなかで殺人が行なわれたと報じたものなどなかった。

「一九六六年九月二十二日、土曜日のことだ。ハリエットは十六歳で、高校二年になったばかりだった。この日は私にとって人生最悪の日となった。あの日の出来事はもう何度も頭の中で反芻してきたから、何が起きたか分刻みで描写できる――もっとも、いちばん重要なところが空白になっているのだが」

それからヘンリックは片手を挙げ、家全体を指し示すようにさっと動かした。

「あの日は、この家にヴァンゲル家のほとんどの者が集まっていた。ヴァンゲル・グループの株主が一堂に会して事業について話し合う夕食会で、気の重いことに、毎年恒例の行事となっていた。私の祖父が始めた習慣なのだが、程度の差こそあれ、いつもきまって不愉快きわまりない結果になった。一九八〇年代になって、企業運営にかかわるすべての話し合いは定例役員会議と株主総会で行なう、とマルティンが端的に決定したことで、この習慣は打ち切られた。これは彼が下した最高の決定だ。おかげでもう二十年、この種の集まりは行なわれていない」

「さっきの話では、ハリエットは殺されたと……」

「待ってくれ、順を追って話すから。あの日は土曜日だった。ちょうどヘーデスタのスポーツ協会が、子ども祭りと銘打ってパレードを企画していた。ハリエットは高校の友人たちとパレードを見物しに町へ出かけ、十四時少し過ぎにこの島に戻ってきた。夕食は十七時からの予定で、彼女もヴァンゲル家のほかの子どもたちとともに食卓につくことになっていた」

ヘンリック・ヴァンゲルは立ち上がって窓へと向かった。ミカエルを身ぶりで招くと、窓の向こうを指さした。

「十四時十五分、つまりハリエットが帰宅して数分後、あの橋の上で大変な事故が起きた。この島にあるエステルゴーデンという農場で働いていた農夫の弟にあたる、グスタヴ・アーロンソンという男の乗った車が、島に灯油を運んでいたタンクローリーと、橋の上で正面衝突したんだ。どちらの側から見ても視界をさえぎるものはないから、いったいどうして事故になったのかはいまだに謎だが、両方ともかなりスピードを出しており、ちょっとした接触事故で済んだはずのところが大惨事になった。

タンクローリーの運転手は衝突を避けようと、本能的にハンドルを切ったのだろう。タンクローリーは橋の欄干《らんかん》にぶつかって横転し、橋をまたぐように倒れ、タンク部分が橋の外に大きくはみ出していた……しかも欄干の鉄柱がタンクに突き刺さり、可燃性の油が噴き出しはじめていた。一方グスタヴ・アーロンソンは車にはさまれて身動きがとれず、重傷を負ってうめきつづけていた。タンクローリーの運転手もけがをしていたが、自力で車から這い出した」

老人はここで言葉を切って少し考え、ふたたび腰を下ろした。

「この事故そのものは、ハリエットと何ら関係はない。しかし、きわめて特殊な意味で大きな役割を演じている。けが人を助けようとして人々が駆けつけ、橋の周辺は大混乱に陥った。いつ灯油が燃えだすかわからない状態で、警報も発せられた。警察、救急車、レスキュー隊、消防隊、マスコミ、やじ馬が、次々と現場にやってきた。もちろんすべて本土側に到着したのだ。島側にいたわれわれは、車にはさまれたアーロンソンを助け出そうと必死だったが、これは途方もなく難しい作業だとわかった。体が完全にはさまっていて、しかも大けがをしていたからだ。

人力で彼を救い出そうとしたものの、とても無理だった。のこぎりで車体を切るしかない。だが問題は、火花を発生させるわけにいかないことだった。なにしろわれわれは、横転したタンクローリーのすぐそばで、灯油の海の中に立っていたのだからね。爆発したら一巻の終わりだ。そのうえ、本土側から助けを得るにもかなりの時間がかかった。タンクローリーが完全に橋をふさいでおり、タンクを登って行き来するのは爆弾によじ登るようなものだった」

ミカエルはいまだに、ヘンリックが彼の興味をつなぎとめようと、入念に練習をし、調整を加えた

うえで話をしているような気がしてならなかった。だが同時に、ヘンリック・ヴァンゲルは聞き手を虜《とりこ》にすることのできるすぐれた語り手だ、と認めてもいた。とはいえ、この話が最終的にどこへ行き着くのか、まるで見当がつかなかった。

「この事故が重要な理由は、事故が起きてからの二十四時間、橋が閉鎖されたままだった、ということだ。タンクに残っていた灯油をポンプでくみ出し、タンクローリーをどかして橋を通行可能にできたときには、もう日曜の晩になっていた。この二十四時間強のあいだ、島は事実上、外界から遮断されていたことになる。本土側に渡る唯一の手段は消防隊のボート一艘で、これが島のヨットハーバーから教会の先の旧港まで人を運ぶのに使われた。何時間ものあいだ、このボートはレスキュー隊員だけが使っていた——一般の人を運びはじめたのは、土曜日の晩になってからだ。このことが何を意味するかわかるかね？」

ミカエルはうなずいた。「この島でハリエットの身に何かが起こり、容疑者は島にいた人間に限定される。密室ミステリの孤島版といったところですね？」

ヘンリック・ヴァンゲルは皮肉な笑みをうかべた。

「ミカエル、まったくそのとおりだよ。私もドロシイ・セイヤーズ（イギリスのミステリ作家。一八九三〜一九五七）ぐらいは読んでいるからね。明らかになっている事実はこうだ。ハリエットはこの島に十四時十分ごろ着いた。子どもたちや、親族が連れてきた恋人なども含めて数えると、全部で四十人近くがその日到着した。島の住人と、ここで働いている者を入れると、この家や周辺には六十四人の人間がいた。島に泊まることにしていた連中は、近くの家々や来客用の寝室に身を落ち着けつつあった。

ハリエットは当初、道を隔てた向こう側の家に住んでいたが、すでに話したように、父親のゴットフリードも母親のイザベラも家庭的な性格でなく、私にはハリエットが苦しんでいるのが手に取るようにわかった。勉強にも集中できずにいたから、彼女が十四歳を迎えた一九六四年、私はこの家に彼女を住まわせることにした。おそらくイザベラは、難しい年頃の娘から解放されてちょうどいいと思ったことだろう。二階の一室をハリエットの部屋にして、私たちは二年をいっしょに過ごした。あの日彼女が帰ってきたのもここだ。私の兄のひとりであるハラルド・ヴァンゲルと前庭で言葉を交わしたことがわかっている。それから彼女は階段を上がってこの部屋に来て、私にただいまと挨拶した。そして、話したいことがあるのだけど、と言った。そのときは親族が数人ここにいたので、話を聞いてやる時間がなかった。だが、どうしても話したがっている様子だったので、あとですぐ彼女の部屋に行くと約束した。彼女はうなずいて、そこの扉から出ていった。私が彼女を見たのはそれが最後だ。その直後に橋の上の事故があり、混乱のあまり当日の予定はすべて狂った」

「彼女はどんなふうに亡くなったんです?」

「待ちなさい。事態はもっと込み入っているんだ。順を追って話さなければ。衝突事故が起きたとき、人々はとるものもとりあえず事故現場に駆けつけた。私は……いつのまにか救出活動の指揮をとる役目を負い、その後数時間ほどは必死で作業をしていた。事故後まもなくハリエットも橋の近くまでやってきたことが、複数の証言でわかっている。しかし爆発の危険があったので、私はアーロンソンの救出を手伝う者以外、全員避難するようにと指示した。事故現場に残ったのは五人だった。私と、兄のハラルド。私の家の雑用係、マグヌス・ニルソン。製材所の作業員で、旧港の近くに家を持ってい

た、シクステン・ノードランデルという男。五人目はイェルケル・アーロンソンという少年で、まだ十六歳だったのだが、それでも避難させなかったのは、彼が事故に遭ったアーロンソンの甥《おい》だったからだ。町へ出るため自転車で通りかかったのが、衝突の一、二分後というタイミングだった。

十四時四十分ごろ、ハリエットはこの家の台所にいた。牛乳を飲み、料理係をしていたアストリッドという女と言葉を交わした。橋の上の大騒ぎの様子を、窓からふたりで見たという。

十四時五十五分、ハリエットは前庭を横切った。目撃者の中に母親のイザベラがいるが、娘と話はしていない。数分後、彼女はヘーデビーの教会の牧師であるオットー・ファルクとすれ違った。牧師館は当時、いまマルティン・ヴァンゲルが住んでいる場所にあったから、牧師は橋のこちら側に住んでいたんだ。彼は風邪を引いていたので、事故が起きたときにはベッドで休んでいた。ようやく事故のことを人から聞いて橋に向かっている途中だった。ハリエットは彼を呼びとめて話をしようとしたが、牧師は手を振ってさえぎり、先を急いだ。オットー・ファルクは生きているハリエットを見た最後の人物だ」

「それで、彼女はどんなふうに亡くなったんです?」とミカエルは繰り返した。

「わからない」ヘンリック・ヴァンゲルは苦しげな目をして答えた。「十七時ごろ、われわれはようやくアーロンソンの救出に成功した――彼は一命を取りとめたよ、かなりの重傷だったがね。そして十八時過ぎには、ひとまず火災の危険はないものと見てよくなった。島は孤立したままだったが、事態は峠を越えた。二十時ごろ、すっかり遅れた夕食をとるため食卓に集まったときに初めて、私たちはハリエットがいないことに気づいた。彼女の従姉妹のひとりに頼んで、ハリエットの部屋に呼びに

行ってもらったが、彼女の姿はないとのことだった。私はさほど心配しなかった。そこらを散歩しに行ったか、夕食の用意ができたという知らせを受けていないのだろう、と思った。そしてその晩はずっと、家族内のいろいろなもめごとに時間を奪われた。あくる日の朝、イザベラが娘を探したが見つからず、そのときになって初めて私たちは、ハリエットがどこにいるのか誰も知らず、前の日から誰も彼女の姿を見ていない、ということに気づいた」

ヘンリックは両腕を広げてみせた。

「その日以来、ハリエット・ヴァンゲルは跡形もなく消えてしまった」

「消えてしまった？」ミカエルは鸚鵡《おうむ》返しに言った。

「あれから数十年がたっているが、彼女につながるどんな小さな手がかりも発見されていないのだ」

「しかし、姿を消したからといって、誰かに殺されたとはかぎらないでしょう」

「きみの反論はよくわかる。私もはじめは同じように考えた。人が痕跡を残さずに消えるには、四つの可能性が考えられる。その人が自分の意志で姿を消し、どこかに隠れている場合。何かの事故に遭って死んでしまった場合。自殺した場合。そして四つ目が、殺害された場合だ。私はこれらの可能性をすべて検討してみた」

「その結果、何者かが彼女の命を奪ったとお考えになっている。なぜです？」

「それだけが唯一、筋の通った結論だからだ」ヘンリック・ヴァンゲルは指を一本立てた。「私は初め、彼女が家出したのだと思いたかった。しかし日が経つにつれ、これは家出ではない、と誰もが思うようになった。考えてもみてくれ。それまでかなり守られた環境で暮らしていた十六歳の少女が、

たとえ目端がきくにせよ、どうやって自力で暮らし、身を隠し、しかもずっと発見されないまま身を潜めていられるだろう？　金はどこから手に入れる？　かりにどこかで仕事にありついたとしても、身元を明らかにしたり、住所を伝えたりする必要がある」

彼は指を二本立てた。

「次に考えたのはもちろん、彼女が何らかの事故に遭ったのではないか、ということだ。ちょっと手を貸してもらえるかな――机のところまで行って、いちばん上のひきだしを開けてくれ。地図があるだろう」

ミカエルは頼まれたとおりに地図を取ってくると、ティーテーブルの上に広げた。ヘーデビー島は、東西約三キロ、南北の最長部分一・五キロの、いびつな形をした島だった。森がその面積の大半を占めている。住居は橋の周囲とヨットハーバーの近くに集中している。島の奥のほうには、例の気の毒なアーロンソンが車を出発させたエステルゴーデンという農場がある。

「さきほども言ったとおり、あの日ハリエットが島を出ることはできなかった」とヘンリック・ヴァンゲルは念を押した。「ここへーデビー島でも、不慮の事故で死ぬ可能性はほかの土地と変わらない。落雷もあるだろう――だが、あの日は雷など鳴っていなかった。馬に踏まれるかもしれないし、誤って井戸に落ちたり、地表の割れ目に足を滑らせて落ちたりすることもあるかもしれない。ここで起こりうる事故の種類は百、二百とあるだろう。私はその大半についてとことん考えてみた」

ヘンリックは指を三本立てて続けた。

「とはいえ、不可解な点がひとつある――これは第三の可能性、ハリエットが自殺した場合も同じこ

とだ。それは、この狭い島のどこかに遺体が存在しなければならない、ということなんだ」

ヘンリック・ヴァンゲルは地図のまんなかをバンとたたいた。

「ハリエットが行方不明になってから何日ものあいだ、私たちは島じゅうを捜索した。溝、畑、地面の割れ目、倒木の下などを、手分けしてしらみつぶしに調べてまわった。あらゆる建物、煙突、排水溝、納屋、屋根裏を、片っ端から見てまわった」

老人はミカエルから外の暗闇へと視線を移した。彼の声は低くなり親密さを帯びた。

「捜索が打ち切られ、人々があきらめてしまっても、私はその年の秋、ずっとハリエットを探しつづけた。少しでも仕事の手があくと、島をくまなく歩きまわった。やがて冬になったが、なんの手がかりも見つからないままだった。春が訪れると私は捜索を再開したが、やがて自分ひとりで探しつづけるのはとても無理だとわかった。そこで夏になると、ここの森を知り尽くした男たちを三人雇い、犬も動員して、あらためて捜索を開始した。彼らは島全体を余すところなく徹底的に調べてくれた。このころにはもう、私は彼女が何者かに殺されたのかもしれないと思いはじめていた。そこで遺体が隠されていそうな場所を探させた。三カ月、粘り強い捜索が続いた。ハリエットに結びつく手がかりはなにも見つからなかった。まるで虚空に消えてしまったかのようだった」

「ほかにもいくつか可能性が考えられると思うのですが」とミカエルが口をはさんだ。

「言ってみたまえ」

「誤って溺《おぼ》れたか、あるいは入水したのかもしれません。ここは海に囲まれた島ですからね。海に沈んでしまえば、見つからなくても不思議ではありません」

「確かに。だがその可能性は低い。いいかね、よく考えてみてくれ。ハリエットが誤って溺れたのだとしたら、当然それは人家の集中しているこの周辺で起こったはずだ。橋の上での事故は、ヘーデビー島では数十年に一度あるかないかの大事件だ。ごくふつうの好奇心のある十六歳の少女が、わざわざそんなときを選んで島の反対側に散歩に行ったとは考えにくいからね。

だがもっと重要なのは」と彼は続けた。「この島の周囲は潮の流れが強くないということ、そしてあの季節の風は北または北東から吹くということだ。このあたりの海に何かが落ちれば、本土側の浜辺に漂着するはずだが、そのあたりはほぼ端から端までずらりと家が建ちならんでいる。われわれだって、ハリエットが海に落ちた可能性を考えなかったわけではない。当然、海に転落するおそれのある、あるいは入水することのできそうな場所は、海底をさらってくまなく調べつくした。ヘーデスタのスキューバダイビング・クラブの若者たちを雇って、ひと夏かけて海峡や海岸付近を綿密に調べてもらったが……なんの手がかりも見つからなかった。ハリエットは海に沈んでいるのではないと私は確信している。そうだとしたら、もう発見できているはずだ」

「でも、別の場所で事故に遭ったかもしれないでしょう？　橋は確かに閉鎖されていたけれど、島と本土とは目と鼻の先だ。泳いで、あるいは手漕ぎボートで、本土側へ渡ったかもしれない」

「当時は九月下旬で水はとても冷たかったし、島じゅうがパニックに陥っていたさなかに、ハリエットが海水浴に行ったとは思えない。それに、たとえハリエットが突然、本土へ泳いで行くことを思いついたとしても、そんなことをしたら注目を浴びずにはいないはずだ。橋の上には五、六人の人間がいたし、本土側では二、三百人の人々が海岸で救出劇を眺めていたんだからね」

「手漕ぎボートは?」

「いいや。あの日、ヘーデビー島には十三艘のボートがあった。プレジャーボートのほとんどは、すでに陸に揚げられていた。ヨットハーバーにあったのは木製モーターボート二艘だけだった。手漕ぎボートは七艘あって、そのうち五艘は陸に引き上げてあり、牧師館の下の浜に一艘、水上に一艘あった。エステルゴーデン農場にはモーターボートと手漕ぎボートが各一艘あった。これらのボートのいずれも動かされていないことが確認されている。もしボートを漕いで出かけたのなら、当然、彼女はそのボートを対岸につけたはずだろう」

ヘンリック・ヴァンゲルは指を四本立てた。

「したがって、残る唯一の可能性は、ハリエットが自らの意志に反して姿を消したということだ。何者かが彼女を殺害し、遺体を処分したのだ」


リスベット・サランデルは二十六日の午前を、経済ジャーナリズムをテーマにして論争を呼んだミカエル・ブルムクヴィストの著書を読んで過ごした。本は二百十ページあり、タイトルの『テンプル騎士団』の下に〝経済ジャーナリストへの宿題〟という副題が添えてある。クリステル・マルムの手になる斬新なデザインの表紙には、ストックホルム証券取引所の写真が使われている。画像編集ソフトを使ったのだろう、表紙をよく見ると、建物が宙に浮かんでいるのがわかる。証券取引所の土台部分が消されているのだ。本文の内容を暗示するのに、これほど明瞭で効果的な表紙はないように思える。

サランデルはブルムクヴィストがすぐれた書き手であることを認めた。ストレートな、読む者を引きつける書き方で、経済ジャーナリズムという入り組んだ世界を知らない読者が手に取っても通読でき、なにがしかの収穫を得られる本だ。皮肉のきいた辛辣な語り口ながら、確かな説得力を備えている。

第一章は、遠慮のかけらもない一種の宣戦布告だった。スウェーデンの経済ジャーナリストは近年、無能な下僕になりさがっている、自らを過大評価するばかりで批判精神がまったくない、という。とくにこの最後の点、批判力に欠けていることは、企業の経営陣や投資家が明らかに事実に反し誤解を招く発言をしていても、多くの経済ジャーナリストは少しも異論を唱えようとせず、発言をそのまま伝えて満足しきっている、という事実からも明らかだ。そんなに愚直で騙《だま》されやすいのならジャーナリストを続ける資格はないが、それ以上に厄介なのは、物事を批判的な目で検討し、正確な情報を報道する、というジャーナリストとしての使命を、故意に怠《おこた》っている者がいることだ。ブルムクヴィストはまた、自分は経済ジャーナリストと呼ばれることがときおり恥ずかしくなる、どう見てもジャーナリスト失格である連中と同一視されるおそれがあるから、とも述べている。

ブルムクヴィストは経済ジャーナリストの仕事を、犯罪記者や外国特派員の仕事と比較している。例として、かりに大新聞の裁判担当記者が、たとえば殺人事件の公判の報道で、弁護側の情報を入手したり被害者の家族を取材したりして自分なりに何が正当であるかをつかむ努力をまったくせず、検察側の情報だけを真実として示し、何の検討も加えずに記事にした場合、どれほどの抗議が起こることになるかをざっと描写してみせている。そして裁判報道と同じルールを、経済ジャーナリストにも

適用すべきだと述べる。

あとの章には、序論の主張を裏付ける証拠がずらりと並べられていた。ある長い章では、主要新聞六紙、経済専門紙である『フィナンスティーニンゲン』および『ダーゲンス・インドゥストリ』、テレビの経済ニュースによる某ITベンチャー企業の報道を詳しく検討し、記者の文章や発言を引用または要約したうえで、現実の状況と突きあわせている。その企業の行く末を追いながら、ブルムクヴィストは〝真摯《しんし》なジャーナリスト〟ならば提起したであろう、だが問題の経済記者たちは誰ひとりとして提起しなかった、いくつもの素朴な問いを何度も繰り返していた。見事な論の進め方だった。

別の章では、元国営の電話会社テリアの民営化を扱っていた――この章で、ブルムクヴィストの揶《や》揄《ゆ》と皮肉は最高潮に達した。何人かの経済記者が名指しで引用され、文字どおりさらし者にされている。なかでもヴィリアム・ボリィという記者に対する著者の憤りには並々ならぬものがあった。また巻末に近い章では、スウェーデンと諸外国の経済ジャーナリストの能力が比較されていた。ブルムクヴィストは、『フィナンシャル・タイムズ』や『エコノミスト』、ドイツの経済紙数紙の〝真摯なジャーナリスト〟が、同様の取材対象をそれぞれの国でどのように報じているか語っている。比較の結果はスウェーデンにとって不名誉というほかなかった。そして最終章で、この嘆かわしい状況を立て直すための提言をざっと述べている。結論には序論の趣旨がふたたび現われ、円環を閉じるかのごとく、このように終わっていた。

もし国会担当の記者が、採択された法案すべてを、それがどんなに非常識なものであってもい

っさい批判することなく支持したとしたら、あるいは政治記者が同じように判断力に欠ける記事を書いたとしたら――その記者は解雇されるか、少なくとも比較的害を及ぼさずに済む別の部署へと配置転換されるにちがいない。だが、経済記者の世界では、批判的な目で検討を重ね、その成果を客観的に報道するという、ジャーナリストとしての正常な使命が遂行されていない。まんまと成功したぺてん師を手放しで称賛して終わりである。そんな世界で、スウェーデンの未来がかたちづくられている。そんな世界で、ジャーナリストという職業に対する信頼が損なわれていくのである。

歯に衣着せぬ主張だった。これだけ手厳しく書けば、ジャーナリスト組合の機関誌である『ジュルナリステン』をはじめ、一部の経済紙、一般紙の論説や経済面で、騒然たる論争が起きるのも無理はない、とサランデルは思った。本の中で実名を出された記者の数はわずかでも、業界の狭さを考えれば、新聞名の引用だけで誰が批判の的になっているか同業者にはすぐわかるだろう。この本の出版によってブルムクヴィストがかなりの敵をつくったことは、ヴェンネルストレム事件の判決を意地悪く歓迎するコメントが十紙あまりに見られたことからもうかがえる。

サランデルは本を閉じ、裏表紙に印刷された著者の写真に目をやった。ミカエル・ブルムクヴィストは、斜め前から撮影されていた。ダークブロンドの前髪が無造作に額に垂れているさまは、まるでカメラマンがシャッターを切る直前に一陣の風が吹いたか、または（いっそう確かな可能性として）カメラマンであるクリステル・マルムがわざとそのように髪をセットしたかのようだった。ブルムク

ヴィストは皮肉な笑みをうかべ、おそらくは自分を少年っぽく魅力的に見せるつもりのまなざしで、カメラをじっと見つめている。〝なかなかハンサムな男ね。これから三カ月の刑務所暮らしってわけ〟

「ねえ、名探偵カッレくん」と彼女は声に出して言った。「あなた、ちょっと図に乗ってない？」

正午ごろ、リスベット・サランデルはiBookの電源を入れ、メールソフトEudoraを開いた。そしてごく簡潔に一行、こう打ち込んだ。

時間ある？

彼女は〝ワスプ（スズメバチの意）〟と署名し、Plague_xyz_666@hotmail.comに宛てて送信した。ごく短いメッセージながら、念のため暗号化ソフトPGPにかけておいた。

それから黒いジーンズと冬用のがっしりとした靴をはき、厚手のタートルネックセーターに黒っぽい色のピーコートをはおると、薄い黄色の手袋と帽子とマフラーを身につけた。眉と鼻のピアスをはずし、唇に薄いピンクの口紅を引き、バスルームの鏡に自分の姿を映してみる。休日にぶらりと外出するごくふつうの女性に見える。背後から敵陣を衝《つ》くための戦闘用カモフラージュとしては申し分のない装いだ、と彼女は思った。シンケンスダムから地下鉄に乗り、エステルマルムストリィで下車すると、そこから徒歩でストランド通りに向かった。建物の番号を読みつつ、遊歩道になった中央分離

帯を歩く。ユールゴーデン島への橋にさしかかるあたりで立ち止まり、目当ての扉をじっと見つめた。道を渡り、扉から数メートル離れた場所で待機した。

クリスマスの翌日に寒い中を歩いている人々の多くは海側の歩道を歩いており、建物側の歩道は人通りが少ないことを、彼女は確認した。

三十分近くじっと待っていると、杖をついた年配の女がユールゴーデン島のほうから近づいてきた。立ち止まって疑わしげな視線を向けてきたその女に、サランデルは愛想よく笑いかけ、軽い会釈をしてみせた。杖を持った婦人は挨拶を返し、この娘は何階の住人だっけと考えているような様子だった。サランデルは、まるで待ち合わせの相手を待ちつつそわそわと歩きまわっているかのように、婦人に背を向けて扉から数歩遠ざかった。振り向くと、婦人は扉の前にたどり着き、ゆっくりと暗証番号を押しているところだった。サランデルは婦人が1260と押すのを難なく見てとった。

さらに五分待ってから、扉に近づいた。暗証番号を押すと、錠がかちりと鳴った。扉を開け、階段の吹き抜けに立ってあたりを見まわす。入口の扉の内側には監視カメラが一台あったが、彼女はちらりと見て警戒をゆるめた。そのカメラはミルトン・セキュリティーが販売しているモデルで、まず建物内で不法侵入か襲撃のアラームが鳴ってからでないと作動しないのだ。奥のほう、旧式のエレベーターの左手に、暗証番号入力装置を備えた別の扉があった。サランデルは1260を試してみて、入口の扉に使われている番号が、地下階とごみ収集所に通じるこの扉にも有効であるのを確認した。

〝これはこれは、なんとまあいいかげんな〟。三分かけて地下階を調べたところ、鍵のかかっていない洗濯室と、ごみの分別場があることがわかった。ミルトンの錠前専門家から拝借したマスターキー

の束を使って、鍵のかかった扉のうちのひとつを開けてみたところ、どうやら住人たちの会合に使われる部屋のようだった。地下の突き当たりには娯楽室があった。やがてついに、目的の部屋を見つけた――建物全体の電気制御室になっている小部屋だ。メーター、分電盤、分岐回路をそれぞれ調べてから、煙草の箱サイズのキヤノンのデジタルカメラを取り出す。彼女は目当てのものにレンズを向け、三枚撮影した。

地下階から上がってきたサランデルは、エレベーターのかたわらの掲示板をちらりと見やり、最上階の住人の名を確認した。〝ヴェンネルストレム〟

それから彼女は建物をあとにして、早足で国立美術館まで歩き、そこのカフェテリアに入って体を暖め、コーヒーを飲んだ。三十分ほどたった後、彼女はセーデルマルム地区にある自分のアパートに戻った。

Plague_xyz_666@hotmail.com から返事が届いていた。ＰＧＰで暗号を解くと、数字の２０という簡潔な答えが現われた。

第六章

十二月二十六日　木曜日

　ミカエル・ブルムクヴィストが設定した制限時間の三十分は、すでにだいぶ過ぎてしまっていた。時刻は十六時三十分、午後の列車に間に合う見込みはもうないが、二十一時三十分の列車に乗れる可能性はまだ残っている。ミカエルは窓辺に立って、首の後ろを揉《も》みながら、橋の向こうにそびえる教会の正面が明るくライトアップされているのを見つめていた。ヘンリック・ヴァンゲルは、地方紙と全国紙に掲載されたこの事件の記事を集めたスクラップブックを見せてくれた。マスコミは一時期かなり強い関心を示した――実業界の名家の娘が跡形もなく失踪したからだ。しかし遺体は見つからず、捜索は暗礁に乗り上げ、事件への関心はしだいに薄れていった。名高い実業家の一家が巻き込まれたとはいえ、ハリエット・ヴァンゲル失踪事件は三十六年以上たった現在、忘れられたも同然だった。

　一九六〇年代後半に書かれたこれらの記事では、彼女が海に落ちて溺《おぼ》れ、沖に流されたのだろう、と

いう説が主流だった――それなら確かに悲劇ではあるが、どんな家族の上にもふりかかることのある災難にすぎない。

ミカエルはわれ知らず老人の話に心を奪われてしまっていたが、ヘンリック・ヴァンゲルがひと休みしてトイレに行っているあいだに疑念がよみがえってきた。とはいえ、老人の話はまだ途中だった。ミカエルはもう、話を最後まで聞くと約束してしまっていた。

「あなたご自身は、彼女の身に何が起こったとお考えなんですか?」ミカエルは書斎に戻ってきたヘンリック・ヴァンゲルに尋ねた。

「当時ヘーデビー島に住んでいたのはおよそ二十五人程度だが、あの日はヴァンゲル家の会合があったため、六十人あまりが島にいた。その中の二十人から二十五人は容疑者からはずすことができる。残りのうちのひとり――おそらくヴァンゲル家の誰か――がハリエットを殺し、遺体を処分したのだと思う」

「異論が山ほどありますが」

「聞かせてくれたまえ」

「ひとつ目はもちろん、たとえ誰かが彼女の遺体を隠したとしても、あなたがおっしゃったように徹底的な捜索が行なわれたのなら、当然発見されているはずだ、ということです」

「捜索は、私が語ったよりもさらに大がかりなものだったよ。だが、ハリエットが殺されたのではないかと考えるようになってはじめて、遺体を隠す方法はほかにもあった、ということに気づいた。これから聞いてもらう推測は証明できるものではないが、まったくありえないことではない」

「なるほど。どうぞお話しください」

「ハリエットは十五時前後に姿を消した。十四時五十五分ごろ、事故現場に向かって急いでいたオットー・ファルク牧師が、彼女を目撃している。ほぼ同じ時刻に地方紙のカメラマンが到着し、それから一時間ほどにわたって、事故現場の写真を大量に撮影した。警察がそのフィルムを調べたところ、ハリエットが写った写真は一枚もなかった。この集落にいた彼女以外の人間は、小さい子どもたちを除いて全員、少なくともどれか一枚には写っていた」

ヘンリック・ヴァンゲルは別のアルバムを取ってきて、ミカエルの前のテーブルに置いた。

「ここにあの日の写真を集めてある。一枚目は、祭りの日のパレードの様子を、ヘーデスタで撮ったもの。カメラマンは事故現場の写真を撮ったのと同じ人物だ。撮影時刻はだいたい十三時十五分で、ハリエットの姿が写っている」

写真は建物の二階から撮られたようだ。ピエロや水着姿の若い女性たちを乗せたトラックがちょうど通過しつつある。見物人が歩道を埋めつくしている。ヘンリック・ヴァンゲルは群衆の中のひとりを指さした。

「これがハリエットだ。姿を消すおよそ二時間前、彼女はこうして同級生たちとヘーデスタにいた。彼女を写した最後の写真だよ。だがもう一枚、気になる写真がある」

ヘンリック・ヴァンゲルはアルバムをぱらぱらとめくった。そこには、橋の上の惨事を撮った写真が百八十枚あまり――フィルム六本分――収められていた。詳しい話を聞いたあと、実際にその現場を白黒写真でいきなり目にすることになり、ミカエルはどきりとした。カメラマンは事故後の混乱を

すぐれた腕前で記録していた。横転したタンクローリー周辺での作業にレンズを向けた写真が多い。ミカエルは、灯油にまみれながらさかんに立ち働いている四十六歳のヘンリック・ヴァンゲルを容易に見つけだすことができた。

「これは私の兄のハラルドだ」と言って、ヘンリック・ヴァンゲルは背広姿の男を指さした。アーロンソンがはさまれている車の残骸を、半ば前かがみになって指さす姿が写っている。「ハラルドは不愉快な男だが、容疑者リストからははずしてかまわないと思う。靴をはきかえるためこの家に駆け戻ったごく短い時間を除いては、ずっと橋の上にいたからね」

ヘンリック・ヴァンゲルはさらにページをめくっていった。写真は途切れることなく続いていた。タンクローリー。海辺の見物人。アーロンソンの壊れた車。橋の全景。望遠レンズによる生なましい写真。

「これが気になる写真だ」とヘンリック・ヴァンゲルは言った。「確認できたところによると、この写真が撮影されたのは十五時四十分から十五時四十五分、つまりハリエットがファルク牧師に会ってから約四十五分後のことだ。ここに写っている私の家の、二階中央の窓を見てくれたまえ。ハリエットの部屋だ。さっきの写真では窓は閉まっていた。この写真では開いている」

「このとき何者かがハリエットの部屋にいたということになりますね」

「私は全員に問いただした。だが、この部屋の窓を開けたと認めた者はひとりもいない」

「ということは、窓を開けたのがハリエット自身で、そのとき彼女はまだ生きていたか、あるいは誰かがあなたに嘘をついていることになる。しかし、殺人犯が彼女の部屋に入って窓を開けるとしたら、

それはなぜでしょう？　また、窓を開けた人物はなぜそれを隠すのでしょう？」

ヘンリック・ヴァンゲルは頭を振った。彼にも答えはないのだ。

「ハリエットは十五時ごろ、またはそれより少しあとに姿を消した。ここに集めた写真によって、その時間に各人がどこにいたかをある程度知ることができる。一部の人間を容疑者リストからはずせるのはそのためだ。同じ理由から、その時間に写真に写っていない人物は容疑者リストに加えなければならない、ということになる」

「ぼくの質問にまだお答えいただいてませんね。遺体はどのようにして消えたとお考えなんですか？　なにかの手品でも使った、という答えしかないような気がしますが」

「いや、実は現実的に可能な方法がいくつもあるんだ。犯行は十五時前後に行なわれた。犯人が使用したのはおそらく、ナイフのたぐいではない――もしそうだとしたら血痕が見つかっているはずだからね。ハリエットは首を絞められたのだと私は思っている。そして、その犯行はここ――前庭の塀の向こうでなされたのだと思う。カメラマンの視界には入らないし、この家からもちょうど死角にある場所だ。そこには、牧師館からこの家に近道をしたいときに使える、ちょっとした裏道がある。彼女が最後に目撃されたのは牧師館の近くだ。この場所にはいま花壇や芝生があるが、一九六〇年代には砂利敷きの空き地で、駐車場として使われていた。犯人は車のトランクを開け、ハリエットを放り込むだけでよかった。翌日、捜索を始めたときには、誰もハリエットが殺されたなどとは思っていなかった――だから、海岸、建物の中、そして集落周辺の森などを重点的に探していた」

「つまり誰も車のトランクを調べなかった」

「その晩、犯人は悠々《ゆうゆう》と車に乗り、橋を渡って、遺体をどこかへ隠しに行ったのだ」

ミカエルはうなずいた。「捜索活動が行なわれている真っ最中に、ということですね。それが真実なら、犯人は血も涙もない卑劣漢だな」

ヘンリック・ヴァンゲルは苦々しげに笑った。「その言葉は、ヴァンゲル家の大多数の人間を見事に言い表わしているよ」

十八時に夕食の席についてからも、ふたりは話を続けた。アンナが野ウサギのローストにスグリのジュレとジャガイモを添えて食卓に出してくれた。ヘンリック・ヴァンゲルはボディのしっかりした赤ワインをあけた。終列車にはまだ充分間に合う。ミカエルは話を締めくくろうと考えて言った。

「確かに興味深いお話でした。でも、なぜぼくにそれをお話しになったのか、いまだに腑《ふ》に落ちません」

「すでに言ったとおりだよ。私はハリエットを手にかけたろくでなしを見つけだしたい。その仕事をきみに頼みたいのだ」

「でも、いったいどうやって見つけろと？」

ヘンリックはナイフとフォークを置いた。「ミカエル、私はもう三十七年近く、身をさいなまれるような思いをしながら、ハリエットに何が起きたかを考えつづけてきた。そして年を経るごとにますます、彼女を探すことに空いた時間を使うようになった」

彼は言葉を切って眼鏡をはずし、レンズについた小さな汚れをじっと見つめた。やがて目を上げ、

ミカエルを見て続けた。

「正直なところ、私がグループの舵取りをしだいに放棄するようになったのは、ハリエットの失踪が原因だ。意欲がなくなってしまったんだ。殺人犯が自分の近くに潜んでいることを知りつつ、考えをめぐらし真実を追求しているうちに、仕事が手につかなくなってきた。しかも厄介なことに、この重荷は時とともにいっそう重く心にのしかかってきた。一九七〇年ごろには、とにかくひとりになりたいとばかり思っていたよ。ちょうどそのころマルティンが取締役会の一員になったので、私の仕事を少しずつ引き継いでもらった。一九七六年、私は引退し、マルティンが会長になった。いまだに取締役として籍を置いているとはいえ、五十歳を迎えて以来、私はたいした仕事をしていない。この三十六年間、ハリエットの失踪について考えずに過ごした日は一日もない。この件にすっかり取り憑《つ》かれている、ときみは思うかもしれない――少なくとも親族のほとんどはそう思っている。たぶんそのとおりなのだろう」

「それだけ大変な出来事だったということですね」

「それ以上だよ。この事件のせいで、私の人生は台無しになった。時が経つにつれてそのことをより強く意識するようになったよ。ところできみは、自分自身を客観的に見られるほうかね？」

「ええ、まあ、そう思いますが」

「私もだ。あの事件のことを考えずにはいられない、そのことには変わりがない。しかし、その動機は歳月とともに変わってきた。初めは悲しみに衝《つ》き動かされていたのだと思う。なんとかして彼女を見つけだし、せめてまともに葬ってやりたいと思っていた。ハリエットに人間としての名誉を取り戻

してやりたかった」

「それがどう変わったんです?」

「いまの目的はむしろ、この血も涙もない卑劣漢を見つけだすことだ。それにしても不思議なのは、歳をとればとるほど、これが私をとらえて放さない趣味になってきたということだ」

「趣味?」

「ああ。これこそまさにぴったりの言葉だと思う。警察の捜査が行き詰まっても、私は自分なりに捜査を続けた。なるべく系統的かつ科学的に捜査を進めるよう心がけてきた。収集できる情報はすべて集めた——さきほどきみに見せた写真。警察の捜査資料。あの日何をしていたかと人々に尋ねては、その証言をすべて書きとめた。言ってみれば、私は人生のほぼ半分を割《さ》いて、たった一日についての情報を集めつづけてきたのだ」

「三十六年後の現在、もしかしたら殺人犯もすでに死に、土の下にいるのかもしれませんよ」

「それはないと思う」

きっぱりした口調に驚いて、ミカエルは眉を上げた。

「まずは食事を済ませてから、書斎に戻るとしよう。あとひとつだけ聞いてもらいたいことがある。それで私の話は終わりだ。実はこれが何よりも不可解な点なんだ」

リスベット・サランデルはストックホルム郊外、スンドビーベリの駅にオートマ仕様のカローラを駐車した。ミルトン・セキュリティーから拝借した車だった。正式に借りる許可を得たわけではない

が、アルマンスキーは会社の車を使うことを彼女にはっきり禁じてもいなかった。そろそろ自分の車を買わなくちゃ、と彼女は思った。車はないが、中古で買ったカワサキの一二五ccバイクは持っていて、夏のあいだはそれを使っている。冬はずっと地下の物置に置いたままだ。

ホーグクリンタ通りまで歩き、二十時きっかりにインターホンを押した。二、三秒後に入口の錠がかちりと鳴り、彼女は階段で三階に上がり、スヴェンソンという平凡な名の表札を掲げたドアの呼び鈴を押した。スヴェンソンが何者なのか、そもそもそういう名前の人物がここに暮らしているのかどうか、彼女は知らなかった。

「こんばんは、プレイグ（疫病の意）」と彼女は呼びかけた。

「ワスプ。頼みごとがあるときしか来ないんだな」

その男はリスベット・サランデルより三歳年上で、身長百八十九センチ、体重は百五十二キロあった。百五十四センチ、四十二キロの彼女は、プレイグのそばにいるといつも自分が小人のような気がした。プレイグのアパートはあいかわらず暗かった。電灯はひとつしかついておらず、その光が仕事部屋兼寝室から玄関へと洩れてきている。空気がよどんでむっと臭った。

「それはね、プレイグ、あなたがぜんぜん体を洗わないから。このアパートが猿みたいに臭うから。あなた、もし外出することがあるんなら、洗剤どこに売ってるか教えてあげようか。スーパーマーケットってとこに売ってるのよ」

プレイグは弱々しく笑っただけで返事はせず、彼女を台所に招き入れた。そして電気もつけずに食卓の椅子に座った。室内を照らしているのは窓の外の街灯だけだ。

「つまりね、わたしはべつに掃除の達人じゃないけど、古い牛乳パックから蛆《うじ》のにおいがしてきたら、ちゃんと捨てるぐらいのことはするわ」

「ぼくは障害年金を受け取ってる」とプレイグは言った。「正常な社会生活ができないんだよ」

「それで国はあなたに住むところだけあてがって、あとは知らん顔ってわけ。でも、近所の人から苦情が出て、社会福祉局が様子を見に来たらどうしようって思うことない？　精神病院に入れられることになるかもよ」

「で、なにか持ってきてくれた？」

リスベット・サランデルは上着のポケットのファスナーを開け、五千クローネを取り出した。

「払えるのはこれだけよ。自腹なの。あなたに払うお金を経費にはしにくいから」

「きみが欲しいのは何だい？」

「二カ月前に話してくれた道具、完成した？」

彼はにやりと笑って、食卓の上、彼女の目の前に小さな輪状の物体を置いた。

「どう使うのか教えて」

しばらくのあいだ、彼女は熱心に耳を傾けた。それからその器具を自分でテストしてみた。プレイグは確かに、正常な社会生活を送れない人間かもしれない。が、間違いなく天才だった。

ヘンリック・ヴァンゲルは机のそばで立ち止まり、ミカエルがふたたび耳を傾けるのを待った。ミカエルは腕時計をちらりと見た。「不可解な点とおっしゃいましたね」

ヘンリック・ヴァンゲルはうなずいた。「私の誕生日は十一月一日だ。ハリエットは八歳のとき、私に誕生日のプレゼントをくれた。額に入った押し花だった」

ヘンリック・ヴァンゲルは机の反対側にまわると、最初の花を指さした。ツリガネソウ。不器用な手つきで額に収められている。

「これがひとつ目だった。もらったのは一九五八年だ」

彼は次の額を示した。

「一九五九年」キンポウゲ。「一九六〇年」マーガレット。「やがてこれは毎年の習慣になった。ハリエットは夏のあいだに押し花をつくり、私の誕生日まで取っておいてくれた。私はそれをこの壁に掛けることにしていた。一九六六年に彼女が姿を消し、習慣は途絶えた」

ヘンリック・ヴァンゲルは沈黙し、ずらりと額が並んでいる中の空いた箇所を指さした。ミカエルは突然、血の気が引くのを感じた。壁全体が押し花で覆われているではないか。

「一九六七年、つまり彼女の失踪から一年後、私は誕生日にこの花を受け取った。スミレだよ」

「どんなふうに受け取ったんです？」ミカエルは低い声で尋ねた。

「贈り物用の包装をしてクッション封筒に入れたものが郵送されてきた。消印はストックホルムだった。差出人の名前もメッセージもなかった」

「つまりこれは……」ミカエルはずらりと並ぶ押し花を手で示しつつ言った。

「そのとおり。毎年毎年、誕生日に送られてくるんだ。私がどんな思いをしているかわかるかね？これは明らかに私を狙ったいたずらだ。まるでハリエットを殺した犯人が私を苦しめようとしている

かのようだ。このせいで、犯人は私を打ちのめすためにハリエットの命を奪ったのではないか、そんな考えにさいなまれてきた。私とハリエットが特別に親しい関係にあり、私が実の娘のように彼女をかわいがっていたことは、誰でも知っていることだったからね」

「それで、ぼくにどうしろというんですか?」そう尋ねたミカエルの声はこわばっていた。

リスベット・サランデルはミルトン・セキュリティーの地下駐車場にカローラを戻し、ついでに化粧室を使おうとオフィスに上がった。カードキーを使って入口を抜けると、宿直スタッフのいる二階の正面入口を避け、直接三階へ向かう。化粧室から出ると、エスプレッソマシンでコーヒーをいれた。リスベットが皆の期待に応えてお茶汲みなどするわけがない、とようやく理解したドラガン・アルマンスキーが、購入を決めたエスプレッソマシンだ。それから彼女は自分のオフィスに行き、椅子の背もたれに革ジャンパーをかけた。

彼女のオフィスは二×三メートルの長方形で、ガラスの仕切りに囲まれている。中には、少々古いデル社のデスクトップパソコンを置いた机、椅子、くず籠、電話、本棚がある。本棚には電話帳が数種類と、白紙のメモ帳三冊が置いてある。机にはふたつひきだしがあり、使い古しのボールペン、クリップ、メモ帳一冊が入っている。窓のへりには、葉が枯れて茶色くなった、生気のない観葉植物が置かれている。リスベット・サランデルはその植物を初めて目にするかのように、物思わしげな様子でじっと眺めてから、決然とそれをくず籠に突っ込んだ。

彼女がこのオフィスで仕事をすることはめったになく、せいぜい年に五、六回、ひとりで報告書の

仕上げをしたいときに来る程度だった。ドラガン・アルマンスキーは彼女にオフィスを持たせることに固執した。たとえ身分がフリーランスでも会社への帰属意識を持ってもらいたい、というのがその言い分だったが、リスベットのほうでは、こうすることで自分に目を光らせ、私事にまで立ち入ろうとしているのではないか、と疑っていた。当初はフロアのもっと奥にある広い部屋を別の社員と共有することになっていたが、リスベットがそこにいたためしがないので、アルマンスキーはこの通路の片隅の誰も使わない部屋に彼女を移動させたのだった。

リスベット・サランデルはプレイグから受け取った輪状の器具を取り出した。机の上に置き、それを見つめながら下唇を嚙み、じっと考え込んだ。

時刻は二十三時をまわっている。フロアにいるのは彼女ひとりだ。急にとても退屈な気分になった。数分後、彼女はさっと立ち上がって廊下の突き当たりへと向かい、ドラガン・アルマンスキーの部屋のドアに触れてみた。鍵がかかっている。周囲を見まわす。クリスマス翌日の深夜に誰かがこのフロアに現われる可能性はゼロに近い。彼女は数年前に作っておいた会社のマスターキーの合鍵を使ってドアを開けた。

アルマンスキーのオフィスは広々としていて、事務机に加えて来客用の椅子が複数あり、部屋の一角には八人が席につける小さな会議用テーブルがあった。掃除が行き届いており、塵《ちり》ひとつない。このところ長いこと彼のオフィスをチェックしていなかったし、わざわざ会社まで来たついでということで……彼女はアルマンスキーの机のそばで一時間ほど過ごし、進行中の仕事に関する最新情報を手に入れた。そうして、ある企業の産業スパイとおぼしき人物を探していること、組織的な窃盗団の

被害に遭った企業に調査員として秘密裏に配置されている社員の名前、別れた夫に子どもを連れ去られるのではないかと恐れている依頼者のためにとられた極秘措置の内容、などを知った。

彼女は最後に書類をすべて正確にもとの位置に戻し、アルマンスキーのオフィスのドアに鍵をかけて、徒歩でルンダ通りのアパートに帰った。なかなかの収穫が得られた一日だった、と思った。


ミカエル・ブルムクヴィストはふたたびかぶりを振った。ヘンリック・ヴァンゲルは机に向かって腰かけ、穏やかな目でミカエルを見つめている。あらゆる反論に対する覚悟ができているかのようだ。

「真実を知ることのできる日が来るかどうかはわからない。が、少なくとももう一度、最後のあがきをしてからでないと、とても墓に入る気にはなれないのだよ」と老人は言った。「そこできみを雇い、最後にもう一度、この調査で集めたすべての証拠に目を通してもらいたいのだ」

「そんな馬鹿げたことを」とミカエルは言った。

「なぜ馬鹿げているのかね?」

「ヘンリック、話を充分うかがって、あなたの悲しみは理解できますが、あくまで率直に言わせていただきます。あなたがぼくに頼んでいることは時間と金の浪費だ。ぼくなんかよりもはるかに捜査に長《た》けている警察官や捜査官が、これだけの時間をかけても解明できていない謎を、あなたはぼくに魔法のように解けと言う。発生から四十年近くが経過している殺人事件を解決しろと言う。ぼくにそんなことができるわけないでしょう」

「きみの報酬についてまだ話し合っていなかったね」とヘンリック・ヴァンゲルは言った。

「それには及びませんよ」

「いやだと言うなら無理強いはしない。だが、まずはこちらの申し出を聞いてほしい。ディルク・フルーデがもう契約書を用意している。細かい点は話し合って決めればいいが、契約は単純なもので、必要なのはきみのサインだけだ」

「ヘンリック、そんなことをしたって無駄ですよ。ぼくにはハリエット失踪の謎を解くことはできません」

「契約によれば、事件解決はきみの義務ではない。私が求めるのは、最善を尽くしてくれることだけだ。失敗したらそれは神の意思だろう。きみが神を信じないなら、運命の意思と言ってもいい」

ミカエルはため息をついた。居心地の悪さがつのり、この訪問をさっさと切り上げたくなったが、結局は折れた。

「聞きましょう」

「一年間、ここヘーデビーに住んで仕事をしてほしい。ハリエット失踪に関する捜査資料のすべてに目を通してほしい。すべてを、曇りのない、まったく新しい目で検討してほしい。調査報道に携わるジャーナリストの仕事そのままに、すでに結論の出された事柄をあらためて見直してほしい。私や警察、その他の誰もが見逃した点を探しだしてほしい」

「自分の人生とキャリアをなげうって、まる一年、時間の無駄でしかないことに専念しろとおっしゃるんですか？」

ヘンリック・ヴァンゲルは不意に笑みをうかべた。

「きみのキャリアについて言えば、きみ自身も否定はしないと思うが、いまのところどうも冴《さ》えないようだね」

ミカエルには返す言葉がなかった。

「私はきみの一年を買いたいんだ。仕事という形でね。給料はきみが今後受けることになるどんなオファーよりも高いはずだ。もしきみがこの仕事を受け、ここに一年住んでくれるなら、月に二十万クローネ、つまり合計で二百四十万クローネを支払う」

ミカエルはあっけにとられた。

「私は幻想を抱いてはいない。成功する可能性がわずかしかないことはわかっている。が、もし万が一謎を解いてくれた場合には、ボーナスとして倍の謝礼、つまり四百八十万クローネを支払うつもりだ。いや、いっそ気前よく五百万クローネ出そう」

ヘンリックは椅子に背をあずけ、首を横に傾けて言った。

「金はどの銀行口座にでも、世界中のどこにでも払い込める。現金をスーツケースに詰めて、税務署に所得申告をするかどうか勝手に決めてくれてもいい」

「そんな……どうかしてる」ミカエルは口ごもりながら言った。

「そうだろうか?」ヘンリックは穏やかに言葉を返した。「私は八十を過ぎているが、まだ耄碌《もうろく》はしていない。自分の自由になる財産がかなりある。子どもはなく、我慢のならない親族に金をやるつもりはまったくない。遺言書はもう作成済みで、遺産の大半は世界自然保護基金に寄付することにしてある。ごく少数の近しい人々、なかでもここに住んでいるアンナには相当の金額を贈るが、その程度

だ」

　ミカエルはなお首を横に振った。

「私の気持ちを察してくれないか。もうこんな歳で、死は目の前だ。この世で手に入れたいものはただひとつ——もう四十年近くも自分を苦しめつづけてきた、この問題への答えだけなんだ。死ぬまでに答えを知ることはできないかもしれないが、それでも最後の試みに打って出る財力はある。このために自分の財産の一部を使うのは、そんなに無謀なことだろうか。私には、ハリエットのためにそうする義務がある。いや、彼女だけでなく、自分自身のためにも」

「でも、それじゃあ大金をどぶに捨てるようなものだ。ぼくは契約書にサインだけして、一年ぼうっとしていてもいいわけでしょう」

「きみはそんなことはしないはずだ。その反対に、これまでにないほど一生懸命働くことになるだろう」

「やけに自信があるんですね」

「きみが金で買うことのできない、しかしほかの何よりも欲しがっているものを、私はきみに提供できるからね」

「それはいったい何です?」

　ヘンリック・ヴァンゲルは目を細めた。

「ハンス＝エリック・ヴェンネルストレムだよ。あの男がぺてん師であることを私は証明できる。三十五年前に私の会社でキャリアを歩みはじめた男だからね。彼の首を皿に載せてきみに差し出してや

ろう。謎を解きさえすれば、きみは裁判の敗北を乗り越え、年に一度あるかないかのスクープをものにできる」

第七章

一月三日　金曜日

エリカはコーヒーカップをテーブルに置くと、ミカエルに背を向けた。彼のアパートの窓辺に立って、旧市街を見下ろす。一月三日の午前九時。大晦日《おおみそか》から正月にかけて降った雨で、雪はもうどこにも見えなかった。

「ここからの眺め、ずっと気に入ってたの」と彼女は言った。「こんなアパートが持てるなら、サルトシェーバーデンを引き払ってもいいくらい」

「きみも合鍵持ってるだろ。ここに住んでくれてかまわないよ。あの高級住宅街を出てもいいならね」とミカエルは言った。スーツケースを閉じ、玄関に置く。エリカは振り向くと、不信感に満ちた表情で彼を見つめた。

「まさか本気じゃないでしょうね。『ミレニアム』が存亡の危機にあるというのに、スーツケースふ

たつでどことも知れない村に移り住むなんて」

「ヘーデスタだよ。電車で二、三時間の距離さ。それに、永久に帰ってこないわけじゃない」

「ウランバートルでもどこでも同じことよ。こんなことをすれば、尻尾《しっぽ》を巻いて逃げたと思われるのがわからないの？」

「ぼくの行動はまさにそれだよ。そのうえ今年は刑務所にも行くことになる」

クリステル・マルムはソファーに座っていた。窮屈な気分だった。三人で『ミレニアム』を始めて以来、ミカエルとエリカがここまで対立するのを見るのは初めてだ。ふたりはずっと、まるで一心同体のようだった。激しく言い争うことがあっても、その内容はつねに具体的で、ほどなく問題は解決し、ふたりは和解の抱擁を交わして食事に行った。あるいはベッドに向かった。だが、去年の秋からは空気が重く、いまやとうとう地割れが始まったかのようだ。これは『ミレニアム』終焉《しゅうえん》の始まりなのだろうか、とクリステル・マルムは思った。

「ぼくには選択の余地がない」とミカエルは言った。「ぼくたちには選択の余地がない」

ミカエルは自分のカップにコーヒーを注ぎ、キッチンのテーブルに向かって座った。エリカはかぶりを振りつつ、彼の向かい側に腰を下ろした。

「クリステル、あなたはどう思う？」彼女は尋ねた。

クリステル・マルムは両手を広げて肩をすくめてみせた。この問いが来ることは予期していた。そして、自分の立場をはっきりさせなければならなくなるこの瞬間を恐れていた。彼は三人目の共同経営者だが、『ミレニアム』の核はミカエルとエリカだ。それは三人とも承知している。クリステルが

意見を乞われるのは、ふたりの意見がなかなか合わないときだけだ。「はっきり言わせてもらえば」とクリステルは答えた。「ふたりともわかってるんでしょう。あたしの意見なんて関係ないってこと」

それだけ言って、彼は口をつぐんだ。クリステルはグラフィックデザインの仕事が好きで、喜びを感じている。自分を芸術家と思ったことは一度もないが、デザイナーとしては天賦の才に恵まれていると思う。その反面、仕事上の駆け引きや方針決定などは大の苦手だった。

エリカとミカエルはじっと見つめ合った。彼女は、冷たい怒りをみなぎらせて。彼は、何事か考えている様子で。

〝これは喧嘩じゃない〟とクリステル・マルムは思った。〝離婚の現場だわ〟。沈黙を破ったのはミカエルだった。

「それじゃ、最後にもう一度、ぼくの考えを言わせてもらうよ」彼はエリカを見据えた。「まず第一点。ぼくは『ミレニアム』を放棄しようとしているわけではない。いままでこんなに頑張ってきたんだ。とても放棄する気にはなれない」

「でも、あなたは編集部からいなくなる――クリステルと私だけで仕事をこなしていかなきゃならない。あなたは逃げてるのよ。それがわからないの？」

「そう、それが第二の点だ。ぼくには休みが必要なんだ、エリカ。このままじゃ仕事なんてできない。すっかり疲れはててへとへとなんだよ。ヘーデスタで給料をもらいながら休む話は、まさにうってつけじゃないかと思う」

「ミカエル、その話だけど、どう考えてもおかしいわよ。いっそ宇宙人に雇われてUFOで働くことにしたら？」

「確かにそうかもしれない。でも、一年間机に向かっているだけで二百四十万クローネもらえるんだし、それにぼくはただじっとしてるつもりはない。これが第三点だ。ヴェンネルストレムとの対戦、一ラウンド目は彼のノックアウト勝ちで終わった。二ラウンド目はもう始まっている——彼は『ミレニアム』を徹底的につぶそうとしてくるだろう。この雑誌が存続するということは、彼の正体を知る人間が編集部にいるということだからね」

「わかってる。ここ半年、毎月の広告収入額を見るたびに実感してるわ」

「そうだろう。だからぼくは編集部を離れなければならない。ヴェンネルストレムはぼくを目の敵《かたき》にしてる。ぼくのこととなると実に執拗だ。ぼくがここにいるかぎり、彼は攻撃の手をゆるめないだろう。いまぼくたちは、三ラウンド目に備えなければならない。ヴェンネルストレムに勝つチャンスをつかむためには、いったん撤退して新しい戦略を練るべきだ。武器となる何かを見つけるべきなんだ。それが今年一年のぼくの仕事だ」

「よくわかったわ」とエリカは答えた。「だったら、ふつうに休暇をとりなさいよ。外国へ行って、一カ月ビーチに寝そべってきなさい。スペイン人女性の恋愛観でも取材してくればいいわ。どうぞ好きなだけのんびりしてきて。サンドハムンの別荘に行って、打ち寄せる波を眺めるのもいいでしょう」

「それじゃあ、ぼくが戻ってきても何ひとつ変わらないだろう。ヴェンネルストレムは『ミレニア

ム』をつぶす気だ。きみもそれはわかってるんだろう。彼のもくろみを阻止するには、彼にかかわる有力な情報を見つけだすしかないんだ」

「で、あなたはそれがヘーデスタで見つかると思ってるわけ」

「ヴェンネルストレムに関する記事を調べてみたよ。彼は一九六九年から一九七二年までヴァンゲル・グループで働いていた。本社で戦略的投資を担当していたんだ。そして妙にあわただしく退社している。ヘンリック・ヴァンゲルが彼について何かを握っている可能性は否定できないよ」

「だけど三十年前の話でしょう。何をしでかしたにしても、立証することは難しいわ」

「ヘンリック・ヴァンゲルはいずれインタビューに応じ、知っていることをすべて話すと約束してくれた。彼は例の失踪事件に取り憑《つ》かれている——そのことにしか興味がないみたいだ。だから、失踪事件の解明のため、ヴェンネルストレムの正体を明かさなければならないとなれば、彼は間違いなくそうすると思う。とにかくこのチャンスを逃すわけにはいかない——ヴェンネルストレムにまつわるうさん臭い話を、〝オンレコ〟でぶちまけてもいいと申し出てきたのは、ヘンリック・ヴァンゲルが初めてなんだからね」

「たとえヴェンネルストレムがその女の子を絞殺した犯人で、あなたがその証拠を持ち帰ってきたとしても、それを記事にすることはできないわ。時間が経ちすぎてるもの。また裁判でやっつけられるのが落ちよ」

「それはぼくも考えたよ。でも残念ながら——失踪事件が起きたとき、彼はまだストックホルム商科大学の学生で、ヴァンゲル・グループとは何のつながりもなかった」ミカエルはいったん言葉を切っ

た。「エリカ、ぼくは『ミレニアム』を去りはしない。けれど世間にはそういう印象を与えたほうがいい。きみとクリステルの力で、いままでどおり続けていくんだ。もしも……万が一、ヴェンネルストレムと和解を結ぶ機会が訪れたら、そうしてくれてもいい。それはぼくが編集部を去らないとできないことだ」

「なるほどね、こんなぼろぼろの状態だから、ヘーデスタ行きでもなんでもつかめる藁《わら》はつかんどこうってわけ」

「もっといい考えがあるのかい?」

エリカは肩をすくめた。「情報源をあたるのよ。初めから調査しなおすの。今度は隙《すき》のないようにやるのよ」

「リッキー——あのネタはもう使いものにならないよ」

エリカは観念したかのようにテーブルに突っ伏した。ふたたび口を開いたとき、彼女はミカエルの視線を避けていた。

「あなたには本当に腹が立つわ。あなたの記事が間違っていたからじゃない——私だっていっぱいくわされたんだから。あなたが発行責任者をやめるからでもない——いまの状況では、それは賢い決断よ。私たちが仲違いしたように、あるいは権力争いをしているように装うのも、受け入れられないことはない——私はただの無害なお飾り、真の脅威はあなたひとり、そうヴェンネルストレムに信じさせようというのもわかるわ」

彼女はここで言葉を切り、ミカエルの目をまっすぐに見つめた。

「でもあなたは間違ってると思う。ヴェンネルストレムはきっとそんな手に乗らないわ。あくまでも『ミレニアム』をつぶそうとするわよ。あなたの出発で変わることといったら、今後は私がひとりで彼に立ち向かわなきゃならなくなるってことだけ。編集部はいま、誰よりもあなたを必要としてる。そのことは自分でもわかってるでしょ。いいわ、ヴェンネルストレムと闘うのは望むところだけど、頭にくるのは、あなたがこんなふうに戦線を離脱すること。あなたは嵐のさなかに私たちを見捨てるのよ」

ミカエルは手を伸ばし、彼女の髪をそっと撫《な》でた。

「きみはひとりじゃないよ。クリステルをはじめ、編集部のメンバーがついてるんだ」

「ヤンネ・ダールマンは別よ。彼を雇ったのは間違いだったわ。能力はあるけど、私たちにとってはプラス以上にマイナスだと思う。なんだか信用ならないのよね。去年の秋からずっと、まるで私たちの窮状を喜んでいるみたい。あなたの後釜にすわろうと狙っているのか、単に編集部のほかのメンバーと馬が合わないだけなのか、よくわからないけど」

「残念ながらそのとおりだね」とミカエルは答えた。

「それじゃ、どうしたらいい？　やめてもらう？」

「エリカ、きみは『ミレニアム』の編集長で、しかも最大の持ち分を保有している所有者だ。彼をやめさせる必要があるときみが思うのなら、やめさせたらいい」

「でもミッケ、私たちこれまで一度もひとを解雇したことないのよ。なのにこの問題まで私に押しつけるのね。これから毎朝出勤するのが憂鬱になりそうだわ」

その瞬間、クリステル・マルムがいきなり立ち上がった。

「列車に乗るんならもう行かなきゃ」エリカが抗議しかけたが、彼は手を上げて制した。「待って、エリカ。さっきあたしがどう思うか訊いたでしょ。あたしだって、こんな最悪な状況ないと思ってる。でもミカエルの言ってることが本当なら――つまり、休みが必要だと言うのなら――行くべきだと思うわ。彼自身のためにね。そうさせてあげるべきよ」

ミカエルとエリカは驚いてクリステルを見つめた。クリステルは少し気まずそうにミカエルをちらりと見やった。

「いまさら言うまでもないことだけど、『ミレニアム』はあなたたちふたりの雑誌よ。あたしは共同経営者で、あなたたちにはいつもよくしてもらってるし、『ミレニアム』のことも大好きだけど、アートディレクターはべつにあたしでなくてもいいわけよ。でも、あなたたちはあたしの意見を訊いてくれた。というわけで、これがあたしの答えよ。ヤンネ・ダールマンについては同感。もしやめさせるなら、エリカ、あたしがその役を引き受けてもいいのよ。正当な理由がありさえすればね」

彼はひと息ついてから続けた。

「あたしだって、よりによっていまミカエルがいなくなるのは残念だと思ってる。けど贅沢《ぜいたく》言ってる場合じゃないでしょう」彼はミカエルを見た。「駅まで送ってあげる。あなたが帰ってくるまで、エリカとあたしが留守を預かるわ」

ミカエルはゆっくりうなずいた。

「私が心配してるのは、ミカエルが帰ってこないんじゃないかということなの」とエリカ・ベルジェ

は低い声で言った。

リスベット・サランデルは、ドラガン・アルマンスキーから十三時三十分にかかってきた電話で目を覚ました。

「らんれふかぁ?」彼女は寝ぼけたまま尋ねた。口の中で煙草のタールの味がした。

「ミカエル・ブルムクヴィストの件だよ。たったいま、依頼人のフルーデ弁護士と話をした」

「はあ」

「電話があって、ヴェンネルストレムの件は忘れてくれと言ってきた」

「忘れる? でも、もう始めちゃったんですけど」

「そうだろう、だがフルーデはもう関心がないらしい」

「もう関心がないって、そんな……」

「決めるのは彼だからね。彼が打ち切ってほしいと言うなら、これっきりだ」

「報酬はどうなるんですか」

「時間はどのくらい使った?」

リスベットは少し考えてから言った。

「三日とちょっとです」

「決めた上限が四万クローネだった。一万クローネ請求して、半分をきみの報酬にしよう。三日を無駄にした代償としては悪い額じゃないだろう。調査が始まってからのキャンセルだから、多めに払っ

てもらわないと」

「見つけた資料はどうします？」

「何かつかんだのか？」

彼女はまた少し考えてから答えた。「いいえ」

「フルーデはいまのところ報告書を求めていない。だが、何か言ってきた場合にそなえてしばらく保管しておきたまえ。面倒なら処分してもいい。来週から新しい仕事にかかってもらうよ」

アルマンスキーが電話を切ったあとも、リスベット・サランデルはしばらく受話器を持ったまま、ぼうっとしていた。やがて居間の隅に置いてある机に移動し、壁に留めたメモと、机の上に積み重ねた資料の束を見た。収穫のほとんどは、新聞・雑誌の記事とインターネットからダウンロードした資料だった。まとめて机のひきだしに放り込んだ。

彼女は眉を寄せた。ミカエル・ブルムクヴィストが法廷でみせた奇妙な態度は、リスベット・サランデルの目に興味深い挑戦と映っていた。それに、いったん始めたことを途中でやめるのは気にくわない。〝秘密は誰にでもある。問題はどんな秘密を見つけだすかだ〟

第二部　結果分析

一月三日——三月十七日

スウェーデンでは女性の四十六パーセントが男性に暴力をふるわれた経験を持つ。

第八章

一月三日　金曜日――一月五日　日曜日

ミカエル・ブルムクヴィストが二度目にヘーデスタで列車を降りたとき、空はパステルブルーで、空気は冷えきっていた。駅舎正面の温度計はマイナス十八度を示している。だが、ミカエルはあいかわらず、ごくふつうの薄く頼りない靴をはいていた。前回と違い、フルーデ弁護士は暖房のきいた車で迎えに来てくれてはいなかった。ミカエルが伝えたのは到着日だけで、どの列車で到着するかまでは伝えていなかったからだ。村まで行くバスもあるのだろうが、ショルダーバッグに重いスーツケース二個を引きずってバス停を探すのは億劫《おっくう》だ。そこで駅前広場の端にあるタクシー乗り場をめざした。

ノールランドの沿岸地方ではクリスマスから元日にかけて激しい雪が降り、除雪車が残した雪かきの跡と積み上げられた雪の山が、ヘーデスタ道路課の懸命な作業を物語っていた。大変な天気だったようですねとミカエルが話しかけると、フロントガラス脇の身分証明書によればフセインという名で

あるらしいタクシー運転手は、やれやれとかぶりを振ってみせた。そしてきついノールランド訛《なま》りで、ここ二、三十年で最悪の記録的な大吹雪《おおふぶき》だったんですよ、こんなことならクリスマス休暇はギリシアで過ごせばよかったと心底後悔してるんです、と語った。

ミカエルは運転手に道を指示し、きれいに雪かきの済んだヘンリック・ヴァンゲル邸の前庭へと入っていった。玄関へ続く階段にスーツケースを置き、タクシーがヘーデスタの方角へ消えていくのを目で追った。急にひとりぼっちになったような気がしてミカエルは途方にくれた。エリカの言うとおり、これは馬鹿げた計画なのかもしれない。

背後で扉の開く音がして、ミカエルは振り向いた。ヘンリック・ヴァンゲルは、厚い革のコート、重たげなブーツ、耳覆いの付いた帽子に身を包んでいる。ミカエルはジーンズに薄い革ジャンという いでたちだ。

「ここに滞在するつもりなら、いまの季節にはもっと着込まないといかんな」ふたりは握手を交わした。「やはり母屋には泊まらないのかね？　そうか。では、まず新しい住まいに案内しよう」

ミカエルはうなずいた。ヘンリック・ヴァンゲルとディルク・フルーデとの交渉で出した条件のひとつは、自分で家事をすることができ、好きなように出入りできる場所に住むことだった。ヘンリック・ヴァンゲルはミカエルを連れて橋の方角へ戻ると、そのたもとで曲がって門を通り抜け、小さな木造家屋の前庭へと入っていった。ここもきちんと雪かきがされている。家には鍵がかかっておらず、老人は扉を開けてミカエルを中に通した。小ぢんまりした玄関に入ると、ミカエルはスーツケースを置いて安堵の吐息を洩らした。

「われわれはこの家をゲストハウスと呼んでいる。しばらく逗留《とうりゅう》する客を泊めるのに使っている家だ。一九六三年にきみがご両親と寝泊まりしていたのもこの家だよ。集落の中でも古い部類に属するが、中は改装されている。今朝《けさ》、雑用係のグンナル・ニルソンに言って、暖房を入れてもらっておいた」

大きな台所に加えて小部屋がふたつあり、あわせて五十平方メートルほどの広さだ。台所が面積の半分を占め、電気コンロ、小型冷蔵庫、水道など新しい設備が整っているが、玄関から台所に入ってすぐ左側には古い鉄製のかまどもあり、朝のうちに焚《た》いた形跡があった。

「よほど寒いとき以外、かまどを焚く必要はないがね。薪入《まきい》れは玄関に置いてあるし、家の裏には薪小屋がある。去年の秋からずっと空き家になっていたから、今朝、家を暖めるために火を焚いたんだ。ふだんは電気ストーブだけで充分だよ。ただし服をのせないように気をつけてくれ。火事になるからね」

ミカエルはうなずき、あたりを見まわした。三方に窓がある。台所のテーブルにつくと、三十メートルほど先に橋のたもとが見える。テーブルのほかには大きな戸棚と椅子がいくつか、そして古ぼけた長椅子があり、雑誌の積まれている棚もある。いちばん上に載っているのは、一九六七年発行の写真雑誌『セー』だ。テーブル近くの一角にはサイドテーブルが置いてあり、机としても使えそうだ。

かまどに向かって左側に、玄関へと通じる扉がある。向かって右側には幅の狭い扉がふたつあり、それぞれ小部屋に通じている。右側の、外壁に近いほうの部屋はかなり狭く、小さな机と椅子に加えて造り付けの本棚をそなえ、書斎として使えるようになっている。玄関と書斎にはさまれたもう一方の部屋は小さな寝室で、やや幅の狭いダブルベッド、ナイトテーブル、クローゼットが置いてある。

壁には自然の風景を描いた絵が何枚かかかっている。家具も壁紙も古く色褪《いろあ》せているが、清潔ないいにおいがする。床は軟石鹸《せっけん》をたっぷり使って磨き上げられている。寝室にはもうひとつ小さな扉があり、直接玄関につながっている。もとは物置だったとみられる小部屋が、シャワールーム兼トイレに改造されている。

「水には不自由するかもしれない」とヘンリック・ヴァンゲルは言った。「ちゃんと使えることを今朝確認したが、水道管が地面に近いから、寒さが続くと凍結するおそれがある。玄関にバケツがあるから、必要なときにはうちに水を汲みにきなさい」

「電話が要りますが」とミカエルは言った。

「依頼しておいたよ。明後日取り付けに来るはずだ。さて、ここをどう思うかね？　もし気が変わったら、いつでも母屋に移ってくれてかまわないんだよ」

「ここで申し分ありません」とミカエルは答えた。とはいえどうしても、自分で自分をまともでない状況へと追い込んでいるような気がしてならなかった。

「よし。日が沈むまでまだ一時間ほどある。ひとまわりして、この集落を見てもらおう。厚手の靴下とブーツをはくといい。玄関の戸棚に入っている」ミカエルはヘンリックの言うとおりにした。明日になったら丈の長いズボン下と冬用の靴を買おう、と考えた。

案内を始めたヘンリックはまず、ミカエルの向かいに住んでいるのがグンナル・ニルソンだと説明した。ヘンリックは彼を〝雑用係〟と呼びならわしていたが、ミカエルには、彼がヘーデビー島の建

物すべての管理人であり、またヘーデスタにある建物もいくつか管理しているということがまもなくわかった。

「彼の父親が、一九六〇年代にうちで雑用係として働いていたマグヌス・ニルソンで、橋の事故のとき手を貸してくれた人物のひとりだ。存命だが、いまは退職してヘーデスタにいる。グンナルは奥さんのヘレンとこの家で暮らしている。子どもたちはもう独立した」

ヘンリック・ヴァンゲルはそこで言葉を切り、少し考えてからふたたび話しはじめた。

「ミカエル、きみがここにいる表向きの理由は、私の自伝執筆を手伝うことだ。その口実のもと、きみは隅々《すみずみ》まで嗅《か》ぎまわり、人に質問することができる。本当の任務はきみと私、そしてディルク・フルーデがあずかる問題だ。知っているのはわれわれ三人に限られる」

「わかってます。ただ、すでに言ったとおり、これは時間の浪費です。ぼくが謎を解けるとは思えません」

「ともかくやってみること。私が要求しているのはそれだけだ。だが、まわりにわれわれ以外の人間がいるときは、言葉に注意しなくてはならん」

「わかりました」

「グンナルはいま五十六歳だから、ハリエットが失踪したときには十九歳だった。ここに私が答えを得ていない問題がひとつある――ハリエットとグンナルは仲がよかった。ふたりのあいだには、思春期の恋の芽生えのようなものがあったのではないかと思う。少なくともグンナルはハリエットのことが好きだったようだ。しかし彼女が姿を消した日、彼はヘーデスタにいて、橋が通行不能になったせ

いで本土側に足止めされていた。ふたりの仲がよかったせいで、彼はとりわけ入念な取り調べを受けた。そうしていやな経験をさせられたわけだが、警察の捜査で彼のアリバイが証明された。その日は一日じゅう友人たちと過ごしていて、帰宅は夜更けのことだった」

「その日、誰が島にいたか、誰が何をしていたか、あなたはすべて把握しているのでしょうね」

「そのとおりだ。もう少し歩こうか」

ふたりはヴァンゲル邸前の少し高台になった十字路で立ち止まり、ヘンリック・ヴァンゲルは眼下のヨットハーバーを指さした。

「ヘーデビー島全体がヴァンゲル家の、厳密に言えば私の所有になっている。エステルゴーデン農場と、この集落の数軒は別だがね。この下の、かつて漁港だったあのヨットハーバーにあるバンガロー群は、分譲住宅として売り出されたものだが、夏の別荘として使われているだけで、基本的に冬は人が住んでいない。例外はあのいちばん端にある家だ。煙突から煙が出ているだろう」

ミカエルはうなずいた。すでに骨の髄まで冷えきっていた。

「すきま風の通る実に粗末な家だが、年じゅうずっと人が住んでいる。住人はエウシェン・ノルマン。七十七歳で、画家のようなことをしている。私には広場のマーケットで売っているような二流の絵にしか見えないのだが、風景画家としてそれなりに有名でね。どの村にも必ずひとりはいる変わり種、といったところだ」

ヘンリック・ヴァンゲルはミカエルの先に立って岬のほうへ歩きつつ、ひとつひとつの家について説明した。集落の家々は道路の西側に六軒、東側に四軒ある。一軒目、ミカエルが住むことになるゲ

ストハウスに接し、ヴァンゲル邸の向かいに位置している家は、ヘンリック・ヴァンゲルの兄ハラルドのものだ。石造りの四角い二階建ての建物で、一見空き家のように見える。どの窓もカーテンを閉ざしているうえ、玄関に通じる道の雪かきがされておらず、五十センチほど雪が積もっているからだ。だが、よく見ると足跡がついており、誰かがその道を玄関まで歩いたことがわかる。

「ハラルドは人づきあいが嫌いでね。彼と私とは理解し合えたためしがない。グループ運営をめぐって口論することはあるが——ハラルドも株主だからね——それを除けばもう六十年以上、ほとんど口をきいていない。ハラルドは九十一歳で、四人の兄のうちいまも生きているのは彼だけだ。詳しいことはいずれ話すが、医学を修め、おもにウプサラで仕事をしていた。七十歳を迎えてから、このヘーデビー島に戻ってきた」

「仲の良い兄弟でないことは察しがついていましたよ。だが、それでもあなたがたは隣同士に住んでいらっしゃる」

「私はハラルドをひどく嫌っているし、ずっとウプサラにいてくれればよかったと思っているよ。だがあれは彼の持ち家だからしかたがない。冷酷だと思うかね？」

「いえべつに。心底嫌ってるんだなと思うだけです」

「二十五歳、三十歳になるころまでは、ハラルドのような人間でも家族の一員だから、と大目に見るようにしていたよ。だがその後、私は血のつながりが愛情の保証にはならないこと、ハラルドの肩を持つ理由などほとんどないことに気がついた」

その隣は、ハリエット・ヴァンゲルの母イザベラの家だ。

「彼女は今年七十五歳になる。あいかわらずしゃれた服装で、虚栄心の塊だ。村でただひとり、ハラルドと言葉を交わし、たまに彼の家を訪れることもある人物だが、彼らふたりに共通点はほとんどない」

「ハリエットとは？　仲は良かったのでしょうか」

「いい質問だ。女性も容疑者リストに含めなくてはならないからね。前に言ったとおり、彼女は子どもたちを放ったらかしにしていることが多かった。おそらく悪気があったわけではなく、ただ責任を果たす能力がなかっただけだろうと思う。彼女とハリエットは親しい母娘ではなかったが、仲が悪いということもなかった。イザベラはかなり荒っぽい態度をとることもあるし、少々頭がおかしくなっているのではないかと思うこともある。会ってみれば私の言う意味がわかるだろう」

イザベラの隣に住んでいるのは、ハラルド・ヴァンゲルの娘、セシリア・ヴァンゲルだ。

「結婚してヘーデスタに住んでいたのだが、二十年ほど前から別居している。そこで私が所有しているこの家に住むよう勧めたんだ。セシリアは学校の教師で、あらゆる意味において父親のハラルドと対照的な人物だ。彼女もまた、父親と必要以上の会話を交わすことはない」

「年齢は？」

「一九四六年生まれだ。したがってハリエットが失踪したときには二十歳だった。そして、あの日島にいた客のひとりでもある」

ヘンリックは考えてから言葉を継いだ。

「セシリアは軽薄に見えるが、実際はひじょうに頭脳明晰だ。見くびらないほうがいい。きみの本当

の任務を見破る者があるとすれば、それは彼女だ。彼女はまた、ヴァンゲル家の中で私が高く評価するひとりでもある」

「それは、あなたが彼女を容疑者とは思っていない、ということですか?」

「そこまで言うつもりはない。きみには、私の考えや思い込みにとらわれず、どんな先入観もなしに事件を検討してもらいたい」

セシリアの住まいに隣接する家はヘンリック・ヴァンゲルの所有だが、かつてヴァンゲル・グループの経営陣に名を連ねていた年配の夫婦がこれを借りて暮らしている。彼らは一九八〇年代に引っ越してきたので、ハリエットの失踪とは無関係だ。その隣はセシリア・ヴァンゲルの兄であるビリエル・ヴァンゲルの家だが、彼がヘーデスタの新しい家に住むようになってから、もう何年も空き家となっている。

道に沿って並ぶ家々のほとんどは、二十世紀初めに建てられた頑丈な石造りだ。しかし最後の家は趣が異なり、白い煉瓦《れんが》に濃い色の窓枠を組み合わせた、建築家の手になる現代的な家だった。抜群の立地で、東に海を、北にヘーデスタを望める二階からの眺望は素晴らしいにちがいない、とミカエルは思った。

「ここに住んでいるのが、ハリエットの兄でグループの現会長であるマルティン・ヴァンゲルだ。この土地にはかつて牧師館があったのだが、一九七〇年代に火事で一部が焼け落ちてしまった。その後マルティンがグループの会長となり、一九七八年にこの家を建てた」

道の東側で岬にいちばん近い家には、ヘンリックの兄グレーゲルの未亡人であるイェルダ・ヴァン

ゲルと、その息子アレクサンデル・ヴァンゲルが住んでいる。

「イェルダは病気がちで、リューマチを患っている。アレクサンデルはわずかながらヴァンゲル・グループの株を持っているが、それとは別に自らレストラン経営などの事業を興している。そして毎年数カ月をカリブ海のバルバドスで過ごしている。向こうの観光産業に投資しているからだ」

イェルダの家とヘンリック・ヴァンゲル邸のあいだの土地には小さな家が二軒建っているが、どちらも空き家になっており、島を訪れる親族を泊めるのに利用されている。ヘンリック邸をはさんだ反対側の家は、グループの元社員とその妻の所有だが、この夫婦は冬をスペインで過ごすため、いまは無人となっている。

ふたりはこうして集落をひとまわりし、十字路へと帰り着いた。すでに日が暮れかけている。今度はミカエルが口をきった。

「ヘンリック、こんな企ては無駄だとしかぼくには思えませんし、そのことに変わりはありませんが、雇われた以上、依頼された仕事はきちんとするつもりです。あなたの自伝を書き、また頼まれたとおり、できるかぎり入念かつ批判的な目をもってハリエット・ヴァンゲル関連の資料を読むつもりでいます。ただ、無茶な期待を抱かれると困るから念を押しておきますが、ぼくは私立探偵ではありませんからね」

「期待などしとらんよ。最後にもう一度、真実の追究を試みたいだけだ」

「それなら結構です」

「私は夜型の人間でね」とヘンリック・ヴァンゲルは言った。「きみに応対できるのは昼食どき以降

になると思う。母屋に仕事部屋を用意するから、好きなように使いなさい」

「それには及びません。ゲストハウスに書斎があるから、そこで仕事させてもらいます」

「どちらでも好きなように」

「話があるときは、あなたの書斎を使うことにしましょう。でも今晩のところは質問はありません」

「わかったよ」老人の態度は妙に遠慮がちで、油断ならないという気がした。

「資料すべてを読み込むのに、二週間ほどかかると思います。二本立てで仕事を進めましょう。日に何時間か会ってあなたにインタビューをし、あなたの評伝の材料集めをさせてもらう。同時にハリエットのことで疑問が出てきたら、それもお聞きすることにします」

「理にかなったやり方だ」

「自由に、勤務時間を決めずに働かせてもらいます」

「働きやすいようにやったらいい」

「ご存じかと思いますが、ぼくは近々禁錮《きんこ》刑に服します。いつになるかまだわかりませんが、控訴するつもりはないので、今年じゅうになるでしょう」

ヘンリック・ヴァンゲルは眉間に皺《しわ》を寄せた。

「それはタイミングが悪いな。その時までに解決策を考えよう。執行猶予を願い出る手もある」

「すべて予定どおり進んで、ヴァンゲル家に関する材料が充分揃えば、服役中も仕事を続けられると思いますよ。でもこの件についてはその時が来たら考えるとしましょう。もうひとつ申し上げておきたいことがあります。ぼくはいまも『ミレニアム』の共同経営者であり、しかも現在『ミレニアム』

は危機に陥っている、ということです。もし何かが起きて、ぼくが戻らなければならないようなことになれば、ここでやりかけている仕事を置いてストックホルムへ行くこともありえます」

「私はきみを奴隷として雇ったわけではない。与えられた仕事を着実に、粘り強く続けてくれればいいんだ。時間のやりくりも仕事の方法も、もちろん自由に選んでくれてかまわない。ここを離れるのも自由だが、もしきみが仕事をおろそかにしているとわかったら、契約を破棄したものとみなすよ」

ミカエルはうなずいた。ヘンリック・ヴァンゲルは橋の方角を見ていた。やせた体つきで、ミカエルは不意に、まるで不幸なかかしのようだ、と思った。

「『ミレニアム』については、どんな状況なのか、私が何かの役に立てるかどうか、いずれ話し合ったほうがいいだろうね」

「今日にでもヴェンネルストレムの首を皿に載せて差し出してくだされば、役に立っていただけるんですがね」

「それはだめだ、そのつもりはないよ」老人はミカエルに厳しい視線を向けた。「きみがこの仕事を引き受けたのは、私がヴェンネルストレムの秘密を教えると約束したからだ。いまそれを明かしたら、きみは仕事を放り出したくなるに決まっている。この情報の提供は一年後だよ」

「ヘンリック、露骨な言い方で申しわけありませんが、一年後にあなたが生きてるという保証は何もないんですよ」

ヘンリック・ヴァンゲルはため息をつき、考え深げな目でヨットハーバーのほうを眺めた。

「わかった。ディルク・フルーデと話し合って、なにかいい方法があるか考えてみよう。それはとも

かく、『ミレニアム』に関しては別の方法で手助けができると思う。問題は広告主が手を引いたことだろう」

ミカエルはゆっくりとうなずいた。

「さしあたっての問題は確かに広告主の撤退ですが、真の危機はもっと深いところにあります。信用の問題です。読者が『ミレニアム』を買ってくれなくなったら、広告主がいくらいても何にもなりませんから」

「そうだろうね。だが私は、あまり活動的でないとはいえ、かなり大きな企業グループの取締役を務めている。われわれもまた広告掲載の場を必要としている。このことはいずれゆっくり話そうじゃないか。ところで、夕食を母屋で食べたかったら……」

「いいえ。とりあえず家に落ち着いて、買い物をして、あたりを見てまわりたいと思います。明日はヘーデスタに出て、冬の衣類を買うつもりです」

「いい考えだ」

「ハリエットに関する資料をぼくのところに移していただけますか」

「取り扱いには……」

「充分気をつけますよ。心得てます」

ミカエルはゲストハウスに戻ると、寒さで歯をがちがちいわせた。窓の外の温度計はマイナス十五度を指している。わずか二十分強しか外を歩いていないのにこれほど凍えそうになったのは、生まれ

て初めてのような気がする。

それからしばらくのあいだ、一年間自分の住まいとなる家で生活の準備を整えた。片方のスーツケースから衣類を取り出し、寝室のクローゼットにおさめる。洗面用具をバスルームの戸棚に置く。もう片方の、キャスター付きのスーツケースから、本、ＣＤ、ＣＤプレーヤー、ノート、サンヨーの口述用録音機、マイクロテックの小型スキャナー、インクジェットモバイルプリンター、ミノルタのデジタルカメラ、その他一年の亡命生活に必要と考えたものを取り出していった。

書斎の本棚に本とＣＤを並べ、その隣にハンス＝エリック・ヴェンネルストレムの調査資料をおさめた二冊のファイルを置いた。何の価値もない材料だが、処分する気にはどうもなれない。これからもジャーナリストとして仕事を続けるつもりなら、この二冊のファイルをいずれ何らかの形で今後の礎石としなければならない。

最後に彼はショルダーバッグからノートパソコンｉＢｏｏｋを取り出し、机の上に置いた。それから急に棒立ちになり、ぽかんとした表情で部屋のあちこちを見まわした。〝これが田舎暮らしの醍醐味ってやつか〟。ブロードバンドケーブルをつなぐ場所がなかったのだ。旧式のモデムを接続できる電話ジャックすらなかった。

ミカエルは台所に戻り、自分の携帯でテリア（スウェーデンの通信会社）に電話をかけた。電話に出た相手を説得し、ヘンリック・ヴァンゲルがゲストハウス用に出した注文の書類を探させた。その回線でＡＤＳＬが使えるかと訊くと、ヘーデビーの中継局を経由すれば可能だという。手続きに数日かかるということだった。

ミカエルが整頓を済ませたころ、時刻は十六時を少しまわっていた。彼は毛糸の厚い靴下とブーツをはき、セーターを一枚余分に着た。そして玄関ではたと立ち止まった。鍵を渡されていないではないか。都市生活者としての本能で、鍵をかけないまま家を出ることにはどうしても抵抗がある。そこで台所に引き返してひきだしを探しまわり、やがて食料貯蔵庫の中で、打ちつけられた釘に鍵がぶら下がっているのを見つけた。

気温はマイナス十七度に下がっていた。ミカエルは早足に橋を渡り、教会前の上り坂を上がっていった。三百メートルほど先にスーパーマーケット〈コンスム〉があり、買い物には不自由せずにすみそうだ。紙袋ふたついっぱいに生活必需品を買い込み、ふたたび橋を渡ろうとしたところで、〈カフェ・スサンヌ〉の前で立ち止まった。カウンターの向こうに五十歳ぐらいの女性が見える。看板のスサンヌとはあなたのことですか、とミカエルは尋ね、しばらくのあいだ通わせてもらうかもしれないと挨拶した。客はミカエルひとりだけで、彼がサンドイッチを注文し、ついでに食事用のパンと菓子パンを買うと、スサンヌはコーヒーをサービスしてくれた。ミカエルはマガジンラックから『ヘーデスタ通信』を取り、橋とライトアップされた教会の見える席についた。夕闇に包まれたその風景は、まるでクリスマスカードのようだった。四、五分で新聞を読み終えた。興味を引かれた唯一のニュースは、ビリエル・ヴァンゲルという名の自由党所属市会議員が、ヘーデスタの技術開発センター〝ITテクセント〟プロジェクトに積極的に取り組むことを表明、と報じた短い記事ひとつだけだった。彼は閉店時刻の十八時まで、三十分ほど店で過ごした。

十九時三十分、ミカエルはエリカに電話してみたが、「ただいま電話に出ることができません」との返答しか得られなかった。そこで台所の長椅子に腰かけ、小説を手に取った。裏表紙の説明によれば、十代のフェミニスト女流作家、センセーショナルなデビューを飾る、とのことで、パリ旅行中に性生活の整理を図ろうとする著者自身の様子が綴られていた。もし自分が、自分の性生活を材料に高校生めいた言葉で小説を書いたら、フェミニストと呼ばれることになるだろうか、とミカエルは考えてみた。おそらくそれはないだろう。ミカエルがこの本を買った理由のひとつは、出版社がこの新人作家を〝カリーナ・リドベリ（一九六二〜。作家。実在の人物も登場する自伝的小説で物議をかもした）の再来〟と褒《ほ》めちぎっていたことだった。しかしまもなく、文体においても内容においてもそれが的はずれであることが明らかになった。やがてミカエルは本を投げ出し、一九五〇年代の『レコルド』誌に掲載された、ホパロング・キャシディの登場するカウボーイ小説を読みはじめた。

三十分ごとに、教会の鐘の重々しい音が短く鳴り響いた。向かいに住む雑用係グンナル・ニルソンの家はまだ電気がついているが、人影は見えない。ハラルド・ヴァンゲルの家は暗闇に沈んでいた。二十一時ごろ、車が一台橋を渡り、岬のほうへと消えていった。零時ごろ、教会正面の照明が消えた。このライトアップこそ、一月初めの金曜の夜、ヘーデビーに存在する唯一の娯楽なのだろう。あたりは奇妙なまでに静かだった。

ふたたびエリカに電話をかけてみると、留守番電話になり、メッセージを残してくださいという声が聞こえてきた。彼はそれに従い、部屋の灯りを消して床に就いた。眠りに落ちる前に、静けさと孤

独で気が狂う危険を切実に感じた。

全き静寂のなかで目覚めるのは非日常的な経験だった。ミカエルは一瞬のうちに深い眠りから覚醒へと移行し、横になったままじっと耳をすました。寝室は寒かった。彼は顔の向きを変え、ベッド脇のスツールに置いた腕時計を見た。七時八分――これまでに早起きを習慣にできたためしはなく、目覚まし時計を少なくともふたつはセットして、それでもなかなか起きられずにいたというのに、今朝はアラーム音なしで目を覚まし、しかも充分に体が休まったという感覚を味わっていた。

コーヒーメーカーのスイッチを入れてからシャワーを浴びはじめたが、そこで彼は不意に、自分自身を遠くから眺めているような愉快な気分になった。〝名探偵カッレくん、未開の荒野で事件に挑む〟

温度を調節しようと混合栓を少しまわしただけで、やけどしそうな湯は冷たい水に変わった。食卓にはいつもの朝刊がなかった。バターはかちかちに凍っている。食器棚のひきだしにはチーズ用ナイフすら入っていない。外はまだ真っ暗だ。温度計はマイナス二十一度を指している。土曜日だった。

バス停は〈コンスム〉の正面にあり、ミカエルはこの亡命生活を買い物で始めることにした。ヘーデスタの駅前でバスを降り、中心街をぐるりと歩いて、冬用のがっしりしたブーツ、ズボン下二枚、フランネルの暖かいシャツ数枚、厚手の七分丈コート、防寒用の帽子、綿入りの手袋を買った。電器店では伸縮式アンテナの付いたポータブルテレビを見つけた。店員はヘーデビーでも公営テレビ局の

にした。

放送なら受信できるはずだと請け合い、ミカエルはその情報が誤りだったら代金を返してもらうこと
図書館に寄って登録し、エリザベス・ジョージの推理小説を二冊借りた。文房具店ではペンとメモ帳を買った。荷物が増えてきたので、スポーツバッグを買ってその中に全部詰め込んだ。

それから煙草を買った。十年前に吸うのをやめたが、ときおり無性に吸いたくなることがあり、いまも急に体がニコチンを欲したのだった。煙草の箱は開けずに上着のポケットに入れた。最後に眼鏡屋に入って新しいコンタクトレンズを注文し、洗浄液も買い求めた。

十四時ごろヘーデビーに帰り着き、衣類の値札をはずしていると、玄関の扉の開く音がした。五十代らしき金髪の女性が敷居をまたぎ、台所の戸枠をたたいている。手にはスポンジケーキを載せた皿を持っている。

「こんにちは、歓迎のご挨拶にうかがいましたの。ヘレン・ニルソンといいます。道をはさんだ向かいに住んでいる者です。これからはお隣同士ですね」

ミカエルは握手し、自己紹介した。

「ええ、テレビでお見かけしましたよ。このゲストハウスに灯りがともるのは嬉しいものです」

ミカエルはコーヒーの準備を始めた。彼女は遠慮していたが、やがて台所のテーブルについた。彼女は窓の外を見て言った。

「ほら、ヘンリックが主人といっしょに来ましたよ。あなたに段ボール箱を運んできたのでしょう」

ヘンリック・ヴァンゲルとグンナル・ニルソンが手押し車を家の前に止めるのを見て、ミカエルは

あわてて飛び出していき、ふたりに挨拶すると、段ボール箱を四つ運び入れるのに手を貸した。彼らは箱をかまどのそばの床に置いた。ミカエルはさらにふたり分のコーヒーカップを出し、ヘレンが持ってきたケーキを切った。

グンナルとヘレンは感じのよい夫婦だった。なぜミカエルがヘーデスタにいるのか、彼らはとくに知りたがっていないらしく、彼がヘンリック・ヴァンゲルのために仕事をするというだけで納得しているようだった。ミカエルはニルソン夫妻とヘンリック・ヴァンゲルのやりとりを観察し、双方とも主人と使用人という区別なく、きわめて自然に振る舞っている、と思った。彼らは村について世間話をし、ミカエルの住むこの家を誰が建てたかについて話しはじめた。ヘンリック・ヴァンゲルの記憶の誤りをニルソン夫妻が訂正すると、ヘンリックはお返しとばかりに、グンナル・ニルソンがある晩帰宅したときに、村の本土側に住むあまり賢いとはいえない男が窓からゲストハウスに侵入しようとしているのを見つけ、玄関に鍵がかかっていないのにどうしてそこから入らないのかと尋ねた、という話を、ユーモアたっぷりに語ってきかせた。グンナル・ニルソンは小型テレビをいぶかしげに見つめ、もし夜見たい番組があったらうちに来なさい、とミカエルに申し出た。衛星放送用のアンテナを設置しているという。

ニルソン夫妻が帰ったあとも、ヘンリック・ヴァンゲルはしばらく残っていた。書類の整理はミカエルが自分でやったほうがいい、何か問題があればいつでも母屋に聞きに来てくれ、と彼は言った。ミカエルは礼を言い、おそらく大丈夫だと思うと答えておいた。

ひとりになると、ミカエルは箱を書斎に運び、中味を点検しはじめた。

兄の孫娘の失踪に関するヘンリック・ヴァンゲル独自の捜査は、三十六年にわたって続けられていた。その意欲が病的な妄想によるものなのか、それとも時が経つにつれて知的ゲームに変化したのか、ミカエルには判断がつかなかった。いずれにせよ、ヘンリック・ヴァンゲルがアマチュア考古学者のような熱心さで系統的にこつこつと仕事を続けたらしい、ということだけは明らかだった——資料を本棚に並べてみると、七メートルに達しようかという長さになった。

資料の根幹を成しているのは、ハリエット・ヴァンゲル失踪に関する警察の捜査資料を収めた二十六冊のファイルだった。〝通常の〟行方不明事件にこれほど豊富な資料が残るとは思えない。おそらくヘンリック・ヴァンゲルの影響力がヘーデスタ警察への圧力となり、有力な手がかりもそうでない手がかりもすべて追跡させたのだろう。

警察の捜査資料のほかには、新聞の切り抜き、写真のアルバム、地図、記念の品、ヘーデスタやヴァンゲル・グループに関する情報、ハリエット・ヴァンゲルの日記（数ページしかなかったが）、教科書、健康診断書などの資料があった。さらに、ヘンリック・ヴァンゲルが自らの調査をまとめた日誌とでも呼ぶべきものが、A4の用紙百枚ごとに綴じてあり、これが少なくとも十六冊あった。これらのノートに老人はていねいな字で、自分の考察、思いつき、行き詰まった手がかり、気づいた事柄を書きとめていた。ミカエルはぱらぱらと拾い読みしてみた。文章は文学的で洗練されており、これは古いノートを清書したものなのではないか、とミカエルは感じた。最後に、ヴァンゲル家の人々に関する資料を収めたファイルが十冊ほどあった。こちらの文章はタイプライターで打ってあり、長い

歳月にわたって作成されたことが見てとれた。

ヘンリック・ヴァンゲルは自分の親族を相手に捜査を続けてきたのだ。


十九時ごろ、猫の鳴き声がはっきりと聞こえ、ミカエルは玄関の扉を開けた。赤みがかった茶色の猫が目の前をすり抜け、暖かい室内に入ってきた。

「わかるよ、その気持ち」とミカエルは言った。

猫はしばらくのあいだ、家のあちこちを嗅《か》いでまわった。皿に牛乳を注いでやると、すぐにぴちゃぴちゃと飲んだ。それから長椅子に飛びのって体を丸めた。もうここを動かないと決めた様子だった。


二十二時をまわるころ、ミカエルはやっと資料の輪郭《りんかく》をとらえるに至り、わかりやすく分類して本棚に並べた。台所に行ってコーヒーをいれ、サンドイッチをふたつ作った。レバーペーストとソーセージを少し猫に分けてやった。まる一日まともな食事をとっていなかったが、不思議と食べものに関心が向かなかった。サンドイッチを食べ終えると、上着のポケットから煙草の箱を取り出して開けた。

携帯の留守番電話メッセージを聞いた。エリカからはなお連絡がなく、彼はふたたび電話をかけてみた。やはり留守番電話になっていた。

ミカエルの捜査の第一歩は、ヘンリック・ヴァンゲルから借りたヘーデビー島の地図をスキャナーで読み込むことだった。ヘンリックの案内で集落をひとまわりしたあとで、まだすべての名前が記憶にあるうちに、それぞれの家に住む人物の名を地図中に記していった。そしてたちまち悟ったのは、

ヴァンゲル一族の人数がかなり多く、ひとりひとりを覚えるのに時間がかかりそうだ、ということだった。

午前零時少し前、ミカエルは服を着込み、買ったばかりの靴をはいて、橋の向こうへ散歩に出かけた。橋を渡りきったところで左折し、教会の下の海沿いの道を歩く。島と本土とを隔てる海峡にも、旧港にも氷が張っていたが、沖のほうに目をやると、潮の流れを示す濃い色の帯が見えた。その場に立ちつくしているうちに、教会正面のライトアップが消えた。寒さは厳しく、空には星がまたたいている。

ミカエルは急に沈んだ気持ちになった。ヘンリック・ヴァンゲルの頼みとはいえ、なぜこんな非常識な仕事をうかうか引き受けてしまったのだろう。エリカの言うとおり、これはまったくの時間の浪費にすぎない。いまこの瞬間、自分はストックホルムで――たとえばエリカのベッドの中で――ハンス＝エリック・ヴェンネルストレムとの闘いに備えているべきなのではないか。だが、いまの彼にその意欲はなく、反撃のしかたを考えるにもどこから手をつけていいのか、まったくわからなかった。

いまが昼間だったら、すぐにでもヘンリック・ヴァンゲルに会って契約を破棄し、ストックホルムに戻っていただろう。だが、教会の丘から見えるヴァンゲル邸はすでに灯りが消え、しんと静まり返っている。教会からは島の集落全体が見渡せた。ハラルドの家にも灯りはなかったが、セシリアの家と、岬のほうにあるマルティンの家はまだ明るく、貸家にも電灯がともっていた。ヨットハーバーの側に目をやると、画家エウシェン・ノルマンのすきま風の吹く住まいに灯りが見え、煙突からは火の

粉まじりの煙がもくもくと立ち上っている。カフェの二階にも電灯がともっていて、ミカエルは、スサンヌがそこに住んでいるのだろうか、そうだとすれば独りで暮らしているのだろうか、と考えた。

日曜日、遅くまで眠っていたミカエルは、家じゅうを満たすこの世ならぬ騒音に驚いて目を覚ました。音の正体をつかむのにしばらくかかったが、やがてそれが礼拝式を告げる教会の鐘の音であり、したがって時刻は十一時少し前だということがわかった。しばらく起きる気力が湧かず、ベッドにとどまった。扉の前で猫がしつこく鳴くのでようやく起き上がり、外に出してやった。

シャワーを浴びて朝食を終えたころには正午になっていた。意を決して書斎に入り、警察の捜査資料が綴じられたファイルの一冊目を手に取った。それから考え込んだ。窓から〈カフェ・スサンヌ〉の看板が見え、彼はファイルをショルダーバッグに入れてコートをはおった。カフェに着いてみると客があふれていて、これまで頭の中にあった問い、つまりヘーデビーのような田舎でどうやってカフェの経営が成り立つのだろう、という問いの答えが一瞬にしてわかった。教会に通う信者たちや、葬儀などの儀式のあとに軽食をとる人々が、スサンヌの得意客だったのだ。

そこでミカエルは散歩をすることにした。〈コンスム〉は日曜日が休みなので、ヘーデスタ方面へ向かう道をさらに数百メートル歩き、ガソリンスタンドの売店で新聞を買った。それから一時間ほど村をぐるりと歩き、本土側の地理を把握しようと努めた。教会から〈コンスム〉にかけての一帯には、一九一〇年代か一九二〇年代に建てられたと思われる石造二階建ての古い家々がかたまっており、小規模ながらもメインストリートとなっている。その先には子どものいる家族向けの小ぎれいなマンシ

ョンが建ち、教会の南側、海沿いの一帯にはおもに一戸建ての家が建ち並んでいる。ヘーデビーに住んでいるのはどうやら、ヘーデスタの有力者やホワイトカラー層など、比較的裕福な人々のようだ。

橋近くまで戻ってみると、〈カフェ・スサンヌ〉の混雑はおさまっていたが、女主人はまだせわしなくテーブルを片づけていた。

「日曜日のラッシュアワーといったところですか」と、ミカエルは入りしなに声をかけた。

スサンヌはうなずいて、髪を耳の後ろにかきあげた。「こんにちは、ミカエルさん」

「ぼくの名前を覚えてくださったんですね」

「もちろんですとも」と彼女は答えた。「クリスマス前、裁判のニュースでテレビに出てらしたでしょ」

ミカエルはきまりの悪さを覚えた。口ごもりつつ「テレビっていうのは何かしら報道して時間を埋めなくちゃなりませんからね」と言い、急いで橋の見える隅のほうの席についた。目が合ったスサンヌは、微笑んでいた。

十五時、スサンヌが営業時間の終わりを告げた。礼拝後の混雑が過ぎると、訪れる客はまばらになっていた。ミカエルはハリエット・ヴァンゲル失踪に関する警察資料一冊目の五分の一強を読み終えた。ファイルを閉じ、メモ帳を鞄にしまうと、早足に橋を渡って家に戻った。

玄関前の階段で猫が待ちかまえていた。ミカエルはあたりを見まわし、いったい誰の飼い猫なのだろうといぶかったが、それでも中に入れてやることにした。猫であっても話し相手にはなるだろう。

あらためてエリカに電話してみたが、あいかわらず留守番電話になっていた。きっと腹を立てているのだろう。編集部の直通電話や自宅にかけることもできたが、彼もまた依怙地《いこじ》になっており、それはするまいと決心した。もう充分メッセージを残しているのだ。彼はコーヒーをいれ、猫を長椅子の隅に追いやると、台所のテーブルの上でファイルを開いた。

細部を見落とすことのないよう、集中し、ゆっくりと読んでいく。夜更けにファイルを閉じたとき、彼は何ページにもわたってメモをとっていた——覚えておきたい事柄に加え、次のファイルで答えが期待される問いを書きとめたのだ。資料はすべて時系列で整理されていた。ヘンリック・ヴァンゲルが整理したのか、それともこれが一九六〇年代の警察の整理方法だったのかはわからないが。

一ページ目は、ヘーデスタ署で電話を受けた人物が記した手書きの捜索願のコピーだった。Vb・リッティンゲルと署名が入っており、このVbはおそらく当直（vaktbefäl）の略だろうとミカエルは解釈した。届出人はヘンリック・ヴァンゲルとなっており、彼の住所と電話番号が書きとめられている。一九六六年九月二十三日（日）午前十一時十四分とあった。短く事務的な文章である。

〝ヘンリック・ヴァンゲルより電話あり、姪（?）のハリエット・ウルリカ・ヴァンゲル、一九五〇年一月十五日生（十六歳）が土曜日午後からヘーデビー島の自宅より姿を消した由。届出人は深刻な不安を表明〟

十一時二十分、P014（Pとはパトカーか？　パトロール隊か？　渡し船の名か?）が現場に急行、と記されている。

十一時三十五分、リッティンゲルよりも判読しにくい筆跡で、〝マグヌッソン巡査より連絡、ヘー

デビー島への橋はいまも通行不能。ボートによる輸送〟と付け加えられている。欄外の署名は判読できない。

十二時十四分、ふたたびリッティンゲル。〝電話連絡。ヘーデビーのマグヌッソン巡査より、ハリエット・ヴァンゲル十六歳の姿が土曜日午後以降見当たらない旨《むね》報告あり。家族は深刻な不安を表明。自室のベッドで眠った形跡なし。橋上の事故のため島を出た可能性なし。家族の誰に聞いてもHVの行方を知る者なし〟

十二時十九分。〝G・M、電話で事件の連絡を受ける〟

最後の情報は十三時四十二分に記されている。〝G・M、ヘーデビーの現場に到着。捜査を引き継ぐ〟

次のページで、謎のイニシャルG・Mがグスタフ・モレル警部補だとわかる。彼は船でヘーデビー島に入って捜査の指揮を執り、ハリエット・ヴァンゲルの失踪を正式に確認した。必要以上に短い文ばかりだった予備段階のメモとは対照的に、モレルの報告書はタイプ打ちされ、文章も読みやすい。どのような措置を講じたかが、驚くほど客観的かつ克明に述べられている。

モレルは手際よく捜査を進めていた。まずヘンリック・ヴァンゲルと、ハリエットの母親イザベラ・ヴァンゲルから同時に話を聞いた。次に、ウルリカ・ヴァンゲル、ハラルド・ヴァンゲル、グレーゲル・ヴァンゲル、ハリエットの兄のマルティン・ヴァンゲル、そしてアニタ・ヴァンゲルを順々に呼んだ。重要度の高い人物から低い人物へという順序だろう、とミカエルは解釈した。

ウルリカ・ヴァンゲルはヘンリックの母親で、ヴァンゲル家の中では皇太后に近い位置づけのようだった。ヴァンゲル邸に住んでいたものの、提供できるような情報は何も持っていなかった。前日の晩は早く床に就いてしまったし、ハリエットには何日も前から会っていないという。どうやら彼女のほうからモレル警部補に会いたいと主張したようだが、それは自分の意見、つまり警察はただちに行動を起こすべきだという意見を伝えるためにすぎなかったようだ。

ハラルド・ヴァンゲルはヘンリックの兄であり、ヴァンゲル家の有力者として二番目に位置する人物である。その証言によると、ハリエットとは彼女がヘーデスタのパレードから帰ったとき、ほんの束の間顔を合わせたが、〝橋で事故が起きてからは姿を見ていないし、いまどこにいるかもわからない〟とのことだった。

ヘンリックの兄でありハラルドの弟であるグレーゲル・ヴァンゲルは、ハリエットと会ったのは彼女がヘーデスタから帰宅し、話があると言ってヘンリックの書斎に来たときだ、と証言していた。簡単な挨拶を交わしただけで、個人的に話をしてはいないという。彼女の行方は知らないが、おそらくそうと断わらずに友だちの家にでも行ったのだろう、そのうちひょっこり帰ってくるにちがいない、と述べている。だがその場合、彼女がどうやって島を出たと思うかという問いには、わからないと答えている。

マルティン・ヴァンゲルへの質問は短時間で済まされていた。彼はウプサラのハラルド・ヴァンゲル家に下宿し、当地の高校に通っていた。ハラルドの車に乗る家族がほかにいて、彼が乗る余裕がなかったので、列車でヘーデビーに来た。着いたのは橋上の事故発生後で、本土側で足止めされ、すっ

かり夜になったころ、ボートで島に到着した。マルティンへの質問には、ハリエットが兄である彼に何か打ち明けていたのではないか、ことによると家出の意志を洩らしていたのではないか、という期待が含まれていた。この質問にハリエットの母親は抗議したが、モレル警部補は家出だとわかったほうが望ましいとの見解を口にした。しかし、マルティンはその年の夏休み以来、妹と話をしておらず、興味を引くような情報を提供することはできなかった。

アニタ・ヴァンゲルはハラルドの娘だが、誤ってハリエットの〝従姉《いとこ》〟と書かれていた――実際には、ハリエットはアニタの従兄《いとこ》の娘ということになる。アニタはストックホルム大学の一年生で、その年の夏をヘーデビーで過ごした。ハリエットと年が近く、ふたりはかなり親しかった。土曜日に父親とともに島に着き、ハリエットとの再会を楽しみにしていたが、会う時間がなかったという。家族に何も言わずに姿を消すなどハリエットらしくない、心配でたまらない、とアニタ・ヴァンゲルは話している。これはヘンリック、イザベラと共通の見解だった。

家族への事情聴取を進めるかたわら、モレル警部補はマグヌッソン巡査とベルイマン巡査――〇一四パトロール隊――に、日のあるうちに第一回目の捜索活動を行なうよう指示した。橋はふさがったままだったので、本土側から増援を呼ぶのは困難だった。そこで第一回目の捜索活動は、年齢もまちまちの男女三十名ほどによって行なわれた。こうしてその日の午後、彼らはヨットハーバー近くの空き家のバンガロー、岬や海峡の浜辺、集落周辺の森を調べた。さらに、ハリエットが橋の事故をもっとよく見ようとして登ったのではないか、と誰かが言いだしたのを受けて、ヨットハーバーを見下ろす〝南山〟と呼ばれている山も捜索の対象になった。パトロール隊はエステルゴーデン農場と、とき

おりハリエットが泊まっていたというゴットフリードの別荘にも派遣された。だが何の成果もなく、捜索は日没をかなり過ぎた二十二時ごろ中断された。夜間、気温は零度近くまで下がった。

モレル警部補は午後のうちに、ヘンリック・ヴァンゲルからヴァンゲル邸一階の応接間を使う許可を得、そこに捜査本部を置くと、次々と措置を講じていった。

彼はイザベラ・ヴァンゲルの案内でハリエットの寝室を調べ、衣類や鞄など、彼女が家出するために何らかの荷物を持ち出していないかどうかを確認した。ただでさえ協力的とはいえないイザベラ・ヴァンゲルは、娘の衣装戸棚を見てもふだんと同じかそうでないか判断できなかった。〝たいていジーンズをはいてます。でもジーンズなんて、どれも似たようなものですからねえ〟。ハリエットのハンドバッグは机の上に置かれていた。中には身分証明書、九クローネ五十オーレが入った財布、櫛《くし》、手鏡、ハンカチが入っていた。捜索が終わると、ハリエットの寝室は封印された。

モレルは家族や使用人からさらに事情を聞き、その内容をすべて入念に記録している。

第一回目の捜索に参加した者たちが、みな収穫なしにぱらぱらと戻ってきたので、警部補はより徹底的な捜索の必要があると考えた。宵《よい》の口から夜にかけて、モレルはヘーデスタのオリエンテーリングクラブ会長に連絡を取り、電話で会員を集めて捜索に加わらせてほしいと依頼するなどして、増援を招集した。深夜零時ごろ、オリエンテーリングクラブ会長から、ジュニア部のメンバーを中心とする現役会員五十三名を明朝七時きっかりにヴァンゲル邸に集合させる、との返事があった。ヘンリック・ヴァンゲルも、ヘーデスタにあるグループ傘下の製紙工場で翌朝勤務予定の従業員のうち、五十

名を捜索のために招集したうえ、捜索員全員の食事と飲みものを用意するという形で協力した。

ミカエル・ブルムクヴィストは、この波乱に満ちた一日のあいだにヴァンゲル邸でどんな場面が展開したか、たやすく思い描くことができた。ハリエット失踪が明らかになってからの数時間、橋の上の事故が混乱に拍車をかけていることがはっきりと見てとれた。本土側から有能な増援を迎えるのが難しくなっただけでなく、これだけ悲劇的な事件がふたつ、時と場所を同じくして起きているからには、何か関連があるはずだ、と誰もが思い込んだからだ。タンクローリーが橋から撤去されるとき、その可能性はないと思いつつも、モレル警部補は残骸の下にハリエット・ヴァンゲルがいないかどうか確認しに行っている。これはモレル警部補の行動の中で唯一、ミカエルが理屈に合わないと思った行動だった。というのも、事故が起きたあとに島でハリエットを目撃した人物が複数いるからだ。だが、それでもモレル警部補は、片方の事件が何らかの形でもう片方を引き起こしたにちがいない、という考えをなかなか捨てられずにいた。

このように混乱をきわめた二十四時間のうちに、事件がすみやかに幸せな結末を迎えるという希望は薄らぎ、代わってふたつの推測が徐々に前面へと現われてきた。誰にも気づかれずに島を出ることなど、どう考えても困難だったが、それでもモレルはハリエットが家出した可能性を退けたくはなかったようだ。彼は調査の規模を広げ、ヘーデスタをパトロールしている警官たちにいっそうの注意を払うよう命じた。また犯罪捜査課の同僚を呼んで、彼女を目撃した者がいないかどうか、バスの運転手と駅の職員をあたるよう頼んでもいる。

手がかりなしという答えが届けば届くほど、ハリエット・ヴァンゲルが何らかの事故に遭ったおそれが現実味を帯びてきた。それから数日間は、この仮説のもとに捜査が進められることとなった。失踪の二日後に行なわれた大がかりな捜索は、ミカエル・ブルムクヴィストが資料から判断するかぎり、きわめて有能な陣容を立てて行なわれた。類似の事件を手がけた経験のある警察官と消防隊員が捜索の指揮にあたった。ヘーデビー島には確かに近づきにくい場所がいくつかあるが、それでもたいした面積のある島ではないので、その日のうちに島の隅々まで捜索が済んだ。警察のボート一艘に加え、木製モーターボート二艘の持ち主が協力を申し出て、島の周囲の海底を精力的に調べた。

その翌日、捜索は人員を縮小して再開された。とりわけ近づきにくい場所に加え、〝要塞跡〟と呼ばれる場所——第二次大戦中に沿岸防御の目的で設けられたトーチカ群に、パトロール隊が派遣され、さらなる捜索が行なわれた。集落に存在するすべての家の隅々から、井戸、地下倉、納屋、屋根裏部屋に至るまでの徹底的な捜索も、この日行なわれた。

報告書の中でも、失踪から三日目に捜索が打ち切られたことを記した部分には、担当者の満たされない気持ちがうかがえた。グスタフ・モレルはこの時点ではまだそのことを自覚していないが、実際のところ、彼はこれ以上捜査を先に進めることができなかった。彼は困惑しきっており、次なる一歩として何をすればいいのか、どの場所の捜索を続ければいいのか、まるで見当がつかなくなっていたのだ。ハリエット・ヴァンゲルは影も形もなく消えうせた。そして、ヘンリック・ヴァンゲルのまもなく四十年に及ぶ苦難が、ここに始まった。

第九章

一月六日　月曜日——一月八日　水曜日

ミカエルは深夜まで資料を読みつづけ、六日の朝は遅くまで寝ていた。ヘンリック・ヴァンゲル邸の前には、マリンブルーの最新型のボルボが駐まっていた。ミカエルがヴァンゲル邸のドアノブに手をかけたとき、ちょうど中からドアが開いて五十歳代の男が出てきたので、危うくぶつかりそうになった。男は急いでいる様子だった。

「こちらにご用ですか？」

「ヘンリック・ヴァンゲルに会いに来たんですが」とミカエルは答えた。

男のまなざしは霧が晴れたようになった。微笑んで、手を差し出した。

「ミカエル・ブルムクヴィストさんですね。ヘンリックがヴァンゲル家の歴史を書くのを手伝ってくれている」

ミカエルはうなずいて握手に応じた。ヘンリック・ヴァンゲルはさっそく、ミカエルがヘーデスタにいる表向きの理由を周囲に話しはじめたらしい。男は肥満気味だ――オフィスや会議室で何年ももみくちゃにされた結果だろう――が、その顔立ちを見て、ミカエルはすぐにハリエット・ヴァンゲルを思い起こした。

「マルティン・ヴァンゲルです」と彼は自己紹介した。「ヘーデスタにようこそ」

「ありがとうございます」

「しばらく前にテレビでお見かけしましたよ」

「どうやらぼくをテレビで見かけていない人はいないようですね」

「この家では、ヴェンネルストレムは……まあ、あまり好かれていませんからね」

「ヘンリックからもそう聞きました。そのうちもっと詳しく聞かせてもらいたいと思っているんですが」

「ヘンリックがあなたを雇ったそうですね。先日聞きましたよ」そう言ってから、マルティン・ヴァンゲルは急に笑いだした。「あなたが仕事を引き受けてくれたのは、たぶんヴェンネルストレムのためだろう、と話してました」

ミカエルは一瞬ためらったが、率直に打ち明けることにした。

「それも確かに大きな理由のひとつです。ですが実のところ、ぼくはいずれにせよストックホルムを離れようと考えていたんです。そんなときにヘーデスタからお誘いがあった。タイミングが合ったのだと思います。あの裁判のあとで、何事もなかったようにストックホルムで仕事を続けるのは無理で

すから。これから刑務所にも入らなくちゃなりませんし」

マルティン・ヴァンゲルは急にまじめな顔になってうなずいた。

「控訴はできるのですか？」

「しても結果は同じでしょう」

マルティン・ヴァンゲルは腕時計を見た。

「今晩はストックホルムで予定があるので、ゆっくりできません。二、三日したら帰ってきます。うちで夕食でもどうですか。裁判の話もぜひ聞きたいですし」

ミカエルとふたたび握手を交わすと、マルティン・ヴァンゲルは急ぎ足で去り、ボルボのドアを開けた。それから振り向いてミカエルに呼びかけた。

「ヘンリックは二階にいます。上がっていただいて結構ですよ」


ヘンリック・ヴァンゲルは書斎のソファーに腰かけ、『ヘーデスタ通信』、『ダーゲンス・インドゥストリ』、『スヴェンスカ・ダーグブラーデット』、それにタブロイド紙を二紙、目の前のテーブルに置いていた。

「玄関先でマルティンとすれ違いました」

「グループの救出に向かったところだよ」ヘンリック・ヴァンゲルはそう答えるとポットを持ち上げた。「コーヒーは？」

「いただきます」とミカエルは答えた。腰を下ろしつつ、ヘンリック・ヴァンゲルが妙に愉快そうな

表情をしているのはなぜだろうと思った。

「新聞にきみのことが書かれているよ」

ヘンリック・ヴァンゲルは〝ある言論誌の頓挫《とんざ》〟という見出しを掲げたタブロイド紙をミカエルに見せた。記事を書いたのは、かつて経済誌『モノポール』に勤めていたことのある、派手な縦縞《たてじま》の背広姿のコラムニストで、社会問題に積極的に取り組む人々や、危険を冒しても行動しようとする人々を、ことごとくからかいの的としてこきおろすのを専門とする男だった。女性差別に反対する者、人種差別に反対する者、環境保護の活動家などがいつも標的になった。だが、自ら論議を呼ぶような意見を表明することはけっしてない。そしていま、どうやら彼はメディア批評家に早変わりしたらしい。ヴェンネルストレム事件の裁判が終わってから数週間が経っているというのに、彼はミカエル・ブルムクヴィストに狙いを定め、救いようのない馬鹿であると名指しで述べていた。エリカ・ベルジェは無能な尻軽女とされていた。

ミニスカート姿のフェミニスト編集長がテレビに出演してはしなを作ってみせているが、それでも『ミレニアム』崩壊の噂はあちこちでささやかれている。『ミレニアム』は、調査報道を通じて経済界の悪党どもの正体を暴く若手ジャーナリスト集団、というイメージを編集部がアピールしてきたことで、こうして何年も生きのびてきた。こうした宣伝戦略は、まさにそういうものを読みたがるアナーキストの若者相手には功を奏するかもしれないが、法廷ではそうはいかない。名探偵カッレくんはそれを思い知ったところだ。

ミカエルは携帯電話のスイッチを入れ、エリカからの着信があったかどうか確かめた。メッセージはひとつも入っていなかった。ヘンリック・ヴァンゲルはその間、何も言わずに待っていた。不意にミカエルは、ヘンリックが自分の返答を待っているのだということに気づいた。

「こいつはただの馬鹿です」とミカエルは言った。

老人は笑いながらも、突き放すように言った。「かもしれん。だが、有罪判決を受けたのは彼ではない」

「そのとおりです。この男はけっしてそんな目に遭わないでしょう。独自の意見はなにも言わないくせに、人の失敗には敏感で、すでに打撃を受けている相手にさらに恥をかかせてとどめを刺そうとするやつですから」

「そんな連中なら、私は嫌というほど見てきたよ。ひとつ忠告しよう——きみに聞く気があればだがね——相手が意気軒昂《けんこう》なときには無視すること。だが、しっかり覚えておいて、チャンスが訪れたときに仕返しするんだ。向こうが優位にあるいまは、まだその時機ではない」

ミカエルはもの問いたげな表情を見せた。

「私はこれまで、数えきれないほどの敵に対処してきた。そこから学んだのは、負ける闘いに応じてはならんということだ。そのかわり、自分を侮辱した人間をけっして許してはならん。辛抱強く機会を待ち、自分が優位に立ったときに反撃するんだ——もう反撃する必要がなくなったとしても」

「哲学の講義ありがとうございます。ところで、ご家族の話を少しうかがいたいのですが」ミカエル

はヘンリックと自分とを隔てるテーブルの上に録音機を置き、録音ボタンを押した。

「何を知りたいのかね？」

「一冊目のファイルを読みました。ハリエットの失踪と、それから数日間に及ぶ捜索についてのものです。ヴァンゲル姓の人たちがあまりに多いので、誰が誰だかわからないのですよ」


リスベット・サランデルはがらんとした廊下に立ちつくし、〝弁護士N・E・ビュルマン〟と刻まれた真鍮のプレートに十分近く見入っていたが、やがてブザーを鳴らした。ドアの錠がかちりと音をたてた。

火曜日だった。この二度目の面談に、彼女はいやな予感を抱いていた。

ビュルマン弁護士が怖いわけではない――人や物に対してリスベット・サランデルはめったに恐怖を感じない。しかしこの新しい後見人を前にすると、彼女は言いようのない不快感を覚えるのだった。前任者のホルゲル・パルムグレン弁護士は、ビュルマンとはまったく違い、まっとうで礼儀正しく親切な人物だった。だが、パルムグレンが脳卒中で倒れたために、ふたりの関係は三カ月ほど前に突如終わりを告げ、彼女の知らないところで役所が勝手に決めた序列にしたがい、ニルス・エリック・ビュルマンが彼女の後見人となったのだった。

社会的、精神的ケアを受けるようになって十二年、そのうちの二年を児童精神病院で送ったリスベット・サランデルは、その間ずっと、〝今日はどんな気分かね？〟といった単純な質問にさえ、一度として答えたことがなかった。

リスベット・サランデルが十三歳になるころ、地方裁判所は未成年者保護法にしたがい、彼女をウプサラの聖ステファン児童精神病院に収容する決定を下した。決定のおもな根拠となったのは、彼女の精神に異常があるとみられ、彼女が級友に対して深刻な凶暴性を示したばかりか、場合によっては自分自身にも危害を加えるおそれがある、ということだった。

これは入念な分析というよりも、むしろ経験的な判断に基づいた推測だった。医師や当局の担当者が彼女の気持ち、考え、健康状態について話をしようとするたびに、彼女はむっつりと押し黙り、ひたすら床、天井、壁を見つめて相手を失望させた。腕組みしたまま頑として動かず、心理学的な検査を受けるのを拒んだ。あらゆる形での測定、計量、記録、分析、訓練を徹底的に拒む態度は、学業においても同じだった——当局は彼女を教室に連れていき、椅子に縛りつけることはできても、授業にまったく耳を傾けず、ペンを持とうとすらしないのを直すことまではできなかったのだ。彼女は卒業証書を受け取ることなく中学校を去った。

したがって、彼女が精神に変調をきたしていると診断すること自体、きわめて困難だった。要するにリスベット・サランデルはこれ以上ないほどに扱いにくい相手だったのである。

やはり彼女が十三歳のとき、彼女が成人に達するまでその利益と財産を守るため、特別代理人をつけることが決定された。こうして代理人となったホルゲル・パルムグレン弁護士は、初めのうちこそ苦労していたが、やがて精神科医にもその他の医師にもできなかったことをなしとげた。少しずつ、この厄介な少女から信頼を勝ち得ただけでなく、わずかばかりの親愛の情までも引き出してみせたのだ。

彼女が十五歳になったとき、医師たちはおおむね、彼女が実は周囲の人間に対して乱暴でも危険でもなく、自分自身に危害を加える傾向もないらしい、という考えで一致した。家族には養育能力がなく、生活を保障してくれるような親戚もいなかったため、リスベット・サランデルはウプサラの児童精神病院を出て、里親のもとで社会生活を始めることになった。

ことは簡単には運ばなかった。彼女は二週間目に早くも最初の里親のところを逃げだした。第二、第三の里親も次々に同じ運命をたどった。これを受けてパルムグレンは彼女を呼び出し、こうした行動を今後も続けるならまちがいなく病院に戻されることになる、と言って聞かせた。このやんわりとした脅しが功を奏し、第四の里親となったミッドソマークランセン地区に住む年配の夫婦を、彼女は受け入れた。

だからといって彼女の振る舞いが改善されたわけではない。十七歳のとき、リスベット・サランデルは四度にわたって警察につかまった。二度は前後不覚になるまで酒を飲んでいたため救急治療にまわされ、一度は明らかに薬物の影響下にあった。このうち一度は、セーデル・メーラルストランド通りに駐めてあった車の後部座席で、泥酔し、服装の乱れた姿で発見された。同じく酔っ払った、はるかに年上の男といっしょだった。

四度目に警察の厄介になったのは、十八歳を迎える三週間前のことだった。このときは酒を飲んでいなかったが、地下鉄のガムラスタン駅構内で乗客の男の頭を蹴ったのだ。彼女は傷害罪の疑いで逮捕された。サランデルは男に痴漢行為をはたらかれたからだと説明し、自分の外見が十八歳というよ

り十二歳に見えることから考えて、この男には小児性愛の傾向があるにちがいない、と主張した。というより、ほとんど黙りこくっている彼女がそれでも口にした言葉をつなぎ合わせると、そう解釈できた。何人かの目撃者が彼女の証言を裏付けたので、事件は不起訴処分となった。

だが、地方裁判所はサランデルの過去の行状を考慮し、精神鑑定を命じた。彼女はここでも質問を無視し、鑑定への協力を拒んだので、保健福祉庁に助言を求められた医師たちは〝患者の観察〟に基づく意見書を提出した。とはいえ、若い娘が椅子に座ったきり腕組みをして黙り込んでいる状態で、具体的に何が観察できたのか、いくぶん不透明である。意見書には、リスベット・サランデルは精神障害を抱えており、しかるべき措置を必要とする、とだけ書かれていた。また法医学の立場からは、精神科の施設に強制収容することが望ましい、との意見書も提出された。社会福祉委員会の副委員長も、精神科医たちの出した結論に同調する意見書を作成した。

この意見書は、リスベット・サランデルの過去の記録を参照しつつ、彼女は〝アルコール中毒または薬物中毒に陥る大きな危険〟があり、明らかに〝自己に対する洞察力を欠いている〟としていた。このころすでに彼女のカルテには、〝内向的、社会能力の欠如、共感の欠如、自意識過剰、精神病質的・反社会的行動、協調性の欠如、教育による改善みられず〟などといった否定的な用語がちりばめられていた。誰が読んでも、これははなはだしい精神的障害を抱えた人間だという結論を下したくなる、そんなカルテだった。もうひとつサランデルに不利にはたらいたのは、マリアトリエット広場付近でその都度別の男といっしょにいるところを、社会福祉局の街頭福祉班に何度も目撃されていたことだった。タントルンデン公園ではるかに年上の男といっしょにいるところを職務質問されたことも

あった。この結果、リスベット・サランデルは何らかの形ですでに売春をしているか、または売春を始めるおそれがある、との推測がなされた。

彼女の将来を左右する地方裁判所での審理が始まったとき、結果はあらかじめ決まっているように思えた。彼女は明らかな問題児であり、法医学の面からも社会福祉の面からも同じ勧告が出されている中、司法がそれ以外の決定を下すとは考えにくかった。

審理開始日の朝、ガムラスタン駅での事件以来ずっと児童精神病院に収容されていたリスベット・サランデルを、係の者が迎えにきた。彼女は強制収容所に連行される囚人のような気分で、もはやこれまでと覚悟していた。法廷に入ったとたん、ホルゲル・パルムグレンの姿が目に入った。彼が特別代理人としてではなく、彼女の弁護人および法定代理人としてそこにいるのだと理解するまでに、少し時間がかかった。こうして彼女は、この男のまったく別の側面を目にすることになった。

驚いたことに、パルムグレンははっきりと彼女の味方として振る舞い、強制収容の提案に断固反対した。彼女は眉ひとつ動かさず、驚きを表に出すことはなかったが、パルムグレンの言葉をひとことも聞きもらすまいと真剣に耳を傾けた。パルムグレンは、サランデルの施設収容を勧める書類にサインしたイェスペル・H・レーデルマン医師に対し、二時間にわたって見事な尋問を展開した。意見書に記された所見のひとつひとつを細かく詮索し、あらゆる主張の科学的根拠を説明するよう医師に求めた。やがて、患者に検査をことごとく拒まれた結果、医師が科学的根拠ではなく推測に基づいて結論を出したことが、徐々に明らかになってきた。

審理の終わりが近づくとパルムグレンは、こうした強制的な施設収容は同様の事例に関する国会の

決定に反する可能性が高いばかりか、とくにこのケースは政治の場でもマスコミでも恰好の話題になりうる、したがって別の適切な解決策を見いだすことこそ、全関係者の利益になる道である、とほのめかした。この種の審理においてこのような発言は異例であり、出席者たちは少なからぬ当惑を示した。

解決策は一種の妥協案となった。地方裁判所は、リスベット・サランデルは精神病をわずらっているが、必ずしも強制収容を必要とするほどの症状ではないとした。ただし後見人をつけるべきだとする社会福祉委員会の意見は重視された。これをめぐって裁判長は、彼女の特別代理人であるホルゲル・パルムグレンに意地の悪い笑顔を向け、この役割を引き受ける気があるかどうか尋ねた。裁判長はパルムグレンが尻込みし、別の誰かに彼女を押しつけるだろうと思っていたようだが、パルムグレンはサランデル嬢の後見の任を喜んで引き受けることを表明した。ただし、ひとつ条件があった。

「当然のことながら、サランデル嬢が私を信頼し、私を後見人として認めてくれなくてはなりません」

パルムグレンはまっすぐ彼女のほうを向いた。その日の朝からずっと、自分の頭の上を激しい議論が飛びかったあとだけに、リスベット・サランデルは少しとまどった。それまで誰も彼女に意見を求めはしなかったからだ。彼女は長いことホルゲル・パルムグレンを見つめ、それからこくりとうなずいた。

パルムグレンは法律家でありながら、昔ながらの世話焼きおじさんめいたソーシャルワーカーでも

あるという、一風変わった人物だった。若い頃に政治活動の一環として社会福祉委員会のメンバーを務めたこともあり、問題を抱えた子どもたちの世話に生涯の大半を捧げてきた。この弁護士と、彼が接した中でもずば抜けて扱いにくい被後見人とのあいだには、ためらいがちな敬意、いや友情に近いものが生まれていた。

ふたりの間柄は、リスベットが十三歳のときから昨年まで十一年つづいた。だが昨年、クリスマスのかなり前、パルムグレンが毎月の定期面談に姿を見せなかったので、リスベットは彼の家まで行ってみた。アパートのドアをノックしても応答がなかったが、室内で何か物音がするので、彼女は雨樋《あまどい》を三階のベランダまでよじのぼって中に入った。そして、脳卒中に襲われ玄関の床に倒れているパルムグレンを発見した。意識はあったが、話も身動きもできずにいた。まだ六十四歳だった。救急車を呼び、ストックホルム南病院まで付き添うあいだ、彼女はいたたまれないほどの不安が腹のあたりに広がるのを感じていた。三日三晩、彼女は集中治療室の廊下をほとんど離れなかった。忠実な番犬のごとく、病室を出入りする医師と看護師の一挙一動を見張りつづけた。亡霊のように廊下をうろつき、医師が近づいてくるたびに張りつめた視線を向けた。ついに名前のわからない医師が彼女を別室に招き入れ、どれだけ深刻な病状であるかを説明してくれた。ホルゲル・パルムグレンは重い脳出血を起こしたため、きわめて危険な状態にある、おそらくもう目を覚ますことはないだろう、ということだった。彼女は泣くどころか、眉ひとつ動かさなかった。立ち上がって病院をあとにし、それきり訪れることはなかった。

五週間後、後見委員会は新しい後見人との顔合わせにリスベット・サランデルを呼び出した。彼女

はとっさに呼び出しを無視したいと思ったが、どんな行動にも結果がともなうのだということを、ホルゲル・パルムグレンから繰り返し頭にたたきこまれていた。いまや彼女は行動を起こす前にその結果を分析することを学んでおり、よく考えたすえ、この窮地を切り抜ける最も無難な策は、自分が後見委員会の言うことを気にかけているかのように振る舞って、彼らを安心させてやることだ、との結論を出した。

このようなわけで、十二月――ミカエル・ブルムクヴィストに関する調査を少々中断して――サンクトエーリクスプラン広場にあるビュルマンの事務所におとなしく出向くと、委員会を代表して来たという年配の婦人が、サランデルに関する部厚い資料をビュルマン弁護士に手渡した。婦人は彼女にやさしく健康状態を尋ね、彼女の頑《かたく》なな沈黙に満足げな様子を示した。三十分ほどたった後、彼女はサランデルをビュルマン弁護士に託して帰っていった。

握手を交わした五秒後にはもう、リスベット・サランデルはビュルマン弁護士に嫌悪感を抱いていた。

彼が資料を読んでいるあいだ、彼女は相手を盗み見た。歳は五十過ぎ。引き締まった体つきだ。毎週火曜と金曜にテニス、といったところか。金髪。薄毛。割れた顎。BOSSの香水。青い背広。赤のネクタイに金のネクタイピン。NEBとイニシャルの入った、うぬぼれのかいま見えるカフスボタン。スチール縁の眼鏡。グレーの目。ティーテーブルに置いてある雑誌から判断するに、狩猟と射撃が趣味らしい。

パルムグレンが後見人だった十年ほどのあいだ、彼は会うたびにコーヒーを出してくれ、ふたりは

いろいろと雑談した。リスベットが里親のもとを逃げ出しても、学校を絶えずサボっても、彼が動揺することはなかった。ただ一度、ガムラスタン駅で体をさわってきた痴漢に蹴りを入れてつかまったときだけは、ひどく腹を立てた。「自分のしたことがわかってるのか？　きみは人にけがを負わせたんだぞ、リスベット」そのときの彼はまるで老教師といった風情で、彼女は叱責の言葉を聞き流しつつ、ひたすらおとなしくしていた。

ビュルマンは雑談などしなかった。彼は、規則で定められた後見人としての義務と、ホルゲル・パルムグレンがリスベット・サランデルに家事や家計管理を任せているという事実とのあいだに、矛盾があるのを見逃さなかった。そして尋問めいた調子で質問しはじめた。〝給料はいくらだ？　銀行の明細をコピーして渡しなさい。どんな連中とつきあっている？　家賃はきちんと払っているのか？　酒は飲むのか？　顔につけているそのピアスについて、パルムグレンは何とも言わなかったのか？　衛生面のことは自分でちゃんとできているのか？〟

〝あんたなんかくそくらえだ〟

パルムグレンはあの〝最悪な出来事〟の直後に彼女の特別代理人となった。定期面談として少なくとも月に一度はぜひ会おうと主張し、それ以外にも会う機会を持とうとした。彼女がルンダ通りに戻ってからは、隣人のような間柄になった。パルムグレンはわずか二ブロック先のホルン通りに住んでいたので、偶然顔を合わせることもたびたびで、近所の〈カフェ・ギッフィ〉などでいっしょにコーヒーを飲むこともあった。パルムグレンは彼女の私生活を詮索するようなことはしなかったが、彼女の誕生日にちょっとしたプレゼントを持ってアパートをたずねてきたことは何度かあった。パルムグ

レンの家には、歓迎するからいつでもおいでと言われてはいたものの、彼女はその特権をほとんど使わずにいた。だが、ルンダ通りに引っ越してからは、クリスマスイブに母を訪問したあと、パルムグレンの家でクリスマスを祝うのが習慣になった。クリスマスのハムを食べ、チェスをした。チェスなどちっとも面白くなかったが、ルールを覚えてからは負けたためしがなかった。パルムグレンは妻に先立たれて独り暮らしだったから、クリスマスのあいだぐらいいっしょにいてあげることが、自分の義務であるように思っていた。

パルムグレンにはそれだけ世話になっていると感じていたし、借りは返すのが彼女の流儀だった。パルムグレンは、リスベットに自分の城が必要になるまでのあいだ、彼女の母親名義になっているルンダ通りのアパートを他人に又貸ししておいてくれていた。アパートは広さ四十九平方メートルで、改装もされておらず老朽化しているが、安心して寝られる場所にはちがいない。

パルムグレンがいなくなったいま、既成社会とのつながりがまたひとつ失われた。ニルス・ビュルマンはまるで違うタイプの人間だ。彼の家でクリスマスイブを過ごす気にはとてもなれない。ビュルマンが初めにとった行動は、彼女がハンデルス銀行に持っている給与振込み口座の管理について、新たな規則を導入することだった。パルムグレンは後見人制度に関する規則を何くわぬ顔で拡大解釈し、彼女自身に家計の管理を任せていた。彼女は種々の支払いをし、自由に預金を引き出すことができた。

クリスマスの前の週に行なわれたこのビュルマンとの会見で、彼女は覚悟を決め、前任者は自分を信頼してくれていた、自分も彼を失望させたことはない、と訴えた。パルムグレンはプライバシーに立ち入らず、自分でやりくりする自由を認めてくれていた、と。

「それが問題なんだよ」とビュルマンは答え、彼女の書類をコツコツとたたいた。そして後見人制度にかかわる規則や政令について長広舌をふるい、今後はやりかたを改めると彼女に告げた。

「これじゃあまるで野放しじゃないか。いままで委員会からたしなめられずにすんだのがまったく不思議だよ」

〝それはあの人が熱心な社会民主党員で、四十年近くも問題児の世話を引き受けてきたからでしょ〟

「わたしはもう子どもじゃありません」とリスベット・サランデルは言った。それで説明は充分という口調だった。

「確かにきみは子どもじゃない。だが私は、きみの後見人に指名された者として、法的にも経済的にもきみを守る責任を負っている」

そこでまずビュルマンは、サランデル名義で新しい銀行口座を開設した。これからはその口座に給与を振り込んでもらうよう、彼女からミルトン・セキュリティーの担当者に伝えることになった。サランデルは良き時代の終わりが到来したことを悟った。今後はあらゆる支払いをビュルマン弁護士が代行し、彼女は毎月決まった金額を小遣いとして受け取ることになる。支出はすべて領収書提出という形で報告する。小遣いの額は、週千四百クローネ――「食費に洋服代、たまに映画を観に行ったりもするだろうからね」

リスベット・サランデルは気の向いたときしか仕事をしなかったので、年収は十六万クローネ程度だった。フルタイムで働き、ドラガン・アルマンスキーの依頼する仕事をすべて引き受ければ、倍の金額を稼ぐことも難しくなかっただろう。だが、金を使うこと自体があまりなく、生活費は低く抑え

られている。アパートの管理費は月二千クローネ強だ。というわけで、ささやかな収入にもかかわらず、彼女の貯蓄口座には九万クローネの残高があった。それがもう自由に使えなくなる。

「きみのお金を管理するのは私だからね」とビュルマンは言った。「将来のために貯金もしておかなければ。だが、心配することはないよ。そういう面倒は私が引き受ける」

〝わたしは十歳のときから自分で自分の面倒をみてきたわよ、この馬鹿！〟

「きみは社会人としてまあまあうまくやっているから、施設に入る必要はないが、社会はきみの面倒をみる責任を負っているんだよ」

ビュルマンは、ミルトン・セキュリティーで彼女がどんな仕事をしているのかということについても細かく質問してきた。仕事の内容について、彼女は本能的に嘘をついた。入社したばかりのころにやっていた仕事を、今もしているように答えたのだ。したがってビュルマン弁護士は、彼女がお茶汲みや郵便物の整理をしているものと思い込んだ――頭の弱い人間にふさわしい仕事だ。彼は彼女の答えに満足しているようだった。

なぜ嘘をついたのか、自分でもよくわからない。だが、そのほうが賢明だという確信があった。もしビュルマン弁護士が、絶滅危惧種に指定されている珍しい昆虫だったとしても、彼女は一瞬もためらうことなく、その昆虫を踏みつぶしたことだろう。

ミカエル・ブルムクヴィストはヘンリック・ヴァンゲルから五時間にわたって話を聞いたあと、その日の夜の大部分と火曜日まる一日を割《さ》いて覚え書を清書し、ヴァンゲル家の全体像を一覧できる系

譜の作成にとりかかった。ヘンリック・ヴァンゲルとの対話から浮かび上がってきたヴァンゲル家の物語は、一般に知られているヴァンゲル家のイメージと大きく異なっていた。どんな家族も、戸棚の奥深くに骸骨《がいこつ》をしまいこんでいるものである。だが、ヴァンゲル家の場合、骸骨どころか墓地がまるごとひとつしまいこまれているかのようだった。

ここに至ってミカエルは、自分の真の使命がヴァンゲル家の評伝執筆ではなく、ハリエット・ヴァンゲル事件の真相解明である、ということを一瞬忘れかけた。それまでは、仕事を引き受けはしたものの、実際にはぼうっと座って一年を無駄に過ごすことになるだろう、ヘンリック・ヴァンゲルのために自分がする仕事はすべてパフォーマンスにすぎない、と確信していた。ディルク・フルーデが作成した契約書はすでに署名済みであり、一年後に破格の報酬を受け取ることになっている。とはいえミカエルが望んでいる真の報酬は、ヘンリック・ヴァンゲルが握っているというハンス＝エリック・ヴェンネルストレムの情報にほかならない。

だが、ヘンリック・ヴァンゲルの話を聞いていると、この一年が必ずしも無駄になるとはかぎらないという気がしてきた。ヴァンゲル家をテーマにした本それ自体の価値が見えてきたのだ——早い話、これはなかなかいいネタだった。

ハリエット・ヴァンゲルを殺害した犯人を突きとめる自信など、これっぽちもなかった——もちろん、ハリエットが何らかの不幸きわまりない事故で死んだわけでも、別の事情で姿を消したわけでもなく、本当に殺害されたのだとしての話だが。十六歳の少女が自分の意志で行方をくらまし、あらゆる役所手続きの網をすり抜けて三十六年間も身を隠していられる可能性は無に等しい、というヘンリ

ックの意見には、ミカエルも賛成だ。それでもハリエット・ヴァンゲルが家出した可能性は排除したくないと思った。ストックホルムに出て、そこで暮らすうちに、麻薬、売春、暴行、あるいは単なる事故の犠牲になったのかもしれないではないか。

だがヘンリック・ヴァンゲルは、ハリエットが一族の何者かによって——ことによると別の誰かと共謀して——殺害されたと確信している。その推論の根拠となっているのは、島が孤立状態に陥り、誰もが事故現場に注目しているまさにそのあいだに、ハリエットが姿を消したという事実だった。

この仕事の真の目的が殺人事件の謎解きにあるのなら、それは完全に常軌を逸している、というエリカの意見は正しい。その一方でミカエルは、ハリエット・ヴァンゲルの運命がこの一族に、とりわけヘンリック・ヴァンゲルに大きな影響を与えてきたことに気づきはじめていた。ヘンリック・ヴァンゲルは、正誤はともかく親族に対する疑念を抱いており、そのことにはヴァンゲル家の歴史を考えるうえで無視できない重要性があった。というのも、彼は三十年以上にわたってあからさまに非難を表明しており、家族が集まるたびにその話になるせいで、敵意に満ちた対立が生じ、これがヴァンゲル・グループ不安定化の一因となっているからだ。したがってハリエット失踪の調査は、それ自体に一章を割《さ》くことのできそうなテーマであるばかりか、家族の歴史を織り成す縦糸でもあった。しかも資料は豊富すぎるほどある。ハリエット・ヴァンゲルが彼の第一の仕事であるにせよ、家族史の執筆だけで済ませるにせよ、まずやるべきことは一家の全体像をつかむことだ。その日のヘンリック・ヴァンゲルとの話し合いは、これに関するものだった。

ヴァンゲル一族は、いとこの子どももやまたいとこまで含めて隅々《すみずみ》まで数えると百人あまりにのぼる。

数があまりに多いので、ミカエルはｉＢｏｏｋにデータベースを作るはめになった。彼は、ストックホルムにあるスウェーデン王立技術大学の学生ふたりが考案し、シェアウェアとして安値でダウンロードできる、〝ノートパッド（www.ibrium.se）〟というソフトの完全版を利用した。調査報道に携わるジャーナリストにとってこれほど役に立つソフトは数少ない、とミカエルは評価している。家族のひとりひとりにつき、それぞれひとつずつドキュメントを作成した。

家系図は十六世紀初めまで確実にたどることができた。当初の姓はヴァンゲールサドといった。ヘンリック・ヴァンゲルによれば、この姓はファン・ヘールスタットというオランダの姓に由来する可能性があるという。もしそうだとすれば十二世紀まで家系をさかのぼることができる。

時代が下ると一族はフランス北部に住み着き、その後十九世紀初めにジャン＝バティスト・ベルナドット（一七六三〜一八四四。フランスの軍人。ナポレオン軍の元帥だったが、後継者のいなかったスウェーデン王家に王太子として迎えられ、一八一八年国王に即位）に従ってスウェーデンに渡った。軍人だったアレクサンドル・ヴァンゲールサドは、国王となったベルナドットと面識があるわけではなかったが、駐屯部隊の有能な隊長として注目され、一八一八年、長きにわたる忠勤への報賞としてヘーデビーの領地を譲り受けた。アレクサンドル・ヴァンゲールサドはさらに私財を投じてノールランド地方のかなりの面積の森林を手に入れた。息子のアドリアンはフランスで生まれたが、父親の求めに応じ、パリのサロンから遠く離れたノールランドの片田舎ヘーデビーに移って領地の管理にあたった。さらに、大陸から持ち込んだ新しい方法をとりいれて農業や林業を営み、彼が創設したパルプ工場はヘーデスタの発展の中心となった。

アレクサンドルの孫はヘンリックという名で、姓を縮めてヴァンゲルとしたのは彼であった。彼は

ロシアとの貿易を広げ、また小規模ながら交易のための帆船団を組織して、十九世紀半ば、バルト海沿岸諸国やドイツ、製鋼業の盛んだったイギリスへと進出した。大ヘンリック・ヴァンゲルは家族経営会社の多角化に乗り出し、ささやかながら鉱山開発を開始したほか、ノールランドにおける金属工業の先駆けとなった。そしてその二人の息子、ビリエルとゴットフリードが、企業家一族としてのヴァンゲル家の基礎を築き上げた人物である。

「昔の相続の規則についてはある程度知っているかね？」書斎でのインタビューの際、ヘンリック・ヴァンゲルはミカエルに尋ねた。

「いいえ、ぼくにはまったく畑違いですし」

「そうだろうね。私もとまどっているんだ。当時から家風は変わっていないようで、ビリエルとゴットフリードは犬猿の仲だった——会社内でのふたりの権力争いや勢力争いときたら、いまも語り継がれるほどのすさまじさだった。やがてふたりの争いがいろいろな面で会社の存続を危うくするまでになると、ふたりの父親は死の直前、家族全員に会社の株を割り当てて相続するというシステムを作り上げた。その時点では正しい決断だったのだろうが、結果として困った状況が生じた。有能な人材や有望なパートナーを外部から招くのではなく、ひとりにつき数パーセント程度の投票権を与えられた家族の面々が、会社の舵取りをすることになったのだ」

「その決まりはいまも踏襲されているんですか？」

「そうなんだよ。家族の誰かが自分の株を売りたいと思ったら、親族内の別の者に売らなくてはならない。年次株主総会になると五十人ほどの家族が集まる。マルティンは株式の十パーセント強を保有

している。私は持っていた株をマルティンなどに売ったから、いまの持ち分は五パーセントだ。兄のハラルドは七パーセントを保有している。が、株主総会に来る者のほとんどは、一パーセントか〇・五パーセントしか持っていない」

「それは知りませんでした。じつに古めかしいやり方ですね」

「異常というほかないね。たとえばマルティンがこれからある方針を実行に移したいと思ったら、株主の少なくとも二十パーセントから二十五パーセントの支持を得られるよう、大々的に根まわしをしなければならない。同盟、分裂、策謀の渦巻く世界だ」

ヘンリック・ヴァンゲルは話を続けた。

「ゴットフリード・ヴァンゲルは一九〇一年に子どもを残さないまま死んだ。いや、失礼、娘は四人いたのだが、当時女性はものの数に入らなかったからね。女性も株を持ってはいたが、株主としての権利を行使できたのは男性だけだった。二十世紀に入ってからかなり経って、女性参政権が認められたころ、ようやく女性も株主総会に参加できるようになった」

「ずいぶんと進歩的だったんですね」

「そんな皮肉を言わんでくれたまえ。いまとは時代が違うんだ。話を戻そう――ゴットフリードの兄ビリエルには、ヨハン、フレドリック、ギデオンという、そろって十九世紀末生まれの三人の息子がいた。ギデオンは考慮の外に置いてかまわない。彼は自分の株を売ってアメリカに移住し、いまも子孫があちらで暮らしている。ヨハンとフレドリックはともに、家族経営の会社をいまのヴァンゲル・グループへと成長させた人物だ」

ヘンリック・ヴァンゲルは話しながらアルバムを取り出して昔の写真を見せた。二十世紀初めに撮影された写真には、髪の毛をぴったりなでつけた頑丈そうな顎の男二人が、にこりともせずに写っている。

ヨハン・ヴァンゲルは家族きっての天才だった。勉強して技師になり、新しいものをいくつも発明しては特許を取得し、製造業を発展させた。鉄鋼業を土台としつつ、グループは繊維産業など、ほかの分野にも手を伸ばしていった。ヨハン・ヴァンゲルは一九五六年に他界し、その三人の娘ソフィア、メリット、イングリッドは、株主総会への出席権を自動的に得た初めての女性たちとなった。

「その弟のフレドリック・ヴァンゲルが私の父親だ。実業家タイプだった父が、伯父の発明を収益に結びつけた。一九六四年まで生きながらえてね。一九五〇年代にグループの経営を私に委ねたが、死ぬまで積極的に会社の舵取りにかかわった。

ヨハン・ヴァンゲルには、親とは反対に、娘しかできなかった」ヘンリック・ヴァンゲルは、日傘をかざし、つばの広い帽子をかぶった、豊満な胸の女たちの写真を指さした。「一方、私の父フレドリックには息子しかいなかった。リカルド、ハラルド、グレーゲル、グスタヴ、私の五人兄弟だ」

ヴァンゲル家の人々を混同してしまわないよう、ミカエルはA4判の紙をセロテープでつなぎあわせて系図を描いてみた。一九六六年の家族会議のときにヘーデビー島にいた人物、つまり理屈の上ではハリエット・ヴァンゲルの失踪にかかわりがあるかもしれない人物の名前を、太字で記した。

十二歳以下の子どもは無視することにした——ハリエット・ヴァンゲルに何が起こったにせよ、あ

フレドリック・ヴァンゲル （1886-1964） 妻・**ウルリカ**（1885-1969）	ヨハン・ヴァンゲル （1884-1956） 妻・イェルダ（1888-1960）
リカルド（1907-1940） 妻・マルガレータ （1906-1959）	**ソフィア**（1909-1977） 夫・**オーケ・シェーグレン** （1906-1967）
ゴットフリード （1927-1965） 妻・**イザベラ**（1928-） マルティン（1948-） ハリエット（1950-？）	**マグヌス・シェーグレン** （1929-1994） **サラ・シェーグレン** （1931-） エリック・シェーグレン （1951-） **ホーカン・シェーグレン** （1955-）
ハラルド（1911-） 妻・**イングリッド** （1925-1992） **ビリエル**（1939-） **セシリア**（1946-） **アニタ**（1948-）	**メリット**（1911-1988） 夫・**アルゴット・ギュンテル** （1904-1987） オシアン・ギュンテル （1930-） 妻・**アグネス**（1933-） **ヤーコブ・ギュンテル** （1952-）
グレーゲル（1912-1974） 妻・**イェルダ**（1922-） **アレクサンデル**（1946-）	**イングリッド**（1916-1990） 夫・**ハリー・カールマン** （1912-1984） **グンナル・カールマン** （1942-） **マリア・カールマン** （1944-）
グスタヴ（1918-1955） 生涯独身、子どもなし	
ヘンリック（1920-） 妻・エディット（1921-1958） 子どもなし	

まりにも考えにくい可能性は排除すべきだと判断した。またヘンリック・ヴァンゲルも、さして迷うことなく除外した——もし彼自らがハリエット失踪に関与しているとしたら、この三十六年間の行動は病的というほかかない。一九六六年に八十一歳という高齢に達していたヘンリック・ヴァンゲルの母親も、はずしてかまわないだろう。残る二十一人の家族が、ヘンリックの言い方に従えば〝容疑者〟のリストに入ることになる。そのうち九人が他界し、何人かは相当の高齢に達している。

しかしミカエルは、ハリエット失踪にかかわったのが家族だと断定するヘンリック・ヴァンゲルの考えを、そのまま鵜《う》呑《の》みにするわけにはいかないと思った。容疑者リストには、家族以外の人間も加えなくてはならない。

ディルク・フルーデは一九六二年の春にヘンリック・ヴァンゲルの弁護士として働きはじめている。それに、ヴァンゲル一族のすぐそばにいた人々——ハリエット失踪時に使用人として働いていた人々は？　現在の〝雑用係〟グンナル・ニルソンにはアリバイがあるが、それでも十九歳という年齢であったし、父親のマグヌス・ニルソンはヘーデビー島に定住していた。画家のエウシェン・ノルマン、牧師のオットー・ファルクも同様だ。ファルク牧師は結婚していたのだろうか？　エステルゴーデン農場のマルティン・アーロンソンと、その息子イェルケル・アーロンソンも島に定住しており、ハリエット・ヴァンゲルを子どものころから知っていたはずだ——そうだとすればどんな関係だったのだろう？　マルティン・アーロンソンには妻がいたのだろうか？　農場にはほかに誰かいたのだろうか？

名前を記していくと、その数はあっという間に四十人近くに達した。ミカエルは業を煮やしてフェ

ルトペンを放りだした。時刻はすでに午前三時三十分、温度計は長いことずっとマイナス二十一度を指している。寒波が居座って動かないようだ。ベルマン通りの自分のベッドが恋しくなった。

水曜日の朝九時、ミカエルは電話回線とADSLのモデムを設置しにきたテリアの職員のノックで目を覚ました。十一時には接続を確認し、仕事面での不便を感じなくてすむようになった。とはいえ、電話のほうはいっこうに鳴らなかった。この一週間、エリカからの折り返し電話はない。よほど怒っているのだろう。彼も依怙地《いこじ》になってきて、オフィスには電話しないと決めていた。携帯にかけている以上、彼からの電話だとわかるのだから、返事をするかしないか決めるのは彼女になる。つまり彼女は返事をしたくないのだ。

彼はメールソフトを起動し、この一週間に届いた約三百五十通のメールに目を通した。保存したのはそのうちの十二、三通で、あとはジャンクメールやメーリングリストのたぐいだった。最初に開いたメールはdemokrat88@yahoo.comからで、〝ムショでカマ掘られてこい、このアカ野郎〟と書かれていた。ミカエルはこれを〝知的な批判〟と題したフォルダに保存した。

それから、erika.berger@millennium.se宛てに短いメッセージを書いた。

リッキー、元気かい。電話をくれないということは、きっとぼくを死ぬほど恨んでるんだね。とりあえず、インターネットがつながってメールも読めるから、許す気になったらよろしく。ヘーデビーは素朴で静かな土地で、足を伸ばしてみる価値はあるよ。M

昼食時になると彼はiBookを鞄に入れて〈カフェ・スサンヌ〉に向かい、定位置となった隅のテーブルに席をとった。コーヒーとサンドイッチを運んできたスサンヌは、パソコンをもの珍しそうに見て、何の仕事をしているのかと訊いた。ミカエルはかねて決めておいたとおり、ヘンリック・ヴァンゲルに雇われて評伝を書いているのだと説明した。それからあたりさわりのない会話を交わした。スサンヌは、とっておきの裏情報を知る気になったら私のところにいらっしゃい、と言った。

「ヴァンゲル家の人たちとはもう三十五年のつきあいだから、噂話はだいたい耳に入ってますよ」と言い、体を揺すりながら厨房に戻っていった。

ミカエルが描いた系図からは、ヴァンゲル家の人々が絶えず子作りにいそしんでいるさまがうかがわれた。子どもと孫に加え、記載を省いた曾孫も含めると、フレドリックとヨハンには合わせておよそ五十人の後裔がいる。また、ヴァンゲル家が長寿の一族であることもわかった。フレドリック・ヴァンゲルは七十八歳、兄のヨハンは七十二歳まで生きている。ウルリカ・ヴァンゲルは八十四歳で他界した。五人兄弟のうち存命中の二人は、ハラルド・ヴァンゲルが九十一歳、ヘンリック・ヴァンゲルが八十二歳である。

唯一の例外はヘンリックの兄グスタヴで、肺を患って三十七歳で夭折している。ヘンリックによれば、グスタヴは生まれつき体が弱く、家族からはやや距離を置いて自分なりの道を歩んだという。生涯独身で子どもはなかった。

そのほかに早死にした者は皆、病気以外の理由で亡くなっている。リカルド・ヴァンゲルはフィンランドとソ連の戦争に自ら志願し、三十四歳の若さで戦死した。ハリエットの父親ゴットフリード・ヴァンゲルは、娘が失踪する前年に溺死した。ハリエット自身も、行方不明になったときまだ十六歳だった。不思議なことに、リカルドに始まるこの家系だけが、祖父、父、娘と三代にわたって悲劇に見舞われている。ただひとり残っているリカルドの子孫がマルティン・ヴァンゲルで、現在五十五歳、いまだ独身で子どももない。だがヘンリック・ヴァンゲルの話によれば、マルティンはヘーデスタ在住の女性とつきあっているという。

妹が失踪したとき、マルティン・ヴァンゲルは十八歳だった。彼は容疑者リストからほぼ確実にはずすことのできる数少ない近親者のひとりだ。その秋、高校三年生の彼はウプサラに住んでいた。会合に参加する予定だったが、着いたのが午後遅くで、妹が姿を消した問題の時間には橋の手前でおおぜいの見物人にまじっていた。

系図を見ていたミカエルは、ほかにもふたつのことに気づいた。ひとつは、どの夫婦も終生添い遂げているらしいことだ。ヴァンゲル家の人間は誰ひとり離婚しておらず、配偶者が早死にした場合でも再婚していない。こういうケースは統計的にいってどのくらいあるのだろう、とミカエルは考えた。セシリア・ヴァンゲルはもう何年も夫と別居しているが、ミカエルの知るかぎり、彼らは依然として夫婦だ。

もうひとつ気づいた点は、一族の〝男〟側と〝女〟側が、地理的な意味ですっぱりと分かれているように見えることである。ヘンリックを含めたフレドリック・ヴァンゲルの後裔は、昔からヴァンゲ

ル・グループ内で重要な役割を担っており、おもにヘーデスタやその近郊に住んでいる。一方ヨハン・ヴァンゲルには娘しかおらず、その娘たちは嫁いで別の地方へと散らばっている。ストックホルム、マルメ、イェーテボリあるいは外国に住み、夏の休暇とグループ関係の重要な集まりのときだけヘーデスタにやってくる。ただし、ひとりだけ例外があった。イングリッド・ヴァンゲルの息子グンナル・カールマンはヘーデスタ在住で、地方紙『ヘーデスタ通信』の編集長を務めている。

ヘンリックは独自の調査の結論として、〝ハリエット殺害の隠れた動機〟がヴァンゲル・グループの構造、つまり自分がハリエットには非凡な才能があると早くから公言していたことにあるのではないか、と考えていた。ヘンリック自身に打撃を与えるのが目的だったのかもしれないし、あるいはグループにかかわる何らかの微妙な情報がハリエットの知るところとなり、彼女が犯人にとって危険な存在になったという可能性も考えられる。もちろんすべて憶測にすぎないが、ヘンリックはこうした仮説に基づき、容疑者を〝とくに気になる〟人物十三人に絞っている。

ヘンリック・ヴァンゲルとのインタビューで明らかになったことがもうひとつあった。ヘンリックは家族のことをミカエルに語るとき、最初からきわめて軽蔑的な言葉を使っており、奇妙に思えるほどだった。それでミカエルは、ハリエット失踪の原因が家族にあると考えるあまり、老人が正常な判断力を失っているのではないかといぶかっていた。しかしいまミカエルは、ヘンリック・ヴァンゲルの家族に対する評価は驚くほど冷静だ、ということに気づきはじめていた。

社会的、経済的な成功をおさめながらも、日々の営みにおいて明らかに機能不全に陥っている家族の姿が、だんだんと形を現わしてきた。

ヘンリック・ヴァンゲルの父親は冷ややかで無神経な人物で、子どもをもうけたあと、そのしつけと世話を妻に任せきりにした。家族が集まる特別な機会を除き、子どもたちは十六歳ほどになるまでほとんど父親と顔を合わせたことがなく、またそうした家族の集まりでも、父親の邪魔にならないようおとなしくしていることが求められていた。ヘンリック・ヴァンゲルには、どんな形にせよ父親が愛情を示してくれたという記憶がない。それどころか彼はしばしば無能者として扱われ、意気消沈するほどまで批判を浴びた。体罰は稀《まれ》だったが、その必要もなかった。父親から認められるようになったのはその後、ヴァンゲル・グループで働きはじめてからのことだった。

長兄リカルドは父に反発した。家族内でその話を避けているためいまだに理由のわからない口論のあと、リカルドは家を出てウプサラの学校に通いはじめた。そこで親ナチ団体のメンバーとなり、その流れでやがてフィンランドの塹壕《ざんごう》へと赴いたのは、すでにヘンリック・ヴァンゲルがミカエルに語ったとおりである。

そのときには明かされなかったが、実は別の二人の兄も似たような道を歩んだのだった。

ハラルドとグレーゲルは一九三〇年、長兄のあとを追うようにウプサラへと移り住んだ。ハラルドとグレーゲルは仲がよかったが、リカルドとどの程度親しかったのかはヘンリック・ヴァンゲルにもよくわからない。確かなのは、ふたりがペール・エングダールの極右組織〝新生スウェーデン〟に入会したことだ。ハラルド・ヴァンゲルはその後もペール・エングダールに忠実に従い、スウェーデン国家連盟、スウェーデン反体制連合を経て、大戦末期に設立された新スウェーデン運動に入会した。

一九九〇年代にペール・エングダールが亡くなるまでそのメンバーにとどまり、一時は大戦後も生きのびたこのファシズム団体のきわめて重要な経済的支援者でもあった。

ハラルド・ヴァンゲルはウプサラで医学を修めると、卒業後ほとんど間をおかずに、優生学や人種生物学に熱中する研究者集団の一員となった。一時はスウェーデン国立人種生物学研究所で働き、国民の中でも望ましくない分子に強制不妊手術を施すキャンペーンを、医師として積極的に推進した。

ヘンリック・ヴァンゲルの談話、カセット第二巻、〇二九五〇

ハラルドの行動はエスカレートした。一九三七年、彼は――ありがたいことに筆名で――『市民のための新たなるヨーロッパ』という本を共著で出した。私がそれを知ったのは一九七〇年代になってからだ。読んでみたければ一冊あるので読むといい。おそらくスウェーデンで出版された最も不愉快な書物に数えられるだろう。この本でハラルドは強制不妊賛成の論陣を張っているだけでなく、安楽死をも勧めている。彼の美的嗜好《しこう》にそぐわない、また彼の考える理想的なスウェーデン国民の姿に一致しない人々を、積極的に安楽死させるべきだと主張しているんだ。つまり、医学面からの論証も充分になされた、申し分なく学術的な論文で、大量殺戮《さつりく》が肯定されているわけだ。いわく、障害者を一掃せよ。サーメ人をこれ以上増やしてはならない、彼らはモンゴロイドの遺伝子を持っているから。精神を患っている病人にとって、死は解放ではないだろうか。ふしだらな女、ジプシー、ユダヤ人――こんな調子だ。兄の夢見る世界では、アウシュヴィッツがダーラナ地方にあってもおかしくなかったのだ。

グレーゲル・ヴァンゲルは戦後、高校の教師となり、のちにヘーデスタ高校の校長となった。ヘンリックは、戦争の終結とともに彼がナチズムを放棄し、その後ずっと政治にかかわりを持たなかったと考えていた。だが、一九七四年にグレーゲルが亡くなり、その遺品を整理したところ、残されていた手紙から、この兄が一九五〇年代にスカンジナヴィア国民党に入党していたことがわかった。政治的にはものの数に入らないとはいえ、けっしてまともとはいえないこの集団に、彼は死ぬまでとどまっていたのだった。

ヘンリック・ヴァンゲルの談話、カセット第二巻、〇四一六七。「つまり私の兄三人は政治面において、病的としか形容できない考えをもっていた。そのほかの面ではどの程度病的だったか？　言わずもがなだ」

ヘンリック・ヴァンゲルが比較的温かいまなざしを注いでいる唯一の兄は、健康にめぐまれず、一九五五年に肺病で世を去ったグスタヴだった。グスタヴは政治に無関心で、ビジネスにもヴァンゲル・グループでの仕事にも興味を示さない、俗世間に背を向けた芸術家タイプだった。ミカエルはヘンリック・ヴァンゲルに尋ねた。

「いまも存命なのはあなたとハラルドだけです。なぜハラルドはヘーデビーに戻ってきたのでしょう？」

「彼が戻ってきたのは一九七九年、七十歳になる直前だった。持ち家があるからね」

「憎らしい兄貴のすぐそばで暮らすことになるなんて、いやなものでしょうね」

ヘンリック・ヴァンゲルは驚いてミカエルを見つめた。

「きみは誤解しているよ。私は兄を憎んでなどいない。せいぜい憐れんでいる程度だ。ハラルドは完全に頭がおかしくなっている。向こうが私を憎んでるんだ」

「あなたを憎んでる？」

「そのとおり。だからこそここに戻ってきたのだろう。私をすぐ近くで憎みながら余生を送れるようにね」

「どうして彼があなたを憎むんです？」

「私が結婚したからだよ」

「説明してもらう必要がありそうですね」


ヘンリック・ヴァンゲルは早いうちから兄たちとはつきあわなくなった。彼は兄弟のなかでただひとり実業の才能を示し、父親の最後の希望となった。政治に関心のなかった彼はウプサラを避け、かわりにストックホルムで経済学を学んだ。満十八歳を迎えてからは、学校が休みに入るたびにヴァンゲル・グループ傘下企業のオフィスや役員会で研修を重ね、迷宮にも似たヴァンゲル・グループの複雑なしくみを学んでいった。

大戦が熾烈を極めていた一九四一年六月十日、ヘンリックはドイツに派遣され、ハンブルクにあるヴァンゲル・グループ傘下の商事会社で六週間を過ごした。当時彼はまだ二十一歳だったので、ヴァンゲル・グループのドイツにおける代理人、ヘルマン・ロバッハというベテラン社員が、彼の付き添

い兼助言者となった。

「詳しく説明しすぎてきみを飽きさせるのは本意ではないが、私が現地へ行ったとき、ヒトラーとスターリンは依然として良好な仲で、東部戦線はまだ存在していなかった。みんなヒトラーを無敵だと思っていた。あのころの雰囲気を表わすとすれば……楽観主義と絶望がないまぜになった気分とでも言おうか、それが妥当な表現ではないかと思う。半世紀以上が経ったいまでも、あのころの雰囲気を的確に言い表わすのは難しいのだ。勘違いしないでくれ――私はナチズムに傾倒したことはないし、ヒトラーはまるでオペレッタの登場人物のように滑稽《こっけい》だと思っていた。だが、ハンブルクのごくふつうの人々のあいだに広がっていた、将来に対する楽観主義に、まったく染まらずにいるのは困難だった。戦線が徐々に近づいてきて、私のハンブルク滞在中にも何度か爆撃があったが、人々の多くはそれを一時的なものととらえているようだった――もう少し耐えれば、やがて平和が訪れ、ヒトラーが新しいヨーロッパ、〝ニューロッパ〟を樹立してくれる、そう考えていたんだ。彼らはヒトラーを神と信じることにもやぶさかではなかった。そういうプロパガンダがされていたからね」

ヘンリック・ヴァンゲルはたくさんあるアルバムのうちの一冊を開いてみせた。

「これがヘルマン・ロバッハだ。一九四四年に姿を消した。おそらく爆撃に遭って何かの下敷きになったのだろう。具体的なことはいまもわかっていない。ハンブルク滞在中、私は彼とたいへん親しくなった。彼の豪華な住まいは裕福な人々が住む界隈《かいわい》にあって、私はそこに居候していた。私たちは毎日顔を合わせた。彼は私と同じでナチズムにはまったく傾倒していなかったが、便宜《べんぎ》のため党に入っていた。党員であることによって、どこに行っても門戸が開かれ、ヴァンゲル・グループの利益にな

る取引を成立させやすくなったからね。そう、われわれの仕事は利益を得ることだった。グループでは貨物列車の車両を製造していた――それらの車両が、ユダヤ人をポーランドの強制収容所に運ぶのに使われたのではないかと、私はいまだに自問しているよ。連中の制服用の布や、ラジオ用の真空管も売っていた――もちろん、商品が何に使われるのかを正式に知っていたわけではないがね。ヘルマン・ロバッハは、契約をうまく取りつけるすべを心得ていた。朗らかで愉快な男だった。完璧なナチを演じていたよ。だがやがて、彼もまたある秘密を必死に隠そうとしている人物であることがわかった。

一九四一年六月二十二日未明、ヘルマン・ロバッハが寝室のドアをノックし、私を起こしにきた。隣は奥方の寝室だったので、彼は音をたてないようにと合図し、服を着てついてくるよう促した。私たちは一階に降り、喫煙室に腰を下ろした。ロバッハが一睡もしていないのがわかった。彼がつけていたラジオを聞いて、大変なことが起きたとわかった。バルバロッサ作戦の開始だ。夏至祭の週末のあいだに、ドイツがソ連に攻撃をしかけたんだ」

ヘンリック・ヴァンゲルはなすすべがないというしぐさをした。

「ヘルマン・ロバッハはグラスをふたつ出して、度の強い蒸留酒を注いだ。動揺しているのは一目瞭然だった。どんな結果になるだろうと訊くと、ドイツもナチズムもこれで終わりだ、というきっぱりとした答えが返ってきた。当時はヒトラーが負けるとは思えなかったから、私は半信半疑だったが、ドイツの敗北に乾杯、と言うロバッハとともに酒を飲み干した。それから彼は実際的な話に入った」

ミカエルは聞いているというしるしにうなずいてみせた。

「第一に、彼には私の父に連絡して指示を仰ぐ手だてがなかったのだが、自らの権限で私のドイツ滞在中断と可能なかぎり早期の帰国を決めた。第二に、自分のために力を貸してほしい、と頼んできた」

ヘンリック・ヴァンゲルは、黄ばんで角の丸くなった一枚の写真を指さした。黒髪の女性を斜め前から撮った写真である。

「ヘルマン・ロバッハには四十年連れ添った妻がいたが、一九一九年、自分の半分の年齢でしかない、だが見る者を虜《とりこ》にするような美しい女に出会い、すっかり惚《ほ》れ込んでしまった。彼女は貧しく質素なお針子だった。ロバッハは彼女に言い寄り、裕福な男がよくやるように、職場からそう遠くない距離にアパートを借りて彼女をそこに住まわせた。こうして彼女はロバッハの愛人になった。一九二一年に女の子を産み、その子はエディットと名づけられた」

「年配の裕福な男が貧しく若い女と関係を結び、子どもができたというわけですね。一九四〇年代とはいえ、スキャンダルというほどのことでもないような気がしますが」とミカエルは言った。

「まったくだ。だが彼の場合、ひとつ問題があった。女はユダヤ人だったのだ。したがってロバッハは、よりによってナチス・ドイツ国内でユダヤ人の娘を持つ身、つまり〝民族の血を汚す者〟となっていた」

「なるほど――それなら事情は別ですね。どうなったのですか?」

「エディットの母親は一九三九年に逮捕された。その後の行方はわからず、彼女の身に何が起きたかは想像するしかない。さらに、強制移送リストにまだ名前が載っていなかったものの、彼女に娘がい

ることはみんなが知っていた。そこで逃亡ユダヤ人を追跡するゲシュタポの部署が娘を探しはじめた。一九四一年夏、ちょうど私がハンブルクに着いた週、彼らはエディットの母親とヘルマン・ロバッハとの関係を突きとめ、ロバッハは出頭を命じられた。彼は女との関係も自分が父親であることも認めたが、娘がどこにいるかはまったく知らない、娘とはここ十年音信不通になっている、と答えた」

「では、娘はどこにいたんですか？」

「実は、ロバッハ家で毎日顔を合わせていた娘がそうだったんだよ。かわいらしく物静かな二十歳の娘で、私の部屋を掃除してくれたり、夕食の支度を手伝ったりしていた。一九三七年、ユダヤ人迫害が何年もやまないのを心配したエディットの母がヘルマンに助けを求め、彼はそれに応えた――奥方とのあいだの子どもと同じように、この私生児のことも愛していたんだね。そうして最も意表をつく場所に彼女をかくまった――堂々と自分の家に住まわせたんだ。偽の身分証明書を用意して、彼女を小間使いとして雇った」

「ロバッハ夫人は事情を知ってたんですか？」

「いや、何も知らなかった」

「そのあとはどうなったんです？」

「四年間はうまくしのぐことができたが、ロバッハは包囲網が徐々に狭まってくるのを感じていた。ゲシュタポがいつやってきてもおかしくない状況だったんだ。以上の話を、私はその夜ロバッハから聞いた。スウェーデンに出発する数週間前のことだ。それから彼は娘を呼んで、あらためて私に引き合わせた。彼女はおずおずして、私の目を見る勇気もないようだった。ロバッハは彼女の命を救って

くれと頼んできた」

「どうやって?」

「ロバッハがすでに手はずを整えていた。もともとの計画では、私はそれから三週間をハンブルクで過ごしたのち、コペンハーゲン行きの夜行列車に乗り、フェリーでスウェーデンに渡る予定だった――これは戦時中でも比較的危険のないルートだった。だが、この打ち合わせの二日後に、ヴァンゲル・グループ所有の貨物船がハンブルクからスウェーデンに向かうことになっていた。ロバッハは私がすぐにドイツを発《た》てるよう、この貨物船で帰国させようとした。渡航計画を変更するには保安局の許可が必要で、確かに手続きは面倒だが問題はないはずだといって、どうしても船に乗せたがった」

「エディットといっしょに、というわけですね」

「エディットは機械部品の入った三百個の箱のひとつに隠れてひそかに乗船した。私の役目は、万が一船がドイツの領海を出る前に彼女が発見された場合に、彼女を守り、船長に馬鹿な真似をさせないことだった。発見されなければ、船がドイツから充分離れるのを待って、彼女を外に出してやることになっていた」

「なるほど」

「簡単そうに思えたが、実際には悪夢のような船旅だった。船長はオスカル・グラナートという男だったが、雇い主の生意気な後継者を突然あずかることになって、迷惑そうな顔をしていたよ。船は六月の終わり、夜の九時ごろにハンブルクを出航した。ちょうど内港を出ようかというところで、空襲警報のサイレンが響きわたった。イギリス軍の空襲で、それまで体験したことがないほどの激しさだ

ったうえ、当然のことながら港は重要な攻撃目標だった。大げさに聞こえるかもしれんが、すぐそばに爆弾が落ちたとき、ズボンの中で危うく失禁するところだったよ。だが、ともかく私たちは港をあとにすることができ、エンジンの故障や、危険に満ちた海でのひどい嵐に悩まされながらも、次の日の午後スウェーデンのカールスクローナにたどり着いた。さて、娘がどうなったのか気になるだろう」

「もうぴんときましたよ」

「父はもちろん激怒したよ。実際、途方もない危険をおかしたわけだからね。一九四一年という時代だ、娘はいつドイツに強制送還されてもおかしくなかった。だがこの時点で、私はロバッハが彼女の母親に惚《ほ》れたと同じくらい、彼女にぞっこんになっていた。結婚を申し込み、父親には、この結婚を認めるか、私以外の後継者を見つけるかだ、と最後通牒《つうちょう》を突きつけた。父は譲歩した」

「でも、奥さんは早くに亡くなったのですね？」

「ああ、まだ若かったのに死なれてしまった。一九五八年のことだ。私たちは十六年あまりいっしょに暮らした。彼女は生まれつき心臓が弱かったんだ。一方、私は子どもをつくれない体質とわかり、私たちの結婚生活は子どものないまま終わった。兄が私を憎んでいるのは、こういう事情のためだよ」

「奥さんと結婚したからですか」

「兄の言葉を借りれば、ユダヤ人の汚らわしい売女と結婚したからだ。兄は、私が人種、民族、道徳、その他彼が大切にしているすべてを汚したと思っている」

「常軌を逸していますね」
「私にもそういう言い方しか思いつかないよ」

第十章

一月九日　木曜日——一月三十一日　金曜日

『ヘーデスタ通信』によると、ミカエルがこの片田舎で生活を始めた最初の月は、観測史上、あるいは（ヘンリック・ヴァンゲルが教えてくれたのだが）少なくとも戦時中の一九四二年冬以来、最も寒い一カ月だったという。ミカエルはさもありなんと思った。ヘーデビー滞在一週間にして、丈の長いズボン下、毛糸の靴下、シャツの重ね着にすっかりなじんでしまっていた。

一月半ばの数日間は、気温がマイナス三十七度という信じられないレベルにまで下がり、昼も夜も耐えがたい思いをした。かつて北極圏のキルナで兵役をつとめたときでさえ、こんな寒さは味わわなかった。ある日、朝起きてみると水道管が凍っていた。炊事と洗顔に使えるようにと、グンナル・ニルソンが水の入った大きなプラスチックバケツをふたつ持ってきてくれたが、とにかく感覚がなくなるほどの寒さだった。窓の内側にいくつも氷の結晶ができ、かまどで火をいくら焚《た》いても体はいっこ

うに暖まらなかった。家の裏手の薪《まき》小屋で長いこと薪割りにいそしむ日がつづいた。

ときおりふと泣きたくなり、タクシーで町に出て、南に向かう最初の列車に飛び乗ろうと考えることもあった。だがそうはせず、彼は一枚多くセーターを着て、毛布にくるまって台所のテーブルに向かい、コーヒーを飲みながら警察の古い資料を読むのだった。

やがて大寒波は去り、マイナス十度という比較的過ごしやすい気温になった。


ミカエルはヘーデビーの人々と親しくなりはじめていた。マルティン・ヴァンゲルは約束どおりミカエルを自宅に招き、手作りのヘラジカローストにイタリア産の赤ワインという心づくしの夕食をふるまってくれた。マルティンは独身だが、交際中のエヴァ・ハッセルという女性がこの日の夕食に同席していた。温かく楽しい女性で、ミカエルの目から見てもひじょうに魅力的だった。ヘーデスタで歯科医をしているが、週末はマルティン・ヴァンゲルの家で過ごすという。会話を交わすうちに、ふたりがもう何年もつきあっていること、だが中年になってから交際を始めたので、結婚しなければならないとは必ずしも考えていないことがわかってきた。

「彼女は私の歯医者だしね」とマルティン・ヴァンゲルは笑いながら言った。

「それに、結婚してこの少々変わった家族の一員になる気にはどうもなれなくて」と、エヴァ・ハッセルはマルティンの膝をやさしく撫でながら言った。

マルティン・ヴァンゲルの邸宅は、建築家の設計による、独身男性なら誰もがあこがれそうな家で、家具は黒、白、クロームメッキで統一されていた。金のかかったデザイナー家具ばかりで、こういう

分野にうるさいクリステル・マルムもうなりそうなインテリアだ。キッチンにはプロの料理人用の設備や道具が揃っている。居間には最高級ステレオが置かれ、トミー・ドーシーからジョン・コルトレーンまで、ジャズLPの名盤がずらりと並んでいた。マルティン・ヴァンゲルには金があり、住まいは豪華で機能的だったが、個性に乏しい面もあった。壁に掛けられた絵はイケアで見つかるような複製画やポスターにすぎず、きれいだが自慢できるものではない。少なくともミカエルが目にしたかぎりでは、本棚にあまり本が並んでおらず、百科事典と、いいクリスマスプレゼントが思いつかないときに選ばれるたぐいの写真集が、品よく収まっているだけだった。つまりミカエルがこの家を見て判断できたのは、マルティン・ヴァンゲルには趣味がふたつ——音楽と料理、ということぐらいだ。前者は三千枚ほどありそうなLPレコードのコレクションに、後者はマルティンの腹のぜい肉に表われていた。

マルティン・ヴァンゲルは、愚かさと鋭さと愛想のよさとが不思議な具合にブレンドされた人物だった。たいした分析力がなくとも、この会社社長に問題があることは見てとれる。『チュニジアの夜』のレコードがかかるなか、話題がヴァンゲル・グループに及んだとき、マルティン・ヴァンゲルはグループ存続を賭けて闘っていることを隠そうともしなかった。この話題を出されたことにミカエルはとまどった。マルティン・ヴァンゲルは、今夜の客がさして親しくもない相手、しかも経済ジャーナリストであることを知りながら、不用意と思えるほど率直に社内の問題を口にしている。どうやら彼は、ミカエルがヘンリック・ヴァンゲルのために働いているということで、それだけで彼を家族の一員とみなしているらしく、また前社長のヘンリック同様、ヴァンゲル・グループを現在の状況に

陥らせたのはヴァンゲル家の人々にほかならないと考えているようだ。ただ彼は、ヘンリックが一族に対して抱いているような、苦い感情や容赦のない蔑《さげす》みまでは抱いていない。むしろ一族の手の施しようのない狂気を楽しんでいるように見える。エヴァ・ハッセルは相槌《あいづち》を打ったが、意見は言わなかった。おそらく以前にもふたりでこの問題について話し合ったことがあるのだろう。

マルティン・ヴァンゲルはミカエルが家族史執筆のために雇われたのを知っているので、仕事の進み具合を尋ねてきた。ミカエルは微笑みをうかべつつ、家族全員の名前を覚えるのもひと苦労だと打ち明け、都合のいいときにもう一度訪問してインタビューをさせてほしいと頼んだ。ミカエルは何度か、ハリエット・ヴァンゲル失踪に対するヘンリックのこだわりを話題にしてみようかと考えた。ヘンリック・ヴァンゲルが自説をぶってハリエットの兄をうるさがらせてきたのはまちがいないように思われた。それにマルティンも、ミカエルが家族史を書くのなら、家族の一員が跡形もなく姿を消したことに触れないわけにいかないのは承知のはずだ。しかしマルティンがこの話題に触れることはなく、ミカエルは時機を待とうと決めた。ハリエットの話をどうしてもすることになる機会は、いずれやってくるだろう。

ウォッカを何杯もあおったあと、午前二時ごろようやくお開きになった。ミカエルはかなり酔って、自分の家まで三百メートルほど、凍結した道で何度も足を滑らせつつ歩いた。愉快な余韻の残る夕べだった。

ヘーデビー滞在二週目のある日の午後、誰かが家の扉をノックした。ミカエルは取り出したばかり

の六冊目の警察資料を机の上に置き、後ろ手に書斎のドアを閉めて玄関を開けに行った。これでもかというほどに服を着込んだ五十歳ほどの金髪の女性が立っていた。

「はじめまして。挨拶にうかがいましたの。セシリア・ヴァンゲルと申します」

ミカエルは彼女と握手を交わし、コーヒーカップを用意した。セシリア・ヴァンゲルはナチズムに傾倒しているハラルド・ヴァンゲルの娘だが、どこから見ても裏のない魅力的な女性のようだった。ヘンリック・ヴァンゲルが彼女を評価していたこと、父親の家のすぐそばに住んでいるもののほとんど接触がないとヘンリックが言っていたことを、ミカエルは思い出した。しばらく世間話をしたあと、彼女は用件を切りだした。

「私たちの家族をテーマに本をお書きになるそうですね。あまりいいこととは思えない気もするけれど」と彼女は言った。「とりあえず、あなたがどんな方なのか拝見しようと思って」

「ぼくはヘンリック・ヴァンゲルに雇われた身ですからね。テーマも自分で決めたわけじゃありませんし」

「あのやさしいヘンリックも、家族のこととなると客観的とは言えませんからね」

ミカエルは彼女が何を言いたいのか判断しかねね、その顔を見つめた。

「あなたは本の執筆に反対なのですか?」

「そうは言ってません。それに私が意見を言ったところで関係もないでしょうし。でも、もしかしたらもうおわかりかもしれないけれど、ヴァンゲル家の一員であることは、けっして楽なことじゃないんです」

ヘンリックが彼女に何を言ったのか、自分の任務についてセシリアがどの程度知っているのか、ミカエルには知る由《よし》もなかった。彼は両手を広げて肩をすくめてみせた。

「ぼくは確かにヘンリック・ヴァンゲルの依頼で家族史を書きます。ヘンリックが家族の何人かについて、実に特徴のある意見を持っていることも事実です。でも、ぼくは原則として客観的事実をよりどころにするつもりです」

セシリア・ヴァンゲルは微笑したが、その目は笑っていなかった。

「本が出版されたら、スウェーデンからどこかへ亡命しなくちゃならなくなるかしら？」

「そんなことはないでしょう」とミカエルは答えた。「読者には、ひとくちにヴァンゲル家と言ってもいろいろな人がいるとわかるはずですから」

「いろいろな人ね――たとえば私の父とか」

「ナチのお父さんですか？」とミカエルは訊いた。セシリア・ヴァンゲルは天井を仰いだ。

「父は狂人よ。私たちはすぐ近くに住んでいるけれど、年に一、二回しか会っていません」

「会いたくないのはどうして？」

「たてつづけに質問する前に教えてください。ここで私が言うことを、あなたは本に引用するつもり？　それとも、本の中で愚か者扱いされるかもしれないなんて考えずに、ふつうに会話できるのかしら？」

ミカエルはなんと答えるべきか迷って一瞬言いよどんだ。

「ぼくの仕事は、アレクサンドル・ヴァンゲールサドがベルナドットとともにスウェーデンへ上陸し

たときに始まり、現在で終わる本を書くことです。何十年にも及ぶヴァンゲル・グループの輝かしい歴史も紹介するつもりですが、同時にグループ衰退の理由や家族内での対立にも触れないわけにはいきません。明らかになってくる問題の数々を避けて書くことはできないんです。でもそれは、ヴァンゲル家を中傷したり戯画化したりすることとは違います。たとえば、ぼくはマルティン・ヴァンゲルに会いましたが、彼を気持ちのいい人物だと思っているので、そのとおりに書くつもりです」

　セシリア・ヴァンゲルは答えなかった。

「ぼくがあなたについていまの時点で知っていることは、あなたが先生をしていらして……」

「いいえ、もっといけすかない職業なのよ。ヘーデスタ高校の校長をしています」

「それは失礼しました。あとぼくが知っているのは、ヘンリック・ヴァンゲルがあなたを気に入っていること、あなたがご主人と別居中であること……その程度です。ぼくはもちろん、あなたと話した内容を勝手に引用したり、興味本位の扱い方をしたりはしないつもりです。そのかわり、具体的な出来事についてあなたにうかがいたいことが出てきたら、お邪魔して聞かせていただくことはあるかもしれません。でもその種の質問をするときは、前もってそうだとはっきりお伝えします」

「では、あなたの業界の言葉を使うと……〝オフレコ〟でお話しできるのね」

「もちろんです」

「この会見も〝オフレコ〟にしてくださる？」

「あなたは隣人として挨拶にいらして、コーヒーを召し上がった。それだけです」

「それで安心したわ。ひとつ質問していいかしら？」

「どうぞ」

「その本ではどの程度ハリエット・ヴァンゲルに触れるおつもり？」

ミカエルは下唇を噛んで答えをためらった。軽い調子を変えないよう気をつけた。

「正直なところ、いまはわかりません。章をひとつ割《さ》く可能性は充分あります――悲劇的な事件であることはまちがいないですし、少なくともヘンリック・ヴァンゲルには大きな影響を与えてますから」

「じゃあ、あなたは彼女の失踪について調べに来たわけじゃないのね？」

「なぜそんなふうにお考えになるんです？」

「グンナル・ニルソンがここへ段ボール箱を四つ運んできたでしょう。あれはたぶん、ヘンリックが独自に続けた調査の資料だわ。いつもはハリエットが使っていた部屋に置いてあるのに、こないだちらっと見たらなくなっていたもの」

セシリア・ヴァンゲルは確かにあなどれなかった。

「それについてはぼくでなくヘンリックに聞いてみてください」とミカエルは答えた。「ともあれ――ハリエットの失踪についてはヘンリックからいろいろ聞いていますし、その関係の資料を読んでみたいと思っているのは確かです」

セシリア・ヴァンゲルはふたたび感情のこもっていない微笑をうかべた。

「ときどき、父と叔父とどちらのほうが狂っているのかわからなくなるのよ。ハリエットの失踪については、ヘンリックともう千回以上話し合ってると思うわ」

「あなたは何があったと思いますか？」

「その質問はインタビューの一環？」

「違いますよ」ミカエルは笑った。「知りたいからお尋ねしてるだけです」

「私が知りたいのは、あなたも狂っているのかどうかということ。あなたはヘンリックの説を信じているんですか？　それともあなたがヘンリックを焚《た》きつけているの？」

「ヘンリックが狂っているとおっしゃるんですか？」

「誤解しないでくださいね。ヘンリックほど温かくて思いやりのある人はいないと思っているし、ヘンリックのことは大好きよ。でも、ハリエットのこととなると妄想に取り憑《つ》かれてるとしか思えない」

「でも、まったく根拠のない妄想というわけではないでしょう。ハリエットは現実にいなくなったんですから」

「私はこの件自体にもううんざりしているの。あの事件は何十年も私たちの生活を蝕《むしば》んできたわ。しかもいまだに終わっていないんだもの」彼女は急に立ち上がって毛皮のコートをはおった。「おいとまするわ。あなたはいい方みたいね。マルティンもそう言ってたけど、彼の判断には当たりはずれがあるから。よかったらご都合のいいときにコーヒー飲みにいらして。夕方以降はほとんどいつも家にいますから」

「それはどうも」とミカエルは礼を述べた。そして帰りかけた彼女に後ろから声をかけた。「インタビューでないと請け合ったさきほどの質問に、あなたは答えてくださってませんね」

彼女はドアの前で立ち止まり、彼を見ずに答えた。

「ハリエットに何が起きたのか、私にはさっぱりわかりません。でも、きっと何かの事故だったのでしょう。もし万が一真相がわかったら、みんな驚いてあきれかえるような、そんな単純で平凡な理由にちがいないわ」

彼女は振り向くと、初めて心のこもった微笑をミカエルに向けた。それから手を軽く上げ、去っていった。ミカエルはしばらく座ったまま考え込んだ。セシリア・ヴァンゲルは、家系図の中でも太字になっている人物、つまりハリエット失踪時に島にいたヴァンゲル家の人間のひとりだった。


セシリア・ヴァンゲルとの対面は比較的気持ちのいいものだったが、イザベラ・ヴァンゲルとはそうはいかなかった。ハリエット・ヴァンゲルの母親は七十五歳、ヘンリックが言ったとおり、しゃれた服装をしたエレガントな女性で、年老いたローレン・バコールを思わせた。ある朝、〈カフェ・スサンヌ〉へ行く途中でミカエルは、ほっそりとした体つきの彼女がペルシャ子羊の毛皮の黒いコートとそれによく合う帽子を身につけ、黒い杖をついて歩いてくるのに出会った。まるで年老いた吸血鬼だ、見た目は美しいが、蛇のような毒をそなえている、と彼は思った。どうやら散歩を終えて家に帰るところのようだ。彼女は十字路に立って彼を呼びとめた。

「ちょっと、そこのお若い方！　ここへ来なさい」

明らかな命令口調だった。ミカエルはあたりを見まわし、呼ばれているのが自分だと判断した。そして近づいていった。

「私はイザベラ・ヴァンゲル」と女は告げた。

「はじめまして、ミカエル・ブルムクヴィストです」彼が差し出した手を、イザベラは完全に無視した。

「あんたかい、うちの家族のことを調べてるというのは？」

「ええ、まあ、というか、ヘンリック・ヴァンゲルに頼まれて、ヴァンゲル家の歴史の執筆を手伝うことになってるんです」

「あんたの知ったことじゃないだろうに」

「何がですか？　ヘンリック・ヴァンゲルがぼくに仕事を頼んだことですか、それともぼくがそれを引き受けたことですか？　前者ならそれはヘンリックの勝手だし、後者ならぼくの勝手だと思いますが」

「言いたいことはおわかりのはずだよ。自分の生活を人に嗅《か》ぎまわられるなんてお断わりだからね」

「わかりました、あなたの生活を嗅ぎまわったりなどしません。それでもご不満ならヘンリックと話してください」

イザベラ・ヴァンゲルは突然杖を持ち上げ、握りの部分でミカエルの胸を突いた。弱い力ではあったが、彼はたじろいで一歩下がった。

「私に近づくんじゃないよ」

イザベラ・ヴァンゲルは踵《きびす》を返して帰路についた。ミカエルは、まるで漫画のキャラクターが実際に生きているのに出くわしたかのような表情で、その場に立ちつくした。ふと視線を上げると、ヘン

リック・ヴァンゲルが書斎の窓辺に立っていた。手にしたコーヒーカップを少し持ち上げ、冷やかすように乾杯のしぐさをしてみせた。ミカエルはかぶりを振り、お手上げだというように肩をすくめるしぐさを返してから、〈カフェ・スサンヌ〉に向かった。

ヘーデビーに住みはじめてから一カ月、遠出をしたのは、日帰りでシリヤン湖のほとりまで出向いた時のみだった。ディルク・フルーデのベンツを借りて雪景色の中を走り抜け、グスタフ・モレル元警部とともに午後を過ごしたのだ。ミカエルは警察資料から受けた印象に基づいて、モレルがどんな人物か想像をめぐらせていた。現実に目にしたモレルは、ゆっくりと動き、さらにゆっくりと話す、筋張った体の老人だった。

ミカエルは質問を十項目ほどメモ帳に書き留めて準備していた。そのほとんどは、警察の捜査資料を読みながら頭に浮かんだ事柄だった。ミカエルの発する質問のひとつひとつに、モレルは教え諭《さと》すような口調で答えた。最後にミカエルはメモ帳を片づけ、これらの質問はあなたに会う口実として用意したものにすぎません、と言った。本当の望みは、この元警部と話す機会を作り、たったひとつの重要な質問を投げかけることにあった――書類に書きとめなかった事柄、つまり何らかの考えや直観的印象といったものがもしあれば、ぜひ聞かせてもらえないだろうか？

モレルはヘンリック・ヴァンゲル同様、ハリエット失踪の謎を三十六年間にわたって考えつづけてきた人物だ。自分が行き詰まった事件を探りにきた新参者に、そうやすやすと胸中を打ち明けはしないだろう。ミカエルはそう覚悟していた。しかしモレルは微塵も敵愾心《てきがいしん》を示さなかった。彼はパイプ

に煙草をていねいに詰め、マッチをすってから答えた。

「そりゃあ考えはいろいろあるよ。だがどれも漠然としていてあやふやなもので、なかなかうまく言い表わせない」

「ハリエットに何があったとお考えですか」

「殺害されたのだと思う。この点ではヘンリックと同意見だ。それ以外に納得のいく説明はないからね。だが動機はまったくわからない。おそらく彼女は、狂人とか強姦魔とかに殺されたのではなく、なにか具体的な理由があって命を奪われたはずだ。動機がわかれば、犯人も明らかにできるのだろうが」

　モレルはしばらく考えてから続けた。

「計画的な殺人ではないかもしれん。つまり、事故後の混乱によって生じた機会をすかさず利用したということだ。犯人は死体を隠し、しばらく経ってから運び去ったのだろう。ハリエットの捜索活動を尻目にね」

「だとすると、よほど冷静に行動できる人物ですね」

「細かい点だが、ひとつ気になることがある。ハリエットはヘンリックの書斎に来て、話があると言った。あとから考えてみると、ハリエットがこんな行動をとったのは奇妙に思える――ヘンリックが家族の相手で忙しいのを知っていたはずだからね。ハリエットは何者かに脅威を与える存在だったのではないかと思う。彼女がヘンリックに話があると言ったことで、犯人は、いわば……密告されると気づいた」

「ヘンリックはそのとき、家族と話をしていたのでしたね……」

「部屋にはヘンリックのほかに四人いた。彼の兄のグレーゲル、従姉《いとこ》の息子であるマグヌス・シェーグレン、ハラルド・ヴァンゲルの子どもビリエルとセシリアだ。だが、だからといって何がわかるわけでもない。たとえばの話だが、ハリエットがグループ企業の金を横領している人物を発見したとしよう。彼女は何カ月も前にその情報をつかんで、当の人物と繰り返し話し合っていたかもしれない。その男をゆすろうとした可能性もあるし、あるいは彼を気の毒に思って、知らせるべきかどうか悩んでいたかもしれない。急に覚悟を決めて犯人にその旨を伝え、動転した犯人に殺されたのかもしれない」

「〝男〟という言葉を使っていらっしゃいますが」

「統計上、殺人犯の多くは男性だからね。だが、ヴァンゲル家に一筋縄ではいかない女がかなりいることは確かだ」

「先日イザベラに会いましたよ」

「彼女はまさにそうだね。しかしほかにも何人かいるよ。セシリア・ヴァンゲルはかなりとげとげしい言動をみせることがある。サラ・シェーグレンには会ったかね？」ミカエルは首を横に振った。

「ヘンリックの従姉ソフィア・ヴァンゲルの娘だよ。じつに冷酷で不愉快な女だ。だがあの当時、彼女はマルメに住んでいて、私が調査したかぎり、ハリエットを亡き者にする動機を持ってはいない」

「なるほど」

「とにかく問題は、いくら頭をひねっても動機が浮かび上がってこないということなんだ。すべてが

そこにかかっている。動機さえわかれば、何が起きたのか、誰が手を下したのかもわかるはずだ」

「あなたはこの事件を徹底的に追究してらっしゃいますが、たどらなかった手がかりは何かありますか？」

グスタフ・モレルはくすりと笑った。

「いやいや、それはないよ。私はこの事件に途方もない時間を注いできたし、思い出せるかぎりどんな手がかりも行き詰まるまでたどってきた。昇進してヘーデスタを去ってからもね」

「ヘーデスタを去られたんですか？」

「ああ、私はもともとヘーデスタの人間ではないんだ。一九六三年から一九六八年までの任地がヘーデスタだったにすぎない。そのあと警部に昇進してイェーヴレ警察署に移り、定年退職するまでそこで働いた。だがイェーヴレにいても私はハリエットの失踪を調べつづけた」

「ヘンリック・ヴァンゲルが解放してくれなかったのでしょう、きっと」

「ああ。でも、だからというわけじゃない。ハリエットの謎はいまも私の心をとらえている。というのも……言ってみれば、どんな刑事も未解決の謎を抱えているものなんだ。ヘーデスタにいたころ、年上の同僚たちが茶飲み話にレベッカ事件を話題にしていたのを覚えている。なかでもトーステンソンという刑事は——もうかなり前に亡くなったがね——何年経ってもこの事件に立ち戻っては、空いた時間や休暇を使ってつつきまわしていた。地元の不良どもがなりをひそめているときには、よくファイルを取り出して考えにふけっていたよ」

「やはり少女が行方不明になったのですか？」

モレル警部は一瞬驚いたようだった。やがて、ミカエルがふたつの事件のつながりを考えているのだとわかって、微笑んだ。

「いや、そういうつもりでこの話をしたんじゃない。刑事の心情を説明したかっただけなんだ。レベッカ事件が起きたのはハリエット・ヴァンゲルが生まれる前で、時効もとっくに成立している。一九四〇年代の話だ。ヘーデスタで、女性が襲われて強姦されたうえ、殺された。よくある事件だ。刑事であれば、勤続期間のうちに少なくとも一度はこの種の事件に遭遇する。だがそんななかにも、頭にこびりついて離れなくなる事件があるものだ。この娘はきわめて残酷な形で殺された。犯人は娘を縛り、その頭を暖炉の炭火の中に突っ込んだんだ。哀れな娘が死ぬまでどれくらいの時間がかかったのか、どんな苦痛を味わったのか、想像もできない」

「なんとひどい」

「ああ。ほんとうに残酷なことだ。トーステンソンは通報を受けて現場に駆けつけた最初の刑事だった。が、専門家をストックホルムから呼んで捜査にあたったにもかかわらず、この殺人事件は迷宮入りした。トーステンソンは生涯、この事件から身をふりほどくことができなかった」

「わかる気がします」

「彼のレベッカに相当するのが、私にとってはハリエットなのだ。ただしハリエットの場合、彼女がどのように死んだのかもわかっていない。厳密に言えば、殺人があったことすら証明できないのだからね。それでも私はいままでずっと、この事件について考えないではいられなかった」

彼はしばらく物思いに沈み、それからふたたび口を開いた。

「殺人事件の刑事というのは、この世でいちばん孤独な仕事かもしれない。被害者の知人は憤り、絶望するが、遅かれ早かれ——数週間、あるいは数カ月で——ふだんの生活に戻っていく。被害者の家族であればもっと長い時間がかかるが、彼らもまたいつかは悲しみや絶望を乗り越える。人生はそうやって続いていく。だが未解決の殺人事件はいつまでも消えない。そうして最後には、被害者のことを考え、被害者に報いてやろうと努める人間が、ひとりだけ残る——捜査資料を抱えた刑事ひとりだけが残るんだ」

ヘーデビー島に住まいを持つヴァンゲル家の人間は、ほかにまだ三人いた。ヘンリックの三番目の兄グレーゲルの息子で、一九四六年生まれのアレクサンデル・ヴァンゲルは、二十世紀初頭に建てられた木造家屋を改築して住んでいる。ヘンリックによるとアレクサンデル・ヴァンゲルはいまカリブ海の島にいて、好きなことをやっている——つまりヨットに興じたり、のらりくらりと時間をつぶしたりしているという。ヘンリックがこの甥《おい》をあまりにも激しく酷評するので、ミカエルはアレクサンデル・ヴァンゲルが何やら問題を起こしたことがあるのだろうかと考えた。そしてハリエットの失踪当時アレクサンデルが二十歳だったこと、現場に居合わせた人々のひとりだったことを確認し、納得した。

アレクサンデルと同じ家に、彼の母親でグレーゲルの未亡人である八十歳のイェルダも住んでいる。ミカエルはまだ一度も会ったことがない。彼女は健康がすぐれず、一日の大部分をベッドで過ごしているという。

三人目は言うまでもなくハラルド・ヴァンゲルである。滞在して一カ月が経っても、ミカエルはこの老齢の人種生物学者の姿をちらりとも見かけなかった。ハラルドの家はミカエルの家からいちばん近いところにあるが、どの窓も厚手の遮光カーテンに覆われ、暗く無気味な雰囲気をたたえている。何度か近くを通り過ぎたときに、そのカーテンがかすかに動くのを見たような気がした。また一度は夜遅く、寝る仕度をしていたときに、二階の窓に灯りがつくのが見えた。カーテンに少しすきまが開いていた。ミカエルは二十分以上ものあいだ、真っ暗な台所から魅せられたようにその灯りを眺めつづけていたが、やがて観察をやめ、寒さに震えつつベッドにもぐりこんだ。朝見ると、カーテンはぴったり閉まっていた。

姿は見えないけれどつねにそこにいる霊のようなハラルド・ヴァンゲルは、不在によってこの集落に存在感をしるしていた。彼は徐々にミカエルの想像の中で、カーテンの陰から周囲をうかがい、厳重に戸締まりされた部屋で謎めいた活動に没頭する、邪悪なゴラム（J・R・R・トールキンの作品『指輪物語』に登場するキャラクター）の姿をとるようになっていた。

ハラルド・ヴァンゲル宅には毎日、橋の向こうから年配の女性ホームヘルパーがやってくる。彼女は食料の入った買い物袋を抱え、雪の積もっている中を戸口まで歩く。ハラルドが雪かきを拒んでいるためだ。ミカエルが向けた質問に〝雑用係〟のグンナル・ニルソンはかぶりを振ってみせた。雪かきを申し出たのだが、ハラルド・ヴァンゲルは他人が自分の敷地に入るのをひどく嫌がっている様子なので、結局あきらめたのだという。一度、ハラルド・ヴァンゲルが島に戻った年の冬、グンナル・ニルソンはハラルド宅の前庭に積もった雪を取り除こうとした。ほかの家の前庭をいつも除雪してい

るから、その延長でほとんど無意識のうちに、ハラルド宅へとトラクターを進めていったのだった。だが家の中から飛びだしてきたハラルド・ヴァンゲルにすさまじい剣幕でどやされ、退散を余儀なくされた。

グンナル・ニルソンはミカエルの家の前庭を除雪できないことも残念がっていたが、門が狭くてトラクターが通れないのでしかたなかった。頼るとすれば腕とスコップだ。

一月の中旬になるとミカエル・ブルムクヴィストは、いつ三カ月の禁錮刑に服することになるのか、弁護士に情報の入手を頼んだ。できるだけ早くこの勤めを済ませてしまいたかった。刑務所に入るのは想像していた以上に簡単だった。一週間ほどにわたるやりとりの結果、軽犯罪者向けの更生施設であるエステルスンド近郊のルローケル刑務所に、三月十七日に出頭することになった。ミカエルの弁護士はまた、刑期が少々短縮される可能性がかなり高い、と教えてくれた。

「それはよかった」とミカエルはあまり喜びもせずに答えた。

彼は台所のテーブルにつき、茶色のぶちのある猫をなでた。猫は数日ほどの間隔を置いて規則正しく姿を現わし、ミカエルの家で夜を過ごすようになっている。向かいに住むヘレン・ニルソンが、この猫はショルヴェンという名前で、決まった飼い主はいないが家を何軒もまわって暮らしている、と教えてくれた。

ミカエルは雇い主であるヘンリック・ヴァンゲルとほぼ毎日、午後に顔を合わせた。会見はごく短

く済むこともあれば、数時間にわたってハリエット・ヴァンゲルの失踪や、ヘンリック自身による捜査のあらゆる細部について話し合うこともあった。

ミカエルが何かの理論を打ち立て、それをヘンリックが粉砕するというのが、よくある会話のパターンだった。ミカエルはある程度の距離を置いて任務に取り組もうと考えていたが、それでもときおりハリエット失踪の謎に否応なく興味を引かれている瞬間があるのを自分で感じていた。

エリカには、ハンス＝エリック・ヴェンネルストレムとふたたび闘うために自分も戦略を練ると約束していたが、ヘーデスタに来てからの一カ月、起訴されるきっかけとなった例の件の資料を開けてすらいなかった。それどころか、この問題についてはなるべく考えないようにしていた。ヴェンネルストレムについて、また自分の境遇について考えはじめると、そのたびにどうしようもなく気持ちが沈み、何もする気が起こらなくなる。ふと冷静になり、自分の頭が老ヴァンゲルと同じくらいおかしくなりつつあるのでは、と自問することもあった。ジャーナリストとしてのキャリアがトランプの城のように崩れたいま、自分の示している反応ときたら、田舎の小さい村に引きこもって幽霊を追いかけることなのだ。そのうえ、エリカが恋しくてしかたがなかった。

ヘンリック・ヴァンゲルはミカエルをやや不安な気持ちで眺めていた。ミカエルの精神状態がいつでも安定しているというわけではないことを彼は感じ取った。そこで一月末、老人は自分でも驚くような決断をした。受話器を上げ、ストックホルムに電話をかけたのだ。二十分ほど続いた会話は、おもにミカエル・ブルムクヴィストをめぐって展開した。

一ヵ月近くが経って、エリカの怒りはやっとおさまった。一月末のある日、二十一時三十分、彼女から電話がかかってきた。

「本気でそこにとどまるつもりなのね」それが彼女の第一声だった。あまりに突然の電話だったので、ミカエルは不意を突かれて黙り込んでしまった。だが、やがて頬がゆるみ、彼は毛布でしっかり身を包んだ。

「やあリッキー。きみもためしに来てみるべきだよ」

「どうして？　なにか特別な魅力でもあるの？」

「いまちょうど、凍りそうな水で歯を磨いたところだよ。歯の詰めものがしみるんだ」

「自業自得でしょう。でも、ストックホルムもひどい寒さよ」

「そっちの様子は」

「毎月広告を依頼してくれていた広告主の三分の二を失ったわ。誰もはっきりとは言わないけど、でも……」

「なるほどね。手を引いた広告主をリストアップしておくんだ。いつか特集記事を組んで彼らを紹介してやろう」

「ミッケ……計算してみたんだけど、新しい広告主が見つからなかったら秋には倒産するわ。明快きわまりない話よ」

「風向きは変わるさ」

彼女は電話口で力なく笑った。

「北のはずれのサーメ人の村に隠遁《いんとん》したままで、よくもそんな口がきけたものね」

「ばか言わないでくれ。サーメ人の住んでいるところまでは、いちばん近くてもここから五百キロ以上あるよ」

エリカはしばらく黙っていた。

「エリカ、ぼくは……」

「わかってる。男に二言はない、やると言った以上最後までやる、ってことでしょう。それは了解よ。あれこれ言いわけしなくてもいい。意地を張って電話に出なかったこと、謝るわ。許してくれる？訪ねて行ってもいい？」

「いつでも歓迎するよ」

「狼にそなえてライフルを持って行かなきゃだめ？」

「そんな必要ないよ。それよりサーメ人を雇って犬ぞりを引かせよう。いつ来る？」

「金曜の夜。大丈夫？」

ミカエルはにわかに人生がぱっと明るくなったような気がした。


家の前庭は、玄関に通じる細い道こそ雪かきをしてあったものの、ほかは一メートル近い雪に覆われていた。ミカエルはしばらくのあいだ、険しい目でスコップを見つめていたが、やがてグンナル・ニルソンの家をたずね、エリカの滞在中に彼女のBMWを駐車させてもらえるか訊いてみた。快い答えが返ってきた。車庫にはスペースがたっぷりあるし、よかったらエンジンヒーターも使ってかまわ

ない、ということだった。

エリカは昼過ぎから車を走らせ、十八時ごろ到着した。ふたりは数秒ほど、互いの出方をうかがうように見つめ合っていたが、やがて長いこと抱きしめあった。

ライトアップされた教会を除けば、宵闇のなかで見るべきものはとくになく、スーパーも〈カフェ・スサンヌ〉も店じまいの最中だった。そこでふたりはまっすぐ家に入った。ミカエルが夕食をつくっているあいだ、エリカは家のあちこちを探索し、置いてあった一九五〇年代の『レコルド』誌についてコメントしたり、書斎にあるファイルを読みふけったりした。ふたりはカロリーの摂《と》りすぎだと言いながら、子羊のステーキにジャガイモのクリーム煮を添えてブラウンソースをかけて食べ、赤ワインを飲んだ。ミカエルは電話で話したことについて詳しく聞こうとしたが、エリカは『ミレニアム』の話をする気分になれないと断わった。そこでふたりは二時間ほど、自分たち自身のことや、ミカエルのヘーデスタでの生活について話し合った。それから、ベッドにふたり分の幅があるかどうか見に行った。

ニルス・ビュルマン弁護士との三度目の会見はキャンセルされ、延期されて、エリカがヘーデスタに到着したのと同じ金曜日の十七時に確定した。これまでリスベット・サランデルは、秘書役を務めている麝香《じゃこう》の香水をつけた五十五歳ほどの女性に迎えられていた。今回、彼女はすでに帰宅しており、ビュルマン弁護士からはかすかに酒のにおいがした。彼はサランデルに肘掛け椅子を示して座らせたきり、ぼんやりと書類をめくりつづけていた。しばらくして急に、彼女の存在に気づいたような様子

をみせた。

そしてもう一度、尋問が行なわれた。今回、彼はリスベット・サランデルに、性生活について尋ねた――それは彼女にとって完全に私生活の領域に属することであり、どんな相手とも話すつもりのないことだった。

会見のあと、彼女はまずい対応をしてしまったと思った。初めはひたすら黙り込み、質問に答えようとしなかった。これをビュルマン弁護士は、羞恥心《しゅうちしん》の表われ、頭の弱さの表われ、あるいは何か隠し事があることの表われと解釈し、さらにしつこく答えを催促した。相手にあきらめるつもりがないことがわかると、サランデルは自分の心理学的プロフィールに合いそうな、短くありきたりな答えを口にしはじめた。彼女は〝マグヌス〟という名の男について話した――同い年で、少々オタクの気のあるコンピュータ・プログラマー、紳士的で、いっしょに映画を見に行ったり、ときどきベッドをともにしたりする仲、と説明した。〝マグヌス〟というのは思いつくままにしゃべりながら作り上げた架空の人物だが、ビュルマンはこの話をきっかけに、一時間ほどにわたって彼女の性生活を詳しくつかもうとした。〝セックスは会うと必ずするの？〟。いいえ、ときどきです。〝リードするのはきみ、それとも彼？〟。わたしです。〝コンドームは使ってる？〟。もちろん――エイズのことは知ってますから。〝好きな体位は？〟。まあ、だいたい正常位ですけど。〝オーラルセックスは好き？〟。ええと、ちょっと待ってください……。〝アナルセックスの経験は？〟

「ないですよ、お尻にされることが特別楽しいとは思わない――でもそんなことあなたに関係ないでしょう？」

このときだけはビュルマンの前で怒りにかられた。へたに目を合わせると面倒だと気づき、感情をあらわにしてしまわないよう天井に目を向けた。そしてビュルマンに視線を戻すと、彼は机の向こうで蔑《さげす》むように笑っていた。リスベット・サランデルはその瞬間、自分の人生が悲劇に向かってカーブを切っていくのを感じた。彼女は嫌悪感とともにビュルマンのオフィスをあとにした。ここまでの想定はしていなかった。もしこれがパルムグレンだったら、あんな質問を思いつきもしなかっただろう。むしろまったく逆で、こちらから話したいことがあれば、いつでも耳を傾けてくれた。そのやさしさを彼女はほとんど活用しなかったのだが。

ビュルマンはすでに〝要注意人物〟ではあったが、近々〝危険人物〟へと格上げされることになりそうだ、と彼女は思った。

第十一章

二月一日　土曜日――二月十八日　火曜日

土曜日、短い昼の数時間を利用して、ミカエルとエリカはバンガローのある港を通り、道なりに歩いてエステルゴーデン農場のほうまで足をのばした。ミカエルはこの島に滞在して一カ月になるが、内陸部に足を踏み入れたことはまだなかった。寒さとときおり訪れる吹雪のせいで、そうした冒険をする気にはとてもなれなかったのだ。しかしその土曜日は、エリカが地平線の向こうまで春を運んできてくれたかのごとく、心地よい日射しにめぐまれた。冷え込みはマイナス五度にとどまった。除雪車の吹き上げた雪が、道の両側を高々と縁どっていた。バンガローが建ち並ぶ一帯を抜けるとモミの深い森が始まり、ミカエルは、ヨットハーバーの上にそびえる南山が集落から見た印象よりずっと高く、簡単には登れそうにないことに驚いた。ハリエット・ヴァンゲルは小さいころ何回ぐらいここへ遊びに来たのだろう、と彼はふと思ったが、それ以上考えるのはやめた。数キロほど歩いたところで、

森は唐突に終わり、エステルゴーデン農場を囲う柵にぶつかった。木造の白い建物と、大きな赤い家畜小屋が見えた。ふたりは中に入ることなく引き返した。

ヴァンゲル邸に通じる小道の前を通りかかったとき、窓をたたく音に目を上げると、二階からヘンリック・ヴァンゲルが立ち寄るよう合図していた。ミカエルとエリカは顔を見合わせた。

「名高い実業家に会ってみるかい？」とミカエルは言った。

「嚙みつかれない？」

「土曜日だから大丈夫だよ」

ヘンリック・ヴァンゲルは書斎の戸口で彼らを迎え、握手を交わした。

「きみの顔には覚えがあるよ。ベルジェさんだね」と彼は言った。「きみがヘーデビーに来ることなど、ミカエルはひとことも言ってくれなかったがね」

エリカの際立った美点のひとつは、多種多様な人物とたちまち友人関係を築く能力だった。ミカエルは、五歳の男の子たちが彼女に心をつかまれ、わずか十分で母親を忘れて彼女についていきそうになるのを目にしたことがある。八十歳を超えた老人であろうと例外ではないらしい。彼女のえくぼを見た瞬間、人は緊張をゆるめてしまう。エリカとヘンリック・ヴァンゲルはたちまちミカエルそっちのけで、子どものときから——年齢の差を考えればエリカが子どものときからだが——知っているかのように会話に興じはじめた。

エリカは歯に衣着せず、うちの発行責任者を辺鄙《へんぴ》な田舎に連れ去った、とヘンリック・ヴァンゲル

をとがめた。老人は、自分が公式発表を読んで理解したところでは、エリカはすでに彼を解雇しているはずであり、もしまだ解雇していないのなら、編集部としてはそろそろ身軽になったほうがいいのではないか、と反論した。エリカはそれもそうだ、というようにわざと黙り込んでみせ、ミカエルをじろりと見やった。いずれにせよ、田舎でのんびり過ごすのはブルムクヴィスト君にとって良いことだろう、とヘンリック・ヴァンゲルは言い添えた。この見解にはエリカも賛成した。

五分ほど、彼らはそうやってミカエルの不運をからかった。ミカエルは肘掛け椅子に背をあずけたまま、甘んじて攻撃を受けていたが、やがて顔をしかめた。エリカが彼のジャーナリストとしての短所について話しているようでありながら、実は男としての性的能力のなさをあげつらっているようにも取れる、あいまいで謎めいた発言をしたのだ。ヘンリック・ヴァンゲルは頭をのけぞらせて大笑いした。

ミカエルは驚いた。発言自体は他愛のない冗談にすぎなかったが、ヘンリック・ヴァンゲルがこれほどくつろいで肩の力を抜いているところを見るのは初めてだったからだ。ミカエルはふと、いまより五十歳若いヘンリック・ヴァンゲルは――いや、三十歳しか若くなくとも――魅力的で色気のある、女性にもてる男だったにちがいない、と思った。だがヘンリックは再婚しなかった。当然何人かの女性と交流があったはずだが、それでも半世紀近く独身を通している。

ミカエルがコーヒーをひと口すすってからふたたび耳を傾けると、いつのまにか会話は深刻味を帯び、しかも『ミレニアム』が話題になっていた。

「『ミレニアム』が難局にあることは知っている。ミカエルと話したからね」エリカはミカエルのほ

うをちらりと見やった。「いや、内部事情を直接聞いたわけではない。が、きみたちの雑誌がヴァンゲル・グループ同様下り坂にあることは、頭を働かさなくともわかる」

「きっと立て直せると思っています」とエリカは慎重に答えた。

「それはどうかな」とヘンリック・ヴァンゲルは応じた。

「どうしてそんなことを?」

「少し計算してみようか。従業員の数は? 六人か。部数二万一千の雑誌を月一回発行し、さらに印刷と配本の費用、オフィスの家賃も負担するとなると……年間およそ一千万の収入が必要になる。その半分は広告収入だろう」

「それで?」

「ハンス＝エリック・ヴェンネルストレムのような狭量で執念深い男が、そうやすやすときみたちのことを忘れるはずはない。この二、三カ月で広告主をどのくらい失ったかね?」

エリカは身構えるようにしてヘンリック・ヴァンゲルをじっと見つめた。ミカエルは思わず息を殺している自分に気づいた。ヘンリックと『ミレニアム』の話をしたことは何度かあるが、からかい半分のコメントか、あるいは『ミレニアム』の状況しだいではヘーデスタでの仕事がおろそかになってしまうかもしれないという話をしたにすぎない。ミカエルとエリカはともに『ミレニアム』の創刊者であり共同経営者だが、いまヘンリック・ヴァンゲルはエリカひとりに向かって、いわば社長同士の話をしていた。ふたりのあいだを飛び交うシグナルは、ミカエルには理解も解釈もできないものだった。彼がノールランドの貧しい労働者の息子にすぎないのに対し、エリカは国際的にも名高い家系に

生まれた上流社会の娘だからなのかもしれない。

「コーヒーをもう少しいただけます？」とエリカは尋ねた。ヘンリック・ヴァンゲルはすぐに注いでやった。「いいわ、認めましょう。おっしゃるとおり、『ミレニアム』は血を流してます。でも何がおっしゃりたいの？」

「どのくらい持ちこたえられそうかね？」

「六カ月以内になんとかしなければならないわ。最大でも八、九カ月でしょうね。それ以上持ちこたえられるほどの資本はありませんから」

窓の外に目をやった老人の表情は、真意をはかりかねるものだった。窓の外にはいつもどおり教会があった。

「私がかつて新聞社も経営していたことをご存じかな？」

ミカエルとエリカはそろって首を横に振った。ヘンリック・ヴァンゲルは笑いだした。

「ノールランド地方の日刊紙を六社所有していたんだよ。一九五〇年代から六〇年代にかけてのことだ。メディアの後ろ盾があれば政治的に有利だろうと考えた私の父の発案だった。『ヘーデスタ通信』の株はまだ一部所有していて、ビリエル・ヴァンゲルが共同経営者からなる取締役会の会長をしている。ハラルドの息子だよ」と彼はミカエルに向かって付け加えた。

「市会議員でもありますね」とミカエルは言った。

「マルティンも取締役会のメンバーだ。ビリエルの手綱を握っている」

「それだけたくさんの新聞社を所有していたのに、なぜ手を引いたのですか？」とミカエルは尋ねた。

「一九六〇年代に行なった合理化のためだよ。新聞の発行は利益というより趣味に近かった。予算を切りつめる必要が生じると、当然切り捨ての対象とされて、一九七〇年代にさっさと売りとばしてしまった。だが新聞や雑誌の経営についてはよく知っているよ……ひとつ個人的な質問をしてもいいかね？」

問いを向けられたエリカは眉を上げたが、身ぶりで話を続けるよう促した。

「これはミカエルにも訊いたことがないし、答えたくなければそれでもかまわない。だが私は、きみたちが窮地に陥った理由を知りたい。ネタは手に入れていたのかね？　それとも、すべてでっち上げだったた？」

ミカエルとエリカは視線を交わした。今度はミカエルが真意をはかりかねる表情をうかべた。エリカは少しためらってから言った。

「ネタはちゃんとありました。でも、それとは別のネタを取り上げてしまったんです」

ヘンリック・ヴァンゲルはエリカの発言をすっかり理解したかのようにうなずいた。どういうことなのか、ミカエルにはさっぱりわからなかった。

「その話はもうよしましょう」とミカエルは口をはさんだ。「ぼくは調査を進めて記事を書きました。裏付けとなる情報もすべて揃っていた。ところがさんざんな結果になった」

「だが、記事の根拠となる情報源はあったのだね？」

ミカエルはうなずいた。ヘンリック・ヴァンゲルの声が急に鋭くなった。

「きみたちがいったいどんなわけでこんな地雷を踏んでしまったのか、わかったふりをするつもりは

ない。似たようなケースで思い出せるのは、ルンダール事件を扱った一九六〇年代の『エクスプレッセン』ぐらいだ。きみたちの年齢では知らないかもしれないがね。きみたちの情報提供者も、ことによると虚言症だったのではないかね？」彼はかぶりを振り、エリカのほうを向いて声を落とした。「とにかく、私はかつて新聞の発行人だったことがある。それをもう一度やってもかまわないと思っている。『ミレニアム』の共同経営者をひとり増やすというのはどうだろう？」

この問いは青空に走る稲妻のように放たれたが、エリカに驚いた様子はなかった。

「それはどういう意味でしょう？」

ヘンリック・ヴァンゲルはそれには答えず、代わりに質問を重ねた。「ヘーデスタにはあとどのくらい滞在するのかね？」

「明日帰ります」

「では今晩、この老人と夕食をともにしてはもらえないだろうか？　もちろん、ミカエルもいっしょにだ。十九時ではどうだろう？」

「ええ、大丈夫です。喜んでお邪魔します。でも、私の質問に答えるのを回避なさいましたね。どうして『ミレニアム』の共同経営者になろうとお考えなのですか？」

「回避などしておらんよ。食事しながらゆっくり話そうと思っただけだ。具体的な提案をする前に、弁護士のディルク・フルーデと話し合わなければならないしね。とにかく早い話、私には投資する金がある。雑誌が存続してまた採算がとれるようになれば、私も利益を得られる。うまくいかなければ――まあ、私はこれまでの人生ではるかに大きい損失をこうむった経験があるからね」

ミカエルが口を開きかけたとき、エリカが彼の膝に手を置いた。

「ミカエルと私は、独立した立場を貫くためにずっと闘ってきたんです」

「きれいごとをおっしゃる。完全に独立した人間などいないだろう。私は雑誌を乗っ取ろうとしているわけではないし、内容に口を出す気もない。あのステーンベックだって、点数稼ぎに『モデルナ・ティーデル』を発行した。私には『ミレニアム』を援助する力がある。しかもあれはいい雑誌だ」

「ヴェンネルストレムへの仕返しか何かですか？」とミカエルが唐突に尋ねた。ヘンリック・ヴァンゲルは微笑んだ。

「ミカエル、私は八十年以上も生きているんだ。やり残したこともあるし、もう少し困らせてやればよかったと思う相手もいるよ。ところで話は戻るが」――ヘンリックはエリカに向き直った――「投資にあたっては、少なくともひとつ条件がある」

「うかがいましょう」とエリカ・ベルジェは言った。

「ミカエルを発行責任者に戻してほしい」

「だめです」とミカエルが即座に言った。

「だめなものか」ヘンリック・ヴァンゲルは毅然とした口調で切り返した。「ヴァンゲル・グループが『ミレニアム』の後ろ盾となり、それと同時にきみが発行責任者に復帰する、と公式声明で発表したら、ヴェンネルストレムは卒中に見舞われるだろう。これは私たちに発信できる最も明瞭なシグナルだ――きみたちに屈するつもりがないこと、編集方針は従来どおりであることを、誰もが理解する。それだけでも広告主は手を引く前にもう一度考えてみようという気になるはずだ。ヴェンネルストレ

ムとて全能の支配者ではない。彼にも敵はいる。きみたちの雑誌に広告を出そうと考える企業が必ず出てくるよ」

「いったいどういうことなんだ」と、ミカエルはエリカが玄関の扉を閉めるなり言った。

「合意に向けての探り合いといったところね」と彼女は答えた。「ヘンリックがあんなにすてきな人だなんて、あなた言ってなかったじゃない」

ミカエルは彼女の前に立ちはだかった。「リッキー、いまの話し合いの内容、きみはあらかじめわかっていたんだろう」

「まあまあ、いい子だから落ち着いて。まだ三時だわ。夕食の時間まで、たっぷり私を楽しませてちょうだい」

ミカエル・ブルムクヴィストは怒りがこみあげてくるのを感じた。しかしエリカを相手に長いこと怒っていられたためしがなかった。

エリカは黒いワンピースに丈の短いジャケットを身につけ、小さな旅行鞄にたまたま入れていたパンプスをはいた。彼女はミカエルにもきちんとした格好をするよう求めた。そこで彼は黒のズボン、グレーのシャツに地味な色のネクタイを選び、グレーのジャケットをはおった。時間ぴったりにヘンリック・ヴァンゲル邸の扉をたたいたところ、ディルク・フルーデとマルティン・ヴァンゲルも夕食に招かれていることがわかった。ふたりともネクタイに上着という身なりをしている。ヘンリックだ

けが例外で、茶色のカーディガンに蝶ネクタイで着飾っていた。

「八十歳を超えると得なのは、どんな服装をしようと誰もうるさく言わないことだよ」と彼は言った。

エリカは夕食のあいだじゅう上機嫌だった。

真剣な交渉が始まったのは、一同が暖炉のある応接間に移り、全員のグラスにコニャックが注がれたあとのことだった。彼らは二時間近く話し合い、提携の大まかなプランを練り上げた。

ディルク・フルーデが、ヘンリック・ヴァンゲルの所有となる子会社の設立手続きを取り、ヘンリック、フルーデ、マルティン・ヴァンゲルの三人で取締役会を構成する。この子会社は四年間にわたって『ミレニアム』に出資し、その収入と支出の開きを補塡《ほてん》する。出資金はヘンリック・ヴァンゲルの個人資産から出す。この見返りとして、ヘンリック・ヴァンゲルは『ミレニアム』取締役会の一員となる。契約期間は四年だが、『ミレニアム』が希望すれば二年後に解消することができる。しかしながら、その場合はヘンリックが投資した全金額を『ミレニアム』側が清算することになるため、『ミレニアム』にとってはひじょうに高くつく。

ヘンリック・ヴァンゲルが急死した場合は、契約期間の終了まで、マルティン・ヴァンゲルが取締役としての職を受け継ぐ。契約期間の終了後に継続するかどうかは、マルティンがそのときに決めることができる。マルティンもハンス＝エリック・ヴェンネルストレムに仕返しできると喜んでいる様子で、ミカエルは彼らがいがみ合っているのはなぜだろうと考えた。

仮の合意が成立したのを祝って、マルティン・ヴァンゲルは全員のグラスにコニャックを注ぎ足した。この機会をとらえてヘンリック・ヴァンゲルはミカエルのほうに身を乗り出し、この契約が彼ら

ふたりのもともとの取り決めを左右することはまったくない、と耳打ちした。

この組織再編が最大限に報道されるよう、三月半ば、ミカエル・ブルムクヴィストが刑務所に入るのと同じ日に発表を行なうことになった。最大のマイナスイメージである出来事と、組織再編の発表とを結びつけることは、PRの観点から言ってあまりに常識はずれな戦略であり、おそらくミカエルを悪しざまに言う連中は動転し、ヘンリック・ヴァンゲルの登場はいっそうの関心を集めることになるだろう。だがこれは論理的な戦略でもある――『ミレニアム』編集部を覆う不吉な影は消えつつあり、けっして屈服することのない支持者もついている、ということを、世に広く知らしめるのだ。ヴァンゲル・グループは危機にあるとはいえ、事業の規模は依然として大きい。必要とあらば強気に出ることもできる。

話し合いはもっぱらヘンリックとマルティンのふたりとエリカとのあいだでなされた。彼らのうちの誰ひとり、ミカエルに意見を求めはしなかった。

夜も更けたころ、ミカエルはエリカの胸に頭をのせ、彼女の目をまっすぐに見つめた。

「きみとヘンリック・ヴァンゲルはいつからこの提携について話し合っているんだ？」と彼は尋ねた。

「一週間ぐらい前からよ」彼女はにっこりして答えた。

「クリステルも承知してるのかい？」

「もちろんよ」

「なぜぼくには何も知らせてくれなかった？」

「なぜあなたに知らせなくちゃならないの？　発行責任者をやめて、編集部からも取締役会からも抜

け、森の奥に引っ込んだのはあなたでしょう」

ミカエルはしばらく考え込んだ。

「ぼくを馬鹿扱いされてしかるべき人間とみなしてるのかい」

「そのとおりよ」と彼女は力をこめて言った。

「本気で怒ってたんだね」

「ミカエル、あなたが編集部を去ったとき、私はこれまでの人生でいちばん怒りを感じたわ。これまでにないほど見捨てられ、裏切られたような気持ちになった。あなたにこれほど腹が立ったのは初めてよ」エリカは彼の髪をがしりとつかみ、ベッドに押しつけた。

日曜日にエリカを見送ったあと、ミカエルはヘンリック・ヴァンゲルに対する憤慨を抑えきれず、彼のみならずヴァンゲル家の誰とも顔を合わせたくないと思った。そこでヘーデスタに足をのばし、街を散歩したり図書館に行ったり、喫茶店でコーヒーを飲んだりして午後を過ごした。夜になると映画館へ行き、封切りから一年経っているのにまだ見ていなかった『ロード・オブ・ザ・リング』を見た。醜く邪悪なオークでさえも、人間に比べれば素朴でややこしいところのない生きものだ、と彼はふと考えた。

ヘーデスタのマクドナルドで時間をつぶし、深夜零時頃の最終バスで島に戻った。コーヒーをいれ、ファイルを取り出して台所のテーブルに落ち着いた。午前四時まで資料を読みつづけた。

ハリエット・ヴァンゲル失踪の捜査で浮かび上がった疑問点の中には、ミカエルが資料を読み進めていくにつれ、ますます奇妙に思われてくるものがいくつかあった。それはミカエルひとりの斬新な発見というわけではなく、グスタフ・モレル警部が長いこと、余暇までをも割《さ》いて考えつづけてきた問題だった。

姿を消す前の最後の年、ハリエット・ヴァンゲルは変わった。もちろん、思春期を迎えた少年少女は誰しもが何らかの形で変化するものである、ということで、ある程度は説明がつく。ハリエットは大人への階段を上りはじめていたわけだ。しかし気になるのは、同級生、教師、家族を含む何人もが、ハリエットが控えめになり、感情を外に表わさなくなった、と証言していることだ。

二年前まではごくふつうの明るい少女だったのが、明らかに周囲から距離を置くようになった。学校での友だちづきあいは続いていたが、「なんだかよそよそしくなった」と友人のひとりが証言している。モレルはこの言葉を不思議に思って書きとめ、その友人からさらに話を聞いた。彼女によれば、ハリエットは自分の話をしなくなったし、他愛ない噂話に加わることも、内緒話をすることもなくなったという。

少女期を通じて、ハリエット・ヴァンゲルは当時の子どもたち誰もがしていたように、キリスト教徒として日曜学校へ行き、寝る前にお祈りをし、堅信礼に参加した。そして最後の年には熱心な信者となったらしく、聖書を読み、教会に通っている。しかしヴァンゲル家とつきあいのあるヘーデビー島在住のオットー・ファルク牧師のもとを訪れることはなく、行方不明になった年の春に通っていたのはヘーデスタにあるペンテコステ派の教会だった。とはいえ、それも長くは続かず、彼女はわずか

二カ月でこの教会を離れ、カトリック系の本を読みはじめている。

思春期ならではの宗教熱というわけか？　そうかもしれないが、ヴァンゲル家にはほかに熱心な信者はひとりもおらず、彼女がどんな衝動から宗教に向かったのかを理解するのは難しかった。もちろん、一年前に父親が水の事故で死んだことが、神に興味を持つきっかけになったと考えることはできる。いずれにせよグスタフ・モレルは、ハリエットを圧迫する、あるいは彼女に影響を及ぼす何事かが起こったのだろうと結論づけたが、それが何かを突きとめることはできなかった。彼もまたヘンリック・ヴァンゲル同様、ハリエットが誰かに胸中を打ち明けているのではないかと考え、その相手を見つけだそうと、長い時間をかけて彼女の友人たちから話を聞いている。

そのなかでも期待を集めたのが、ハリエットより二歳年長のアニタ・ヴァンゲルだった。ハラルド・ヴァンゲルの娘である彼女は、一九六六年の夏を島で過ごし、ハリエットと親しくなったと自ら言っていたのだ。しかし彼女も有力な情報を持ってはいなかった。その年の夏、ふたりは誘い合わせて海水浴や散策を楽しみ、映画やポップグループや本の話をした。アニタが自動車の運転の練習をするときには、ハリエットもしばしばその車に同乗した。家にあったワインを一本くすね、ふたりでほんのり酔っぱらってみたこともあった。一九五〇年代初めにハリエットの父親ゴットフリードが建てた、島の端にあるごく簡素な別荘に、ふたりきりで数週間泊まってもいたという。

ハリエット・ヴァンゲルの胸にどんな考えや感情が秘められていたのかはわからないままだ。しかしミカエルは資料の記述に矛盾があることに気づいた。ハリエットが感情を表に出さなかったという指摘は、その大半がクラスメートからの、一部がヴァンゲル家の人々からの証言によるものだったが、

これに対しアニタ・ヴァンゲルは、彼女のことを内向的だとはひとことも言っていないのだ。ミカエルは機会を見つけてヘンリック・ヴァンゲルとこの点を話し合おうと考えた。

これよりもさらに具体的で、モレルも大きな関心を寄せていた疑問点は、ハリエットが失踪の前年クリスマスプレゼントにもらった美しい製本の手帳に書きつけた不可解なメモだった。手帳の前半の、予定が記入できる日程表のページには、人と会う約束、高校の試験日、宿題の期限などが書き込まれていた。日記のような文章を書けるスペースもあったが、ハリエットはたまに思い出したようにしか日記を書いていない。手帳を使いはじめた一月は意欲満々で、冬休みに会った人々の名前や鑑賞した映画の感想を書きとめていた。その後は私的なことを何も書いておらず、夏休み前になってやっと、読みようによってはある男の子にひそかに憧れているともとれる内容の文章が出てくる。男の子の名前は書かれていない。

だが、真の謎は住所録のページにあった。そこには家族、クラスメート、教員、ペンテコステ派教会のメンバーなど、すぐに身元を確認できる知人たちの名前と連絡先が、アルファベット順にていねいに記されていた。罫線《けいせん》がなく、アルファベットも割り振られていない住所録の最終ページに、五人の人名とその電話番号が記されていた。三つは女性のファーストネーム、ふたつは頭文字だ。

32で始まる五桁《けた》の電話番号は、一九六〇年代にヘーデスタで使われていた番号だった。ひとつだけ30で始まる番号があるが、これはヘーデスタ郊外のノルビーンという村の番号だという。問題は、モレル警部がハリエットと親交のあった人々を片っ端から当たってみたにもかかわらず、これらの電

話番号の主を知る者は誰もいなかったということだ。

〝マグダ〟と記された最初の番号は手がかりとして有望に思われた。調べたところ、公園通り一二番地にある裁縫《さいほう》用品店の番号だとわかった。電話の契約者はマルゴット・ルンドマルクという女性だったが、母親がマグダという名で、ときおり店を手伝っていたという。だがマグダは六十九歳で、ハリエット・ヴァンゲルをまったく知らなかった。ハリエットがこの店に来た、あるいはここで買いものをしたという確証もなかった。そもそも彼女は裁縫を趣味にしていない。

〝サラ〟と記された第二の電話番号の主は幼い子どものいるトーレソン夫妻で、中心街から線路をはさんで反対側にあるヴェストスタンという地区に住んでいた。夫妻の名はアンデルスとモニカで、子どものヨーナスとペーテルは当時まだ幼稚園に通っていた。家族のなかにサラという名の人物はおらず、またハリエット・ヴァンゲルについては新聞で失踪したことを知っているだけで会ったことはな

Magda - 32016
Sara - 32109
RJ - 30112
RL - 32027
Mari - 32018

かった。ハリエットとトーレソン家がかろうじて結びつくのは、失踪の一年前、ハリエットが中学三年生だったときに、屋根ふき職人であるアンデルスが数週間かけて校舎の屋根を直した、という点だった。したがって、可能性はきわめて小さいとはいえ、理論的には彼らが出会った可能性はあることになる。

残る三つの電話番号についての調査も、似たような袋小路に突き当たった。RLとある32027は、過去にロースマリー・ラーソンという女性の番号だったことがあった。が、彼女は何年も前に亡くなっていた。

モレル警部は一九六六年から一九六七年にかけての冬、なぜハリエットがこれらの名前と電話番号を書きとめたのか、その理由の解明に捜査の重点を置いた。

まず考えられるのは、手帳の電話番号が何か彼女なりの暗号を使って書かれているということだった。そこでモレルは、十代の少女になったつもりで考えてみることにした。ヘーデスタを示す32はそのままにして、下三桁《けた》の数字を相互に入れかえてみたが、32601も32160もマグダには結びつかなかった。こうして番号の解明に熱中するうちに、当然のことながらもとの番号をかなり変えてしまえば、遅かれ早かれ何らかの形でハリエットとの結びつきを見いだせる、ということがわかった。たとえば32016の下三桁にそれぞれ1を足して32127にすると、ヘーデスタにあったディルク・フルーデ弁護士の事務所の番号になる。とはいえ、そんなつながりを発見できたところで何の意味があるわけでもない。そのうえ、五つの番号すべてに適用できる暗号を見いだすことはできなかった。

モレルは推論の範囲を広げていった。これらの数字には、まったく別の意味があるのではなかろうか？　一九六〇年代の車のナンバープレートは、県を表わすアルファベットと五桁の数字から成っていた――だが、これもまた袋小路だった。

次にモレルは数字を後まわしにし、名前だけに注意を向けてみた。ヘーデスタ在住でマリー、マグダ、サラという名を持つ人、またRL、RJという頭文字を持つ人全員を拾い出すことまでしたのだ。その結果、合計で三百七人に及ぶ名前のリストができあがった。このうち二十九人が何らかの形でハリエットとつながっていた。たとえば中学三年生のときのクラスメートにローランド・ヤコブソン、つまりRJがいた。だがふたりはとくに親しい間柄ではなく、ハリエットが高校に上がってからは連絡をとりあっていなかった。また、数字は彼の電話番号ではなかった。

こうして手帳の数字の謎は解明されないままとなっていた。

ビュルマン弁護士との四度目の会見は、いつものように時間の決められた定期面談ではなかった。彼女のほうから連絡を取らなければならなくなったのだ。

二月の第二週、リスベット・サランデルは自分のノートパソコンをあまりにばかげた事故で壊してしまい、世界中の人間を皆殺しにしてやりたいと思うほど腹が立った。ミルトン・セキュリティーでのミーティングに出席するため自転車で出勤した彼女は、駐車場の柱の裏に自転車をとめ、リュックを床に置いて盗難防止用のチェーンを自転車にかけていた。そのときに臙脂《えんじ》色のサーブがバックして出てきたのだ。リュックに背を向けていた彼女は、ミシッという音を耳にした。サーブの運転手は何

も気づかず、悠々と傾斜路を上って駐車場から消えていった。

リュックの中には、二〇〇二年一月製造、十四インチディスプレイに加え、二十五ギガバイトのハードディスクと四百二十メガバイトのRAMを搭載した白のアップルiBook600が入っていた。購入当時にはアップルの最新鋭機種とうたわれた製品である。リスベット・サランデルはつねに最新の、ときには最も高価な仕様のコンピュータを入手していた――彼女の支出のなかでは、コンピュータ関連機器だけがほぼ唯一、出費を惜しむことのない項目なのだ。

リュックを開けてみると、パソコンの外装が割れているのが一目でわかった。電源ケーブルを接続して起動させてみようとしたが、機械はぴくりとも動かなかった。少なくともハードディスクの一部だけでも助かればと期待して、ブレンシルカ通りにあるティミーの〈マックジーザス・ショップ〉に、変わり果てたパソコンを持っていってみた。ティミーはしばらく調べたあとで、首を横に振った。

「気の毒だけど、もう生き返らないよ」と彼は宣告した。「手厚く葬ってあげるんだね」

パソコンを失ったのはショックだったが、取り返しがつかないわけではなかった。このパソコンを使っていた一年、リスベット・サランデルはあらゆる面でこのマシンに満足していた。文書はすべてバックアップをとってあるし、デスクトップ型の古いMacG3に加え、五年前に製造された東芝のノートパソコンも、使おうと思えば手元にある。しかし――〝ああ、ちくしょう!〟――動作の速い最新型のコンピュータがなんとしても必要なのだ。

彼女が魅きつけられたのはやはり、望みうる最高の機種だった。発売開始からまだ間もない、アルミボディのアップルPowerBookG4、1GHzモデルで、プロセッサはAltiVec搭載

のＰｏｗｅｒＰＣ７４５１、九百六十メガバイトのＲＡＭと六十ギガバイトのハードディスクを備えている。ブルートゥースも内蔵され、ＣＤとＤＶＤを焼く機能もついている。

そのうえＮＶＩＤＩＡグラフィックスも搭載されており、ノートパソコンとしては初となる十七インチのディスプレイは、解像度一四四〇×九〇〇ピクセル。ウィンドウズ派に衝撃を与え、それまで市場に出まわっていた製品すべてに決定的な差をつけるものであった。

まさにノートパソコンのロールスロイスとでも呼ぶべき機種だったが、とりわけリスベット・サランデルの購買欲をそそったのは、暗闇のなかでもキーの文字が見えるようキーボードに照明が内蔵されているという、単純ながらも手の込んだ点だった。こんな単純なことなのに、どうしていままで誰も思いつかなかったのだろう？

ひと目惚れだった。

外税で三万八千クローネ。

〝さて、この金をどう工面するか〟

とにもかくにも彼女は〈マックジーザス〉に注文を入れた。コンピュータ関連の付属品をいつもこの店で買っているからということで、相応の割引をしてもらえることになったのだ。数日後、彼女は費用をざっと計算してみた。壊れたパソコンにかけていた保険でかなりの額をまかなうことができそうだが、自己負担分に加え、新製品のほうがはるかに高価であることを考えると、一万八千クローネあまり足りないということがわかった。家にはいつでも使える現金としてコーヒー缶に入れてある一万クローネがあるが、それでもまだ足りない。彼女はビュルマンを呪いつつ、背に腹は代えられず、

電話をかけて予想外の出費のためお金が必要になったと伝えた。ビュルマンはその日のうちに彼女の訪問を受ける時間はないと答えた。サランデルは、一万クローネの小切手を切るだけなのだから二十秒もあれば足りる、と言い返した。彼はそんなにやすやすと小切手は切れないと渋ったが、しまいには譲歩し、少し考えてから、仕事が終わる十九時三十分に来るようにと言った。

犯罪捜査の良し悪しを判断する資格が自分にないことを認めたうえで、ミカエルは、モレル警部がきわめて誠実かつていねいに捜査を進める人物であり、職務上要求される範囲を越えて力を尽くした、と結論づけた。モレルは警察の公式資料だけでなく、ヘンリックの覚え書にも登場した。ふたりのあいだには友情が育まれていたようだ。ミカエルはふと、モレルもヘンリックと同じくらい、この事件に執念を燃やすようになったのだろうかと考えた。いずれにせよミカエルは、モレルが見逃していることなどほぼ何もない、との結論を下した。この完璧に近い捜査資料の中に、ハリエット・ヴァンゲルの謎の答えが見つかることはないだろう。すでにあらゆる問いが発せられ、このうえなく非常識なものも含めて、あらゆる手がかりが確認済みなのだ。

まだ資料をすべて読み終えたわけではないが、先へと読み進めるにしたがって、新たに出てくる手がかりや証言はどんどん怪しげなものになっていく。ヘンリックやモレルが見逃したものを自分が見つけられるとは思えず、事件にどう取り組めばいいのかさっぱりわからなかった。だがしだいに、自分にたどることのできる唯一の道は、関係者たちの心理的な動機を探ってみることだ、という結論に導かれていった。

いちばん気になるのはハリエット自身だ。実際のところ、彼女は何者なのだろう？

ミカエルは十七時ごろ、セシリア・ヴァンゲルの家の二階に灯りがついたことに気づいた。そこで十九時三十分、ちょうどテレビのニュース番組が始まったころに、セシリア宅の扉をノックした。玄関に出た彼女はバスローブ姿で、濡れた髪を黄色のタオルに包んでいた。ミカエルはあわてて詫《わ》び、すぐに立ち去ろうとしたが、彼女は彼をキッチンへと招じ入れた。コーヒーメーカーのスイッチを入れ、階段を上がってそのまま数分戻ってこなかったが、やがてチェックのフランネルシャツとジーンズを身につけて下りてきた。

「うちに来る勇気がないのかしら、って思いはじめてたところよ」

「前もって電話すべきでしたね。でも電気がついてるのが見えて、急にお邪魔しようという気になったので」

「あなたの家、夜通し灯りがともっているわよね。それに真夜中すぎによく散歩してるでしょう。夜行性なの？」

ミカエルは肩をすくめた。「ここに来てから、生活のリズムがそうなってしまったみたいです」彼はテーブルの端に教科書が積まれているのに目をとめた。「いまも教えてるんですか、校長先生？」

「いいえ、校長の仕事だけで手いっぱいよ。昔は歴史と宗教と公民を教えてたけどね。まあこれも、あと少しの辛抱だわ」

「あと少し？」

彼女は微笑んだ。「五十六歳なの。もうすぐ定年よ」

「五十歳を超えているようには見えないな。四十代かと思ってました」

「まあ、お世辞ばっかり。あなたはおいくつ？」

「四十過ぎです」ミカエルは笑って答えた。

「ということは、ついこの前まで二十歳だったわけね。まったくなんて速く過ぎるんでしょうね、人生って」

セシリア・ヴァンゲルはコーヒーを出してから、お腹は空いてないかとミカエルに訊いた。彼はもう食事を済ませたと答えたが、それは厳密に言えば真実ではなかった。きちんとした食事を作る気がせず、サンドイッチで済ませたのだ。いずれにせよ空腹ではなかった。

「ところで、どうして来る気になったのかしら？　例のインタビューの時間というわけ？」

「いや、実は……質問をしに来たわけじゃないんです。ちょっとお邪魔したくなっただけで」

セシリア・ヴァンゲルは急に笑顔になった。

「あなたは禁錮刑の判決を受け、ストックホルムからヘーデビーに移り、ヘンリックが大事にしている資料を読みふけり、夜も眠らず、ひどく寒い夜に長い散歩をしている……私が見落としてること、何かある？」

「ぼくの人生はいま暗礁に乗り上げてます」ミカエルは笑顔を返した。

「週末にあなたに会いに来た女の人は誰？」

「エリカ……『ミレニアム』の編集長です」

「恋人？」

「そうとも言えない。彼女は結婚してますから。ぼくは彼女の友だちで、たまに愛人もやってるんです」

セシリアは大笑いした。

「何がそんなにおかしいんですか?」

「あなたの言い方よ。たまに愛人もやる。うまい表現だわ」

ミカエルは笑った。このセシリア・ヴァンゲルという女性は実に感じがいいと思った。

「私にも、たまに愛人をやってくれる人がいたらいいのに」

彼女はスリッパを脱ぎ捨て、片足をミカエルの膝の上にのせた。彼はほとんど無意識のうちに、その肌に手を触れた。そして一瞬ためらった――これは予想外で未知の海域を泳ぐようなものだ、という気がした。が、そのまま慎重に、彼女の足の裏を親指で揉《も》みはじめた。

「私も結婚してるのよ」とセシリア・ヴァンゲルは言った。

「知っています。ヴァンゲル家の人たちは離婚しないみたいですね」

「夫と会わなくなってもうすぐ二十年になるわ」

「何があったんですか?」

「あなたには関係ないことよ。最後にセックスしたのは……そうね、三年前だわ」

「驚きですね」

「そうかしら? 相手もいないし、それほど求めてもいないもの。私は、恋人も正式の夫も同棲相手もいらないと思ってる。ひとりでいるのが快適なのよ。それに誰と寝ればいいというの? 同じ学校

の教師？――まさか。生徒？　ゴシップ好きな人たちが喜んで飛びつくでしょうね。ヴァンゲル家の人間に対しては、世間の目は厳しいのよ。それにここへーデビー島にいるのは、血のつながっている人間か、結婚してる人たちばかり」

彼女は身を乗り出すと、彼の首すじに唇を当てた。

「びっくりさせた？」

「いや。でもこれが賢いことかどうかわからない。ぼくはあなたの叔父さんの下で仕事をしてるんです」

「ヘンリックに言うつもりはないわ。それにはっきり言って、ヘンリックもたぶん反対はしないと思う」

彼女は彼の膝に馬乗りになり、口にキスをした。彼女の髪はまだ濡れていて、シャンプーのにおいがした。彼は少し手間どりながら彼女のシャツのボタンをはずし、肩の後ろへとすべらせた。彼女はブラジャーをつけていなかった。乳房に口づけされると彼女は身をすりよせた。

ビュルマン弁護士は椅子から立ち上がると、机の脇を通って彼女に銀行口座の明細書を見せに来た。彼女はその残高を最後の一桁《けた》まで承知している。だというのに、その金を自分の自由にすることはもうできないのだ。ビュルマンは真後ろに立っていた。急に彼はリスベットのうなじを撫ではじめ、左の肩ごしに手をすべらせて彼女の胸に触れた。手は右の乳房に置かれ、そのまま動かなくなった。彼女に抵抗する様子がないと見てとると、彼は乳房をその手のひらでつかんだ。リスベット・サランデ

ルは微動だにしなかった。うなじに彼の息遣いを感じつつ、目は机の上のペーパーナイフを見据えていた。空いている手でそれをつかむことは容易にできそうだ。

しかし彼女は何もしなかった。ホルゲル・パルムグレンが何年もかけて彼女の頭にたたきこんだ教訓のひとつは、衝動的な行為がトラブルにつながり、トラブルはしばしば不愉快な結果を招く、ということだった。それで彼女には、行動に移す前にあらかじめ結果を考える癖がついていた。

この最初の性的いやがらせ——法律に照らせばわいせつ行為および従属的立場にある者に対する権力の濫用《らんよう》となり、最長二年の禁錮刑に処される可能性もある——は、数秒ほどで終わった。それでも、ある一線を踏みこえたことには疑いの余地がなかった。リスベット・サランデルはこれを、敵陣営の武力の誇示と受け取った——厳密に定められた彼らの法的関係を別にしても、彼女は彼の意のままになる無力な存在でしかないのだ、そう誇示しようとしていると解釈したのだ。数秒後に目が合ったとき、ビュルマンは半ば口を開けていた。その顔には欲情があらわになっていた。サランデルの顔には何の感情も浮かんでいなかった。

ビュルマンは机に戻り、座り心地のいい革製の肘掛け椅子に腰を下ろした。

「そうやすやすと小切手を渡すわけにはいかないんだよ」と彼は急に言った。「どうしてそんなに高いコンピュータが必要なんだ？　ゲームをしたいのなら、もっと安いのがいくらでもある」

「以前のように、自分のお金を自由に使わせてほしいんです」

ビュルマン弁護士は憐《あわ》れむような視線を彼女に向けた。

「それについてはあとで考えよう。きみはまず社交性を身につけて、人とうまくやっていくことを覚

えないといけないね」

　もしビュルマン弁護士が、うつろな視線の向こうに隠れたリスベットの考えを読みとれたなら、彼はこれほどまでに微笑まなかったことだろう。

「きみと私とはいい友だちになれると思う」とビュルマンは言った。「私たちはお互いに信頼しあう必要がある」

　彼女が答えないので、彼はもっとはっきり言うことにした。

「きみは大人の女性だろう、リスベット」

　彼女はうなずいた。

「こっちへおいで」彼は手を差し出して言った。

　リスベット・サランデルはペーパーナイフを数秒ほど見つめていたが、やがて立ち上がり、ビュルマンのほうへ近づいていった。〝結果を考えなくては〟。彼は彼女の手を取り、自分の股間に押しつけた。ギャバジン地の黒いズボンを通して、ペニスの感触が伝わってきた。

「きみが私にやさしくするなら、私もそうしよう」

　そう言うと彼はもう片方の手で、棒のように体をこわばらせた彼女の首の後ろをとらえてひざまずかせ、顔が自分の股間に当たるようにした。

「こういうことはもう経験があるんだろう？」と言いながら、彼はズボンのファスナーを開けた。石鹼で体を洗ったばかりのようなにおいがした。

　リスベット・サランデルは顔をそむけて立ち上がろうとしたが、強い力で押さえつけられていて無

理だった。腕力ではかなうはずがない。彼女の体重は四十キロ強だが、相手は九十五キロある。彼は両手で彼女の頭をはさんで上を向かせ、その目をまっすぐに見つめた。

「きみが私にやさしくするなら、私もそうしよう」と彼は繰り返した。「抵抗したりすれば、精神病院に送り込んで出られないようにしてやることもできるんだよ。それでもいいのかい？」

彼女は答えなかった。

「どうなんだ、それでもいいのか？」

彼女は首を横に振った。

彼は彼女が服従のしるしに――と彼は思い込んだ――視線を落としたのを見届けてから、その体をさらに引き寄せた。リスベット・サランデルは唇をゆるめ、彼を口の中に受け入れた。ビュルマンは彼女の首から手を離さず、ぐっと自分に押しつけた。それから彼が腰を振りつづけている十分間、彼女は絶えず嘔吐《おうと》したい衝動に見舞われていた。射精のときあまりに強く押さえつけられたので、うまく息ができなかった。

彼はオフィスに隣接した小さい化粧室を彼女に貸してやった。リスベット・サランデルは顔を洗い、セーターに付いたしみをこすり取ろうとした。全身が震えていた。後味を消すため、歯磨き粉を口に入れて噛んだ。オフィスに戻ってみると、彼はまるで何事もなかったかのように机に向かい、書類をめくっていた。

「座りなさい、リスベット」彼は彼女を見ずに言った。彼女は座った。彼はようやく彼女に視線を向け、微笑んだ。

「きみはもう大人だろう、リスベット？」

彼女はうなずいた。

「それなら、大人の遊びも楽しむことができなくちゃいけないね」彼は子どもに話しかけるように言った。彼女は答えなかった。ビュルマンの額にかすかな皺が寄った。

「私たちの遊びについて他人に話すのは、いい考えとは言えない。考えてもみたまえ──いったい誰がきみを信じるだろう？　きみに責任能力がないことは書類で証明されている」彼女が黙っているので、彼は続けた。「きみの言葉と、私の言葉。どちらに重みがあると思うかね？」

彼女の頑《かたく》なな沈黙に、彼はため息をついた。彼女がそこに座って、黙ったまま自分を見据えていることに、彼はふと苛立ちを覚えた──が、なんとか自制した。

「きみと私はいい友だちになれそうだ」と彼は言った。「今日、私に連絡をしてきたのは、とても賢明なことだった。これからも話があればいつでも連絡しなさい」

「パソコンを買うのに一万クローネ要るんです」彼女は中断していた会話を再開するかのように、急に低い声で言った。

ビュルマン弁護士は眉を上げた。〝いやはやなんとも頑固なことだ。完全にいかれている〟。そして彼女が化粧室に行っているあいだに用意した小切手を差し出した。〝売春婦よりこのほうがずっといい。報酬はこの女の金なんだからな〟。彼は傲慢《ごうまん》な笑顔をうかべた。リスベット・サランデルは小切手を受け取ってオフィスを出た。

第十二章

二月十九日　水曜日

もしリスベット・サランデルがごくふつうの市民であったなら、ビュルマン弁護士のオフィスを出てすぐ警察に電話し、性的暴行を受けたと訴えたことだろう。うなじや喉元にはあざができ、体にも衣服にもビュルマンのDNAを含む精液が残っているのだから、まぎれもない物的証拠となったはずだ。たとえビュルマン弁護士が、〝合意のうえでしたことだ〟とか、〝フェラチオしたがったのは彼女のほうだ〟とかいった、婦女暴行の犯人がきまって並べ立てる理屈を述べてごまかしたとしても、後見制度の規則に照らせばいくつも重大な違反を犯しているのであり、ただちに後見人を解任されることになるはずだった。リスベット・サランデルが被害届を出せば、おそらく彼女にはセクシャル・ハラスメントや性的暴行に詳しい弁護士がつき、問題の核心――つまり彼女が無能力者であるという事実が争点となったことだろう。

一九八九年以降、成年に達した者に関しては、〝無能力者〟という概念はもはや存在しない。いま存在するのは、特別代理人と後見人、この二種類の制度である。

〝特別代理人〟とは、さまざまな支払いや自分の衛生管理などといった日常的活動を何らかの理由で行なうことのできない人々を、ボランティアのような形で支援する人物である。一般に親族や親しい友人が指名されることが多い。そうした身寄りがない場合には、福祉担当当局がふさわしい者を選ぶこともある。特別代理人制度はいわば緩やかな後見制度であり、〝本人〟――いわゆる無能力者――には自分の財産を使う自由が認められ、またさまざまな決定は特別代理人と共同で下すことができる。

〝後見人制度〟はこれよりはるかに厳格な制度だ。被後見人は自分の金を自由に使う権利、さまざまなものごとを自分で決める権利を奪われる。規定の文言をそのまま引用すれば、後見人は本人の〝法律行為〟すべてを代理で行なう、とある。スウェーデンでは四千人近い人々がこのような後見人制度の下に置かれている。その理由として最も一般的なのは、明らかな精神疾患、または酒や麻薬への強い依存を伴う精神疾患である。老人性認知症のケースがこれに続く。驚くべきことに、被後見人には三十五歳以下の若年層が多く含まれる。そのひとりがリスベット・サランデルだ。

自分の生活を管理する権利、つまり銀行口座を管理する権利を人から奪うことは、民主主義の下でなされうる最も侮辱的な措置と言っていいだろう。その人物が若いのであればなおさらだ。その意図が善意に基づくものであり、社会的にも正当とみなすことができるとしても、侮辱的な措置であることに変わりはない。後見人制度は、したがってきわめて微妙な政治的問題を含んでおり、厳格な規定に守られ、後見委員会の監督を受けている。後見委員会は県庁に所属する機関であり、国会オンブズ

マンの監督を受けている。

後見委員会は概して困難な状況のもとで活動している。だが、この機関が扱う問題のデリケートさを考えると、マスコミに明かされる苦情やスキャンダルがこれほど少ないのは意外にも思える。被後見人の金を詐取《さしゅ》したり、本人の許可なくそのアパートを売却して儲《もう》けたりした特別代理人や後見人が告発されたという報告も、まったくないわけではない。とはいえ、こうしたケースは比較的まれだ。考えられる理由はふたつある。ひとつは、後見委員会がその任務を申し分なく果たしているということ。もうひとつは、被後見人の側に、苦情を申し立てたり、ジャーナリストや関係機関に対して信頼性のある形で状況を説明したりする能力や機会がない、ということである。

後見委員会には、後見の解除を求める申し立てをすべきかどうか、年に一度調査を行なう義務がある。リスベット・サランデルは精神科の検査を受けるのを執拗に拒んでいた――医師と挨拶を交わすことさえしなかった――ので、委員会は決定を見直す理由なしとみなした。こうして状況はそのまま維持され、彼女はいつまでも後見人制度の下に置かれていた。

しかしながら法律の条文を見ると、後見は〝個々に適合した形態をとるものとする〟とある。ホルゲル・パルムグレンはこれを彼なりに解釈し、金と生活の管理をリスベット・サランデル本人にゆだねた。彼は委員会によって義務付けられているとおり、月に一度報告書を、年に一度会計報告を提出したが、それを除けばリスベット・サランデルをごくふつうの若い女性として扱い、そのライフスタイルにも交友関係にもいっさい口を出さなかった。彼女が鼻にピアスをしようと、首にタトゥーを入れようと、彼も社会もそれを禁じる立場にはない、と考えていた。このように、パルムグレンが地方

裁判所の決定に対し、ある程度距離を置く姿勢を貫いたからこそ、リスベットと彼とはあんなにも理解しあえたのだった。

ホルゲル・パルムグレンが後見人だったあいだ、リスベット・サランデルは自分の法的身分についてとくに考えたことがなかった。しかしニルス・ビュルマン弁護士は後見制度に対し、前任者とはまったく違う見方をしていた。

リスベット・サランデルは、世のふつうの人間とはまったく違っている。法律に関してはごく初歩的な知識しかなく――深く究めようと思う理由もなかった――また警察の権力というものをまったく信頼していない。彼女にとって警察は、漠然とした定義ながらまぎれもない敵対勢力であり、警察がこれまで彼女に対してとってきた具体的な行動といったら、彼女を逮捕すること、あるいは侮辱することのみだった。最後に警察とかかわりを持ったのは、昨年五月のある午後のこと、ミルトン・セキュリティーに行くためヨート通りを歩いていると、突然、シールド付きのヘルメットをかぶった機動隊員と出くわした。そして何か挑発をしたわけでもないのに、警棒で思いきり肩を殴られた。彼女はとっさに自衛のため、手にしていたコーラの瓶で攻撃に転じようとした。幸い彼女が行動を起こす前に、機動隊員はくるりと向きを変えて走り去った。あとになって、その日〝リクレイム・ザ・ストリーツ（自動車利用に反対して路上を占拠することで知られる市民団体）〟がヨート通りの先でデモを行なっていたことがわかった。

機動隊の司令部に苦情を申し立てに行く、ニルス・ビュルマンをセクシャル・ハラスメントで告発するなどの行動は、彼女の意識のなかに存在しなかった。そもそも何を告発するというのか？　ビュ

ルマンは彼女の胸にさわった。どの警官も、彼女をちらりと見て思うだろう――こんな貧乳の娘がそんな目に遭うはずはない。もし本当に胸をさわられたのなら、わざわざそんなことをしてくれる男がひとりでもいたということを、むしろ誇りに思うべきではないか――。そして、フェラチオの件――これはビュルマンの言葉と彼女の言葉、どちらのほうに説得力があるかの問題だ。概して他人の言葉は彼女の言葉よりも重みがある。〝警察に訴え出るわけにはいかない〟

ビュルマンのオフィスを去ったあと、彼女は警察に行くことはなく、代わりに家に帰ってシャワーを浴び、チーズとピクルスを載せたオープンサンドイッチをふたつ食べてから、布地がすりきれて毛玉ができたソファーに腰を下ろして考えた。

ごくふつうの人間は、こう思うかもしれない――このように反応を示さないことこそ、彼女の障害なのではないか。性的暴行を受けても、ごく自然な感情的反応すら示さない、そのことこそ彼女が異常である証拠なのではないか。

彼女の交友範囲はけっして広いとはいえず、郊外の一戸建てに住む恵まれた中産階級とほとんど接点がないことは確かだが、それでもリスベット・サランデルが十八歳ごろまでに知り合った娘はひとり残らず、自分の意に反して何らかの性的行為を強いられた経験を持っていた。その大部分は年上の恋人によるもので、彼らはちょっとした暴力を使い、むりやり自分の目的を果たした。そしてリスベット・サランデルが知るかぎり、このような目に遭った娘は泣き叫んだり怒ったりはするが、警察に訴え出ることはけっしてしなかった。

リスベット・サランデルの世界ではそれが自然なのだった。女である彼女は、男がつけ狙う格好の

的だった。すりきれた黒い革ジャンを身につけ、眉にピアスをし、肌にタトゥーを入れ、社会的に何の地位も持たない身分とあってはなおさらだ。

これは涙を流すほどのことではない。

しかし、ビュルマン弁護士がこれからも罰を受けることなく彼女にフェラチオを無理強いしつづけることを許すわけにはいかなかった。リスベット・サランデルはなされた不正をけっして忘れず、受けた辱《はずかし》めをけっして許さない性質なのだ。

だが、彼女の法的身分は厄介だった。彼女は記憶しているかぎりずっと昔から、きわめて扱いにくく、わけもなく暴力をふるう娘とみられてきた。彼女のカルテに記された最初の所見は、小学校の保健室資料の引用である。彼女が低学年のころ、同級生の少年を殴ったうえ、洋服をかけるためのフックに向かって突き飛ばして出血させたため、家に帰されたという。彼女はいまでもこの相手を思い出すと苛立ちを覚える。ダヴィッド・グスタヴソンという肥満気味の少年で、いつも彼女をからかったりものを投げつけたりしており、そのうち恐るべきいじめっ子になるだろうと思わせる子どもだった。とはいえ、当時の彼女は幼すぎて、いじめという言葉すら知らなかったのだが。翌日学校に戻ってみると、ダヴィッドが仕返ししてやるとすごんできたので、ゴルフボールを握った手で右ストレートを浴びせてたたきのめしてやった。ふたたび血が流れ、ふたたび所見が書き加えられた。

学校での団体生活に関する規則に、彼女はいつもとまどった。自分の面倒は自分で見て、まわりのことにはけっして口を出さなかった。それなのに、彼女をそっとしておこうとしない人間が、いつも必ずひとりは出てくるのだ。

小学校の高学年になると、同級生と乱暴な喧嘩をして家に帰されることが何度かあった。同級生の少年たちは、力の上では彼女をはるかに上まわっていたが、このやせっぽちの女子をからかうのはけっして得策ではない、とすぐに理解した――ほかの女の子たちと違って、彼女は引き下がるどころか、ためらうことなく拳や道具を使って身を守ろうとするのだ。黙って辱めを受けるくらいなら死ぬまでいじめられたほうがましだ、といわんばかりの態度であった。

そのうえ、彼女は必ず復讐した。

六年生のとき、自分より体格も力もはるかに上の少年と喧嘩になった。体力的にはとてもかなう相手ではない。少年はまず彼女を何度も転ばせて面白がり、その後立ち上がってつかみかかろうとする彼女にびんたをくらわせた。ところが明らかな力の差にもかかわらず、この馬鹿な女子ときたら攻撃をやめようとしなかった。やがて、傍観していたほかのクラスメートたちも、これはやりすぎではないかと感じはじめた。とうてい勝ち目のない彼女を相手に喧嘩を続けるのが、だんだん気まずく思えてきたのだ。最後に少年は彼女を拳で力いっぱい殴り、彼女は唇を切ったうえ、目がくらんで気を失った。少年たちは彼女を体育館の裏手の地面に倒れたまま置き去りにした。彼女は二日間、学校を休んだ。そして三日目の朝、バットを構えて少年を待ち伏せし、相手の耳を力まかせに殴りつけた。彼女は校長室に呼ばれ、校長はこれを傷害罪に当たると考えて警察に通報した。結果として社会福祉局による調査が行なわれた。

クラスメートは彼女を厄介な変わり者とみなし、それ相応に扱った。教師たちも彼女に好感を抱くことはなく、ときには苦痛の種としか感じていなかった。彼女はほとんど話をせず、けっして手を挙

げない生徒として知られるようになり、教師に直接問いかけられても答えることはほとんどなかった。答えがわからないのか、あるいは何か別の理由があるのかは誰も知らなかったが、こうした態度は成績にも影響した。彼女は明らかに問題児であり、何度となく職員会議で取り上げられたにもかかわらず、どういうわけか、この厄介な少女に対する責任を本気で引き受けようとする者は誰もいなかった。教師たちさえ彼女を見捨て、むっつりと黙り込んだ彼女をそのまま放っておいたのだ。

あるとき、リスベットの特異な振る舞いについて何も知らなかった代講の教員が、彼女を指名してむりやり算数の問題に答えさせようとした。彼女はヒステリーを起こし、教員を殴ったり蹴ったりした。小学校を終えると、同級生たちとは別の中学校に入ることになったが、別れを惜しむ級友はひとりもいなかった。異常な振る舞いをみせるこの少女は、誰からも好かれていなかった。

その後、思春期を目前にした彼女を待っていたのは、思い出したくもないあの〝最悪な出来事〟だった。それまでに彼女がみせた行動のパターンを完結させた、最後の爆発。結果として小学校時代の資料も関係者の目に触れることとなり、以来、彼女は法的な観点からも、まあ端的に言ってしまえば……狂人、奇人とみなされるようになった。リスベット・サランデルはそんな正式な書類などなくとも、自分がふつうでないことは重々承知していた。それにホルゲル・パルムグレンが後見人であるかぎり、ふつうでないからといって何の支障があるわけでもなかった。彼は何かと便宜をはかってくれたし、必要とあらば思うままに動かすことのできそうな人物だった。

ビュルマンの登場によって、無能力者扱いされているという事実が彼女の生活にずしりと重くのしかかってきた。誰に助けを求めても、そこにどんな罠が潜んでいるかわからない。もし闘いに負けた

なんとしても避けたい。

ら、いったいどうなるのだろう？　施設に入れられる？　精神病院に閉じ込められる？　それだけは

なる。

ミカエルは微笑んだ。セックスに関するほめ言葉を言われると、彼はいつも子どものように嬉しく

「ありがとう。久しぶりだったわ。あなた、なかなか上手ね」

けてじっと横たわっていたが、やがて目を彼に向けて言った。

夜遅く、セシリア・ヴァンゲルとミカエルは脚をからませ、セシリアは胸をミカエルの脇に押しつ

「ぼくも満足してる」とミカエルは言った。「こうなることは予想してなかったけど、よかった」

「またしたいわ」とセシリア・ヴァンゲルは言った。「あなたさえよければ」

ミカエルは彼女を見つめた。

「愛人になってほしいという意味？」

「たまに愛人をやってほしいの、あなたが言ってたように」とセシリア・ヴァンゲルは答えた。「でも、眠ってしまう前に帰ってね。明日の朝、肌や顔の手入れをしていない状態でいっしょに目を覚ますのは嫌なの。それから、村の人たちにはこのことを言わないほうがいいと思う」

「ぼくはそんなことしないよ」とミカエルは言った。

「とくにイザベラには知られたくないわ。あの人、ほんとに嫌な人なんだもの」

「しかもすぐ隣に住んでいる……わかるよ、ぼくも会ったことがあるから」

「ええ、でもありがたいことに、彼女のところからこの家の入口は見えないの。ミカエル、用心してね」

「ああ。用心するよ」

「ありがとう。あなたお酒は？」

「ときどき飲むけど」

「ジンベースのさっぱりしたカクテルが飲みたいわ。あなたも飲む？」

「喜んで」

彼女はシーツを体に巻いて一階に下りた。その間にミカエルはトイレに行き、洗面台で顔を洗った。裸で本棚を眺めていると、彼女が氷水を入れた水差しとジンライム二杯を手に戻ってきた。ふたりは乾杯した。

「どうして私の家に来たの？」と彼女は尋ねた。

「とくに理由はないよ。ただ……」

「あなたは部屋にこもってヘンリックの資料を読んでいた。それから私に会いに来た。あなたが何を考えてるのか、たいして頭を使わなくたってわかるわよ」

「資料を読んだことある？」

「ええ、全部は読んでないけれど。あの資料と暮らしてきたと言っても過言ではないわ。ヘンリックと接していると、ハリエットの謎に感染しないでいるのは難しいのよ」

「いや、実のところ、本当に興味深い事件だよ。島という一種の密室で生まれた謎だ。しかも捜査の

過程では、すべてが予想外の展開をみせている。どの問いにも答えが見つからず、どの手がかりも袋小路にぶつかっている」

「そうね、だからこそ人はこの謎に取り憑《つ》かれるのでしょうね」

「きみもあの日、この島にいた」

「ええ。この島にいて、事故のあとの大騒ぎも見たわ。当時はストックホルム大学の学生だったの。あの週末は、ここに来ないで家にいればよかったって思ってる」

「ハリエットはいったいどんな子だったんだろう？　人によって彼女の見方がずいぶん違うようだけど」

「これはオフレコ？　それとも……」

「オフレコだよ」

「ハリエットが何を考えてたのか、私にはさっぱりわからない。あなたが言ってるのは最後の年の彼女でしょう。妙に信心深い日があるかと思えば、別の日には娼婦みたいなお化粧をして、わざわざ体の線の出るセーターを着て登校したりしてたわ。心理学者でなくても、彼女がひどく不幸せなのはわかった。でもさっき言ったとおり、私は当時ここに住んではいなかったから、噂話を耳にしただけだけど」

「何がきっかけだったのかな？」

「もちろんゴットフリードとイザベラのせいよ。あんな支離滅裂な結婚もめずらしいわ。ふたりでいるときは、どんちゃん騒ぎしてるか喧嘩してるかのどちらかだった。といっても、口喧嘩だけどね――

――ゴットフリードは人を殴るタイプじゃなかったし、どちらかというとイザベラのことを怖がっていたわ。彼女、怒るとすごい剣幕になるから。一九六〇年代の初め、彼は島の端にある別荘に移って、ほとんど帰ってこなくなった。イザベラもそこには足を向けなかった。たまにホームレスのようななりで村に戻ってきたわ。しばらくしてお酒が抜けると、こぎれいな身なりをして仕事に戻ろうとした」

「誰もハリエットを助けようとはしなかったの？」

「もちろん、ヘンリックが手を差しのべたわ。そういうわけで彼女、ヘンリックの家に住むようになったのよ。でも彼は大実業家としての役割を演じるのに大忙しだった。たいてい出張で家を空けていて、ハリエットとマルティンに割《さ》く時間はあまりなかった。もっとも私だって、全部を把握してるわけじゃないけど――当時はウプサラに住んでいて、それからストックホルムに移ったし、それに私自身、あのハラルドを父親に持って、いろいろと大変な思いをしていたから。あとから考えると、ハリエットが誰にも心を打ち明けなかったことが問題なのよね。彼女は平静を装って、まるで自分たちが幸せな家族であるみたいに振る舞っていたわ」

「現実から目をそらしていた」

「そのとおりよ。でも父親が溺死《できし》したことで彼女は変わった。もうすべてがうまくいっているようには振る舞えなくなった。それまでの彼女は……どう言えばいいかしら、確かに早熟で才能に恵まれてはいたけど、煎《せん》じつめればわりあいふつうの女の子だったわ。でも最後の年の彼女は、あいかわらず目を見張るような賢さで、どの科目でもいい成績をとってたけど、まるで魂が抜けたみたいだった」

「父親が溺《おぼ》れたのはどうして？」

「ゴットフリード？　ありふれた事故よ。別荘のすぐそばで、手こぎボートから海に落ちたの。ズボンのファスナーが開いていて、血中からものすごく高いアルコール分が検出されたそうだから、何をしようとして転落したか想像つくでしょう。第一発見者はマルティンよ」

「それは知らなかった」

「それにしても不思議だわ。あんなことがあったのに、マルティンはとても立派な人間に成長した。これが三十五年前だったら、私、マルティンには心理カウンセラーが必要だって言っていたでしょうね」

「どうして？」

「家庭環境のせいで苦しんでたのはハリエットひとりじゃなかったわ。マルティンはずいぶん長いあいだ、むっつりしてろくに口もきかず、まさに人間嫌いという感じだった。ふたりとも大変な思いをしていたのよ。いいえ、私たちみんなそうだったわ。私の場合、問題は父だった――あの人は完全な狂人よ、もうご存じだと思うけど。妹のアニタも、従弟のアレクサンデルも、同じ問題を抱えていたわ。ヴァンゲル家の子どもに生まれると大変なのよ」

「妹さんはいまどうしてるの？」

「ロンドンに住んでるわ。スウェーデンの旅行会社の社員として一九七〇年代に向こうへ移って、ずっとそこで暮らしてる。一時は結婚してたけど、一度も家族に紹介しないまま別れちゃった。いまは英国航空で管理職をしてるわ。私はアニタと仲がいいけど、連絡はあまり取りあってなくて、会うの

はせいぜい二年に一度といったところ。アニタがヘーデスタに来ることは絶対にないから」

「どうして？」

「父親がおかしいからよ。その説明で充分かしら？」

「でもきみはここに残ってる」

「私と、兄のビリエルはね」

「政治家の」

「あはは、政治家、ね。ビリエルは年も離れてるし、私もアニタもあまり親しくはしていないの。ビリエルは自分をこのうえなく偉い政治家と思ってて、選挙で保守派が勝てば将来は国会議員か、ことによると閣僚にだってなれると思い込んでる。でも実際のところ、辺鄙《へんぴ》な土地の市会議員としてはまずまずいい仕事をしてるけど、これ以上出世することはないでしょうね」

「ヴァンゲル家の人たちを見ていると、みんながひどくいがみあってることに驚くよ」

「それは必ずしも当たってないわ。私はマルティンとヘンリックが大好きよ。妹とも、会う機会こそ少ないけれど、これまでずっと仲よくしてきたわ。イザベラのことは確かに嫌いだし、アレクサンデルにもあまり好感を持ってないわね。それに父親とは口をきかない。家族のなかで好きな人と嫌いな人の割合は、そうね、半々といったところかしら。でも、あなたがそういう印象を受けたのは無理もないわね。なぜかというと――ヴァンゲル家の一員に生まれた人間は、早いうちからものをはっきり言う習慣を身につけるの。考えていることをそのまま口に出すのよ」

「確かに、ヴァンゲル一族の振る舞いにはためらいというものがないね」ミカエルは手を伸ばして彼

女の胸に触れた。「ぼくがここに来て十五分もしないうちに、きみは飛びかかってきた」
「本当のこと言うと、あなたを初めて見たときにはもう、ベッドではどんなだろうって思ったのよ。で、試してみるのも悪くないという気になったの」

リスベット・サランデルは生まれて初めて、誰かに相談したい、と痛切に思った。だが問題は、相談するためには誰かに現在の状況を打ち明けなくてはならない、つまり自分の秘密を明かさなくてはならない、ということだ。誰に話せばいいというのだ？　そもそも人づきあい自体、不得手なのだ。

住所録を頭に思い浮かべ、記憶にある知人たちをひとりひとり吟味しては消し去っていった結果、ともかくも親しい知り合いと呼べそうな人物が十人いた。これでもかなり楽観的に数えた結果であることは、彼女自身認めざるを得なかった。

プレイグに相談するのはどうだろう。彼はある意味で、彼女の生活において安定した地位を占めている。だが彼はどう考えても友人とは言えないし、百歩譲っても問題解決の役に立ちそうな人物ではない。この選択肢はだめだ。

リスベット・サランデルの性生活は、ビュルマン弁護士の前で装ったほど慎ましいものではなかった。男とはいつも（とは言えないまでも、多くの場合）、彼女の都合の良いときに、彼女がリードする形で関係していた。十五歳のころからこれまでに寝た相手は五十人ほどにのぼる。平均すれば一年に約五人。セックスを気晴らしに楽しむ二十代前半の独身女性としては、ごくふつうの数といえよう。

しかしこうしたセックスフレンドとの出会いの大半は、思春期の終わり、成年に達する直前の、波

乱の多かった二年間に集中していた。当時リスベット・サランデルは人生の岐路に立っており、自分の人生をうまくコントロールできていなかった。麻薬にアルコール、施設収容といった記録がカルテに記されつづける、そんな人生に陥りかねない時期だったのだ。二十歳を過ぎ、ミルトン・セキュリティーに就職してから、彼女ははるかに落ち着き、自分で自分の人生をしっかりと掌握していると感じるようになった。

居酒屋でビールを三杯おごってもらったからといって、その男に体を許さなければならないとはもう思わなくなったし、名前も知らない酔っ払いの家についていくのを一種の自己実現と思うこともなくなった。ここ一年、彼女は定期的にセックスする相手をひとりしか持っておらず、思春期後半のカルテから読みとれるような性的放縦さはもう当てはまらなくなっている。

そうした一時的なセックスフレンドを除くと、彼女が寝る相手はたいてい、ある少女グループを取り巻く男たちの誰かであった。彼女はそのグループの正式メンバーではないが、シッラ・ノレーンと知り合ったことで仲間と認められている。シッラと出会ったのは十代の終わりごろで、そのころリスベットはホルゲル・パルムグレンの熱心なすすめに従い、成人学校に通って中学校の卒業資格を取ろうとしていた。シッラは赤紫色の髪に黒のメッシュを入れ、黒いレザーのズボンをはき、鼻にピアスをつけ、リスベットと同じように鋲《びょう》がずらりと並んだベルトをしていた。最初の授業中、ふたりはいぶかしげな視線を互いに向けた。

リスベットにはなぜそうなったのかいまだによくわからないが、とにかくふたりは友だちづきあいをするようになった。リスベットは気安く友だちになれるようなタイプではなく、とくにこの時期は

それにほど遠かったが、それでもシッラは彼女の沈黙にかまうことなく居酒屋に連れていった。こうしてシッラを仲立ちとして、リスベットは〝イーヴィル・フィンガーズ（人差し指と小指を立てるジェスチャーのこと。ハードロックのコンサートなどでよくみられる）〟の一員となった。もともとはストックホルムのエンシェーデ地区でハードロック好きの少女四人が結成したロックバンドだったのが、十年を経てただの友だちグループとなり、メンバーもかなりの人数に増えて、毎週火曜の晩に〈風車《クヴァーネン》〉というビアホールに集まっては、男の悪口に興じたり、フェミニズムやオカルトや音楽や政治を語ったり、浴びるほどにビールを飲んだりしていた。もちろん、グループ名の由来であるハードロックも忘れてはいなかった。

　サランデルはグループの片隅に身を置き、おしゃべりにほとんど加わらなかったが、それでも誰からも文句を言われることはなく、好きな時に来て好きな時に帰っても、一晩中黙ったままジョッキ片手に過ごしていてもよかった。仲間の誕生日やクリスマスのパーティーなどにも誘われた。彼女が出席することはまれだったが。

　イーヴィル・フィンガーズとともに過ごした五年のあいだに、メンバーたちは変わっていった。髪の色はふつうに近くなり、着る服もセカンドハンドよりH&Mが多くなった。それぞれ勉学や仕事に打ち込みはじめ、メンバーのひとりは子どもを産んだ。リスベットは自分だけが変わっておらず、進歩もしていないような気がした。

　それでも集まりはあいかわらず楽しかった。リスベットがとにもかくにも帰属していると感じている場所があるとすれば、それは間違いなくイーヴィル・フィンガーズであり、彼女たちを取り巻く男たちであった。

イーヴィル・フィンガーズなら、きっと話を聞いてくれる。味方にもなってくれるだろう。だが彼女たちは、リスベット・サランデルが地方裁判所から法的責任能力なしとの宣告を受けていることを知らない。彼女たちからもうさん臭い目で見られてはたまらない。〝この選択肢はだめだ〟

それ以外には、かつての同級生のただひとりとして頭に浮かばなかった。人脈はまったくなく、味方になってくれそうなネットワークもなければ、政治家へのつてがあるわけでもない。いったい、ニルス・ビュルマン弁護士との問題を、誰に相談すればいいのだろう？

ひとり考えられないことはない。彼女は長いあいだドラガン・アルマンスキーを候補として考えてみた。彼のオフィスに出向き、状況を説明してみてはどうだろうか？　何であれ助けが必要になったら遠慮なく連絡しなさい、と彼は言った。本気でそう言ってくれていることはまちがいない。

アルマンスキーも一度だけ彼女にさわったことがあるが、それは友情を示そうとしただけで、悪意があったわけではなく、力の差を誇示するような行動ではまったくなかった。それでも、彼に助けを求めるのはどうも気が進まない。上司である彼に助けてもらえば、借りをつくることになる。リスベット・サランデルは、ビュルマンではなくアルマンスキーが後見人だったら自分の生活はどんなふうになっていただろう、とふと考え、頬をゆるませた。それは少しも不愉快ではないが、おそらくアルマンスキーは任務をまじめに考えすぎて、過剰な思いやりでこちらを息苦しくさせるにちがいない。

〝この選択肢は……もしかしたら、いけるかもしれない〟

女性のための相談センターというものがあることは知っていたが、連絡しようという気にはまったくなれなかった。こうした機関は彼女の目に〝被害者〟のためのものとして映っていて、彼女には自

分が被害者であるという意識がなかった。したがって、残された唯一の方法は、昔からずっとそうしているとおり、問題をすべて自力で解決することだった。〝この選択肢なら、絶対にいける〟

これはニルス・ビュルマン弁護士にとって悪い前兆だった。

第十三章

二月二十日　木曜日――三月七日　金曜日

二月最後の週、リスベット・サランデルは自分で自分に依頼するかたちで、一九五〇年生まれのニルス・エリック・ビュルマン弁護士に関する調査を最優先の特別プロジェクトとした。一日に約十六時間働き、このうえなく詳細な調査を行なった。入手できる記録や公的書類はすべて利用した。近しい家族や友人についても洗い出した。経済状況を調べ、これまでの職歴や現在の仕事についても詳細にわたって明らかにした。

結果は期待はずれだった。

ビュルマンは法律家、弁護士会の会員であり、商法に関する、長さだけは立派だがきわめて退屈な論文を著している。彼の評判は申し分ないものだった。非難の的になったことがない。十年前に一度だけ、不正な不動産取引の仲介をしたとして弁護士会に告発されているが、身の潔白を証明して一件

落着となっている。経済状況を見てもおかしなところはない。ビュルマン弁護士は裕福で、資産は少なくとも一千万クローネ。税金はむしろ多めに払っており、グリーンピースとアムネスティ・インターナショナルの会員に名を連ね、心臓・呼吸器疾患予防研究支援基金に定期的な寄付を行なっている。マスコミに名前が出たことはほとんどないが、何度か、第三世界の政治犯釈放を求める公開嘆願書に署名している。オーデンプラン広場近くのウップランド通りにある5DKのマンションに住んでおり、このマンションの居住者組合の役員でもある。離婚歴があり、子どもはない。

リスベット・サランデルは元妻であるエレナという女性に焦点を当てた。ポーランド生まれだが、幼いころからスウェーデンで生活している。リハビリテーション・センターに勤める彼女は、ビュルマンと同業の弁護士と再婚し、幸せに暮らしているようだ。この方面からは何の収穫も得られなかった。結婚生活は十四年続き、離婚は合意の上でなされていた。

ビュルマン弁護士は定期的に、法の裁きを受けることになった子どもたちの保護観察を引き受けている。リスベット・サランデルの後見人になる前に、四人の若者の特別代理人を務めた。全員が未成年者で、彼らが成年に達すると同時に、地方裁判所の決定によって特別代理人としてのビュルマンの任務も終了している。このうちのひとりは現在もビュルマンを弁護士として頼っているから、何かのいざこざがあったとは考えにくい。かりにビュルマンが策を弄《ろう》してこの子どもたちをもてあそんだのだとしても、表面的にはまったくその兆候がみられない。いくら掘り返してもこれといった発見はなかった。現在は四人とも、恋人、仕事、住まい、スーパーの顧客カードを持ち、まっとうに暮らしている。

彼女は四人のひとりひとりに電話をかけ、自分は社会福祉局の職員で、かつて特別代理人制度の下に置かれていた子どもたちのその後の人生に、それ以外の子どもたちと比べてどんな違いがみられるか、追跡調査をしているのだと話した。〝ええ、もちろんあなたの名前が表に出る心配はまったくありませんよ〟。彼女は十項目の質問を用意しておいた。その多くが、特別代理人制度がうまく機能していたかどうかについて、彼らに意見を述べさせるものだった。ビュルマンについて何か思うところがあれば、四人のうち少なくともひとりはそれを外に現わすはずだ。だが、否定的な意見を口にした者は誰もいなかった。

調査を終えると、リスベット・サランデルは資料をすべてかき集めてスーパーの紙袋に入れ、古新聞を詰めた袋のあふれかえった玄関にどさりと置いた。どこを攻めても、完璧な弁護士像しか浮かんでこない。ビュルマンの過去には、リスベットがてこ棒として利用できそうな汚点がひとつも見当たらない。彼女が身をもって知ったとおり、あの男はまぎれもなくいやらしい卑劣漢だ——が、その証拠として使えそうな材料はひとつも見つからなかった。

そろそろ別の可能性を考えなくてはならないようだ。あらゆる面から検討を重ねた結果、なかなか魅力的な、少なくとも現実的に充分可能な方法に思い当たった。いちばん楽な解決方法は、ビュルマンが彼女の人生から消えてしまうこと。たとえば心臓発作で。一件落着。問題は、五十五歳の死に値する変態といえども、そうやすやすと心臓発作を起こしはしないということだ。

しかし、打開策はある。

ミカエル・ブルムクヴィストはセシリア・ヴァンゲルとの関係が人目を引かないよう最大限の注意を払った。彼女は条件を三つ示した。ふたりが会っていることを誰にも気づかれないこと。彼女がしたい気分で、彼に電話をしたときだけ、家に来ること。彼女の家に泊まらないこと。

ミカエルはセシリアの熱烈な態度に驚き、当惑した。〈カフェ・スサンヌ〉で偶然会ったとき、彼女は愛想良くしてはいたものの冷ややかでよそよそしかった。しかし自宅の寝室では、情熱に身を焦がすかのようだった。

ミカエルは彼女の私生活を詮索する気になれなかったが、雇い主から課された任務は文字どおり、ヴァンゲル家の全員の私生活を詮索することだ。彼は迷ったが、同時に好奇心を覚えた。そこである日ヘンリック・ヴァンゲルに、ハリエット失踪時に島にいたアレクサンデルやビリエルなどの経歴について簡単に訊くついでに、セシリアの夫とその結婚生活についても尋ねてみた。

「セシリアか？　彼女がハリエットと何かあったとは思えんがね」

「彼女の経歴を教えてください」

「大学を出てからここに戻り、教師として働きはじめた。ヴァンゲル・グループの社員だったイェリー・カールソンという男と出会い、結婚した。少なくとも初めのころは幸せそうだったよ。しかし数年後、順調とは言いきれないことがわかってきた。彼女は夫から暴力をふるわれていた。よくあるケースだ——夫が暴力をふるっても、妻は夫が悪くないと信じ込んでいる。しかしそんな生活もやがて破綻した。暴力が度を越えたのだ。セシリアは大けがをして病院に運ばれた。私は彼女と話をして援助を申し出た。そこで彼女はこの島に引っ越してきた。以後、夫に会うことを頑《かたく》なに拒んでいる。私

は彼が解雇されるよう計らった」

「それでもまだ離婚はしていないんですよね」

「書類上はね。彼女がなぜ離婚を求めなかったのかわからない。だが、とにかく再婚を考えたことはないようだから、離婚しなくてもべつにかまわないのだろう」

「そのイェリー・カールソンという人物は、何かかかわりが……」

「……ハリエットとかね？ いや、一九六六年にはまだヘーデスタにいなかったし、うちのグループに入社してもいなかった」

「そうですか」

「ミカエル、私はセシリアを気に入っている。気難しいところもあるが、好感のもてる数少ない身内だ」


リスベット・サランデルは役人のような綿密さで、ニルス・ビュルマンをあの世に送る計画を一週間かけて検討した。さまざまな方法を考えだしては篩《ふるい》にかけた結果、実行できそうないくつかのシナリオに絞った。〝衝動に身を任せてはいけない〟。最初は事故に見せかけようと思ったが、少し考えて、他殺であることが明らかになってもかまわない、と結論づけた。

満たすべき条件がひとつある。ビュルマン弁護士は、彼女が犯罪とけっして結びつかないような形で死ななければならない。もちろん、捜査の過程で彼女の名前が出てくることは避けられないだろう。警察がビュルマンの仕事について調べれば、遅かれ早かれ彼女の存在は彼らの知るところとなる。だ

が、ビュルマン弁護士の依頼人は過去のそれも含めると膨大な数にのぼり、彼女はそのうちのひとりにすぎない。ほんの数回しか会っていないし、まさかそんなことはないだろうが、フェラチオを強要したことをビュルマン自身が手帳に書きとめてでもいないかぎり、彼女に彼を殺す動機があるとは思われないだろう。しかも犯人は必ずしも依頼人に限られるわけではない。元恋人、親族、知人、同業者などもいるのだ。そのうえ、犯人と被害者とが顔見知りでない、いわゆる〝無差別殺人〟というものだってある。

自分の名前が捜査線上に浮かび上がったとしても、恐れることはない。知的障害があるとされた被後見人なのだから。したがって、知的障害を負った娘が犯人であるとは考えにくい、と思われるような複雑な形でビュルマンが死ねば、それがいちばんいいということになる。

銃の使用はすぐに選択肢からはずした。銃を手に入れること自体はさして難しくないが、警察は入手先の特定に長《た》けている。

刃物も考えた。これならどこの金物屋でも売っている。が、これも不採用とした。不意を襲って背中にナイフを突き立てたとしても、彼が声ひとつ上げずに即死する保証はなく、また確実に死ぬともいえない。騒がれて周囲に気づかれるおそれがあるし、返り血を浴びてしまえばそれが致命的な証拠となりかねない。

爆弾も考えてみたが、これは難しすぎた。爆弾を作ること自体は簡単だ——殺傷力の強い爆弾の作り方が、インターネット上にいくらでも紹介されている。問題は、罪のない通行人を巻き添えにすることなく爆弾をしかけるにはどうしたらよいか、ということだ。そしてこの方法も、彼が死ぬかどう

かは不確実である。

電話が鳴った。

「やあ、リスベット。ドラガンだよ。頼みたい仕事があるんだが」

「いまは時間がありません」

「重要な仕事なんだが」

「忙しいんです」

彼女は電話を切った。

しまいに彼女は意外な方法を思いついた。毒殺だ。この方法は自分でも予想外だったが、よく考えてみると名案だった。

それからの数日間、リスベット・サランデルはインターネットでどんな毒が適切かを徹底的に調べた。選択の幅はかなりあった。そのうちのひとつが、毒物の中でもきわめて致死性が高いとされているシアン化水素酸、つまり青酸である。

シアン化水素酸は塗料など、一部の化学工業製品の成分として用いられる。数ミリグラムで人を一人殺すことができ、貯水池に一リットル注ぎ込めば中規模都市の住民全員が死ぬ可能性もあるという。

当然のことながら、この猛毒は厳しい管理の下に置かれている。たとえば政治的な狂信者が暗殺を企て、最寄りの薬局へ行ってシアン化水素酸を十ミリリットル欲しいと言ったところで、手に入るものではない。が、実は一般家庭の台所でほぼ無限に作ることができるのだ。必要なのは、数百クローネで売っている子ども向け化学実験セットに入っているようなささやかな実験器具と、ごくふつうの

家庭で使われる薬品から抽出できるいくつかの成分のみ。製造のしかたはインターネットで閲覧できる。

ニコチンを使う手もある。煙草が一カートンあれば必要量のニコチンを抽出できるから、これを煮詰めてさらさらとしたシロップ状にすればよい。また作り方は少し難しくなるが、硫酸ニコチンは皮膚に浸透するのでいっそう効果的だ。これなら、ゴム手袋をして水鉄砲に注入し、ビュルマンの顔に噴射すればいい。相手は二十秒で意識を失い、数分で絶命する。

このときまでリスベット・サランデルは、近所のペンキ屋で売られているごくふつうの家庭用薬剤が猛毒に変わるとは想像もしていなかった。数日間に及ぶ研究を終え、彼女はビュルマンの息の根を止めるにあたって、技術的な問題はもう何もないという確信を得た。

残る問題がふたつだけあった。ビュルマンが死んだからといって生活の決定権が彼女の手に戻るわけではないこと、そして、もっと厄介な人物がビュルマンの後任になる可能性がゼロではないことだ。

〝結果を見越して行動しなくてはならない〟

彼女が必要としているのは、後見人を意のままにし、それを通じて自分の状況をも掌握できる方法だ。日が暮れてからずっと、彼女は居間のすり切れたソファーにじっと座ったまま、情勢をもう一度つぶさに検討した。そして深夜、毒殺の計画を放棄し、代替案を練り上げた。

あまり気の進まない案ではある。ビュルマンに再度彼女を襲う隙を与えることを前提とした案だ。しかしこれをやり遂げさえすれば、自分の勝ちだ。

そう思っていた。

二月下旬、ミカエルの生活には一定のリズムが生まれ、ヘーデビーでの毎日は同じことの繰り返しになった。毎朝九時に起きて朝食をとったあと、正午まで新しい資料に取り組む。それから天候にかかわらず一時間散歩する。午後、家に戻るか〈カフェ・スサンヌ〉の席について仕事を続け、午前中に読んだ内容を掘り下げたり、ヘンリックの自伝の草稿を書き進めたりする。十五時から十八時までは自由時間とし、買いものや洗濯、ヘーデスタへの外出、その他の家事や雑用にあてる。十九時ごろヘンリックの家を訪れ、その日に生じた疑問点について話し合う。二十二時ごろ家に帰り、午前一時か二時まで机に向かって資料を読む。こうして、ヘンリックから預かった資料にくまなく目を通していった。

ヘンリックの自伝の執筆が順調に進んでいることに、ミカエルは自分でも驚いた。家族の歴史を書いた草稿はすでに百二十ページに達し、ジャン＝バティスト・ベルナドットのスウェーデン上陸から一九二〇年代前後までの長い期間を網羅している。ここから先はペースを落とし、言葉を慎重に選ばなければならない。

彼はヘーデスタの図書館で、ヘレーン・ローヴの博士論文『ハーケンクロイツとヴァーサ家の紋章』をはじめ、戦前のナチズムを扱った文献の閲覧を申し込んだ。そしてヘンリックを主人公に、彼とその兄弟たちについて四十ページほどの草稿を書いた。当時のヴァンゲル・グループの企業組織とその経営状況について調査すべき事柄を列挙していくうちに、リストはどんどん長くなり、しかもヴァンゲル家がイーヴァル・クリューゲル（一八八〇～一九三二。スウェーデンの実業家。一時は世界のマッチ市場の大半を支配して大企業帝国を築き上げ〝マッチ王〟と呼ばれたが、世界大恐慌の打撃で破産に追い込まれ

自殺）の企業帝国と密接なつながりを持っていたことがわかってきた——またひとつ、掘り起こしてみる価値のあるサイドストーリーが現われたわけだ。彼は完成までのページ数をあとおよそ三百ページと見積もった。ヘンリック・ヴァンゲルに見てもらう第一稿を八月末までに用意し、秋から冬にかけて文章を練り上げようと彼は考えた。

一方、ハリエット・ヴァンゲルに関する調査のほうはまったく進んでいなかった。膨大な資料をどんなに読んで細部を吟味したところで、現状を打開するきっかけとなるような考えはひとつも浮かばなかった。

二月末の土曜日の晩、彼はヘンリック・ヴァンゲルと話し込み、調査がいっこうに進んでいないことを告白した。彼が自分の陥った袋小路をひとつひとつ挙げていくあいだ、老人は辛抱強く耳を傾けた。

「要するにですね、ヘンリック——捜査資料にある何もかもが、もうとことんまで突きつめられているんです」

「きみの言いたいことはわかる。私だって気が変になるほど考えたのだからね。だが、やはり何か見落としがあるのはまちがいない。そんな完璧な犯罪はありえないはずだ」

「でも、本当に犯罪が行なわれたのかさえ突きとめられていないんですよ」

ヘンリック・ヴァンゲルはため息をつき、もどかしげに肩をすくめ、両腕を広げた。

「続けるんだ」と彼は言った。「最後までやり抜いてほしい」

「徒労ですよ」

「そうかもしれん。でも、あきらめてはならん」

ミカエルはため息をついた。

「あの電話番号ですが」と彼は言ってみた。

「うむ」

「あれにはきっと何か意味があります」

「うむ」

「何の意図もなしに書かれたとは思えません」

「うむ」

「でも、ぼくらには解読のしかたがわからない」

「そうだ」

「あるいは誤った解読をしている」

「そのとおり」

「あれは電話番号じゃないんだ。何かまったく別のものなんですよ」

「そうかもしれん」

ミカエルはもう一度ため息をつき、家に帰って仕事を続けた。


リスベット・サランデルがふたたび電話をよこし、もっとお金が要ると言ってきたとき、ニルス・ビュルマン弁護士は安堵の吐息を洩らした。彼女が仕事を言いわけに前回の面談をキャンセルしてき

たので、彼はかすかな不安にさいなまれていたのだ。あの娘は制御不可能な問題児へと変身しつつあるのだろうか？　だが、面談に来ないということは小遣いを受け取れないということであり、遅かれ早かれ連絡を取ってくることはまちがいないとも思った。彼はまた、自分のしたことを彼女が口外したのではないかとも心配していた。

したがって、お金が要るという彼女からの電話は良い兆候だった。状況をコントロールしているのは自分である、という事実を確認できたのだ。だが、あの娘はしっかりと手綱を引いてやらないといけないぞ、とニルス・ビュルマンは思った。どちらが物事を決める立場なのかを、きちんと彼女にわからせること。そうして初めて、建設的な関係が築けるのだ。今回はオフィスでなくオーデンプラン広場近くの自宅に来るよう彼女に指示したのも、そういう狙いからだった。この指示を受け、リスベット・サランデルは電話の向こうでしばし黙り込んだ——〝まったく、頭の鈍い娘だ〟——が、結局は承諾した。

リスベットの計画は、前回同様オフィスで彼に会うことを前提としていた。それがいまや、未知の場所で会わざるを得なくなった。会見は金曜日の晩に決まり、彼女は建物入口の暗証番号を教えられた。そして、約束の時間より三十分遅い二十時三十分にチャイムを鳴らした。階段の暗闇の中で、最後にもう一度計画について検討し、代案がないかどうか考え、覚悟を決め、勇気を奮い立たせた。

二十時ごろ、ミカエルはパソコンの電源を切り、外に出るため服を着込んだ。書斎の電灯はそのままにしておいた。空には星がまたたき、気温は零度前後だった。軽快な足取りで丘を上り、ヘンリッ

ク・ヴァンゲル邸を素通りして、エステルゴーデン農場方面への道をたどった。ヘンリックの家を過ぎたところで左折し、海岸沿いの散歩道に入った。雪かきはされていないものの、充分に足跡がついている。海面で航路ブイが点滅し、ヘーデスタの夜景が闇に美しく浮かんでいた。この道をとったのは、新鮮な空気が吸いたかったのもあるが、何よりもイザベラ・ヴァンゲルの詮索好きな視線を避けたかったためだ。マルティン・ヴァンゲル邸の前でもとの道に戻り、二十時三十分少し過ぎにセシリア・ヴァンゲルの家に到着した。ふたりはすぐに寝室に上がった。

会うのは週に一、二度だった。セシリア・ヴァンゲルはこの片田舎における彼の愛人になったばかりでなく、打ち明け話の相手にもなっていた。ハリエットの話さえ、ヘンリックとするよりも彼女とするほうが有益に思えた。

計画はあっという間に瓦解《がかい》した。

マンションのドアを開けたニルス・ビュルマン弁護士はバスローブ姿だった。彼女の遅刻に苛立ちながらも、入るよう手招きした。彼女は黒のジーンズに黒のTシャツ、トレードマークの革ジャンを着ていた。黒いブーツをはき、チェストストラップのついた小さなリュックを背負っている。

「時計も読めないのか」とビュルマンはぶっきらぼうな声で挨拶代わりに言った。サランデルは答えなかった。あたりを見まわす。マンションはほぼ、市の建設課に保管されている図面を見て想像していたとおりだ。家具はバーチ材とブナ材で統一され、どれも明るい色をしている。

「入りなさい」とビュルマンは口調を和らげて言った。彼女の肩に腕をかけ、玄関からマンションの

奥へと導く。〝前置きは省略だ〟。彼は寝室のドアを開けた。リスベット・サランデルにどんな形での奉仕が期待されているのかについては、もはや疑いの余地がなかった。

　彼女は部屋の様子をすばやく観察した。いかにも独り者の寝室といった印象。ベッドはダブルベッドで、ステンレス製の高いヘッドボードが付いている。ナイトテーブル代わりのチェストがひとつ。柔らかな光を放つベッドサイドランプ。壁には扉に鏡のついたクローゼット。ドア脇の片隅には、籐《とう》椅子と小さなテーブル。彼は彼女の手を取ってベッドへと導いた。

「今度はどうしてお金が必要なのか言ってごらん。またパソコン関係の出費かな？」

「食べものを買うんです」と彼女は答えた。

「ああそうか。うっかりしてたよ、そういえば前回は会いそこねたのだったね」彼は彼女の顎の下に手を入れ、目が合うようにぐいっと持ち上げた。「調子はどうだね？」

　彼女は肩をすくめた。

「この前私が言ったことを考えてみたかい？」

「何ですか？」

「リスベット、いくらなんでもそこまで鈍くはないだろう。きみとはいい友だちになりたい。お互いに助け合う仲になりたいんだ」

　彼女は答えなかった。ビュルマン弁護士はその頬をひっぱたいて目を覚ましてやりたいという衝動をぐっとこらえた。

「この前の大人の遊びは気に入ったかい？」

「いいえ」

ビュルマンは眉をつり上げた。

「リスベット、ばかな真似はしないほうがいい」

「食べものを買うお金が要るんです」

「この前も話しただろう。きみが私にやさしくすれば、私もきみにやさしくしてやる。だが私を怒らせると……」彼にいっそう強く顎をつかまれて、彼女は身をふりほどいた。

「自分のお金が欲しいと言ってるんです。いったい何をすればいいんですか？」

「何をすればいいか、よくわかってるはずだよ」彼は彼女の肩をつかんでベッドのほうへ押しやった。

「待って」リスベット・サランデルはすばやく言った。そして観念したようにビュルマンを見上げ、こくりと頭を縦に振った。リュックを肩から下ろし、鋲《びょう》を打った革ジャンを脱ぐと、部屋を見まわす。籐椅子にジャンパーを掛け、リュックを丸テーブルの上に置いてから、ためらいがちにベッドのほうへ何歩か進んだ。それから急に不安にかられたように立ち止まった。ビュルマンが近づいてきた。

「待ってください」と、彼を諭《さと》すような声で彼女はふたたび言った。「お金が必要になるたびにフェラチオをするのは嫌です」

ビュルマンの表情が一変した。いきなり彼女の頬を平手で打った。サランデルは目をむいたが、抵抗する前に肩を押さえつけられ、ベッドに腹這いにさせられた。彼女はこの暴力にすっかり不意をつかれた。体の向きを変えようとするとベッドに押しつけられ、馬乗りにされてしまった。

前回と同様、体力的にはまったくかなわなかった。抵抗するとすれば、爪で目を狙うか、何らかの

武器を使うしかない。しかし、彼女が考えていた筋書きはすでに水泡に帰していた。リスベット・サランデルはTシャツを引きはがされながら、〝やられた〟と思った。恐ろしいほどにはっきりと、読みが甘かった、と痛感した。

ベッドのかたわらのチェストを開ける音、金属の当たる音が聞こえた。初めは何が起こっているのかわからなかったが、やがて片方の手首に手錠をはめられていることに気づいた。ビュルマンは彼女の両腕を持ち上げ、手錠の鎖をヘッドボードの縦材に絡ませてから、もう一方の手首にも手錠をはめた。そしてまたたく間に靴とジーンズを取り去った。最後にショーツを引きはがすと、片手に持ってかざして見せた。

「私を信頼するようにならないとだめだよ、リスベット」と彼は言った。「これから大人の遊びのルールを教えてやろう。私に不愉快な思いをさせれば、きみは罰を受けることになる。いい子にしていれば、いい友だちとしてやっていける」

彼はふたたび彼女の上に馬乗りになった。

「そういえば、アナルセックスは好きじゃないと言っていたね」と彼は言った。

リスベット・サランデルは口を開け、叫び声を上げようとした。が、髪をつかまれ、口にショーツを押し込まれた。それから両足首を何かで縛られている感触があり、脚を開いた状態でつながれ、完全に無防備になった。ビュルマンが部屋の中を歩きまわっているのが聞こえたが、顔にTシャツをかぶせられていて見ることはできなかった。数分が過ぎた。息がほとんどできなかった。やがて肛門に何かを荒々しく突っ込まれ、気の狂いそうな痛みが走った。

セシリア・ヴァンゲルはいまだミカエルに泊まることを許していなかった。午前二時をまわったころ、帰るしたくを始めた彼に、セシリアは裸でベッドに横たわったまま笑顔を向けた。

「あなたが好きよ、ミカエル。いっしょにいると楽しいわ」

「ぼくもだよ」

彼女はベッドから彼に腕を伸ばし、いま着たばかりのシャツをはぎ取った。彼はさらに一時間残ることになった。

ようやく帰途についてハラルド・ヴァンゲルの家の前を通ったとき、二階のカーテンが動くのをはっきりと見た気がした。しかしあまりに暗かったので確信までは持てなかった。


リスベット・サランデルがふたたび服を着られたのは、土曜日の午前四時ごろだった。革ジャンとリュックを手に取り、足を引きずりながら玄関にたどり着くと、すでにシャワーを浴びて身づくろいを整えたビュルマンが待っていた。彼は二千五百クローネの小切手を渡した。

「家まで送るよ」と彼はドアを開けながら言った。

彼女は玄関を出て振り返った。弱々しい体つき。涙を流したあとのむくんだ顔。目が合ったとき、ビュルマンはとっさに後ずさりしそうになった。これほどあからさまに燃えたぎる憎悪を目にするのは初めてだ。リスベット・サランデルはそのカルテにあるとおり、間違いなく精神を病んでいるように見えた。

「けっこうです」彼女は聞きとれないほど低い声で言った。「ひとりで帰れます」

彼は彼女の肩に手をかけた。

「ほんとうに?」

彼女はうなずいた。肩に置かれた手に力が加わった。

「決めたことを覚えておくんだよ。来週の土曜日にまた来なさい」

彼女はふたたび、何かに押さえつけられているかのようにうなずいた。彼は手を離した。

第十四章

三月八日　土曜日――三月十七日　月曜日

リスベット・サランデルは、下腹部の痛み、肛門の出血、そして目立たないながらも治るまでに時間のかかりそうな傷の痛みに耐えながら、一週間をほとんどベッドで過ごした。今回の経験は、オフィスでの一度目のレイプとはまったく別物だった。暴力と蔑《さげす》みというだけにはもはやとどまらない、計画的な残虐行為だった。

今になってやっと、彼女はビュルマンという人間を完全に誤解していたことを悟った。支配欲の強い傲慢《ごうまん》な男だとは思っていたが、正真正銘のサディストとまでは思っていなかった。一晩中、手錠につながれた。殺される、と何度も思った。実際、気を失いそうになるまで、顔に枕を押しつけられた。

彼女は泣かなかった。

暴行のさなか、肉体的苦痛から出た涙を除けば、一滴も涙を流すことはなかった。ビュルマンのマンションを出ると、足を引きずりつつオーデンプラン広場のタクシー乗り場へと向かい、帰宅したものの、自分の部屋まで階段をのぼるのが大変だった。すぐにシャワーを浴び、下半身の血を洗い流した。それから水を半リットル、睡眠薬のロヒプノールを二錠飲み、ベッドに倒れこんで毛布をかぶった。

日曜日の正午ごろ目が覚めたが、何も考えることはできず、頭と体の節々、下腹部がずきずきと痛んだ。起き上がって、飲むヨーグルトをコップ二杯分飲み干し、リンゴを食べた。それからまた睡眠薬を二錠飲んでベッドに戻った。

火曜日になってようやく、起きて行動できるほどに回復した。外出して冷凍ピザの徳用パックを買い、電子レンジでふた切れ温め、コーヒーをいれた。夜はインターネットでサディズムの病理に関する記事や論文を読んだ。

とくに興味を引かれたのは、アメリカの女性保護団体が発表している記事だ。それによると、サディストは自分が〝関係できそうな相手〟を、ほとんど直観によって正確に選び出すという。サディストにとって理想的な餌食《えじき》とは、ほかに選択の余地がないと思って自らすすんで会いにくる女だ。自立していない、他者に依存する立場の人間が標的となる。そうした相手を、サディストはぞっとするほど正確に見つけだすことができるという。

ビュルマン弁護士が餌食に選んだのは彼女だった。

この事実に彼女はとまどった。

周囲の人間にどう思われているかの一端が、そこに表われていた。

二度目の暴行を受けた一週間後の金曜日、リスベット・サランデルはアパートを出ると、ホーンストゥルの入れ墨師の店まで歩いて行った。電話で予約してあったので、ほかの客は誰もいなかった。入れ墨師は彼女の顔を知っており、軽くうなずいて挨拶した。

彼女はシンプルな細い帯状のタトゥーを希望し、足首に彫ってほしいと言って指さした。

「ここは皮膚が薄いから、すごく痛いよ」と入れ墨師は言った。

「平気よ」とリスベット・サランデルは言ってズボンを脱ぎ、脚を台に載せた。

「わかったよ、帯状のだね。もうけっこうな数入ってるけど、本当にまたもうひとつ増やしていいんだね？」

「ある出来事を忘れないようにするためだから」と彼女は答えた。

土曜日の十四時、ミカエル・ブルムクヴィストは閉店と同時に〈カフェ・スサンヌ〉を出た。自分の覚え書をｉＢｏｏｋで清書していたのだ。彼はスーパーに寄って食料と煙草を買い、家に戻った。ヘーデビーに住みはじめてから、彼はジャガイモとビーツを添えたポルサ（細切れの肉や内臓などを混ぜて煮たもの。スウェーデン北部でよくみられる）のソテーを好むようになっていた——それまでは一度もおいしいと思ったことがなかったが、この田舎の小さな家には不思議とよく合うのだ。

十九時ごろ、彼は台所の窓のそばに立ったまま物思いにふけった。セシリア・ヴァンゲルからの電

話はない。昼下がり、〈カフェ・スサンヌ〉にパンを買いにきた彼女と束の間顔を合わせたが、彼女は何やら考え込んでいる様子だった。今晩はおそらく電話がかかってくることはなさそうだ。ほとんどつけたことのない小型テレビにちらりと目をやった。それから台所の長椅子に座って、スー・グラフトンのミステリを読みはじめた。

土曜日の晩、リスベット・サランデルは約束の時刻きっかりに、オーデンプラン広場近くのビュルマン宅に姿を現わした。彼は愛想のいい慇懃《いんぎん》な笑顔で彼女を迎え入れた。

「今日のご機嫌はどうかな、私のリスベット」と彼は話しかけた。

彼女は答えなかった。彼はその肩に腕をまわした。

「このあいだは少々きつかったかもしれないね」と彼は言った。「少しおびえさせてしまったようだ」

彼女の口元に歪んだ微笑みがうかんだのを見て、彼は急に不安に襲われた。この娘は狂っているんだ。それを忘れてはいけない。この娘はいつまでたっても状況に順応しようとしないかもしれない、と彼は考えた。

「寝室に行きましょう」とリスベット・サランデルは言った。

〝いや、もしかすると、もう完全に理解しているのか……〟。そこで彼は前回と同様、彼女の肩に手をかけて寝室に導いた。〝今日はもっと穏やかに扱ってやろう。信頼を抱かせるんだ〟。チェストの上にはすでに手錠が用意してある。そうしてベッドにたどり着いたとき、ビュルマン弁護士は何かが

おかしいと感じた。

彼女が自分をベッドに導いている。逆であるはずなのに。立ち止まり、当惑した視線を彼女に向けると、ジャンパーのポケットから何かを取り出しているのが見えた。はじめは携帯電話かと思った。

それから彼女の目を見た。

「おやすみなさい」と彼女は言った。

そして相手の左のわきの下にスタンガンを差し入れ、七万五千ボルトの電流を流した。彼の両脚がくずおれはじめると、肩でその体を支え、持てる力のかぎりをつくしてベッドに横たえた。


セシリア・ヴァンゲルはぼんやりと酔っているような心地がした。ミカエル・ブルムクヴィストには電話しないと決めた。人に気づかれないよう、ミカエルがまわり道をしてこっそり会いにくるふたりの関係は、まるで安手の軽喜劇だ。そして自分は欲望をコントロールできない思春期の少女と化している。ここ二、三週間の自分の振る舞いはまったくばかげている、と彼女は自覚していた。

問題は、私が彼を好きになりすぎていることだ、と彼女は考えた。きっと傷つくことになる。ミカエル・ブルムクヴィストがヘーデビーに来なければよかったのに、そう思いながら、長いことじっと座って時間を過ごした。

ワインの栓を抜き、ひとりで二杯ほど飲んだ。テレビのニュース番組を見て世界情勢を追おうとしたものの、ブッシュ大統領がなぜイラクを攻撃しなければならないのか、そのもっともらしい解説に、たちまち嫌気がさしてしまった。そこで居間のソファーに座り、ゲレルト・タマス（一九六三〜。作家・ジャーナリスト）

の『レーザーマン』（ストックホルム周辺で一九九一年から九二年にかけて、人種差別的動機からレーザー照準器付きのライフルで十一人を狙い、一人を殺害したヨン・アウソニウスを扱った本）を開いた。だが、数ページしか読み進めることができず、あきらめて本を置いた。テーマのせいで、どうしても自分の父親のことを考えてしまう。父はどんな空想にふけっていただろう、と彼女は考えた。

父娘が本当の意味で〝会った〟と言えるのは、一九八四年が最後だ。兄のビリエルが、新しく飼いはじめたハミルトン・ストーヴァレという種類の猟犬の力を試してみたいというので、父親とともにヘーデスタ北部へ野ウサギ狩りに出かけ、セシリアも同伴した。ハラルド・ヴァンゲルは当時七十三歳だった。セシリアは、自分の子ども時代を悪夢に変え、成人後の人生にも影響を与えた父親の狂気を、できるかぎり受け入れようとしていた。

このころのセシリアは、人生で最も精神的に脆《もろ》い状態にあった。彼女の結婚生活は三ヵ月前に破綻《はたん》していた。ドメスティック・バイオレンス――言葉だけをとってみればありふれた話だ。彼女の場合、それは程度こそ軽いものの絶えず続く暴力という形をとった。頬を打たれ、小突かれ、わけもなく突然脅され、台所の床に押し倒された。夫はいつも不可解な理由で激昂《げきこう》したが、彼女がけがを負うほど強く暴力をふるうことはめったになかった。拳で殴らないよう気をつけていたのだ。彼女もだんだんと慣れてしまっていた。

しかしある日、彼女が不意にたたき返したので、夫は完全に我を忘れた。逆上した彼は、彼女に向かって鋏《はさみ》を投げつけ、これが彼女の肩甲骨《けんこうこつ》に刺さってしまった。

彼は自責の念にかられ、あわてて彼女を病院に連れていったが、そこでとうていありえない事故の話をでっちあげたため、救急病棟の職員たちにたちまち嘘と気づかれてしまった。彼女は恥ずかしく

なった。十二針縫い、二日入院した。それからヘンリック・ヴァンゲルが迎えにきて、彼女を自宅に連れ帰った。以来、夫とはひとことも口をきいていない。

結婚生活の破綻から三カ月がたったその秋晴れの日、ハラルド・ヴァンゲルは上機嫌で、友好的と言ってもよいほどだった。しかし森の奥で突然、彼女の生き方や性的習癖を下品かつ屈辱的な言葉でののしりはじめ、こんな売女《ばいた》が男を引きとめておけないのも無理はない、と言い放った。

兄のビリエル・ヴァンゲルは、父親の言葉が妹の心をずたずたに傷つけていることにすら、まるで気づいていなかった。彼は突然笑いだし、父の肩を抱くと、「まあ女なんてみんなそんなもんでしょう、父さん」と言って、彼なりにその場を取り繕《つくろ》おうとした。そして何くわぬ顔でセシリアにウインクしてみせると、ハラルド・ヴァンゲルに向かって、丘の上に立って野ウサギを待ち構えてはどうだろう、と提案した。

その瞬間、セシリア・ヴァンゲルは凍りついたように父と兄を見つめ、ふと自分が弾の入った猟銃を手にしていることに気づいた。彼女は目を閉じた。そうでもしなければ、銃をかまえて二度引き金を引いていたことだろう。ふたりとも殺してやりたいと思った。だがそうはせず、銃を地面に放りだし、踵《きびす》を返して、車を駐めた場所に戻った。ふたりを森に残して車に乗り込み、ひとりで家に帰った。その日から、彼女はごくまれにやむをえない状況に置かれたときを除いて、父親と話をしなくなった。自分の家にはけっして上がらせず、また父親の家を訪れることもなかった。

〝あなたのせいで私の人生は台なしになった〟とセシリア・ヴァンゲルは思った。〝私が子どものころにはもう、あなたのせいで私の人生は台なしだった〟

二十時三十分ごろ、セシリア・ヴァンゲルは受話器を取ってミカエル・ブルムクヴィストに電話し、来てほしいと告げた。

ニルス・ビュルマン弁護士は痛みを覚えた。筋肉が言うことをきかない。体じゅうが麻痺《まひ》しているようだ。意識を失ったかどうかはよくわからないが、頭が混乱しており、直前の出来事を思い出せない。やっと体を動かせるようになってみると、両手首が手錠で固定され、両脚を痛いほど開かされて、ベッドに全裸で仰向けになっていることがわかった。電極が当てられた場所はやけどしており、ひりひりと痛む。

リスベット・サランデルは籐椅子をベッド脇に引き寄せ、ブーツをはいた足をベッドにのせて、煙草を吸いながら辛抱強く待っていた。声を出そうとしたビュルマンは、自分の口が幅の広い粘着テープでふさがれていることに気づいた。頭を横に向ける。チェストのひきだしが開いており、中身があたりにぶちまかれている。

「あんたのおもちゃ、見つけたわよ」とサランデルは言った。そして鞭を振りかざすと、床に散らばっているディルドや猿轡《さるぐつわ》、ゴム製のマスクを指し示してみせた。「これは何に使うわけ？」と彼女は大型のアナルプラグを手に持ってかざした。「ああ、何も言わなくていいわよ——どうせ聞こえないから。先週わたしに使ったのはこれ？　そうだったらうなずいてごらん」彼女は期待に満ちた表情で彼のほうへと身をかがめた。

ニルス・ビュルマンは冷たい恐怖が突然胸を引き裂くのを感じて、自制心を失った。力まかせに手

錠を引っぱる。〝この娘にしてやられた。信じられない〟。リスベット・サランデルがかがみこんで、尻のあいだにプラグを当てても、彼にはどうすることもできなかった。「あなたはサディストなんでしょう」と彼女は言った。「他人の尻にモノを突っ込むのが好きなわけね？」そしてじっと彼を見据えた。その顔は仮面のように無表情だった。「もちろん、オイルもワセリンも使わないのよね？」

リスベット・サランデルはいきなり彼の尻をぐいっと開き、プラグを挿《さ》し入れた。ビュルマンはテープ越しに金切り声を上げた。

「きぃきぃ言うんじゃないよ」リスベット・サランデルは彼の声色《こわいろ》をまねて言った。「わたしに不愉快な思いをさせれば、あんたは罰を受けることになる」

彼女は上半身を起こし、ベッドの反対側にまわった。彼はなすすべもなくその姿を目で追った——〝いったい今度は何をする気だ？〟。リスベット・サランデルは、居間にあった三十二インチテレビを寝室に運び入れていた。床にはＤＶＤプレーヤーが置いてある。彼女は彼を見下ろした。手には鞭を持ったままだ。

「ちゃんとこっち向いてる？」と彼女は訊いた。「何も言わなくていいと言ったでしょう——うなずくだけでいいの。わたしの言葉が聞こえる？」彼はうなずいた。

「よし」彼女はかがんでリュックを持ち上げた。「これに見覚えはある？」彼はうなずいた。「これは先週ここに来たときに持ってきたリュック。すごく便利なのよ。ミルトン・セキュリティーから借りてきたんだけどね」彼女は下のほうに付いているファスナーを開けた。「ほら、ここにデジタルビデオカメラが内蔵されてるの。ＴＶ３の『インサイダー』って番組見たことある？　レポーターが何

か隠し撮りするときは、こんなリュックを使うのよ」彼女はファスナーを閉めた。「レンズはどこにあるんだ、って思うでしょう？　これがすぐれものなのよ。広角レンズを付けたファイバースコープでね。レンズは服のボタンぐらいの大きさで、ショルダーストラップのバックルの中に隠れてるわけ。もしかしたら覚えてるかもしれないけど、あんたにやられる前に、ここのテーブルにリュックを置いたのよ。レンズがまっすぐベッドのほうを向くようにね」

彼女はDVDをかざして見せてから、プレーヤーの中に差し込んだ。そして自分もテレビの画面が見えるよう、籐椅子の向きを変えた。新しい煙草に火をつけ、リモコンを押す。ビュルマン弁護士は、自分がドアを開けてリスベット・サランデルを迎え入れる場面を目にした。

「時計も読めないのか」と彼はぶっきらぼうな声で挨拶代わりに言っていた。

彼女はDVDを最後まで再生した。映像は九十分間に及び、ヘッドボードにもたれて裸で座っているビュルマン弁護士が、後ろ手に縛られ、丸くなって横たわっているリスベット・サランデルを見つめながら、ワインを飲んでいるシーンで終わった。

彼女はテレビを消し、黙ったまま、彼のほうを見ることもなく、たっぷり十分間、籐椅子にじっと座っていた。ビュルマンは身動きひとつできなかった。彼女は立ってバスルームに行った。それから戻ってきてふたたび籐椅子に腰を下ろした。彼女の声はかすれていた。

「先週はすっかり見込みちがいをしたわ」と彼女は言った。「またフェラチオをさせられるのだとばかり思ってた。それだって吐き気がしそうに嫌だったけど、許容範囲と思うことはできた。そうやって、あんたが汚らわしい変質者だという完璧で動かしがたい証拠を、楽して手に入れるつもりだった

のよ。でも甘かった。わかってなかったのよね、あんたがどれほど腐りきった人間か。

わかりやすいように話してあげる」と彼女は言った。「この映像には、あんたの被後見人で、知的障害のある二十四歳の娘を、あんたがレイプしてる姿が記録されてる。わたしは必要とあれば、いくらでも知的障害を装える。このDVDを見れば誰にでも、あんたが人間の屑であるばかりか、たちの悪いサディストでもあるとわかる。なかなかためになるDVDだと思わない？　これが公《おおやけ》になったらたぶん、施設に収容されるのはわたしじゃなくて、あんたのほうよね。そう思わない？」

彼女は返事を待った。ビュルマンは反応しなかったが、震えているのが見てとれた。彼女は鞭でその股間をぴしゃりと打った。

「そう思うわよね？」と彼女は大声で繰り返した。彼はうなずいた。

「OK。ここまではちゃんとわかってもらえたようね」

彼女は籐椅子を引き寄せ、腰かけて彼の目をのぞきこんだ。

「さて、この問題を解決するにはどうしたらいいかしらね？」彼は答えられなかった。「何かいい考えはある？」彼が反応せずにいると、彼女は手を伸ばして陰嚢をつかみ、相手の顔が苦痛にゆがむまで引っぱった。「何かいい考えはある？」と彼女は繰り返した。彼は首を横に振った。

「それはよかった。今後もし、あんたが何か勝手に計画を立てたりしたら、わたしの怒りはもっと増すことになるから」

彼女は椅子の背もたれに体をあずけ、煙草に火をつけた。「それじゃ、わたしのほうから今後どうなるかを話すわね。来週、尻に突っ込んでるその特大の代物をいきんで出せるぐらいまで元気になっ

たら、あんたはすぐ銀行に連絡して、わたしの口座をわたし自身が――わたしひとりだけが――使えるようにする。わかった？」ビュルマン弁護士はうなずいた。

「けっこう。今後、あんたからはいっさいわたしに連絡を取らない。これからは、わたしが会いたいときだけ会うことにする。つまりわたしとの面談は禁止」彼は何度もうなずき、安堵の息を洩らした。

〝私を殺す気はないらしい〟

「もしわたしに連絡してくるようなことがあったら、このDVDをダビングして、ストックホルムじゅうの新聞社に送るからね。わかった？」

彼は何度もうなずいた。〝あのDVDをなんとか盗んでおかなくては〟

「年に一度、あんたはわたしが申し分なく健康であるという内容の報告書を後見委員会に提出する。完全に正常な生活を送っていて、定職を持ち、行動は申し分なく、振る舞いに異常な点は何も見られないと書く。わかった？」

彼はうなずいた。

「さらに毎月、わたしたちが会ったことにして、架空の書類をつくる。わたしがどんなに前向きか、どんなにうまくやっているか、詳しく書く。コピーをとってわたしにも郵送する。わかった？」彼はふたたびうなずいた。リスベット・サランデルはその額に汗の粒が浮かんでいるのをぼんやりと眺めた。「数年後、そうね、二年後としましょうか、わたしの後見を解除してもらえるよう、地方裁判所との交渉を始める。毎月作成するわたしたちの架空の面談報告書を、その根拠として利用する。わたしが完全に正常であると誓ってくれる精神科医を見つけてくる。精一杯努力してもらうわよ。わたし

が後見不要と認められるように、あんたの権限でできるかぎりのことをしてもらう」

彼はうなずいた。

「なぜ全力を尽くさないといけないかわかる？　それだけの理由があるからよ。つまりね、失敗したらこのＤＶＤは公《おおやけ》になるから」

ビュルマンはリスベット・サランデルが口にするひとことずつに注意深く耳を傾けた。そして突然、目に憎悪をみなぎらせた。〝私を生かしておくとはおめでたい〟と彼は考えた。〝この代償は高くつくぞ、売女め。いまに見てろ。息の根を止めてやる〟。それでも彼は質問のひとつひとつに一生懸命うなずきつづけた。

「あんたからわたしに連絡してきた場合も同じ」彼女はそう言いつつ首のところに手をやった。「このマンションも、弁護士の肩書きも、外国の銀行に預けてある財産も、みんな失うことになる」

外国の銀行に言及され、ビュルマンは目を大きく見開いた。〝なぜだ、いったいどうやって知ったというんだ、この女……〟

彼女は微笑み、煙草を一服吸った。それからカーペットに煙草を落とし、靴のかかとでもみ消した。

「ここのオフィスの合鍵をもらうわよ」ビュルマンは眉間に皺を寄せた。彼女は身をかがめ、にっこりと微笑んだ。

「これからは、あんたの生活を監視させてもらうわ。あんたが予想もしてないとき、たとえば睡眠中に、わたしはこれを持ってこの部屋に来る」彼女はスタンガンをかざして見せた。「徹底的に監視するからね。万が一、女といっしょにいるところを見つけたら——その女が自分の意志でここに来たの

だろうと、そうでなかろうと――どんな女であれ、万が一いっしょにいるところを見つけたら……」リスベット・サランデルはふたたび首のところで指を動かした。

「もしわたしが死んだら……事故に遭って車に轢《ひ》かれるか何かしたら……このDVDのコピーが新聞社に届くことになる。あんたを後見人に持つというのがどういうことか、詳しく書いた手紙をつけてね。

もうひとつ」彼女が大きくかがみこんだので、ふたりの顔の距離は数センチメートルに縮まった。

「もしまたわたしに指一本でも触れたら、あんたを殺す。本気よ」

ビュルマン弁護士は突然、この女は本当に本気だ、と感じた。彼女の目にこけおどしの余地はない。

「わたしが狂人だってこと、よく覚えておきなさい」

彼はうなずいた。

彼女は考え深げなまなざしで彼を見据えた。

「あんたとわたしがいい友だちになるのは無理だと思うわ」とリスベット・サランデルは真剣な声で言った。「どうせあんたは、自分を生かしておくとは馬鹿なやつだ、と内心喜んでいるんでしょう。わたしの手中にあるくせに、主導権は自分にあると思ってる。殺されさえしなければ、また自由になれる。そうなればまたわたしを支配できる、と高を括《くく》ってる。そうじゃない?」

悪い予感に襲われて、彼は首を横に振った。

「わたしたちの取り決めを忘れないように、プレゼントをしてあげる」

彼女はにやりと笑ってベッドに上がり、彼の脚のあいだに膝をついた。ビュルマンは彼女の言葉の

意味がわからないまま、恐怖におののいた。

やがて、リスベットが針を手にしているのが見えた。

彼は激しく頭を振り、体の向きを変えようとしたが、彼女は自分の膝を彼の股にのせ、警告するように強く押しつけた。

「動くと危ないわよ。この道具を使うの初めてなんだから」

それから二時間のあいだ、彼女は作業に集中した。終わったとき、彼のすすり泣きはやんでいた。ほぼ虚脱状態にあるようだった。

彼女はベッドから下り、頭を傾けて、出来ばえを批判的な目で見直した。芸術的な才能にはあまり恵まれていない。文字は不安定でぐらついており、どこか印象派の作風を思わせる。それは五行にわたる大文字で、彼の乳首から陰部にかけて、赤と青の染料で彫り込まれていた。〝私はサディストの豚、恥知らず、レイプ犯です〟

彼女は針を集め、染料の入った容器をリュックにしまった。それからバスルームへ手を洗いに行った。寝室に戻ってきたときには気分がすっかり晴れていた。

「おやすみ」と彼女は言った。

マンションを出る前に、手錠を片方だけはずしてやり、その鍵をビュルマンの腹の上に置いた。それからDVDとビュルマンの鍵束を持って外に出た。

午前零時をまわるころ、ふたりで一本の煙草をかわるがわる吸っているときに、ミカエルはしばら

く会えなくなると切りだした。セシリアは驚いた顔で彼を見た。

「どういうこと?」

彼は恥ずかしがっている様子だった。

「月曜日から刑務所に入る。禁錮三カ月の刑に服するんだ」

説明はそれだけで充分だった。セシリアは長いこと黙っていた。泣きだしそうになるのをこらえるのがやっとだった。


ドラガン・アルマンスキーがリスベット・サランデルのことをあきらめかけていたある月曜の午後、ノックされた扉を開けるとリスベット・サランデルが立っていた。彼女と最後に連絡らしい連絡をとったのは、一月初めにヴェンネルストレム事件調査の中止を指示したときで、その後はいくら電話しても、出てもらえないか、忙しいという理由ですぐ切られていた。

「何か仕事はありませんか?」と彼女は、挨拶の手間を省いていきなり尋ねた。

「やあ。顔を見られてほっとしたよ。もしかして死んだんじゃないかと思っていたところだった」

「けりをつけなきゃいけないことが二、三あったから」

「きみにはけりをつけなきゃいけないことがしょっちゅうあるようだね」

「今回はすぐに手を打たなくちゃならなかったんです。でも、もう済んだので戻ってきました。仕事ありますか?」

アルマンスキーは首を横に振った。

「残念だが、いまはないよ」

リスベット・サランデルはそのままじっと彼を見つめていた。やがて彼は息を吸い込み、言葉を継いだ。

「リスベット、言うまでもないが、私はきみを気に入っているし、仕事もなるべく頼みたいと思っている。だがきみは、仕事がたっぷりあったこの二カ月間、ずっと姿を見せなかったじゃないか。つまりきみはあてにできないってことだ。仕事はほかの連中に頼んで、きみの不在を埋め合わせざるを得なかった。今はあいにく何もない」

「ボリューム上げてもらえませんか」

「えっ?」

「ラジオですよ」

……次に、雑誌『ミレニアム』についてです。産業界の重鎮ヘンリック・ヴァンゲル氏が『ミレニアム』の経営陣に加わり、取締役会のメンバーになることが発表されました。これと時を同じくして、元発行責任者であるミカエル・ブルムクヴィスト氏は今日から、実業家ハンス＝エリック・ヴェンネルストレム氏に対する名誉毀損《きそん》の罪で、三カ月の禁錮刑に服します。『ミレニアム』のエリカ・ベルジェ編集長は記者会見で、ミカエル・ブルムクヴィスト氏が刑期を終えしだい発行責任者として復帰する、と述べました。

「なんてこと」とリスベット・サランデルが洩らした声はかなり低かったので、アルマンスキーは彼女の唇が動くのを見ただけで、言葉を聞きとることはできなかった。彼女は急に立ち上がってドアに向かった。

「待て。どこに行くんだ？」

「帰ります。いくつか確かめたいことがあるから。仕事ができたら電話ください」

『ミレニアム』がヘンリック・ヴァンゲルという援軍を得たニュースは、リスベット・サランデルの予想以上に大きな出来事だった。『アフトンブラーデット』紙は、スウェーデン通信が打電した長めの記事をいち早くインターネットに掲載しており、そこにはヘンリック・ヴァンゲルの略歴が紹介され、この老実業家が表舞台に姿を見せるのはおよそ二十年ぶりであると書かれていた。彼が『ミレニアム』に出資するという発表は、ペーテル・ヴァレンベリやエリック・ペンセルのような大実業家が突然、資金面での独立姿勢を貫く『ＥＴＣ』誌の出資者となったり、産業界におもねらないメディアをめざすと公言している『オードフロント』誌のスポンサーになったりするのと同じくらい、想像を絶することと受け止められたのだ。

これは大ニュースとして十九時三十分のテレビニュースで三番目に扱われ、三分間にわたって報道された。『ミレニアム』編集部の会議用テーブルで、エリカ・ベルジェがインタビューに応じた。こうして突如、ヴェンネルストレム事件にふたたび世間の関心が集まることとなった。

「私たちは昨年重大な過ちを犯し、その結果、名誉毀損で有罪となりました。もちろんこれは遺憾な

ことで……いずれ時機を見て、あらためてこの事件に触れようと考えています」

「あらためて事件に触れるというのはどういう意味ですか？」と記者が訊いた。

「この件で何があったのか、私たちの側から語るということです。まだそれをしていませんからね」

「裁判で語ればよかったのでは？」

「裁判中はそうしない方針をとったのです。しかし私たちはもちろん、これからも批判的な目で調査報道を続けていきます」

「つまり、有罪判決につながったあの記事の内容を撤回するつもりはないということですか」

「その点については、いまのところノーコメントです」

「あなたは判決のあとミカエル・ブルムクヴィスト氏を解雇なさいましたね」

「それは誤解です。公式発表をよく読んでください。彼はしばらく編集部を離れて休息を取る必要があっただけです。年内には発行責任者に復帰します」

カメラが編集部の室内をゆっくりと撮影するあいだ、レポーターは不遜なまでの独立精神で知られる『ミレニアム』の波乱に富んだ歴史を概説した。そして、ミカエル・ブルムクヴィスト氏からコメントを得ることはできない、イェムトランド地方のエステルスンドから数十キロほどのところにある、森に囲まれた小さな湖のほとりのルローケル刑務所に入ったばかりである、と述べた。

テレビを見ていたリスベット・サランデルは、画面の端のほう、編集部の開いたドアの向こうに、一瞬ディルク・フルーデが映ったことに気づいた。彼女は眉を寄せ、何か考え込む様子で下唇を噛んだ。

この月曜日はあまりほかにニュースのない日だったので、二十一時のニュースにはヘンリック・ヴァンゲル自身が四分間出演した。ヘーデスタの地元テレビ局のスタジオでインタビューに応じたのだ。レポーターは最初に、「大実業家ヘンリック・ヴァンゲル氏が二十年の沈黙を破り、表舞台へと戻ってきました」と述べた。次に導入部としてヘンリック・ヴァンゲルの半生が紹介され、一九六〇年代に彼が当時のターゲ・エルランデル首相とともに工場の落成を祝っている白黒のテレビ映像も挿入された。それから、スタジオのソファーに背をあずけ、脚を組んで穏やかに腰かけているヘンリック・ヴァンゲルが映し出された。黄色いシャツに緑色の細いネクタイ、ゆったりとしたこげ茶色の上着という装いだ。高齢のやせ細った姿は隠しようもなかったが、安定したよく通る声で話した。しかも率直な話しぶりだった。レポーターはまず、彼が『ミレニアム』の共同経営者になったいきさつを尋ねた。

「『ミレニアム』はすぐれた雑誌で、私も昔からの愛読者です。ところがいま『ミレニアム』は攻撃にさらされています。強力な敵が、この雑誌をつぶそうと、広告掲載のボイコットを呼びかけているのです」

これほど率直な答えを予想していなかったらしいレポーターは一瞬とまどったが、この驚きのニュースにはどうやら意外な側面がありそうだと感じ、すぐにこう質問した。

「そのボイコットの首謀者は誰ですか？」

「それは『ミレニアム』がこれから慎重に調査すべき事柄です。しかし、この機会にぜひ申し上げて

おきたい。『ミレニアム』は、黙ってみすみすつぶされるような雑誌ではありません」

「出資をお決めになったのはそうした理由からですか？」

「特定の個人や団体が自分の利益のため、気に入らないメディアを封じる権力を持つようになってしまったら、表現の自由が保証されなくなるでしょう」

ヘンリック・ヴァンゲルはまるで、表現の自由を守ろうと生涯闘ってきた急進的文化人のような口ぶりだった。ミカエル・ブルムクヴィストは一日目にしてさっそく足を踏み入れたルローケル刑務所のテレビ室で、思わず大声で笑いだした。ほかの受刑者たちが不安そうな目で彼を見た。

その夜遅く、小さい机と椅子と壁に固定された棚がモーテルの狭い部屋を思わせる独房で、彼はベッドに横たわり、ヘンリックとエリカがこういう形で情報を流したのは確かに賢明だった、と思った。誰と話してみたわけでもないが、『ミレニアム』に対する世間の態度が変わりはじめているのが彼にはわかった。

ヘンリック・ヴァンゲルの登場は、ハンス＝エリック・ヴェンネルストレムへの宣戦布告にほかならない。メッセージは明白だ——今後おまえの闘う相手は、年間予算がヴェンネルストレム・グループ昼食会の費用程度でしかない、スタッフたった六人の雑誌ではない。これからはヴァンゲル・グループも相手になる。確かに、かつての規模にくらべれば見る影もないが、それでも挑戦者としてははるかに手ごわいはずだ。というわけでヴェンネルストレムはいま、この対立から身を引くか、それともヴァンゲル・グループをもまとめてつぶす策に出るか、選択を迫られることになる。

ヘンリック・ヴァンゲルのテレビインタビューは、自分には闘う用意があるとの通告だった。もち

ろん、ヴェンネルストレムが敵となると勝ち目はないかもしれない。それでもこの戦いは、ヴェンネルストレムにとっても高くつくはずだ。

エリカは慎重に言葉を選んでいた。具体的には何も言わなかったが、『ミレニアム』がまだ〝この件で何があったのかを私たちの側から語っていない〟という表現は、語るべき何かが存在するという印象を抱かせた。ミカエルは訴えられ、裁かれ、服役しているが、本当は潔白であり、真実は別に存在すると暗にほのめかしたのだ。

〝潔白〟という言葉を口にしないことで、ミカエルの潔白はいっそうはっきりと浮かび上がった。彼を当然のように発行責任者に復帰させるというこの決定は、『ミレニアム』には何ら恥じるところはないという主張でもある。一般大衆にとって、何が真実かはさほど重要でない——人はみな陰謀説に夢中になるし、大富豪の実業家と雄弁な美人編集長のどちらに人々の共感が向かうかは論を俟《ま》たない。一方、マスコミ業界はそう簡単にだまされないだろう——が、エリカの発言で一部の評論家は牙を抜かれ、あえて世論に反する危険を冒そうとはしなくなるかもしれない。

この日の出来事で状況が根底から覆《くつがえ》されるわけではないが、スポンサー離れの勢いを食いとめ、力関係に少しの変化をもたらすことは確実だ。ヴェンネルストレムはさぞ不愉快な夜を過ごしたことだろう、とミカエルは想像した。『ミレニアム』側がどこまで知っているのか、ヴェンネルストレムには知るすべもなく、次の駒を動かすにはまずそこから探らなければならないのだから。

エリカは、まず自分の、次にヘンリック・ヴァンゲルのインタビューを見てから、厳しい表情でテ

レビとビデオデッキのスイッチを消した。時計を見ると夜中の二時四十五分で、ミカエルに電話したい衝動をぐっとこらえた。受刑者の身で、独房での携帯電話の使用が許されているとは思えない。サルトシェーバーデンの自宅に帰ってきたときにはすでに夜が更けていて、夫は熟睡していた。彼女は立ち上がると、戸棚からアベラワーを出して少なからぬ量をグラスに注ぎ――強い酒を飲むのは年に一度ほどだ――窓辺に座って、入江とスクルスンド水路入口付近の灯台をぼんやりと眺めた。

ヘンリック・ヴァンゲルと取り決めを結んだあと、ふたりきりになった彼女とミカエルは、激しく意見をぶつけあった。ふたりはそれまでも、記事の方向性、レイアウト、情報の信憑性《しんぴょうせい》、その他雑誌制作にかかわる数かぎりない事柄をめぐって、活発な議論を交わしてきた。しかしこのとき、ヘンリック・ヴァンゲルのゲストハウスで焦点となったのは、雑誌の根幹にかかわる問題だった。彼女は危うい領域に足を踏み入れており、そのことを自覚してもいた。

「ぼくはいったいどうすればいいんだ?」とミカエルは言った。「ヘンリック・ヴァンゲルは自伝執筆のためにぼくを雇った。これまでは、嘘を書くよう強いられたり、偏《かたよ》った視点から書くよう言いくるめようとしてきたりしたら、すぐに拒否して立ち去ることができた。ところが今やヘンリックはぼくたちの雑誌の共同経営者で、『ミレニアム』を救う財力を持った唯一の人物だ。ぼくは一挙に、報道倫理委員会が眉をしかめるような状況に陥ってしまった」

「それじゃ、あなたにはもっといい考えがあるの?」とエリカは言った。「もしあるなら、正式の契約書にサインする前に、いま言ってちょうだい」

「リッキー、ヘンリックはハンス=エリック・ヴェンネルストレムへの私的な復讐を果たすために、

ぼくたちを利用しているんだよ」

「だからどうなの？　私たちだって、ヴェンネルストレムへの私的な復讐を果たそうとしているじゃないの」

ミカエルは彼女から視線をそらし、苛立った様子で煙草に火をつけた。口論は長々と続いたが、やがてエリカはミカエルの寝室に入り、服を脱いでベッドにもぐりこんだ。そのまま眠ったふりをしていたら、二時間後、ミカエルも隣にもぐりこんできた。

『ダーゲンス・ニューヘーテル』紙の記者にも、ミカエルと同じ指摘をされた。

「『ミレニアム』はもう、独立した雑誌とは言えないのではありませんか？」

「どういう意味でしょう？」

記者は眉を上げた。自分の問いに表現の不足はないつもりだったが、もっと明確な言葉に言いかえることにした。

「『ミレニアム』の任務は何よりもまず、企業の活動を監視することですね。ヴァンゲル・グループに対するあなたがたの監視の目が曇らないということを、どうやって信頼性のある形で主張できますか？」

エリカはまったく思いがけない質問だというように、記者の顔をまじまじと見つめた。

「つまり、莫大な資金を持つ財界の著名人が登場したから『ミレニアム』の信頼性が下がる、とおっしゃりたいのですか？」

「ええ、当然のことながら、ヴァンゲル・グループの監視役としては信頼しにくくなります」

「それは『ミレニアム』だけに当てはまるルールですか？」

「と言うと？」

「あなたがお勤めの新聞社だって、大企業グループの傘下にあるでしょう。だからといって、ボニエ・グループ傘下のメディアはことごとく信用できない、と断言できますか？　『アフトンブラーデット』紙は、コンピュータ・通信業界で大きな位置を占めるノルウェーの大企業の所有ですが、それをもってエレクトロニクス産業に関する『アフトンブラーデット』の分析が信用できないと言えますか？　『メトロ』紙の所有者はステーンベック・グループです。大企業の後ろ盾があるスウェーデンのメディアはどれも信用できない、こうおっしゃりたいのでしょうか？」

「いいえ、もちろんそんなことはありません」

「それならなぜ、『ミレニアム』に出資者が現われた、だから信頼性が下がる、などとおっしゃるのですか？」

記者はついに降参した。

「わかりました。質問を撤回します」

「いいえ。撤回には及びません。私の発言を正確に報道してください。こう付け加えていただいてもけっこうです――『ダーゲンス・ニューヘーテル』紙がこれまで以上にヴァンゲル・グループを注視してくださるなら、私たちもボニエ・グループにいっそう目を光らせることにします、と」

とはいえ、これが倫理的ジレンマであることは確かだ。

ミカエルはヘンリック・ヴァンゲルの下で働いており、ヘンリック・ヴァンゲルは指一本で『ミレ

ニアム』を倒産させることのできる立場にある。ミカエルとヘンリック・ヴァンゲルが何らかの理由で仲違いしたら、いったいどうなることだろう？

そして何よりも――自分の信頼性というものを安売りしてしまったのではないか？　いつから自分は、自主独立の編集長から、買収された編集長に転じてしまったのだろう？　エリカはその問いを発するのも、それに答えを出すのも気が進まなかった。

リスベット・サランデルはインターネットへの接続を切り、ＰｏｗｅｒＢｏｏｋを閉じた。仕事はなく、おまけに腹が減っていた。とはいえ、自分の銀行口座を取り戻し、ビュルマン弁護士が不快な過去の記憶でしかなくなった現在、仕事がなくても当分は困らない。彼女は空腹をいやそうと、台所に行ってコーヒーメーカーのスイッチを入れ、パン三枚にチーズと魚卵ペーストとかたゆで卵を載せた。かなり久しぶりの食事だった。居間のソファーに座って夜食をとりつつ、手に入れたばかりの情報について考えをめぐらせた。

彼女はヘーデスタのディルク・フルーデという人物に雇われて、実業家ハンス＝エリック・ヴェンネルストレムに対する名誉毀損で禁錮刑の判決を受けたミカエル・ブルムクヴィストの調査を行なった。その数カ月後、やはりヘーデスタのヘンリック・ヴァンゲルが『ミレニアム』の取締役会メンバーとなり、この雑誌を何者かがつぶそうとしていると主張した。しかもミカエル・ブルムクヴィストが刑務所に入ったその日に。だが何よりも興味を引かれるのは、経済誌『モノポール』のインターネット版で見つけた小さな記事だ。日付は二年前、ハンス＝エリック・ヴェンネルストレムを扱った

〝無一文からの出世〟という見出しのこの記事には、彼が一九六〇年代後半にほかでもないヴァンゲル・グループで成功への階段を上りはじめたことが書かれていたのだ。

とくに知能指数の高い人間でなくても、これらの出来事に何らかの関連があることは察しがつく。どうもうさん臭い。リスベット・サランデルはうさん臭いものを暴くのが好きだ。何の仕事もない今、それは絶好の暇つぶしだった。

訳者あとがき

『ドラゴン・タトゥーの女』は、『ミレニアム』と名付けられた三部作の第一部であり、ジャーナリストであった著者スティーグ・ラーソンの小説家としてのデビュー作でもある。二〇〇五年にスウェーデンで刊行されるやいなや、デビュー作とは思えない完成度に驚きが広がった。

ジャーナリストのミカエル・ブルムクヴィストは、経済界の大物ヴェンネルストレムの悪事をスクープしたはずが、名誉毀損で有罪となってしまう。そこで、発行責任者として率いていた『ミレニアム』誌を退き、しばらくジャーナリズムから距離を置くことにする。

ところがそこに奇妙な依頼が舞い込んでくる。依頼主は、ヴェンネルストレムとはライバル関係にある往年の大実業家、ヘンリック・ヴァンゲル。三十六年前のある日、ヴァンゲル一族の住む島から失踪した、ヘンリックの兄の孫に当たる十六歳の少女ハリエットの行方を突き止めてほしい、謎を解いてくれれば、ヴェンネルストレムの秘密を教える、というのだ。

その一方で、背中に入った大きなドラゴンのタトゥーが印象的な女性調査員、リスベット・サランデルの話が進められる。非社交的で社会とのつながりをほとんど持たず、いくつものタトゥーにピアス、どぎつい服装で周囲をはねつける女。きわめて小柄で、二十四歳なのに十五歳ぐらいにしか見えない。だが調査をさせれば一流だ。人間誰しも抱えている秘密を、百パーセントの精度で暴き出す。そんな彼女も、やはり秘密を抱え、重い過去を背負っている。

そして、ミカエルとリスベット、ふたりの人生が交わり合うとき、事態は急展開をみせる……

『ミレニアム』三部作はこの後、第二部 *Flickan som lekte med elden*（火遊びをした女）、第三部 *Luftslottet som sprängdes*（爆破された空中楼閣）と続く。

この三部作は本国スウェーデンで大変な人気を博し、第一部の刊行から三年あまりで合計二百九十万部以上を売り上げる大ベストセラーとなった。スウェーデンの人口が約九百万人であることを考えると、これは驚異的な数字だ。私はスウェーデンに住んでいるが、実際、周囲では「いままで読んだスウェーデン人作家の本のなかでいちばん読みごたえがあった」「三冊とも徹夜で読んだ」、果ては「読んでいないと言うと驚かれる」「読まないと職場での話題についていけない」などといった声まで聞かれるほどで、人気のほどを実感する。第一部『ドラゴン・タトゥーの女』と第三部はいずれもスカンジナヴィア推理作家協会が北欧五カ国で書かれたミステリの最優秀作に与える「ガラスの鍵」賞を、第二部はスウェーデン推理作家アカデミー最優秀賞を受賞している。

さらに、第一部は映画化が進行中で、スウェーデンでは二〇〇九年春に公開。残る第二部と第三部

についてはテレビドラマが制作される予定だ。スウェーデンでは映画化の決定以来、ミカエルとリスベットを誰が演じるかについてさまざまな憶測が飛び交い、キャストが発表されてからは賛否両論の大論争が巻き起こった。話題作だけに期待も大きい。

また、フランス、ドイツ、アメリカをはじめ、三十カ国以上で翻訳が進められ、フランスでも二百万部を超す売れ行きをみせている。

著者スティーグ・ラーソンは一九五四年、スウェーデン北部ヴェステルボッテン県生まれ。ノルシェーという小さな町の近郊で少年時代を過ごした。その後ストックホルムに移り、スウェーデン通信に二十年以上勤務するかたわら、極右思想や人種差別に反対する運動にかかわり、一九九九年からはこうしたテーマを専門に扱う雑誌EXPOの編集長となった。

ラーソンのジャーナリストとしての経験は『ミレニアム』編集部の生き生きとした描写に表われており、反人種差別運動に積極的にかかわった彼の魂は、ナチズムと深くつながったヴァンゲル家の過去の描写はもちろん、社会的弱者、とりわけ女性への卑怯な暴力に向けられる憤りに満ちた視線にも表われている、と言うことができるだろう。本書の原題 *Män som hatar kvinnor*（女を憎む男たち）をみてもわかるとおり、女性に対する偏見、軽蔑、暴力は、第二部、第三部を含めた全篇を貫くテーマのひとつとなっている。

ラーソン自身、こうした差別の問題を強く意識していたようで、性差別的なイメージの表紙は絶対

にやめてくれ、と編集者に要請しているほか、美しくセクシーだが賢いとはいえない典型的な女性キャラクターの男性版としてミカエルを描き、代わりにリスベットにいわゆる〝男性的〟な性質を持たせた、と、男性・女性に関する先入観を意識的にひっくり返したことを認めてもいる（スティーグ・ラーソンのウェブサイトに公開されている編集者とのメールのやりとりより）。

ミカエルとリスベットという人物が生まれるきっかけとなった要因がもうひとつある。本書でも何度か言及されているスウェーデンの国民的児童文学作家、アストリッド・リンドグレーンの作品が、インスピレーションの源となっているという。リスベット・サランデルのモデルは、破天荒で行儀は最悪、されど力持ちで正義の味方、〝長くつ下のピッピ〟。もし現代社会に大人になったピッピがいたとしたら、彼女はどんなふうに生きているだろう？　どんなレッテルが貼られるだろう？　そんな想像から、型破りな天才リサーチャーが生まれた。そして、そんなリスベットと補い合う、まったく正反対の人物として、優等生タイプで人好きのする〝名探偵カッレくん〟、ミカエル・ブルムクヴィストが配置された。

このふたりに限らず、個性豊かな登場人物たちがきめ細やかに描き込まれているのも『ミレニアム』三部作の大きな魅力のひとつだ。脇役のひとりひとりに、鮮やかで深みのあるストーリーが与えられている。謎解きのあいまに、こうした人物描写と、そこから垣間見えるスウェーデンの文化や社会、生活のようすも、ぜひ味わっていただきたい。

なお、この『ミレニアム』シリーズ、初めから三部作として構想されたのではなかった。ラーソンはジャーナリストとしての仕事のかたわらシリーズの執筆を始めたが、書くのが楽しくてどんどん進めてしまい、第一部、第二部を書き終えて第三部の執筆に入った時点で初めて出版社に連絡を取った。その時点で第五部までのストーリーができあがっていたという。ところが二〇〇四年十一月、第三部を書き上げ、第四部の執筆を開始したところで、第一部の発売を待つことなく心筋梗塞で死去。五十歳の若さだった。第四部の原稿が二百ページほどパソコンに残っていると言われている。シリーズはまだ続くはずだったのだ。ラーソンは死去の直前に行なわれたインタビューで、過去の出来事についての伏線が第三部ですべてまとまるので、そこまでは一気に書いた、と述べている。たしかにストーリーは第三部で一段落しているものの、続きを予感させる部分も残っている。残念というほかない。

本書の翻訳にあたっては、まず岩澤がフランス語版からの翻訳を行ない、これをヘレンハルメが原書であるスウェーデン語版と照らし合わせて修正を加える、という形をとった。また翻訳の過程では、早川書房の松木孝さんをはじめ編集部の方々、株式会社リベルの山本知子さん、浜辺貴絵さんに大変お世話になった。あらためてお礼を申し上げたい。

二〇〇八年十一月

ヘレンハルメ美穂

〔訳者略歴〕
ヘレンハルメ美穂
国際基督教大学教養学部人文科学学科卒，パリ第三大学現代フランス文学専攻修士課程修了，スウェーデン語，フランス語翻訳家　訳書『いくばくかの欲望を、さもなくば死を』マリー・ビエドゥー（早川書房刊）他

岩澤雅利
東京外国語大学大学院ロマンス系言語専攻修士課程修了，翻訳家　訳書『写真で読む世界の戦後60年』エリック・ゴドー他

ミレニアム 1
ドラゴン・タトゥーの女〔上〕

2008年12月15日　初版発行
2010年 2 月25日　7 版発行

著　者　スティーグ・ラーソン
訳　者　ヘレンハルメ美穂《みほ》
　　　　岩《いわ》澤《さわ》雅《まさ》利《とし》
発行者　早　川　　浩

発行所　株式会社　早 川 書 房
東京都千代田区神田多町 2 - 2
電話　03 - 3252 - 3111（大代表）
振替　00160 - 3 - 47799
http://www.hayakawa-online.co.jp

印刷所　三松堂株式会社
製本所　三松堂株式会社

定価はカバーに表示してあります
ISBN978-4-15-208983-0 C0097
Printed and bound in Japan
乱丁・落丁本は小社制作部宛お送り下さい。
送料小社負担にてお取りかえいたします。

早川書房の文芸書

ザ・ロード

The Road

コーマック・マッカーシー

黒原敏行訳

46判上製

ピュリッツァー賞受賞作

空には暗雲がたれこめ、気温は石がひび割れるほど低い。目の前には、見渡すかぎりの廃墟と降り積もる灰色の雪に覆われた世界が広がる。父と子はならず者から逃れ、必死に南への道をたどるが……。世界は本当に終わってしまったのか？　『すべての美しい馬』『血と暴力の国』の巨匠が、滅びゆく大陸を漂流する父子の旅路を独自の筆致で描く傑作長篇

MÄN SOM HATAR KVINNOR
by
Stieg Larsson

Translated by
Miho Hellen-Halme & Masatoshi Iwasawa
First published by
Norstedts, Sweden, in 2005
First published 2008 in Japan by
Hayakawa Publishing, Inc.
This book is published in Japan by
arrangement with
Norstedts Agency
through Bureau des Copyrights Français, Tokyo.

ミレニアム1　ドラゴン・タトゥーの女

〔上〕

STIEG LARSSON

Millennium

MÄN SOM HATAR KVINNOR

ミレニアム1

ドラゴン・タトゥーの女 上

スティーグ・ラーソン

ヘレンハルメ美穂・岩澤雅利訳

早川書房

Repercussions

Glyn Smith-Wild

OBS
Supporting New Writers

Published in the United Kingdom 2012

by

OBS, 25 Tweed Close, Honiton, Devon EX14 2YU

All characters and events in this publication, other than those clearly in the public domain, are fictitious and any resemblance to real persons, living or dead, is purely coincidental.

A catalogue record for this book is available from the British Library.

ISBN-13: 978 09573893 04

ACKNOWLEDGEMENTS

My thanks go to my editors and
proof readers for their time, dedication and support.

The descriptive passages of living conditions
for black mine workers were inspired by
Janine Robert's book *Glitter & Greed.*

Last but by no means least, I want to thank my readers.
Your encouragement, support and reviews of 'Sanctuary' have
made the writing of this book much more worthwhile.

You said you wanted to read the sequel.
Well, here it is. Enjoy.

Chapter 1

Ben was ushered, or more precisely, propelled through the doorway of a large office by Donald.

The force of the push on his shoulder sent him careering into the middle of the room. In an effort to stop himself from overbalancing, his outstretched hands landed on the olive green leather surface of a giant antique desk.

As he lifted his head to take in his surroundings, he saw that the décor resembled a scene from a period drama. The lower part of the walls was clad in a timber, as rich in colour as he had ever seen.

'South African Cherry,' Donald said, when he saw Ben looking at the wood. 'I had it imported specially. Sit down, Ben.'

Ben ignored the request, and continued to look around the study. Above the cherry wood, the walls were dressed in a deep red flock wall covering with intricate gold relief. Looking upwards, he could see the high ceilings, bordered by extravagantly carved cornices depicting vine leaves and bunches of grapes. Matching carved roses surrounded the two sparkling chandeliers.

Before he could absorb any more of the indulgence of his surroundings, he felt Donald's firm hand on his shoulder.

'I asked you to seet down,' Donald said in a strong South African inflection.

Until now, Donald's voice had been that of a country gentleman, a calm, almost velvety sound. Even under normal circumstances, the South African brogue was something that always sounded menacing to Ben. This was certainly the case now.

Ben moved over to and sank into a cream leather sofa while Donald perched himself on a corner of the desk.

'Thank you.' Donald said slowly, no longer attempting to conceal his South African background. 'Now I don't know exactly who you think you are, young man. But to calmly walk into my house and announce that you are taking Mary away with you is, to me, the very height of audacity.'

'I'm not exactly taking her away. As I told you it was her decision –.'

'I'm not terribly interested in the technicalities, Ben. All I'm telling you is that there is no way she is leaving. She belongs here with me, and that, my friend, is how it is going to be. So I suggest you just act sensibly, and get the hell out of my house.'

Donald glared at Ben, his eyes never shifting. Ben managed to hold his stare. He wasn't about to be intimidated by this man, although he wasn't sure what his next move should be. He desperately needed time to think, to get to grips with the situation.

At the far end of the study there were two large computer screens, looking strangely incongruous in the historic opulence of the room. Their flickering screens appeared to be displaying financial information similar to the ones that he had seen on television in stock exchanges, a mass of flickering numbers edged with red or blue.

'Is that what you are into?' Ben asked, hoping it would distract Donald enough to give him the seconds or minutes he required to adjust to the imminent scenario.

‘Yes, but I don’t see that is any of your business,’ Donald said in a slow, condescending voice.

‘Probably not, but it’s just that Mary didn’t seem to know much about what you did.’

‘Is that so? Oh, dear. That’s such a shame.’ Donald’s voice was quiet, teeming with sarcasm but immediately changed back to his sharp, clipped South African inflection. ‘Well that is just how I intended it to be. Finance is something that should not involve women at all. It’s nothing to do with her, and it has even less to do with you.’

Ben was not listening. He was using the vital seconds to look around again. The door through which they had entered was now behind Donald, and to Ben’s right there were two sets of French doors looking out onto the substantial area of lawns to the rear of the house. He had to squander some more time here. He and Mary had agreed before they arrived that whatever transpired, whatever was said, she should just concentrate on collecting as much as she could of her and the baby’s things, putting them in Ben’s van that was parked on the front drive. She would then take her car and drive herself and baby Alex, and wait for Ben in the car park of the flat in Reading where she and Ben once lived. He would catch up with her in the van. It was essential therefore, that Ben gave her as much time as he could.

He pulled himself out of the sofa and went to walk away from Donald.

‘Go on, then,’ Donald snarled. ‘What are you waiting for? Just go!’

Ben moved slowly round the desk.

‘I’m just trying to think. If I leave now, what would I tell Mary,’ he said, turning to face Donald.

‘You don’t have to tell her anything. I'll do that for you. I can tell her that I paid you to leave her here. Yes, that would be a nice touch. I could say that you were only too eager to take the money.'

'Well, she won't believe that. She knows I don't need money. You'll have to do a bit better than that, Donald. Anyway, now she knows where I live, she will be away from here at the very first opportunity. Unless, of course, you intend to imprison her here.'

'There is no way she would leave here without my consent I can assure you.' Donald now bore a cynical smile on his face. 'One click on my central control panel, and every door and window of this place is locked. Nobody comes in and nobody goes out unless I let them.'

Ben was beginning to feel very uncomfortable. The palms of his hands were becoming sweaty. He was way outside his comfort zone.

'Now, I think you're going to be sensible and take the easy way out of this.' Donald's voice took on that soft but sinister tone again.

'Well, I'm not so sure about that,' Ben bluffed. 'I need to know what's going to happen to my son. According to Mary, you have shown no interest in him at all. How will he fit into all this?'

'The brat? You can take him with you. Yes, that would be a very good idea. He's yours. You take him. It would make things so much simpler for me. I'll go and get him if you like, and then you can just leave Mary here, and go.'

Ben was frantically trying to plan an escape. Then he looked again at Donald, something new dawning on his mind.

'I think we've met before somewhere, haven't we? I have just realised that I have seen you before. I just can't remember where or when.' As he spoke, he moved slowly, trying to get himself between Donald and the door. Donald realised very quickly what was happening and moved backwards to the door, taking a key from his pocket. He locked the door, and replaced the key in his jacket pocket.

'Now, I'm losing patience with you, Ben,' he said. 'I don't like stupid men, and I especially don't like them if they interfere in my plans. So I will ask you again to be sensible, and just get the fuck out of here, with or without the baby. I just want you off my property. Now.'

'And if I decide not to?'

To Ben's horror, Donald looked round behind him and grabbed one of the many polished swords that hung on the wall behind him, removed the blade from its sheath, and came towards him. The shiny curved blade held high over his right shoulder glinted from the sunlight coming from the French windows.

'Decide not to? Decide not to? I make all the decisions here. You won't decide one way or the other, Ben. The decision is already made.'

Donald was now standing facing Ben; in his eyes a look of pure hatred.

It all happened in a flash. Donald brought forward his arm with the sword. Ben acted instinctively, picked up the nearest thing, a chair. It was much heavier than he was expecting it to be, but he swung it at the man, knocking him flying onto the floor the other side of the desk. Donald picked himself up and came towards him again. Ben swung the chair a second time, this time catching the man in his stomach. Donald stumbled and caught his foot on the sword's sheath that had lain on the floor. He fell heavily backwards catching his head on the corner of an antique dresser, situated near the door. Ben moved little by little round the desk, half expecting him to rise up again. Donald remained supine on the floor. Gently, Ben fumbled in the man's jacket pocket. He found the key where it had been secreted, and quietly let himself out of the study without a backward glance, locking the door behind him.

Turning right down the hallway, Ben made his way to the front entrance of the house. As he arrived in the atrium, he saw Mary making her way down the impressive curved staircase, which dominated the entrance to the house, her arms full of clothes and baby equipment.

'What's going on?' she asked.

'Never mind what's going on. I'll tell you later. For now, we just need to get out of here. Is there much more to take?'

'No this is about it, I think. I just need one more trip upstairs, and I'll be done.'

'Great. Where's Alex?'

'Alex is fast asleep in my car.'

Mary continued out to Ben's van to unload her bundles and quickly returned to the house to collect the final load of belongings, with Ben pursuing her up the stairs.

'Mary,' he called after her, 'have you got any photographs of Donald?'

'There will be one or two on my camera,' she replied.

'And you have your camera with you?'

'Yes. It's amongst the stuff I've put in the van. Why? Is it important?'

'I think so. I'm convinced that I've met Donald before. I just can't remember where or when.'

Mary was busy collecting the final things she wanted to take, and passed an armful to Ben.

As they hurried their way down the stairs, Ben thought he heard knocking sounds coming from the study.

'Come on, girl,' he shouted to Mary. 'Have you got your car keys?'

'Yes, of course I have.'

'Then let's just go!'

Chapter 2

Ben jumped into the driver's seat of his van, turned the key and the engine burst into life. He saw Mary's car coming from the side of the house, and together they gathered speed as she followed him down the road away from the big red house and all the problems it encompassed.

They each sighed with relief albeit for quite different reasons. Ben, by reason of his getting away without any injury from this malevolent man; Mary, because she had escaped from the man that she once thought she loved and had moved in with less than a year earlier. It had turned out to be the worst decision that she had made so far in her life.

Ben tried in vain to contain his fear that Donald might recover from the blows to his head and call a stop to their escape. He decided that he could not wait until they got to their agreed meeting place some fourteen miles down the road and instead pulled into the first lay-by he came to.

Mary pulled in behind him, and came running to the van.

'I think we need a slight change of plan,' Ben said.

'Why? What's up? You must tell me.'

'I will just as soon as I think we're safe. Just follow me. We're going off the main roads for a while, and we'll find somewhere to stay overnight. I promise I'll tell you everything later. Trust me.'

They kissed, and Mary went back to her car and followed Ben's van through miles of country lanes until they came to an attractive pub in the village of Goring Heath.

It was the middle of the afternoon, and to all intents and purposes, the pub was shut. Ben knew differently. He rapped on the front door, and was welcomed warmly by a woman who, Mary rightly presumed, was the landlady.

'What a nice surprise!' was the greeting, accompanied by a firm hug for Ben.

'Betty, this is Mary; Mary, this is Betty, a very good friend of mine.' The two women shook hands, and they all walked inside to the lounge bar.

'And who's this, then? You haven't introduced us,' Betty said, peering into the carrycot that Mary was carrying.

'This is Alex,' Mary said. 'He's our little boy.'

It was a pretty building from the outside, white walls, dark wood window frames, and a bright red tile roof. Inside it was warm and cosy with small tables set into alcoves, and the customary selection of brass bed warmers, empty Chianti bottles and oil lamps hung on the wall over the enormous open fireplace.

'Betty,' Ben said, rather intensely, 'we need somewhere to hole up for a night or two. Can you help?'

'No worries, Ben. You know you're always welcome here. In a bit of trouble again?' Betty was a well-built woman who looked as if she was an integral part of the hostelry. She had a mass of greying hair and big, bright, almost black eyes that smiled when she spoke.

'What do you mean, "Again"?'

'Joke, dear boy. A joke.'

'As it happens, I am in a bit of bother, but I need to talk to Mary about it all first. Can we bring our things in, and settle in our room?'

‘I’ll have to get a room ready for you. You just get your things.’

Mary and Ben went out to the van, and came back with their overnight cases.

There was much cooing by Betty over Alex as they made their way to a small but homely room.

‘I’ll find a cot for you. There should be just enough room in here.’

As soon as Betty was out of the room, Mary grabbed Ben’s arm. ‘Now, Mr Coverdale, just what the hell is going on? Why all the cloak and dagger stuff?’

‘OK,’ Ben said, ‘but you had better sit down while I tell you.’

Ben related the story to her, watching her eyes grow wider as the story unfolded, and her mouth open wide when he told her about the sword, and what he had to do in self-defence in order to get out.

‘I knew he could be unpleasant. I’d heard him ranting on the phone many times, but I didn’t think he could do something like that, you know, physical stuff,’ Mary said.

‘Well, I doubt we’ve heard the last of him, sweetheart. That’s why I was so anxious to get away. I imagine that, once he’s recovered, he won’t waste much time in calling the police. How much have you told him about me and where I live?’ he asked.

‘I guess he might put two and two together, in that I told him I was going to France with a friend, and the next thing he knows is that you appear with me at his house. But I didn’t ever tell him that you lived in France – or anywhere else for that matter. He knew, of course, that you used to live in Reading, because he dropped me home there a few times when he and I were going out. I’ve been trying my hardest to understand why Donald was so intent on me staying with him.

Surely, the natural reaction would be that he was only too happy to let me go. In fact, I still wonder why he didn't kick me out a long time ago.'

Could it be, she thought, that he loved her much more than she imagined? She had to doubt that. He had not shown any affection towards her for months. So what was it that made him attack Ben? Jealousy? She had to discount that as well. He was too proud, too arrogant, too powerful a man to be jealous of Ben. Then, of course, there were the peculiar things like insisting upon her changing her hairstyle, buying strange new clothes. Was this all connected? And if so, how? And why?

Ben pictured the worst scenario in his mind. There was no way that Donald was just going to sit back and let this happen. Almost certainly, he would have called the police by now, and would at least suggest that Ben and Mary were leaving for France. Ben had to make sure that the risks of being caught were as few as possible before they left the country.

'I think we should leave your car here, and just use my van,' Ben suggested.

'Why?'

'Because Donald knows your car registration, and let's face it a red Mini Cooper with two white stripes over the length of it does rather stand out. He will have given that information to the police. Whereas he doesn't know the details of my van, and there are thousands of white vans out there. It gives us a better chance of not being noticed,' he explained.

'Aren't you getting just a little paranoid?'

'Maybe. But rather safe than sorry in this case, I think. I'm sure Betty won't mind if we leave your car here for a while. We can pick it up next time we come over.'

‘I guess you’re right. We don’t need my car over there do we? If Betty agrees to look after it I’ll be happy to leave it here.’

Alex was beginning to get fidgety. They spent some time making him comfortable, and refreshing themselves. When they felt more relaxed they went back down to find Betty. She wanted to know more of what had happened, and Ben filled her in with the basics. Later, he sounded her out regarding leaving Mary’s car with her.

‘I don’t have a problem with that,’ she said. ‘I’ll keep it in the garage, away from prying eyes, and you can come and collect it whenever you want.’

Betty served up a typically substantial pub meal early in the evening, before the restaurant became busy with her regulars. Ben had eaten here on numerous occasions previously, and chose Betty’s renowned mixed grill, whilst Mary enjoyed a Chicken Supreme. As Alex looked on with envious eyes at all the food, Ben fed him a jar of chicken and carrot baby food. He and Mary both passed on sweets and the couple returned to their rooms expecting an early night.

The lively noise from the pub and Betty’s raucous laugh in particular kept them awake for some time. Even when the clamour died down, neither of them slept well. They each had their own disturbing dreams. But at least they were together.

Ben listened to Mary’s breathing, thinking how perfect it was for him to be lying alongside her with his hand rested lightly on her hip, oblivious of what was going through her mind. She had said she had put on a little weight since Alex was born. He considered that, after carrying and giving birth to their beautiful son, it was reasonable that her body would have undergone change. And all the more gorgeous she was, he thought. Ben thought how lovely she felt to his touch.

He recalled his delight when she was brought for the first time to his home in the Loire Valley. That was the first time he had met his son, Alex. Prior to that, he had known nothing of him.

Laying with her now he remembered how blissfully happy they had both been that day, knowing that at last they could admit their love for each other.

A new life had begun that day.

However, reliving the events of the last few hours, he knew how lucky he was to have escaped with both Mary and Alex. He remembered some of the conversation with Donald, especially when he said that she was part of “his plan”. He, like Mary, was mystified by the man’s determination that she must stay with him.

As Mary eventually dropped to sleep, Ben spent hours considering how best to keep one step ahead of Donald and the Police. He decided that they would make a move early the following morning, and although it was much further to drive, decided to use the Dover to Calais crossing. It would be so much easier to simply drive to the port and book the sailing there and then. They would be able to disappear in the crowds of people and vehicles. He eventually fell asleep just before dawn.

On the journey to Dover, Mary told Ben much more about her time with Donald than she had previously shared. She reiterated the strange fact that there were no photographs anywhere of his first wife, and that he didn’t want her to know anything about his business activities.

‘When he was away, as he often was,’ she told Ben, ‘his study was locked, and all of his telephone calls were diverted. His behaviour became quite strange.’

'But I still think the weirdest thing of all,' she said, 'was when he insisted on me changing my hair style. He told me he thought my hair would suit me much better short than the long ringlets I used to have. He was relentless, until at last, much against my will, I had it cut to this shorter style. I still don't like it; it doesn't suit me at all.'

'I must admit,' Ben said, 'I wondered why you had changed it. I loved your hair the way it was. It was part of the girl I knew and lusted after. This sounds very peculiar. Were there no explanations? Did the new style remind him of his wife, perhaps?'

Mary said that she had no idea. She had never seen a picture of his wife, so she couldn't say.

Ben returned to the feeling that he had met him before. 'It could just be a coincidence,' he said. 'You know, when you see a person in a different situation than previously, and the brain gets a bit confused. But I'm certain that I've met him before. One of these days it will just click.'

They drove quite a bit of the journey in silence while Ben concentrated on the complexities of the M25. As they got nearer to the port, they both became more nervous, more worried about being recognised. When they finally arrived, they booked their crossing and joined the queue at customs control.

When it came to handing over their passports, Ben watched as the young woman clerk inspected their documents, and then leaned forward to see into the van. There was no noticeable reaction on her face. She studied Mary's face, and then Ben's and then turned her attention to Alex, who was sitting in his padded travel seat between them, fast asleep, totally oblivious to what was going on. Ben was waiting for her to say, "Would you just step outside your vehicle, sir?"

'How old?' the woman asked.

‘Mmm?’ Ben replied, his mouth dry, his tongue feeling as if it were stuck to the roof of his mouth.

‘Just over five months,’ Mary said.

‘Looks very contented,’

‘Yes, he’s a very good little boy. Very little trouble.’

Still the clerk held on to their passports. Ben was aware of small beads of sweat appearing on his forehead.

‘Off on a booze cruise, are we?’

‘No, I have a ---’ Ben was about to say, but Mary interjected ‘Just a short break.’

‘Well enjoy your break, then – all of you. Join the queue in lane four,’ the clerk said as she peered into the cab for one more glance at Alex, and, much to Ben’s relief, handed back the passports.

They followed the instructions and parked behind a row of vans, and waited their turn to embark.

‘Wow!’ Ben said when they were sitting quietly. ‘That was scary. We just have to hope that the police aren’t waiting for us at Calais.’

Chapter 3

As Donald came to, he heard the sound of vehicles driving away from the front of the house. Feeling his head, he realised that he had a small gash at the back of his skull. He put his hand to where the pain was and found a small trickle of blood beginning to congeal in his hair. He felt stunned but nothing more. Slowly, gingerly, he raised himself from the floor and tried to recall exactly what had happened. He instinctively went to open the door only to find that it was locked and that he no longer had the key.

'Damn and blast!' he shouted. He called out for Mary, wondering whether he had frightened off his uninvited visitor. He realised after a short time that he was wrong in his presumption, and that she, too, had fled.

He then turned his attention to the French windows, but realised that his property protection equipment was working against him, for once. The doors were electronically locked. He was a prisoner in his study and couldn't get to the control panel, situated in the foyer, to unlock them. Other than breaking several of the small double glazed panes of glass, he was well and truly stuck.

Still feeling weak from the knock on the head, he sat himself at his desk in order to stabilise his thoughts; what to do, who best to call. He needed to clear his head in order to make the right decisions. A mistake now could bring about disastrous results.

Soon enough he had formulated a plan of action and picked up the phone, which had been thrown to the floor during the skirmish.

'I've been mugged,' he told the person on the other end. 'I've been assaulted, lights out, man, and I am locked in my study without my keys.' After an ensuing pause, he continued. 'Yes, OK. You may think it's amusing, but I certainly don't. Now listen. I need you to get here as quick as you can. You are the only other person to have a key. Only you can get me out of this fix. Of course I haven't called the cops, don't be such a chop. The last thing I want is them getting involved with anything. How soon can you be here? That's great, Lucas. You're tops, man.'

Donald sat back in his chair, and considered his next step. He didn't think for long before picking up the phone again.

'Howzit, Chas. Look, mate, I need some help, like urgently. Are any of the boys anywhere near the south coast? Or, to be more precise, the ferry ports? ….Well can you find out who is where, and call me back? …. Can't tell you any more for now, but get back to me double quick. OK?'

Not wanting to waste any time, he went over to his computer, searched the departure timetables at Portsmouth, Southampton, Poole, and even Weymouth and printed out all the results. If he was going to catch up with them, he had to act fast. The chances were that one of his "boys" was somewhere near one or other of the ferry terminals and could keep a lookout for them.

Some ten minutes later, the phone rang.

Chas told Donald that only two people were anywhere near the coast. Guy was in Exeter, and could probably cover Poole and Weymouth, and Argos was near Salisbury, and could get down to Portsmouth and Southampton. 'What about Dover, boss?' Chas asked.

'I doubt they would use that, but if there's anybody near, it might be worth it. Have you got someone in mind?'

'Well, there's nobody over here, but Mikey is near Calais. He could keep an eye on arrivals.'

'Good thinking, Chas. Yes, get him involved. I've got all the departures from the ports I mentioned, and the Dover-Calais crossings are every hour, I think. I'll email Guy, Argos and Mikey to let them know what they should be looking for, and the sailing times.'

'What's going on, boss?' Chas asked.

'Briefly, Chas, some previous boyfriend of Mary has been here and taken her away – to France, I think. And as you know, she is an integral part of my plan for the future. I just can't let her go now.'

'Understand, Donald.' I'll make sure "the boys" do their best. I'll tell them to check their emails, and keep in touch.'

As it happened, "the boys" were quite pleased to have something to do. Things had been quiet of late, something to do with the exchange rate they were told, and there was a tendency to become bored just waiting for instructions from the boss. So, when they each received their emails containing not just the sailing times, but photographs of Mary and the Mini Cooper, they were eager to get down to some work again.

Donald had first met Mary at a National Hairdressing Federation show in London. He had been there promoting his financial and development services to owners of small businesses who wanted to expand their empire. His terms, on the surface, were exceptionally competitive and he was attracting quite a lot of interest. Few people bothered to read the small print. Among the many people who had visited his stand was the owner of *Hair Today,* a small salon, based in Reading. He had spoken for some time with Ray, the owner of the salon, which seemed to be doing very well. However, it had been Mary that had taken Donald's eye. She was gorgeous with her dark shoulder length ringlets, and her stunning dark brown eyes. However, Donald had seen much, much more than that. Even at that brief initial meeting, he had realised that this girl had the answer to one big problem that had dogged his life ever since he had returned from South Africa some six years previously.

He had mustered all the charm he could during their short business meeting, hardly taking notice of what was passing between him and Ray. He had told himself that somehow he had to get her on her own. After seeing just one more prospective client, he had abandoned his own exhibition stand, and had spent what seemed to be hours searching for this beautiful needle in the haystack of visitors to the show.

He was about to admit defeat, and accepting that he might have to contact her by phone, when he had spotted her. It had been a perfect scenario; she was standing at the edge of one of the many bars – on her own. How lucky could he get?

'Hi, again,' he had greeted her airily. 'Been abandoned?'

'Oh, hello,' Mary answered, surprised by his approach. 'No. I thought I would take a few minutes off. Ray has gone looking for new deals on organic supplies, so I thought I would grab a drink while I could.'

'Mind if I join you?'

'Of course not. Grab a seat.'

'I'll just get myself a drink. Can I get you another one?'

'No, I'm fine, thanks.'

From that moment on, Donald had simply oozed charm. He was funny, caring, apparently interested in everything

Mary did, laughed at all her jokes, and kept her amused with a whole series of anecdotes about his time in South Africa, and his extensive travels all over the world. He knew she was ensnared.

It had taken many weeks of wooing to get her to the point where she had agreed to leave the guy with whom she had bought her little flat in Reading to come and live with him. He even started wearing a Kenyan amulet that he had been given when he lived in South Africa. He had been told that it could help with "matters of the heart" but he had never believed in such things. Now he thought it was worth giving it a try. Within a few days, she had given in to his irresistible, persuasive cajoling, and had agreed to live with him at his substantial house in Wallingford.

The day she had arrived at his house, he had been on cloud nine. This ravishing young girl had agreed to move in with him. He, who was almost old enough to be her father. How lucky could a man get? His prayers had been answered.

What Donald had not bargained for was the fact that she was such a remarkably warm, trusting and loving girl in her own right. Before he knew what was happening, he had found himself completely captivated by *her*. No longer was it simply a convenient partnership, but a love match. Could the amulet be this powerful?

Even so, he had to keep things in perspective. He had endeavoured to wean her away from all aspects of her previous life, even down to buying a small local hairdressing business to prevent her from keeping in contact with her colleagues in Reading. At first, he thought he had possibly made a mistake by doing so. She had not seemed at all happy with the prospect of the responsibility of running her own business. As time went on, and he had had a quiet word with the girls working there to help her settle in, things did improve and she had seemed to be enjoying her new life.

Three months on, however, the bottom had fallen out of their relationship.

For any man, at any time, to be told that the girl he adored was pregnant by her previous boyfriend is bad enough, but to have such a bombshell land in your lap just as you were going to produce the ring and propose marriage is totally devastating. In a flash, all the romantic element of their being together had vanished.

Just the original necessity remained.

When the child was born, he had not been able to bring himself to look at it, let alone hold it. The crying, the smells, and the constant attention it demanded were anathema to Donald. His life had crashed. All the accumulation of his wealth now seemed to count for very little.

As tenuous as it was, he had tried to hold things together, hoping that maybe, just maybe, he might come to accept the situation. He had relaxed his hold on Mary, and allowed her to seek some solace from her old friends, and somehow this laxity on his part had resulted in her linking up again with her old flat-sharing boyfriend, the father of the child.

Today, because of his leniency, that bastard had calmly walked into his house to announce that Mary was leaving.

'Oh, no, my son,' he said out loud in his study, 'you're not going to get away with this. That girl is much too important to me. I'll find you, however long it takes, and my "boys" will show you that I am not a man to be meddled with.'

Orders coming from Donald were always obeyed. Without delay or question, "the boys" took up their positions to watch the departures at the south coast ports. It was a tedious task, and they had to move from one port to the other to match the departure times at the various British termini.

Mikey, having arrived in Calais, had a slightly easier task. He had only to watch people disembarking, and he could do this, with the help of some powerful field glasses, from a good vantage point on a road that ran parallel to the ferry port exit.

He was of course looking for a red Mini Cooper and possibly a van of some sort, but he also had a photograph of Mary that he had studied in much detail, and with a certain amount of lust. His problem was that there were so many vehicles arriving and departing every hour. However, he had only started this job recently, and wanted to impress, so whenever there were vehicles coming off a boat, his eyes were glued to his binoculars.

Chapter 4

During the short trip back to France across the English Channel, Mary and Ben talked of nothing else than the build-up to this situation. Ben was still trying to remember when and where he had met Donald before, but it would not come to him. Alex was quite happy with the motion of the boat, and slept most of the time. As the time came to disembark, Ben suggested that they feed him, but Mary said it was best to let him sleep, and stop a little way down the road to sort him out.

When they heard the announcement for drivers to return to their vehicles, Ben, Mary and baby made their way down into the bowels of the boat, and awaited their turn to drive on to French soil again.

The noise of the boat, the loudspeakers, the starting of many engines, and finally the grating sounds as the huge doors opened, awakened Alex, and wondering where he was and what was going on, he decided to make his presence felt raucously.

At the first opportunity after they left the ferry, Ben stopped the van, and Mary went to the back to gather the necessary equipment and food to be able to settle their little boy. It didn't take long. Soon he was changed and fed, and they were able to continue their journey south towards Paris using the fast *autoroute*.

The roads were so empty in comparison to the UK that it made driving effortless. Ben found that not only was he able to appreciate the low lying countryside that they were passing through, but he was, at the same time, able to concentrate so much more easily on his driving, making mental notes of the behaviour of other drivers both in front and behind him.

It was the latter that was giving Ben a slight shiver down his spine.

Some distance behind him was a silver Mercedes Benz. It had been there ever since he had joined the *autoroute* just outside Calais. Considering that Ben was driving a transit van, it puzzled him why, when other cars were shooting past him, this particular one seemed content to drive at such a reduced speed some distance behind him.

He said nothing, but kept a careful eye on the situation. The further they went with the silver car apparently shadowing them, the more nervous Ben became. He tried slowing down, speeding up, overtaking. He even tried to hide himself in front of a huge juggernaut, but when he emerged from his hiding place, the car was still there. This continued all the way to the outskirts of Paris.

Ben had intended to take the E50 *autoroute* from Paris to Angers. Now he decided that he had more chance of shaking off his tail by driving into the city, where the confusion of traffic might give him the opportunity to get free.

'Why are we going into Paris?' Mary asked as Ben took a right turn onto a slip road.

'I just want a break from the motorway,' he lied. 'It's getting so boring, I'm afraid I might fall asleep. We'll see if we can find somewhere to eat, and get Alex sorted out. I presume it's him who's polluting the atmosphere again?'

Mary laughed. 'Not a bad idea. I think it might have been his overwhelming fragrance that was sending you to sleep.'

Ben looked in his rear view mirror, and sure enough the Mercedes had turned off with them, but still held back a short distance. When they encountered the *pérephérique,* Ben turned right onto it. He had used this road before to circumnavigate Paris, but had never once arrived at the destination he had intended. However, he knew that this should, with a bit of luck, lead to a turn off to the A10 heading west. The traffic was becoming dense now, and Ben weaved from lane to lane, not because he knew where he was going, but because he was required to by circumstances. There did not seem to be any "rules of the road". The Mercedes, however, was also being forced by the new contingencies to close the gap between it and Ben's white van.

Ben drove as carefully as he could under the circumstances, waiting for an opportunity to break the link between himself and his attendant tail. He was aware of Mary pointing out the landmarks, and nodded absently as he dare not take his eyes off the road for a second.

As they descended into the darkness of yet another tunnel at *Porte de Champerret*, it became even more difficult for Ben to keep an eye on the position of the German car, but soon enough his eyes became accustomed to the light. As they approached *Porte Maillot*, Ben realised that his pursuer was trapped in the outside lane, and had little chance of getting back into the slower lane where Ben was driving. Not only that, but the outer lane of traffic was now moving faster than Ben. The Mercedes had no option but to pass him. Ben took his chance. Suddenly and without any indication, he braked hard and turned off right, causing a few horns to be sounded.

Rounding the huge roundabout, he headed in towards the city centre, letting out a large sigh of relief.

'That was a bit scary,' Mary said.

'You don't know the half of it, sweetheart. Right up to that point, we had been followed all the way from Calais. I thought I would never lose him. Now all I want is to find a car park so that we can have a breather. I feel absolutely exhausted.'

'Why didn't you tell me?'

'One person panicking is bad enough! Two would be a lot worse. I just had to concentrate on my driving that's all.'

Ben was now heading straight for *Arc de Triomphe*.

'Hold on again, love. I really do not want to get into more trouble. I'll try to find a way around this. Keep your eyes open for a car park – an underground one if possible.' He entered the chaos of the huge roundabout with traffic five lanes deep, and tried to manoeuvre his van to the inside lane in order to get off into normal streets again. It took two circuits of the roundabout before he achieved his target.

He then drove through a few side streets, many of them one way, and encountered quite a few one-way streets going the wrong way for him. Eventually they arrived at *Trocadero*, and he drove the van into a multi-storey car park there and slumped back into his seat, totally exhausted. Now he could breathe normally again.

Their first priority, as always, was to attend to young Alex. He hadn't been happy for the last few miles and was in need of what Ben referred to as a 'total overhaul'. He was a contented baby, and very seldom made a big fuss about anything, but on this occasion he had made it known that he was very uncomfortable and hungry. He did not intend to wait any longer.

They were spoilt for choice as far as eating was concerned, but chose a small café serving quite simple dishes. It had a pleasant ambience, and the meal, in the French style, was unhurried. By the time they had finished their meal it was getting late. Not relishing another long drive, Ben suggested that they make a start on their journey and look for somewhere not too far down the road where they could stop over for the night.

Mary happily agreed, accepting the fact that if she felt tired, what must Ben be feeling like. She was surprised when, after the meal Ben said 'Would you like to take a stroll down the *Champs Elysées* before we make a move?'

'That would be lovely. Seems a shame not to, but are you up to it?'

'I think so. The fresh air would probably do me some good.'

Although the evening air was chill, the lights and the atmosphere of the most prestigious avenue in Paris kept them from feeling cold. All the way down the two kilometres of boulevard, the silver, twinkling lights in the leafless trees shone like miniature stars. On this particular night, floodlit silk-like banners of all hues of pinks, purples and blues fluttered in between the trees adding majestic colours At one end the floodlit magnificence of the *Arc de Triomphe,* at the other the excitement portrayed by the brightly lit fountains and ferris wheel of *Place de la Concorde.* And all the time, the bright laser beam from the top of the Eiffel Tower was cutting its way through the otherwise black sky above. Magic indeed.

Alex was intrigued by all the sights and sounds. He was looking this way and that. Up at the lights, this way to watch chosen individuals who attracted his attention, that way to look at the cars each time a hooter sounded, which was not infrequent.

They made their way towards *Place de La Concorde* and back again, walking past countless pavement cafés. The aromas of meals that were way outside their budget accosted their senses. Their progress was constantly delayed by the exquisitely dressed shop windows, demanding that passers-by stop to gaze.

It was further than either of them expected. The pavements were hard on their feet and by the time they eventually got back to the car park they realised that their plan of driving out of the city was not such a good idea. After three unfruitful attempts, they found a small hotel with just ten rooms, not far up the road from the car park.

Once again, Alex became the centre of attention. The woman at the reception desk left her post and came out to have a closer look.

'Have you eaten?' they were asked to which they replied that they had eaten well.

'And your baby? Does he need anything?'

'Thanks,' Mary replied. 'Could we ask you to warm a bottle for him?'

'*Mais bien sûr,*' the woman replied, taking the bottle from Mary and making her way to the kitchen, returning after a few minutes with Alex's liquid supper.

Having climbed a very narrow almost spiral staircase, they were shown to their room.

'I thought Parisians were supposed to be unfriendly,' Mary said. 'I can't find any fault here!' Ben had to agree.

They inspected the room. It was not square. Not one corner was a right angle. It was more rhomboidal in shape, the floor sloping down towards the small window overlooking the street below, but it was clean, tidy and comfortable. More importantly, it was situated far enough away from the noise and bustle of the *Champs Elysées* to afford them all a well-deserved, peaceful night.

Breakfast was the typical French *petit dejeuner* consisting of strong coffee and croissants. Once again, Alex got the best service. His bottle was warmed and brought to the table in a long white dish lined with a linen napkin. He very quickly became the centre of attraction again, which he delighted in. Two elderly women really made a fuss of him, asking all manner of questions as to his age, and where did he get all his blond curls from, where they lived. It just went on, but Ben and Mary were enjoying the attention being heaped upon their son.

They left as soon as they could. Ben kept a keen eye on the road as they drove out of Paris, still half expecting to see a silver Mercedes in his rear view mirror. But there was no sign of it, and they took advantage of the virtually empty road to make good progress. It was a dull, chill March morning, but once outside the suburbs of the city, the views of the countryside undulated before them. Regardless of the fact that the fields were bare of any vegetation, and the trees deficient of their leaves it held its usual magic for Ben. He pointed out to Mary anything that drew his attention, hoping that sooner rather than later, she, too, would come to appreciate the unique feeling of this country that had lured him to come here to live.

The further west they drove the more interesting the journey became, especially when Ben turned off the main roads and drove along roads that followed the River Loire, passing *châteaux,* large and small. Some traversed the river, others were situated in luxurious positions alongside it. They stopped twice to have a closer look, and at the same time to ensure that Alex was comfortable. He slept for most of the time, no doubt getting over his late night in Paris. The two hundred mile journey took them just under four hours, and, whilst they had enjoyed the journey, they were pleased when they arrived at the smart little village of *Sainte-Justine* with its diverse collection of houses, some new, some very old.

They drove up past the little white chapel and out the far end of the village, taking the steep left hand bend into the lane that led to *La Sanctuaire.* The two cottages sat prettily, awaiting their arrival.

They arrived just in time for lunch.

Chapter 5

Katie had not been up very long but was already out in the garden, which was where she enjoyed being most. She had come to love the thought of growing all their own vegetables, and had started to plant seeds of a wide variety in preparation for the coming summer. The whole of the layout of the garden area was her design, with raised beds and gravel pathways interspersing them. Ben had envisaged a straight, narrow gravelled pathway through the vegetable beds down to the stream at the far end of the garden. Katie had other ideas. Half way down the garden, she had created a circular bed in which she intended growing flowers. Now, to get from one end of the garden to the other meant walking round this flowerbed. She was pleased with the effect it had. She had spent many hours finding out what grows when, and how and when the seeds should be sown. She had in her mind not simply how the beds would look whilst they grew, but how good the produce would be to eat.

She had expected to be nervous being on her own whilst Ben and Mary had gone to England. After all, she recalled, it was only a few months ago that she had been kidnapped by some thugs in England who were looking for her husband. She had been through a terrible nightmare, ending up in Germany. She remembered the elation she had felt when Ben turned up and managed to free her from her captors. Now she was encouraged by the fact that she had recovered from her ordeal so well. Much of her recovery she put down to being able to work in the garden.

She had also expected to feel lonely, but she was far from that. She was, in fact, quite enjoying herself, and beginning to feel more like the Katie of old. She had got to know a number of Ben's friends, and on two of the evenings while Ben and Mary had been in England, two good-looking Frenchmen had taken her out for dinner. It seemed to matter little that she spoke hardly any French, she was becoming a honey pot for male attention, and she was not complaining. As far as she was concerned, her husband Dave had acted despicably, leaving her so vulnerable, so appropriated, that she could be abducted from her home. Now he was no longer alive, there was no reason at all why she should not enjoy herself.

On the second evening, she was driven back to *La Sanctuaire* after a sumptuous meal on a boat moored on the river at Angers. She invited her hosts, Gilbert, a dark haired, tanned boy in his twenties, and a slightly older but no less attractive Antoine, into the cottage for a drink. They all knew what was going to happen, though no discussion had taken place. As the evening had progressed, so the conversation, regardless of Katie's minimal knowledge of the language, had become more and more full of *double entendres* and, at times, downright filth, thanks to the boys' impressive knowledge of English.

Katie first approached Gilbert, kissing him lavishly, simultaneously undoing his shirt buttons. As soon as he had got the idea, he started to peel off his clothes, only to be stopped in his tracks by Katie.

'No, no,' she chided him. 'I'll do that in a minute. Just wait.'

Then moving to her second "victim", she started to undress him, slowly, sensuously, like a tiger playing with its prey, only returning to Gilbert when Antoine was down to just his underpants, showing, very obviously, that he had enjoyed the experience. Then Gilbert was given the same treatment.

Now pushing them both on to the sofa, she put on some music and began the most lascivious striptease of her life. It seemed to take for ever. Each item of clothing that was discarded, exposing more and more of her slim, sexy body. Every twist and turn became more suggestive than the last, her hands running over her body where the two men so wanted their hands to be, until, finally there was nothing more to hide and she threw herself on to the floor.

Katie expected both men to dive onto her, to have their ways with her there and then, but this was France. Things, it seemed, did not work like that. She was picked up from the floor by Antoine, carried gently to her bedroom, and laid, face down, on her bed. Now it was her turn to accept the orders. 'Now *you* must not move. Just wait' she was told.

Seconds later, she was aware of two pairs of hands, one pair caressing her shoulders, the other massaging her feet. The latter caused her to try to pull away, as her feet had always been very ticklish, but she was not allowed, and soon realised that she was not being tickled; it was a firmer touch which actually caused her to relax. The two men whispered something to each other. One of them disappeared downstairs, coming back up a few minutes later. Suddenly she was aware of a warm liquid with a perfume that she thought might be jasmine being drizzled onto her back, from her neck down the length of her body to her calves, and then the real treatment started.

The four hands expertly massaged every inch of her body, working from opposite ends, which meant that when both pairs of hands met, they were in the region of her bum, which she had so outrageously displayed to them only a short while previously. The sensation was almost too much. So intense was it that Katie was almost expecting herself to orgasm, but that delight was a long way off. The hands, often joined by lips and tongues were finding more erogenous zones on her body than she ever realised existed.

When she was rolled over on to her back, the same treatment was afforded to her front, though with more stops along the way at her breasts and thighs. The manipulation of her body was slow, deliberate, and overwhelmingly sensual. Katie thought she might lose consciousness if they continued for much longer. Every time she felt she had reached the summit, the hands would relent, allowing her to calm down again, only then to take her towards another crescendo.

Opening her eyes at one point, she realised that both men were now naked and were sporting impressive erections. Katie reached out and caressed first one and then the other, holding, almost worshipping, them. Within a short space of time, the two penises were put to their proper use. Still there was no sense of urgency. Taking it in turns, each man took her, differing positions, changing pace, and finally when none of them could survive any longer, both of the men exploded inside her.

Never had she experienced anything like that, and she doubted that she ever would again. She had been resurrected, born again, brought back to life. The experience would stay with her for the rest of her life. Even now, out in the garden, she could still feel her body tingling.

When she heard Ben's van pull into the drive at the front of the cottage, she ran to greet them, looking radiant as only a well-satisfied girl can do. She ran first to Ben, flinging her arms around him, and then, gave a surprised Mary a similar welcome.

'Still working hard then?' Ben said. 'Anything much happened while we've been away?'

'Plenty,' she answered, 'but I'm not going to tell *you*!'

'Say no more,' Ben replied with a smile on his face. 'Been getting to know our neighbours, have we?'

'Something like that. Anyway, how did everything go? Did you get everything you wanted? What did Donald say?'

'Hold on,' Mary said. 'Let's get inside, and get ourselves settled. We'll tell you everything later. Suffice it to say that poor old Ben has had to put on his "White Knight" regalia again; this time for me. What would we do without him?'

Each of then grabbed armfuls of stuff from the van and made their way through the small front door into the comfort of the cottage.

Ben still felt proud of what he had achieved with the cottages. When he and Mary had parted company a year previously, he had taken the opportunity to fulfil a dream that he had cherished for many years. He had always loved France and he had decided that this was the chance he had been waiting for; to be able to accomplish his vision of starting a new life there.

He had found all the help he needed from Madame Delphine the proprietor of the restaurant and bar where he stayed when he had first arrived. She had introduced him to François, a Notaire from Angers, who in turn had acquainted him with the owners of the cottages.

He had discovered *La Sanctuaire*.

From then on, it had been hard work all the way to transform the properties to their present state. Thanks to very imaginative builders, the cottages were now complete. The smaller of the two, where they were now standing had tiny windows and shutters. Inside, entering through the front door was a sizeable living room, adjoined by a large kitchen and dining area. Narrow stairs led from the lounge area to two bedrooms separated by a bathroom.

Ben's arrival home today was so different to the first day he had moved into *La Sanctuaire*. On that day, he had been excited, yet aware that there was something missing.

There was nothing missing now. Today he was with the woman he loved, and he had a son. A son he never knew he had until Mary had arrived one day with their mutual friend Georgina, and the small bundle of joy that was Alex.

Mary dumped her first load on the floor.

'I don't know where all this is going,' she said.

'We'll find a home for it all somewhere, don't you worry.'

All this time Alex had been sleeping soundly in the front of the van, but now he was making it clear that he was very much awake and Ben went out to fetch him.

'Guess he's hungry,' Ben said.

'Not just hungry,' Mary replied. 'He smells disgusting again. I'll take him upstairs to sort him out.'

Laying Alex on the bed, she had time, the first for a long time it seemed, to have some private time with him. Changing him was not the hurried procedure it had become over the last few days. She had time to pamper him. By the time the transformation was completed, the room was filled with the aroma of Johnson's Baby Powder, and baby oil.

Ben, in the meantime, fetched a bottle of local red wine, and three glasses, and when Mary reappeared a little while later, they toasted a very successful trip. Ben made a little speech about Mary finally moving into her new home, her new life.

'Have you heard anything from Georgina about your passport?' Mary asked Katie.

'No, nothing. Why? Are you anxious to get rid of me now?'

'Of course not. As far as we're concerned you can stay here for as long as you like – I think Ben will agree with that.' Ben nodded in agreement. 'I just wondered how she had got on, getting the stuff for your passport, that's all.'

'Mmm. I'll believe you,' was Katie's reply, with some doubt evident on her face.

Ben and Mary went over the events of their visit, Donald's threatening outburst, the car chase through Paris and all the unanswered questions that had been brought about.

'Mary, have you got your camera handy?' Ben asked. 'I want to download the photographs of Donald on to my computer. I'm still convinced I have met him before. Perhaps if I keep looking at his photo it might come back to me.'

Mary fumbled through the bags of clothes and other belongings that she had brought in from the van, and eventually located her camera. Flicking through the index of photos, mainly of Alex, she found three of Donald.

'Let's have a look. I've always wondered what he looked like,' Katie said, taking the camera from Mary's hand. She stared at the photos, and looked again, a meditative expression on her face.

'What is it?' Ben asked.

'I know where you've seen him before!' she said. 'He came to see the accountants at SRX several times. You probably saw him walking through the place when you worked there.'

'That's it. Well done, Katie. I guess he was there to sell some financial package or other. Do you know any more about him?'

'Well no, I was a receptionist, I don't know what went on in the meetings, obviously, but what I do know is that after the third or fourth visit, we were told not to allow him into the building in future. So something unpleasant must have happened.'

'That's brilliant. I'll have a word with the people at SRX and with any luck, they will tell me what happened. I just don't trust this man, and I want to find out as much about him as I can. If you think of anything else, Katie, you must let me know.'

'Yes,' said Mary, 'but for now can we forget about him, and enjoy ourselves, now that we are safely back home.'

'Perhaps a visit to Madame Delphine's later?' Ben suggested, which went down well with everybody.

'It's going to take me quite a while to find space for everything,' Mary said. 'Can we leave Alex with you for the afternoon, Katie?'

'You bet you can. I'll take him for a walk into the town and show him round.'

Ben and Mary spent the afternoon reorganising the bedroom and living area to accommodate the things that Mary had brought back. Quickly the cottage took on a feeling of being lived in. Ornaments with special memories for Mary now adorned the mantelpiece, photos of a very young Alex were to be found scattered around the room. There were vases in which Mary could display spring flowers. Ben just watched, marvelling at how simple it seemed to be for a woman to bring such warmth into a house. When at the end of the afternoon, it was completed, he grabbed hold of her, and, with tears beginning to run down his face, just hugged her to him. No words came from him. None were necessary. His dream had finally taken shape. His life, at last, was complete.

He had moved to his cottage *La Sanctuaire* less than a year before and was delighted with the work that had been done to restore both his cottage and the larger Dairy Cottage which was to be let out as a holiday home. The first visitors were due to arrive in just three weeks' time.

Now his cottage was a warm, cosy, happy home. All the troubles of the last forty-eight hours could be forgotten.

For now, he just wanted to drink in this overwhelming feeling of contentment. Everything else could wait for another day.

Katie, strolling down one of the many footpaths that linked the different areas of the town, was equally happy with her lot, and chattered away to the sleeping baby with a permanent smile on her face.

'Is there something special about this place, or what?' she asked the baby. 'It seems that happiness seems to live here. You are such a lucky little man, Alex. You have a mum and dad who adore each other, and who both love you so much. You just don't know how lucky you are. Mind you, I've been pretty lucky, too. I dread to think what I would have done if your daddy hadn't managed to get me away from those obnoxious people in Germany. He really is a great guy, your daddy. It seems he will do anything for anyone. I suppose I will have to go back to England once my passport arrives, but I really don't want to. I would so much rather stay here with you and Mary and Ben.'

She was going to continue, but looked up to see a girl that she had met at the sports centre coming round a bend in the path towards her.

'Who were you talking to? She asked.

'No one really,' Katie confessed. 'Just talking aloud, really, telling young Alex here how happy I am. That's all.'

'Did you have a good evening out with Antoine, yesterday?'

'And Gilbert'

'*And* Gilbert? Then I bet it *was* a good evening. When you get those two together, you never quite know what might happen.'

'You can say that again,' Katie smiled. 'It was a wonderful evening. Great guys.'

'Very true. This little chap is rather beautiful, too. I guess that Ben and Mary are back then?'

'Yes. Got back earlier.'

'I had better go,' said the girl. 'I'm supposed to be at work. See you soon.'

This was another thing that had surprised Katie about France. She had always been told how unfriendly the French could be, but here she had found everybody to be helpful, amiable and almost affectionate. Considering that she spoke so little of their language, she sometimes found it hard to accept. It wasn't an inquisitive kind of friendship, but a genuine, warm buddy feeling, which on a day like today made everything even more special.

While Katie was out, Ben said, 'Did you mean what you said earlier to Katie, about her staying as long as she wanted?'

'Yes. I see no reason for her to go if she doesn't want to. Why? Do you not agree? I wondered, when I said it, whether I might have said the wrong thing.'

'No, quite the opposite. She has been a great help here, especially with the garden, and when our visitors start to arrive, it might be good to have her here as part of the team. I want to be able to put everything I can into this venture. I want visitors to want to come back year after year, so I plan to throw in a range of extras like free fruit and veg from the garden, a nice bottle of wine waiting in the cottage, just a few unexpected bonuses. I know I like that kind of thing, so I want to do it for my guests. Perhaps even a barbecue on their arrival day. Things like that. And to do all these little extras will certainly mean that we could do with another pair of hands.'

'I will be able to help as well, though. Don't forget me, Ben.'

'There's no danger of that, but you'll have quite a bit on your hands with looking after Alex – and me! No, I just mean, literally, another person to help us out. I think it's going to be harder work than I expected, especially if we are going to do it well.'

'I'm just a little bit concerned about her being here, I suppose. I know she's always had a hot spot for you.'

'Now let me stop you there, young lady. She may, as you say, have had a "hot spot" for me, but it has never been more than that. Hey, she's been here for months now, and there has never been any suggestion of anything inappropriate between us. I would think from the look on her face today that she's getting all she needs from somewhere else. And, anyway, now I've got you back for myself, what would I want with anyone else.'

'Yeah, I guess you're right.'

'So, can I suggest that we put the suggestion to her this evening over dinner?'

'I think that would be a lovely idea. I'm sure she would like to stay, for the time being, anyway.'

'And you can trust me?'

'Course I can, Ben. I was only joking.'

Later that evening, after showering, and dressing more appropriately for a celebratory evening out, the foursome drove the few kilometres to Angers.

Madame Delphine saw them arrive, and almost ran over to greet them. This was the first time she had seen Ben since he had hosted her sixtieth birthday party, when her friend François had invited some of her ex colleagues from *Folies Bergere* to come to help celebrate with her. It had been an immensely successful evening.

'Ben, Mary, Katie,' she effused. 'H0ow lovely to see you. Oh, and little Alex as well. Are you all well? And have you finally settled in to stay, Mary?'

Other diners must have wondered who these special guests were, such was the reception they received.

'Well, I will ask chef to prepare something quite amazing for you this evening.'

'It's always something amazing here, Madame Delphine,' Mary said.

'Yes, but, what is it they say in American movies? "You ain't seen nothing yet."'

It was no false promise either. The meal was indeed amazing, based on swordfish, which none of the trio had tried before, with the chef's speciality herb sauce. The service was worthy of any four star establishment, and throughout the evening they were treated like stars, glasses automatically refilled, plates removed almost before the course had been eaten. It was, Katie thought, like being at one of the award ceremonies, being waited on hand and foot. Alex received similar treatment. At one point Madame Delphine took him round the whole restaurant, introducing him to everyone as if he was her own grandson.

During the meal, Antoine wandered in to the restaurant with a good-looking girl. He made straight for Katie, and bent to kiss her, rather too passionately, she thought, in front of another girl, and sauntered off to a table for two at the back of the dining area.

'So, who was that?' asked Mary.

‘Antoine,’ Katie replied. ‘Just a guy I met while you were away.’

‘The one who made you smile all day today?’ Ben said with a similarly large grin on his face.

‘The very one. But I’m still not going to tell you more than that.’

‘I don’t think you have to.’ Mary replied. ‘But who’s the girl he’s with tonight?’

‘I haven’t a clue. It doesn’t really matter. I had him last night.’

‘Or the other way round, perhaps?’ Ben said.

‘Let’s change the subject, can we?’ Katie asked.

The conversation and feasting lasted until very late into the evening, and for once, Ben decided that they should take a taxi back to the cottage as they were all dangerously over the limit for safe driving.

On their arrival back at *La Sanctuaire* they made their way to their bedrooms, and Ben and Mary, at last feeling safe and secure, simply lay in each other’s arms until sleep overtook them.

Chapter 6

Georgina was a good friend to Mary.

Against her initial instincts, she had taken Mary and Alex to meet Ben at *La Sanctuaire.*

However, there had been one problem that Georgina could never have foreseen. Arriving there, they had discovered that Katie was already there. For a while, during which Mary screamed and ranted at the top of her voice, railing and verbally abusing Katie, Georgina had wondered what she had let herself in for.

Georgina knew that Katie had always been perceived by Mary as an arch-rival; the original *femme fatale* with her beautiful long, shiny, blonde hair, her superb body, and eyes that flashed with all sorts of suggestions. How could any man resist?

It was true that Katie had had her eyes on Ben, but to her eternal chagrin, he had never reciprocated her feelings. He had been one of the few men that had actually turned down the chance of sex with her.

It had been explained to Mary that the reason Katie was in France with Ben was that she had been kidnapped by a gang in the UK who were in some way connected with her husband, or at least, were trying to locate him. She had been taken to Germany from where she had managed to make contact with Ben through his website, and Ben, with a lot of help from a group of Polish workers, had managed to get her away from her captors, and had brought her back to his French home.

The problem was that Katie did not have a passport, she had never had one, and so she was to all intents, an illegal immigrant. The matter had been discussed when Ben, Mary, Katie and Georgina were together. The outcome was that they had decided if they were clever enough, they should be able to obtain a passport for Katie while she, herself, remained in France.

Georgina had offered her services. She had been given the necessary three copies of the application form, which Ben had downloaded from the internet, and a list of the documentation that was required. Katie had told her where she thought most of it was, and had given her the keys to her house in Reading.

Ben had told her to be very careful, as Katie's flat may well be under surveillance by the people who so desperately wanted to make contact with Dave, her husband.

She had been horrified by what had happened to Katie, had taken on board Ben's warning, and was not going to take any more risks than were necessary.

On the first evening, after she returned from France she drove over to Katie's house. She parked her car in a nearby street and casually walked the length of the road in which Katie lived. There were a number of cars parked on the road, but none of them had drivers sitting in them. There were, as far as she could see, no curtain twitchers. In fact, the road seemed remarkably quiet.

She repeated this little performance for the next two evenings, on the latter making her way to the narrow alleyway that went round behind the row of houses, and managed to work out which one was Katie's. She tried the gate leading into the small garden, but it was locked, so she knew she had little chance of escape that way unless it was a simple bolt across the inner side of the gate.

On the fourth evening, she had a rest from her surveillance, and decided to take another look during the weekend.

It was Saturday afternoon when she finally, apprehensively, opened the front door of Katie's house. Inside she found herself in a small hallway. There was a mountain of mail, which she picked up and put into her large shopping bag. Then she ventured further into the house and started her search.

It was strange being in Katie's house. They had known each other for a number of years, but they didn't share the same interests and had different circles of friends so they seldom met socially.

She considered that the two of them could not be more different if they tried. Katie was sexy, glamorous, gregarious and sometimes outrageously flirty. She herself was none of these things. She was the girl who until recently had taken on the nickname of "Grunge" because of her quirky hair styles and dress sense. She was happy with herself, never wanting to be one of the crowd; always striving to be her own person, somebody unique. She was perfectly satisfied with her life. Now that she had landed a more rewarding job as a sales representative for a manufacturer of organic hair salon products she had, to some degree, done away with the "Grunge" image, but still maintained her inimitable way of life.

Taking the list of documents that she had to collect from her handbag, she started searching in the locations Katie had suggested, sometimes successfully, other times having to look in alternative places. The house was immaculately tidy; everything in its place. Not like her own flat. That got a makeover once a week if it was lucky. She was inwardly petrified by what she was doing, moving cautiously from room to room. She could feel the tension throughout her body. She was visibly shaking. When the telephone rang as she walked past it, she almost died. She told herself to calm down.

It took her a lot longer than anticipated, but eventually she had managed to collect everything that was required. All she had to do now was to collate everything, attach it to the application forms, and send the whole package off to Newport.

She was about to leave the master bedroom when she heard a noise downstairs. She tentatively made her way to the top of the stairs. Why do people always do this? she asked herself. I should be hiding in the bathroom or something, not being drawn to my impending peril.

She remained anchored to the spot, unable to follow her self-induced logic. From her vantage point, she could just see down to the hallway by straining her neck.

There were further rustling noises down there and she could now see the outline of someone standing outside the front door. She froze, her hands gripping the bannister until her knuckles were white. The police perhaps? Or could it be Katie's kidnappers?

Then the letter box opened, and through it came … a freebie newspaper.

'Bloody hell!' she said out loud. 'That was scary. I'm not cut out for this.'

Regaining her composure yet again, she made her way down the stairs. Her throat was dry and she was tempted to make a cup of tea while she was there, but decided that a glass of wine when she got home would be a much better idea.

The message light was flashing on the telephone as she walked through the hallway. She thought for a while, and then decided that maybe she ought to listen to any messages to see if there was anything there that might be of use, or even benefit, to Katie. She grabbed a pen and a scrap of paper from her handbag and pressed the play button on the telephone.

There were ten messages in all. Four of them from people still trying to make contact with Dave, two from Dave's father asking if everything was OK as he hadn't heard from him or Katie for a long time, three more that hadn't left a message and one message from Katie asking Dave, should he ever come home, to contact her.

'That's enough detective work for today,' Georgina said aloud to herself, and went to let herself out of the house. She stopped herself at the last moment, looking at the newspaper that had just been posted through the letterbox. Then she tipped all the mail that she had picked up when she had first entered the house back onto the floor. She sorted through it, just picking out genuine mail and leaving the junk mail on the floor. Only then did she let herself out into the street, an audible sigh of relief leaving her body.

'That's a good job done,' she congratulated herself.

'First things first,' she said to herself when she got back home, and poured herself a large glass of white wine that had been cooling in the fridge. Later, when she had relaxed sufficiently, she realised that she was extremely hungry.

After finishing a quick and simple supper of pasta and sauce, she emailed Ben to report all that she had done.

Chapter 7

'Lost them? What does he mean "Lost them"?'

'It seems that they were travelling on the *pérephérique* round Paris and he lost them when they ---'

'I don't want to know the details. Has he any clue as to where they were going? What road did they turn off on?'

'He can't be sure. They probably went into the city.'

'Oh, get rid of the stupid chop. I can't have people like that working for me,' Donald said, slipping into South African slang.

'But he's a good man, boss. He's very keen and up until now ---'

'Yes exactly, up until now. Get shot of him. Find somebody else who I can trust to be of some use. I can't be doing with idiots.'

The line went dead.

His boss's reaction did not surprise Chas at all. Nobody was allowed to make a mistake; nobody was permitted to have a difference of opinion. At times like this Chas hated his job. It was he who would have to tell Mikey that it was over - the money, the glamour of working for "the boss". Only Chas knew who "the boss" was. None of "the boys" had ever met him, and were controlled, driven, by Chas who had to act just as ruthlessly himself to be sure of keeping his position as second-in-command. There was little chance of him finding another way of life like this. He had done well climbing from being just one of "the boys" to his present position of trust.

'Tomorrow,' he told himself. 'I'll tell him tomorrow.

A few minutes later Chas's mobile rang again. It was "the boss".

'Have you told him yet?'

'No, I couldn't get a line,' Chas lied.

'Well get it done today. And I want the car back here double quick, so I suggest you get your arse over to France and bring the motor back straight away. And when you get back, I want you here. We need to talk. This is more serious than you obviously think. Let me know your ETA.'

'OK, I'll be in touch …' but he was talking to himself. The call was over, and Chas began to wonder if he were in more trouble than he thought. He called Mikey and told him that he wanted to meet up with him in Calais the following day, but did not tell him why. He knew how hot-headed Mikey could be and was afraid that he might decide to torch the car, rather than meekly hand it back. Much better, therefore, to give him the idea that he merely wanted to discuss matters with him. Perhaps he would find out more details about the chase and the disappearance of their quarry.

Early the next morning, while Chas was queuing for his foot passenger ticket for the ferry, Ben was up and about. He made himself a coffee, and wandered out into the clear but chilly morning. He made his way down to the far end of the garden and sat on one of the chairs by the stream.

He tried to put back together all the happenings of the previous forty-eight hours and what, if any, action he should take. The whole journey from Calais to Paris was etched clearly on his mind. There was only one possible explanation for what had happened. Donald, rather than get the police involved, had put his own plans into operation. It wasn't him driving the Mercedes. Ben had managed to get a fleeting glance of the driver as he passed by; a much younger man, white with a lot of black curly hair, presumably working on Donald's behalf. Fortunately, he had remembered the registration of the Mercedes. It was a UK number plate. What should he do now?

If it was a British registered car, then eventually it would be returning to the UK, Ben thought. He went back to the house, picked up his laptop and mobile phone, and returned to the patio.

He dialled a number into his mobile. 'Hello. Customs and Excise?' he said. 'I want to report a suspected drugs haul. No, I am in no way involved, I'm just a witness.' There was a long interval while Ben was informed that they must know who he was and where he was calling from; that they could not just take someone's word for something of this nature.

'I was under the impression,' said Ben after listening to the spiel, 'that you wanted help from the public to reduce the drug operations in the UK. Are you telling me that this is not the case? Look, you can either take a note of what I am going to tell you, or not. It matters little to me, but here is a chance for you to get your hands on someone involved, even if they are just couriers. I am not prepared to tell you my details for what, I would have thought, are obvious reasons.'

Finally, after listening to more reasons why he should divulge his identity, Ben said that he was still not prepared to do so. He gave them the description of the car and finished by saying that he had tried to do the right thing as a responsible citizen. It was up to them whether they followed it up or not, and abruptly put an end to the call. Drinking a now lukewarm cup of coffee, he considered his next step but was interrupted by the arrival of Mary and Alex.

'You're up early, Ben. What are you up to?'

'Just having some fun, playing a few tricks,' he said, reaching out for his son. Alex was full of smiles, and as usual, found it difficult to simply sit on Ben's lap. He had to wriggle all over his dad.

'Mary is there anything at all that you know about Donald that you haven't told me. Anything, however insignificant. You said he told you quite a bit about his previous life in South Africa. Can you recall anything that made you think twice, anything that didn't sound quite right?'

'Not that I can recall. Just stories, you know, like you do when you first meet people, you tell them bits about yourself that you think would interest them.'

'Did he tell you where about in South Africa he lived?'

'He seemed to have spent most of his time there in Pretoria, I think.'

'And what about his family. Did he mention his parents or other relatives? What he did for a living over there?'

'Only that he worked for a large mineral company. Finance, I presume. Hey, why all the questions?'

'It's just that I am worried that we may not have heard the last of him, and I want to get one step ahead if I can. If he goes to the bother of having us followed half way across France he obviously means business. It's equally evident that he really didn't want to lose you. I can understand that, but it seems his concern about you leaving him is for the wrong reason. It all seems a bit over the top to me.'

Mary said that she didn't really understand what Ben was saying.

'Tell me more about the hairstyle. That sounded really odd.'

'It was just weird. It was so very important to him. And he bought clothes for me as well; brightly coloured things that I wouldn't have chosen for myself in a month of Sundays.'

'And, don't tell me, he took photographs of you dressed like this?'

'Well, yes. But I thought it was just that he wanted photos of me wearing the clothes he had bought.'

'I'm sorry, but I think there's something very menacing about this. I'm beginning to wonder whether, in fact, he was trying to make you look like someone else, someone possibly from his past in South Africa. Do you think that's possible?'

'I suppose it's possible, but I have to wonder why.'

Ben asked Mary to think back to the first time they met, and the first few dates. Was she convinced, right from the start, that he had fallen in love with her.

'I became convinced quite soon after we'd first met,' she told him, 'But at the first meeting, looking back now, it was rather strange. He sought me out from among the hundreds of other visitors. When he did find me, he made an absolute beeline for me. I put it down to some kind of middle-age infatuation on his part. I mean, I have been known to turn heads before,' she joked.

'But it could well have been something else do you think?'

'Now you say it, yes, I suppose it could. It was a bit odd. But as I say, after just a few meetings with him, I could feel the love growing between us, and I don't think I'm wrong about that.'

'Probably not. I defy any normal red-blooded male not to feel that way, given the chance. But it's the initial meeting that intrigues me. Anyway, let's go and grab some breakfast. I'm sure this little fellow would like to fill his belly.'

Mary agreed, and still considering the conversation they had just had, she walked back to the cottage with Ben, who was still trying to hang on to his wriggling son.

It was an hour or so later that Katie came downstairs in her usual bleary-eyed state.

‘’Morning,’ she said, running her hands through her long blonde hair. ‘Sorry, I overslept a bit.’

‘So what’s new?’ Ben quipped.

‘Oh, I’m not that bad, am I?’

‘No,’ Ben said. ‘I guess you just need more beauty sleep than we do!’

‘Cheeky sod. For that you can make me a cup of coffee.’

‘Yes, I should think so, too.’ Mary said, looking at Ben, who sat with a big grin on his face.

‘Croissants as well?’ asked Ben.

Katie accepted his offer, and took her turn feeding breakfast to Alex, who was sitting in his high chair looking from one person to the other, as if he were taking in every word of the conversation.

Ben brought over the coffee and croissants to Katie and sat down next to her at the table.

‘Have you had any more thoughts or recollections about Donald’s visits to SRX?’ he asked.

‘I’ve been racking my brain, but I think I’ve told you everything there is to know. I was, after all, only a receptionist. It was Maurice who actually met with him. And it was Maurice who issued the instructions not to let him into the building again. So obviously something must have annoyed him a lot to make him do that.’

‘True,’ Ben said thoughtfully. ‘I’ll have to give him a call. Perhaps he’ll fill me in.’

Two hours later, having given Maurice time to settle in at his desk, Ben went back down to the patio and phoned him.

‘Oh, hi Ben,’ Maurice said. ‘Looking for your old job back?’

‘Oh, no,’ Ben said. ‘I’m very settled here in France. No chance of that, I’m afraid.’

‘I think you might change your mind on that quite soon, my friend. Your little scheme looks as if it might be coming to an end. The back door you are using for your clients to get listed on Google is being closed. Did you not know that?’

‘Can’t say I did. I have noticed a drop in renewals recently, but I thought it was just that money is short for a lot of businesses. Thanks for letting me know.’

Ben quickly changed the subject, and told his ex-accountant colleague the reason for his call. Maurice told him that he recalled the man very clearly. He had come to meet with him to talk about the availability of funds to expand the business. It was something that they were considering at the time and at first Donald had appeared to be able to offer them finance at a very competitive rate.

‘But you know me, Ben. Never trust anyone. So although he wanted a deal signed there and then, I was able to put him off by saying - and it was true - that I had to put the matter before my directors. He was very insistent, and was phoning me day after day to make another appointment, but I was not prepared to be rushed, especially where the company’s finances were concerned.’

Apparently, Maurice had done the usual checks on the man. He was allegedly the Managing Director of a finance company, but Maurice’s checks drew a blank at Companies House. Checking further, he could not find anything about him personally, either. No National Insurance record, no anything. It seems that he didn’t really exist at all. So eventually, Maurice had invited him back, and turned down his offer of financial help.

'When I told him that I wasn't interested, he became quite unpleasant. Although it was cleverly worded, I felt at the conclusion of the meeting that I had been threatened. It was not pleasant at all. Can I ask why you wanted to know about him?'

Ben told him about Mary's experience with him, and about the car chase through France. 'I'm just a bit worried that we may yet hear more from him,' he said.

'Well, I'll tell you what I'll do,' Maurice said. 'I'll try running a few more checks on him. If I find anything interesting, I'll let you know. But you must take a look at this Google thing, Ben. It could ruin your business.'

'Yes, I will. Thanks a lot, Maurice. Nice to talk to you again.'

'You too. Take care.'

Ben sat thinking, not now simply about Donald, but the future of his business. He would have to talk urgently with his partners back in the UK. Surely they must know about this. Why hadn't they told him? But finance was one thing, keeping his girlfriend, his son and himself safe were of much more importance.

'Oh, here you are!' It was Mary walking down the path to the stream-side patio with young Alex in her arms. 'I wondered where you had disappeared to. What are you up to?'

'Just thinking, really.'

'That's a bit unhealthy at this time of day isn't it?'

'As it happens, I quite often come down here to do my thinking. It's so peaceful. Are you going to join me?'

Mary sat with Ben while he told her of his conversation with Maurice.

'The more I hear about this man, the less I like him,' he told her. 'Maurice is going to do some more checks. He has the tools to do that. But I would like to find out some more myself, but I don't know where to start.'

'Do you think you might be able to trace him from his South African roots?'

'I wonder. I'll try a few things after lunch. Is it all right if I take a few photos of you? Did you bring the clothes that he bought with you?'

'You don't need to take photographs. The ones he took of me are in my camera. The battery on his camera was flat when he wanted to take the pictures, so he used mine instead.'

He did not, however, tell Mary about his other worry. That, he knew, was his problem. But it must be addressed promptly.

Chapter 8

Mikey was waiting for Chas at the car park outside the Dutch entrance to *Cité Europe.* It was their regular rendezvous. This time Mikey was nervous. He was aware that his losing track of the English couple would not have gone down well with "The Boss", whoever he was. But everything else was going well. Hopefully, he would get a warning, a slap on the wrist, and not much more.

Chas arrived by taxi, and Mikey could tell by the look on his usually happy-go-lucky face, that things were not so happy today.

'Get back in your car,' Chas snapped at him. 'We're going back to England on the next sailing.'

'But I haven't finished ---'

'Maybe not, but you *are* finished, my friend. You can either come back with me, or you can stay here. I couldn't care a fuck. All I know is that your stupid incompetence is causing a lot of trouble, and a lot of the shit is coming my way. So I don't care what you do. You can jump overboard as far as I'm concerned. In fact, that's not such a bad idea.'

There were no contracts of employment for people working for Donald. No written warnings, no arbitration. You were taken on by word of mouth, and you were dispatched in the same way. The money was good and most of the time the job was adrenaline-pumping, but get it wrong, and you were out on your ear.

'Well, I can't stay here,' Mikey said, 'so I'd better come back with you. But I need to pick up my stuff from the hotel.'

'Then let's go. The sooner we get back, the sooner I can get things sorted out with "The Boss".'

After going to his hotel and picking up his belongings, Mikey drove the short distance to the port where Chas booked the one-way passage for the car and two passengers. The queue for embarkation was not long and, within an hour, they parked the car in the depths of the ferry, and made their way up on deck. On this particular day, Chas was wondering how secure his position really was in the organisation. How many more times would he be making this cross-channel trip, trusting his life to the captain of a large metal box transporting him across the narrow channel to Dover, weaving his way through the many tankers and other large vessels traversing their passage across one of the world's busiest seaways.

There was a frosty atmosphere between the two men during the crossing, neither wanting to discuss the situation they were in, each feeling ripped off by the other, each trying to predict the outcome of the series of events that had led to their being here. Chas ate in *Le Brasserie* restaurant, whereas Mikey was happy enough with a burger and beer in the bar. It was only as the ferry neared its destination that the two met up again to make their way back to the car down in the bowels of the ship.

There was the usual wait as drivers started up their engines, polluting what little air there was with diesel and petrol fumes, but within a few minutes, the car was on the move, trundling along in the queue of cars, vans and trucks down the ramp on to *terra firma.*

As they approached the customs area, Chas noticed one of a group of customs officers tap a colleague on the shoulder and point at the Mercedes. The group moved over towards the car. They beckoned Mikey, who was driving, to a small parking area to his left and asked him to step out of the car.

'Are you the owner of this car?' one of the customs officers asked.

'Not exactly,' Mikey replied.

'Not exactly? Either you own the car or you don't. I will ask you again. Are you the owner of this vehicle. Yes or no?'

'Well, no then. It is a company car. It is not mine.'

'OK. Now we're getting somewhere. So who does the car belong to?'

'I don't know exactly. My boss. But I don't know who that is.'

'You don't know who you work for?'

'Well, no.'

Chas thought he ought to clear the matter up, but he was enjoying Mikey's embarrassment so much that he decided to wait until he was asked before offering any assistance.

'So,' the officer continued, starting to inspect the interior of the car, 'you drive around in a fifty grand motor car, but you don't actually know who it belongs to. Am I actually expected to believe that?'

Mikey was becoming irritated both by the man, but equally by Chas's lack of help. 'You can believe what you want, but I am telling you the truth.'

The officer walked away from the car to a colleague.

'Put out a check on the ownership of this car, will you,' he said.

Back at the car he said 'As for you, sir, I would like you to come with me, and you, sir,' he added looking at Chas. 'I think we need to ask some more questions. But first, tell me, if

I were to open that case on the back seat, what would I find on the top of its contents?'

'I packed in a hurry this morning, so I can't be absolutely sure, but I guess it would probably be some dirty washing.'

Mikey was asked to get the case from the car and bring it with him to the interview office.

While Mikey went to the car, the officer picked up a phone.

'Get the dog handler for me,' he said. 'I think we need to have a good look at this motor.'

Mikey tried to hide his panic. Chas was not at all concerned about what Mikey was going through. But both men were bundled into a small, basically furnished office and told, not asked, to sit down at the table. The Customs Officer then left them alone.

'What exactly the fuck's going on?' Chas asked.

'How do I know?' Mikey replied trying to see, to no avail, where the official had gone.

'Well it looked to me as if they were actually looking for this car. This is no random check. This is deliberate. This was planned. Have you been up to something stupid?'

'No.'

'No drugs?'

Mikey hesitated.

'Oh, no! Don't tell me you've been doing a bit on the side with the white stuff.'

'Only for myself.'

'And there's some in the car?'

'Just a bit. It's in the glove compartment.'

'They don't bring out sniffer dogs for that. What else are you going to tell me?'

'There's nothing else. I swear.'

Outside the room, they were aware of considerable activity, and now they could see the dog handler moving toward their car. What was worse, they could see that the car was being pulled apart. The seats were being pulled out, all the storage bits and pieces were being emptied, and were being laid out side by side on the concrete area surrounding the car.

The interrogation continued, but still they did not address anything to Chas.

'So you don't know Donald O'Hanlon?'

'Who?'

'I think you should be very careful what you say from now on, sir. As things stand at the moment, it seems to me that this car could well be stolen, and you are almost certainly the prime suspect. You need to convince me, somehow, that I should not hand you over to the police right now.'

The door opened, and another officer asked if he could have a word with the man in the office. Once again, the two men were left alone, but this time no words were exchanged. Chas was only too aware that the last thing the Boss would want is a visit from the police. He would have to limit the damage. A bit of cocaine could easily result in a charge, but he would have to own up to knowing more than Mikey did about this business.

Chas told Mikey that when the men returned, he would take over the talking. 'I can't afford for you to get us any further in the shit,' he said. Mikey agreed. He was only too pleased to keep quiet for a while.

Outside, the customs officers were busy. They were quite used to this kind of thing. It seemed to be happening more frequently every month. Sometimes they were lucky and found a worthwhile haul of one illegal substance or another, but more often than not it was like it was this time; a small packet of cocaine, innocently stashed in the glove compartment. However, there was always a certain satisfaction in making the most of it, insinuating serious consequences, knowing all the time that little if any action would be taken against the perpetrators.

They kept the two travellers waiting, searching every inch of the car. The dogs had already indicated that there were no more hidden packages, but they kept them there purely out of perverse pleasure. When they could string it out no longer they returned to the office, holding the plastic bag with the white substance inside.

'And who would this belong to? I suppose you're going to tell me that you didn't know it was there. Or perhaps it's washing powder, just in case you might shit yourself?'

Mikey owned up. It was his, and he knew it was there. 'But it's only for my own use,' he insisted.

'I don't doubt that for one minute, sir. But you see, I'm not doing too well this month, and so every little bit that I capture helps my figures. I'm sure you know what I mean. Anyway, it's a fair quantity, even if it is, as you say, for your own use. So, I'm afraid I may well have to charge you with possession.'

'Oh, come on,' Chas exclaimed.

'Oh, well now. It speaks. Perhaps, sir, you might like to enlighten us a bit further about this whole strange business.'

Chas tried to explain how Mikey actually did work for Donald, but had never met him, as he was answerable to him, not Donald. The more he said, the more he felt he was incriminating himself. The officers just gave the impression that they didn't believe much of what he was saying, and were busy making notes all the while he was speaking, glancing at each other every so often with knowing smirks on their faces. They let Chas continue, all the while seeing him digging himself into a big pit, enjoying every minute of it. Finally, they told the two men to stay where they were, and this time locked the door as they left them, returning a few minutes later with two uniformed dock policemen.

Things were looking grim and all the time Chas was wondering not just how he was going to get out of this mess, but more worryingly, how he was going to explain it all to Donald. Minute by minute he could see his future disintegrating.

Now all the questioning started over again. Chas was getting frustrated, and showed it with his quipped answers, which only made things worse.

'I should watch your attitude, sir,' he was told at one stage in the proceedings. 'It would be just as easy to take you to the local station and continue our conversation there. So I'd just calm down, and we'll get through this all the sooner.'

The interrogation continued, slowly, in much detail and it was some hours after their arrival that the two men were given warnings, and were told that they could leave. They were also advised that they may need to be questioned again, should not leave the country, and, most worryingly for Chas, that the owner of the vehicle would have to be informed of this incident.

'Is that absolutely necessary?' Chas asked one of the officers.

'Afraid so. Is sir likely to be in a bit of trouble, then?' sneered one of the customs officers.

Chas merely sneered back at him as he left the office, accompanied by Mikey. They hastily put the car back together and drove swiftly out of the port.

Chapter 9

Georgina waited three weeks before going back to Katie's house to see if the passport had arrived. She had been advised it would be at least two weeks, so she had added a bit on to allow for the customary over optimism of government departments.

As before, she was careful in her approach, and parked her car two roads away from her objective.

Walking casually round the corner into Katie's road, she was surprised by what she saw. The road was blocked at both ends by police cars, and there was a conglomeration of blue and yellow uniforms. The focal point appeared to be Katie's house, but it seemed to Georgina that these people had only just arrived.

She walked up to the nearest police officer and asked him what was going on.

'You live here?' she was asked in reply.

'No, but a friend of mine does. Number 14.'

'Fourteen? Hang on here a minute.'

She did as she was told, straining to see what was going on. Two more senior officers came over to where she was.

'You know the people who live at number 14?'

'Yes, Dave and Katie Atkinson.'

'Were you coming to visit them?'

‘No, not exactly. I was just coming to check Katie’s mail, that’s all.’

‘So you have a key?’

‘Yes.’

She was told to “hang on” again as the two officers ran back up the road, then ran back again.

‘Come with us,’ she was told, and she walked, rather more rapidly than she normally would have, up to the front of Katie’s house.

‘Can we have the keys, please?’

Georgina thought quickly about why she was here, and realised that if she gave them the keys, they might well pick up any waiting mail before she could. Without hesitation she said ‘It might be better if I unlock the door, actually. There’s a bit of a knack to it.’ She moved up to the door, making a bit of a fuss about turning the key, which in fact turned very easily.

She made her way inside, and managed to kick the pile of mail to one side as she went in. She was beginning to sweat. The last thing she wanted them to find was the passport. Fortunately, she became trapped behind the door as the numerous brightly clad police officers rushed into the house. She spotted the large brown envelope that she wanted to find, and stuffed it quickly into her bag.

Now she was being taken into the lounge, and was asked to sit down opposite the two senior officers who had spoken to her earlier.

‘What’s your connection with Mr and Mrs Atkinson?’ she was asked.

‘I don’t know Dave,’ she said, ‘but Katie is staying with a friend of mine in France. She was too scared to stay here.’

‘Scared of what?’

'What do you think? She was kidnapped here. Right on her doorstep. She's scared it could happen again. She feels safe where she is.'

Georgina, whilst being frugal with her statement, satisfied the officers with her answers.

Ben had reported Dave's disappearance some weeks previously, and a missing persons report had been logged. It was only recently that his disappearance had been linked with a body found in Albania which had now been confirmed as Dave's. The French police had told Katie of her husband's death the day before Georgina had returned to England.

Hoping all the time that she was doing the right thing, she gave them details of *La Sanctuaire* and Ben's telephone number in France. She also asked whether she could take away any mail that was there, but was told that it would be taken to the police station. She should contact them in a few days, and if it was considered to be of no interest to the case, she could take it.

The police carried out a thorough search of Katie's house. The forensic team collected a range of items, placing them in plastic bags before scrupulously dusting the house for fingerprints. She thought it was time to leave and, after checking that it was OK to do so, she left the house.

On her way home she congratulated herself on managing to get hold of the passport. Arriving at her flat, she immediately phoned Ben to let him know what had happened. Ben told her that Katie was thrilled about the passport, and Georgina told him that she would post it to her on Monday.

For her part, Georgina was relieved that she could now relax, knowing that she had done her part. Katie would now be in a position to come back to England whenever she needed to.

Georgina drove home to her flat, made herself a cup of tea, and reflected on the drama that she had so innocently been caught up in. She actually envied Katie. That girl always seemed to come up smelling of roses, she thought.

She looked at herself in the mirror and asked out loud, 'How is it that after deciding to marry a rogue like Dave Atkinson she is now living in the most beautiful area in France being cared for by the most wonderful man I have ever met. OK, so Dave has been killed. That's awful, I know, but even so I wouldn't mind swapping with her.' She stopped herself from going on, but the thoughts would not go away. Later that evening, her musing returned yet again.

If I didn't know any better, girl, she told herself, I'd say you were in love.

She had previously only seen Ben for a matter of hours at a time. Now she had been able to see him as he really was; the kindest, most thoughtful, most amazing man. She had witnessed his enthralment at discovering he had a son, his protection of Katie when she needed him, his natural paternity, carrying his little boy out into the moonlit night to show him the stars, and his seemingly overwhelming love for Mary.

'In your dreams, girl,' she said. 'In your dreams.'

That night there were tears in her eyes as she drifted off to sleep.

Chapter 10

Ben downloaded all the photographs of Donald and Mary from her camera.

He chuckled when he saw Mary adorned in her brightly-coloured clothes, and was quickly reprimanded by her. 'Look, I'm embarrassed enough without you making it worse,' she said with a firm voice, trying in vain to stifle a smile.

'Oh, I don't know,' Ben continued. 'I quite like the look. Perhaps, if we search the shops, we might be able to find something equally stunning for you!'

That was too much for Mary. She got up and left Ben to his own devices, muttering under her breath about Ben in particular, and men in general.

Ben had taken on board Mary's suggestion that maybe the best place to start investigations about Donald would be in South Africa.

The website for the South African Police Service seemed to be the best place to start. The site was wide ranging and informative and listed wanted persons in a number of categories from housebreaking to murder, fraud to perjury.

Ben perused all of the listings, just wondering whether Donald's details might be there, but, as he was expecting, there was no mention of him. He then set about finding out more about Pretoria, and the many diamond mines in the area. He quickly became confused as there were so many and he had no idea at which of them Donald had worked. If, indeed, he had worked for any of them. Ben decided that he had to consider what to do next. Anyway, he needed a coffee so went looking for Mary. He found her in the lounge with Katie. Both of the girls were bending over and watching Alex intently.

'Oh, Ben!' Katie said. 'Come and have a look at your son.'

Alex was sitting in a chair supported by a cushion at his back. Mary was holding a training cup up to his lips. And the little boy was tackling it with a vengeance. There was a mess down his front, but a fair percentage of the liquid was finding its way down his throat. There were sounds of slurping and gurgling, and when the cup was taken away to enable him to gain his breath, his hands reached out to grab it back.

'Isn't he brilliant?' Mary said, turning to look at Ben. 'He's taken to this like a duck to water. I think the days of bottles are soon coming to an end.'

'Oh, I hope not,' Ben replied. 'I would really miss feeding times. I think it's the most relaxing of pastimes. I'll have to have a word with him. But he does seem to be enjoying that.'

Alex was coming on in leaps and bounds, reaching for toys, and had started to attempt to roll over from his back to his tummy, and now he was doing his best to stand up with a lot of help.

'The other thing is,' Mary continued, 'I think he's got his first tooth on the way. So be prepared for some restless nights.'

Ben took no notice, and took his turn at cup-feeding his son.

'Mary, I need to talk to you some more about Donald. I don't really know where to start. We've got to play this very cleverly. If he is as unsavoury a character as I think, then we have to stay one step ahead of him. Whatever we do, we cannot afford to let him know what we are up to. The last thing we want is the police or anybody else turning up at his house or contacting him at all until we know much more. Only then can we really make our move.'

Mary nodded in agreement.

'Are you sure about Pretoria?'

'That's the only place I remember him mentioning.'

'I've had a look on the web, and there are loads of diamond mines in that area. He didn't, by any chance, mention whether he worked for any of them, and if so, which one?'

'No, I don't think so. I'm not even sure that was what he did. I just put two and two together.'

'O.K., don't worry about it. But if you do remember anything more, however insignificant it might seem, you must tell me.'

'Of course I will.'

Ben disappeared back to his laptop. But this time he was concentrating on his own business. Once again, there were numerous complaints from clients that hits to their websites were falling dramatically. More and more were cancelling their subscriptions. Things were looking bad.

He emailed his colleagues in Reading, and told them what Maurice at SRX had told him, and asked whether they were aware of what was happening. Ten minutes later he had a reply, telling him that they had only recently discovered the problem themselves, and admitting that at the moment they didn't know what to do about it. They would, they said, keep him posted.

Wanting to do something positive, Ben returned to the South African Police Service website. He searched again all of the categories of wanted people listed there, but his efforts merely confirmed that Donald was not on their most wanted list. He sat and stared at the screen for some time, trying to think of a way forward.

Maybe he's not there because of the length of time, he told himself. Perhaps if I send his photograph it could start something.

The photographs of Donald, which Ben had downloaded, were now attachments to his email. Then a second thought. If he *was* trying to make Mary appear to be somebody else ... so he added the photographs of her, wrote his email and clicked the send button.

'Now we will just have to wait,' he told himself.

Within minutes, his mailbox told him that his email had reached its destination and that it would be replied to as soon as possible.

As he closed his laptop, Ben was aware of Mary running down the path.

'Maurice from SRX is on the line. Can you come?' she shouted.

Ben ran to meet her, and together they entered the cottage and Ben picked up the receiver.

'Hi, Maurice. Thanks for coming back so quickly.'

Maurice told him that he had no more information than before. 'It's as if he doesn't exist,' he said.

'Oh, he exists!' Ben replied. 'I very much wish he didn't.'

Maurice said that he had done every trace he could. He had found two Donald O'Hanlons, one in Worcestershire and another in Fife in Scotland, but neither was the one they were looking for.

Ben told him that he was trying to find out anything about him through the South African Police.

'Do you know for certain that he was there?' Maurice asked.

'Well, that's what he told Mary and I think I believe that.'

‘Whereabouts?’

‘Pretoria, we think.’

‘Now that’s a bit of a coincidence. My wife has a long-standing pen friend who I think lives in or near Pretoria. I know it’s a long shot, but would you like to send me the photos you have sent the police, and I’ll get my wife to send them to her friend. You never know. The face may jog some memories or something.’

‘I’ll do that right away, Maurice. Thanks so much for your help.’

‘No problem. Have you done anything about the Google problem yet?’

‘I’m talking with my colleagues about it. They had just found out themselves. Don’t know what to do about it at the moment. They’re the techies so I just have to hope that they can come up with something. Bit worrying, though.’

‘Well, if you get desperate enough to want your old job back...’

‘Thanks, Maurice, but I hope it won’t come to that. Bye for now, and thanks again.’

Ben was as good as his word, and emailed the same images that he had sent to the South African Police to Maurice.

Chapter 11

Chas had spent most of the day at the block of flats where he had been told Mary used to live. After knocking on countless doors, he eventually came across the one where they once resided. A young woman answered the door.

‘Yes, they did live here. Nice couple. We bought the flat from them... Forwarding address? Yes, I’ve got it here somewhere’

She went inside, returning some minutes later with a scrap of paper in her hand.

‘Here we are,’ she said. ‘Flat 3, 269 Oxford Road. That’s just down the road, turn left at the bottom of the hill...’

‘No. I wanted their address in France.’ Chas yelled at her.

‘France? I didn’t know they’d gone to France.’

Chas swore under his breath, but nevertheless took the piece of paper from her, and followed her directions to the flat on Oxford Road.

The place was in a state of disrepair. He rang the bell to flat 3 but there was no reply, so he returned to his car which was parked opposite and waited.

Some twenty minutes later, a young couple with a child in a pushchair came out through the front door.

Chas ran across the road causing a car to swerve to avoid him, and caught up with the couple.

‘Excuse me,’ he ventured. ‘Do you live at number 269?’

‘Yes. Why?’

Do you, by any chance, know the couple who live in flat three?’

‘No. Nobody lives at number three any more. There was a bloke there for a while, but then he moved out, and it’s been empty since then.’

‘You don’t know where the bloke went, do you?’

‘Sorry, mate. Not a clue.’

‘Shit,’ Chas said, and walked back to his car. ‘What a waste of a bloody day.’

Donald was sitting, alone as usual, in his study, staring at the screens in front of him.

Everything was falling apart. Whichever way he turned, he was faced with problems. He had been so careful, so meticulous. Now, one wrong move and his whole life could come crashing down or even end.

The screens were telling him that the pound was still weakening, and his gamble on the Euro was plainly not a winner any more. However, that was the least of his worries at this moment.

His main concern was Mary. Did she know more about him than she should? If she did, she was sure to pass it on to her bloody boyfriend. And then what? What would he do?

He thought back to the business of the car being searched, and cocaine being found in it. Chas had inferred when he told him of that episode that it seemed that the car had been picked out by customs, as if they were waiting for them to arrive. Was Mary’s man any part in this? But how could he have known about the drugs?

‘You’re getting paranoid,’ he said aloud. ‘You’re seeing ghosts in every corner.’

His resources were disappearing fast. His overheads now were far outstripping his income. Most of his original capital had been laundered by offering finance to small businesses at ridiculously low interest rates, but for all of his clever schemes to legalise his wealth, things were suddenly going very wrong.

I have to find her. I must know whether she knows anything or not, he told himself.

He started to make a list of all the possibilities. It's very doubtful that she knows anything about South Africa, although she does know that I was there. It's equally doubtful that she knows about my financial activities, except for the fact that I first met her when I was trying to sell a financial package to her boss.

'Ah, yes,' he almost shouted. 'That's where I can start. That piddling little salon, where was it? Yes, Reading.'

He looked back through all his records, and found the notes he had made at the exhibition where he met her – and her boss. There it was: "Hair Today" Prospect Street. He picked up the phone.

'Chas? Listen. Mary used to work at a place called "Hair Today" in Reading... Prospect Street.'

'I think I know it, boss. Quite a swish place. Looks a bit out of place in a street like that.'

'Yes, well. I want you round there tomorrow. They may well know where she is. Use your persuasive skills. You know what I mean. If they don't know, maybe they know someone who does. One way or another, find out. OK?'

'OK, boss. I'll get back to you.'

There was no reply from Donald. He had already replaced his handset.

Chapter 12

Georgina was out in her little garden.

It was a beautiful afternoon, and she was making the most of it by tidying up after the ravages that the winter had laid on her tiny bit of land. It was lovely to see signs of some perennials poking their heads out to seek the warmth of the sun. She was proud of her patch in which she could produce such a web of colour throughout most of the year.

With trowel in hand she worked her way round the flower beds, pulling out weeds, trimming back damaged growth and gently applying some TLC to her plants.

Bit different to Ben's garden, she said to herself. I wonder what his looks like now? She sat back on her haunches reliving the times she had spent at *La Sanctuaire.* They were only brief visits but they were engraved in her memory as being such happy breaks away from her normal life. She really liked Ben, although she knew only too well that, regardless of their amicability, there was little compatibility between them. She had forced herself to forget about her amorous feelings toward him that she felt when she first got back from her last visit. She had told herself that it was all pie in the sky, that nothing like that could ever happen between them. She would have to be content with simply being good friends.

She so envied Mary. She had everything, it seemed. She was so beautiful with her lustrous auburn hair and her dark brown eyes. She was tall and carried herself like a film star. Georgina was none of these things. She was short, had impish features which she hated, and hair that would never behave the way she wanted. Ben had once told her that she was unique and whilst she knew that he had meant it in the nicest way it was a bit of a half-cocked compliment.

But she was her own person. Always had been, and if people could not accept her as she was then that was their hard luck.

The more she thought about Ben and Mary, the more she wondered how they were getting on.

Only one way to find out, she told herself, managing to trip over a paving slab in her enthusiasm to get indoors to pick up the phone.

'Georgina!' Ben shouted down the phone. 'It's Georgina!' he said to everybody in the room. 'How's it going with you? … Gardening? … Sounds good. Are you well?

'I'm fine,' she told him. 'I was just in the garden and I kept thinking about you, wondered how everything was turning out, so I thought I'd call and find out.'

'It's going very well. We have guests most weeks now and it seems they all like the place. We've even had some return bookings for next year.'

'Is Katie still with you?'

'Yes she is. She's our gardener amongst other things. I think she's enjoying life here.' He looked round at Katie who nodded in agreement but without a smile.

'While you're on,' Ben continued, 'lots of things are going on over here. Donald had us chased all the way from Calais to

Paris by some git in a Merc when we came back and we're trying to find out exactly what he is up to.'

They chatted at length. Georgina wanted to know everything, especially about Alex and the garden.

'When are you coming to see us again?' Ben asked toward the end of the conversation.

'As soon as I can. I'll see if I can get some time off. I'll let you know.'

'That would be great. We'd love to see you again. You mean a lot to me. Call me when you have some dates. We are getting more bookings now, but at the moment there are still a few weeks when we have no guests.'

They each said their goodbyes, and Ben was left with a head full of memories of times spent with this scatty girl.

When Georgina put the handset down, his words began to haunt her. *You mean a lot to me*. What does that mean exactly? Could his feelings for me be more than I thought?

Once again, she had words with herself, telling herself not to even think such things.

'Oh, Ben. If only you knew...'

Chapter 13

Ben had almost given up hearing anything back from Maurice's wife regarding Donald.

Today there was an email from her, and attached was a long script from her friend in South Africa. It was the latter that Ben was eager to read.

I have received the pictures you sent me. They didn't mean anything to me. But that's not so surprising as I left that area many years ago and now live in the suburbs of Johannesburg. But I sent the pictures on to a friend, and she called me yesterday to say that she has shown the photos to a lot of people who she knows who worked in the mines in and around Kimberley.

One of these people seemed to recognise the man in the photo and possibly the girl as well although he was not so sure about the girl.

If his memory is correct, it seems that this man disappeared all of a sudden, and so did a coloured girl who worked in the offices. Nobody knew what had happened. My friends were all blacks, and had no privileges whatsoever. They just heard the rumours, and there were many. Some people said that he had simply returned to England but others were sure it was something more than that. There was even a rumour at that time suggesting he might have killed the girl, but nothing was ever proved as far as I know. He simply disappeared.

I don't suppose this is much help to you, but if you want to know any more please contact me again.

Ben felt a strange tingling sensation in his spine. Perhaps his suspicions were closer to the truth than he expected. He replied to the email asking for the email address of the friend of Maurice's wife. The reply came back within minutes.

Ben thought carefully before emailing the woman, and asked her if she could give him details of the one man who seemed to recognise the photograph of Donald. Once again, the reply came back almost immediately, saying that there were no computers being used by the black workers in Kimberley even today. That was why there had been such a long delay in replying in the first place. She had sent copies of the pictures by mail. Her friend had managed to telephone back with the information which she, in turn, had sent on.

She said the only way to contact him directly was by mail, but she offered to try to make contact with her friend again to see if he could remember anything else. She also pointed out that even today, the black workers could well be in great trouble if they were found to be contacting the outside world with anything that could be detrimental to the mines' owners.

Ben gratefully accepted her offer of help and wrote:

If you could ask this man if he could remember when this had happened, and the names of the two people in the photographs. That would be most helpful. But any other memories he has of that event – anything at all, would be appreciated.

He called Mary in from the kitchen and showed her the email.

'Oh, my God,' Mary said. 'Do you think it could be true? Perhaps you're right, and he was trying to make me look like this poor girl. But I'm not exactly coloured, am I?'

'I think you'll find that "coloured" over there means kind of half-caste. So this girl, whoever she is, that disappeared could look almost white. I remember this from the days of apartheid over there. We studied it at school. There were whites, coloureds, and blacks and they were all treated differently.'

'So I could look like a coloured woman, then?'

'I guess. This could well explain why Donald was so set on you.'

'And it could explain why he didn't want me to leave him. He must have some kind of plan that involves me!'

'I think that's it, Mary. Somehow, you are part of his plan but what that plan is God only knows.'

'Enough about that for now, Ben. We've got guests arriving soon, so let's have our lunch now.'

'OK by me. Where's Alex?'

'Last I saw of him, he was fast asleep in the kitchen.'

Ben followed Mary and sure enough, Alex was still sleeping soundly in his little lounger.

'I'll go and get Katie,' Ben said, making his way out to the garden.

'Lunch is ready,' he called to her. She came running to him, took his hand in hers, and walked back to the cottage.

Their guests arrived just after three o'clock. This was the first time a family had visited; Mum, Dad and three children aged ten, eight and five. They parked their Audi in front of the dairy cottage.

'Is this it?' the ten-year-old girl sneered, looking around the garden. 'Bit old innit?'

‘Where’s the sea?’ the youngest one asked Mary.

‘About forty kilometres away,’ Mary replied innocently.

‘Kilo whats?’

‘Kilometres, Harry. That’s how they measure distances in France,’ his Father told him.

‘It’s about thirty miles,’ Ben said.

‘Thirty miles? I thought we were near the sea.’

The parents tried to calm their children down, but to little avail.

‘I’ll show you to your cottage,’ Mary said.

As they unloaded a considerable amount of luggage, Ben walked away, wondering what this week would bring. Until now, only couples had visited them, and everybody had seemed to enjoy their stays. This was a new experience and Ben was very anxious.

No sooner were the family in the cottage than the quarrelling began. It was not possible to hear what the disputes were about, but they were vociferous enough.

Mary came back to join Ben in the lounge and simply raised her eyebrows.

Two minutes later there was a knock at the door. The mother was there.

‘You’ve left red wine on the table,’ she said. ‘We don’t drink red wine. Have you got a decent white?’ Ben found what he considered to be an excellent Chardonnay and handed it over.

‘Oh, and where is the nearest supermarket? You’ve kindly left some salad stuff on the table, but that’s hardly a meal is it? I’ll have to go shopping for the children.’

‘There’s a small *Super U* at the far end of town. Otherwise, the large supermarkets are on the outskirts of Anger, about ten kilometres south of here.’

‘I know where Angers is. I’ve been here before,’ was the curt reply.

When the woman was out of earshot, Mary said ‘Oh, dear. What have we got here?’

Minutes later the woman climbed into the Audi, and sped off round the circular driveway, only just managing to manoeuvre the large car through the gate into the lane. Ben thought it was more like a rally driver than a holiday maker driving away. While she was away, the noise level in the dairy cottage rose even higher.

‘I think Dad might need some help in a minute’ Mary said.

‘I think,’ said Ben, ‘the best thing we can do is to pop down to Madame Delphine’s for the evening, and let them all get on with it.

‘They won’t like that.’

‘No, they probably won’t, but that’s what we’ll do. I can’t stay here and listen to that racket all evening.’

Mary changed Alex, and dressed him in a smart blue and white top with matching blue leggings while Ben and Katie got themselves ready for their night out. It was some time since they had been to Madame Delphine’s restaurant in Angers, and they received an overwhelming welcome.

This time, though, the kisses had to wait while the proprietress admired Alex.

‘He’s growing so fast!’ she enthused.

‘It’s all the fresh French air.’ Mary said.

Only then were the obligatory kisses planted on everyone’s cheeks.

The little party was fussed over as usual. Drinks were served while choices were made from the menu. Another tranquil gastronomic evening had begun.

At *La Sanctuaire* things were far from tranquil. Mummy had returned and each of the children was vying for more attention than the other. Bedlam reigned supreme, until finally the Father stood in the middle of the lounge and yelled 'SHUT UP!' loud enough for the farm up the lane to have heard.

The shock of his outburst did have the intended effect for a second or two, but then the hubbub began again. Father, however, was not having it.

'If you three don't shut up now, we are going home.'

'What?' said the Mother in a state of shock. 'Don't be ridiculous. We've only just got here.'

'Yes, and we may well be leaving just as fast,' he said his face red with the exertion.

The family were not used to hearing such statements from Daddy. It was Mummy who made all the decisions. Tonight was different.

'Well, I am not going to spend my holiday with you three ruining everything. So you can make up your minds right now. Either you stop all the arguing or we pack everything back into the car and go back home. What's it to be?'

'But I wanted to sleep in ---' started Harry.

'Just shut up, Harry. Are you not listening? No more bickering. I will decide who is sleeping where, and there will be no more discussion about it. DO YOU UNDERSTAND?'

For once, there was no response. His wife was totally gob-smacked by his outburst.

The children were taken, one-by-one, to their elected bedrooms while Mummy prepared a light dinner for them all.

A fragile peace hung over the cottage.

Chapter 14

Mark Atkinson was in turmoil.

He had told all the members of the family about Dave's death, with differing amounts of difficulty. He did not want everybody knowing the full details, so had kept the details of his son's demise to a minimum. The one thing each response had in common was a lack of surprise at the news.

He now had the unenviable task of organising the funeral arrangements. The first step was to talk with Katie again. As he dialled the number in France, he wondered what kind of reception he would receive. He remembered only too clearly her outburst when he visited her soon after he had heard the news of Dave's death himself. Obviously, she had been in a state of shock, but there had been no sign of anguish at the news. He could hardly blame her. Every horrendous thing that had happened to her in the last few months - Dave's disappearance, her kidnapping and incarceration in Germany, her rescue by Ben – everything could be placed at the hands of his son.

The phone rang at *La Sanctuaire*.

'Hello. This is Mary. How can I help you?'

'Mary, it's Mark – Dave's father.'

'Oh, hi, Mark. How are things going with you?'

'Don't ask, Mary. Let's just say I've had better times. Mary, I need to talk to Katie. Is she there?'

'She's in the garden, I think. I'll go and find her for you.'

'Just before you go. Can I ask her present state of mind? I still remember her outburst during my last visit and I wonder whether she still feels the same bitterness toward me.'

'Oh, I don't think so, Mark. She seems to be a different person these days. More the old Katie that I remember. The girl that I always considered to be a threat to me and Ben.'

'Threat? What do you mean?'

'I think it was probably just my imagination, but I always thought that she was after Ben. I knew that Ben liked her. What man wouldn't? She seemed like a predator of some kind to me. You know, one wrong move and she'd be taking my place.'

'And now?'

'Well, now I think I was wrong. I hope I was, anyway. There's still a certain something between them, but it's different now. I think the relationship is more like brother and sister. I'm trying my best to understand, but Ben assures me that I have nothing to worry about.'

'Must be difficult for you.'

'Yes, sometimes it is. But nowadays Katie's chasing after anything in trousers, or more particularly, shorts, so she keeps herself busy. Anyway, I'll go and get her for you. Nice to talk to you again.'

Mary put the handset on the table and went outside in search of Katie. She was, as Mary expected, tending some seedlings in the garden.

'Mark's on the phone, Katie. He wants to talk to you.'

Katie looked up. Any smile disappeared immediately.

'What's he want?' she asked.

'I've no idea. He just said he needed to talk with you.'

Katie got up and walked unhurriedly back to the cottage and picked up the phone.

'Hi, Mark. How are you?'

'Could be better, you know.'

'I bet. Have you told everybody about Dave?'

'Yes. They've all been very kind.'

Before Katie could interject again, he said 'Katie, I'm going out to Albania to try to bring back Dave's body. I don't know yet all the ins and outs of it, but I'm going to try. But I have a big favour to ask of you.'

'Me? Go on then.'

'Katie, you will come to his funeral, won't you? I know how you feel about him – and me for that matter. But I feel that I need you there. I need your support. Is that weird?'

'No, of course not. Do you need an answer now?'

'Well, I'd like to know one way or the other. It may seem silly, but I don't think I can handle it all on my own, and I don't think there will be much support from the family. I don't even know whether any of them will come to the funeral. So, you see, it would be such a relief to know that you will be there for me. Please. Please say yes, Katie.'

'OK, then, I'll say yes. Do you know how soon it will be?'

'It all depends on how I get on in Albania, but it will be at least a couple of weeks I would think.'

'OK. It will take that long for me to pluck up the courage, I think. I don't like funerals at the best of times, but...'

'Yes, I know. I quite understand, but thank you, Katie. You've taken such a weight off my mind. I'll let you know the date just as soon as it is fixed. Would you like me to come over and collect you?'

'I don't know.'

'It would be no trouble, and it would be nice to see Mary and Ben and of course, young Alex again.'

'I'll think about that, Mark, and let you know.'

'Thanks, Katie. You've no idea ---'

'Yeah, you've already said all that. Just keep in touch and give me as much notice as you can.'

'One last thing. Do you know much about his financial affairs? Obviously, you are the beneficiary of his estate, if there is one, but I've got to find out ---'

'I don't know much at all, but I might be able to find some of his paperwork when I come over.'

'Well, the police have taken quite a lot of stuff away from the house but I guess they would let us see anything that we need. I don't know. We'll try to sort it out when you come over, then.'

When the conversation came to an end, Mark was relieved that she seemed so composed about it all. More than that, he was delighted that she had agreed to come to his son's funeral.

Chapter 15

Chas followed his instructions and visited *Hair Today* the following day.

He had formulated his story, and looked more confident than he felt when he entered the salon.

Collette was on reception.

'Oh, hello,' Chas said. 'I don't know whether you can help me, but I urgently need to contact Mary Willson.'

'She doesn't work here any more,' Collette informed him.

'Yes, I know that, but I thought you might be able to tell me her whereabouts. It is quite important'.

'I'll see if anybody else knows. I certainly don't,' she said walking into the office where her colleagues were preparing themselves for their first clients. She passed on Chas's message, and Penny went to meet their visitor.

'I'm afraid we don't give out this kind of information about employees,' she said. 'Past or present.'

'Yes, I quite understand, but this is a bit of an emergency, really. I'm afraid Mary's mother is seriously ill, and we don't expect her to last much longer. I'm Mary's cousin, and I'm trying to get all the family together.'

'Oh, dear. I'm so sorry to hear that. But even so, I honestly don't know where she is at present. We haven't seen or heard of her for some months now. She did have a salon of her own in Wallingford. You might want to try there. She's possibly still there. I don't know the name of the business, but there can't be many hairdressers in Wallingford, can there?'

'Are you sure that nobody here knows where she is?'

'If I don't know, then nobody will, I'm afraid. We were good friends while she worked here, but, as I say, since she left, we've hardly seen her at all.'

Chas wanted to swear, but repressed the urge. He was about to leave, when suddenly, Penny called him back.

'It's just a chance,' she said. 'There is somebody who might know. Her name is Georgina. She used to work here as well, but I think she might have kept in touch with Mary. I'll get her details for you.'

Chas left the salon with Georgina's details written on an appointment card, and a smile on his face. Maybe his luck was changing.

He decided not to call her, but to turn up on her doorstep. He could repeat his “cousin” act. It had gone down well this morning.

Georgina had been at home all day. When she tripped up in the garden yesterday, she twisted or pulled something in her back and was in a lot of pain. She felt miserable, bored and frustrated. She enjoyed her job and wanted to get back to work. Patience was not one of Georgina's virtues.

Even with the hundreds of channels that Sky offered, daytime television sucked. She had searched her bookshelves for something to read but could not find anything that enticed her to read it for the second time. She found out many interesting facts about all manner of subjects from the internet, all trivial, mostly totally unimportant.

'Sod it,' she said out loud. 'I've got to go out.'

She dressed sensibly, wrapping a scarf round her neck on top of her favourite winter fleece in an effort to keep her back warm, grabbed her purse and keys and made her way to her front door.

As she opened the door she saw a man walking toward her up the short path from the road. She didn't recognise him but presumed him to be a salesman of one kind or another.

She held up her hand. 'I don't do business on my doorstep,' she said harshly.

'Business? Oh, I see what you mean. No, I'm not selling anything. I'm looking for Georgina. Would that be you?'

'Yes, I'm Georgina. Who are you?' I could really do without this, she thought.

'I'm a cousin of Mary Willson.'

'I didn't know Mary had a cousin. Anyway, how can I help?'

'I'm not surprised you don't know about me. I haven't seen Mary in years. We've never been a close-knit family. The only reason I'm trying to locate her is that her Mother is very ill, and we don't expect her to last much longer. I'm trying to get the family together before it's too late.'

'And how did you find me?'

'It's a long story, but all anybody knew was that Mary once worked in a hair salon in Reading. I've done the rounds I can tell you. Just how many hairdressers can one town support? Anyway, in the end, I came across *Hair Today* and they suggested I contact you because they didn't know where Mary lived now and thought you might. So it's a long shot. Do you know where she is?'

'Well, yes I do, but how do I know you are who you say you are?'

'What do you mean?'

'You could be anyone, couldn't you? Can you prove any of what you've said?'

'I've got an old photo of Mary with her family. Would that help to convince you?'

Chas searched in his wallet and produced a creased photograph of Mary surrounded by a group of people. He showed it to Georgina, pointing at some of the people.

'That's her mother, and that chap there is her uncle. The rest are just friends and I must admit I don't know their names.'

'You're not in the picture.'

'No, I took it.'

Chas thought everything was going well. He could feel that he was convincing her.

At that point, Georgina's back went into spasm. Wincing with the pain she excused herself and went back indoors. She was surprised when she realised that her visitor had also entered the house.

'So,' Chas continued, 'can you tell me where she is living? Just a phone number, perhaps?'

Georgina was beginning to realise that the idea of going out wasn't, perhaps, such a good one. She was in agony now, and needed to sit down.

'OK,' she said. 'I'll give you her telephone number. That's all you need, really, isn't it?'

'That's true,' Chas smiled. 'I'm really grateful – and all the family will be.'

Georgina wrote the number on a Post-It note and handed it to him before lowering herself gently into her arm chair.

Just to make it sound more credible Chas aid, 'That's a strange number. Where's that, then?'

'France.'

'France? Oh, I didn't know she had gone abroad.'

With that, and wanting to quit while he was ahead, he said good-bye.

‘I’ll let myself out. Hope your back gets better soon.’

As he walked back down the path to the road, he was more than pleased with his day's work.

Chapter 16

At last Ben heard back from Africa. He had begun to give up again. Here in his in-box was a message with an attachment. It was a transcript of a telephone call received from an old man who still lived near the diamond mines in Kimberley. He was not prepared to give his name for fear of reprisals. Things, it seemed, were still very difficult for the black population there. Apartheid may have almost disappeared in most of South Africa, but not for black mine workers.

I am an old man, now. I am sixty-three in July. I have worked in the mines for as long as I can remember, mainly at Bellsbank. Once you start work for these people, you never get away. You become their slaves. You obey the rules or suffer the consequences. I have a wife and two sons. For most of my life we were not allowed to live together. Men in one compound, women in another. Men were not allowed into the women's compound, but we did find ways of seeing our women. The huts were made of concrete with corrugated iron roofs. We used to sleep ten to a room on bunk beds with no mattresses. There was no running water, no proper drainage. Electricity was turned off almost as soon as it got dark. It is a bit better now, but still we are not free.

The bosses live a different life. They have grand houses, cars, telephones. But they have no time for the workers. Their life expectancy is more than ten years longer than ours. I don't expect to live much longer. I have a serious lung disease because of the conditions we used to work under. We breathed in Kimberlite (a thick dust) and asbestos and methane gas. Most workers have breathing and lung disorders.

About the photographs. I have shown them to the few people I trust to keep their mouths shut. Some are pretty sure that they recognise the man, although, if it is who we think, he had a heavy beard when he was here. He was not liked, none of the whites were. If it is the man (we don't remember his name) he was in charge of one of the largest reprocessing sites. These sites were just waste tips, usually run by Canadian companies. The waste was searched through again to collect any diamonds that had been missed during mining. Any stones that were found had to be sold to the government.

People say that the person in the picture was not honest. He kept some of the larger diamonds for himself. I don't think it was proved. But this is where the girl in the picture might have been involved. We are not too sure about her. The rumour was there was a girl involved in some way. We do know her name. She was a coloured girl and her name was Laila. She had spread the rumours. She was going to tell the mining company what was going on.

Suddenly, she disappeared. And so did the man in the picture. This was about 1996, I think.

We all think, but nobody dare speak. After all, it was just one more life, and life was cheap. That is why now, after all this time, I am not willing to tell you my name.

This is what I have heard, and I think there was a lot of truth in it.

Ben could hardly believe his eyes. He read and re-read the transcript, trying to take in the implications of what this old man had said.

Deciding not to tell Mary about the email, Ben closed his laptop and went about getting breakfast for everyone.

Eventually, he knew he would have to share this information with Mary, but for now he would keep it to himself, and try to plan his next step. Remembering the car chase, he knew that Donald meant business. Ben knew he had to keep ahead of Donald at all costs. He could not sit back and hope that nothing else would happen. Mary and Alex must be protected.

Soon everybody arrived for *petit-déjeuner* and the usual early morning chatter began, plans were made, priorities set. Alex, as usual, entertained them with his love of food. He was growing fast, each day there was something new; different sounds, more expressive looks. He always seemed to be the centre of attention, something Ben was not entirely happy with. He didn't want his little boy to become spoilt. He made a mental note to keep his eyes on the situation.

For now, though, his mind was full of the content of the email, spinning round and round in his brain like washing in a tumble dryer.

Later in the morning, as he was checking his other, normal email, Mary brought him a coffee.

'Is everything OK?' she asked.

'Yes, I think so. Business isn't as good as it used to be, but we're still making a decent living from it, so no worries. Why did you ask?'

'Oh, I don't know. Not something I can put my finger on. You just seem a bit distant this morning.'

'Sorry. No need to worry.'

'Good. Katie and I are going to the Sports Centre this afternoon. Do you want to come?'

'No, I don't think I will. I need to do some work here.'

Mary walked back to the cottage leaving him to his thoughts.

So, Ben thought, Donald, if it is him, worked for the mining company, was syphoning off some stones for himself, was possibly found out by this girl, Laila, and then both he and the girl disappear. And the photograph of Mary, whilst not good enough for them to be sure, is close enough an image for them to say that it could be Laila.

The more he thought about it, the more panicky he became. If Donald had been 'grooming' Mary to become a second Laila, it would explain why he wanted to keep her with him. It could also account for his seeking her out at that exhibition, and rushing her to move in with him.

'What have we got ourselves into?' Ben said out loud. 'It seems that we could be into diamond smuggling and even murder.'

Deciding that it would be good to talk it over with somebody who was not part of the family, he considered his friends. Madame Delphine? No, she would worry too much. It wouldn't be fair. His friends at the Sports Centre? No, best they don't know about this. Which left François, his friendly Notaire. He might have some advice, and at least just talking about it would help at the moment.

He went into the lounge, picked up the phone and dialled.

' François?' he said. 'I need to talk with you.'

Chapter 17

Donald's despondency was not going away.

Day after day, he would sit, glued to his computer screens, hoping each day that he would see something encouraging. Things were beginning to get serious. His trading on the international currency markets had let him down big time. Every chart he looked at was tumbling. The Euro was the worst. Its value had plummeted in a matter of weeks, and showed no sign of stopping. The US dollar was no better, dancing up and down against the pound like a heartbeat monitor in an intensive care unit.

Donald liked a gamble, but at the moment it was a lose-lose scenario.

It used to be fun, winning some, losing some, but all the excitement had gone out of it now. Things were looking bad.

Today was no exception. The general gloom in the economy was expressing itself in the currency markets once again.

The phone rang.

Donald paused for a few rings before picking it up. 'Hi, Chas.' he said hiding his depression as best he could. 'I hope you've got some good news?'

'Yes and no,' Chas replied. 'I haven't got an address, but I have got a telephone number.'

Donald didn't reply. This was his other worry, possibly more important in the long run than his financial woes.

'You there, boss?'

'Yes, I'm here. Why couldn't you get an address? That's what I wanted. You *know* that's what I wanted.'

'I know, boss, but there was no way this girl was going to give it to me. She was very wary. Didn't really want to give the phone number. It's the best I could do. Otherwise I'd have come away with nothing.'

'Yeah. OK. So now I've got to try to trace a phone number. It's difficult enough in this country, but France? Jesus, it'll probably take days.'

'Sorry, boss. I did my best.'

Chas recited the phone number to Donald, thankful that it hadn't gone any worse.

Donald sat and looked at the number. Was it worth all the effort? He didn't even know that Mary or Ben knew anything about his activities, past or present. 'I'll think about it,' he said to himself. 'First things first. I must find a way to fix the cash-flow situation.'

A plan had been taking place in his mind for several days now. It was a crazy, dangerous plan but it might just work. There was only one man who could help him, only one person who was crazy enough to see it through with him. He looked at his phone for several minutes before picking it up and dialling the number.

'Lucas? It's Donald.'

'Long time, no speak,' came the reply. 'Haven't heard from you since your mugging.' There was a suggestion of amusement in Lucas's voice.

'Yes, well,' Donald stammered. 'Lucas, I need your help again. Can you get over here soon?'

'That all depends, Donald. What kind of help do you need this time?'

'I can't tell you on the phone. Can you come over?'

'Not till next week. I'm pretty tied up at the moment. How does next Wednesday suit?'

'Is that the best you can do?'

'I'm afraid so.'

'Then that'll have to do. I'll have everything worked out by then.'

'Can't you give me a clue?'

'I'll tell you when I see you.'

'Sounds a bit sinister. But then, anything to do with you is ominous, isn't it. OK, then, I'll be over next Wednesday. You worry me sometimes, Donald.'

Donald accepted the agreement and put the phone down. He now had something positive to work on again. Something to take his mind off his other worries.

The following days were taken up with working on the details of his almost insane plan. The more he thought about it, the crazier it seemed, but he had been through similar situations before and had always come out on top. Why should this be any different? His adrenaline started pumping with each thought he put to his scheme. He found himself sweating at night as he pictured himself in the situations he was planning.

Now, when he studied the computer screens he was able to take a more nonchalant approach to the disasters being portrayed. There was nothing he could do about it. He just had to let things take their course and hope that they would improve soon. He almost forgot about the French telephone number he was supposed to be tracing. Even that had taken second place on his priority list.

Chapter 18

Simon Mayo's Drivetime was playing some great music this evening, and Georgina's day had been good. When she had woken this morning her back felt so much better she decided to get back to work. She had done well, picking up some sizeable orders from existing customers, but more importantly, and more likely to impress, she had opened no less than three new accounts.

Had she been walking she would definitely have had a spring in her step, but she was driving home on the M4. Even the traffic was better than usual.

I wonder, she thought, whether I'll have any unexpected callers this evening. It was then that a cold shiver trickled down her back. Her mind went back to yesterday and to her visitor. Only now did she take in that she didn't really know who he was. Sure, he had convinced her that he was Mary's cousin. He had photographs of Mary in a family group. But he wasn't in the picture, was he? The other people in the picture could have been anyone. He had not had to prove his identity because she had not asked him to. He could have been anybody.

'Oh, my God,' Georgina screamed. 'What have I done?'

Attention to her driving was disturbed for a second or two, and she very nearly ran in to the car in front of her when it braked suddenly. She was shaken, not simply because of her near miss, but of the possible consequences of what she had done.

Arriving home, she ran indoors and rang the same number that she had disclosed the day before.

'Ben?' she said. 'I think I might have done something very stupid.'

'Hi, Georgina,' Ben replied calmly. 'How are you?'

'Oh, I'm fine. Listen Ben, I had a visitor last night. He told me he was Mary's cousin, and that Mary's mother was very ill, and he was trying to get the family together, and ---'

Ben stopped her.

'Just hang on, who did he say he was?'

'Mary's cousin.'

'I don't think Mary has any cousins. Hang on, I'll go and get her.'

Georgina held on, dreading what she was going to hear next. It seemed an eternity before Ben got back to the phone.

'I was wrong. She does have one cousin.'

'Oh, thank God for that.'

'But her cousin is a girl called Brenda and she lives in New Zealand. They've never met.'

There was silence from Georgina. She didn't know what to say.

Ben spoke again. 'So what did he want?'

'He wanted to know where Mary was living.'

'So you gave him our address?'

'No, but I did give him your telephone number.'

'Why the fuck did you do that? I'd told you we'd been chased across France. Did you not think---'

'Ben, I'm so sorry. He seemed so convincing. He even had a picture of Mary with her family, and he was such a good actor.'

'Oh, I bet he was. Can you describe him?'

'About six foot, I would guess. Very short hair, almost shaved. Brown eyes I think. He was wearing a black *Super Dry* jacket and jeans. He was well spoken. Oh, my God. What have I done.'

'I don't know the answer to that. He hasn't contacted us yet, but his story is almost certainly false.'

'I'm so, so sorry, Ben. I was really taken in by him. I just wanted to warn you.'

'Well I'm glad you did. I'll try to deal with it this end. I can possibly cancel our number and take out a new one, or something. But tell me something, how secure is your house?'

'What?'

'Georgina, we are dealing with some very unpleasant people here, and I don't want you to get yourself into trouble.'

'So what do you think I should do?'

'Two things I can think of right now. First, put some additional locks on your doors; front and back.'

'And secondly?'

'Do you have a friend you can stay with for a while?'

'Possibly. Do you really think I might be in danger?'

'No, not really,' Ben lied. 'But better safe than sorry.'

By the time the conversation was over, Georgina was trembling. The last thing she wanted was to put Ben and Mary in danger again. Now it seems she was in the same boat herself. Her successful day had turned so quickly into a potential nightmare.

Chapter 19

While Donald was waiting for Lucas to arrive, he started his investigation into the French telephone number he had been given. He knew nothing about France. He had never been there, and didn't really want to. It was a country that did not appeal to him at all.

As usual, Google was his first stop. He tried searching for *Tracking French Telephone Numbers,* but what appeared on his screen did not give him the information he wanted until on one of the listed sites he was told that the third and fourth numbers indicated which French 'department' the number belonged to. This was helpful. All he had to do now was to find out to which area the number related. A few more Google enquiries and he knew the area he had to search.

Another search showed him whereabouts in France *Maine-et-Loire* was. 'Well, that's a start,' he said to himself. 'Now to find out a bit more.'

A few more minutes searching Google, and he was taken to a telephone search site where he simply entered the number and, *voilà,* he had an address. It was that simple. Now he had to decide how to use that information. He wouldn't rush into things. Better to let them think they had got away with their misdemeanour and surprise them when the time was right.

Looking at the clock, he realised that Lucas would be arriving soon. He prepared a large pot of coffee in his retro

Cona Coffee Machine, and knowing Lucas's sweet tooth, broke open a packet of dark chocolate digestives. He was pleased with his morning's work, and hoped that his meeting with his friend would be equally satisfactory.

He didn't have long to wait. He saw the silver-grey Range Rover Sport pull into the drive, and he went to meet him on the steps leading down from the front of the house. He had aged a lot in the six years since their last adventure together. His hair was grey and receding, but he still had the same imposing aura about him. He was a wealthy man and he wasn't ashamed to show it in his appearance. He was wearing a dark blue suit that probably came from Savile Row and a pale blue shirt, but he had dispensed with the tie.

The greeting was formal. There were no man-hugs with this man.

Donald led him into the house and then to his study.

'Have a seat, Lucas. I'll go and rustle up some coffee.'

Lucas sat on the cream sofa alongside the desk and glanced around the room, taking in every detail. He was impressed by the changes that Donald had made, but he wasn't a stranger to this house. He owned it.

Donald came back with the coffee and biscuits and set everything out on the desk.

'Keeping well, Lucas?'

'Well enough. I had a bit of angina trouble a couple of years ago but that seems to have righted itself. And you? Keeping busy? Making loads of money?'

'I was, Lucas, but as you know, I rely a lot on the stock exchange and currency markets and as you also know, they are not behaving the way I would like.'

'It'll come right again. It's all very cyclical. What goes round ---'

'Yeah. I like to think so, but at the moment I'm not so sure.'

'So you think I can help?'

'Maybe.'

'If I can, I will. You know that.'

'Yes. I know that. But what I have in mind is asking a lot, even of a good friend.'

Donald started to outline his plans and he could see that his friend was far from enthusiastic.

'You must be fucking joking, Donald. It's madness, total madness.'

'No, hear me out, Lucas. It's not quite as outrageous as it may seem at first. I can't see any other way of getting myself out of the mess I'm in.'

'So you want me to put my life on the line just because you're in a mess? No way, my friend. You can count me out of this one.'

Donald was not happy with his friend's attitude. He thought he would have doubts about the plan, but to blatantly turn it down was something he was not expecting.

'Where's your sense of adventure, Lucas? You got me out of Africa. Surely you can get me back in again. It's much less dangerous than it was escaping.'

'That was years ago, Donald. I was younger, fitter and more stupid in those days. I don't think I'm up to anything like that now. Anyway, why on earth do you want to go back? Everything's good over here isn't it?'

'You know why I want to go back. There's unfinished business there. There must be, I don't know, a couple of million pounds of diamonds there that I couldn't bring away with me. Two million, Lucas. A cool bloody two million quid. Wouldn't you like a share of that?'

Donald could see that Lucas could now be persuaded.

'Sixty-forty? That's nearly a million for you, Lucas.'

Lucas hesitated.

'No, Donald, I'm not interested. I've already done a lot for you, my friend, but this is one step too far.'

'Fifty-fifty?'

Lucas said nothing, but Donald knew he was taking the bait. There was an interminable silence before Lucas spoke again.

'Seventy five to me,' he said

'What?'

'You heard, my friend. I'm not taking this kind of risk for less than seventy five per cent. Take it or leave it.'

Donald was lost for words now. Was it worth the risk for just half a million? He was desperate, but he didn't want to admit that to Lucas. He could hardly tell his friend that the way things were going he would be finding it difficult to pay the ludicrously high rent that he had agreed to six years ago. He was desperate then, too, but at least he was solvent. Now all his one-time wealth was tied up in low-cost loans to businesses, and he could hardly go to the banks, could he?

'Seventy,' he said.

'Sorry mate. It will have to be on my terms, and you'll have to pay your share of the expenses as well.'

The two men stared each other in the eye, each knowing that Lucas had the upper hand.

'Come on Donald. You're not going to say I'll think about it, are you? If you are stupid enough to proceed with this, you need me. You know that. I know that. So if you want to go through with it, let's make the decision now, eh? I won't be making any other offers. It's today, or nothing.'

Donald was infuriated. Once again, this man had read the situation exactly as it was and had beaten him into the ground. He poured another round of coffee.

'OK, Lucas. You win. I might have known you would. Can I leave it to you to sort out the itinerary, the logistics and dates?'

'Sure. How urgent is it?'

'Let's just say the sooner, the better.'

Chapter 20

Ben met up with François at the Notaire's office in Angers.

'Ben, it's good to see you. How are things going at *La Sanctuaire*?'

Ben quickly brought the Notaire up to date with everything; the people who had stayed there recently, that Katie was staying on for a while and that Alex was growing fast.

'You must come for dinner one evening with Michelina. You'll be able to see for yourselves.'

'We will, Ben. That will be nice. I'll talk to Michelina this evening. I know she'd love to come to see young Alex.' He paused and looked at Ben. 'But that's not why you are here, is it. You look troubled.'

'You can say that again, François. I don't know where to start.'

François had gone to a cabinet and came back with two glasses and a bottle of red wine.

'Thought this might help,' he said. 'I guess you had better start at the beginning.'

Ben then went into considerable detail in relating the events that had led to Mary leaving him to go and live with Donald.

'It was only when Mary arrived here with Alex that she told me about his strange behaviour. I had always presumed that everything had gone well for her. Things took a nasty turn when we went back to England to tell him that Mary was coming to France to live with me.'

He told François about Donald's attack on him and the ensuing chase through France.

'I was certain, when I met him that I'd seen him before, and it turned out that I was right. He had visited the company that I worked for then and had become unpleasantly aggressive when his offer of finance was turned down by the directors.'

'But surely that's all over now isn't it?' François said.

'I wish,' Ben said. 'The story gets worse. I have been in touch with an acquaintance who used to live in Pretoria. I sent her some photographs of Donald which she, in turn, sent to some of her friends who were miners.'

'And they recognised him?'

'They did, but the really worrying thing is that they thought the pictures I sent of Mary could be of a girl that disappeared about the same time as Donald did.'

'I don't understand.'

'Well, I think that Donald was attempting, for some reason, to make Mary look like this African girl – Laila her name was. Now, I've got to say that I have absolutely no proof of this. I might be completely on the wrong track, but I think that this is linked to Donald's not wanting Mary to leave him. She was part of his plan, he told me.'

'Do you know what plan he was talking about?'

'Well, if what I have been told by the people in Pretoria is true – and it is quite a big 'if' – then they have always thought that Donald was connected with the girl's death. There's no way they can prove it, but that is what most people thought at the time.'

'My God, Ben. I begin to see why you are so concerned.'

'It goes on, François. Last week I had a call from Georgina. She had had a visit from a man who said he was Mary's cousin. He said that Mary's mother was seriously ill and he wanted to make contact with her. It turns out that Mary has not got a male cousin, but he convinced Georgina enough for her to give him our telephone number here. He had a photograph of Mary with her family. Georgina realised that something might be wrong and phoned us to tell us what she had done.'

'So now they know where you live, then.'

'Well, no. They just have our phone number.'

'That's what I mean, Ben. They can trace that number and find your address.'

'Are you sure? I didn't think it was that easy to trace an address from a telephone number. It certainly isn't in the UK.'

'But it is here, Ben. I can show you a website where you put in any French telephone number and up comes the name and address of the owner. So, for sure, they will have your address.'

'Oh, shit!' Ben said, suddenly looking more worried. 'Then it's worse than I thought. I'll have to be sure that I don't leave her on her own. What would you do, François?'

'Your first stop must be the police, Ben. You must tell them everything you have told me.'

Ben's response to that was 'Mmm. Perhaps I had better, but my main aim is to stay one step ahead of him.'

'I know what you mean, Ben, but I don't think that's the best way to go. You've got to inform the police of your worries. You owe it to Mary and Alex.'

'I guess you're right. I must talk it over with Mary. I think I can now that I've spoken with you. Just talking about it has somehow calmed me down. I'll find it easier to tell her what's going on.'

‘And you will tell the police?’

‘Yes, I will, after I have told Mary.’

François looked into Ben’s eyes, and had his doubts as to whether Ben was telling the truth.

‘I don’t think I have been much help, Ben. In your shoes, I wouldn’t know what to do, either. I should keep in touch with the people in Africa. Ask them if they can remember anything else.’

‘I’ve already done that, but there is a long delay because the people concerned do not have internet connection. I’m sure they’ll help if they can.’

The two men finished their wine, and Ben left, driving back rapidly to *La Sanctuaire.* During the short journey something else was forming a pattern in his mind, and it had nothing to do with the police.

Chapter 21

When Donald awoke the next morning he felt calmer than he had for many days, even weeks.

He had initiated his plan with Lucas, and now he knew where Mary was. The former was in the hands of Lucas, but it was his decision that was called for in respect of Mary. He knew he must handle this with extreme care. She must not know that he had traced her, and more importantly, whatever he decided to do must not be traceable back to him.

It would have been good if he could have persuaded Mary to come back to him. If she were with him on his forthcoming undertaking, it would have made things easier for him and cost him a lot less. She looked so much like the girl, Laila. If she was seen with him he might not have to face the consequences of the disappearance of that damned coloured girl. Not up close, of course, or by her family, but from a safe distance people would think that Mary was Laila.

Once again, he had taken to wearing the Kenyan amulet. It worked before when I wanted her to move in with me, he told himself, so it might work again now.

Last thing every night and first thing every morning, he sat rubbing the amulet between thumb and finger of his left hand as he had been instructed while he recited his mantra. *Mary I need you back. I need your help. Please Mary, come back to me. We can forget the past. We can start again.* He felt like an idiot, but however ridiculous it seemed, it was worth the effort. This time, however, nothing appeared to be happening so he had had to call Lucas in to help him.

His mind went back some seven years.

Those were good times. He was well thought of by the mining company in Kimberley, and trusted with many things. It was the trust that tempted him to do what he did. The freedom made it possible.

In the re-processing areas around Kimberley few black faces were to be seen. The mine owners would not allow blacks into these areas for fear that such people would "gather like vultures" to search for diamonds. Every stone that was found had to be sold back to the mining company.

A Canadian company was responsible for the re-processing of the diamonds. They were contracted to sift through the waste rubble to find any stones that had been missed in the mining process. They never questioned Donald's authority. They were satisfied that he was acting in their interests as well as those of the mining company. Donald posed as an inspector and visited each site on a regular basis, coming away with a small amount of stones in his pockets each time.

Donald's position of trust meant that he had free range to wander anywhere he chose within the mining communities. Mostly he would be found in the suburbs, which had been constructed for white managers. The homes there were spacious with lawned gardens. His own home was such a place in Ernestville, albeit one of the smaller ones as he had no family.

He also had the freedom, if and when he chose, to stroll through the black townships with their ramshackle huts and squatter camps. In the evenings these hovels were lit by weak electric lights or by flickering flames. Few occupants could afford electricity. He could walk through these areas in the evenings without being noticed. Even if he was seen, he was permitted to be there. Nobody would report his presence. It was a simple matter, therefore, to hide his ill-gotten gains here. He had dug a sizeable hole on the outskirts of one such township, placed a small steel cage there and regularly visited his hideaway to add to his store.

He was immune from suspicion from his fellow managers, and knew that he would not be reported by the black miners. They wouldn't dare. However, he was being watched, secretly, silently, each time he ventured into the black township.

A coloured girl by the name of Laila was stalking him. He knew her quite well. They had spoken on many occasions and he had never once considered her to be a threat.

The final journey he had made into the township changed everything. He had deposited his most recent handful of stones and was casually making his way back home when he thought he heard footsteps behind him. He looked round but could not see anybody or anything and continued on his way. As he was leaving the township, which took him past what was simply referred to as "The Big Hole", he saw Laila on the road in front of him. She walked right up to him.

'I know what you are up to,' she said. 'You are stealing diamonds and burying them where black mineworkers live.'

He pushed her aside.

'Don't talk such rot,' he said.

'It's not rot,' she said in a steady, unwavering voice. 'I've seen you many times. Why do you bury them there? So the blacks will take the blame if they're found?'

'Go away, girl. You don't know anything.'

'But I do. I do know everything. I have dates, times.'

‘And what do you intend to do with these dates and times, girl?’

‘I will have to tell my managers.’

‘And you expect them to believe you? Against me? Go away, girl. There’s nothing to tell. You have a very vivid imagination.’

Laila was not going to go away.

‘Either you hand yourself in,’ she said, ‘or I will give all the details to my boss.’

She was irritating Donald. He went to walk on but she stood in his way. With a swipe of his arm he knocked her to one side. She lost her balance, staggered to regain her equilibrium but was not able to stop herself from falling headlong into “The Big Hole”.

“The Big Hole” was just that, a vast crater of terraced sides descending into a deep lake. Once a diamond mine, it had been abandoned not because it had run out of diamonds but because it was endangering the stability of the town centre.

Donald stopped and turned as he heard the rumbling of stone and rubble as her body rushed its way to certain death. Then everything went silent. A horrible, terrifying all-encompassing silence.

A minute or so later, he re-traced his steps back to his private stash of stones. He unlocked the steel cage and grabbed two handfuls of stones, which he stuffed into his pockets. There were too many to be able to take them all. He could hide a small amount about his person, but not all of them. Re-locking the cage, he turned and returned to his home, a walk of almost half an hour.

Even now, as he recalled that evening from years before he found himself sweating, a cold shivering sweat. The past was coming back to haunt him. The decisions he made now were the most important of his life. He had managed thus far to shed those events as a snake would shed its skin. He was now an English gentleman running what was, until recently, a very successful business. A business, of course, that was built on money that he had realised from his activities that night so long ago. The coming days and weeks were going to be dangerous, exciting and crucial to his future.

Chapter 22

It had been a beautiful day at *La Sanctuaire*, other than a few wispy clouds overhead, the sky had been deep blue all day and Ben, Mary and Alex had made the most of it. The shade of the trees in the garden had been perfect for Alex to play in, whilst the warm, wrap-around sunshine had enabled Mary to gently work on her tan.

For their lunch they had prepared a substantial salad utilising produce from their garden adding Camembert and Brie and a baguette bought earlier from the local *boulangerie*.

Katie was not with them. She had gone for a river trip with Antoine. She was very much her old self again, enjoying life to the full; bubbling with energy, overflowing with ebullience and flirting outrageously. She worked hard during the week, but always took Sundays off.

Mary had to admit that Sunday was by far her favourite day. She had Ben and Alex all to herself.

There were two young couples staying for the next two weeks who appeared to want to keep themselves to themselves. They arrived on Saturday afternoon, but were off early this morning to start their sight-seeing holiday which left the little family on their own. It didn't often happen. All the more reason to make the most of it, Mary thought.

Later in the afternoon they would move back indoors to the cool of the cottage. Alex would probably sleep, and Mary had some ideas of her own as to how she and Ben would spend that time. She was a little concerned about Ben. He didn't seem his usual self. He seemed distant, detached, but Mary had no idea why this was.

Once Alex had settled down for his afternoon sleep, Mary went about preparing for her own time of relaxing. Ben had no say in the matter. Only he could satisfy her need. The coolest room in the cottage was the lounge, so Mary amused herself by making a makeshift bed on the floor. She loved the look on Ben's face when he came in from the kitchen.

'What's this?' he said with a lascivious grin on his face.

'Come here and I'll show you,' Mary whispered.

They undressed each other slowly and for a while just lay in each other's arms, legs entwined, kissing, caressing and arousing each other.

'What a great day this is turning out to be,' Ben said.

'It's not finished yet,' Mary replied.

'What if Alex…' Mary covered his mouth with her hand.

'No what ifs,' she said. 'I just want you to make love to me.'

She kissed him, and then created a trail of kisses down his supine body, pausing only to entice his manhood into active mode. Even under these circumstances, he was not reacting in quite the same way as he normally did. His groans of pleasure were somehow muffled, half-hearted. But her ministrations had the desired effect and he started to repay the pleasure.

Mary had no hang-ups, nothing taking her mind off the pleasures she was receiving from the hands and lips of Ben. He was a master of foreplay, starting slowly and calmly but gently accelerating the speed and strength of his touch until he knew she could take it no longer. Only then would they couple. It was usually, no, it was *always* she that orgasmed first closely followed by her man. Today was no exception.

No wonder the French call it *la petite mort,* the little death, she thought.

'That was fantastic.'

'I thought you were going to pass out.'

'I think I nearly did. That was really beautiful, Ben.'

'How about next time we do it down by the stream?'

'Mmm, I'll have to think about that,' Mary said.

They lay in each other's arms for almost half an hour. The room was cool enough for them to recover from their ardour fairly quickly.

Their peace was disturbed when they heard a key in the front door latch, and scrambled to get their clothes on to little avail. They stood in the centre of the room like kids who had been caught by their parents playing doctors and nurses.

'Oops, sorry. Have I disturbed something here?'

It was Katie. Her face was a picture, eyes wide, mouth open. Then came the peals of laughter.

'You naughty people,' she chided.

Mary and Ben, still lost for anything to say, remained looking almost ashamed. It was Ben who was first to see the funny side of the situation.

'Good job you didn't get here a few minutes earlier,' he said. 'You'd have thought I was killing her.'

'Yes. Alright. Thank you, Ben. Too much information, I think.'

Ben immediately knew he had said the wrong thing and weakly apologised.

'What happened then?' Ben asked Katie. 'Was the trip down the river cancelled?'

'Cancelled? No. Antoine was playing tennis this afternoon, and I didn't fancy going to watch, so I came home. Anyway, it's almost four o'clock.'

‘Four o’clock,’ echoed Mary, looking at the clock on the mantelpiece. ‘God, it is. I’d better go and rescue Alex. He’ll be wondering where we are.’

Mary went running up the stairs, leaving Ben with Katie.

‘I’m sorry about that,’ Katie said. ‘I wasn’t expecting to find you… you know.’

‘It’s not a problem, Katie. Anyway there was nothing of me to see that you haven’t seen before.’

‘No, that’s true. But if you remember, Ben, you didn’t, wouldn’t, couldn’t perform for me. I’ve never forgiven you for that.’

‘And I’ve never forgotten it either,’ Ben said, walking over to her, putting his arms round her shoulders and planting a kiss full on her lips.

‘When you two have finished,’ came Mary’s voice from the stairs, ‘Alex needs a clean nappy. Can you bring one up, if you can find time?’ Her voice had become a snarl. Her eyes flashed at the pair.

‘You’d better do as you’re told,’ Katie said to Ben. ‘And I’d better disappear for a while, I think.’

A heavy silence fell on Mary and Ben lasting well into the evening. Mary still couldn’t come to terms with the relationship between Ben and that girl. Every time she thought that Katie wasn’t really a threat to their relationship any more, something like this happened. Yet Ben insists that there is no romance there. That didn’t look like a sisterly kiss to me, Mary said to herself. That definitely looked like something more. Is that why Ben is so distant recently? Is it her? Is that why he wasn’t one hundred per cent with me this afternoon?

Ben managed, as the evening drew on, to engage Mary in conversation, but the situation between Mary and Katie became perma-frosty. Ben would like to have talked with

Mary about Africa, but decided this was far from the right time and put it off once more.

He had to do something soon. The subject was burning a hole in his head.

Chapter 23

The letters and photographs from England were still being passed round from family to family, hut to hut. There was much gossip, much speculation as to why this was happening now.

'This happened years ago,' one younger man said to the group who were meeting in his hut. 'This will do no good. It will stir things up again and lead to trouble. We have enough trouble. We must leave it. It belongs to the past. It has nothing to do with us.'

There was the sound of chattering amongst the people present.

'Surely we owe it to that girl – Laila - to do something,' somebody said.

'Do what? Even if we wanted to do something, we don't have any proof that she was killed. All we know is she disappeared.'

'And even if we did have proof,' another man said, 'Do you think they would believe us? Of course they wouldn't.'

'OK, what you say is right, but if these people in England have their suspicions we must tell them everything we know, everything we have heard.'

'Yes,' another voice spoke up. 'If *we* can't do anything about that poor girl, there's no reason why somebody else can't try. If they can put the pieces together, our government might believe *them* but they wouldn't believe us.'

Before the lights went out that night, almost all of the men had agreed to write down anything they knew, and said they would ask their women to do the same.

The unrest that was spreading through the black townships was extending into the mines. It was noticeable that there were small groups of workers getting together, talking earnestly together while they were not being observed. Memories of the disappearance of the coloured girl came flooding back to many people and the suspicion of the involvement in one way or another of the white manager was as strong now as it had been those years before. A majority of the workers had no doubt that the two disappearances had to be linked.

The coloured population in the Western Cape trod a difficult line. They were looked down upon by a majority of whites in the same way as the blacks. Equally, they were not fully trusted by the black population because of their links with the whites. Many coloured families had their own businesses and lived better than the mineworkers, and many of the younger coloureds had clerical jobs at the mines headquarters, more to do with their ability to speak Afrikaans than with their business prowess.

Laila was one such girl. Her family ran a dairy farm a few kilometres outside Kimberly and Laila did not want to assume her parents' role. She had been given a good education and wanted nothing more than to go to university in Johannesburg. To do that, she had to save some money, and gain some experience. She had worked her way up from being a canteen worker to becoming a well-respected office clerk. One of the tasks she had been given was keeping records of the reprocessing plants. Every day she would receive the paperwork from the Canadian company. It was her job to analyse and record the results.

Over a period of time, she began to detect some anomalies. Usually they were small differences but on other occasions, the discrepancies were much more noticeable. She saw that there was a pattern emerging. Every two weeks, there would be one day that the records did not add up.

More out of inquisitiveness than anything else, she decided to play the amateur detective and she would ride her bicycle out to the nearby reprocessing plant just watching for anything unusual.

The only recurring thing she noticed was seeing a white manager from the mining company coming out of the gates on more than one occasion. She knew the man. He worked in the same building as she did. His name was Jan Kruger and he had always seemed friendly towards her.

What should she do? He was a senior manager. She could hardly accuse him of anything if she wanted to keep her job. And she did. Was it just coincidental that she saw him there so often?

Her curiosity would not be abated. She had to find out more. She made many more visits to the plant and on several occasions, she saw him there. She was sure that there was a connection between his visits and the variations in the records.

Feeling bolder than usual one dusky evening, she followed him when he left the plant. She expected him to make his way back to his home. He didn't. He walked in the opposite direction, making his way to the black squatter camps. Silently she followed him in the shadows until, looking over his shoulder, he bent down and dug up something from under the roots of a tree. It was almost dark by now and it was impossible for Laila to see what he was doing. The air, as usual, was filled with blue-grey dust which burnt into her eyes.

When he finished, he stood up again and with another glance around, walked back past her. She shrunk down onto the ground, hardly daring to breathe, and waited there until he was out of sight. Only then did she make her own way back to her bicycle and make her way home to her parents' farm.

No less than three times she made this trip in the half-darkness only to record the same thing.

Now she knew. The discrepancies at the office matched his visits to the reprocessing plant and his wandering to the tree in the black shanty town.

On the fourth occasion she knew she had to do something. She didn't follow him when he left the plant, but waited behind some undergrowth just off the road where she knew he would return in just a few minutes. She walked quickly so that she appeared on the road in front of him.

When he walked up to her she blurted out her suspicions.

'I know what you are up to,' she said. 'You are stealing diamonds and planting them where black mineworkers live.'

Laila's mother was preparing tea for her husband and son, who had been out in the fields most of the day. They would be home within the hour. She was surprised to hear a knock at the back door.

'*Wie is dit*?' she called out, but there was no reply. She dried her hands and went to the door.

'*Wie is jy? Wat wil jy hê*?' she said to the young man standing at her door. 'I'm sorry. I should speak in English. Who are you? What do you want?

'Can I come in?' he said. 'I shouldn't be here. I would like to speak with you about Laila.'

'Laila? *Wat oor Laila? Laila is dood* – dead.'

'Yes, I know that, but I have a photograph...'

'*Kom binne'*

The youth was taken into the kitchen.

'What is your name?' he was asked.

'I'm not going to tell you that,' he replied. 'I don't want to get into trouble. I shouldn't be here.'

'*Ja*, you have already told me that. So what is this about a photograph?'

'I can only tell you what I know. These pictures have come from England. This one is of the white manager who disappeared at the same time as Laila.' He handed the woman the picture of Donald.

'*Ja*, I remember him of course. That is Jan Kruger. As you say, he disappeared. And the other one?' She took the photograph and looked at it quizzically.

'And who is this?' she asked.

'Well, the people in England who sent it think it could be Laila? What do you think?'

'*Wat dink ek?* I don't have to think. This is not Laila. Might be a bit like her, but I know what my daughter looks like, and this is not her. Who is playing this game with me? Why is somebody doing this?' Tears began to form in the corner of her eyes.

'Look, I didn't want to upset you. These people think they have found Kruger, and they have these pictures of a girl who, as you say, looks a bit like Laila.'

'I think you should talk to my husband about this. He will be home shortly. He needs to talk to you.'

'I can't. I have to be back before curfew. If I get caught, I will be in real trouble.'

'But I really think you should---'

The young man put the crumpled photographs back in his pocket, and ran out of the kitchen through the back door and disappeared into the evening.

Chapter 24

Katie was making herself scarce, trying her best to avoid meeting with Mary without Ben being present. She knew she had caused a problem, but it had been inadvertent and quite innocent. Mary had once again misread the situation. Anyway, she thought, it was Ben who kissed *me*, not the other way round.

It was another two days before the atmosphere at *La Sanctuaire* had calmed down enough for Ben to talk seriously with Mary about the things he had found out. With Katie out of the cottage and Alex tucked up in his cot for the night, he told her that he had to talk to her. He saw immediately that Mary was expecting the discussion to be about Katie.

Ben brought them coffees and they sat side-by-side on the sofa in the lounge. He reached over to the floor and picked up the copies of the emails from Africa.

'Mary, I think our suspicions about Donald are proving to be more accurate than I thought,' he said.

He passed the printout to Mary who took time absorbing its content. Then she read it again, taking in every word before she turned to Ben.

'D'you believe all this?' she asked. Ben thought her response was cold – hardly what he was expecting.

'I don't know,' Ben replied, 'but I don't think we can ignore it. I mean, the date fits in with his return to England, doesn't it?'

'Yes, it does. But that's about all. These are rumours, speculation by black workers who hated their bosses anyway. It's only reasonable that they would welcome the opportunity to incriminate him.'

Ben was gobsmacked. What was going on here? A little while ago, she would have taken a completely different attitude to this news.

'I should ignore it,' she said.

'Ignore it? But what if he was 'grooming' you for some reason or other to look like Laila. What if he saw, right from the start, that you could become a replacement Laila? That could be the reason he didn't want you to leave. That could have been his 'plan' that he mentioned to me. How can you now say to ignore it?'

'I just think it is best if we leave well alone. We're safe enough here, aren't we?'

Ben went to tell her about Georgina giving away their telephone number, but thought better of it. This was obviously not the right time.

'OK,' he said. 'If that's what you want. I'll leave it at that, but I've got to say that I don't feel as relaxed about it as you do.'

Why, he thought to himself, were they chased half way across France? Why did Donald go to the extremes he did to make her stay with him? Why was there no trace of this man on English databases?

Nevertheless, with his relationship with Mary stretched the way it was at the moment, he would avoid mentioning the subject again. It would not prevent him from continuing his investigations. After all, he had asked the people in Pretoria to let him have more details. It might be judicious to keep it all to himself, that way precluding Mary from the worries that he had.

In an effort to calm things down again he suggested that they take Alex to the coast the following day.

'It's going to be another beautiful day. It would be nice to have a day to ourselves for a change.'

'You can say that again,' she replied. 'Sounds like a good idea.'

To Ben, her reply reinforced her feelings about Katie once again. He would have to do something about that; have a quiet word with the girl to find out what her long term plans were. It would be a shame to lose her, as she was invaluable in the way she helped out anywhere she could, but there was no way he was going to risk his relationship with Mary going pear-shaped because of her.

They were up early the next morning, the late spring sunshine hastily making its presence felt with its gentle warmth. While Mary made sure that they had everything that Alex would need for the day, Ben found Katie, already out in the garden, and told her they would be out for the day.

'You can look after things here, can't you?' Ben asked.

'Of course I can. Means I can sunbathe topless, or even less!'

'You, young lady, are incorrigible.'

'I know, but that's just me isn't it? You have a good day. I bet Alex will love the sea.'

There was no good-bye kiss this time. Better safe than sorry, Ben thought.

Ben, Mary and Alex drove through the village and out onto L'Océane, the fast *autoroute* to Nantes and then down to the coast at Saint-Jean-de-Monts. The roads were clear all the way and the sight of the sea greeted them with the sun's rays sparkling off it.

Ben always found the Atlantic coast exhilarating. Even when the sea was as calm as it was today, the waves were always invigorating, and mile after mile of soft clean sand meant that the beach was never crowded. The road that ran alongside the beach was lined with places to eat or drink. The atmosphere was of people simply enjoying themselves, making the most of the freedom that this resort offered.

Having parked the car, they wandered a short distance south along the warm sand, and found a place where they could settle for the day. Alex was raring to go. This was the first time he had seen the sea and made it quite clear that he wanted to try it out. Mary struggled to get him into his shorts and tee-shirt, and then Ben picked up his son, tucked him under his arm on his hip, and ran towards the foaming waves with Alex screaming. Mary was never sure whether the screams were of excitement or terror.

Ben stopped at the edge of the water and gently lowered Alex so that his feet touched the chilly water. He expected Alex to withdraw, but instead he kicked his legs making the cool water spray up over both them. Ben then crouched down and held Alex in front of him between his legs. Now the eight-month-old jumped up and down with delight, screaming at the top of his voice.

As Mary came down the beach toward them, Ben beckoned her to hurry so that she could join in the fun. Between them, they lifted Alex up by his arms and walked a little further into the surf, swinging him back and forth as they went. The little boy was in his element. There was no sign of fear at all. Each time his parents stopped swinging him, he looked up at them and showed them that he wanted more. Eventually, Ben took Alex back up the beach letting Mary have a serious swim. She was a much better swimmer than Ben, but he knew that this was her first time on the French Atlantic coast and wanted her to enjoy the challenge of the invigorating waves.

Back on the sand, Ben attempted to get some food ready for Alex, who wanted only to go back in the water. When Mary returned after her swim, Ben thought she looked radiant. He had never seen her happier than this.

'Enjoy that?' he asked.

'Fabulous,' she replied. 'It's so bracing having to fight against the waves. So much better than most seasides. God, I'm famished. I'll put something together for us.'

'I've already found some bits and pieces for Alex, but I don't doubt he'll want more when he sees us eating.'

Ben saw Mary search through the picnic basket they had brought with them. She produced a platter with cheeses, some English ham that they found in a supermarket and a very attractive green salad accompanied by a baguette.

Ben reached out, tore off the end of the baguette, and gave it to Alex.

'That'll keep him quiet for a while,' he said and leant over to give Mary a long lingering kiss, tasting the sea salt on her lips. 'You look gorgeous,' he said.

'Why, thank you, kind sir. You like the unkempt look then do you?'

'It's just that you look so happy. It makes me feel good as well.'

'D'you know what I'd like right now?' she asked, returning Ben's kiss.

'Yeah, but the sand gets everywhere.'

'You're jumping the gun,' she said with a giggle that was almost a laugh. 'I meant I'd love an ice cream! Mind you...' she added.

‘Perhaps another time?’

‘You’re on,’ she said enthusiastically. ‘But an ice cream will do for now.’

Ben walked back along the beach to a kiosk, bought two *crèmes glacées* and returned.

Alex’s eyes lit up when he saw more food, and Ben and Mary both fed him with small spoonfuls of the delicious mixture.

As they returned to *La Sanctuaire* later in the afternoon, they both felt relaxed and tired. Alex had fallen asleep as soon as he was installed in his car seat.

It had been good to elude the tension between them for a whole day. There had been no mention of Donald or anything associated with him.

Katie was out when they arrived home, so having changed Alex into his nightclothes and laid him, still asleep, into his cot, Mary called out to Ben ‘There’s no sand in here!’

He knew exactly what she meant, and ran up the stairs to the bedroom.

Chapter 25

Katie was fast asleep on a sun lounger down by the stream when she heard the telephone ring. It seemed to part of her dream, and it took her a few moments to realise that it was for real. Pulling her bikini top on as she ran, she arrived at the house just as the phone stopped ringing.

'Shit!' she said out loud, but then remembered that there was a French equivalent of the UK's 1471 service. She looked in the drawer under the phone, and sure enough, Ben had written it down on the front of the phone directory.

She dialled 3103, but didn't recognise the number other than it was from the UK.

Hesitatingly she dialled the number.

'Mark Atkinson.'

'Oh. Hello, Mark. It's Katie. You called a few minutes ago.'

'Katie! Thanks for calling back. I need to talk to you.'

'About Dave?'

'Right. God, I've had an almighty struggle to get his body back from Albania. It's been awful. Anyway, eventually I got permission, and was able to get him back to the UK.'

'Poor you.' Katie replied, guessing now what he wanted, and she wasn't sure she wanted to hear it.

'You did say ---' Mark began.

'Yes, I did say, didn't I? And I will come over as I promised, not that I'm looking forward to it all that much.'

'Nor me, Katie. Nor me. But it's not just the funeral, there's all sorts of things to sort out, and a lot of it needs your signature as his next-of-kin.'

'What kind of things?'

'Well, I've been delving into his affairs as much as I can, and it appears to be more complex than I thought it would be. He seems to have several bank accounts for a start. And did you know that he owns the house in Reading? I had always presumed it was rented. Not only does he own it, but it's all paid for. No mortgage. Maybe I underestimated him.'

'I didn't know that either, and I certainly didn't know he had more than one bank account.'

'Well, it's a fact. It seems he is, or was, quite wealthy. Anyway, there's only so much I can do. I need you here to help sort it all out. So, I've organised the funeral for next Wednesday. Can you get here for that?'

'Yes, I'm sure I can, Mark. I'll have to work out the best way to get there, but yes, I'll get there somehow.'

'Katie, you've no idea how much of a relief that is. I'll pick you up from wherever you want. Oh, and you'll stay here with me? Is that OK?'

'Just as long as you behave yourself, Mark.'

'It's a promise. I can't deny I'm looking forward to seeing you again, but I'll be a good boy. Promise.'

Katie had a smile on her face. 'I'll let you know the details as soon as I can. Ben and Mary are out with Alex today, enjoying the sunshine. I'll check it out with them when they get back, and I'll let you know then.'

'Thanks, Katie,' Mark said. 'Look forward to hearing from you.'

Katie replaced the phone, and threw herself on to the sofa. She felt much more confident in handling all of this now, but was still nervous about travelling back to England on her own. She knew the situation had to be dealt with, and she was assured that Mark, of all people, would help her through all the technicalities. It would be strange to see the house again after more than eight months. One of the most important things was that she could get her own finances sorted out. She dreaded the thought of how much she must owe Ben, but it would be nice to be able to pay him back.

Yes, she told herself, I can do this now. A week over there, and I will become an independent woman again. I might even go over a few days earlier than Mark suggested.

She grabbed herself a pen and paper, poured herself a glass of white wine, and returned to the garden where she started to create a list of everything she could think of that had to be done during her visit.

Then the question entered her mind. Should it be just a visit? Or should she be considering moving back to Reading? She was aware of the problem that her presence here was beginning to cause between Ben and Mary; not that she could fully understand why, but it was. Might it be better if she returned to England and left them alone? She decided that now was not the time to ask that question. That it would be better to consider that once she was back in the UK.

Her list became longer and longer; the house, the furniture, Dave's car, his clothes. The more she wrote down the more daunting the visit was becoming. And was she going to be able to sort out everything in just one visit? She started to doubt that.

It was Friday already. She had to be here for the weekend because it was a changeover. New visitors were arriving on Saturday afternoon and she didn't want to let Ben down. So she had the weekend to get everything together, and she would set off on Monday.

'Hi, everybody,' Katie said as she sauntered into the kitchen the next morning.

Ben and Mary looked round from where they were preparing Alex's breakfast.

'Hi, Katie,' Ben replied. 'No problems yesterday, then?'

'Not for you, no.'

'Meaning?' It was only then that Mary turned to join in the conversation.

'Meaning, I had Mark on the phone, and he wants me to go over to the UK next week for Dave's funeral.'

'And will you go?' Mary asked.

'Well, yes. I have to don't I? He also says he wants my help to clear up some other things, like the house, bank accounts and so on. I'm Dave's next-of-kin, so everything needs my signature.'

'You can cope with that now, can't you?' Mary said, more as a statement of fact than a question.

'Yes, I can, Mary, but I'm very nervous about it all. Travelling on my own, the funeral itself, and not knowing what I'm going to find out.'

Mary had said her bit and returned to Alex with his breakfast.

On the other hand, Ben was concerned for Katie.

'How will you travel? Train or plane?'

'I think I'll go by train. I wouldn't know what to do at airports. Do you think that's best?'

'For you, yes. I think it's probably the best way to go. Would you like me to arrange the tickets for you?'

'No need but I would appreciate it if you could come to the station with me, just to make sure I'm on the right train. I'll have to change at Paris, won't I?'

'That's right. The train from Angers takes you to Paris Montparnasse. From there you can take a direct Metro link to Paris Nord. You don't have to change, and the subway in Paris is a lot nicer than the London underground. Or you could take a taxi. Might be pricey, but the cab will drop you right outside Paris Nord.'

'Sounds a bit frightening, not speaking French very well.'

'You'll be alright. If you go by Metro, the ticket machines can show everything in English. If you take a cab, the driver will understand – or I could write it down for you so that you can just show it to him – and although Paris Nord is a huge station, it is well signposted, and the train to London will be waiting there for you.'

'You make it sound so simple. I wish you could come with me.' Mary shot a look at Ben as soon as she heard the suggestion. Katie continued 'But I know you can't. If you can write everything down for me, that would be great'.

'When do you want to go?' Ben asked her.

'I said I'll go on Monday.'

'Oh. As soon as that. Then I'll come with you to Angers and we'll get the tickets there.'

'Thanks, Ben.' She would like to have said *What would I do without you?* but once again, thought better of it.

Chapter 26

As soon as Georgina stepped into the salon in Wallingford where Mary used to work, she knew that something was wrong.

'I hope you're not expecting an order,' a tall ginger-haired girl said. Her face was like thunder, dark and moody.

'Well---' Georgina started, but was interrupted immediately.

'Well nothing,' the girl retorted, 'You won't be getting any more orders from here, I'm afraid.'

'Have I done something wrong, something to offend you?'

'No, nothing like that. It's just that we've been made redundant today. Just got a text from Mr. O'Hanlon saying that he was closing down the salon. Apparently, he's sold the property.'

'Jeez. That's awful. A text? What a bummer. How soon is he closing?'

'Next week. He's given us just seven days' notice. Never did like him much. He only bought the place for his fancy piece.'

'Mary?'

'Yes. And she never really had much interest in the place. Once the baby arrived, we hardly saw her at all. Apparently, she's left him, or so we heard, so he just shuts the place down.

He's a right bastard if you ask me. Anyway, there are no orders from here any more.' The girl attempted a shallow smile, but her face still showed her real feelings.

'I hope things work out for you, I really do.'

'You and me, Georgina. It's all come as a bit of a surprise.'

Georgina left the salon, walked to her car, and found her mobile.

'*Allo. Ceci est Mary.*'

'Hey, Mary. I'm very impressed! It's Georgina.'

'Oh. Hi Georgina. Nice to hear from you. How are you doing ?'

'Good, thanks. Look, I'm just phoning to let you know that Donald has sold the salon.'

'I'm not surprised, Georgina. There was no way he was going to keep a hairdressing salon for himself. He only bought the business for me.'

'I just thought you might be interested, that's all.'

Georgina so wished that Ben had answered the phone. Not just because she thought he would have shown more interest, but to be able to talk to him. His deep, warm voice even from hundreds of miles away would have made her day. She tried her best to continue with the conversation, but all she got from Mary were monosyllabic replies. Everybody was fine, the weather was good, yes they had visitors in for the next few weeks. In the end, Georgina gave up, said her farewell and ended the call.

Less than two miles away, Donald was putting the final touches to his plans. Two weeks earlier he had given Chas the task of dealing with Mary and her boyfriend. He had made it abundantly clear that whatever action was to be taken, it must not be traceable back to Chas or him.

'You know how to handle situations like this. Just be careful who you chose, and make sure that the people they use are trustworthy. No slip-ups, Chas. Just take care of it.'

Donald had told Chas nothing of his own plans. It was best that way. He did not want to be traceable or contactable in any way by anyone. The next few weeks were going to be frantic for him. Bank accounts to close, monies transferred to safe havens. Meticulous planning was needed in order for his schemes to work and he was on his own. Because of the nature of his businesses, he had created a web of confusion. Money laundering was complex at the best of times, but when it was your own money that was being laundered – the dummy companies, the myriad of small bank accounts and the confusion of names being used – scrupulous care had to be taken. One wrong move, and the whole, finely balanced pyramid could come tumbling down. There had been more than one occasion when he thought it was going to happen, but each time he managed to steer things back to where he wanted them.

Now he had to bring everything together, concealing evidence, playing games with the banks until everything was in the right place and, more importantly, available.

Every night he went through each detail so thoroughly that he felt that he could do everything in his sleep. The denouement would take place over a ten or fifteen minute period on the day of his departure. By that time, the whole thing would be set up on his computer, and with just one or two clicks of the mouse, the first part of his plan would be set up.

He recalled the adrenaline rush, the gut-wrenching nervous excitement that he went through during his evacuation from Africa six – or was it seven? – years ago. His nerves then, were on a razor's edge, his whole being feeling as if it was being tightened like a coiled spring until it would shatter. He also remembered that, despite all the pressure, he had enjoyed every minute of the experience. The sighs of relief from him and Lucas when they finally pulled it off and got back to England could not express the feeling of elation, of satisfaction and achievement at what they had done.

Getting across borders unseen, driving through two war zones, finding places to eat and stay all became just part of the adventure.

Would it be the same this time? Things in Africa had deteriorated considerably in the past few years, and he was seven years older. Would he find the same daredevil spirit this time? How would his heart, his body cope with all the stress?

Lucas thinks I'm an idiot, he said to himself as he looked at the mirror on his way to bed that night. I think he might well be right. No man of my age in his right mind would attempt anything like this.

As he tried to find sleep, he was trying to recall every part of the journey from Kimberley Mines, through Botswana and Namibia to Southern Angola. The journey had been a nightmare even though they had a sturdy, reliable albeit old four-by-four. Roads that started out being relatively good tarmacked surfaces would suddenly become dirt tracks and in some cases deteriorate further into nothing more than a suggestion of a road. On three occasions they became completely stuck, once in deep mud, once in a deeply rutted road and once delicately balanced on some craggy rocks. The amazing thing was that in all three cases, whilst they had not set eyes on any human beings for many miles, suddenly people appeared from nowhere. With the added strength of these black-skinned nomads, they were able to push, pull or lift their Range Rover back to a working position and continue their journey.

They crossed mountain ranges, traversed deserts and were stopped on one occasion by rebel militia who were more interested in to what extent they could obtain a bribe than anything else.

Now he was planning an even more audacious journey. Not only returning to Kimberley, but getting out again, unseen. Sleep was hard to attain, but in the early hours of the morning, his thoughts turned into a grey fog and he slept soundly until the sun woke him.

Chapter 27

The same sun that woke Donald was attempting to shine into the third floor apartment in rue Myrha in Paris but with limited success. Inside the single room which doubled as a bedroom and living accommodation, Tommy Williams did not want to be woken.

He had arrived in Paris a little more than a year previously excited and not a little proud of himself. He had managed to get a job as a sous chef in one of the more prestigious restaurants in the city. Having won many awards for his culinary expertise in London, he had been invited to spend some time under the watchful eye of the restaurant's chef. It had been hard. The pressure he worked under was like nothing he had experienced previously. The perfection, the ridiculously high standards, the heat and the speed at which he had to work exhausted him like nothing before. It was all worthwhile when he had been offered a permanent position. He had moved from London to Paris, found himself a pleasant flat close to the city centre, and started work.

Working hard inevitably meant playing even harder. He was earning good money, and was soon accepted by his colleagues and their friends. After a gruelling night in the kitchen, it was not unusual for Tommy to be found propping up a bar in one club or another. He found himself mixing with the upper echelon of Parisian life and life became one long round of work, partying and very little sleep.

He soon discovered how his friends dealt with this way of life. He was introduced to what he was told was the elixir of life; a white powder that came in little sachets, or baggies as they were called. If it worked for them, he thought, it was worth a try. These people were not low-life squatters, they were well thought of pillars of French society. They were the top of the pile, and he wanted to be up there with them.

At first, a quick snort of heroin before going out would get him through the evening. Then it was another dose when he got home and needed sleep. Soon it was his first action in the morning, and then a repeat dose at lunch time. It escalated out of control so rapidly that he was spending most of his earnings on the stuff. There was a ready supply within his circle, but it was not cheap.

Within just a few months of his moving into his smart flat, he lost his job. He was not able to cope with the pressure and the constant rebukes from the chef. One evening, in the middle of service, he completely lost control, finally telling the chef exactly what he could do with his job and throwing a bowl of boiling onion soup at him – and missing.

Now he had no income, negligible confidence and the little money he had managed to save disappeared rapidly to pay for his new habit. Suddenly, the socialites were no longer his friends, the supply dried up forcing him to seek alternative supplies. The cost rose, but he had to pay the price. His supplier suggested he move from snorting to injecting, as it was cheaper and offered a more immediate effect, but Tommy's needle phobia deterred him.

Selling his television wasn't difficult, and he considered that he could live without it. French television was, after all, pretty dire compared to its British counterpart. His treasured

Bang & Olufsen sound system was quite another matter. He loved his music collection and listening to it in such amazing sound quality was his favourite pastime. Now he would have to use his computer and the poor quality of sound that it produced.

Until, that was, he had to sell that as well.

Moving out of the flat followed swiftly. The bank had not paid his rent for two months, and a visit from the owner made it clear that Tommy had no option but to move. He now had a new circle of acquaintances, each one of them having been through the same process as he. From his aspirations of being at the top of the pile, he was now almost at the bottom. It was from one of these people that he heard of the apartment on rue Myhra.

Tommy went to see the building. It was derelict and about to be pulled down; huge wooden buttresses held up the end of the block and the whole building was covered in graffiti of one kind or another. It only remained, he found out later, because a few local politicians and activists wanted to preserve such buildings.

The front entrance was boarded up. Tommy made his way round to the back of the building through the adjoining derelict plot of land. He climbed his way up the three flights of fire escape, carefully avoiding the missing treads, leading to a room which was to be his new home. Barely four metres square it contained a minimum of furniture. It did have a bathroom of sorts, and a kitchenette in the corner of the main room. It was dark, smelly and hideous. It was what he needed; somewhere to hide away during the period when he couldn't cope with living. Which was often.

There was no rent to pay. Nobody apparently owned the building.

He transferred his meagre possessions in one afternoon and moved in.

'First things first' he said, clearing some space on a dusty worktop to enable him to cut his latest packet.

His bed was a badly worn mattress in the corner of the room. He pulled a duvet from his belongings and settled down for the night. It was a night much as any other. He felt the effect of the heroin, a warm effusion spreading through his body. His aches and pains slowly decreasing as sleep enveloped him. As usual, the pleasant effect wore off in the early hours of the morning. Now the sweats started, soaking him and the duvet. Casting off the cover cooled his body for a while, but then the shivering and shaking and the pain started taking over his whole being. Covering himself again only started the inevitable circle all over again.

When he did realise that another day had dawned he rolled off the bed onto a floor that was scattered with what remained of his life.

Today, having slowly picked himself up from the floor, he wandered over to the kitchenette. He was sure he had another baggie left from last night. He vaguely remembered cutting one on the worktop. It hadn't been good quality stuff, but it got him through the night – just. He desperately needed a fix now, but he couldn't find the packet. He found a left over cup of coffee and swigged that down, grimacing at the taste. His taste buds had stopped working long ago. Food and drink were no longer a pleasure, just a necessity, a chore.

'Where the fuck did I leave it?' he yelled at himself. 'Where is the fucking stuff?' Then he collapsed onto the floor again, catching his skull on the sink cabinet as he fell. He sat still, just looking around at the squalor.

'What's that?' he said aloud as he saw a small plastic pouch containing something white. 'There you are, you little bugger. Hiding from me were you?'

He made his way to the sachet and picked it up. As he brought it towards him, he realised that the powder was leaking from one corner.

'Fucking rats!' he said, trying to save as much of the contents as he could. 'Fucking vermin!'

Forcing himself off the floor, he found the stolen credit card with one sharply chamfered edge and went about preparing his powdery breakfast.

Half an hour later, he gathered together enough euros to buy his next fix, and made his way down the dark, dangerous flight of steps to the overwhelming brightness of a perfect Parisian morning.

Chapter 28

Katie was feeling proud of herself. Ben had written down some of the questions he felt she might need during her journey to Reading. *Where do I get the train for Gare du Nord?, When does the next train to London leave?, Can you write that down for me, please?* Now she was sitting in the comfortable coach of the Paris to London high-speed train, watching as the Eurostar sped through the French countryside.

She realised that although she had been in France with Ben for several months she had seen almost nothing of this vast country. From the train she could take in the enormousness of the landscape. Mile after mile she could see fields, much larger than those in England. There were signs of crops growing but she had no idea what was being produced. There were what seemed like hundreds of cows milling around in fields of fresh green grass and the occasional tractor making its slow journey against the backdrop. Dotted at regular intervals were towns, villages and tiny hamlets. She was mesmerised by the scene and she had little doubt that she would be returning here very shortly.

All too soon, the train reached the northern coast and disappeared into the darkness of the Channel Tunnel. It was only now that she started to consider what was ahead for her in the next few days. Today was Monday, so she had one free day before the funeral on Wednesday. During that time, she would surely learn a lot from Dave's father of what had been going on over there. She would also find out whether her erstwhile father-in-law could, in fact, behave himself with her around. She recalled his outrageous flirting with all the younger women at her wedding, and almost expected him to try it on with her, regardless of his promise to behave himself.

While her mind was remembering her wedding day, she almost blushed as she thought about her own disgraceful, lustful behaviour with Adrian, one of Dave's cousins. Even now she could recall exactly how she felt. He was so gorgeous, so totally fit, that she wanted him there and then. The best she could achieve, however, was a wet, lingering kiss at the end of a dance with him. Looking back now, she felt a little remorse at her behaviour, but no more than that, regardless of the fact that it all happened at her wedding reception. In fact, it brought a smile to her face as she remembered the panic on Adrian's face.

I'm not really in a position to point a finger at Mark, am I, she thought, when I consider my own behaviour?

Before long, the train had resurfaced into English countryside, and sped its way through Kent towards the capital. She had asked Mark to meet her at St. Pancras station, and hoped he would be there.

He was, and he saw her the moment she alighted from the train. He hesitated as he came to her, not knowing how to greet her. He had met her fiery temperament when he visited her in France, and the last thing he wanted was to get things wrong. He needn't have worried. Katie made the first move, throwing her arms around him and planting a kiss on his cheek.

'Katie,' Mark said. 'It's so good to see you. So good of you to come.'

‘It’s good to see you again, Mark. I think I’ve got some apologising to do, haven’t I?’

‘Have you?’

‘Well my behaviour last time we met was a bit ---’

Mark placed his index finger on her lips. ‘I think that was quite understandable,’ he said. ‘Let’s forget all about it. That was then. This is now. Let’s go and have a coffee somewhere so we can catch up with each other.’

‘Sounds good to me,’ Katie said as Mark picked up her luggage and made for Carluccios, the Italian coffee shop.

Katie looked round at the mouth-watering array of cakes and pastries on display.

‘Mmm,’ she mused. ‘Almost as good as a French *patisserie.*’

‘Go on, then,’ Mark said. ‘Indulge yourself and get something nice for me as well.’

Katie was relieved that things were going so easily. She had worried that things might be a bit tricky when they first met, but she was very happy the way things were working out.

When they had been served, there were no seats vacant in the cafe so they stood holding their drinks and cakes as best they could until a nearby couple left their table allowing them to sit down.

‘I’d forgotten just how busy London is,’ Katie said. ‘I’ve got used to the quietness of Ben’s cottage. It’s a bit loud isn’t it?’

‘And smelly, too.’

‘Yes, and that. It’ll take a bit of getting used to this again.’

‘Does that mean you’re thinking of staying in Britain then?’

‘I don’t know. I’ve got an open mind about that at the moment. We’ll have to wait and see.’

‘Wait and see what?’

‘Mmm?’

‘Well, what kind of things would make you decide to stay – or return?’

‘Mark, I’ve no idea. I will make up my mind when I can weigh up all the pros and cons. At the moment, I’m here because you asked me to come, and I know there are a lot of things to clear up.’

‘Yes, point taken. I didn’t mean to push you into a decision. I can understand, I think, how you must be feeling.’

There was a long silence before Mark suggested that they make their way home.

‘I’ve left the car in a multi-storey just across the road,’ he said, grabbing Katie’s luggage again and leading her out of the station.

There was little more than small talk on the drive out of London, through the Home Counties to Mark’s impressive house in Wheathamstead. It was a long tedious journey through London, but the comfort of Marks’ Jaguar made it bearable. The last time Katie had travelled in this car was when she and Dave used it to travel to St.Ives in Cornwall for their post-wedding break. Mark had lent it to them for the week. Once again, Katie’s mind went back. She called to mind the fumblings down trousers and up skirts that had gone on during the journey, how exciting it all was – and how dangerous. She wondered whether Mark had noticed the smile that she attempted to conceal.

Eventually the car turned into the long driveway to Mark’s house, a huge Georgian style house, surrounded by manicured lawns and further afield by thick woodlands. Katie had forgotten how impressive it was when she first visited, yet how ordinary a person Mark had been. There had been no show of wealth, other than a Rolls Royce parked in the driveway. Dave's father was quietly spoken, almost humble in his demeanour; not a bit like his son.

When the Jaguar had been parked, they walked into the house together.

'Now, you must make yourself at home, Katie. If there's anything you want, just ask. But I think we've thought of everything.'

'We?' Katie asked.

'Well, mainly my housekeeper. She comes in most days to tidy up after me. I told her I had a very special guest coming, and she did the rest. I can look after myself OK, but other than that, I rely on her. Don't know what I'd do without her.'

Katie wanted to ask about Auntie Grace, who was so much a part of the wedding, and who, Katie had presumed was rather more than an 'auntie' but she thought better of it. She'd obviously got that wrong.

Mark showed her to her bedroom. It was outstanding, decorated in a wonderful shade of pastel green. Two armchairs, a king-size bed and a spacious en-suite shower room.

'I'm sure you'll be comfortable in there,' Mark said. 'If you want to take a shower or whatever...'

'Thanks Mark. I'm sure I'll be more than comfortable. Looking at that bed, I doubt whether I'll want to get up in the morning.'

'You don't have to, Katie. You just do what you want. Tomorrow there's no rush. Anyway, I'll see you downstairs whenever you're ready.'

Katie unpacked her cases and threw herself onto the bed, relieved that she had made the journey and that nothing she had worried about had transpired. But tomorrow, she knew, was another day.

Later, when Katie went back down to see Mark, she found him in the lounge. He was sitting in a corner of one of the two white sofas, his head in his hands, tears rolling down his face, sobbing.

He looked up at her with an embarrassed look on his face, and tried in vain to wipe the tears away.

'Sorry,' he said solemnly. 'I didn't mean for you to see me like this.'

Katie went over to him, sat down next to him, and put her arm round his shoulders.

'No need to apologise,' she said. 'Absolutely no need. I can't imagine what you're going through.'

Mark turned his face towards her with a wry smile.

'You've no idea how good it is to have you here, Katie. Until now, I've had to take the whole weight on my shoulders. Having you here somehow means that I can share it with someone outside the family. I've been at my wit's end trying to work out how to handle everything. It's been hard. The tears,' he continued, 'are more of relief than anything else.'

'Shall I make us some tea?' Katie said, not knowing what else she could do or say.

'That'll be nice. You'll find everything in the kitchen.'

She remembered the kitchen from her previous visits to the house, and quickly found what she needed.

'There are some cookies in the cupboard over the freezer,' Mark shouted from the lounge.

Katie laid out the cups, saucers and a plate of cookies on a tray, took it into the lounge and saw that Mark had cleaned up his face and was looking a little more composed. She wondered why it was that men seemed to be so embarrassed, so ashamed of crying. She found that such emotions in a man were quite endearing, and hardly surprising in the present circumstances.

She pulled a small table over towards the sofa, laid the tray on it, and resumed her place next to Mark.

'I've informed all the family – well, sort of,' he said. 'I've omitted the bits about him being involved in anything sinister. I've merely told them that he has been killed. I don't think they need to know more than that. If they ask questions, I can hide behind my grief. Do you think that's right?'

'Absolutely. We both know how stupid he was to get involved in such things, but that should be our secret, I think. Anyway, we don't actually know the facts, do we?'

'Well, yes, I think we do. When I was in Vlores, where he was murdered, I met up with some people from an organisation called *Vatra.* They are working with international governments to reduce the amount of trafficking taking place in Albania. They had been working with the Albanian police on Dave's case, and they were happy to meet with me.'

Mark went on to tell Katie that the huge Mafia presence in that country was taking over the lucrative trafficking business, concentrating on young girls and boys. Families were living in abject poverty and would do anything to get their children out of the country, and at any price. The local gangs who did not want competition from outsiders targeted people like Dave. His death was just one of many. He didn't really stand a chance. He was tracked as soon as he entered the country.

'My God!' Katie said when Mark took a breath. 'So really, it was the crowd that captured me that were responsible, wasn't it? They must have known the danger that Dave was facing.'

'Absolutely, Katie, and I am doing all I can to help the police find those bastards. I'm sure they will want to talk with you now that you are here.'

'Oh, I'll talk to them alright. I could have been killed as well, you know. They did actually threaten me at one point to sell me.'

'What?'

'Yes. When I was being held in Frankfurt, one guy came there, tried to make me answer their questions and because I didn't know the answers said that Dave owed them a lot of money, and if they couldn't get it from him, they would get it from me. I didn't understand what he meant at first, but when he told me how beautiful I was, and how I could easily earn enough to pay Dave's debt I realised exactly what he meant.'

'Did you tell the police about this?'

'No. That's something I forgot to tell them.'

'Well we must put that right, Katie. You have been very lucky, I guess.'

They both sat silently as they sipped their tea, then Mark continued.

'Talking of money,' he said. 'I've had a few surprises while I have been trying to tie up things. Dave was worth a pretty penny. The house was paid for. No mortgage. He had bank accounts all over the place. With help from the police, I think we've managed to track them all down now, but there were thousands of pounds stashed away. So I don't think you'll have any money worries for a while.'

'I don't know whether I want his dirty money,' Katie said, shaken by this news. 'Perhaps I can give some of it back to this organisation in Vlores?'

'I'm sure they would be delighted, but let's get it all sorted out first, and then you can make decisions as to what to do with it. It will take time. You know how slowly our probate system works. I hope you don't mind, but I've asked my solicitors to handle everything for us. I'm sure they will act as quickly as they can. And if you need money now, I'm sure something can be arranged.'

The talking went on for almost two hours until Mark realised what the time was.

'I'm sorry, Katie. You must be starving. I've got a couple of nice lamb chops in the fridge that I can cook for us. Would you like to come and help?'

Katie was only too pleased to be able to assist, and the conversation turned to much lighter subjects as they worked together to prepare a wonderfully tasty meal.

By ten o'clock Katie was ready for bed. The combination of the travelling, the realisation of more of the truth about Dave and the tranquilizing effect of the wine resulted in her hardly being able to stay awake. She excused herself, kissed Mark on the cheek and made her way to her comfortable bed.

Chapter 29

Mary had settled into her life in France much more easily than she had expected. She loved the constant sunshine, the balmy evening down by the stream at the bottom of the garden, and the shops. Oh, how she loved the shops!

She had taken over the role of the buyer for the family. Every morning she would be up early to walk down to the village *boulangerie* to buy freshly baked baguettes for the day, sometimes being tempted by the *tartes aux fraises* as a treat for Ben.

Most days she visited the local *Super U* in the village, and once a week would go with Ben and Alex to the huge *Carrefour* supermarket in Angers where she would spend over an hour inspecting and examining everything on offer. She had quickly picked up the French habit of asking for samples of cheeses and other delicacies before deciding which to buy. She was in her element. The language no longer bothered her, as she found that most French people would try to understand her *Franglais.* Ben helped her whenever she needed to learn a new word or phrase and she was finding it easier by the day to understand what people were saying to her.

Alex was enjoying life as well. He took to his feet in a very short time. He wasn't satisfied with seeing life from floor level and no sooner had he decided that he could pull himself up to get a better view of life than he was waddling around unaided. Now he was into everything and everywhere. It was his chattering, however, that amused Mary and Ben most; not just the odd word here and there, but streams of unintelligible babble. Mary was sure *he* knew what he was saying even if nobody else did.

While Katie was away, Mary took every opportunity of putting her stamp on things; nothing major, just new tablecloths and table lamps that she found at *Carrefour*, changes to the positioning of the furniture and other little feminine touches.

She had almost forgotten about Donald; almost cast him out of her mind. She had actually found herself on the odd occasion feeling a little sorry for him. However, she was convinced that she had made the right decision in moving to France. All was good in her new world.

Ben, on the other hand, was still convinced that they had not heard the last of Donald. He was beginning to live on his nerves and this wasn't helped by Mary's apparent dismissal of any danger. He was sure there would be repercussions eventually. When and what form that might take he didn't know.

His suspicions were further enhanced this morning by a lengthy email from Africa. Ben guessed, because of the language used, a younger person had sent it. It was a compilation of anecdotal comments from a number of older people. Whilst it did not reveal much more than Ben had already been told, there were two significant pieces of information that Ben found very interesting. Donald's real name, it seemed, was Jan Kruger. Further, as far as anybody knew, he had never been married. In other respects, there was nothing new. The date of his and the girl, Laila's, disappearance corresponded with the previous emails. What a web of deception this man had woven, Ben thought.

Once again, Ben had to consider telling Mary about the latest findings but was loathe to do so because she seemed to be enjoying her life here and he didn't want to spoil that for her. He couldn't remember ever seeing her happier than she was at the moment. Perhaps there would be an opportunity sometime soon, when the mood was right or if she brought up the subject, to share his latest findings with her. In the meantime, he had a few new cards to play whenever he needed to.

There were guests in the Dairy Cottage every week now until the end of September and Ben was enjoying being host to them. He tried hard to get the balance right between being supportive and helpful without seeming to be intrusive. So far, his visitors had responded well, feeling confident to approach him for information about the area, best places to eat, local wines and directions to places they wanted to visit. More than half of his guests this year had booked to come back again next year.

It was hard work for Mary and him to keep everything ticking over, especially on change over days. Mary was kept busy for much of the time with Alex, and with looking after their own home. Ben now realised what an asset Katie was and whilst he was aware of Mary's thoughts about her, he really hoped that she would decide to come back. Nevertheless, his major concern remained. What was Donald planning to do? What would his next move be? He found himself frequently staring into space, just trying to guess what might happen and how he would deal with it.

Now was one such moment. He hardly heard the phone ringing.

'Hi Ben.' It was Georgina's voice.

'Hello! What a great surprise. No more bad news I hope.'

'No, Ben. Not this time. I'm coming over to Paris for a conference, and my boss has said that I can add a few days holiday on to it. So, what do you think? Would it be OK if I came to see you for a few days?'

'I think it would be brilliant. The only thing is that you wouldn't be able to use Dairy Cottage as it's fully booked for the next few weeks, and I don't know when Katie will be coming back. She's visiting Mark at the moment for the funeral and to tidy up a few things.'

'Oh, poor old Katie. Don't suppose she'll be enjoying that too much. Perhaps I can get in touch with her while she's over here – have a drink or something. Look, I don't mind sleeping on the floor or in the old barn.'

'I can put up some kind of bed for you in the lounge if Katie is back. That wouldn't be a problem. You must come. It would be really great to see you again.'

'OK. I'll let you know more when I know more myself, but it will probably be the Monday after next weekend.'

'Great. By the way, why did you phone Mary? She told me you had called but she didn't say what for.'

'Oh, it was just to let you know that Donald has closed down the salon in Wallingford and has made the girls redundant. He told them by texting them. How awful is that?'

'Not really surprising, I suppose.'

'That's exactly what Mary said. She didn't want to talk about it. I just thought you would want to know anything about Donald.'

'You're absolutely right, Georgina. I just don't trust him. Mary on the other hand seems to think that everything's OK. I wish I could share her confidence. I've found out quite a lot more about him, and none of it is good.'

Ben went to find Mary after he had closed the call on his mobile. Her reaction to Georgina's impending visit was half-hearted.

'Where is she going to sleep?' was the first reaction.

'She can have Katie's room if it isn't being used. I think she will only be here for a few days. I'm sure we can manage,' Ben said, disappointed by Mary's attitude. 'I'm looking forward to seeing her again.' Mary offered one of her 'Mmm' retorts.

This time Ben could not hold back.

'What does that mean?' he asked.

'What does what mean?' Mary replied.

'Your "Mmm". I know you have a problem of some sort with Katie, but Georgina? Surely not Georgina.'

'Just forget it,' was the terse reply as she walked out of the room.

Ben found it hard to "forget it". What was going on? Mary seemed so happy here, and yet the loving relationship they had been sharing since they got back together seemed to be going sour. He had to find the underlying cause of it, but he would have to wait for the right moment.

Chapter 30

The day of Dave's funeral finally arrived. It was dull and dismal; the sky packed full with heavy black and grey clouds. The air was heavy with humidity, bordering on claustrophobic. Both Mark and Katie mirrored the weather's mood with their own. This was a day they were both dreading.

Yesterday, they had gone together to Dave's house. It had been a much nicer day, with periods of warm sunshine. Katie had felt nervous during the time they spent there, but Mark was a great support for her.

'This is all yours, Katie,' he said. 'Are you going to keep it? Would you consider moving back here?'

'No to both those questions,' she replied. 'I couldn't come back here to live. Possibly I could sell it and buy something else, but this place gives me the creeps after all that's happened.'

Her mind went back to the night she had been kidnapped as she got home from visiting a club with some friends. She could still feel the gloved hand over her mouth, and the strong arms pulling her backwards down the steps and bundling her into the awaiting car.

'No, there's no way I could live here again,' she reiterated.

'Right. That's one decision made then,' Mark said. 'There are many more to go.'

Mark seemed to sense her emotions, her fears, her uncertainties. She half-expected him to put his arm round her, but he didn't. He behaved impeccably. From the house, he took her to meet with his solicitors. They sat outside the offices for a while.

'If I were you, I would let these people handle the administration of Dave's estate,' he said. 'It won't be all that complicated because, believe it or not, he left a will. He has left you everything. But there are on-going police investigations because there are several bank accounts involved as well as life insurance and so on. You will be able to leave everything to them to sort out for you.'

Katie welcomed the suggestion, and went with Mark to meet with his lawyer, a very pleasant woman by the name of Mrs. Sinclair. Apparently, she had known Mark for many years and he had already informed her of the situation. She had everything ready for them.

The meeting was brief, but informative, and Katie's signature was appended to a variety of papers and forms, some of which they took to their next appointment. This time the meeting was with Dave's bank manager.

Mark had done all he could to make things easy for Katie, and this meeting proved it. The papers they had brought from the solicitors were enough for the bank to release the money in Dave's main bank account to Katie. There were other accounts, she was told again, but the police were investigating them at the moment.

The next stop was at Katie's bank. She had frozen her account when her cards were stolen and had never got around to un-freezing it. With Mark's assistance, she was able to free up her banking facilities, and to re-instate her credit card.

By the end of the day, Katie felt much more in control of her life. Now she could pay Ben back for all that he had done for her over the last few months, and would be able to fend for herself again. She felt so good.

'Mark, you've been so great today. Can I take you out for a nice meal this evening?'

'You don't have to,' he said. 'It is the least I could do for you. I feel in great debt to you for what has happened. I almost blame myself. But that would be nice.'

'Shall we go to the place in Wheathampstead that did the wedding dinner?'

'You'd like that?'

'I think it would be lovely. Let's just think about today. Tomorrow will be here soon enough!'

Mark had made the decision that his son would be buried in the local churchyard. The service was brief with just two hymns to be sung and the priest read a brief synopsis of Dave's earlier life, which had been written by Mark.

More of the family had turned up than Mark expected. Katie recognised most of them from the wedding. Among them was Adrian, Dave's cousin. Katie almost blushed when she recalled her outrageous, lustful behaviour with him at her wedding, and didn't know how to approach him now.

'Hi,' she said when they came face-to-face. 'Thanks for coming. Dave would be pleased'

What a stupid thing to say, she told herself. She was relieved to see that Adrian, still as dishy today as he was last time they met, was smiling at her.

'He was my cousin after all,' he said. 'How are you coping?'

'OK really,' she said. 'Mark has been wonderful.'

'Well he says the same about you; says he couldn't have managed without you.'

'How's Melissa?' Katie said eager to change the subject.

'We split up a couple of months ago, I'm afraid.'

'Oh, that's a shame. She was so beautiful.'

'She was indeed, but something to do with books and covers if you know what I mean.'

That means he's available, Katie thought, and then reprimanded herself for thinking such things at her husband's funeral.

'Are you coming back to the house?' she asked, hoping above hope that he was.

'Yes, just for a while. I won't be able to stay for long.'

That'll do, Katie thought. That'll do nicely.

'That's good,' she said. 'I'll see you later, then.'

From that moment, the day improved for Katie as she passed among the other mourners. The worst was over.

Back at the house, the caterers had provided a splendid buffet, which they served in the impressive dining room. Katie stayed with Mark as much as she could, knowing that they needed each other's support. People were asking so many questions about Dave's death, but Mark was giving away little of the detail, only that he had been killed in Vlores. 'They don't need to know any more than that,' he had told Katie.

Before Adrian left the wake, he had come over to where Mark and Katie were standing to say that he had to make a move soon. As soon as he smiled at her she was aware of a familiar warm feeling stirring deep within her. She took him to one side and said how nice it was to meet again, and he agreed.

'I don't know exactly how long I'm going to be here,' she said, 'but I wonder if we could have lunch together some time? After all we are sort of cousins.'

'Guess we are, Katie. Yes, that would be nice. Can I call you?'

Katie eagerly gave him her mobile number, and bade him good-bye and he kissed her on her cheek.

'Achievement!' Katie said aloud, as she went to be with Mark.

In the evening, when all the guests had gone and the caterers had cleared everything away, Katie and Mark spent a while just reminiscing and sharing the good things they remembered about Dave.

'Tomorrow,' Mark said to Katie as they retired for the night, 'we must go and talk to the police. We need to fill them in with everything we know. I think they are making progress, but between us, we might have something that will help them find a few missing pieces.'

Chapter 31

Even though Tommy was wearing his darkest glasses, the Parisian sunshine began to hurt his head as he made his way to collect his palliation. It was a longer walk than he was used to, but it should take him no more than fifteen minutes to reach his destination on Rue de Maubeuge.

He was a regular customer at what appeared to be a normal second-hand shop, situated on three floors, selling everything and anything needed for the home. Tommy had sold his possessions here, and his beautiful sound centre had been on display for more than two weeks before it ultimately disappeared. That really upset him, but it kept him in heroin for quite a while.

He was not here to sell anything today, but to buy.

Behind the façade of the second-hand shop was something much more sinister, much more indispensable as far as Tommy was concerned. Tucked away at the back of the second floor was a tiny office where dealings in the whole gamut of illegal substances took place. Tommy knew the routine. He had to ensure that he was not being watched, and then use the regulatory pattern of knocks on the half-glazed door. If the office were occupied, the door would be unlocked electronically from within. Only then would he make his way inside.

At the first attempt today, there was no reaction to his knocking, so he retraced his steps into the sunshine, and walked the short distance to the entrance to Gare du Nord. He could lose himself within the noise and bustle of the huge concourses of this station. He was among hundreds of people milling around, many not knowing where they were going, or how to get there.

Not long ago, Tommy had been part of a scam that preyed on such innocents. It was easy to see the ones that were lost or confused. It was equally simple to try to offer them help.

'You look lost,' he would say. 'Is there any way I can help you?'

'Oh, thank you,' most of them would say.

'Where do you want to go?' he would ask.

When his "customer" told him their destination, he would tell them which train they needed, but then add 'Would you like me to get the ticket for you. It is a bit complicated here isn't it with all the different railways.'

Of course they would let him. They always did. He had to make sure that they came with him to the ticket machine, and while they fiddled around trying to work out the different currency, his counterpart would quickly walk past and pick up their luggage; not the large cases, but the small briefcase or hand luggage. Tommy would take his time showing his appreciative audience how to use the machine and then leave as swiftly as he could, knowing that his punters would be devastated when they found their bags missing.

It wasn't always successful. Sometimes there was nothing of any worth in the cases. Quite often, though, there would be passports, and that translated into quick cash. He had stopped working the scam when he was very nearly caught out by the station police.

As he wandered round the station today, it raised a slight smile on his face when he saw that the same thing was still going on. He watched a girl "helping" some confused old couple, but he considered that he did the job rather better than she did.

While he was on a high, he liked it here. The whole world was here. He wondered where all these people had all come from and whence they were going. The planet was shrinking, the world was dwindling and the continents and their differing cultures were being diluted into nothingness.

'Very philosophical, Tommy,' he said under his breath.

He bought a bag of *Frites* from a burger bar and sat and watched the passengers boarding the high-speed train to London, and wondered whether he might do any better in the UK than he was doing here. As the train pulled out of the station with its unique siren sounding, he made his way back to the second-hand shop.

This time there was a response from inside the office, and he walked in to greet the man he knew as "Bear". He was a huge man, at least six foot three. He sported a mass of black facial hair through which his skin appeared as polished mahogany. His hands were enormous, the pink hue of his nails standing out from his burnished skin and on the rare occasion that he smiled, his teeth were so white that they almost hurt your eyes.

He smiled now.

'Tommy! Nice to see you. I was hoping you would call in soon. I want to talk to you.'

'Talk to me? What about?' Tommy could not think that this was anything good.

'Yeah, Tommy. I have a proposition for you.'

'A proposition?'

'God, man. You sound like a fucking echo. Yes, a proposition. Sit down.'

'What kind of proposition?' Tommy asked nervously.

'If you give me a bloody chance, I'll tell you.'

Tommy sat down but stayed on the edge of his seat. One thing he did not want to get into was dealing, and that was the only proposition he could think of.

When Bear eventually told Tommy what the proposal was, Tommy was appalled.

'I can't do that!'

'I think you can, Tommy. What's more, I think you will.'

'No way,' Tommy screamed. 'No bloody way!'

Tommy got up to leave.

'I'll make it well worth your while, Tommy. You won't have to go selling anything else, or stealing for a long time.'

'No, sorry. Whatever the price. I just won't do it.'

'OK, Tommy. The decision is yours, but I'll make sure you won't be able to buy your stuff from anyone in Paris. I promise you that, Tommy. No one will supply you. Not if I tell them not to.'

Tommy hesitated, half standing, half sitting.

'And that is from today. From right now, my friend.'

'But I need something now.'

'Sure you do, Tommy, but the price has gone up. I always supply you with good quality stuff. If I stop your supply, you'll have to rely on the cowboy suppliers. God knows what they mix it with – sugar, flour, just about anything. You won't know what you're getting. If you want to take those risks, then more fool you.'

'But I just can't do what you're asking me to do. I could never live with myself.'

'Well. I'll tell you what I'll do to make it easier for you. I'll let you have a little something extra that will make you forget everything you do. If you follow my instructions, this ‘ruffie’ will wipe your memory clean. I can guarantee that.’

Tommy did not answer.

‘Tommy, I promise you that I will never ask you to do anything like this again. Just this once. And one more thing,’ Bear continued. ‘You can have your sound system back. I took that myself. Still have it. So, you do what I’m asking you, and I’ll let you have it back. How about that?’

Tommy could feel himself weakening. He was beginning the downward slope to needing his next fix. Bear reached into a drawer in his desk and pulled out a handful of baggies.

‘Come on, Tommy. You’ll earn enough cash to keep yourself in this stuff for months. Just one day’s work. For all this.’

Bear waved the packets in front of Tommy’s face.

‘And these are for free, Tommy.’

Tommy reached out.

‘Oh, no, Tommy. I must have your word first. You’re not going to refuse me are you?’

Tommy shook his head.

‘No. I’ll do it.’ He said.

Bear placed the packeted heroin on the table between himself and Tommy.

‘Good man. Now listen very carefully to what I am going to tell you. You need to remember every word. I will be giving you written instructions, but I want to know that you understand what is at stake here. We are being paid to do a job. It’s as simple as that. If you follow my instructions there should be no problems. If you make it work, you will be well paid. If you bodge it, I will deny everything.’

Bear went on at length as to what Tommy should and should not do down to the finest detail. He instructed him how to measure his dosage and how to use the ‘ruffie’. Tommy was doing his best to take it all in, but stared longingly at the little sachets on the desk in front of him.

Half an hour later he left Bear's office with a handful of powdered pleasure clutched in his hand and made his way back to his squat.

Chapter 32

It had been raining all day. Heavy, thundery rain. The weathermen blamed it on a period of low pressure, a depression.

The weather outside seemed to have spilled over to inside the cottage as well. Hardly a word had passed between Ben and Mary all day. Once Alex had been bathed and put to bed, Ben decided he had to do something about the situation.

'Mary,' he said as she came back from the bedroom. 'I think we've got to talk.'

She didn't reply, just gave him a questioning look.

'I don't understand what's going on,' he continued.

Mary began to fidget with things, tidying up piles of paper, taking cups into the kitchen.

'Mary. Please. Come and talk to me. Have I done something to upset you? It feels as if I have.'

Still she ignored him. In the end he went into the kitchen where she was about to start washing up.

'Mary, come and sit down. Please. Now.'

He took hold of her by her elbow and led her back into the lounge, and sat her on the sofa, settling himself alongside her. Her face showed nothing. She looked almost in a state of shock.

'Come on, tell me what's wrong. Is it me? Is it still about Katie or Georgina? What is it?'

Still there was no reaction.

Then suddenly she blurted out 'Don't kid yourself that you or any of your girlfriends can have this effect on me, Ben,' she said. 'It's nothing to do with you. Not directly, anyway.'

'So? What is it?'

'It's about Donald. I feel terrible about the way we've treated him. I know things were bad when I was with him, but I feel guilty about the way we've handled it.'

'I don't believe you,' Ben said. 'After all he did to you. Knowing so much about him, how can you feel guilty?'

'That's the thing, though, isn't it? What do we really know about him? All you have told me is hearsay, gossip. We don't *know* anything, do we? We have built a case against him without any proof, without any evidence. I just don't think it's right.'

Ben tried to consider what to say, but Mary took a breath and continued.

'I think we, or at least I, should go back to England and apologise.'

'You are joking, I hope.'

'No. I've never been more serious.'

'But---'

'I've been thinking about it a lot, and I've decided that's what I'm going to do. I feel I must try to make amends for what we've done to him.'

'But he had us chased half way across France, Mary. He's been trying to track us down, and I'm sure he knows where we are.'

'I agree, Ben. You think that he has done that out of some evil motive. I'm wondering whether he may have done it because he genuinely loves me and didn't want me to leave just because of that.'

'What if I were to tell you that his real name is not Donald O'Hanlon but Jan Kruger. That he's never been married and---'

'There you go again. You don't have any actual proof. He may not be the same man as whatever-his-name-is at all. It's all supposition, Ben.'

'When did this all start? You agreed with me not long ago. You were as scared as I was. So what has made you change your mind?'

'I can't really explain it. It's the same kind of feeling I had when he wanted me to move in with him. Don't misunderstand me, I don't want to go back to live with him. It's just that I feel the same about this as I did back then, kind of drawn into it.'

Ben was worried. This did not sound right. Could this man have some kind of special power over her? Or was he becoming paranoid?

'I tell you what, then. If this is really what you want, why don't we both go?'

'You mean it? You'd come with me?'

'Why not? I'd feel happier about it if I was with you. But we can't go straight away. We'll have to wait to see if Katie is coming back. If she does, then we can leave her here for a few days like we did before, and go over there. Would that make you happier?'

'Yes, Ben. It would. It would take a load off my mind. But what if Katie doesn't come back?'

'I think she will, even if it is to collect her things. I'm sure she'll come back.'

'And I could pick up my car, couldn't I? It would be nice to have my own car again.'

'Of course,' Ben said. 'I'd completely forgotten that we left your car at Goring Heath.' For the first time in many days, there was a smile on Mary's face. She turned towards Ben and kissed him.

Over my dead body, he said to himself.

Chapter 33

The reception at Thames Valley Police headquarters in Reading was luke-warm. Katie and Mark were taken into a small interview room, which was sparsely furnished with a table and four chairs. What light there was came from a small, barred window. Two lights with green shades hung over the table, but only one was working.

After waiting for some ten minutes, they were joined by a detective inspector.

'Right, Mrs Atkinson,' he said, 'I will go through my notes here, and let you know what we already know of this case. Some of the notes are from the police in Frankfurt and some from the visit you had from the French police. We have tried to put all this information together, but there are a few pieces missing which I hope you might be able to help us with. I've got to say, that things would have been much simpler for us if you had supplied us with information much earlier than you did.'

'Yes, I know,' Katie said. 'I was in a bit of a state at the time. We did inform the German police about my abduction straight away, but I know we should have spoken to you as well. I guess I just didn't realise that I was a missing person over here. As far as I was concerned, the police in Frankfurt knew who I was and where I was.'

'Yes. I understand. The link between your being in Germany and us having you listed as a missing person became confused somewhere along the line. Anyway,' he continued, opening the file on the table, 'Let's see what we have got here. Please interrupt me if you think anything is wrong.'

Katie was amazed at how accurate their material was. She was asked again to try to describe all the men involved in her kidnap and she did so to the best of her ability.

'It was difficult to make out much detail, 'she said. 'Most of the time it was dark, and the two who actually took me away were wearing balaclavas, so there's no way I can tell you much about them.'

'And the vehicle they used?'

'I've no idea. I was blindfolded. It was a big car, diesel, I think, but I don't know the make.'

'And what about the van you were taken to Germany in? Any more details of that?'

'It was very clever. The door into the front section was so well camouflaged that I didn't see it until they opened it. All I know is that it was quite big. Bigger than an ordinary Transit.'

The attention was then turned to Mark.

'I believe you've been to Albania to collect your son's body. Is that right?'

'What was left of it, yes,' Mark replied.

'We haven't had much information from the police over there. They were very speedy getting the DNA for us, but since then we've heard very little. Did you learn much from your visit?'

Mark told them everything he had been told by the police and Vara.

'So they put his death down to the Mafia gangs, then.'

'That's what they have concluded.'

‘So in fact there is no connection between his death and Katie’s kidnappers as such.’

‘I guess not,’ Mark agreed. ‘But it was they who sent him over there. He was doing their business.’

‘So we might be able to pin an accessory charge on them. Is that what you’re suggesting?’

There were more questions to confirm dates and other minor details.

‘OK,’ the DI said. ‘Let me tell you where we are. We managed to trace one of the vehicles that was used, and we are looking for the driver. As yet we have not found him, but we will, I’m sure. The police in Frankfurt were more lucky than we were due to the quick reaction from, was it, Mr Coverdale?’

Katie nodded. ‘Yes, that’s Ben, the guy who rescued me. I’m living at his place in France at the moment.’

‘Well the man in question was picked up very quickly. It turned out he was an illegal immigrant, and the German authorities sent him back to Romania. Guess they’ve got it right. If he had been arrested in this country, we would be going through High Court judgements before we could deport him, but the Krauts just get on and do it.’

‘Did they find any of the other people involved?’ Katie asked.

‘Unfortunately not. They kept a close eye on the property, but nobody came near the place. Somehow, they must have been warned off. The case isn’t closed, though. They could well be linked to other incidents.’

‘So that explains why we weren’t asked to return to Frankfurt to give evidence, then.’

‘I guess so. But if they do find the others, they will want you to identify them then.’

Katie and Mark signed their statements and thanked the officer for all the good work that was being done.

As they walked out from the police station, they both sighed with relief.

'That went quite well, I think,' Mark said.

'I was expecting a lot worse. Did you feel like the guilty party? It was the same coming through customs. I knew I didn't have any contraband with me, but I still, somehow, felt guilty.'

'I still do that now,' Mark said with a smile. 'I've been through customs hundreds of times, but I feel the same every time. Anyway, that's all over with for now. Shall we get a bite to eat? Then I'll drive you home. I really must get some work done this afternoon.'

While they were eating, Katie's phone vibrated twice. The first message was from Georgina suggesting they meet up, but the second message interested her more. That one was from Adrian asking her to text him back. She put the phone back in her bag. She would reply to both messages when she was on her own. She didn't necessarily want Mark to know that she was about to fix up a date with his nephew.

Chapter 34

It was dusk when Donald stood at the entrance to his house and watched as two large pantechnicons pulled up on the driveway. He had given the removal company just six hours to clear his house, load everything into the lorries and leave.

He had tried to sleep during the afternoon but with little success. He was now prepared to stay up all night. He would leave as soon as he could in the morning.

The furniture and other effects from his house were being taken to a storage depot in Leicester that he had taken for a year, and paid for in advance.

The men were instructed to clear the first floor first and then deal with the ground floor. As soon as they had stripped the first floor, Donald went to work. He was not simply cleaning each room, but doing his best to remove all traces of his ever being there. Every surface was wiped over with commercial detergent, window catches, light switches, door handles each received the same treatment. He wore rubber gloves, and plastic overshoes but he was under no illusion that he would probably overlook something. He merely wanted to make things as difficult as possible for anyone to discover who had lived here. It was painstakingly thorough, painfully slow and exhausting work. He was still working on the first floor when the two heavily laden vehicles trundled away from the house.

When he had finished upstairs, he turned his attention to the ground floor. Everything had been taken away, except for his laptop computer and the suitcase he would need for his travels. Once again, he removed all evidence of his living in this house as thoroughly as he could. So much of the downstairs was clad in wood, and each panel was meticulously cleaned, every pane of glass polished, and the solid oak floor washed over and rinsed. The exterior was next to be attended to, but as Donald had done little outside the house, his efforts were limited to door and window fittings that he might have touched during his sojourn here.

Only when he was satisfied that he had done as much as he could did he switch on his laptop to check any transactions that might have taken place since he last looked. There was the usual collection of spam, which had got through his security net, which he immediately deleted, and there were a few genuine messages, which he looked at to see if they needed his attention.

As he was about to close down the system, one more email appeared on the screen with the accompanying electronic sound as an audible reminder.

He opened the email to read: *F.A.O Jan Kruger. I have been trying to track you down for some time. Please reply to this email so that we can make contact again.* Donald's heart missed a beat. It had been sent from a Hotmail account. There was no way he could trace it. Who could have sent this? Obviously, he would not reply to it, but it was nerve-wracking and something he was not expecting. From where he was kneeling on the floor, he sat and stared at the message, eventually deleting it.

However, the brief words dwelt on his mind; he couldn't erase them from there.

Having spent all night and early morning cleaning, it was much later than he had intended when he loaded his case and laptop into his car and drove off, having locked the house for the last time.

Chapter 35

'Hi, Katie. Thanks for calling back. Ben told me you were over here, so I thought it might be a good idea to get together,' Georgina said when Katie called her back.

'Yeah, a very good idea. When are you free?'

'Well, that's the problem. I'm off to Paris tomorrow afternoon, so it would have to be this evening or tomorrow morning, whichever's best for you.'

Katie thought about it for a few seconds.

'I think tomorrow morning might be best,' she said. 'We've been to talk to the police this morning – a bit daunting – so I think I'd like the rest of the day here.'

'We've been? Who's we?'

'Oh, it's Mark, Dave's father. I'm staying with him. I came over for Dave's funeral and I'm staying on for a few days at Mark's house.'

'I'd forgotten about the funeral. Did it go OK?'

'As well as any funeral can, I suppose. Mark and I have been supporting each other. He's been great. We've sorted out loads of stuff that I wouldn't have been able to without him, and I've just been here to help him through. We've got on very well. Kind of made it a bit easier for each other.'

'Where shall we meet up then?'

'Well, I can get a train down to Clapham Junction from here. Can you meet me there?'

'No problem, whereabouts?'

'I don't know whether you know it, but there's a huge shop right on the corner. Used to be called Arding and Hobbs, but it's a Debenhams now. Say I meet you in their coffee shop at about eleven, how would that be?'

'That sounds fine. I don't know the area, but I'll find Debenhams OK. It'll be nice to catch up on everything.'

'That's cool, then. See you tomorrow morning.'

Katie sat back and thought about meeting with Georgina. They had never been best friends, but had often come across each other at parties before Ben moved to France. They got to know each other better during the few days they spent in France together when Georgina brought Mary and Alex to meet up with Ben again. They had one thing in common in that they both liked Ben. Other than that, they were as different as chalk and cheese. Katie had to admit that she thought that Georgina was a little bit weird. Nevertheless, it would be nice to catch up with her again.

Now, for Adrian, she said to herself while she dialled his number, but could only reach his voicemail. She left a message saying she was there for the rest of the day.

She had worn a smarter-than-usual outfit this morning to meet with the fuzz, so she decided to change into something more casual, more comfortable. While she was at it, she took a long hot shower in the luxury of her en-suite bedroom and then slipped into her cosy jeans and a sloppy burgundy top.

Mark was busy in his study, so Katie searched the kitchen to find out what was in the cupboards, fridge and freezer. There didn't seem to be much there, but she found enough ingredients to produce a tasty Pasta Carbonara dish for their evening meal.

When Mark reappeared from his work, he was delighted to see Katie busy in the kitchen.

'Looks like you've made yourself at home, then,' he said.

'You don't mind, do you?' she replied, wondering whether she had taken too many liberties.

'Not at all, Katie. Far from it. It's nice to know that you feel at home here.'

'I do, Mark. It's a lovely home you've got, and I do feel very much at home.'

'Good. Whenever you come over, you are welcome to stay here. I know it's a bit off the beaten track, but you are always welcome. And if you do decide to come back to the U.K., then you can make this your base while you sort things out. You know that, don't you?'

Katie thanked him and gave him a kiss on the cheek.

'I was a bit worried about coming here, you know. After all your outrageous flirting at my wedding. I wondered if I was going to be safe here, alone with you.'

'Yes, I do get a bit carried away when I've had a few. Always have done. I just can't resist a pretty woman. Was I that bad?'

'Well ---'

'Anyway, who's talking here? I seem to remember you targeting young Adrian on the dance floor. And it was your wedding day! I don't know what you did or said to him but he was visibly shaken, whatever it was. He's quite a shy boy, you know.'

'OK. I have to admit that was a bit naughty, but he's so gorgeous. I may as well tell you, as we're talking about him, that we're planning to have lunch together one day while I'm over here.'

'That's good. That's really good. Since he broke up with Melissa, he hasn't been the same boy. It would be great to see him enjoying himself again.'

Katie smiled.

'Just be gentle with him, Katie. He's very inexperienced and just a little naïve when it comes to women.'

'Point taken,' Katie said as she served up the pasta dish. 'I'll take good care of him.'

Mark produced a bottle of American Sauvignon Blanc that complimented the food perfectly and the conversation went on throughout the meal and well into the evening. It was ten o'clock when Adrian phoned back. He suggested that they meet up the following evening.

'I'll pick you up at Uncle Mark's house if that's OK.'

'That's perfect. I'm looking forward to it.'

'Me, too.' And he was gone.

When Katie got off the train the following morning she was surprised to find that the Clapham Junction she remembered from years before had changed, and for the worse. As she came from the tunnel that led from the platforms, she was greeted by a very run down scene. There were hordes of people just standing around. Some of them were waiting for buses, but many were just there, doing nothing. She felt intimidated by the people and the place. There was litter strewn everywhere, litter bins were overflowing with rubbish. Katie felt a tension in the air, and made her way, as quickly as she could, over the road to Debenhams.

She was early and was there before Georgina. She bought herself a caffé latte and sat so that she could see anyone entering the restaurant. It wasn't long before she saw her friend arrive.

She stood up and waved and Georgina came over to join her.

'Sorry I'm late,'

'No problem,' Katie replied, giving her friend a hug. 'I've already got a drink for myself. What would you like? Coffee, tea?'

'No. I'll have a Coke if that's OK.'

'You can have anything you like. I'll just go and get it. Make yourself comfortable.'

Georgina settled herself into her chair, watching Katie go to the back of the short queue at the service counter. Considering what Katie had been through in the last year, she was still a gorgeous girl with her lithe figure, stunning blonde hair and enough confidence for ten people, she thought. But, for all that, Georgina wouldn't want to swap. She remained fully satisfied with her own image even if she could not match Katie in appearance.

'Didn't know whether you were a bottle or glass person,' Katie said as she joined Georgina at the table, 'so I brought a glass, just in case.'

'Sorry I didn't give you much choice about meeting up. It's just that I've got to go to this conference in Paris later today, and I didn't want to miss the chance of us getting together.'

'Doesn't sound as if you really want to go,' Katie said. 'I'd jump at the chance.'

'I don't mind really, but I think it's going to be a bit boring. You know, speeches and presentations and so on. I doubt I'll see much of the city. The only good thing about the trip is that I'm going on to see Ben for a couple of days after it has finished. I'm looking forward to that!'

'That'll be nice. I bet Ben's looking forward to seeing you again. He's very fond of you, you know.'

'Yes, so he's told me. But what does that mean?'

'It means he's fond of you. What do *you* mean?'

'Oh, nothing. It's just that I really like Ben.'

'Like? Or love?'

'I don't know. I think it might be love. I dream about him, you know. I'm always wondering what he's doing, how things are going over there. So this is a real treat for me. I just hope I won't make a fool of myself.'

'I didn't know that, Georgina.'

'No, nobody does. That's the problem. I can hardly tell him how I feel can I, now that he's back with Mary. Sometimes I wish I'd never taken Mary back to meet him. But I did. Good old Georgina, always doing the right thing. Anyway, enough about me. How are things with you?'

'I'm glad the funeral is over. I can get on with my life again now. Hey, do you know who I'm going out with tonight?'

'No, who?'

'Oh, of course, you wouldn't know him. He's Dave's cousin. I first met him at my wedding. He's absolutely fabulous. Actually, I made a fool of myself when I first met him. I danced with him and then gave him a very wet kiss. Poor bloke, he was really taken by surprise, and ran back to his girlfriend.'

'So he's already got a girlfriend. Katie you're a---'

'Did have. Not any more. They've split up. So---'

'So you're going back for a bit more?'

'Got it in one. He's taking me out this evening.'

'You're awful, Katie. You really are.'

'Well, he didn't turn me down, did he? So it's up to him. For all I know he might just be meeting up to tell me to piss off and leave him alone.'

Georgina wished her pal the best of luck, still thinking that she was rather despicable. They talked of many things until she told Katie that she must go as she had a plane to catch.

‘Have you decided what you are going to do now?’ she asked Katie. ‘Will you be going back to France or staying over here?’

‘I haven’t decided yet. There are a few more things to clear up. I’ll be going back for a while just to collect my things, but whether I will stay, I just don’t know. I love it over there, but I get the feeling that I am in the way as far as Mary is concerned. She never was a fan!’

‘I wonder why?’ Georgina joked, grabbing her coat and handbag.

‘Can’t think!’ Katie replied, kissing her friend on the cheek.

Katie could now concentrate on the evening ahead, and took the opportunity to search round Debenhams for something special to wear before making her way back to Mark’s house.

Adrian arrived exactly at eight o’clock. Mark opened the door and welcomed him into the house, calling to Katie that her visitor had arrived.

‘Won’t be a minute,’ she replied.

When Adrian had settled himself in an armchair, Mark joined him.

‘It’s nice of you to take her out, Adrian. She’s been through an awful lot recently.’

‘Actually, uncle, it wasn’t my idea. It was she who invited me.’

‘Really? Well, whatever, I hope you have a lovely evening. If you’re late back, you can sleep over here, if you want. There’s always a spare bed.’

‘I doubt we’ll be that late, but thanks anyway,’ he said, looking up as Katie entered the room.

She looked just as gorgeous as she had on her wedding day. She was wearing a long, wispy blue and white dress. Her hair and make-up was perfect. And that smile! He found it difficult to speak.

'You look ... brilliant,' he stuttered eventually. Katie attempted a curtsy.

'Why, thank you, young sir,' she said. She was thinking something very similar about him. He was one of those people who could dress in casual clothes but look a million dollars. Cream Chinos, a matching cream shirt open at the neck and, she guessed, a very expensive denim jacket. She even noticed his shoes, cross over trainer and leather, which completed the overall picture. She didn't say anything to him but was impressed that he had taken so much trouble.

'Where are we going?' she asked as they said good-bye to Mark.

'You'll have to wait and see,' was all that Adrian was going to tell her.

Outside, he opened the door of his VW Scirocco and helped her into the car.

For some reason, Katie was expecting a lengthy journey, but in fact they were only in the car for a few minutes before Adrian pulled up outside *Le Moulin* in the centre of the town.

Katie looked at the smart frontage.

'Good job I didn't come in jeans and a sweater, isn't it?' she said.

'Actually, I don't think it would have mattered. People seem to dress down nowadays, which I always think is such a pity.'

'I agree,' Katie said as they entered the restaurant. 'Getting dressed up is all part of a night out I always think.'

'There you go. We already have something in common.' Adrian said.

They were led to a table, which overlooked the River Lea, and as soon as they were settled, the wine waiter appeared.

The menu kept them occupied for ten minutes or more, so wide and varied it was.

As the evening progressed and they relaxed in each other's company, their conversation led them to discover more about each other's likes and dislikes. They talked about everything, much of it trivial, but all the time getting to know each other better.

'I think I've got an apology to make,' Katie said much later in the evening.

'An apology?'

'Yes. It goes back to my Wedding Day. When we danced, you remember? And I gave you a rather sexy kiss?'

'Oh, yes. That. Yes I remember that.'

'Well. It was a bit naughty, wasn't it? You looked a bit shocked when you ran back to the safety of Melissa.'

Adrian was smiling. He leaned across the table.

'No need to apologise, Katie. Really. It was just that I'd never been kissed quite like that before – or since, come to that. It took me a bit by surprise. But please don't apologise.'

'Really? Oh, dear, you poor boy! Well, if you play your cards right, you may be kissed like that again this evening.' Adrian looked at her and raised his eyebrows.

The food, the ambience, the service was awesome, and they made the experience last, so much so that they were the last guests remaining in the restaurant. When Adrian glanced at his watch, he was surprised to find that it was almost midnight.

They had both had more than they should to drink, so Adrian asked the Maître D to call him a taxi, and they made their way back to Mark's house.

‘So are you going to stay here tonight?’ Katie asked as they opened the door, hoping that the night had not ended yet.

‘Uncle said I could, so I’ll take up his offer.’

‘I think I’ll go straight to bed, if you don’t mind. Do you know where you’re sleeping?’

‘Yes, I have my own room here for whenever I need it.’

Adrian followed Katie up the stairs and as she went to go into her bedroom, he took hold of her arm.

‘I’m still waiting for my prize,’ he said.

‘Prize?’

‘Well I’ve played my cards right, haven’t I?’

‘Oh, yes. You certainly have. You’d better come in and I’ll see what I can do for you.’

Katie took Adrian’s hand and pulled him into the bedroom after her.

Chapter 36

Today, from the first moment Ben got up, the sky was cerulean blue with white wispy clouds creating doodles of various shapes and sizes. It was going to be hot again, which was fine as far as he was concerned. He knew, though, that Mary had to be careful, as her skin was more delicate than his and she had to keep covered most of the time. Alex, too, was carefully protected from the *evil rays*, as Mary called them.

However, it was not the weather that was playing on Ben's mind this morning. If it were possible to be smiling inside, that is what Ben felt. He would love to have been there to see Donald's face when he read the email to Jan Kruger. He considered every scenario. Did he panic? Did he dismiss it? Did he guess who had sent it? Would he reply to it? Ben would check his inbox later, just in case he had replied, although he doubted very much that he would have done. He's not that stupid, he told himself.

There were other things on his mind as well. He was seriously regretting agreeing to take Mary back to see Donald. Whilst it had made things a little less tense between them, it was something he really didn't want to do. Having experienced Donald's wild reactions already, he hardly wanted to entice an action replay. He hoped the matter could be postponed for as long as possible, if not forever.

On the lighter side, he was off to meet Georgina in just a few minutes. Everything else could be put on hold.

'Shall I take Alex with me?' he asked Mary.

'No, I don't think so. You'd rather be on your own wouldn't you?'

Ben wanted to react, but decided now was not the time. He just said his farewell with a cursory kiss.

As he drove the few kilometres to Angers, he tried again to understand what was happening between them. Things couldn't be better as far as he could see, or was it that she was really beginning to regret moving here? If that were the case, what would they do? It was not something he wanted to contemplate.

As usual, the TGV from Paris was dead on time. Ben managed to find a parking space outside the impressive plate glass frontage of the station, walked inside and immediately saw her walking towards him.

The hug was intense and warm, and the kisses to each cheek were something more than the cursory ones which the French planted on everybody they met. Ben stood back and looked at her. She was still wearing her formal attire from the conference, a mid-blue pinstriped suit with a white silk shirt with a ruffled collar. She looked immaculate.

'My God. Every time I see you, I'm shocked to see yet another Georgina. You look amazing. Life must be good, yes?'

'Yes, it's good. The conference bored me stiff, I'm afraid, but I had to go. It was my turn.'

'Well, I'm glad you did. It's great to see you again.'

'And you, Ben.' she said as Ben took her case from her and walked her back to the car.

'How's Alex?' she enquired.

'Oh, he's just fine; a bundle of laughs and an even bigger bundle of trouble. He's into everything now. You'll see for yourself if that idiot behind us would move his van.'

Georgina looked at Ben, but tried not to stare. He hadn't changed a bit. A darker tan, maybe, but his blue-grey eyes still sparkled and he still had that suggestion of a grin on his face even when he was trying, with difficulty, to get out of the car park.

'How long can you stay this time?' Ben asked as they eventually drove out of the station.

She wanted to say can I stay forever.

'Just two or three days, I'm afraid. I'm pushing my luck asking for that much, but my boss seems to like me, and I'm putting in some good figures.'

'Good for you,' Ben said enthusiastically. 'It was a good move, this job, then?'

'Absolutely. The best move I've ever made,'

As they crossed over the busy dual carriageway to Nantes and the Atlantic Coast, Georgina was taking in the countryside.

'Don't they ever stop building roads here?' she asked as she saw that the minor road to Sainte-Justine was being widened.

'Doesn't seem like it. There's always something being done.'

'But the roads are so good already; so empty. Do they have to make all these improvements?'

'I don't really care. It just makes driving so easy. Why should I complain?'

Georgina remembered Sainte-Justine from her previous visit. That time she was driving. That time she was bringing Mary and Alex here to surprise Ben.

They drove through the village with its predominantly white houses and bungalows onto the narrower road that in turn led to *La Sanctuaire*, Ben's Sanctuary.

Mary heard the car drive in and came out to meet them, carrying a fidgeting Alex. He didn't want to be carried. He could walk on his own, thank-you. Mary carefully put him down on the cream gravel drive, and he almost tripped over himself to be with his Dad.

'Wow!' Georgina said. 'Hasn't he grown?'

'This is Georgina,' Ben told his son.

'But you can call me George, if that's easier,'

'Can you say "George"?' Mary asked her son. Alex shook his head.

'He will,' Ben said, 'when he's ready. Come on in. It's a bit cooler inside. It's been like this for days.'

'Don't complain,' Georgina said. 'We're having a typical English summer again. You don't know how lucky you are. Oh, it *is* cooler in here, isn't it?'

'I must admit,' Mary said, 'I can't take too much sun, so I spend a lot of my time indoors. It seems a shame, but my skin can't take it.'

'I've brought some English tea with me,' Georgina said unpacking the items from her case. 'I know you have difficulty getting it sometimes.'

'Thanks,' Mary said. 'I'll make use of the tea straight away. I presume you'd like a cup?'

Georgina followed Mary into the kitchen, followed closely by Alex.

'I'm planning to have dinner quite late if that's OK with everybody,' she said. 'That way we can eat outside, down by the stream. It'll be cooler by then.'

'That's fine by me,' Georgina replied, 'but if you've got a biscuit or something to have with the tea?'

'Now that is something the French *can* do. I love French biscuits,' Mary said. 'There are some in the tin on the worktop. Just help yourself.'

After the tea and biscuits, Georgina went to her room to change, and came back down wearing shorts and tee shirt.

'That looks more comfortable,' Mary said.

'Can I have a look at your garden?' Georgina asked.

'Of course,' Ben replied. 'Do you want to take a look for yourself, or would you prefer the guided tour?'

'I don't mind. Let's all go, shall we?'

Ben grabbed hold of Alex, and followed the girls out to the garden. Georgina was impressed by the amount and variation of what was growing. The garden was almost as large an area as the two cottages and front garden took up, yet it was bursting with fruits, salads and vegetables.

'We can't take much credit for this,' Ben said. 'It's mainly down to Katie.'

Georgina spent quite a while going round inspecting the produce, picking some fruit, and tasting a tomato, before going down to the far end towards the patio area by the stream.

Inside the white picket fencing were splashes of colour from the various bedding plants that had been planted.

'Now, I *can* take some credit for this,' Mary said with a smile. 'It all looked a bit bland before.'

'I love it,' Georgina said. 'You've all done so much since I was here last. I so envy you.'

'You must come and have a proper holiday here,' Mary said. 'There's so much to see and do.'

'I know,' Georgina replied. 'I saw quite a bit of the area when I came over before the cottages had been completed. But I'd love to come again.'

‘Of course. I’d forgotten that you were Ben’s first visitor, weren’t you?’

The little party made their way back to the coolness of the cottage and while Alex played with some of his toys, the chatting continued until dinner was ready to be served down by the stream.

Chapter 37

It was lunchtime before Donald completed his drive to London. He abandoned his car in a car park in Clipstone Street, and had lunch at an authentic Italian restaurant before making his way to Victoria Station where he was to board a train to Effingham Junction.

The deception had started and he could feel his heart thumping in his chest as he realised again what he was taking on. His friend Lucas was not privy to the whole picture, merely the parts for which he was needed.

He couldn't remember the last time he had used the railway, and felt out of place amongst the milling crowds. The buzz of the multi-cultural prattle, the constant interruptions from the Tannoy system, the sick-making smells from the fast food stalls made him realise why he had avoided this means of transport for so long. In an effort to dull the displeasure, he ordered two double *Famous Grouse* in quick succession before clambering onto the train. At least he was in First Class, thus managing to escape from the main turmoil of the crowd.

Hardly had he settled into his seat when the train started to move out of the station, and he was on his way. As he made his stop-start journey into the Surrey countryside, Donald did not see anything. His eyes did not focus on the fields, the houses, the industrial estates. He was concentrating his mind on getting everything right. No mistakes, now, he told himself repeatedly. Just one little error and he could put the whole programme in jeopardy.

At Effingham, he collected his heavy case from the luggage rack, and made his way out of the station. According to his information, there was a half-hourly bus that would take him to his hotel, and sure enough, within ten minutes of his arriving, the bus turned up, and he lugged his case into the baggage area and paid his fare to the crossroads. He could see the hotel from the bus stop, but decided to turn in the opposite direction where he had seen a pub. He wanted to remain as anonymous as he could, so he walked the few metres to *The Plough*. It was early evening, and the pub was quiet, but it offered a good menu and Donald had no difficulty in choosing a substantial meal.

An hour or so later he walked the short distance to his hotel, booked in as Martin Holden-Smith and made his way straight to his room. There he spent the remainder of the evening, watching television in an effort to free his mind enough to ensure a good night's sleep.

Chas picked up his mobile phone. Bear was on the other end.

'I've found the man to do the job,' he announced.

'Are you sure about him?'

'*Absolument*, Chas. He's perfect for the job. He's down on his luck and well addicted. I've made him an offer he can't refuse. I'll give him the go-ahead as soon as I get my money. When will that be?'

'I'll get on to it straight away and get back to you. But you are confident the job will be done?'

'Yes. I've told you. I've never been so sure. He'll do it.'

'OK, I'll get the first payment to you immediately. The courier will be with you tomorrow.'

'And the balance?'

'You'll get the balance when you can prove that the job's done. That's what we agreed, right?'

'Right. You've never let me down before.'

'And I won't let you down this time, Bear. Just get it done.'

'You can rely on me. I'll talk to you when it's over.'

Chas followed the instructions sent to him by Donald and transferred ten thousand Euros from a bank account in Belgium to the courier's account in Paris without any problems; no questions asked. The courier confirmed that the payment would be made the following day.

This was not a first for Chas. He had had to handle similar operations in the past, but this time was different. Previously, he could see a genuine reason for such action, but this was not a deserving case. This was to satisfy Donald's overwhelming ego, his devastating sense of power. The same power that he had over Chas.

The matter dwelt heavily on his mind during the next day. The more he thought about it, the less happy he was about his involvement. For once, he was going to make his feelings known to Donald, and there was only one way to do that.

Chas drove up to the gates leading to Donald's house, which were, unexpectedly, open.

He knew instinctively that something was wrong. He could not put his finger on it, but something told him all was not well. He walked up to the front entrance and rang the bell, but there was no answer. He knocked on the door but there was no response from within the house.

Chas walked round to the side of the house. French windows there led into Donald's study. He was probably working, and couldn't get to the door. Chas peered inside. The room was empty. Not a single piece of furniture remained. He made his way to the rear of the house, looked in at other windows, and the situation was the same. The house was empty. Donald had gone.

'What the fuck's going on?' he said aloud. 'How can you just disappear, you bastard?'

Donald had a long walk after taking the bus from his hotel, back to Efiingham Junction station the following morning. He was pleased that the hotel had supplied him with a substantial breakfast. He wasn't sure when, or indeed what, he would eat next.

He felt a bit like a contestant in *The Apprentice* trundling along with his case-on-wheels up the seemingly never-ending Old Lane. The notes he had received from Lucas warned him that the walk was quite long and in places arduous, and he was right.

Having reached the boundaries of Wisley Airfield, he now had to make his way past barriers that had been built across the entrance path. The wheels on his luggage were of no use now; he had to lug the case over the rough terrain.

Wisley airfield had been closed since 1940 and was now derelict. It had been used during the Second World War for testing fighter aircraft, but had long since been allowed to lapse into disrepair.

By the time he reached the runway, he was exhausted. He sat down on a large chunk of pre-stressed concrete that, he presumed, had once been a part of a building. He looked at his watch. It was exactly ten o'clock. He had almost twenty minutes before anything else would happen. Once again, Lucas was painstaking with his instructions. The plane would be a Cessna Corvalis, chosen because of its versatility and especially because of its short landing and take-off capability. However, he was told, that because barriers had been erected across the runway to protect footpaths, the only section where the plane could land was the central section. Donald was to wait, out of sight if possible, until he saw the aircraft approaching and then make his way to the western end of the central section.

As he waited, he loosened his collar in an effort to cool down. His fingers touched the leather lace that held his amulet round his neck. He ripped it off.

That hasn't done much good this time, he said to himself, and threw the talisman into some scrubland behind him.

It was a long twenty minutes, but, exactly on time, he saw the plane coming towards him.

The runway was wide, and the little silver and red Cessna touched down immaculately on the right hand side, braking heavily and turning back on itself in order to avoid the concrete barriers in its path.

Donald ran the last few metres, clambering up with his luggage into the plane through the door that Lucas was holding open for him. Hardly had he sat down, when the plane taxied back along the runway at a furious rate and left the ground just a few metres before reaching the barriers at the other end of the section of runway.

Once airborne, the aircraft climbed swiftly and Donald watched as the ground shrunk away beneath them.

'Good flying, Brian,' Lucas said once the plane had levelled out. 'You've done your homework on that!'

'Yeah. A bit tight, that one. But this little beauty can do many a trick. The manual says you need a lot more room than that to land and take off, but once you get to know her, she can do much better than they say.'

Only then did Lucas and Donald shake hands and exchange pleasantries. The atmosphere between the two men was bordering on the icy. There was no small talk, no conversation of any kind for nearly half an hour.

The interior of the Cessna was luxurious with its reclining cream leather seats.

Lucas knew the pilot, Brian, from his days in the RAF. Brian had stayed with aviation after leaving the forces, and was now a renowned trainer of would-be pilots. He was also known for his acrobatic stunts at air shows throughout the country. No surprise, then, that he managed to land and take off in such restricted circumstances.

They had flown from Odiham airfield in Hampshire where Brian was based, and had registered the flight to Le Bourget Airport in Paris. The detour via Wisley took less than ten minutes and was unlikely to be noticed on the flight plan.

There should be no trace of Donald leaving the UK. Once in France the likelihood of being traced was much less. Donald watched as the little plane flew over the coast and across the English Channel, and found himself slowly relaxing.

Chapter 38

Georgina's visit to *La Sanctuaire* ended much too soon.

On Tuesday they had all gone to Chinon. It was one of Ben's favourite towns in the area, and they spent the day exploring the historic settlements. Alex, of course, was not in the least bit interested in Charles II or Joan of Arc, but he took in all the sights and sounds as he was transported round in his pushchair, now and then deciding to stretch his legs. There was so much to see. The views from the Chateau, built at the very top of the town, were breath taking, looking down over a jigsaw of rooftops to the beauty of the river Vienne far below.

They ate in the early afternoon in a delightful Italian restaurant in the market square when the heat from the sun was at its highest and afterwards, while Alex slept, they walked along the banks of the river, shaded by trees.

On the way home they stopped off to explore some troglodyte dwellings that were to be seen along the road to Angers. A few of them were still occupied. One was open to tourists and they entered the cool cave and had pastries and drinks at the cafe. All in all, it had been a lovely day. Georgina had treasured every moment that she had been able to spend with Ben.

Today, though, was Wednesday, and she had to leave soon after breakfast in order to get back to Paris to catch her flight to London. Ben took her to the railway station at Angers, and as they parted company, Georgina gave Ben a tender, meaningful kiss on the lips. She wanted to cry, but held back her tears.

'See you again soon,' Ben said.

'Oh, I do hope so,' Georgina replied.

The Cessna had a trouble-free flight, and touched down at Le Bourget without any problems. Brian taxied the plane to the appointed place, and Donald and Lucas alighted and made their way to arrivals. They were waved through passport control, and made their way to the Metro for the short journey to Charles de Gaulle airport.

Now they had a two hour wait, most of which they spent in the VIP lounge, before the next part of their journey. Donald was fidgety and decided that he would like something to read during the impending long flight and left Lucas in the lounge.

He took his time viewing likely titles and, finding it difficult to make a decision, eventually purchased three books.

Georgina had managed her journey across Paris from Montparnasse to Charles de Gaulle airport easily. She had ample time to spare, but decided to check in straight away for her homeward flight. She joined the queue at the British Airways stand, and had her passport and boarding papers ready, when she happened to glance over her shoulder. She froze.

Abandoning the queue, she almost ran to catch up with the man she had just seen. She had to make sure she was not mistaken. She wasn't. She recognised him from the photos that Ben had shown her. She knew it was Donald.

She skirted round him, safe in the knowledge that he didn't know her, and would not recognise her. Having got past him, she re-traced her steps towards him. Her phone in hand, she pretended to be texting and when the moment was right, she held her phone up in the air as if she was having trouble sending the text. She took four photographs.

When they passed each other, Georgina had a good look, just to make sure. There was no mistaking him. She turned back again and followed him, first to the bookstore where he spent some time searching for a paperback and then back to the VIP lounge.

She was not allowed in to the lounge, but she could see that Donald went to sit with another man. She didn't recognise him, but she got herself into a position from where she could photograph them both. She took another three photographs.

What now? She asked herself. She was aware that her flight would leave shortly, but she had to let Ben know that Donald was in France. She dialled Ben's number on her mobile only to find that the battery was very low. She cancelled the call, and decided to send the images instead. She checked that the message had been sent, and then went to find a phone box from where she could speak to Ben.

''Allo,' came the voice at the other end of the call.

'Ben?'

'Yes. Hello, Georgina. What's the problem?'

'Ben, I've just sent you some photos that I took at the airport. Donald is here with another bloke that I don't recognise.'

'Are you sure it's him?'

'No doubts at all. I know it is. I saw his photographs on Mary's camera. I just thought I should let you know.'

'Yes, thanks. Is there any way you can find out what flight he's on?'

‘The problem is that my flight takes off shortly, and I’m not even booked in yet. I don’t see how I can. I’ll lose my seat on the plane.’

‘Can you get a later one?’

‘I don’t know. I guess I could try.’

‘Just try, Georgina. If it costs extra I’ll pay, but I would like to know where he’s going.’

‘OK. I’ll try. I’m trying to keep my eyes on them both. They’re in the VIP lounge, and I’m just across from there. I’ll hang up now and catch up with you later. Bye.’

The girl at BA’s customer services desk checked the figures.

‘The next flight is fully booked, but there are two remaining seats on the ten o’clock flight.’

‘OK. I’ll take one of those.’

The paperwork took what seemed like hours to complete. Georgina paid the excess and rushed back to the concourse and over to the VIP lounge.

Just in time.

The two men were leaving their seats; their flight had presumably been called, and they walked straight past her just a few feet away. She followed as closely as she could without causing any suspicion. They headed for the exit for the airport shuttle, which took passengers to other terminals. She managed to keep up with them, and boarded an adjoining coach.

When they got off at terminal 2E, she joined them again and watched as they went through the boarding procedures.

‘Luanda?’ she said under her breath. ‘What on earth are they up to in Luanda?’

Her job done, she returned to the shuttle and made her way back to terminal 2A.

‘They are on a flight to Luanda,’ she told Ben when he answered her call.

‘Luanda? That’s in Angola isn’t it?’

‘Clever boy! Yes it is.’

‘Well at least he’s not staying in France. I was worried in case ---’

‘Yes, so was I. But I wonder what he’s up to in Luanda.’

Ben said that he didn’t think it was any of his business, but thanked Georgina for, once again, keeping him informed.

‘Tell you what,’ he said, ‘Have yourself a nice meal on me while you wait for your flight. Do you have long to wait?’

‘A couple of hours, but it’s not a problem. It’s a pleasant airport, and I’m sure I’ll find something nice to eat – especially as you’re paying.’

Ben replaced the phone and returned to the sitting room to watch the news on television.

Donald and Lucas settled in for the eight-hour flight to Luanda where they would have a two hour wait for the connecting flight. Lucas was one of those people who could sleep through anything, and within minutes of take-off, Donald was aware of the man’s heavy breathing. Travelling for Donald was never a pleasant experience. It was something he avoided whenever possible and more often than not delegated it to someone else.

This, however, was a journey he had to make for himself. It was crucial to his future.

Chapter 39

'I've decided to go back to France tomorrow,' Katie told Mark on Tuesday evening. 'I still don't know whether I will stay there or come back to England, but I must go and talk to Ben and Mary. I have some sorting out to do over there as well. I can't just let them down.'

'Of course. I understand, Katie. You must do what you think is right.'

Katie had mixed feelings. She had seen Adrian every day since their evening out on Friday and they were getting on very well.

Upon getting home on Friday night, Katie had invited Adrian into her bedroom for the kiss that she had promised him earlier. They stood facing each other, the air full of expectancy. Adrian did not make a move, so Katie took the initiative. She moved slowly towards him, held his face in her hands, and gave him a long, lingering kiss. When they broke away, they were both out of breath.

Katie stayed where she was, reached out and removed Adrian's denim jacket and threw it onto the bed. She then slowly removed her bolero top.

'Your turn now,' she said, her blue eyes staring him in the face.

'What do you mean?' he asked looking bemused.

'Your shirt,' Katie said. 'Let's see what you're hiding from me.'

Adrian shook his head.

'Katie,' he stuttered, 'I'm not ... I've never ... It's just that ...'

'You've never what?'

'None of this,' he replied. 'I've never done anything like this before.'

'What? Not with Melissa? Surely you've ---'

'No. That's the point, Katie. Melissa and I never ... you know ... we've never ...'

'Never had sex? You're joking. How could you not have? She's so gorgeous.'

'Don't I know it. But her family is very religious, and believe that, to quote them, sex outside of marriage is a sin.'

'Oh, you poor boy. How long had you been going out together?'

'Years. We met when we were at school.'

'A schoolgirl sweetheart, then?

Adrian nodded.

'But you never had sex?'

'The closest I got was to feel her breasts once or twice, but I was not allowed any more than that. I used to go home with a pain in my groin on many nights.'

'Lover's Balls,' Katie announced. 'That's what it's called. Lover's Balls.'

She didn't wait for any response, and went forward to kiss him again.

'Well,' she said as they got their breath back again, 'I've got a body that loves being touched and you, I think, have got a lovely body underneath those clothes. You needn't go to bed with Lover's Balls tonight. With that, she undressed down to her bra and panties while he just stood and stared.

'Like what you see?' she said.

Adrian uttered a strange, strangled sound and nodded his head.

'Come here,' Katie said. 'Come and touch me.'

Katie took off her remaining items of clothing and helped Adrian, who was still looking petrified, to remove his trousers and boxer shorts.

'Now that is a very tasty body.' With that, she pulled him onto the bed with her, clearing the mountain of clothes away with one brush of her arm.

On Wednesday morning Mark drove Katie to St Pancras Station and waited with her until the high-speed train started its journey to France.

'I'm going to miss you,' he said, putting his arm round her shoulder. 'And I think I know someone else who will be missing you as well.'

'Adrian? Yes, I'll miss you both as well. He's a nice boy, isn't he?'

'I hope you haven't led him astray, Katie,' Mark said with a smile.

'Me? I don't know what you mean.'

'Well, I've never seen him smile so much as he has the last few days.'

'I always have that effect on people, Mark. Let's say we've enjoyed each other's company!'

'Just don't let him down too badly.'

'No way. We'll certainly be seeing each other again. Don't know whether it will be here or France, but we will be seeing each other again. That's for sure.'

Before they parted, Katie planted a kiss on Mark's cheek. He stood there, waving as the train drew away.

She was deep in thought as the train gathered speed on its way to France. When she came over to England, she had no idea what to expect. She knew she had to cope with the funeral, she was aware that meeting up with Mark might be fractious. She had no idea, however, how everything would turn out.

She was returning to *La Sanctuaire* in quite different circumstances to those when she left. She was now financially secure, she had money in her bank and she owned a property in Reading. So what was she going to do next? She was now in a position to make such a decision, knowing that she could afford either option – living in France or returning to England. Nonetheless, it was still a difficult decision to make. She loved living in France, but she was increasingly aware that Mary wasn't so keen on her being there.

It was so much easier when it was just Ben and me, she thought. If it had stayed like that, I would have no doubts at all what to do. That was a perfect picture. Ben is probably the only man that I've had feelings for without all the complications of sex. Mind you, she prompted herself with a smile, if he were to want to change all that... but he won't. He has Mary now. I won't ever get a look in again.

As the train sped its way through Kent, she began to weigh up the feasibility of her buying a house in France. She knew from what Ben had told her that she would get a lot more house for her money, but how would she live? She knew something of the language now, but was it enough to be able to find work? The questions kept coming, and she knew very few, if any, of the answers.

She had made many friends in France. Would any of them be able to help her? She would obviously ask Ben's advice, but the problem was that his reply might be weighted because of the problem Mary had about her being there. She wondered whether Mary's attitude might improve if she no longer lived at the cottage.

It was mid-afternoon when Katie called Ben and asked if he could pick her up from Angers. When she saw him arrive, she could see that at least *he* was pleased to see her back.

'How did it all go?' he asked as soon as they got in the car.

'I don't know where to start,' she replied. 'So much happened in such a short time, I haven't had time to consider everything. I'll fill you in with details later.'

During the short drive back to the cottage, she gave Ben an overview of what had transpired in Reading, but left out her ménage with Adrian. Ben wouldn't even know who Adrian was.

As Ben swung the car into the circular drive that led to the cottage, Mary came out with Alex to meet them.

'Welcome home, Katie,' Mary said, giving her a hug.

Katie and Ben looked at each other, amazed by the welcome. Katie especially clung on to the "Welcome *Home*" bit. She hadn't expected that.

'Come on in,' Mary continued. 'I've got tea and cakes on the table.'

Katie walked in with Ben. She looked up at him with a questioning look in her eyes. Ben understood, and shrugged his shoulders. He could no more understand what was happening than Katie could.

The conversation continued in an animated way, and Katie told them most of what had happened during her visit to the UK.

'So you're a wealthy young lady now,' Ben said.

'Yes, I am. At least I can pay you back for all the things you've bought for me since I came here. I've worked it out, and it adds up to quite a few Euros.'

'There's no need, Katie. You have done so much work here for me, I'm sure you don't owe me anything.'

'I'd be happier if you'd let me give you something. I've enjoyed the work I've done for you; I don't want to be paid for it.'

'Well, we'll come to some agreement about that,' Ben said before Mary interrupted him.

'Are you back for good, now?' she asked Katie.

'That's a decision that I've got to make, and it's not an easy one.'

'Well, you know you're always welcome here, Katie.'

There was another glance from Katie towards Ben. The subject was dropped when Alex walked unsteadily to Katie, offering her one of his many teddy bears. Katie scooped him up onto her lap and had a strange unintelligible conversation with the little boy who seemed as pleased as everybody else to have her back.

Tired after her journey, Katie decided to have an early night leaving Ben and Mary alone in the living room. Mary was aware of Ben looking at her.

'What?' she asked. 'Why the strange look?'

'Nothing, really,' he replied. 'It's just that something has changed today, and I don't understand what has happened.'

'Like what?'

'Like your attitude today with Katie; the welcome you gave her. It took me by surprise – and her, too. Before she went away, she could do nothing right. I got the impression, and so did she, I would think, that she wasn't really wanted here any more. Now, today you give her a lovely welcome.

“Welcome Home” you said. So what’s changed? Something has.’

‘Ben, I wish I could understand as well. I can’t explain it. It’s as if I have been set free from something. It happened quite suddenly this morning, and it wasn’t merely a case of getting up in a better mood. I can even tell you the exact time it happened. It was exactly eleven o’clock. I know that because I checked the time just before I brought Alex out into the garden. Have you ever had toothache?

‘What? No,’ Ben replied looking puzzled.

‘Well I have. It’s bloody awful. When I had it once, the pain built up and up until it was almost unbearable. Then, suddenly, I could almost feel a click in my jaw, and the pain was gone – for the time being, anyway. Well that’s what happened this morning. It was uncanny. I almost felt something happen in my brain, like a switch being turned off. All of a sudden, I felt different. A load seemed to be lifted from me. I just can’t put it into words, Ben. I just don’t understand it.’

‘Why didn’t you say something?’

‘You’d have thought I was going mad, Ben.’

‘Probably. Anyway, whatever happened, I’m glad it did. You seem a lot happier, a lot brighter.’

‘I am. Perhaps we’ll have an early night as well?’

Chapter 40

A knock on his door brought Tommy to his senses. He'd had a fix about an hour before and he was feeling good. He didn't know the person at the door.

'Bear asked me to give you this,' he said, handing Tommy an envelope and immediately turned around and disappeared down the fire escape. Tommy opened the envelope. Inside were two packets, and a note scribbled on a scrap of paper. *Everything is ready. Be at my place early tomorrow morning.* He scrunched up the piece of paper and threw it on the floor. The two packets he put on the worktop beside the sink. He would need them later.

He was still terrified of what was being asked of him, but in the world of narcotics and big-time dealers it was the lesser of two evils to go along with whatever was demanded. The alternatives didn't bear thinking about.

Anyway, he tried to convince himself: I don't know this person. They mean nothing to me, and this will never be traced back to me. Or so they tell me. I'll just have to hope they're right.

Unusually for him, he made his way out of his hovel, down the stairs and into a dull, heavy, humid Parisian day. He wanted to clear his head, if that were possible, considering the state he was in earlier this morning. He felt uneasy walking down rue Myrha. It was overwhelmingly a Muslim area. Not that he had anything against Muslims; he knew very little of Islam beliefs. It was the sight of the peculiar yet strangely attractive attire being worn, especially by the women, some with their faces covered, which for some reason put him on edge. He slid, rather than walked away from the area as rapidly as he could.

He had no plans, but today he thought a little fresh air might help him in some way. He was aware that he, too, was being observed by passers-by. When he caught sight of himself in a shop window, he realised why. He was a total mess. From his hair to his shoes, he looked repulsive.

His image shocked him into action. As he had made his way along rue Myrha, he had passed, only a few doors up from his squat, a Medical Centre. Retracing his steps, he stood for a few minutes just looking at the plain, uninteresting building, and then made a move. Tentatively, he pushed open the door that opened into a compact reception area with a dark skinned girl behind the desk. She looked up at him, eying him up and down.

'Can I help you?'

'I doubt it,' Tommy said. 'I just wondered if you know of anywhere where I could get a shower.'

'A shower? Oh, I see what you mean. We can't help you here, but if you can wait a minute...'

She left the room after checking that all the drawers in her desk were locked, and a few minutes later she returned.

'One of my colleagues says he might be able to help. Just take a seat for a moment.'

Tommy was surprised. He was expecting rejection and possible ejection. He sat down in a comfortable chair. Soon a man in a white coat, a Muslim, joined him.

'Hello. What can I do for you?'

‘I just want to find somewhere where I can clean myself up a bit.’

‘I see.’ The man thought for a few seconds, rubbing his bearded chin with his hand. ‘I might be able to help. I cannot promise. Wait a moment.’ He fished in his pocket for his mobile phone and spoke in a language Tommy didn’t understand.

‘Yes,’ he said as he turned back to face Tommy. ‘I belong to a local Mosque which is a member of the Islamic Social Services Association. They look after people who need help. They told me that they would certainly be able to offer you the use of a bathroom. If you want, they will come and pick you up in about ten minutes.’

‘Really?’ Tommy said in disbelief. ‘That would be perfect. Thank you.’

The man in white spoke into his phone again, turned to Tommy and bowed slightly as he left the room.

True to their word, a car arrived some minutes later, took Tommy to an uninspiring building not far away, and the chauffeur ushered him inside. He was asked to sign in and was then taken to a communal shower room. He rapidly undressed and spent several minutes luxuriating under the warm water. There was shampoo and shower gel there, and when he had finished he felt like a new man. When he wandered back into the room another man met him.

‘What about clothes?’ he was asked. ‘Do you have other clothes?’

Tommy shook his head. He didn’t mean to say that he had no other clothes, he was merely so taken aback by this place, but before he had chance to make himself clear, he was taken to yet another room where there was an array of outfits in all shapes, colours and sizes.

‘Please, just see if there is anything here that fits you.’

Tommy was left alone in the room. There was a shortage of western clothing, but he managed to find a pair of jeans and a shirt, both of which were far better than those he had been wearing.

Having changed into his new clothes, Tommy went back into the room where the man was still waiting for him.

'That looks a lot better,' he said. 'Now, I have to say one more thing. We would like to help you with your drug problem - but only when you are ready to deal with it yourself. All you have to do is come back here and ask for help. Do you understand?'

'Sure,' Tommy replied, thinking he would probably never get to that point.

'You see, we can only help you when you want to help yourself,' and with that he walked with Tommy to the front entrance, shook his hand and wished him well.

Tommy left the Mosque wondering whether this had been a dream – like an oasis that would suddenly disappear. He continued his walk with a different attitude to the Muslim crowds that surrounded him. He was amazed that they would be willing to help a non-Muslim like him. There were no strings attached, no suggestion of persuading him to join their ranks. Just genuine concern and care for his predicament. He had to cut short his meanderings soon afterwards to make his way back to his dump. He would soon need another pick-me-up.

Donald's plane touched down at Luanda airport ten minutes late. As they alighted from the aircraft, a blanket of heat wrapped itself around them. Angola was suffering from a heat wave. It was well into the evening but the air was stiflingly hot. They made their way as swiftly as possible to the airport building. Even within the lounge area, the ventilation system was struggling to cope with the temperature, but it was far better than outside.

The two men went to find food, and returned with an excuse for a pizza which had cost them more than ten pounds each. Their table looked out onto the airfield, and Lucas stared in disbelief.

'It's like an aircraft museum,' he said to Donald. 'I'd love to know how old some of those planes are. There are a few out there that have been banned from flying for years, but they seem to be lined up alongside the planes that are being used for flights.'

'Christ, I hope we're not flying in anything like that,' Donald said.

'You and me both,' Lucas replied. 'I can't believe they actually use them.'

As they sat munching their way through the cardboard-like pizzas, an American approached them.

'If I were you, guys, I'd get checked in as soon as you can. It can take hours here sometimes. I've actually missed flights in the past after waiting two hours to be checked in. My advice is to get it done now. Then, if you're lucky, you'll get on the flight you want – with your luggage.'

Lucas thanked him, and took the man at his word. They abandoned their food, and made their way to the check-in desk for their onward flight to Windhoek in Namibia. The advice they had been given was spot on. There was nobody on duty when they went to the check-in desk. They were taken to an alternative desk and eventually a girl came to help them. They were told to wait while their passports were checked. Then there was something wrong with their boarding passes. So it went on, until they were told that they must hurry because the plane was boarding.

‘I don’t know how much more of this I can take,’ Donald said as he took his place in his seat.

‘Only one more change,’ Lucas told his friend, ‘and then the fun really starts.’

‘I just can’t wait,’ Donald said, withholding a smile.

Chapter 41

Bear was waiting in his office when Tommy knocked on his door.

The meeting was brief. Bear had everything ready.

'In this envelope,' he said, 'is all that you need. You have the address, a photograph and the weapon. Now, listen. None of these things must be found on you afterwards. You must destroy or get rid of them. If you don't, you will be in a lot of trouble. Do you understand? You also have some plastic gloves to wear. Don't take them off until you have finished the job, Tommy. You do not want to leave your prints on anything. Do you understand?'

'Yes,' Tommy said quietly.

'I understand that you once owned a motorbike.'

Tommy nodded.

'Good. Parked outside is a rather tasty BMW for you to use. It is quite legal, is insured and has a tankful of petrol. And finally, also in the envelope are a few baggies for you to use wisely, the keys to the bike and an extra pill which, if you take it shortly before you carry out your task, will almost certainly erase any memory of what you have done.'

'And when do I get paid?' Tommy asked.

'When the job's done, Tommy. You bring the bike back here tonight, and you'll be paid.'

'What if something goes wrong?'

‘It won’t, Tommy. If you keep a clear head and remember what I told you, it won’t go wrong.’

Tommy wished he were more convinced. He took the envelope from Bear and walked back onto Rue de Maubeuge. Sure enough, the BMW was there, far from new but in good condition. Tommy put on the black leather jacket that was draped across the bike and adjusted the helmet to fit him. He swung his leg over and settled into the comfortable saddle. The smooth German engine purred into life when he pressed the ignition and, gingerly, Tommy drove away stopping at the first opportunity to check the contents of the envelope.

Inside he found directions, thanks to Google maps, to Sainte Justine. That was enough to get him on his way, but he also inspected the other contents. The knife had a slightly curved, serrated blade measuring about fifteen centimetres with a carved wooden handle. The photograph – his target - was of a woman.

On further inspection, he found not only the packets that he had been promised, but also a single capsule in a tiny plastic bag. That was it, then. If all went well he would be back here before the day was over. He revved the engine, and started his malevolent journey.

The plane had touched down at Windhoek airport. A more remote place would be difficult to imagine. Windhoek may be the capital of Namibia, but the grey tarmac of the runway stood out from the orange of the surrounding thousands of square miles of parched, sandy desert landscape like a piece of driftwood on a beach. This time the two men did not have to change planes. They were now on the final stage to their destination, the mining township of Oranjemund, situated in the farthest southwest corner of Namibia and bordering South Africa.

Lucas knew the area like the back of his hand and he had specifically chosen this route because of its remoteness, and the opportunities there were to cross from Namibia to South Africa without having to go through border posts. A taxi was waiting for them once they had disembarked and took them out into the desert north of the airport.

The group of men waiting for him greeted Lucas as a long-lost brother. He did not introduce Donald. It was best that he remained as incognito as possible from now on. The main aim now was similar to the first part of their journey – that there was no trace of either man entering or leaving South Africa. Lucas went and inspected the vehicle which they would be using; a Toyota Land Cruiser V8. He inspected the equipment that was stored inside, checking that everything he had ordered was there – Camping gear, spare wheels, spare fuel, lights, shovels, food and warm clothing.

Their tent was on the roof. They were shown how easy it was to assemble. Firstly, a ladder was pulled down from the roof rack, and then the floor of the two-man tent could be lowered into place and the canvas sides erected with simple struts. Once inside they would be safe from the elements and wildlife they were told.

'It's all there, Lucas. Trust me. We double-checked every item. That will see you through just about every eventuality.'

Lucas's answers were monosyllabic.

Donald looked on as Lucas went with the men, signed some papers and returned to the car.

The final stage of their epic journey now began. Lucas took the wheel first and drove back down towards the airport, but stayed far enough from the periphery not to be seen. Once out of sight of the airport he drove east until they reached the tarmacked road used by the mining trucks and tourist trades. It was a good driving surface, far better than Donald had been expecting and they made good time.

‘If it’s alright with you,’ Lucas said, ‘we’ll drive as far as we can before nightfall. You drive now. The road’s good for most of the way.’

‘OK by me,’ Donald replied, quite liking the idea of driving this huge, heavy powerful vehicle through this beautifully arid country.

For the most part, the road was good quality. There was little other traffic and driving was easy. Where the road ran close to the sand dunes, the surface often had a layer of sand across it, and on a few occasions became quite deep. Donald said that this could make things difficult for night driving, but Lucas assured him that by nightfall they would have left the desert way behind, and would be in mountainous country.

‘I’ll take over again at that point,’ Lucas said. ‘It’s not an easy road, and I’ve driven it before. It also means that I will be at the wheel when we go off-road.’

They changed seats after relieving themselves in the tundra alongside the road and the journey continued.

After that, they drove on in silence, taking in the dramatic landscape through which they were driving. The road they had taken followed the Orange River for most of the journey, turning away from it when the terrain made it necessary. The River also counted as the border between Namibia and South Africa. Some of the views were spectacular. They stopped at one point just to look at the sunset behind them. There were the normal oranges, pinks and greys, but it was the vivid shades of purple that astounded them most. Neither man had witnessed anything like it before. They drove on, continuing to watch the spectacle through the car’s mirrors until it faded into nightfall. Soon they were driving into the mountains, and darkness.

Tommy had followed Bear's advice, and had taken regular, smaller doses of heroin than usual.

'Better to take smaller quantities more often,' he had been told. 'That way you stay more in control.'

The sky was overcast, but there were signs that the sun might well break through later. He found the BMW a joy to ride. The combination of power and comfort made for a pleasurable drive. He estimated that the three hundred kilometre journey should take him no more than three or four hours on this machine. He would stop only once and would take another small snort, keeping himself topped up and at his most alert.

He hardly thought about his mission whilst concentrating on his driving. At the same time he was taking in the scenery as he sped along the A11. He recalled that he used to enjoy this when he first came to live in France. His French counterparts used to be amused at his love of the countryside. Whenever the opportunity offered it, he would abandon the city and drive out to the rural surrounds. Recently, he had not ventured out at all. This was the first time for months that he had left the confines of the city, and he was enjoying it.

The time seemed to evaporate; the journey seemed to last no more than an hour. He stopped on the outskirts of Angers to confirm the route he had to take to Sainte-Justine. It took only minutes to reach the pretty village with its pristine white houses. Driving through the village, he saw the little church near the centre, the various shops and the people sitting outside the *Tabac* with their beers. He had no time to join them. He was on a mission.

He found *La Sanctuaire* easily, then turned back down the lane and hid his bike and helmet in a hedge. Now his nerves were beginning to tell on him. He walked up the lane, not much more than a track, reaching the five-bar gate that led to the cottages. He wanted to survey the property as best he could in order to plan the best way in and, more importantly, the quickest way out.

He looked at the driveway, which encircled a tiny circular flower garden in the centre of which stood an old streetlamp. There were two cottages; the smaller one to his left, which he imagined was where the woman lived, and a larger building almost opposite him, which looked newer.

He waited.

He could see no signs of life.

What would happen if nobody were there? He guessed he would simply have to come back later. What if there were more people than he was expecting? He wasn't prepared for that. His instructions were to act swiftly. Get in, do the job and get out.

Chapter 42

There were two couples staying at *La Sanctuaire* this week. They had been attracted by the mention of Joan of Arc on the website. Much like Ben, they were fascinated by France's historical legend.

Ben was outside early in the morning when one of the couples found him.

'Can you make any suggestions as to where we can find out more about Joan?' the girl asked. 'Something a bit special?'

'If you don't mind some travelling, I can suggest something very special,' he replied. 'About two hundred kilometres east of here, there's a town called Blois. It's a beautiful old town in its own right – a good day out, and loads to see. However, the main thing to see if you're interested in Joan is the astounding *Son et Lumiere* at the chateau. It's a pity you didn't mention it yesterday as on a Wednesday the commentary is in English, but you should be able to follow most of it in French. It really is spectacular. And that is where the story of Joan starts, really.'

'That sounds brilliant. Is it easy to find?'

'The castle? You can't miss it. It dominates the town. Half of the journey there is through a national park. It's a lovely ride. Should take about two or three hours depending on whether you stop on the way.'

Their friends joined them and Ben's suggestion was passed on. Ben could sense their excitement as they set off for their day out.

As they drove out of the garden, Katie joined Ben.

'It's lovely to be back here, again. I so missed it all while I was away,' she said.

'It's been a bit strange here without you, too,' Ben admitted.

'I'll have a quick breakfast and then I'd better check up on the garden,' she said. 'Just to make sure everything's OK.'

'Not much could have happened in a week could it?'

'I doubt it, but I just want to make sure.'

Ben went indoors with her, and put on a large pot of coffee for breakfast. When, sometime later, Mary joined them, she looked drained. She had been up most of the night with Alex. It was unusual for him not to sleep through the night, but last night he had hardly slept at all, and neither had she. At the moment he was peaceful, but Mary said she doubted that it would last.

'I think it's his teeth,' she said with bleary eyes, 'and I'm nearly out of Calpol.'

'No problem,' Ben said, 'I want to go into town later on, so I'll pick some up for him then.'

Katie offered her help, but Mary said that she should be able to manage.

'Shall I pop down the road and pick up a couple of baguettes, then?' Katie said.

'That'd be good. You can pick up some fresh croissants for breakfast while you're there.'

'That's another thing I missed, the morning ritual of picking up fresh bread.' With that, she put on her trainers and set off down the lane to the *boulangerie* at a trot.

'She seems really happy,' Mary said.

‘Yes, she’s probably glad the funeral is all over and done with now.’

‘Do you think she will stay here?’

‘At *La Sanctuaire*? I don’t think she has made up her mind yet, but I’ve a feeling she won’t be going back to the UK.’

Alex’s screams interrupted their conversation. It was so strange to hear him crying like this. He was normally such a happy, contented little boy. It was heart breaking to see him in such pain.

Katie knew all the short-cuts through the myriad of lanes to the village and was soon back, slightly out of breath with the day’s baguettes and six buttery croissants.

Tommy waited, crouched behind the thick hedge to the right of the gate.

Suddenly, he saw a man come out from the cottage and get into his Peugeot.

Tommy scrambled from his hiding place, back down the lane and threw himself into the hedge where he had hidden his bike. He was far from fit, and even that short dash had made him out of breath. He lay there stationary, trying not to breathe, waiting for the car to come down the lane. It would pass within a metre of him.

He felt the draught as the car passed him and smelled the diesel fumes. He stayed put for a few minutes, just in case the car should return.

It didn’t.

Having got his breath back, he walked up the lane to the gate which, fortunately, was now open. He knew now that the man was no longer there. That should make things much easier.

Then he saw her. She came out from the smaller cottage. She was carrying a baby! Something else he wasn't prepared for. He stood back so as not to be seen and watched as she went over to the other cottage and let herself in with a key.

He waited.

It must have been fifteen minutes later that the woman emerged from the large cottage, still carrying the baby, locked the door behind her, and went back into the smaller building.

Tommy ran back down the track, put on his helmet, started up the motorbike, and drove back to *La Sanctuaire,* positioning his bike in the gravelled driveway for a quick and easy getaway.

With his heart thumping as if it wanted to escape from his ribcage, he made his way to the front door, carrying a large brown envelope in his left hand, whilst his right hand was in his pocket gripping the knife.

He knocked on the little door, and heard movement inside the cottage.

Within a minute or two the door was opened by a very attractive young woman who matched the photograph he had been given.

'Hello,' Mary said.

'Hi,' Tommy replied. 'I've got a package for you.'

'Who from?'

'I don't know that. I'm just a courier, that's all.'

As he passed the envelope to her, his right hand shot out of his pocket, and with one thrust, the blade entered the woman's body just below her ribs. As he pulled the blood-soaked weapon out from her body, she just stared at him. A piercing, cold, startled look.

Tommy tried to compose himself as much as he could, and turned back to his bike.

'KAY-TEE!' Mary screamed bringing her hand up to where she had been stabbed, trying to stop herself from falling.

Katie came tearing round the corner of the cottage from the garden. She had picked up the first thing she could lay her hands on – an old rusty pitchfork – and threw herself towards the biker. He tripped over and Katie pounced on him and pinned his left leg to the ground with the garden tool.

Tommy struggled enough to break free and jumped onto the BMW and drove off round the gravelled garden in a storm of gravel and dust and out through the gate. He narrowly missed Ben's car as it drove back from the village.

Ben realised that something had happened, but did not know what until he got out of his car and saw Mary who was now slumped in the doorway to the cottage, her stomach covered in blood.

'What the hell's happened?' he asked Katie.

'She's been stabbed, Ben. That bloke on the motorbike just walked up and stabbed her.'

'Katie, call an ambulance. Just dial 15 and give them our postal code. Then get some towels or sheets or anything so that we can try to stem the bleeding until they arrive.'

'Mary, are you OK?'

Mary nodded.

'Sweetheart, we'll get you out of here just as soon as we can. Just try to stay with us, please.'

Mary nodded again. The colour in her face was draining away rapidly.

When Katie returned with the towels, she and Ben tried their best to halt the haemorrhage.

'What about the bike rider?' Katie asked.

‘He won’t get very far,’ Ben said. ‘Jean-Pierre is just coming up the track in his tractor. There’s no way a bike can get past him.’

Chapter 43

Jean-Pierre had driven his tractor down into the village to collect his weekly supply of animal feed from the agricultural outlet on the industrial estate. Ben had always presumed him to be in his eighties, but in fact, he was a mere seventy-five. He and his mother owned the small farm at the top of the lane from Ben's cottages, where he kept a few goats, chickens and two cows that were well past their sell-by date. His ancient tractor needed a lot of money spending on it, but Jean-Pierre was loath to part with his cash on such things. One of the more serious faults was that the hydraulic system that was supposed to hold the front bucket up in the air while he drove, was failing fast. Whenever possible, and that included driving up the lane to his farm, Jean-Pierre would drive with it in the 'down' position.

As he turned the slight bend before reaching *La Sanctuaire*, he saw a motorbike speeding towards him. Although the rider tried, there was no space for him to pass the tractor, and the bike slewed across the lane and landed very neatly in the front bucket, its engine revving. Jean-Pierre just managed to stop the tractor before it ran over the biker.

For a man in his seventies, Jean-Pierre was very agile. He jumped down from his cab and went to see if the biker was injured. As he went to touch him, Tommy sprung up and tried to punch him in the face, but the old man was having none of that. He caught hold of the rider, twisted his arm up behind his back, and frog-marched him back up the lane.

‘See what I mean?’ Ben said as Jean-Pierre and the bike rider came into the garden.

‘*Mon Dieu!*’ the old man said when he saw Mary lying in the doorway. ‘What happened?’

‘Katie, can you take over here? I’ll hang on to our friend here, and Jean-Pierre, you need to move your tractor to let the ambulance through.’

Ben grabbed hold of Tommy, and twisted his arm much harder than Jean-Pierre had, making the biker yelp.

‘Oh, don’t worry, mate. It’s going to get a lot worse than this, I can assure you.’ He watched as Katie used another towel in an effort to soak up Mary’s blood, and heard the tractor moving up the lane to the farm.

The old man was back in no time.

‘There’s some rope in the barn round the back,’ Ben said to Jean-Pierre. ‘Can you grab it for me and help me tie this bloke up?’

Ben was busy thinking about his next step, still watching as Mary glided in and out of consciousness.

‘Hold on there, Katie. I’ll be back in a second.’

Ben dragged Tommy round to the barn. He met Jean-Pierre coming out from the old building with a coil of rope on his arm.

‘Do you know how to make a noose?’ Ben asked the old man.

‘Of course I do,’ he replied. ‘I was in the resistance during the war. We made many nooses then. I haven’t forgotten.’ As he spoke, he twisted and turned the rope into a hangman’s noose.

‘Now what?’ he said, his old face harbouring a rather evil grin. ‘You going to hang him?’

‘That’s up to him,’ Ben replied. ‘For the moment I just want to make sure he doesn’t do a runner.’

The noose was put over Tommy’s neck as he was led into the barn and his helmet was removed.

‘Bring that big crate over here.’ Ben instructed.

‘Now, pig, get up on there!’ he said to Tommy.

After a bit of a struggle, Tommy, knowing he had little choice, stepped up onto the crate. Ben threw the free end of the rope up and over a rafter, and secured it at the base of an upright support.

‘Now, whoever you are, you can stay there and do some thinking. Make a move and you’ll kill yourself. Not that that would worry me too much.’

As a final touch, Ben found some packaging tape and stuck it over the biker’s mouth. Now he could go back to look after Mary, leaving Jean-Pierre to keep an eye on the biker.

It didn’t look good. Mary’s eyes were half-open, but for much of the time only the whites were showing. Ben was terrified. He couldn’t lose her now, not after all that they had been through together. Not now that they were a proper little family. And Alex...

‘Katie, can you go and find Alex? I don’t know where Mary left him.’

Katie left without answering and returned after a few minutes smiling.

‘He’s fast asleep on the sofa,’ she said. ‘I’ll keep an eye on him.’

Ben heard the sound of the ambulance’s siren making its way up the lane.

‘What about the police?’ Katie asked. ‘Do you want me to call them as well?’

‘Not for the time being,’ Ben said. ‘I want to deal with him first. If he survives, then we’ll call the Gendarmerie.

The red and white SAMU ambulance pulled into the driveway, and two paramedics jumped out.

They pushed Ben and Katie aside while they attended to Mary.

‘We’ll get her to hospital straight away. She’s losing a lot of blood. Do you know her blood type?’

‘No,’ Ben said. ‘I haven’t got a clue.’

‘No problem, we can find that out. She’ll be needing a sizeable transfusion.’

Mary was promptly lifted onto a stretcher and carried into the back of the ambulance.’

‘Which hospital?’ Ben asked.

‘The Central Hospital, just across the bridge opposite the Chateau,’ the medic said as they drove off.

‘Right,’ Ben said, ‘if you could look after Alex for me, Katie, and Jean-Pierre, can you keep an eye on our biker? I’ll go down to the hospital.’ Katie and Jean-Pierre nodded their agreement.

‘I don’t know when I’ll be back. I’ll deal with the scumbag in there when I get back. There are a few things I want to know from him before I call the police. But I already know who’s responsible for this – and it isn’t him.’

Chapter 44

When Ben arrived at the hospital, he was escorted to where Mary was being treated, but was not allowed to speak with her. She was undergoing pre-med before being taken to theatre and it was best, he was told, that she was not disturbed. As he was waiting, and watching Mary through a window, he was approached by a lady in a white gown. He thought at first that she must be the surgeon.

'How is she doing?' Ben asked.

'I'm sorry, I can't tell you that. You'll have to ask the medical team.' She said. 'I need to look after the paperwork.'

'Can't that wait?'

'Not really. All I need is her Social Security Number.'

'She hasn't got one,' Ben said impatiently. 'She's from England.'

'Oh, in that case we need different forms.'

'Who can I speak to about Mary? That's much more important than filling out forms.'

The white-coated person left him, muttering something about him not understanding and it is her job.

Ben was left standing there. Surely, somebody must know something. He looked again through the window and saw Mary being stretchered away. In his frustration, he banged hard on the window. A young nurse came out to him.

‘I must talk to a doctor,’ he said. ‘I need to know about that patient, Mary.’

‘And you are?’

‘I’m her partner. I need to know... Look, find me someone... I need to know whether she will live. Please!’

‘OK, just hang on here, and I’ll see if I can find somebody for you.’

The nurse seemed to be gone for hours. It was only probably a few minutes, eventually returning with a doctor of Asian appearance who spoke terribly bad French. When he realised that Ben was English he spoke in equally bad English. Ben had to concentrate hard to understand.

As far as Ben could make out, the wound was very deep and had possibly punctured her diaphragm.

‘How serious is that?’ Ben asked.

‘Let me just say that it is possibly life-threatening, but not necessarily fatal. But it is very serious, and she will be in intensive care after her time in theatre.’

By this time, white-coat had returned and tried her best to interrupt the conversation. Ben turned round to face her and told her, in no uncertain terms, to go away. The woman was obviously upset by his reaction. She stared at him furiously but, nonetheless, stood back.

‘How long will she be in theatre?’ Ben asked the doctor.

‘It all depends on how serious the damage is. But it will be several hours I would expect.’

‘Can I stay here?’ Ben asked.

‘You can, certainly, sir, but there is little point in doing so. There is nothing you can do. We will contact you as soon as we have anything to tell you. I suggest that you go home for now.’

Ben nodded. It seemed to make sense. He then turned round to white-coat.

‘Now,’ he said. ‘What is it you want from me?’

‘I need your partner’s European Health Insurance Card.’

‘I don’t think she has one.’

‘Is she not registered with a doctor?’

‘No, we haven’t got around to that yet.’

‘Well in that case, I will need all of your details, because the treatment will have to be charged to you.’

‘Sure. I’ll do that. I’m not worried about who pays for the treatment.’

Ben filled in all the details required by white-coat, and she went off, muttering again under her breath. This time Ben had no idea what she was saying.

He looked back to the place where he had last seen Mary. He couldn’t leave yet. He sat for some time before he could think clearly enough to drive back to his cottage.

He must have dozed off, for it was in the early hours of the morning when Ben felt a hand on his shoulder.

‘I really would go home if I were you,’ said a nurse with skin as dark as mahogany. ‘There’s nothing you can do here. She’s in very good hands. Go home, get some sleep and come back later.’

Ben looked up at the nurse, nodded his head and smiled. Then he turned and walked slowly out of the hospital and drove back to *La Sanctuaire*.

Chapter 45

It was half past six when Ben arrived home. His first thoughts were about Alex.

He need not have worried. He found Katie fast asleep on the sofa with Alex lying cosily in her arms equally dead to the world. Ben smiled and made his way round to the barn.

He saw immediately, that the biker was no longer strung up over the rafter. He was now lying on the concrete floor. He still had the rope round his neck, but the tape had been removed from his mouth. He appeared to be asleep – or dead.

'What's happened?' Ben asked.

Jean-Pierre told him that, shortly after the rope had been attached, the man seemed to slump. He seemed to be drifting into unconsciousness.

'If I left him, I think he would have died. I couldn't let that happen. So I took him down, and he's been like this ever since.'

Ben leaned down to feel for a pulse. He was still alive, although his heartbeat was slow and weak. What the hell was he supposed to do now? He tried to wake the man, but he was a dead weight.

'Get me some cold water,' he instructed Jean-Pierre.

When the old man returned with a bucket of water, Ben knelt down beside the biker, and prised open his eyes.

'He's drugged,' Ben said. 'Let's look in his pockets.'

Ben found the knife in the right hand jacket pocket, still sticky with Mary's blood. In the left hand pocket were three small packets of white powder, and a small empty capsule.

'Was there anything attached to his bike?'

Jean-Pierre shook his head. Then Ben remembered that there was an envelope beside Mary's body. He ran round to the front of the cottage and picked it up.

'He must have left in a panic,' Ben said, 'and left this behind.'

Inside the envelope was nothing more than two pieces of cardboard.

'I think he's a druggie. That might explain his passing out. Anyway, I don't think it's anything too serious. We'll just keep an eye on him. We can always call for help.'

Ben tied the biker's legs to an upright support.

'Just to make sure,' he said to Jean-Pierre. 'You go and get some sleep. Thanks very much for your help.'

'I'll be back later,' the old man said with a toothy grin. 'It's quite exciting.'

When he was on his own again, Ben went back into the cottage, where he found Katie just beginning to wake up.'

'Hello,' she said, wiping sleep from her eyes. 'How's Mary?'

'Not good, Katie. They were just preparing her for theatre when I was there. They think her diaphragm might be punctured, and that's pretty serious. I don't know much biology, but they told me that's what it looked like because she can't inhale properly. Then I fell asleep, and nobody could tell me anything more when I eventually woke up.'

'Jeez. I don't know what to say, Ben.'

'Nor me, Katie. I feel numb. I can't imagine life without her. And poor little Alex. He so loves his Mummy.' At which point he could not hold back his tears any longer, and sobbed so deeply that he thought he wasn't going to be able to breathe either.

Katie came over, and put her arms round him, drew him into a tight hug and wept with him. It was only when Alex woke up that they broke apart. Ben picked up his nearly year-old son and covered his face with tear-soaked kisses.

'Ben,' Katie said after a few minutes. 'I guess you'll want to go back to the hospital so I suggest I get you something to eat.'

'I don't feel like eating,' he replied.

'I suppose not, but I think you should. You have to hold yourself together. You've got to be strong for her and Alex. I know you can do that, and so do you, so I'll get you something to eat.'

'Yes, Ma'am,' Ben replied, tears still running down his cheeks.

'What are you going to do about the biker?' Katie called from the kitchen. 'Are you going to call the police yet?'

'Not yet,' Ben replied. 'I want to ask him a few things myself, first. Anyway, at the moment he's out of it. I'm sure he's a junkie, and he's passed out. I've tied him to a post, so he won't be going anywhere.'

'Do you want me to keep an eye on him?'

'No need. Jean-Pierre's coming back later. He's enjoying the adventure, I think, so I'll let him cope with the biker.'

Ben ate his breakfast rather more heartily than he expected.

When Ben returned to the barn after resting on his bed for a couple of hours, Jean-Pierre was there, sitting on a bale of straw. He was holding a shotgun across his lap.

Ben pointed at the gun.

'It's OK, Ben. It's not loaded,' Jean-Pierre said with a smile. 'But *he* doesn't know that does he?'

Later, Ben made his way back to the hospital in Angers, knowing that he could happily leave Katie in control at the cottage and Jean-Pierre on guard in the barn.

Soon after putting Alex to bed for his afternoon sleep, Katie answered the phone.

'Oh, Hi Antoine... Sure, you can come over, but not this evening. Have you eaten yet? No, nor me, so why not come for lunch? I must warn you though, I'm baby-sitting. Ben is with Mary at the hospital... No, she's been stabbed. Yes, come over. It'll be nice to see you. Bring a bottle, eh?'

'*Mais bien sûr.*' Antoine replied.

Katie went about tidying up the cottage and then changing into something more suitable for lunch with Antoine.

She was greeted with the usual hug and kiss that she now expected from Antoine. She took the bottle of wine from him and led him into the sitting room.

'Now, tell me everything about this stabbing,' Antoine said even before he had sat down.

Katie told him all that she knew, including the fact that the biker was laying in the barn having passed out.

'Passed out? From fear, I presume, from what you tell me. I think I would have as well if I was in his position.'

'No, we don't think it was from fear. It seems he's on drugs – heroin we think – and just passed out.'

'Can I have a look at him?' Antoine asked. 'That sounds a bit strange to me. You don't often pass out from using heroine.'

Katie escorted Antoine to the barn, where he knelt down alongside the biker and made the same checks as Ben had earlier.

‘No this isn’t right, Katie. Is it OK if I call a friend of mine who knows much more about drugs than I do? He might be able to shed some light on it.’

‘I suppose so,’ Katie replied rather unsure whether she was doing the right thing. Antoine had already dialled a number on his mobile phone and was speaking in French much too rapidly for Katie to understand.

‘OK, he’ll be over in a few minutes. Tell me, why hasn’t Ben called the Gendarmerie?’

‘He said he wants to speak to the biker himself first,’ Katie told him.

‘Why?’

‘Antoine, it’s a very long story. Perhaps Ben will tell you. It’s not up to me. I’m just doing as I’m told.’

Within minutes, Antoine’s friend, Paulo arrived and went straight round to look at the biker.

‘Do you know what he’s taken?’

‘Yes,’ Katie said, bringing the biker’s jacket to him.

Paulo fished out the three packets from the pocket, ripped one open, sniffed it, and then tasted a small sample from a wet finger.

‘That’s good stuff!’ he enthused. ‘Don’t think that would have caused any problems.’

He fished in the pocket again, and the small, empty capsule fell onto the floor. Paulo picked it up and once again sniffed at it.

‘Don’t know,’ he said, studying the capsule. ‘It doesn’t smell of anything. I can get it analysed, but it will take a while. I’m just trying to think what it could be.’

There was still no movement from the biker.

‘I think it might be something like Ryhypnol, but it doesn’t often come in capsules. But he has all the symptoms. If he took it at the same time as heroin, then he probably would pass out. If I'm right, he should come round in a few hours.'

'That's a relief,' Katie said.

'Yes, but quite likely he won't remember much.'

'Why not?'

'This is what is commonly called a date rape drug. Men give it to unsuspecting girls knowing that they won't remember anything that goes on.'

'Mmm. Not for me then,' Katie said smiling at Antoine. 'I like to remember everything!'

Antoine said nothing.

Paulo stayed for a glass of wine, but then said he had to get back to his wife.

'Then we won't hold you up,' Katie said. 'Thanks for coming over.'

'How come he knows so much about drugs?' Katie asked Antoine after Paulo had left. 'Was he an addict or something?'

'No. Far from it. He spent several years working at a rehab centre in Rennes. He's seen it all I can tell you.'

'Nice guy.' Katie said.

'Yes, but he's very married, Katie, so you don't stand a chance.'

'I don't know what you mean, Antoine.'

Chapter 46

Donald and Lucas had spent the night in the tent on the Land Cruiser's roof after cooking a simple but substantial meal on the portable gas stove that was in the car.

In the early hours of the morning they drove off, still following the river.

There was still a long way to drive, much of it on mountainous roads and no less than three mountain passes, but most of the journey would once again be on a well-maintained road, the *rundreise,* used by the various backpacking tour companies in the area. They saw dozens of hire cars, specially equipped Land Rovers like theirs with tents that opened out on the vehicles' roofs, and many more tour buses.

Lucas knew exactly where he was, and a short time after setting off, he turned left off the tarmacked road onto a track that led away from the road. Before long, the track disappeared and they were driving on soft sand, tundra and loose rocks. Donald was expecting any minute that they would get stuck and sink up to their axles, but Lucas's driving skills kept the car under perfect control. Donald's mouth was dry. He was having trouble breathing properly. Both men were being thrown in every direction, but the car kept trundling its way over the rough terrain. Half an hour later, they came back to a good tarmacked road and Donald was pleased to be able to release his grip on the seat once again.

‘There you are, my friend. We’re now in South Africa, and without passing through a border post,’ Lucas said. The two men saluted each other with a high-five. Not long after, they stopped again and feasted on the picnic foods that had been supplied for them.

‘I think we’re running a bit late,’ Lucas said. ‘You said you wanted to be in Kimberley before sunset; I don’t think we can make that, but I’ll try. The South African roads are far superior to the Namibian ones.’

‘I thought they were pretty good considering the terrain. I know they nearly disappeared here and there, but there was asphalt for quite a bit of the way.’

‘True, but the roads from now on will be better. I think we’ll move on. Sunset will be about six o’clock won’t it?’

‘Maybe a bit earlier than that. Just do what you can. It won’t be the end of the world if we’re a bit late. Shall I take the wheel again?’

Lucas readily agreed and they drove on with Donald at the wheel.

They made good time, and arrived on the outskirts of Kimberley just as the light was beginning to fade, picking up a tankful of fuel while the garages were still open. Donald felt nervous and uneasy. His stomach was in knots as he revisited this huge mining township after seven years of being away.

He remembered enough of the town’s geography to be able to find his way without reverting to a map. Along Schmidsdrift Road, turn left passing by “The Big Hole”. He felt a shiver run down his spine as he recalled the night he met Laila on this very road.

They turned north onto Barkly Road and his heart missed a beat.

This was not as he remembered it at all. Sure enough, there was some rough housing, no more than shacks made from corrugated iron and wood, at first. Then, to his astonishment, he saw modern homes, and an almost new school. None of this had been there seven years ago. He began to wonder whether what he had come to collect had been built over; whether his long and arduous journey had been in vain. They drove on up Barkly Road where the shanty dwellings were apparent again, before turning right onto St Paul's Road. A short distance along on the left he was thankful to see that the piece of scrubland he was looking for had not been built on. It was still there exactly as it was seven years ago.

'OK, Lucas,' he said, still in a state of nervous sweat, 'Let's just disappear for a while. We'll come back later when it's dark and quiet.'

They resumed their journey along St Paul's Road, driving until they came to some rough ground where they could park the Toyota. They turned off the engine, and cooked themselves a light meal of pasta, cheese and beans and then relaxed as the night drew in and countless thousands of stars pinpricked the black sky. Donald got out of the car, sat on the bonnet and stared at the magnificent sight. Was there anywhere else in the world where you could have a better view of the universe? For just a moment, he forgot where he was, his mission, and the reason he was here. He allowed himself to dissolve into the magnificent sight that presented itself.

It was only as the night became colder that he returned to the car.

At one o'clock the next morning, they drove back the way they had come. When they approached the scrubland on St Paul's Road, Lucas turned off the headlights and drove almost silently to the spot where Donald got out from the car, taking with him a shovel and pickaxe.

His memory did not disappoint him. He counted the steps forward, then to the right, forward again and then just ten more steps to the left. Here down in a shallow ravine, the same trees grew as in years past. In fact, their growth was so slow that they seemed to be the same size now as they were then.

He was far enough away from civilisation now not to have to worry about the noise he made while he used his tools to reach down to the three small flasks. Each one was wrapped in a thick plastic cover. He pulled the containers out of the steel cage and put them in his rucksack.

He now had to wait for the agreed ten minutes for Lucas to return with the car.

It seemed to take forever. He looked at his watch regularly and every inspection revealed that he had checked the time only thirty seconds previously.

The ten minutes was up. He waited by the road, hidden by some scorched bushes.

The Land Cruiser came, silently, down the road and Donald jumped in, closing the door carefully and quietly. Lucas swung the car round and drove out of Kimberley using the same route as they had used to get here.

'Mission accomplished?' Lucas said.

'Well, part one, anyway.'

'We'll get well out of here, and then find somewhere to stop for the night.'

'Are we on schedule to catch our plane at Oranjemund?' Donald asked.

'Just about, I think, but we can make up time as we go along if it looks bad. OK to share the driving again?'

'Of course.'

Chapter 47

Ben returned to the hospital and signed in at reception. He was taken down a corridor and into a small side room. He immediately thought the worst. How many times had he seen this happen on TV. He was expecting a senior doctor to ask him to sit down. Then the doctor would look at him and say *I'm so sorry, Mr. Coverdale. We did everything we could but...*

The sight that met Ben's eyes when he entered the room was *not* one that he had expected.

There was a senior doctor there, but three police officers accompanied him.

The medic was the first to speak.

'Mr. Coverdale, please take a seat.'

Ben did as he was asked.

'When we have a patient with such severe injuries as your wife ---'

'Partner,' Ben said. 'She's not my wife.'

'I'm sorry. When we have a patient with such severe injuries as your partner has endured, we are obliged to inform the police. That is why these officers are here. I was just telling them the details of your partner's injuries.'

Ben was not interested.

'Is she going to be OK?' he asked.

'It's difficult to be sure at the moment. I honestly can't say one way or the other. She is still in recovery after leaving theatre and we will have a better idea when she is released from there. However, as I was saying, we had to inform the police.'

'Can you fill us in as to what exactly happened, Mr Coverdale?'

Ben didn't want to talk.

'She was stabbed.' he said curtly.

'Yes, sir. But how did it happen?'

'Do we really have to go through this now? Mary is in there fighting for her life. For Christ's sake, can't this wait?'

'We understand, sir but ---'

'No you don't fucking understand. I just want to be here for her when she needs me.'

'Yes, but ---'

'But nothing,' Ben shouted. 'I'm not going to answer any questions right now. Tomorrow maybe, or the day after but NOT NOW!' Ben rose from his seat as he delivered his tirade, and moved towards the door.

The doctor came over to him and put his hand on Ben's shoulder.

'Mr. Coverdale. This is just routine stuff. It is what we have to do. I'm sorry it has upset you so much. I'll get a nurse to take care of you.' He made a call on his pocket phone.

Almost immediately, there was a knock on the door and a nurse came into the room.

The doctor explained the situation, and the nurse took Ben by his arm and walked with him back to the reception area.

'You must be feeling awful,' the nurse sympathised. 'I don't know how soon Mary will be out of recovery, but I can find you somewhere comfortable to wait if you would prefer to be on your own. In the meantime, can I get you a drink? You're English, I understand, so would a cup of tea help?'

'I Don't know that it would help, but it would be nice. Yes. Thank you.'

'I'll be back in just a minute.'

Ben was still shaking from his angry outburst. The last thing he wanted at the moment was the police to be involved. He had to talk to the biker first. He must find out who issued the instructions, for all the signs pointed to it being a contract killing. The unfortunate bugger back at *La Sanctuaire* was being used, and Ben was willing to bet who was behind it all. He must talk to the biker before the police did.

The nurse returned with a cup of tea, or the French equivalent. The French can't make tea, but Ben could never puzzle out why. As he looked up to thank the nurse, he saw one of the police officers coming over to him.

Ben tensed himself, half-expecting to be taken away to be questioned, but instead the officer handed him his business card and asked Ben to call him as soon as he felt able to talk.

'Thanks,' Ben said rather humbly. 'I apologise for my behaviour in there.'

'No need to apologise. I quite understand.'

Ben thought the officer might hear his sigh of relief as he walked away.

The nurse, who had stepped away during the conversation now told Ben that there was a free waiting room that he could use, and they would keep him informed as soon as they had any news of Mary. She took him down a different corridor, and opened the door into another room with a small bed against one of the walls. Now he was on his own.

He did everything he could to calm himself down. His brain was spinning like a tornado. He had to think, to plan, what he was going to do. Had he spoken to the police, he would have had to tell them that the perpetrator of Mary's injuries was back at his home with a noose round his neck, his legs tied to an upright post and being looked after by an old man with a shotgun. He smiled inwardly as he thought about it. He had the felon and a weapon with fingerprints all over it; enough evidence to convince any court.

Yet he wanted, for the moment, to hide all this from the police. He was hoping the biker would confirm his suspicions that he was under orders from somebody else. He wanted to hear that Donald was the one who had issued the instructions.

Then what would he do?

He didn't know.

He tried following through a number of different ideas, but none of them held anything near to an outcome that would arrive at the right result. He would have to improvise and see what transpired.

He fell asleep from sheer exhaustion and a long time after arriving at the hospital, he was brought back to reality when a different doctor came into the room. Ben examined his face, dreading, again, what might be his first words.

'Mary is out of recovery now, Mr Coverdale. She is being taken to Intensive Care. She is heavily sedated and her situation remains critical, but she has survived the surgery. That is a good sign.'

'Can I see her?' Ben asked.

'You can come and see where she is, but I cannot allow you to stay with her at the moment. The staff there are on full alert, and it is better if she is left in their care on her own.'

'I understand. Can I just come and see where she is, then?'

'Of course,' the doctor said and walked with Ben to a lift that took them to the third floor. The IC ward was directly opposite the lift and the pair walked quietly to where Ben could look through a glass screen.

He saw Mary. Her face was as white as the sheets she was lying on. There were tubes everywhere and blood transfusion and saline drip equipment was beside the bed. He looked on in horror. It looked as if she had no life left in her. He couldn't see that she was breathing, but the monitors indicated that she was. Ben realised that, once again, tears were streaming down his face.

'I should have been there,' he said aloud but nobody was there to hear him. The doctor had gone, leaving him gazing through a window at the woman he loved.

Alone.

How bizarre, he thought, that when he first came to France a year or so ago all he wanted was to be alone. For five years he and Mary had lived together and all that time he had loved her more than she ever knew. When they parted company, he was devastated. France seemed to be the best place to go to try to escape from his desolation. He came here in the hope of leaving all thoughts of Mary behind. To a great degree, it had worked.

Then one day, out-of-the-blue, she had returned, had come to France – with his son that he didn't know he had. That was the happiest day of his life. And now, this.

Donald had warned him. He had said that there was no way he was going to let her go, but Ben had not expected this. This was attempted murder.

All the time he was ruminating, he was watching Mary, hoping for some sign of life. There was nothing. He was becoming desperately tired. He must get some sleep.

'I can't leave her like this,' he said.

'I think you should,' a voice said from behind him. 'There's absolutely nothing you can do by staying here.' A nurse had put her arm round his shoulder. ‘Go home, get some sleep, and come back when you feel able to. She will be like that for quite some time, we expect, but if anything changes, we will call you immediately. She’s in very good hands here. There’s no way you can help her at the moment.’

Ben nodded, sullenly and blew Mary a kiss. Then he made his way from the hospital trying to hold back more tears, and drove home.

Chapter 48

Donald and Lucas spent another night, off road in the mountains, on their way back to Oranjemund. They cooked the last of their food, and then had to see if their experimental footwear was going to work.

Lucas had had special boots designed for them. From outward appearances, they looked like a normal pair of walking shoes, but the outer soles were extremely thin, and the space between the outer and inner soles had several layers of a material that was a cross between expanded polystyrene and sponge. Into these spaces, the men poured the contents of the three flasks that Donald had retrieved from their burial spot. They spaced out the gems carefully into the sponge-like material ensuring that no one stone was able to rub on another, and then inserted the inner soles.

The boots were extremely uncomfortable to wear, but were excellent camouflage for their illegal haul. For the journey to the airport, they changed back into their comfortable trainers. As night turned into day, the journey continued, Lucas taking the same detour off road to circumnavigate the South African border post on the main road.

Arriving at Oranjemund, they followed the same detour out of sight of the airport and made their way to the rendezvous with Lucas's friends. Lucas was again greeted with manly hugs, and the two men were taken into a building, little more than a large hut.

Inside, they were offered food. Donald didn't know what he was eating, but it smelled good, and tasted even better. After the meal they were invited to take showers, which, after the hours of travelling they accepted with relish. The water was lukewarm, but refreshing and when the two men left Lucas's friends, they felt ready for their long haul flight. This time they would not be flying to Paris, but to Amsterdam, which meant an extra change at Frankfurt-am-Main.

They tried not to show the discomfort that their new boots were causing them as they approached customs and check-in. It was as uncomfortable as walking bare-foot on a stony beach. They hid the signs of pain by constantly talking and smiling at each other. They spoke more now than during the whole of the rest of their travels.

Relieved after passing through customs without any problems, they settled down for their long haul back to Europe.

They were booked into a small hotel overlooking a park somewhere in Amsterdam. Donald could not attempt to pronounce the street name.

The first thing they did after checking in was to discard their special boots. Their feet were sore having worn them for a day and a half. They carefully picked every stone out of the sponge lining that had now compacted, making it difficult to ensure that none had been missed.

They laid out the gems on the dressing table in their room, and sorted them into carat weight and then colour within the weight. Both men had years of experience in the world of diamonds and found such a task quite simple. They were both pleased with the quality of the stones and were confident that they would be able to obtain a good price for them. Donald packed the stones carefully into a briefcase, which had separate compartments for the different grades.

They could not do any more until the following day, so they each took leisurely showers and then visited a small bistro a few doors down from their hotel. Neither of them found it easy to stay awake. Later, when they returned to their room the only thing they wanted to do was to sleep.

The first thing Lucas did next morning was to check his mobile phone. The message he was expecting was not there, so he dialled a number but got voicemail.

'Hi, Niels. This is Lucas. Can you give me a ring as soon as you can? I'm in Amsterdam today, but must leave this afternoon.'

Donald suggested they get some breakfast while they waited for the call back, but before they could set off, Lucas's mobile rang.

There was a lengthy conversation between Lucas and Niels, and Donald got the impression that things were not going exactly to plan as far as Lucas was concerned.

'The stupid sod's out of town,' Lucas said after closing the call. 'He can't get back until after lunch, so I guess we do some sightseeing and get something good to eat. Do you know Amsterdam well?'

Donald admitted he didn't. He had visited twice before, but only to do some business and hadn't had the chance to see anything of the city on either occasion.

'Come on, then. Let's have a laugh. How long is it since you rode a bike?'

'What? I don't know. Years I suppose. Why.'

'Well, we're going to put that right. Come on. We need to do something to release the tension of the last few days.'

They strolled down to one of the canals, and walked into one of the many bicycle hire stores.

The salesperson took a lot of time ensuring that the bikes were suitable, adjusting saddle heights, checking tyre pressures and passing on some useful advice about cycling in Amsterdam.

The morning was hilarious. Both men were very unsure of themselves, weaving violently at first on the busy cobbled streets. It seemed that drivers were used to such erratic behaviour and gave them plenty of room. Soon, once they had gained some composure and confidence, they agreed that this was probably the best way to explore the city.

They returned the bikes at midday and the two men, worn out and saddle-sore from their cycling, managed to find a cafe that satisfied their needs. At two o'clock, Lucas's phone rang again, and the meeting was on. They were to meet Niels on Noordermarkt, opposite the Noorderkerk. He would be waiting in his car.

Lucas knew of the church. It wasn't far from their hotel, about a ten-minute walk. They made their way back to the hotel, picked up the briefcase and went to find Niels.

Niels was a tiny man, no more than five foot six in height, and wiry. His skin was almost black, his almost bald head reflecting what sunlight there was shining through the darkened glass of the vehicle. His eyes were black and sunken into his bony face.

The car was more like an office. In the rear of the car, four seats were positioned around a small table on which Niels had his laptop.

Lucas introduced Donald and the three men sat down.

'What have you got for me this time?' Niels asked, addressing Lucas.

‘I haven’t got anything for you. This time the goods are Donald’s. They’re good quality I can vouch for that. I’ve already seen them, and we have sorted them the way you like.’

Niels didn’t reply. He looked to Donald.

‘Well?’ he said. ‘Let’s see them.’

Donald decided he didn’t like this man. He produced the briefcase, opened it in front of Niels, and carefully watched the man’s face for his reactions. There was a slight widening of his beady eyes, but no more. Niels put a magnifier to his eye, and sorted through the different grades.

‘There are some good stones here,’ he said. ‘But most of it is worth very little.’

Neither Donald nor Lucas responded.

Then Lucas calmly reached over the table, closed the briefcase, and put it on his lap. He nodded to Donald, and both men left their seats and made for the door.

Niels did not move until they were almost out of the vehicle.

‘Hang on,’ he called to them. ‘I’m sure we can work something out.’

Lucas whispered to Donald to keep walking as they left the car.

‘Don’t say anything, Donald. Leave this to me.’

Lucas took his mobile from his pocket and raised it to his ear.

‘Ibrahim. It’s Lucas. Look, I’m in town today and I’ve got some good stuff with me. I wonder if ---’

A panting Niels had caught up with Lucas.

‘Hang on, man,’ he said, out of breath from his exertion. ‘Let’s talk. C’mon. Let’s go back to the car.’

Lucas ignored the interruption and continued his call. ‘Yes, I was thinking you might like to have a look. No it will have to be today.’

Niels took Lucas by the arm.

‘Come on. Lucas. I’m sure I can give you a good deal.’

‘I’ll have to call you back, Ibrahim,’ Lucas said into his phone. He turned to Niels.

‘OK, but no more fucking about, Niels. We both know that those stones are good. There are plenty more dealers like you in this town. We’ll come back to the car, but any more silly stuff and we’re gone. Do you understand?’ Lucas towered over Niels and pushed him away in the direction of the car.

Once more inside, some serious business was undertaken. Niels was finding every justification he could to keep the price tag as low as possible. He mentioned the increased costs in cutting and polishing, transportation and selling. Lucas was staring at him, not listening to his excuses, and Niels was only too aware of him.

Time after time, Niels sorted through the diamonds, pulling out the smaller, discoloured ones. Finally, he had the stones he wanted in front of him. He looked up at Lucas and mentioned a price.

Lucas laughed as if he had just heard the punch line of a very funny joke.

‘It’s a good price,’ Niels said, looking as though at any moment he might burst into tears.

‘Good for you, Niels, but no good for us. No, I don’t think so. I’ll get back to Ibrahim. You know him, don’t you? I’m sure he’ll give us a much better price.’

Lucas knew that the two men hated each other. An Arab and a Jew. Both of them clever, devious, and as bent as hell.

Niels, of course, was unaware that Lucas had not made a call; his phone had not even been turned on.

Lucas sat back and folded his arms across his chest, whilst Niels pretended to sort through the gems yet again, pulling some of the stones that he had categorised as medium in size into the larger size group. Minutes later, he presented Lucas with a higher price.

'Try again, Niels. You're getting closer, but you're not there yet. You are still mucking me about. One last try or I'm off to see your good friend, Ibrahim.'

'What were you hoping to get, then?' Niels asked.

'Quite a bit more than you're offering,' was Lucas's answer.

'But how much more?'

Lucas mentioned a price, and if it were possible for a man with such a dark complexion to go pale, he would have.

'I can't do anywhere near that,' he said. 'There would be nothing in it for me. Can I meet you half way?'

Lucas looked across the table to Donald, nothing showing on his face. Donald knew that the price was good. In fact, it was better than they had hoped for, but neither of them wanted to insinuate this to Niels.

Lucas turned back to Niels.

'You drive a hard bargain, my friend. However, if that's the best you can do, we'll have to take it. If it weren't for the fact that we have a train to catch you wouldn't have got away with it so easily.'

There was no paperwork to prepare. Niels asked for details of the account to which payment was to be sent and before the men left, Donald was told that the funds had been transferred to one of his more obscure accounts where he knew no questions would be asked.

Donald's agreement with Lucas was that as soon as the transfer had reached his bank in three days' time, the seventy-five per cent would be transferred to Lucas's chosen bank.

He had done it, actually done it. Donald found it difficult to hide his elation. He could now forget about South Africa and all the problems it had brought upon him. He could now return to England and start yet another chapter of his life.

With nothing more to be done in Holland, the two men made their way back to their hotel and packed their bags. After checking out they took a cab to Central Station where they booked onto the next train to Hook of Holland.

Chapter 49

Tommy awoke suddenly. It was cold, but he was sweating profusely. His body ached all over, his head felt as though it would burst open at any minute.

He needed a fix.

It was dark. He wondered where he was. This wasn't his squat.

He felt something around his throat, and reached his hand up to remove it, but he couldn't. He followed the restriction round his neck and thought it felt like rope. He tried to move his legs, but they seemed to be tied to something.

He slumped back down and tried to think.

His movement had awoken Jean-Pierre, who sat up rather too quickly and regretted it. His hand still held the shotgun, and he looked down at his prisoner, but he relaxed when he saw that the biker had lain back down.

Tommy, however, saw the movement and looked over his right shoulder to see the old man sitting, watching him with some kind of gun in his hand. He blinked several times, trying to make sense of the situation. He didn't move, but looked around at his surroundings.

He was in some kind of old barn, there were bales of straw, and some old farming implements scattered around the space. Old, presumably unwanted, furniture was piled against the walls, and two bicycles stood near the opening. There was no door, just some strong wooden uprights supporting the roof.

How had he got here? Where, indeed, was 'here'? Who was the old man, and why did he have a gun? Nothing made any sense.

He needed a fix. Perhaps that would help him back to reality. All this must be a dream, a nightmare that wouldn't go away. Yes, that was it.

He moved very slowly, trying to remember where he had put this morning's packet. There was nothing here that he recognised. The rubbish scattered over the floor looked the same as usual, but it was not the same. It was different rubbish. It was not *his* rubbish.

Suddenly, Jean-Pierre's gruff voice said, 'What are you looking for?'

Tommy looked up as the old man raised himself and stood over him, his silhouette creating a menacing form.

'I need a fix,' Tommy replied.

'A what?'

'A fix.'

'What's a fix?'

'Are you stupid? You don't know what a fix is?'

'No. That's a new one on me.'

Tommy shook his head in disbelief.

'Heroin, man. Have you heard of heroin?'

'Oh. Drugs is it, this fix? What does it look like?'

'Little white packets.'

'I haven't seen any white packets.'

Tommy was getting exasperated.

'Look, old man. Where am I? Why am I tied up like this?'

'You don't know?'

'No. Should I?'

'I would have thought so.'

‘Well I don’t know, so perhaps you would like to tell me.’

‘No. You have a good long think. I’m sure you’ll remember if you try hard enough.’

Jean-Pierre turned away from the biker, and ventured outside into the early morning, leaving Tommy searching all around him for his sachets.

Ben had arrived home shortly after four in the morning and, whilst he would have liked to have dealt with the biker there and then, he knew he had to get some sleep.

He was awake before six. When he had washed and shaved, he had some breakfast and then made his way to the barn. He was surprised to see Jean-Pierre strolling around outside the barn, still holding his shotgun.

‘Are you OK?’ Ben asked him. ‘Did you get any sleep?’

‘Enough,’ the old man replied. ‘It was very quiet all night.’

‘And what about the biker?’

‘Yes, he slept as well. He woke up a while back, talking some rubbish about a fix, or something. Said he needed drugs. I don’t know what he was talking about, so I just left him there.’

‘OK, Jean-Pierre, you go on home now and have a break. I’ll deal with him now. Thanks a lot.’

The old farmer nodded his reply and trudged his way up the track to his beautiful old farmhouse.

Ben made his way into the barn. The biker still had the noose around his neck and his feet were held firm by the upright support.

‘Good morning,’ Ben said.

Tommy looked up at him but said nothing.

‘My friend said you are looking for a fix.’

‘I’m fucking desperate,’ Tommy said. ‘The old boy didn’t know what I meant.’

‘Well, first things first. I need to know your name.’

Tommy looked blank.

‘Well?’ Ben said, firmly.

There was still no reply, but Ben could see that the biker was searching for an answer. Tommy shook his head.

‘I don’t remember anything. I don’t know why I’m here. I don’t know why I’ve been tied up.’

Ben went closer and sat on a bale of straw. He could see that the biker was a young man, but looked grey and drawn. He spoke French with an obvious English accent.

‘So you’re British? So am I. Shall we speak in English?’

Tommy nodded.

‘Right, so we know you’re British. So what are you doing here? Somebody must have sent you. Can you remember who?’

‘What do you mean, sent me? Sent me for what?’

‘To kill my girlfriend?’

‘You what?’

‘Oh, come on! You arrived on a motorbike, drove in here, and stabbed my girlfriend in the stomach. She is now in intensive care and it’s not certain whether she will survive.’

‘No, no, no. I wouldn’t do that.’

‘Wrong. I drove in just as you were driving out. I saw you, and there are other witnesses, too.’

‘No. No!’

‘We have the knife which is covered with your fingerprints. There’s no doubt at all that you tried to kill my girl.’

Tommy looked aghast as he heard the accusations.

‘Now,’ Ben said, trying to remain calm when all he wanted to do was brutally harm this man. ‘I haven’t called the police, because I want you to tell me who set you up for this. I guess somebody is paying you. What I want to know, is who. I think I know the answer, but I want it from you.'

Tommy looked blank yet again. 'I don't know what you're talking about. Honestly. I don't know.'

'Well, I can hold the police off for another day or so – they don't even know you are here at the moment – so the sooner you tell me something about yourself or the people behind all this, the sooner I can find your heroin.'

'You know where it is?'

'When you remember something, I might remember where the packets are. You understand?'

Tommy nodded, but looked totally confused.

Ben was just about to leave, when Katie walked into the barn with Alex in her arms.

'Hi, Ben,' she said. 'How's Mary?'

'It's pretty bad, Katie. Fifty-fifty, they say. The next day or two are critical. They wouldn't let me see her, except through a glass panel. She looked awful. Absolutely awful.'

'And what about him?' she said glancing over at Tommy. 'Shouldn't we call the police now?'

'Not just yet,' Ben said. 'He says he can't remember anything.'

'How very convenient,' Katie said. 'And you believe him?'

Ben walked out of the barn with Katie.

'As it happens, Katie, I do. I think he was probably drugged up to his eyeballs, and was promised either drugs or money to do this. You and I both know who's behind it. I just want him to tell me who sent him. I'm hoping his memory will return before I have to call the police.'

'Shall I make some coffee?' Katie asked.

'That would be brilliant. Make an extra cup and I'll go back in to talk to him again.'

Ben phoned the hospital to enquire after Mary. He was told that there was no change.

'That's not necessarily bad news,' the doctor told him. 'We wouldn't expect to see any significant improvement yet.'

'If I come in, will I be allowed to see her?'

'See her, yes. Sit with her, no, not just yet. Maybe later today, but more likely tomorrow.'

'Thank you. I'll call in this afternoon, just to see her, then.'

He returned his phone to his pocket just as Katie came out with the coffees.

'Alex is tucking into his breakfast,' she said. 'When he's finished I'll come out to join you.'

Ben returned to the barn.

'I need the toilet,' the biker said.

'OK,' Ben replied. 'I'll untie your legs but the rope round your neck stays, and any funny business ---'

'Yes, I understand. Can we be quick?'

Ben untied the biker's legs.

'Thanks,' the biker said. Judging from his voice, he seemed to be articulate and intelligent.

'You can piss behind the barn,' Ben told him.

'How the hell did you get into this?' Ben asked when the biker reappeared.

'I told you, I don't know anything about what has happened.'

'No, I don't mean about yesterday, specifically. What do you do? Can you remember where you live? Is it your motor bike?'

'Motor bike? What motor bike. I haven't had a bike for years. What are you talking about?'

'You arrived here yesterday on a BMW motorbike,' Ben continued. 'I'll check who owns it. That might give us a clue to who sent you here.'

Katie had joined the two men in the barn carrying Alex in her arms.

'So you can remember that you haven't had a bike for years,' she said looking the biker straight in the eye, 'but you can't remember anything about yesterday. Isn't that a bit strange?'

'Katie's right. How long ago was it that you owned a motorbike? Can you remember that?'

The biker looked at Ben, and then at Katie. He searched his brain.

'It must have been soon after I left college.'

'What college?' Katie asked.

'I studied catering. I qualified in - er - I'm not sure exactly. 1995? Something like that.'

'Qualified as what?' Ben asked.

'As a chef.'

'And do you work as a chef now?'

The biker shook his head. 'I don't think so. It's all so vague, so difficult.'

'OK,' Ben said. 'What I'm going to do is to spend some time with you to try and help you remember something, anything that might give us some clues.'

'Shouldn't the police be doing this?' Katie asked Ben.

'They will be able to later, Katie. I want to get to the bottom of this, somehow. And, believe it or not, I want to help this guy at the same time.'

'You want to help him?' Katie screamed. 'He's just tried to kill Mary, and you want to help him? Are you mad?'

'He may have done the stabbing, Katie, but he's not the only guilty party.'

'Right,' Ben said, turning back to the biker, 'let's go back to something you do remember. So you left catering college as a qualified chef. What then? Where did you work? What was your first job?'

Slowly, the biker pieced together the bits of his life that he could recall. The more he talked, the more he could tell them. He could recollect how he had progressed from one restaurant to the next, improving his talents all the time.

All of a sudden, he was in tears. He had come to the point in his reminiscing where he had been offered a sous chef post in Paris. It was obviously painful for him to dwell on this period of his life.

'Look, whatever your name is, I'm going to take that thing off your neck, but please don't try to do anything stupid.'

'My name is ... Oh, no. I thought I had it then, but it's gone. I just can't remember things like that.'

'It'll come,' Ben said. 'It may take a few hours or even days, but you will remember.'

Ben really wanted to go back to the hospital to see Mary, but he didn't want to leave Katie here with this guy. He went over to where Katie was sitting on a bale of straw, and indicated that he wanted to speak to her. She left her seat and went outside with Ben.

'I think this is the right time to call the police,' he said. 'I can't leave you here with him on your own, and I want to get back to the hospital.'

'I agree. I think you should, Ben. Otherwise, you'll be in trouble for not calling them. I guess they'll come round quickly.'

'Yes. I have a card from the police officer that I met at the hospital. I'll go and call him now.'

Katie went back to be with the biker, while Ben made the call.

'Claude Boulet,' a voice said.

'Ah. Monsieur Boulet. We met at the hospital yesterday. The lady who had been stabbed?'

'Yes, I remember. You are her partner, is that right?'

Ben told M. Boulet that he felt able to talk now.

'That's good. An officer will come straight round now. Can you confirm your address?'

Chapter 50

The hour-and-a-half journey to Hook of Holland was very pleasant despite the fact that the scenery was somewhat uninspiring. The seating was comfortable, and the refreshments were much better than those served on British trains.

There was little conversation between the two men. Once again, Lucas slept for much of the journey whilst Donald stared out of the window, concentrating on the rest of the journey back to the UK. His mission was not quite over, but by the time the ferry arrived in Harwich it would be.

They had ample time to check in for the Stena Line ferry, time enough to have a very pleasant meal at a restaurant with a name that translated to “The Torpedo Shed”.

Donald had planned the remainder of the journey home. It was the only part of the trip for which he had taken responsibility. He had been meticulous in the detail. He had made the bookings for them separately, several days apart. They had separate single cabins. Nothing could link one man to the other. That was exactly what he intended.

After eating, they walked the short distance from the restaurant to the port and went through the checking-in process, boarding the ferry about fifteen minutes before departure time. It was a pleasant evening and they stayed on deck, watching the low coastline disappear.

‘I quite like Holland,’ Lucas said in a mawkish voice. ‘I wouldn’t mind living here.’

Donald didn’t reply. Neither did he agree with Lucas’s sentiments. Holland as far as he was concerned was a country to pass through when travelling to or from Europe. Maybe Amsterdam was the exception to the rule. It had a lot of character, but to his mind did not compare well to many other major cities in Europe.

‘Drink?’ he enquired of Lucas.

‘A cold beer would go down well.’

‘I’ll be back in a minute.’

Lucas felt on edge, uneasy, but he didn’t know why. All the difficult, dangerous parts of the operation were over now, and the whole trip had gone even better than he had imagined. The journey across Namibia and South Africa had been challenging but oddly enjoyable at times. The smuggling out of the diamonds had been a doddle, if a little uncomfortable on the feet. And now he had negotiated a much better price for their haul than he had expected. In a few days’ time, he would be an even wealthier man. And hopefully, he would not have to have anything more to do with Donald, the loser, for many months.

So why do I feel so apprehensive? He asked himself. We’re on the last leg of our journey. Nothing can go wrong now.

Donald returned with the beers, and they sat at the stern of the boat watching the foamy white wake where the vessel carved its way across the English Channel.

When the police arrived at *La Sanctuaire* less than half-an-hour after Ben’s call, he was disappointed that it was not Claude Boulet, but one of the other officers that he had met at the hospital. The one, in fact, who had tried to insist that Ben spoke to them there and then. It was obvious from the start that this was going to be a stressful meeting.

The biker had been returned to the barn and once again been restrained by rope.

Ben was asked to tell them everything he could about the assault.

'I wasn't here when it happened,' he told them, 'but I arrived within seconds, just as the man tried to get away.'

'How did he get away?'

'On his motorbike.'

'And did you get the details of this motorbike?'

'I can do better than that,' Ben said, thinking he was being helpful, 'I have the motorbike.'

'And where is it now?'

'It is at the farm just up the lane.'

Ben was asked to explain, and related the story of the biker driving his bike into the bucket on the front of Jean-Pierre's tractor. He rather expected that they would see the funny side of that but they didn't.

'So how did the man get away, if he didn't have his bike?'

'He didn't get away,' Ben said. 'I have him here, too.'

Ben told the officers how they had restrained him, but left out the bit about the noose round his neck. The way things were going, he thought he might well be charged with assault himself. He told them that in his opinion, the man was on drugs.

'You are an expert on drugs, then?' the younger of the officers said.

Ben could see that things could become unpleasant.

'No, it was only an opinion,' he said. 'Perhaps you should come and meet him.'

Ben was going to tell them that he also had the murder weapon, which would be covered in fingerprints. However, he thought better of it and led the two officers into the barn.

The biker was lying on the floor, his legs still bound to the upright post. He looked rough. He was sweating, yet noticeably shivering. He obviously needed a fix, but Ben doubted he would get anything from these two.

The two officers proffered their identity cards to the biker, but his eyes did not show any recognition.

'Your name?' enquired the younger officer.

'He doesn't seem to remember anything,' Ben said when there was no response from the biker.

'Thank you, sir. I would prefer if you would allow me to deal with this.'

Ben shrugged his shoulders.

The questioning continued, but the biker was so out of it that Ben doubted whether he even heard the questions. Certainly, he was not replying.

Eventually the police officers turned their attention back to Ben.

'So, you did not actually witness the stabbing of your – er – girlfriend?'

'Well, ---'

'Did you or did you not?'

'No.'

'Did anyone else witness it?'

Ben told them that Katie had been there.

'And where is she now?'

'She's in the house.'

'Can you bring her in here, please?'

'No, she's looking after my son. If you want to talk to her, you will have to come back to the house. And you will have to speak in English for her. Her French is a bit restricted.'

When they entered the cottage, Katie was in the kitchen feeding Alex. Ben could not recollect what meal this must be. He had lost all sense of time.

'Katie, these guys would like to talk to you about the attack.'

Katie looked at them nervously, recalling other recent confrontations with the police in France, Germany and England. She nodded her appreciation of the situation.

Ben asked if anybody would like a coffee, and received three positive replies.

As he prepared the drinks, he also took over from where Katie had been feeding Alex. Positioned where he was he could easily overhear the conversation in the living room. Katie was giving a detailed picture of the violence even down to her rushing at the biker with a pitchfork.

'You attacked him with a pitchfork?'

'Yes,' Katie said. 'It was the only thing I could find.'

'Did you injure him?'

'I don't think so. He pulled himself free and ran to get on his bike.'

'And drove off?'

'Yes. He drove off, and I went to take care of Mary. She was bleeding a lot.'

'And then Mr Coverdale arrived, is that right?'

'Yes.'

'How soon afterwards was that do you think?'

'A matter of seconds, I think. Less than a minute I would say.'

'Then what happened?'

'Ben – Mr Coverdale – told me to call Samu.'

'But not the police. Why did he not ask you to call the police?'

‘I don’t know. You’ll have to ask him that. All he was interested in was helping Mary.’

The two officers thanked Katie for her help, and made their way to the kitchen, where Ben was about to produce the coffee.

Katie took Alex with her to the garden.

‘Now, Mr Coverdale. Is there anything else we should know?’

‘Quite a lot, actually,’ Ben said. ‘I believe that this man, whoever he is, was being paid to carry out this attack on Mary.’

‘Really? And who do you think gave the orders?’

‘A man called Donald O’Hanlon. Mary lived with him for a while but was not happy there. I went with her to get her away from Donald, and he tried to kill me with a sword from his study.’

‘A sword?’

‘Yes. An antique sword. And he threatened all sorts of things. He said that there was no way I was going to take Mary away from him. He needed her.’

‘Why do you think he said that?’

‘I don’t know. But he had us followed all the way from Calais to Paris, where I managed to get away.’

‘So you think this man, Donald, instructed the man in the barn to, what, kill your lady friend?’

‘Yes. I think so. Fortunately, he didn’t manage to do that. But I think that was the intention.’

‘And you have some proof of all of this? Any witnesses?’

‘Only Mary.’

‘So she saw this man attack you with a sword?’

‘No.’

‘And she can corroborate your story about being chased half way across France?’

‘She knew we were being followed.’

‘She actually saw the car?’

‘No. Only I saw the car.’

‘So we only have your word for all this, then.’

‘I guess.’

‘Thank you, sir. Then we will charge the man in the barn with this offence and take him away with us.’

‘I do have the weapon,’ Ben announced.

‘Good. We will take that with us.’

‘You will be taking up what I told you about Donald O’Hanlon, won’t you? We think he is also involved in the murder of a coloured girl in South Africa. He’s not a very nice person.’

‘We? Who thinks this?’

‘Mary and I. I have made enquiries about him, and that’s what we have heard.’

‘So, it is just you again, sir, isn’t it? We will wait until we can talk to the man in the barn, and see what he can tell us about Mr. O’Hanlon. If he can confirm something of what you are saying, we will take it further.’

The two officers got up from their seats, and made their way back to the barn, where they told the biker that they were arresting him, freed him from his shackles, and helped him into the police car.

‘We will arrange to collect the motorbike,’ they said to Ben as they were leaving.

Ben was flabbergasted and went to find Katie.

‘They didn’t believe a word I told them about Donald,’ he told her. ‘They thought I was making it all up.’

‘They scared me too,’ she said. ‘I felt as if I was the guilty party. I’m glad they’ve gone.’

‘Me, too.’

‘Would you like something to eat now? A salad or something?’

Ben thanked her and said that would be perfect.

‘Then I’m going to get back to the hospital. Just in case ... you know.’

‘Yes, I understand. I can’t imagine what you’re going through, Ben. I’m not as good as you are at doing the right things. All I can do is look after Alex for you, and make sure our visitors are happy.’

‘Katie, that’s more than enough. I’m grateful for everything that you are doing.’

‘No problem,’ Katie said. ‘I owe you.’

Ben shook his head and kissed Katie on the cheek.

Chapter 51

Arriving back at the hospital, Ben was aware that there was more than the usual activity around Mary's private ward. His initial instinct was to fear the worst.

'What's happening?' he asked a nurse who came out of the ward.

'Nothing much,' she said. 'We thought she was coming out of her coma, but it was a false alarm.'

Ben sighed with relief. He stood and stared through the window once again as a quartet of staff talked urgently to each other. Then they broke apart, and walked out of the room.

'Ah, Mr Coverdale,' said a doctor who Ben had met once before. 'I think you can go into the ward now, if you want to. We thought she was coming round a few minutes ago, but we were apparently wrong. It might be a good thing if you sat with her. It might trigger something.'

Ben didn't wait to answer. He made his way quickly to her bedside, pulled up a chair and leant over to kiss her on her forehead. She was still surrounded by tubes, cables and electronic wizardry. She was still almost the colour of her sheets, and she still slept. He sat down beside the bed, and, gently stroked the back of her hand. There was no reaction.

He sat there contemplating how he was going to deal with this. Whatever the outcome, things would not return to normal for a long time. Katie was being brilliant, but he could not ask her to do everything at the cottages. Alex was handful enough, and there were the visitors to take care of as well. It was a change-over weekend coming up, so the holiday cottage would have to be cleaned. New visitors would arrive and have to be made welcome. Katie just wouldn't be capable of doing it all on her own. He considered all the people he knew, but didn't think that any of them would be of much help.

He decided to stay with Mary for a half-hour at a time and then take a break for a stroll around the hospital gardens. It was during his third half-hour stint that he thought he felt one of Mary's fingers move. He froze, waiting for it to happen again. It didn't.

In the course of the fifth period at her side, Ben felt the twitch in her finger again. And again. Then more than one finger; her whole hand was responding to his stroking. He didn't call for a nurse. He sat there holding his breath, waiting for the next movement.

An inordinately long hour later, when she slowly opened her eyes, he pressed the red button by the bed, and within seconds a young nurse arrived.

'She's coming round,' Ben told her in hushed excitement.

The nurse checked the monitors for pulse and heartbeat and then informed her seniors.

Ben was asked to leave the ward. 'It's very important that we monitor this part of her recovery carefully. So, if you can wait outside again. We'll let you back in as soon as we can.'

Ben didn't want to leave Mary, but was impressed with the hospital's diligence. He went for yet another stroll around the grounds, and phoned Katie with the good news.

'That's wonderful, Ben. You must be so relieved. Everything's fine here, so no need to hurry back. I'll see you when I see you.'

'Thanks, Katie. Give Alex a kiss from his Mum and Dad.'

He put his phone back into his pocket, and wanted to jump for joy. He made his way to the canteen to pick up a cup of coffee before returning to Mary's bedside.

Katie was equally concerned about how she would be able to cope with everything at *La Sanctuaire* and phoned her friend Antoine on Thursday evening.

'Ben's going to be at the hospital most of the time now,' she said, 'so I've got to cope with an awful lot here. Have you got any time spare on Saturday? That's when new guests arrive. There's a lot to do.'

'Anything for you, Katie,' he said in his tantalising, sexy Franglais. 'Leave it to me. I won't let you down.'

The Stena Line Superferry made its slow, precise way into the docks at Harwich. It was early morning, and there was just a streak of pale pink in the eastern sky between the layers of dark grey cloud.

Donald and Lucas had been drinking until the early hours, and had eventually made their ways to their cabins sometime after two o'clock.

It was now six-thirty, and Donald was waiting with his pull-along luggage for the instructions to disembark. He was not first in the queue. That would make it seem that he was anxious to get off the boat. He was in a group of five or six people – a family of four and one other lone traveller – a little way back in the line.

He made his way off the boat along the gangway and onto *terra firma*, where a woman at customs took a cursory glance at his passport and waved him through. The ferry would sail again at nine-thirty, giving him ample time to get as far away from Harwich as he could.

The cleaners came on board at 7 o'clock and methodically worked their way through the decks collecting the usual array of lost property to hand in, but nothing worth keeping so far today.

'There's a cabin still locked,' a young cleaner reported to her supervisor.

'I'll get a key. Just wait there,' she was told.

A few minutes later, the two women walked to the locked cabin and used the key to open the door. The occupier lay supine on the bed, apparently fast asleep. When the supervisor tried to wake him, he did not respond.

'Oh, my God,' she screamed. 'I think he's dead.'

She used her walkie-talkie to speak to the Captain's office and reported what she had found. She was told to wait there, and somebody would be down in a few minutes.

One of the ferry's able seamen came to the cabin to see for himself. He felt for a pulse, but confirmed that there was no sign of life. He contacted the Captain's office and asked that the Police be called.

'Best if we don't touch anything until the police get here,' he told the cleaners and suggested that they get back to their work.

It was almost an hour before the detectives arrived at the scene. They looked at the grey-haired man apparently fast asleep. Once again, searches for signs of life revealed nothing.

'Looks like he just died in his sleep,' the sergeant said to his superior.

'We'll just have to wait for the doctor. He should be here by now. I called him as soon as I got the call.'

They spent their time searching through everything in the cabin.

'Well, at least we've got a name. His passport's here. His name is Lucas Berber.'

'Looks like he was travelling light. There's not much in his suitcase – and most of it needs a wash.'

'Any medication?'

'I can't see any. He's been drinking, though. Quite a bit I reckon.'

As he spoke, the door opened and the pathologist tried to push his way into the small cabin, closely followed by the forensic team.

'Looks peaceful,' were his first words.

'Time of death?'

'Hang on a minute. I've only just got here. I'd say no more than two or three hours by the state of the body. There's no sign of anything to suggest a struggle. It looks like he just died in his sleep.'

'Nothing much more to do here, then. Better call an ambulance ---'

'Already done. It's on its way.'

'OK I'll just take a few pictures, then we'll leave it to the medics to get the body to the mortuary. We'll arrange a *post mortem* as soon as we can.'

Ben came home each evening to see Alex, and to be there over-night, but he was off early every morning, sometimes before Katie was up. She was finding it hard, but kept reminding herself of how Ben had cared for her after her ordeal in Frankfurt. She hoped Antoine would be as good as his word.

Saturday came, and so did Antoine, his friend Gilbert and two girls that Katie hadn't met before.

'OK, Katie, what's to be done?' he asked as soon as they arrived.

‘Well, we can’t start just yet,’ Katie said. ‘Most of the work starts when the guests have left, and they don’t have to check out until ten o’clock.’

‘That’s OK. Can we help ourselves to coffee?’

‘Of course,’ Katie said.

Only the two men went to the kitchen. The girls were more interested in Alex, who was in the midst of the mess that was called breakfast. His problem was that he loved his food so much, that he had difficulty getting it into his mouth quickly enough. Sometimes he was happy enough to be fed, but today, like most days, he was in do-it-yourself mode.

He was also an unashamed comedian. He knew he could make his admirers laugh and played his audience well. His first victim was Adèle, who was splattered with a spoonful of Alex’s porridge. Her friend, Danielle burst into laughter, but Adèle was not quite so amused. Katie apologised on Alex’s behalf, and took away his spoon.

‘You can wipe yourself down in the kitchen,’ Katie said, but realised that she had made a mistake as soon as she heard peals of male laughter coming from the kitchen.

Katie decided to clean things up and went to take Alex from his high chair.

‘I’ll take him,’ Danielle said. ‘I remember my little brother when he was this old. They’re so much fun, aren’t they?’

‘You could say that,’ Katie replied unconvincingly.

Soon afterwards, the whole group congregated in the kitchen, drinking coffee and getting to know each other. Katie was intrigued to know who the two girls were, and was relieved to discover that they both worked for Gilbert’s firm of surveyors. They were keen to come because Gilbert had told them about the work that had been done to the Dairy Cottage.

Katie had to excuse herself when the week's guests came over to pay their bill.

'Have you enjoyed your stay?' Katie asked.

'It's been delightful,' the woman said. 'I'm sure we'll be back again very soon.'

Katie waved goodbye as the couple drove out of the gate on their journey home.

'Now can we have a look at the cottage?' Adèle asked, making her way out into the garden.

'She wants to be an architect,' Gilbert told Katie. 'She should be impressed by what Ben has done here.'

They all trouped across the garden area, Danielle still in charge of Alex.

'This is very clever,' Adèle said as soon as she entered the cottage. 'I love the way they have lowered the floor level and introduced the mezzanine. Is Ben an architect?' she asked, turning to Katie.

'No. I'm sure he won't mind me telling you that this was the builder's idea. But it is stunning isn't it?'

'Oh, it so is. Can I have a look around upstairs?'

'Of course,' Katie said.

Half an hour or so later, Katie put them all to work cleaning, making up the beds, picking flowers to put on the table, and salad stuff to go in the fridge. Finally, a bottle of local red wine was left in the sitting room alongside the flowers. It had taken them less than an hour.

'When do this week's visitors arrive,' Antoine asked.

'Not before three,' Katie replied.

'Then I suggest we all go down to *Madame Catherine's* and have a bite to eat.'

Everyone agreed, and after locking up, they all walked through the pathways that criss-crossed the village to the pretty little restaurant on the high street.

Chapter 52

Georgina had had a pretty mundane afternoon and was pleased to get back home.

She had gone into Reading specifically to buy a pair of summer trousers and a couple of tops. It seemed to her that she was destined not to find what she wanted. When she found a design she liked, the store didn't have it in her size. When she found the right design in her size, it would either hang off her hips, threatening to fall down at any moment, or threaten to do some physical damage to her private parts because of the cut of the material. From John Lewis to Primark she found nothing that she liked that fitted her, so she gave up and went home, buying a selection of food for her dinner and a few edible 'naughties' to recompense for her miserable shopping spree.

Georgina maintained a sensible diet. She didn't have to. She did it by choice. Just once, now and again, she would relent. On this afternoon she had completely caved in. Her first port of call had been one of the several independent cake shops where she bought a selection of cakes. She recalled how, in France, such things were handled with care and attention and packed in protective paper in a pretty box and tied with ribbon. Not so in Reading. Here they were scooped up from under the glass display counter and shoved into a paper bag.

Next she visited Iceland and picked out a large pack of profiteroles, one of her favourite puddings, which she worked out would be thawed by the time she wanted them.

Arriving home, she made herself a cup of tea and then set to with the cakes. She almost regretted it afterwards feeling guilty and not a little sick. She nevertheless thought it was well worth it and much deserved.

Her dinner on this Saturday evening consisted of a pasta carbonara, followed by some of the profiteroles.

She read for most of the evening, turning the TV on just in time to catch the late evening news.

As she sat down to watch, the breaking news of a man being found dead on a ferry was being reported.

She didn't think anything of it until Sunday evening, when she opened the Independent, and saw the story again. The police, she read, were not treating the death as suspicious. It appeared that the man had simply died in his sleep. He had been named as Lucas Berber, a wealthy businessman, and there was a picture of him.

She picked up her phone. Ben answered.

'Ben, have you seen the Sunday papers?'

'The papers? No, I don't take a Sunday paper. Why?'

'The story was on the national news last night. They've found a body on board a ferry.'

'Yes?'

'There's a picture of the man in the paper. His name is Lucas Berber, a wealthy businessman, it says.'

'Yes?'

'I know the dead man, Ben. I swear it is the bloke that was with Donald when I saw him in Paris.'

'What? Are you sure?'

'As sure as I can be. I don't think I'd forget something like that. Do you think I should tell the police?'

'Absolutely. Tell them what you saw in Paris. Certainly tell them that Donald was with him there. And you can give them Donald's address as well. It's about time he had to answer some questions, I think.'

'I don't know his address.'

Ben passed on the details of Donald's house in Wallingford.

'OK,' Georgina said. 'I'll phone them straight away. How are things over there?'

'Terrible,' Ben replied. 'I think Donald may have been up to his tricks over here as well. Mary has been stabbed and she's in intensive care. This bloke – we don't know who he is yet –just drove in, walked up to Mary and stabbed her in the stomach.'

'Oh, my God. Is she going to be alright?'

'Yes. It's looking better now. Hopefully, the worst is over for her, but it was touch and go for a while. She's out of her coma now, so we're keeping our fingers well and truly crossed.'

'Do you really think Donald was behind it?'

'I don't think there's any doubt about it. The trouble is, the police are not taking me seriously. They think I'm imagining it all. Anyway, I'll be going back to see Mary in the morning.'

'Give her my love when you see her. Poor you. How are you managing? Is Katie still with you?'

'Yes, Katie's here. She's having to cope with almost everything, bless her. I don't know what I'd do if she weren't here.'

'I don't know what to say, Ben. I'll get on to the police straight away and I'll call you again. Bye for now.'

Georgina called the police and reported her sighting of Donald and this man together. She was passed through to the operations desk, where she repeated her story.

'I'll make a note of that, madam, but I don't think it is of much interest at the moment. As far as we know, there are no suspicious circumstances. He was travelling on his own and apparently died in his sleep after drinking too much.'

'Look, I'll give you Donald O'Hanlon's address just in case you think it would be worth your looking him up. I have some photographs of the two men if you need them.'

The officer took down the address, but Georgina doubted it would ever be used.

Before she went to bed, she texted her employer to say that she would not be at work for a week or so due to family problems. Well, she thought, they're almost family aren't they? Then she booked a one-way ticket on the high speed train to Angers for the following morning.

'Who was that?' Katie asked, as Ben replaced the receiver.

'That was Georgina. It's Donald again. But this time we may have got him. Let's see if we can get News 24 on the satellite.'

'Tell me more,' Katie said. 'What's happened and why do you think Donald is involved?'

Ben told Katie about Georgina seeing Donald with this man at the airport. 'They were apparently travelling together to Africa,' he said.

'That doesn't mean that they were together on the ferry, though, does it?'

'No, but I have a gut feeling that they were. We'll see. Georgina is phoning the police over there right now.'

She watched as Ben found BBC News 24 on the satellite but either they had missed it or the channel was not carrying that particular bit of news.

'Actually, it doesn't matter. Even if I saw the man, I wouldn't know who he was anyway,' he said to Katie. 'There's nothing we can do tonight, so I suggest we both get some sleep. You must be knackered.'

'You could say that,' Katie said with a yawn. 'I'll see you in the morning?'

'Possibly, but I reckon on being away early again.'

Ben found it difficult to sleep. His mind was trying to cover so many different aspects of his current situation. There were so many 'what-ifs' to consider. He so wanted to be at Mary's bedside, but he had to be here to give Katie a break by looking after Alex overnight. That's what Mary would want, he was sure of that.

Chapter 53

The following morning Ben awoke much later than he had planned. In fact, it was Alex who disturbed him just after eight o'clock.

By the time he was washed and dressed, Katie was already downstairs. She had rescued Alex from his cot and was preparing his breakfast when Ben walked in.

'I thought you were leaving early,' Katie said.

'That's what I planned,' Ben replied, 'but I didn't wake up.'

'I don't suppose Mary will mind. I'll get you something to eat. The coffee is on the table.'

Ben went over to where Alex was trying valiantly to feed himself with his bread and butter 'soldiers'. Fortunately, he was not yet up to dipping the 'soldiers' into his egg. Ben took over the dipping duties until Katie came back with a bowl of muesli covered with raisins and slices of apple and banana.

'Something different for you. That will keep you going for a while,' she said with one of her dazzling smiles.

As Ben ate his breakfast, he had a thought. Reaching out for his mobile phone he dialled the number for Claude Boulet. The police officer answered the call. Ben told him how disappointed he was with the reaction of the other two officers regarding Donald's probable involvement in Mary's stabbing.

‘Those officers are nothing to do with me, Mr Coverdale. They are your local police officers under the control of your Mayor. I have no jurisdiction over them at all. However, as I was the officer in charge of the case at the hospital, you can tell me of your concerns, but I can’t promise to be able to do much about them.’

Ben told Claude Boulet everything that had happened since his meeting with Donald. He recounted Donald’s threats, the car chase, and the fact that he was trying to track them down.

‘I’m convinced that he is behind the attack on Mary.’ He concluded.

Claude Boulet thought for a few seconds.

‘Do you know how our criminal procedure system works?’ he asked.

‘Not really, no.’

‘Let me try to explain, then. At the moment, the suspect – the biker – has been placed in *garde à vue.* He can be kept there for twenty-four hours, and this can be extended if necessary. Then the case will be handed over to the *procureur* who will be responsible for directing the operations of the police. Eventually, in a case like this, the matter will become the responsibility of a *juge d’instruction* who will take the case forward.

‘It all sounds rather complicated,’ Ben said.

‘To you, maybe. But it works well, and is not as complex as it might sound. The thing is, Ben, that you ought to get the information you have given me into the hands of the *procureur* if you can. Can I suggest you put it into a letter, and send it to the police?’

‘Yes, I’ll do that.’

‘And of course, if you do have problems dealing with the local police, you can always contact the Mayor, who has overall control of them. But, hopefully, that won't be necessary.'

'But what if they still do not take any notice of what I'm saying. They are right, I suppose, that I don't have any tangible proof to back up what I'm saying.'

'If that happens, come back to me, and I'll see if I can help in any way.'

Ben thanked Claude Boulet for his time.

He Kissed Alex, avoiding most of the food that remained on his face and told Katie that he was going to the hospital.

'I'll probably be there all day,' he said.

'I hope it all goes well,' Katie replied as Ben got into his car and drove off.

Mary had been moved out of intensive care and was in a small ward of just four beds and was sitting up. When she saw Ben approaching her bed, her eyes lit up and she gave him a bright smile.

He bent down and kissed her.

'You look a lot better today,' he said. 'You've got some colour in your cheeks.'

'I feel a lot better. They say the operation was a great success. I've just got to take care of myself for a while.'

'I know. I've just been talking to the doctors. They're very pleased that you are recovering so fast. They told me that if you continue like this, you could be allowed to come home in a few days.'

'Really? They haven't told me that.'

'There's a big but, though.'

'Like what?'

'Like taking it very easy. The internal surgery can't be expected to survive you doing anything silly.'

'I suppose.'

‘So when you do come home, it will mean you doing very little. You’ll have to put up with me and Katie doing everything for you.’

Mary acquiesced and squeezed Ben’s hand.

He told her what had happened with the police, and that the biker was in custody. He did not tell her that the police had refused to take him seriously about Donald.

‘Would you like me to bring Alex in with me next time I come?’ he asked.

‘Oh, yes please. I miss him so much. He must be wondering where I am. Has he asked for me?’

‘Strangely, no,’ Ben said. ‘Neither Katie or I have mentioned you because we didn’t want to make him worry about you. But I’m sure he’d love to come and see you.’

‘And can you bring me some clothes, make-up, that sort of thing as well?’

Ben didn’t really like hospitals. He always felt uncomfortable. It was different today. There was such an improvement in Mary’s health. He felt easy chatting to her. He watched as her lunch arrived, and delighted to see that she ate it so voraciously.

After lunch, the nurse suggested that he leave Mary for a while so that she could rest. He went to the restaurant and enjoyed a French potato salad with a small baguette and a glass of house white wine. When he felt refreshed, he took a walk into the hospital gardens. The lawns were neat and tidy and the borders were ablaze with colour. He sat for a while on one of the many benches dotted around the garden and almost dozed off in the tranquil atmosphere.

When he returned to the ward, another nurse approached him and suggested that he might like to take Mary into the garden with him.

'Obviously, she will have to be in a wheel-chair, but I think it would be good for her,' she said. 'And you.'

'I think that's a brilliant idea,' Ben said. 'She'll love that.'

They spent the rest of the afternoon walking round the grounds in the warm sunshine, stopping occasionally to admire a plant or shrub until Mary began to feel tired. Ben wheeled her back to her ward where a nurse helped her out of her chair and settled her gently into bed.

A few minutes later, she was asleep and Ben decided to go home.

Driving into the driveway at *La Sanctuaire*, Ben saw two dark blue Gendarmerie cars.

When he entered the cottage, there were three police officers waiting for him.

Katie told Ben that they had arrived a few minutes previously and had been asking her some questions.

'But it is mainly you we want to speak with, Mr Coverdale.'

Ben went over to Alex, who held up his arms to be picked up. Ben lifted his son into his arms and then turned his attention to the officers, who were looking a little impatient.

'How are things going?' Ben enquired.

'Monsieur Coverdale, we are here to ask you to accompany us to the police station,' one of the officers said.

'What?' said an incredulous Ben. 'I can give you any information you need right here. There's no need ---'

'It's not about the stabbing,' Ben was told. 'The man we have in custody is complaining of assault.'

'Assault?'

'He says that you put a rope around his neck and left him to die. He also says that he had a shotgun pointed at him. We have to act on the matter, sir. We must ask you to come with us to the station. That is the way things are done here.'

'But my partner, the girl he stabbed, is in hospital. I must be able to visit her. And my son, here ---'

'I understand that, but we have to follow the law. Your neighbour is also being asked to come with us to answer the charges.'

'Jean-Pierre? He's an old man. This is ridiculous.'

'Maybe, sir, but we must ask you to put your son down and come with us now.'

Ben looked at Katie. She was as astounded as he was.

'Can you take care of things?' Ben asked. 'I hope I won't be long. Katie, can you see if you can contact François. Just warn him that I might be in need of his services. Don't go into too much detail; just let him know I'm with the police.'

'I don't know his number,' Katie replied.

'It's in the book by the phone,' Ben told her. He gave Katie another hug and patted Alex on the head.

'OK,' he said. 'Let's go and get this over with.'

As he walked out of the cottage, he saw Jean-Pierre being helped into one of the cars. Then he was ushered into the other one and the two cars drove off.

Chapter 54

Bit by bit, Tommy's memory was returning.

The more he remembered, the more horrific the hazy details became, the more despairing he felt. He knew he would not be able to continue his silent defence for much longer. The police were questioning him more frequently today, trying to get more snippets of information from him. The problem was that he was no longer sure what he had told them and what he had not. He recalled that he had told them about his being held with a noose round his neck and a shotgun being pointed at him. The Gendarme had been very interested in that.

The increasingly detailed images of the girl were causing him most problems. Had he really done that to her? He didn't know whether she was dead or alive. Either way he was in deep trouble. If she were dead, he was probably on a murder charge. If she wasn't... He couldn't think that scenario through yet. It was still a blur.

Sometimes he could see a face, a huge black-bearded face, but who the face belonged to he did not know.

Now he could see a face he did recognise. The old man who had held the shotgun. He was being led along the corridor that passed his room. Now another face. This was the man who had strung him up. What were they doing here? Probably giving evidence to the *procureur*. He was beginning to feel that life as he knew it was fast coming to an end.

Ben and Jean-Pierre were taken to separate rooms for their interviews and their fingerprints and DNA samples were taken.

A tall, pale, bald man was introduced to Ben as the *procureur*. He, Ben and a police officer sat at a table. The *procureur* started the conversation.

'You have been called here, Mr Coverdale to answer a few questions. Obviously you know that we are holding the man who allegedly stabbed your partner.'

'Allegedly?' Ben replied. 'There's no allegedly about it. He stabbed her. That's a fact.'

'But there are questions that are not answered yet. Partly because the suspect has not fully regained his memory, but also because some of the evidence puts some doubt in our minds.'

'Like what?' Ben asked.

'Like the fingerprints we found on the knife were not his, for instance.'

Ben was lost for words. He knew the biker had used the knife to stab Mary. How could his prints not be on the knife? At that point a police woman knocked on the door and spoke to the *procureur*.

'Thank you,' the *procureur* said to the woman. 'That answers one question then, Mr Coverdale. The only prints on the knife were yours. How do you explain that?'

Ben's heart missed a beat. He was beginning to appreciate that he had made a few mistakes and had landed himself in deep trouble. He admitted to the *procureur* that he had searched the pockets of the biker, hoping to find some identification and had found only the knife. He remembered touching it, his fingers becoming sticky with Mary's blood.

His eyes were met with a cold stare from the *procureur*.

'It's true!' Ben said.

'So you admit that you interfered with the evidence?'

'Well, yes.'

'I don't know about England, but here in France, that is a felony.'

Ben attempted to extricate himself, saying that he was under a lot of stress and his only thoughts were getting to see Mary. He just wanted to make sure that... He was prevented by the *procureur* waving his hands, telling him to stop.

'I don't want to hear any more at the moment. You are not here because of the stabbing, Mr Coverdale. You are here because the defendant has told us that you assaulted him. He says that you put a rope round his neck and hung him by a roof joist. He says you left him to die. He also says that a shotgun was pointed at him. Do you have anything to say?'

'I think the least I say at the moment, the better,' Ben said. 'I think I should take some legal advice.'

'That is your right, Mr Coverdale. I think you have made some serious errors of judgement in this case. Can you tell me for instance, why you did not call the police at the same time as calling the ambulance?'

Ben did not answer the question.

'Because, you see,' the *procureur* continued, 'it makes me think you might have wanted to impede our investigations.'

'No,' Ben said.

'Then why?'

'OK. I'll tell you why. I wanted confirmation from the biker the name of the person who had sent him to carry out what I think was an assassination.'

‘Ah, yes. My officers told me about your theories. They also told me that you have absolutely no proof of your accusations, only supposition,’

Ben wanted to scream. Why wouldn’t these people listen?

‘Perhaps the defendant will recall something that will corroborate your notions. We will have to wait and see.’

Ben was bewildered.

‘I don’t want to hold you here any longer, Mr Coverdale. I’m sure you want to get back to the hospital. But you must not leave the area, as we will be wanting to talk to you again. I will get an officer to take you back home. I’m just going to have a quick word with your neighbour, but you are free to go for the time being.’

Ben’s head was in a spin as he was driven back to *La Sanctuaire.*

Bear was not altogether surprised when Tommy did not return from his trip to Angers. He hoped that he would; he quite liked the guy. However, the instructions he had given him regarding the drug doses would have meant that he would probably fall asleep soon after he started his journey back to Paris. That being so, anything could have happened to him. He doubted he would hear anything from him now. Not after three days.

The only problem, from Bear’s point of view, was that he had only received half of his fee, but on the other hand, he had not had to pay Tommy, so he was not too much out of pocket. He had not seen anything on the national news about a murder near Angers, but such things were becoming commonplace. He presumed that it would have been transmitted locally but not nationally.

He decided that now was as good a time as any to take a break. He would spend a week or two at his Villa in Greece, take his powerboat out for an occasional spin and generally relax for a while.

He passed control of his Paris enterprise over to his trusted second-in-command. That evening, he cleared his office of anything incriminating, locked the door and went home, whistling cheerfully in the evening air.

When Ben arrived home, he was delighted to see Georgina there. Katie raised her eyebrows as she watched the long, passionate embrace that Ben received.

'When did you get here?' he asked.

'About an hour ago, I suppose. I took the bus from Angers.'

'Well it's great to see you.'

When Ben told the two girls of his interview with the police, they were as shocked as he was.

'I don't believe it,' Katie said. 'How can they not believe you? I was there when it happened.'

'I know, Katie, but it was very foolish of me not to call the police straight away. I just wanted to get the biker to tell me who had sent him. If I had called the police, I wouldn't have had that chance.'

'But it wasn't worth it anyway. He couldn't remember anything,' she replied.

'What happens now, then?' Georgina asked.

'I've no idea,' Ben replied. 'Anyway, I'm going back to see Mary now. What state is Alex in? I told Mary I'd take him in to see her.'

'He should be waking up about now,' Katie said. 'Shall I go and get him for you?'

Ben nodded his thanks. 'She asked me to take some clothes in as well, so I'll pack a case for her.'

A few minutes later, Katie brought a freshly changed Alex downstairs and handed him to Georgina for a long-awaited cuddle.

When Ben was ready to leave, he asked Georgina if she wanted to come with him to see Mary.

'Er, no,' she replied. 'I don't think that would be a good idea. I'll stay here and have a good old chat with Katie.'

'OK,' Ben replied, and with Mary's case in one hand, and Alex's hand in the other, he made his way to his car.

The joy on Mary's face when he walked into the ward with Alex was wonderful for Ben to see. It was impossible to hold on to Alex any longer. Mary was not in her bed today, but was sitting in a comfortable armchair to the side of it. She instinctively held out her arms as Alex toddled over as fast as his feet would carry him to his mum.

The reunion of mother and son was delightful. Ben went over to where Mary was sitting and lifted Alex carefully onto her lap.

'Don't let him struggle,' Ben said. 'If he's too much, I'll take over.'

'I think he'll be OK.' Mary said, hugging her son tightly to her breast.

Alex seemed, somehow, to understand the situation, and was content to settle down with his Mum. There was none of the usual fidgeting, climbing, or struggling. He simply sat there having a cuddle.

'How does he know?' Ben said to Mary. 'He seems to know.'

Mary simply looked adorably at her little boy, and the hug continued.

Ben grabbed a chair and sat alongside Mary.

'You look so much better today,' he said kissing her. 'Do you feel as good as you look?'

'It's only if I move suddenly, then it hurts. Most of the time it's bearable. They've been making me do gentle exercises. That seems to have helped. The nurses really are brilliant. Nothing is too much trouble.'

'Don't get too used to it. You won't want to come home.'

'No fear of that, Ben. I can't wait to get out of here.'

'Have they said when that might be?'

'Not really. The surgeon is coming to see me later on today, so depending on what he says, they might let me out soon.'

'That would be good. By the way, Georgina turned up this afternoon. She's come to help out.'

'How did she know? Did you phone her or something?' Mary said with a quizzical look on her face.

'No she phoned me, so I told her the news. And before I know it, she's here.'

'I guess Katie will welcome a second pair of hands.'

'Yes, I guess she will, although she had a whole lot of help on Saturday from two of her men friends and a couple of girls. She's never short of help.'

'Or men,' Mary said.

'True, but it will mean that Katie can have some rest now and then, with Georgina being there.'

Ben was grateful that Mary had not asked why Georgina had phoned. It was better that she didn't know anything that might worry her at the moment. Anyway, the police didn't appear interested in what Georgina had told them.

Alex was starting to get a bit fidgety now, so Ben took him from her.

'Shall we go into the gardens again?' Mary suggested. 'He can have a run around out there. There's a wheelchair in the passageway,' she said pointing to the door.

Ben took Alex with him to collect the wheelchair, sitting his son in it while he pushed it into the ward.

'That's my chair!' Mary said to Alex.

'Sounds a bit like the Three Bears,' Ben replied.

Ben removed his son from the chair and then helped Mary to sit in it. Alex sat on Mary's lap again as they made their way into the garden.

Chapter 55

Georgina was surprised to hear her mobile phone ring tone. She found it on the table in the kitchen and answered the call. It was an English police officer on the other end.

She was told that, although they considered her information to be insignificant, they had acted on what she had told them. They had scoured CCTV footage from the ferry and had seen that Mr Berber had been in the company of another man for a considerable period during the crossing from Hook of Holland to Harwich. They now thought that maybe she was right, and that they were travelling together.

'Can you confirm that address you gave us?' the officer asked.

Georgina found the details in her handbag, and relayed it to the policeman.

'Yes, that's what we've got.'

'Is there a problem, then?' Georgina asked.

'There certainly seems to be. We sent a car out there to see if we could question this man.'

'And?'

'The house is empty. It doesn't appear that anybody lives there. There's no furniture, no anything. It is as if nobody has lived there at all. Do you know when this man – Donald – lived there?'

'Until very recently, as far as I know.'

'OK, madam. As long as we know that we're looking in the right place. If you should think of anything else, you will call us?'

'Would you like me to send the photos I took of them both at Charles de Gaulle airport?'

'That would be helpful.'

The officer gave Georgina his direct line.

'I'm in France right now,' Georgina said, 'but if I think of anything else, I'll certainly call you.'

The phone went dead.

'Who was that?' Katie asked when Georgina went back into the garden.

'The police,' Georgina told her. 'They've followed up what I told them about Donald, been to his house and it seems he's done a bunk. The house is empty.'

Before she could continue a large silver Renault came through the gate.

François alighted first and went round to open the passenger door for Madame Delphine. They walked over to where the two girls were sitting on their sun loungers in the garden.

The mandatory kisses over, they pulled up two garden chairs and joined the girls.

'We've just seen the story about Mary in the Angers Daily News,' Madame Delphine said. 'How awful. Whatever happened? It is very brief in the paper. No details.'

Katie described what had happened and watched as the woman's face showed disgust.

'Who was this man? Was he local?'

'That's what we want to find out,' Katie said. 'Ben is sure that it is connected with Mary's ex-lover, Donald, but it's difficult to prove, and it seems that the local police don't want to know.'

‘But what about Mary?’ Madame Delphine continued. ‘How is she? And Ben – how is he coping?’

‘Ben’s doing well,’ Georgina said. ‘He seems able to cope with anything.’

‘And Mary is improving fast now,’ Katie added. ‘Ben’s at the hospital now, but we’re expecting him back any minute. He took Alex with him today, and Alex always has a sleep in the afternoon.’

‘When you say that the police didn’t want to know about this man – Donald, what exactly do you mean?’ François asked Katie.

‘It’s just that Ben told them that he was sure that the man who did the stabbing was being paid to do it by Donald. Nothing else makes sense. He arrived here on a motorbike and just walked up to Mary and stuck a knife in her. Then he tried to get away, but between us we stopped him and held him here until Ben called the police two days later.’

‘Two days later?’ François said. ‘Why two days later? Why not straight away?’

‘Ben wanted to talk to the biker first. He wanted to get him to admit that he was being paid.’

‘And was he?’

‘Who knows,’ Katie said. ‘The bloke was drugged up to his eyeballs and had lost his memory. He didn’t remember anything.’

‘Unbelievable,’ Madame Delphine said. ‘How can anyone not remember doing something like that? He must have been lying.’

‘I don’t think so. I think that was genuine. Anyway, he’s with the police now. And that’s not all,’ she continued. ‘Ben was taken in for questioning as well. Apparently, the biker had made complaints about the way he was held here against his will or something.’

‘That can’t be right,’ François said.

‘Well, that’s what happened,’ Georgina confirmed.

‘If you’ll excuse me a moment. I need to make a phone call,’ he replied, walking back to his car.

The call was to his friend, *le Maire.*

‘Do you remember Ben Coverdale?’

‘Of course. I was at Madame Delphine’s party at his house, wasn’t I?’

‘You certainly were, my friend. So, did you know that your police force have had him taken in for questioning regarding this horrible stabbing that happened there?’

‘What stabbing? I’ve been away for a few days. Tell me more.’

François related the story to the Mayor.

‘It’s in the ADM today. Have you not read the papers?’

‘I have to admit that I haven’t. As I said I’ve been away for a ---’

‘Yes, I know. You’ve been away. There must be something you can do, some influence you can have over this. It was Ben’s lady friend who was stabbed. Why on earth is he being questioned?’

‘François, I have no idea, but I’ll look into it right away. I’ll call you back in a few minutes when I know more.’

François put his phone back in his pocket and re-joined the three women.

Katie offered to make some tea, but both their guests suggested something a little stronger and more refreshing might be more suitable. Katie and Georgina went into the cottage together and came back a few minutes later with a chilled bottle of Anjou and four glasses.

‘Better make that five glasses,’ Ben’s voice called to them as he drove into the garden.

Ben walked over to join the group. 'What's all this, then?' he asked, looking at his guests.

'Ben, we've just read about your ordeal in the paper. How awful for you. How's Mary today?'

'She's doing very well. They've done a splendid job at the hospital. All being well, she will be back home very soon.'

'Where's Alex?' Katie asked.

'Fast asleep in the car,' Ben replied. 'He's had the time of his life, riding around on Mary's lap in her wheelchair. He's worn himself out.'

The fifth glass was brought out, and the wine was poured. Glasses were chinked and the conversation continued until François' phone rang and he excused himself again.

'It seems that our friend has either been rather stupid or extremely naïve,' the Mayor told François. 'He did some very silly things.'

The Mayor filled in the missing details of Ben's behaviour.

'Oh, dear. Yes, I can see why they wanted to talk to him. But even so, has he actually committed a crime?'

'François, you know the law better than I do. Of course he has committed a crime. He tampered with evidence in a serious case. They were quite right to question him.'

'Yes, I know. But ---'

'I know what you are going to say, François, and I agree with you. The outcome of it is that they will not be passing Ben's case, or Jean-Pierre's, to the *procureur.* They will treat it as a minor *crime passionnel* and drop any charges. Does that make you happier?'

'Thank you, my friend. I knew I could count on you.'

'Actually, the decision had been made before my phone call, so you don't have to thank me.'

François almost ran back to join the assembly, taking Ben by the arm and taking him away from the group.

'Ben, I can't tell you how sorry I am about all of this. But I have some good news for you.'

'Good news?' Ben said.

'Yes. I've just been speaking to my friend the Mayor. The local police have dropped all charges against you, so you won't have to worry about that.'

'That *is* good news,' Ben said. 'That's one big weight off my mind. Thank you.'

'Nothing to do with me actually, Ben. They had already decided not to proceed before I even phoned them.'

'Well, thanks anyway.'

'But I have to say, Ben, you did behave stupidly. What were you thinking of? You are lucky to get away with it.'

The two men made their way back to join the ladies again, but neither man mentioned their conversation. They thought it better that Madame Delphine knew nothing of that part of the story.

They were only disturbed again when Katie heard Alex's voice.

'I'll go and get him,' Georgina said excitedly.

'Ah, now the party is complete,' said Madame Delphine as she reached out to Alex for a cuddle. Alex had other ideas, and snuggled into Georgina. 'I tell you what,' she continued, 'once Mary is home, you must all come to my restaurant for a nice evening out. You'll have plenty to celebrate, won't you?'

Ben said he thought that was a very good idea. Once François and Madame Delphine had left to return to Angers, Katie and Georgina bombarded Ben with questions about Mary. For once, he was able to pass on the good news of her rapid recovery.

Chapter 56

Tommy was beginning to feel a little more human. The first three days in custody had been hell.

Quite apart from his cravings for heroin, he had undergone every kind of physical and emotional turmoil. The depression had been deep and unfathomable; dark thundery clouds had invaded his brain. He was constantly irritable, shouting and swearing at anybody who approached him. At the same time he was as scared as a rat in a cage, terrified by what was happening to him and petrified at what might befall him for what he was now beginning to realise he had done.

Then there had been the torment of the pain. The aching in his legs, especially, and his back made it difficult to move. He found himself suddenly bursting into tears for no apparent reason. His nose was constantly running and he felt as if he had a fever, though the medics told him he hadn't.

The medics, he had to admit, were doing their best for him. They seemed to know what they were talking about and kept telling him that it would all be over in a few days.

What would be over?

Today, it was his stomach that was causing him grief. There were the gripping pains, the spasms, and now he was having to contend with diarrhoea as well. He felt washed out, done in. It would be good if he could sleep, but such a luxury came in infrequent short bursts.

He was being held in a cell. It was small but clean, but he longed for fresh air and freedom.

Today - he wasn't sure what day it was - as he sat and thought about everything, he started to evaluate his situation. His memory was starting to return, but he was withholding certain information from the *procureur* that he knew would mean his certain downfall if he should reveal it.

He had put a name to the hirsute face that had been showing itself during the past few days. He remembered, now, that it was the face of Bear. If he were to tell the authorities that Bear was the man who sent him, he would be a dead man for sure.

What would happen if the motorbike were traceable back to him? He dreaded to think. At least it wouldn't be him that had grassed to the police.

He was beginning to hope that he would receive a lengthy prison sentence. He would be safe in jail. He certainly would not be safe outside. He knew now that the girl had survived the stabbing incident. That was a relief to him, but now he was coming down to reality, his guilt and shame was overwhelming. He had tried to murder a perfectly innocent, rather beautiful woman, and for what? What had she ever done to him?

He didn't know whether it would ever be possible, but today he felt that he wanted to face her and to apologise for what he had done. Apologise? What was he saying? How could he walk up to the woman and say 'I'm sorry I tried to kill you.' It wasn't possible, but it was what he wanted to do. He doubted it would ever clear his conscience, but what else would?

As he dwelt on such things, his cell door opened and a medic entered.

'How are things today, Tommy?'

'You mean other than the wrenching pain in my stomach, feeling sick and wanting to shit every ten minutes? OK, I suppose.'

The medic looked into his eyes.

'That's all quite normal when you are coming down from heroin.' He said. 'Thank your lucky stars you weren't on something worse. In a day or so now, the worst of this will be over. I'll give you something for the nausea and diarrhoea.'

'Thanks,' Tommy said weakly, adding as an afterthought. 'Is there any chance that I can meet with the defendant?'

'What?' the medic said in disbelief.

'I'd just like to meet them, talk to them, you know.'

'I very much doubt it, but I'll ask for you. I hardly think it will be allowed. Anyway, as I understand it, the woman is still in Intensive Care.'

'Perhaps I can talk to her husband?'

'I'll see what I can do.'

When the medic let himself out of the cell, Tommy said to himself 'What are you thinking?' before having to make yet another visit to the toilet.

Katie and Georgina enjoyed their time together. Ben had not taken Alex to the hospital this time, so there was little to do at *La Sanctuaire* other than keeping an eye on him.

'So, who's the man in your life at the moment?' Georgina asked Katie.

'It's a bit complicated, really,' Katie replied.

'Now, there's a surprise. Your love life always seems to be complicated.'

'Well, there's Antoine. He lives in the village. He's a real charmer – kind, gentle – and he's great in bed, too. I really like him, but he's a bit like me, I suppose. He likes to play the field.'

‘I couldn’t stand that,’ Georgina said.

‘Oh, it doesn’t bother me. As I say, he’s like me in that respect.’

‘Oh, yes. I remember last time we went to Madame Delphine’s, he walked in with a rather lovely girl.’

‘Oh, that turned out to be his sister! But I wasn’t all that bothered who it was.’

‘No, that’s not my kind of relationship. I’d want my man to myself. No sharing for me!’

Katie ignored Georgina’s remark.

‘And then there’s Adrian back in England.’

‘I remember. You were going out for dinner with him last time we met. How did that go?’

‘That, as you put it, went very well. We saw each other every day I was over there. He’s quite a bit younger than me and very inexperienced as far as sex goes. So I thought ---’

‘You thought you would put that right, right?’

‘Absolutely. The poor boy. He’d had this girlfriend since they were school kids, but they’d never, you know, got it together. He was so shy and nervous at first that I thought he was a lost cause, but once he got the hang of it, there was no stopping him.’

‘Yes I think I’ve got the picture, Katie.’

‘Well, anyway, he’s emailing me every day, and texting. It’s getting a bit heavy for me. But I don’t know what to do about him.’

‘Do you reckon on staying in France then, or going back to England?’

Katie told her most of what had happened during her stay in the UK.

‘It turns out, you see, that I’m quite a wealthy lady now, thanks to Dave. Even his father was surprised at what he had accumulated over the years. And it's all been left to me. His house, his savings, everything.'

'Wow!' Georgina said in surprise.

'Well, it will be once the police have gone through everything to find out where all the money came from. I don't know how it will all end up, but it's a bit of a life changer for me.'

'I can imagine. So you're going to wait until you know the end score, then. Is that it?'

'I guess. I'm perfectly happy here. Who wouldn't be? And now I can pay my way a bit more, it will be even better. God knows how much I owe Ben. He's spent loads of money on me, and he doesn't want to be paid back, he says.'

'That doesn't surprise me in the least, Katie. I guess he's one of the most generous people I've ever known.'

'Does that imply that you still have a thing about him?'

'I'm afraid so. It just won't go away. I've tried my best to shut him out of my life, but I can't. I'm totally engrossed by him. When I heard about Mary, I just jumped on a train and came over. Any excuse to be near him.'

'Yes, I noticed the big welcome hug,' Katie said with a smile on her face.

'Oh, God. Was it that noticeable?'

'Was to me.'

'Good job Mary wasn't here then!' Georgina said, blushing slightly.

'Doesn't that make things worse for you? Wanting something you can't have?'

'It does, but I just can't help it. I feel good when I'm near him. I've never felt anything like that before.'

'What about your job?'

'I don't know. I just told them I would be away for a week or so. I haven't heard back from them yet.'

‘You could lose your job, Georgina.’

‘I know. I just don’t care. I thought he might need me, that’s all. It made me feel good.’

‘But he’s got Mary. He seems perfectly content at the moment.’

‘Yes, I know that, and there’s no way I would want to split them up, but ---’

‘But what? There’s no but is there?’

‘You’re probably right, but I just hang on to little things like the fact that I was the very first person he invited to come here. Before you, before Mary, it was me he invited. I never thought anything about it at the time, but, well, you know ---’

‘Oh, Georgina. That was then, before he got back with Mary, before he met Alex. It’s different now. You’re going to make yourself so unhappy if you carry on like this.’

‘I guess I know that as well, but that’s just the way it is. I can’t help myself.’

All this time, Alex had been crawling around on the floor, occasionally pulling himself up to take a few wobbly steps before settling back down on his hands and knees again.

‘Tell you what, why don’t we take this little chap for a walk down to the village,’ Katie said.

‘Great idea,’ Georgina enthused. ‘I can have a look around again. It’ll bring back some good memories.’

‘We’ll pop down to the *Tabac* and have a drink of some kind. I haven’t been down for a while.’

As soon as Alex saw the pushchair being prepared, he was eager to get going, holding his arms up in anticipation of being lifted into his comfortable transport. A few minutes later, the trio left the cottage and made their way through the labyrinth of footpaths down to the village.

‘Can we not talk any more about me?’ Georgina asked as they started their walk. ‘I find it hard to face the truth.’

Chapter 57

Ben had another shock when he arrived once more at the hospital.

Mary was out of bed, and managing to hobble around the ward. It looked extremely painful, but he waited out of sight to watch her. She was bent over, and each small step seemed to take for ever, but slowly she made her way around the ward and back to the security of her bedside chair.

Only when she had settled herself did Ben make an appearance.

'Oh, hello,' Mary said. 'I've been walking today. Isn't that good news?'

'It is good news. I've been watching you. Looks a bit painful, but well done you!'

'It's brilliant isn't it? Once again, the physio has been so helpful and encouraging. It gets easier each time I try it, and I try to go a bit further each time. I'm getting there.'

'Do you know when you might be allowed to come home?'

'Not exactly, but I think it should be a matter of days now.'

'That would be wonderful. Madame Delphine sends her love, and she's invited us all to go for an evening meal at her place once you're back home again.'

'Who's "us all".'

'You, me and Alex, of course, but she's also included Katie, Georgina and François.'

'Why François?' Mary asked.

'It was just that she and François had come round to find out what had happened, and, you know Madame Delphine, she invited everyone.'

'How did they know about it?'

'It was apparently in the Angers Daily News – just a short piece – about you being stabbed. No details, really.'

'So I'm famous at last!' Mary said with a laugh. 'Ow! That's something I mustn't do at the moment. It hurts when I laugh.'

Ben promised to be as serious as he could be which almost caused Mary to laugh again.

'Are you up to any more walking today?' he asked.

'Yes, maybe in a few minutes. It takes a while to recover from the effort.'

'You can hold on to my arm, if that makes it easier.'

'That would be lovely. If you're a good boy, I'll let you take me to the loo.'

'Wow, how much excitement can a man take?'

Ben felt how perfect it was to be able to have a joke with Mary, instead of sitting by her side and worrying himself sick about her. Things were certainly looking up.

Just as Mary was stealing herself for more exercise, a young doctor walked into the ward and made his way to Mary's bed.

'Sitting down?' he said in an attractive Franglais accent. 'This won't do!'

'I have been walking,' Mary said defensively. 'I've only just sat down.'

'And we'll be off again in just a minute. She's promised I can take her to the toilet,' Ben chipped in.

'That's good,' the doctor replied. 'How did it feel, Mary?'

'I can feel everything pulling,'

'That's not surprising, really. There are still stitches in there, so you must be careful not to overdo it. I'd like to watch you walking, when you are ready.'

Mary pushed herself off the chair, and stood still to steady herself. She went to take Ben's arm.

'No. I want to see you walk on your own.'

Mary took the first tentative step forward, and then the next, while the doctor looked on.

'OK,' he said. 'Just sit down again please.'

She lowered herself back into her chair.

'You're doing well, Mary, but I notice that you are hunching your back. You must try to stand upright. It will no doubt be painful, but you do need to persevere with it, otherwise you will find that it will be difficult to stand up straight later on.'

Mary looked up at him.

'I suggest, Mary, that instead of walking immediately like you did just now, you stand still and make sure that your back is straight. Only then should you try to walk. But you are doing well, and you look determined. Carry on like this and we'll have you out of here in just a few days.'

Ben took hold of Mary's hand and thanked the doctor for his advice.

'I'll make sure she behaves herself,' he joked. 'Plenty of push-ups and bunny-hops!'

The doctor smiled as he shook his head.

'I'll probably see you again tomorrow, Mary,' he said. 'Keep up the good work.'

A few minutes later, Mary was standing up again, and carrying out the doctor's instructions. It wasn't easy, but the promise of going home gave her the encouragement and impetus she needed.

Ben stayed with her until late into the evening.

'I'll have to go, Mary. I like to be there for Alex.'

'Of course,' Mary said. 'He'll miss you if you're not there for him at night.'

They kissed. 'I'm so looking forward to you coming home,' he said.

'Me, too,' Mary said as he walked away from her. 'Will you bring Alex with you again tomorrow? I do miss him so much.' Ben nodded.

He was about to get into his car, when he decided to check for any messages. There was just one. *Please get in contact with the procureur's office as soon as you can* the message read.

Ben returned the call, but the office was closed until the following morning.

The following morning, when Mary made her way back to her ward after having a shower she was taken by surprise to see Katie and Georgina with Alex.

Alex was the first to react, toddling as fast as he could to his mum's side. Georgina lifted the little boy onto his Mary's lap. Alex threw his arms round Mary's neck and then settled down for a cuddle.

'This is nice.' Mary said, smiling warmly at her two friends. 'Who's idea was this?'

'Ben's actually,' Georgina replied, trying to hide the fact that it was certainly not *her* idea. She was ashamed to admit that she definitely did *not* want to come. She had never had cause to be jealous of anyone or anything before, but was so envious, so resentful of Mary that it physically hurt when she was anywhere near her.

'He's had to go to see the police again,' Katie explained, so he thought it would be nice if we brought Alex to see you today. You're looking good, and you're able to get around on your own. That's really wonderful.'

'Yes,' Mary said. 'There's no stopping me now.'

'I'll take Alex now, shall I?' Georgina said when she saw the boy beginning to fidget.

Mary told the girls that she hoped to be home for the weekend. She had to get the surgeon's approval, but she was hopeful that he would agree.

'Why has Ben had to go to the police again?' Mary asked. 'I thought he'd answered all their questions.'

'I don't know,' Katie said. 'He had a text from them yesterday, and had to go to see them this morning. I've no idea what it was about, and I'm not sure he did, either. He had to go, that's all I know. We agreed that we would come in this morning with Alex. We'll go back for lunch and then he can come to see you this afternoon.'

'That's great. He'll be able to fill me in later on, then.'

Georgina had left the ward, Alex showing her the way to the gardens. She was only too happy to have a reason to get away.

'Where have they gone?' Mary asked. 'I thought Alex had come to see me, and now he's gone off with Georgina.'

'They get on so well,' Katie said. 'Alex has really taken to her. Georgina has to do everything for him. It's lovely to watch them together.'

Mary wasn't too convinced, and suggested that Katie go and bring them back.

Katie found them playing peek-a-boo round a big plant pot in the gardens, Alex screaming with laughter. Neither Alex nor Georgina wanted to go back indoors; they were so enjoying themselves playing.

‘Give us a few more minutes, Katie. Tell Mary we’ll be in when we’ve finished our little game.’

‘OK, but don’t leave it too long. Mary’s feeling a bit jealous, I think.’

Georgina wanted to reply, but bit her lip. Katie knew how she felt about Ben, but she wasn’t aware of her dark feelings toward Mary.

Ten minutes later Alex was brought back to his mother.

‘I’ll disappear, I think,’ Georgina said. ‘Otherwise he’ll be wanting me to take him outside again. No, Alex, your mummy wants a cuddle. You stay here, there’s a good boy. I’ll be back soon.’

Alex wasn’t too keen, but Katie managed to persuade him to stay, and lifted him onto his mum’s lap where he was happy to settle down for a warm hug.

Georgina went back to the gardens and found a bench in a secluded corner where she could be alone with just her thoughts.

Chapter 58

The *Police Dominique,* the local police station, looked like nothing more than a large bungalow with white-painted walls, and a wooden picket fence surrounding the perimeter, broken only by a wide metal gate to allow vehicles to enter.

When Ben arrived, there were two cars parked in the narrow driveway. He picked his way through the two vehicles and as he was about to knock on the door, it was opened by a gendarme. Ben had met this man before and wasn't overly enamoured by the memory.

'*Monsieur Coverdale, s'il vous plaît entrent en jeu.*'

Ben made his way into a small room, sparsely furnished with a table and four chairs. He was invited to sit down and was soon joined by the *procureur.*

'You probably want to know why we have asked you to see us again.'

'I certainly do. I thought we had covered everything last time,' Ben replied.

'Yes, we did. This is something different. It is still part of the case, but not essentially to do with the arrest of the defendant.'

'I don't understand.'

'Then let me explain. It is my job to handle cases such as this as fairly as I can before handing over to the *juge.* The defendant, whose name we now know is Tommy Williams, has asked to see you.'

'Asked to see me? I would have thought he's done enough harm already. Why does he want to see me?'

'As I understand it, since he regained his memory to a great degree, he has become very remorseful, and wanted to meet, firstly with your partner. We told him that that was not possible at present, so he asked if he could see you.'

'He wants to say he's sorry?'

'Something like that.'

'Well, I think you can tell him from me to ---'

'I can understand how you feel, but I would ask you to concede if you possibly can. It can often help to move a case forward more rapidly, if the defendant can, how do you say, declare his guilt to the injured party.'

'Sounds like a big dose of codswallop to me,' Ben said, urgently wanting to get out of the place.

'What is that word, codswallop?'

'It's an English expression meaning nonsense, rubbish, claptrap,' Ben said, angrily. 'I thought all the do-gooders lived in the UK. So you have them over here as well?'

The *procureur* sat silently, looking at Ben for a few seconds and then said, 'Mr. Coverdale, I cannot make you do this, but I was hoping that you would give Mr Williams the chance to say how much he regrets what has happened.'

'He could have killed her,' Ben retorted. 'In fact, I think that was his intention. It was just by luck that we prevented him from murdering Mary. And now he wants to apologise?'

'As I say, Mr. Coverdale, you do not have to go through with this. You are free to leave at any time, but ...' As his voice drifted away, he watched Ben for any signs of his changing his mind.

OK,' Ben said. 'I'm probably going to regret this, but I will see him, but not for more than a few minutes.'

'Thank you, Mr Coverdale. I'll go and tell him. We will be back in a few minutes.'

Georgina stayed in the hospital garden for as long as she could, and when she returned, was relieved to see that the hospital staff were about to serve lunch to the patients in Mary's ward.

Katie was already preparing Alex to leave, Mary receiving a final sloppy kiss from him.

'Oh, there you are,' Mary said. 'I thought you'd disappeared for good. Sorry not to have had more time to chat, but hopefully I'll see you at the weekend. I presume you'll still be at *La Sanctuaire* then.'

'Yes, I expect so,' Georgina replied. 'I'll see you then.' With that, she turned to leave the ward, only to find Alex taking her hand.

Mary stared after them, raising an eyebrow.

As they made their way to the car park, Katie asked Georgina where she had been.

'I just got carried away by everything in my head. I think I dozed off at one point,' Georgina said.

'You were gone for nearly an hour. I thought we had come to see Mary.'

'I know, but I'm useless in hospitals. I really hate visiting people. I only came because Ben suggested it.'

'Why did you come, then? You could have said 'no'. Or do you do everything he says?'

'No I don't, but I wouldn't mind if I had to.'

'You're pathetic, Georgina. A hopeless bloody romantic. You've got to get to grips, girl, or you'll tear yourself to pieces.'

'I know. You're right, but it's easier said than done.'

They settled Alex into his car seat, and drove in silence, back to the cottage.

Tommy Williams was brought into the room and sat opposite Ben, with the *procureur* sitting alongside him.

Ben stared at him, trying to imagine how the conversation would go. Tommy looked back at Ben, seemingly terrified by the ordeal that he had brought upon himself.

'So, you've got something you want to say to me?' Ben said, the hostility showing in his voice.

'Yes,' Tommy said so quietly that Ben could hardly hear him. 'I've had a lot of time to think this last week, and I need to tell you how ...'

'*You* need,' Ben repeated when Tommy's words dried up. 'What about what Mary needs, what about what I need. Why should I listen to you because it's what *you* need?'

Tommy shook his head.

'OK. Let's put it another way,' he said. 'I'm totally ashamed of what I've done. I don't know what's going to happen to me, and to be honest I don't really care.'

'Well, at least we agree on one thing then,' Ben sniped.

The *procureur* glanced up at Ben with a look in his eyes that tried to entice him to be a little more understanding, more empathetic. Ben returned the gaze with cold, unfeeling eyes.

Tommy rested his head in his hands.

'I think what Tommy is trying to say is that he would like to be able to apologise, unreservedly, for what has happened, for what he has done, and is hoping that you will at least accept his act of contrition.'

'Of course I will,' Ben said sarcastically. 'You've been a very naughty boy, and you must never do it again.'

‘Mr. Coverdale, you are not being helpful at all. I cannot imagine what you have been going through this last week, but I am asking for your co-operation here. I consider that it would be of benefit to you as well as Mr. Williams.’

Ben sat back in his chair and stared at the *procureur*.

‘OK, I’ll go with it,’ he said, ‘but I still think it’s a load of rubbish. One proviso, though.’

‘And what’s that?’

‘That just the two of us are in the room. You can observe if you wish, but I think the conversation between Mr. Williams and I should be just that. Between us.’

The *procureur* looked at Ben with suspicion in his eyes.

‘This is quite irregular, Mr Coverdale, but if that is the only way ...’

‘Thank you,’ Ben said. ‘Is that OK with Mr. Williams?’

Tommy nodded. ‘It’s just something I have to do,’ he said to Ben.

Ben waited until they were alone and then looked at Tommy.

‘Right. Fire away. I really don’t see ---‘

‘Look, I do want to say how sorry I am, but that’s not the only reason I asked for this meeting.’

Ben looked at the man in surprise.

‘Go on.’

‘You were right when you told the police that I had been paid to do this. The problem is, I can’t admit that to them. If word gets back to the people involved, I’m a dead man. I’m telling them that I had voices in my head, telling me to do this. I don’t think they believe me, but I’m sticking to my story.’

‘So who made you do this, then? Do you know his name?’

‘No. I only know him as Bear.’

‘Bear?’

'Yes. He was my supplier. He knew I was desperate and had no money, so he set me up to do this.'

'Why Bear?'

'Because he looks like a bear. He's huge with masses of facial hair. He isn't a man to argue with.'

'And where can I find this Bear,'

'Paris, opposite the Gare du Nord. It's fronted by a large second-hand shop.'

Tommy then gave Ben more details of how to find Bear, before the *procureur* knocked on the door and let himself back into the room.

Ben now had to bring the meeting to a believable conclusion. He went round to Tommy's side of the table, shook his hand firmly, and thanked him for having the courage to do what he had done.

The *procureur* looked pleased to see that his efforts had borne fruit and thanked Ben for going through with it.

'It must have been very difficult for you,' he said.

'Better than I thought,' Ben replied. 'Once we got talking, I could see how beneficial it was for both of us.' He nodded to Tommy, offering a knowing look and a half-smile.

As he drove the short distance back to *La Sanctuaire* he said aloud 'Who the hell is this Bear, and where does he fit into all of this?'

Chapter 59

Ben was told that he could take Mary home on Saturday morning.

While he was at the hospital, Katie and Georgina worked hard to get everything looking perfect for Mary when she arrived home.

The news had got around the village and the surrounding area and it was inevitable that many friends and neighbours would be making their way to *La Sanctuaire* during the day.

Ben warned Mary of this fact as he took her home but he was amazed, as he drove through the gate into the front garden, to see just how many people had come to welcome her.

'Is this OK?' he asked her. 'Can you handle this?'

'Sure, of course I can. I didn't realise we had so many friends.'

'To be honest, Mary, they're not all *our* friends. A lot of the men are Katie's friends.'

'Now why doesn't that surprise me?' Mary said with a giggle.

Madame Delphine emerged from the group waiting in the garden.

'Mary!' she enthused. 'It is so good to see you home again. How are you?'

‘I’m good. Really I am. The staff at the hospital – the doctors, surgeons, nurses – were all wonderful, and I really do feel fine.’

‘We’ve all been so worried about you. What a terrible thing to happen in such a quiet little village. I can’t quite believe it.’

Mary walked slowly and carefully with Ben and Madame Delphine over to the main group of visitors, where Mary made a beeline for Georgina who was holding Alex. She took her son by his hand and went to mingle in the crowd. Ben saw that François was there and went over to greet him.

‘Hello, Ben. I didn’t expect a turnout like this. I’ve sent a friend down the road to pick up some wine. I didn’t think you would have enough to deal with this. By the way, the press are here. The two chaps and the woman over there are reporters. Might be as well to introduce yourself and ask them to go easy on Mary.’

‘Good thinking. I’ll do that straight away. She’s putting on a brave face, but she’s still quite weak.’

The woman reporter was first to recognise Ben, and came to talk with him. She asked all the expected questions and Ben was happy to answer most of them. Soon the other two joined them, and repeated the questions again. Ben began to show his frustration, but tried his best to remain civil.

‘I understand that the assailant says he heard voices in his head. Do you accept that?’

‘I don’t really have an opinion,’ Ben said. ‘I’m happy that he is in custody. Why he did it – well, we’ll have to wait and see what transpires. I’m sure the police will get to the truth sooner or later.’

‘Can we get a photo of you and your partner?’

'I'll arrange that if you promise me that you won't badger her with your questions. I think I've told you everything you need to know for now.'

The mini paparazzi went with Ben to where Mary was ensconced in conversation with some of her friends from the sports centre.

'These guys want some photographs, Mary. Can you break away for a minute?'

'Sure. Excuse me,' she said to her friends and turned to face the cameras.

The wine arrived with a large box of glasses, and was welcomed by everyone.

'Are you OK?' Ben asked Mary. 'Just say when you've had enough, and we can go inside and relax.'

'Stop worrying, Ben. I'm perfectly OK. Who are all these people?'

'I've no idea, but it shows how much the locals care about you.'

Katie was in her element, and took on the role of wine waitress, carrying a tray of glasses filled with white and red wines. She had regained her old confidence, and was wallowing in the attention she was receiving. The tan she had collected over the long summer, set off her blue eyes and long blonde tresses and she was turning a lot of heads. She, though, only had eyes for Antoine and returned to his side whenever she could.

Madame Delphine came over to Ben and Mary.

'I haven't forgotten my promise,' she said.

'Promise?' Mary enquired.

'Yes. I promised a special evening at my restaurant once you had come home. I haven't forgotten. When do you think you will feel up to it?'

Ben looked at Mary, passing the decision to her.

‘How about Monday or Tuesday, then?’ Mary suggested.

‘Let’s say Tuesday. That will give me more time to get everything organised. Let me have some idea of numbers.’

With that, she disappeared into the crowd and met up with her good friend, François.

A long time later in the afternoon, Mary decided that she needed to rest, and went into the cottage with Ben and Alex, lowering herself onto the sofa with her little boy. Ben looked on, so happy and relieved to have her back home with him. Within a few minutes, the pair had fallen asleep, and the sound of Mary’s gentle breathing gave him a warm feeling inside.

Outside, the partying went on. A few guests and the press had left, but there were still a dozen or so people enjoying each other’s company. With one exception. Ben saw that Georgina was looking lost and lonely. He went over to her and put his arm round her.

‘You look a bit out of it,’ he said. ‘Come and meet some of my friends.’

He took her by the hand to meet a couple of young men from the Sports Centre. He was not to know the effect this simple act meant to Georgina. His touch made her tingle. She wanted to squeeze his hand hard, but refrained.

‘Don’t leave me with them, Ben,’ she whispered. ‘ I don’t know why, but I feel very insecure today.’

‘OK. I’ll hang around with you for a while. Is that OK?’

She nodded. That was very OK as far as she was concerned.

‘By the way,’ she said. ‘The police phoned me about the man on the ferry. They said they had followed up my information about Donald and had visited his house.’

‘And?’

‘He wasn’t there. There was no sign of anybody living there. The place was empty, deserted. What do you make of that?’

‘I don’t now. He’s obviously done a bunk, but at least it’s not just me that wants to find him. The police do as well.’

Slowly, the remaining guests disappeared, with the exception of Antoine, who wandered down through the vegetable gardens to the patio with glasses of wine in his hands to be with Katie.

‘I don’t think we’ll see much more of them this afternoon.’ Ben said to Georgina. ‘I think it’s getting quite serious between them.’

‘Is there any chance of a cup of tea?’ Georgina asked.

‘Good idea,’ Ben said, and once again, taking her by the hand, they walked to the cottage.

Tuesday had been a damp and dismal day, but it was trying to cheer up as Ben, Mary, Katie, Georgina and Alex boarded a taxi to take them to Madame Delphine’s restaurant in Angers for their special evening.

There François, his wife Michelina and Antoine joined them. Katie had specifically asked that Antoine could join them.

Madame Delphine came to welcome them all, and introduced the wine waiter for the evening. Soon afterwards, the food started to arrive.

The strawberry jelly with crispy lemon shortbread was a bit of a surprise for a taster, but Alex loved it. The fillet of plaice in its white wine and prawn sauce was a delight, but the *piece de resistance* had to be the wild boar steaks.

The restaurant was full, and the sounds of animated conversations filled the room. Ben studied the faces of the people round the table and wondered what each of them was thinking as they sat together revelling in a wonderfully happy evening.

Katie was feeling cloud-nine-ishly happy. She had become very fond of Antoine, or maybe it was really love this time. She didn't remember feeling like this ever before. This time it wasn't just the sex, she was counting the hours between their meetings, waiting for him to call her, longing to be with him. Even as she sat next to him at the table, she kept reaching for his hand whilst at other times relishing the feel of his hand on her thigh out of sight under the table. She had never, ever, felt so complete. She was wondering what the future might hold for her, for them.

Ben and Mary sat either side of Alex, feeding him titbits of the food that he could eat. At one point, Madame Delphine took him, as was becoming a habit, to meet the other guests in the restaurant. She seemed to have adopted Alex as her grandson in the same way that she had embraced Ben as her son.

Mary was relieved to see that Katie was now well and truly occupied with Antoine. She had never really trusted her with Ben, but now that worry, at least, could be disregarded. However, two other things troubled her. Firstly, whilst everybody was celebrating her return home today, which she appreciated, she was wondering whether she would ever feel safe at *La Sanctuaire* after what had happened. She hadn't mentioned this to Ben yet, but she knew she would have to. She also knew what his reaction would be. In addition, as the party was progressing in front of her, she was carefully watching Georgina. Could there be anything going on between her and Ben? Surely not. Yet she had noticed that each time Ben spoke, this girl's eyes gazed at him as if he were some kind of guru figure. It didn't seem to be reciprocated, but Georgina did seem to be mesmerised by him, there was no doubting that.

Georgina was not aware of Mary watching her, she was hardly aware of anything. She felt almost drunk from the feelings that Ben's touching her now and again created within her. She was hopelessly in love with this man who she couldn't have. She would have to go back to her own home soon, back to her empty, boring, lonely life. She looked at Mary and wondered if she had ever loved Ben like this. Her head was fighting over whether the joy of being with him over the last few days in anyway made up for the pain that she was suffering by being so close, yet so far.

Madame Delphine had no doubts as to Georgina's thoughts. She, too, could see the tell-tale signs of unrequited love. She saw it on Saturday, and it was there again tonight. She remembered how earlier in her life she had undergone the same painful emotions that she saw in this young woman today, and she felt terribly sad for her. Oh, what must it be to love, or be loved like that?

Late into the evening, François tapped his wine glass with a spoon, and suddenly all the chattering subsided.

'I'd just like to say a few words. It's not a speech, so don't worry,' he said. 'I just want to say how lovely it is to be here with you all. I feel quite honoured. Some of you, I know, have been through a terrible time this last week or so, but tonight, thank God, we are all here together, celebrating that fact. I'm sure you will all join me in thanking Madame Delphine for a wonderful meal.' There was an impromptu round of applause before François continued. 'I really hope now, that we can all put this terrible episode behind us and return to our normal lives. With the assailant in custody, we can leave the police to deal with him. I would expect him to be in prison for quite a long time. I'm sure you would want to join me in wishing

Mary a speedy recovery and we all look forward to seeing her out and about in the village again very soon. I propose a toast to Mary, Ben and Alex. A happy and peaceful life in Sainte Justine.'

Everyone raised their glasses to join the toast, and the chatter started up again.

Madame Delphine had put on a party that would be remembered by everyone. There was a happy, positive atmosphere and nobody wanted it to end.

Ben remembered very well that this was where his coming to live in France had all begun. The ambience was, as ever, sensual, almost licentious, the lighting dimmed except for some spots of light directed at large *Moulin Rouge* and *Folies Bergere* posters. The waitresses wore their colourful burlesque outfits with glee. It was always like this. He loved this place.

He studied the happy, smiling faces of everyone around the table and wished that he could share their enthusiasm but he knew that there was no way *he* would be able to relax until Donald O'Hanlon was found, charged with murder and put away for life.

If the police don't take me seriously enough to search for him, he vowed, then I will have to find him myself.

And I will. However long it takes.

THE RECKONING

The final part of the Ben Coverdale Trilogy
'The Reckoning'
will be published in late 2013.

Ben, Mary, Alex, Katie, Georgina and their friends
hope you will return to join them
in their search for Donald.

ABOUT THE AUTHOR

Glyn lives with his wife Sue, his teenage son Stephen and a border collie called Faith in the South West of England close to the Jurassic Coast.

He likes nothing better than exploring the beautiful countryside in which he lives and is partial to the odd glass or two of red wine.

Most of his working life was spent in commerce and finance and it is only since retiring that he has started to write.

He wishes now that he had retired earlier!

What readers said about ‘Sanctuary’

This is one of the most well written books I have read this year. The characters were realistic and interesting. The story was unpredictable which made it fun to read. The author clearly has a lot of knowledge about the settings he writes about which he passes on to his readers. Our protagonist Ben is an unlikely hero, who probably surprises himself as his story unfolds. I really loved this story, and I am looking forward to reading the sequel. I highly recommend this book. *Suzanna E Nelson – Award winning author of ‘The Helpers’ and ‘Nightmare Along the River Nile’*

Sanctuary is a well written, first novel for our author. I loved the development of the characters, they are charming. The quirky, best friend Georgina "Grunge" and the implementation of Madam Delphine was genius. The story line is concise and there are twists and turns that keep your attention. I found myself laughing or saying 'Oh no' out loud. This is a great weekend/rainy day/beach read and I cannot wait to read the sequel "Repercussions". *Nancy . J Collins - Amazon.com reader*

I thoroughly enjoyed reading this book. Fantastic book with all the twist and turns. Can't wait for the next book. *C. L Berry -Amazon.co.uk reader*

A fantastic book! I can only say positive things about this read, its beautifully written, engages the reader into the lives of the characters and I cannot wait for the sequel to find out what happens to Ben and Mary! I would recommend this book if you have a few hours to spare because you will not want to put it down! *Rachel – Goodreads.com reader.*

Printed in Great Britain
by Amazon

43162391R00199